講談社文庫

改訂完全版

暗闇坂の人喰いの木

島田荘司

講談社

目次

改訂完全版　暗闇坂の人喰いの木

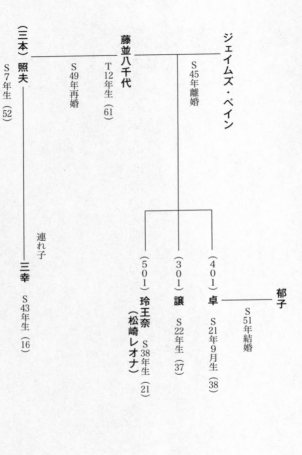

ジェイムズ・ペイン
S45年離婚
藤並八千代　T12年生(61)
S49年再婚
(三本)照夫　S7年生(52)

(401)卓　S21年9月生(38)
S51年結婚
郁子

(301)譲　S22年生(37)

(501)玲王奈(松崎レオナ)　S38年生(21)

連れ子
三幸　S43年生(16)

一九八四(昭和五十九)年九月現在

プロローグ・スコットランド

一九四五年の四月のことです。日本から遠く遠く、遥か遠く離れた英国北部、スコットランドのフォイヤーズという村のはずれの山の中に、こつこつと一人で、不思議な建物を造っている男の人がいました。

最初はお父さんと二人で、村の人たちに内緒で造っていたのですが、レンガを組み合わせ、中に鉄骨を入れて固めた家の外枠ができてしまうと、お父さんはもうお年寄りですから、中の仕上げは息子一人に任せて、村の自分の家でのんびりすることにしました。それにそうしている方が、秘密の家を造っていることを村の人に気づかれないですむからです。

建物は、窓がひとつもない、とても変てこな家でした。でも見晴らしのいい山の中腹にあって、家の入口あたりに立つと、ぶなの木立ちの間から、ふもとに細く広がる湖が見おろせました。

霧の多い地方のことですから、家から湖が見えるのは、数少ない晴れた日に限られるのですが、そんな日の山の中腹からの湖面の眺めは、まるで女王さまの首飾りのようでした。小さなダイヤモンドのかけらをぎっしり敷きつめたようにきらきらと銀色に光り、夕暮れ時になって陽が傾くと、その輝きは金色に変わります。

男の人は、そこから歩いて三十分くらいのところにある村の人に、自分が今造っている建物を知られたくないため、山道からずっとずっと離れた森の中に、秘密の家を造っていました。空からも見つかりにくいように、ぶなの木がかたまって繁っているあたりを、特に選びました。そうして、この家の入口までは、道を造らないようにしました。何度も通っているうちに踏み分け道ができてしまうかもしれませんので、自分でも、いろんな方向から遠廻りして家に行くように、用心していました。

男の人は、とても内気で恥ずかしがり屋の性格でしたから、あまり村の人ともおつき合いしません。特に女の人と口を利くのが苦手です。だから男の人がお友達になれる女の人は、まだ十歳くらいの子供に限られていました。

男の人は、年は三十になったばかりでまだ若いのですけれども、ずっと南の大都市ロンドンに、知り合いの男の人と二人で会社を経営していました。だからお金はたっぷりあります。小さな女の子に、贈り物を買うお小遣いにはちっとも困りません。

秘密の建物を造るのに疲れて、ふもとの湖のほとりで休んでいると、毎週土曜日になるとそこに自転車でやってくる小さな女の子がいました。名前はクララといって、十キロばかり離れたダレスという村にお母さんと住んでいて、そのあたりにしか咲いていない花を摘《つ》みにくるのでした。日曜日にはお父さんがインバネスの街から帰ってくるので、窓辺に花を飾っておくためです。

男の人は、その女の子のあまりの美しさにびっくりしてしまいました。女の子は、輝くような金色の巻き毛をしていました。頬や首筋に薄《う》っすらと生えたうぶ毛も金色で、まつ毛も金色でした。北の地方の女の子に特有の、抜けるように白い肌をして、ピンク色の可愛らしい唇、そして緑色の大きな瞳を持っていました。

男の人はその女の子のお友達になり、毎週土曜日になると、いろんな贈り物やお弁当を買って、湖のそばの草原で女の子を待つようになりました。女の子の方も、だんだん男の人と会うのが楽しみになってきました。

でも男の人の方はそれどころではありません。もうクララが可愛くて可愛くてたまらなくなってしまいました。いつもいつも抱いて眠るか、それとも食べてしまいたいと思うくらいでした。

それでとうとう男の人は、森の中でクララを殺してしまいました。もう次の土曜日まで女の子と離れていることができなくなってしまったからです。夕方になると女の子とお別れしなくてはならないなんて、とても我慢がならなかったのです。

男の人は、クララの自転車は湖に沈め、自分一人だけのものにした女の子の体を抱いて、山の中腹の、今自分が造っている秘密の家に戻りました。その夜は、そこで彼女の体を抱いて眠りました。

それから次の日、クララの顔をもっとしっかり抱きしめたくて、頭と体を切り離しました。それから強く抱きしめては、何度も何度も金色の髪の毛を撫でました。頬にキスもしました。

女の子の服を脱がせ、おなかを切り開いて、内臓も取り出してみました。どうしてそんなことをしたかというと、男の人は、自分の気持ちをこんなにもひきつける、この小さな生き物の秘密を知りたかったのです。こうして女の子のいろいろな秘密の場所をしっかり見ると、自分がこの子にひかれる理由が解るかもしれないと考えたのです。

けれど、女の子の体をばらばらにすればするほど、男の人は自分の気持ちの理由が解らなくなりました。小さな肉片のひとつひとつになってしまった女の子の体は、どうしたことか、そうなると犬やうさぎの体と同じような感じになってしまうのです。

男の人はそれでこんどは、女の子の緑色の瞳を、苦労してナイフで取り出しました。もしかすると、ここに、自分をこれほどに狂わせる秘密があるのかもしれないと思ったのです。

これは、男の人をしばらく満足させました。男の人は、女の子の二つの目の玉を握ってしばらく歌を歌ったり、一人で踊り狂ったりして幸福でしたが、だんだん笑顔が消えていきました。透き通るように綺麗だった緑色の玉が、だんだんに白く濁ってきたからです。

男の人はがっかりして、半日すわり込んでいましたが、早く家を完成させてお父さんを安心させなくてはなりませんし、なにより女の子の死体をこのままにしておいては、行方不明になった女の子の両親や警察の人が、女の子を捜してこのあたりに来るかもしれません。

それで男の人は、今造りかけている家の壁の中に、女の子の死体を塗り込めて隠してしまうことを考えました。セメントの中に隠してしまえば、もう絶対に解りっこありません。

男の人は、女の子の体から流れ出した血もセメントの中に混ぜてしまいました。そうしておいて、窓のない家の中の北の壁に、女の子の体を釘で打ちつけました。一度ばらばらにしてしまった体ですが、立っている形にしてみたかったのです。頭は、壁に打った釘に、髪の毛を引っかける格好にしました。何故なら、野原の花の中にぽつんと立っている少女の姿を、男の人は一番可愛いと思っていたからです。

北の壁に女の子をそうやって立たせておいて、男の人は後ろに退り、しげしげと見つめました。すると、不思議な美しさを感じました。よくできた人形を見るようで、感動がだんだんにこみあげてきたのです。生きて動いている時とまた違った、これにはこれ特有の良さがあるように思いました。野原を飛び廻っている蝶々より、羽根を広げて標本にした蝶の方が何倍も美しいのに似ています。

男の人は、これでようやく満足しました。一日中そうやって女の子を眺めてから、その上にセメントを塗りつけました。厚く厚く、塗ってしまいました。だから、女の子の死体なんて、どこにもなくなってしまいました。


それから十年と少しの時間が流れました。戦争の混乱も落ちついてきて、ダレスの村の警官が、行方不明になったクララが、毎週土曜日になるとフォイヤーズという村の水べりに花を摘みに通っていたことを知り、苦労をして場所をつきとめました。

そうして、何度も何度もそのあたりを捜査するうちに、とうとう男の人がこつこつ造っていた、山の中腹にある秘密の家を見つけ出してしまいました。

警官は、人里離れた山奥の草原にできた変てこな家を見て、びっくりしてしまいます。中に入ってまたびっくりです。窓というものが全然なくて、真暗だからです。

懐中電灯で家の中じゅうをくまなく捜しますが、女の子の白骨死体などはありません。がっかりしてダレスの村へ帰ってきたその夜、ベッドの中で、もしかしてあの壁の中に死体が塗り込められているのでは、と気づきます。

次の日、仲間を誘って不思議な家に戻ってくると、まず北の壁から、セメントをくずしてみました。

するといったいどうしたことでしょう?! 女の子の死体が消えているのです。男の人が、昔確かに北の壁にクララの死体を埋めたのに、十年と少しという時間が経つ間に、セメントの中で死体は煙のようにかき消えてしまっていたのです。

でもダレス村の警官はそんなことは知りませんので、北の壁だけでなく、東や西や南の壁をひと通り調べると、やっぱり自分の思い違いだったのかとがっかりしながら、村へ帰っていきました。

行方不明のクララはとうとう見つからず、誘拐した犯人も解りませんでした。事件は迷宮入りになってしまい、大勢の人が謎を解こうとしましたが、結局誰にも解けませんでした。

一九八四年、馬車道

あれは一九八四年の夏が終ったばかりの、妙にすがすがしい初秋の気配があたりに充ちた九月のことだった。あの当時、御手洗《みたらい》は特に横浜においてはまったくの無名だったので、われわれの棲《す》み家を訪ねてくる人もなかった。事件の依頼などないも同然だから、なにか興味深い新聞記事でもあれば、御手洗の方で出かけていって無理やり首を突っ込んでいるような段階だった。したがって私の方も、自由な時間があり余るほどあった。

ごくありふれた秋の感傷にすぎなかったのかもしれないが、あの年の九月、私は妙に人恋しい気分にかられ、同居人を誘わず、一人きりで横浜の街並みや、海べり、古い倉庫街などを意味もなく歩き廻っていた。足もとの石垣に寄せ続ける波をしばらく眺めて立ちつくしたり、枯れ葉でなかば以上埋まってしまっているような水面に、絶え間なく落下する噴水の水を、何時間もぼんやり眺めていたりした。

今思い出せば、この時私は、女性というものに対し、一種のノスタルジーを感じて鬱々《うつうつ》としていたのかもしれない。

このノスタルジーという言葉は、一部正確だが、同時にまた正解ではない。横浜という街は、私にとっていわば苦い思い出を喚起する場所だった。友人がよりによって横浜に引っ越そうと言いだした時、私としては、横浜以外の場所ならどこでもいいと叫びたい気分だった。

しかし時の経過とともに私の精神の傷も癒《い》え、生涯足を踏み入れることはできないだろうと思われた外人墓地周辺や、運河の付近なども、化粧工事でやや印象が変わったせいもあって、意外に早く、平気で歩けるようになった。のみならず、鼻さえ近づけられぬアルコールが、やがては甘い酒に変化するように、これら辛い思い出の場所は、私に甘美な感傷を運んでくるようにさえなっていた。

そして私は、自分をなかば強引にこの地に住まわせた御手洗潔《きよし》という友人に、次第に感謝したものだった。この逆療法がなければ、私はあるいは生涯、横浜という土地に近づくことさえできずに終ったかもしれない。

しかしとはいえこの八四年の秋、私が一人横浜の街を歩き廻ったのは、そのような感傷を求めたせいばかりではない。今思えばおそらく、自分に女性の友人が一人もいないことを心淋しく感じたせいではないかと思う。このまま一人で歳をとっていく自分に、ある種の恐怖を感じていた。私は自分が暮らしながら、まだ今ひとつ把握しきれていないこの古い海沿いの街を歩き廻り、無意識のうちに、何ごとか小説めいた女性との出逢いなどを空想していた気がする。

当時私自身は、多分に若いせいもあって、少しもそう気づいてはいなかったのだが。

そんな時、私はいつも同居人たる友人をうらやましく思ったものだった。まるきり世俗を超越したふうの私の友人は、女性に縁がない日常を呪う素振りも、人恋しさに悶々とする様子も、毛ほども私に見せなかった。終日鬱々として椅子にかけ、雑誌を読んだり、絵のいたずら描きをしている私のところへやってきては、独楽《こま》が右廻りをしている時と左廻りをしている時とでは重さが違うとか、尺取り虫が楓《かえで》の葉の上でレースをする話などをひとしきり勝手にまくしたてては、大声で意味不明の外国語の歌を歌いながら自室に戻っていった。

私は友人のそんな様子を見ているとますます気が落ち込み、部屋にいたたまれず、ぶらぶらと街を歩くようになったのである。

そんなある日、夕食を終え、後片づけは同居人に押しつけて、一人ぼんやり音楽を聴いていた時、電話が鳴ったのだった。

普段、電話が私宛てのものであることなどごくまれだったので、友人にとるようにうながそうとしたのだが、友人は衝立《ついたて》の向こうで皿洗いに余念がないようだったので、やむなく、私が立ちあがって電話をとった。

「あのう、石岡先生のお宅でしょうか」

とややかすれた、丁寧な物言いの女性の声が言った。

私は普段、石岡先生と呼ばれることなどない。一九八四年秋の時点で、御手洗の活躍を記した本は二冊しか世に出していなかったから、当時はさらにそうだった。今でも編集者の、それも若い人に、ごくたまにそう呼ばれる程度である。

それに何より、私宛てに電話が入ってくることなどまずなかった。それも妙齢に感じられる女性の声なので、私は思わず全身が緊張してしまった。

「そうですが……」

と私がよそ行きの声で応えると、

「あの、石岡和己《かずみ》先生ご本人ですか？」

と言う。

「はあ、ぼくですけど」

そう言うと、

「あの私、先生のファンで、こんど一度、よろしければお会いして、お茶でも飲めないかなって思いまして……」

そう言われて、私は他愛なく嬉しさがこみあげた。

「はあはあ、それはもう、お安いご用です。今、ちょっと雑文と絵の仕事が入ってまして、今週いっぱいで〆切《しめきり》だものですから、来週の頭くらいなら……」

一九八四年当時、私はまだイラストの仕事もしていた。

「あの、もっと早く、お会いできないものでしょうか。勝手を申してあれなんですけれども」

「はあ……、それではこんどの日曜日か……」

「あのう、もっと早く」

「土曜日とか……」

「もっと早く」

「金曜日とか？」

「明日などいかがでしょう？　私、明日は空いておりますので、あの、勝手を申して、本当に申し訳ありませんが……」

「いえいえ、明日ですか？　はあ、まあ、なんとか大丈夫です」

「本当にご無理を申しまして、あの、何時頃がよろしいんでしょう」

「あなたは、何時がよいんですか？」

私はまだ見ぬ若い女性との会見に、早くも胸が高鳴りはじめた。

「何時でも、私の方でお合わせします」

彼女の声には、穏やかながら、奇妙に切羽詰まった響きがあった。

「お宅はどちらなんです？　どこにお住まいですか？」

「伊勢佐木《いせざき》町です」

「伊勢佐木町？　へえ、すぐお近くなんですね」

「そうなんです。ですから、本もいつも読ませていただいてます。それからイラストも」

「恐縮です。じゃあ、夕方五時頃いかがでしょう。伊勢佐木町の方まで、散歩がてらうかがいますよ」

「三時頃でどうでしょうか。あの、勝手を言ってすみません」

「いえいえ、三時ですか？　ええ……、ええ、結構です。三時にどこへ行けば……？」

「あのう、石岡さん、結婚はしてらっしゃらないですか？」

「結婚ですか？　してません」

「お子さんは？」

「いませんが……」

　それから私たちは、しばらく占いの話などをした。私は御手洗からさまざまな占いについて教えてもらっていたので、初対面の女性には、占いの話をすると喜ばれることが、体験として解っていた。

　彼女はサソリ座で、生年は、しばらく迷った末、昭和二十六年の生まれだと告白した。

　私は妙に浮き浮きした気分で受話器を戻した。祝杯でもあげたい気分で厨房《ちゅうぼう》へ行った。お茶を淹《い》れようと思ったのだ。自分の本の読者だとかファンだとかいう人の電話をもらったのは、この時が生まれてはじめてだった。

「誰からだい？」

私がケトルを火にかけていると、皿を拭きながら御手洗が訊《き》いてきた。

「読者だってさ。ファンだからぼくに会いたいんだって言ってきた」

私は鼻歌とともに応えた。御手洗はへえ、と言った。

「それで会うってのかい？」

三十分後紅茶が入ると御手洗は、イギリス人のように受け皿を左手に持ち、右手で紅茶のカップを唇に寄せていきながら、私に尋ねた。

「うん、明日ね」

私は応え、たった今の電話のやりとりを揚々と御手洗に報告した。

御手洗はティーカップと皿をテーブルに置くと、ぐいと背もたれによりかかり、左眉を左目にぎゅっと近づけ、右眉はめいっぱい額の方に持ちあげて、冷やかに私の顔を見据えた。唇はというと冷笑を浮かべ、右の端が歪んで少し持ちあがっている。

この表情は、御手洗という男に独特である。心の底から人を馬鹿にしきっているという顔なのだ。

「事実より雄弁なる教師はなしさ、石岡君。だからぼくは何も言わないよ」

そうひと言ってから、当時私たちの間で話題になっていた、医療制度の不備について話しはじめた。しかし私は充分聞いていなかった。

翌日、私は指定された伊勢佐木町の喫茶店に一人出かけていき、電話をくれたとおぼしき女性の姿を目でひと渡り捜したが、まだ来ていないふうだったので、持参した雑誌を読みながら待っていることにした。やや風のある、肌寒い火曜日だった。ガラス越しに、伊勢佐木モールの石畳を行きかう人々が望めた。ほとんどの人の服が長袖になり、背を少し屈め、寒そうだった。

十分待ち、二十分待っても現われないので、私は何度か、そう広くない店内を歩いて巡った。女性の方は、本の著者近影写真で私の顔は見知っているので、自分の方で声をかけると私に言っていたのである。

三十分ばかり経って、

「あのう、石岡先生？」

という声が、雑誌を読んでいた私の頭上から降ってきた。顔をあげると、ややぽっちゃり型の、可愛らしい風貌の女性が立って、私を見おろしていた。

あわてて私が立ちあがると、彼女は一礼して、私の前の席に腰をおろした。

「先生、写真よりずっとお若いんですね」

彼女は言った。

色白で、目はつぶらな奥二重、ピンクの口紅をつけていて、笑うとえくぼが浮いた。

「はあ、そうなんですかァ？」

と私は応じた。彼女は「斜め屋敷の犯罪」をバッグから取り出し、テーブルに置いて、サインをしてくれと私に言った。この本はまだ出版されて間がなかった。私は愛用の水性ボールペンで、急いで署名をした。

「このほかにも、まだ先生の本出てたんですねー、星占い何とかっていうの、知らなくてごめんなさい」

彼女は笑いながら言った。早口で、やや急き込《せ》むように喋る女性だった。私はなんとなく不思議な気分になった。「斜め屋敷の犯罪」より、「占星術殺人事件」の方が、世間での通りは良かった。「占星術殺人事件」の方は知っていて、「斜め屋敷の犯罪」の方は知らないという人は結構いたが、その逆という人ははじめてだったので、この人は本当に私のファンなのだろうか、と私はかすかに疑問を感じた。

「あのう、こういう本一冊出すと、石岡さんに入るお金っていうのはどのくらいなんですか？」

彼女は言った。

「定価の一割です」

私は応える。

「一割、それだけ？」

彼女はよく動く目をいっぱいに見開き、瞳をくりくりと動かしながら訊いてくる。

「それだけです」

「原稿料とかは？」

「この本は書き下ろしですから、原稿料はありません」

「ああそうなんですかァ」

がっかりしたように彼女は言う。

「原稿料が別に入るのは、雑誌を経由する場合だけです。つまりこの本の文章が、本になる前にそっくり雑誌に載った時ですね。これは雑誌の方から原稿料が出ます」

「ああそうなんですかァ」

彼女はまた同じ声を出す。

「そうです」

「原稿料って、一枚いくらなんですか？」

「え？」

「原稿料って、原稿用紙一枚についていくらなんでしょう？」

私は思わず苦笑いした。

「作家になりたいんですか？」

「いえ、ちょっと訊いてみたくて」

「ぼくの場合、まだ駆け出しですから、三千円です」

「三千円、じゃ百枚書いたら三十万円……」

「はい」

「ひと月に百枚書けますよね？」

「まあそりゃあ、書けるでしょうね」

「ふうん……」

彼女は考え込む。

「お名前をまだ、聞いてないんじゃなかったかしら」

「え？　本当に？　ごめんなさい。森真理子と申します」

「森さん、文章書いてらっしゃるんですか？」

「文章？　ええ、エッセイみたいなのは書きますけど……」

「小説とかは？」

「小説なんてとても。自分が才能ないの、よく解ってますから」

「そうですか？」

それから私たちはとりとめもないお喋りをした。しかし彼女は当時からあちこちの雑誌に書いていた私の文章や、週刊誌のイラストなども、少しも知っているふうではなかった。要するに「斜め屋敷の犯罪」を一冊読み、私の住所が自分の家のすぐ近くだと知ったという、ただそれだけのことなのである。次第に私には、彼女が作家志望で、文筆稼業の実態がどんなものか、私に聞きに来たということのように思われてきた。

「あなたは今、お勤めなんですか？」

「ええ勤めてます。横浜西口のデパートです」

「デパート？」

「ええ、女ばっかりの職場です。今日はお休みなんです」

「へえ、華やかでいいですね」

「でも先生、さっき怖かったですよ。私遅れちゃって、本当に申し訳ないって思って、先生怖い顔してるんだもの」

「ええ？　そんなことはないですよ。そんな怖い顔してたかなあ、そりゃ謝ります」

「私、一人っ子なんです。両親と一緒に暮らしてて、父親ももう歳で、私の収入あてにしてるんです」

「はあ……」

ぽんぽんと話題がとぶ人だと私は思った。

「石岡先生、今おつき合いしてる人、いないんですか？」

「つき合っている人？　女性ですか？」

「はい」

「いないですよ」

「恋人とか、別れた奥さんとか、いらっしゃらないんですか？」

「そんなの、いませんよ」

「へえ」

「あなたはいるんですか？」

「私はいないです」

それから占いの話になった。昭和二十六年生まれのサソリ座は、今年どんな運勢かと訊かれたが、私はあまり詳しくない。御手洗ならどんなふうに話すだろうと彼のいつもの口調を思い出しながら、適当なことを言った。

それから彼女は、昭和二十五年十月九日生まれの先生との相性はどうかなどと問い、実のところよく解らないので、良い方だと思います、と適当に応えると、では二十一年九月生まれの男性との相性はどうかと言いだした。

その切り出し方がやや唐突だったので私は驚き、それはあなたのボーイフレンドなのですかと私は訊いた。

「もう別れたんです」

と彼女は言った。

「でもしばらくおつき合いしていて、私たちどうにも合わないなって思って」

「相性が悪かったんですか？」

「悪いんですか？」

「いや、そう悪いとは思いませんが……」

あまり訊くのも失礼かと思い、私は深くは問わなかった。それからまた少し、さしさわりのない世間話をして、ビールと、軽いつまみを食べさせる店にでも行こうという話になった。

広いフロアにたくさん並んだ丸テーブルのひとつにつき、中ジョッキを中ほどまであけると、それでなくても口がなめらかだと思っていた森真理子が、さらに多くを語りはじめた。

以前つき合っていた昭和二十一年生まれの男性は名を藤並卓《ふじなみすぐる》といい、西区戸部の、もとアメリカンスクールの敷地跡に建ったマンションに住んでいるんだと言った。

知り合ったいきさつは、彼女が小型の自動車を欲しいと思い、勤め先と目と鼻の先にある某メーカーのサーヴィスセンターに相談に行ったら、相手をしてくれたセールスマンが藤並だったのだそうである。

彼女ははっきりそうは言わなかったのだが、話を総合すると、どうやら大変なハンサムで、背も高いようだ。教養もあり、いつも優しく、嘘もつかず、彼から多くを教えられたと言った。つき合いは長かったのかと訊くと、七年にもなるという。

「結婚しようとは思わなかったんですか？」

「だって、最初から私たち合わないって解ったもの」

「どうしてです？」

「だって、人を寄せつけないような人だし、頭がいい人によくあるでしょう？」

「ああ……」

私は思わずうなずいてしまった。

「冷たいし、わがままだし、ＩＱが百五十二もあったんですって。スポーツも万能だし……、でも優しくて、正直で……」

私はうなずいた。彼女の口ぶりでは、藤並卓という人物は、まさしく理想的な男性のように、私には思われた。

しかし彼女が二杯目のジョッキを注文する頃になると、少し様子が変わってきた。

「私ね、彼は品川から通ってるものだとばかり思っていたんです。ずっとそう言ってたから。でもある時手帳に書いてた住所を見ちゃったら、横浜市西区西戸部町になってたんです。で、私びっくりしてそう言ったら、えっ、横浜だって前言ったよって言うんです」

「はあ」

「私、聞いたことないって言ったら、絶対言ったたって言うんです。それで私、横浜だったら近いから一度遊びに行かせてって、おとしはじめて言ったら、今株で失敗した友達を寄宿させてやって面倒見ているから、駄目だって言うんです」

「ええ」

「でも前、お父さんから譲ってもらったすごく広いお屋敷に一人住んでるって言ってたから、それだったら下宿人が一人くらいいいたって、私が遊びに行ってもかまわないはずでしょう？」

森真理子は酔いが廻りはじめたのか頬はすっかり赤くなり、口調も少々怪しくなった。

「でもそしたら、その下宿中の友人が子供相手の英語の塾を始めちゃったから、ちょっと今は駄目だよって、そう言うの。ねえ、変だと思うでしょう？」

私は曖昧《あいまい》にうなずく。彼女はすっかり酔ってしまったらしく、目が戦闘的になった。

「私だからその時、彼の家、一度訪ねてみたんです。入るつもりはなかったけど、どんな家なのか、外から一度見てみたくて。で、彼が勤めに出てる時間帯に……。あの、西区戸部の暗闇坂って知ってます？」

私は知らなかった。それで首を横に振った。

「そうですか？　坂道の片側がちょっと崖みたいになってて、その上にはすっごい大きな木が一本あって、その枝が道の上に張り出してるせいで、昼間でも薄暗いんですよ。江戸時代にはここに刑場があったんですって。

崖の上の、その大きな木があるところが昔牢屋や刑場だったところだそうですけど、十何年か前まで、外国人の子供たちのための学校だったんですって。今はね、学校時代の木造の建物も少し残ってるけど、マンションが一軒建ってて、もうやってないお化け屋敷みたいなお風呂屋さんが一軒あって、駐車場もできてます。

そのマンションの郵便受け探したら、藤並卓って出てたから私、エレヴェーターで部屋の前まで行って、インターフォン押したんです」

「え？　でも大きなお屋敷じゃなかったんですか？」

驚き、私が言った。

「ええ、昔はお屋敷があったんだけど、今はマンションになったんだって、彼があとで言ってました」

「え？　でも前は学校だったんでしょう？」

「そうです。その学校ができる前です。ガラス工場があったんですって」

私はなんとなく頭が混乱した。時間の経過が呑み込めなかった。

「そしたらね、インターフォンで『はい』って女の人の声の返事があって、ああやっぱり奥さんいたのかって思って、私ショックだったけど、あの、少しお話ししたいんですって言って、中に入れてもらって、奥さんと話したんです」

「ほう、勇気がありますね」

「私、いざとなると何でもできちゃうんです。で、話してたら彼が帰ってきて、本牧《ほんもく》の方に釣りに行ってたんだって言って」

「え？　勤めはどうしてたんです？」

「もうだいぶ前に辞めてたんだって、私聞いてなかったんです」

この藤並という男は、何ひとつ本当のことを言わない人物のようである。

「で、私がいるからびっくりして、どうしたのって」

「はあ、それで……、それからどうしたんです？」

「三人で少し話して、私帰ってきました」

「彼の様子はどうだったんですか？」

「奥さんには、この人ちょっと頭がおかしいところがあっていつも驚かされるんだ、なんて言うから少しショックだったけど、帰り送ってきてくれて、あの奥さん別れてくれなくて手を焼いているんだって。でももうすぐ別れるからって」

「はあ……で、それから三年近く経ったわけでしょう？」

「うん」

「別れる素振りはあるんですか？」

「おととい会ったら離婚届けの用紙持ってたから……」

「はあ」

「でも彼、石岡先生によく似ているんですよ。すっごいいい人なんです、優しくて」

彼女はそう言った。


その夜、帰宅して御手洗にその話をすると、彼はまたソファの背もたれにそり返り、例の人を軽蔑してやまないふうの冷笑で、私を見た。御手洗に特有のあの表情である。日本中の他のいかなる男も、こういう顔をするところを私は見たことがない。唇の端を歪め、なかば閉じがちの瞼《まぶた》から見下すようにするかと思うと、上体を前屈みにし、両手のひらを組み合わせて、私の心理をすっかり見透かそうとするように、上目遣いでじっと私の顔を見据える。

「で？　君は彼女のことをどう思ったんだい？」

御手洗はからかうように問う。

「うん……」

私は慎重を自らに言い聞かせながら、ゆっくりと口を開いた。あまり不用意なことを言うと、御手洗の格好の餌食《えじき》となるからである。

「君はどうせぼくがファンだという女性読者からの電話で他愛なく浮き浮きして、一緒に一杯やって、ひたすらでれでれと鼻の下を伸ばしてきたと思ってるんだろうけど、ぼくはそれほど馬鹿じゃない」

するとと御手洗は目を丸くした。

「石岡君、大したものだ。ぼくはすっかり君を見直したよ。それで？」

「だから彼女はぼくの見るところ、作家志望じゃないかと思う。ぼくのような出版経験者に会って、文筆業の実態、特に金銭面を訊きたかったんじゃないかと思う。それで印税のパーセンテージとか、原稿料なんてものを訊いてきた」

「ふんふん、なるほど。それで彼女は原稿用紙や筆記用具や出版社に渡りをつける方法なんてちっとも尋ねず、初対面の電話でいきなり君が未婚か既婚かを訊いたわけだ」

「え？」

「作家になるためには、未婚か既婚かが大いに重要なのかな？」

「御手洗君、何が言いたいのかな？」

「彼女はなかなか仕事のできる女性だ。君に尋ねるべき事柄がきちんと整理されて、頭の中に収まっている」

私は、いつものことながら、御手洗が何を言わんとしているのかが解らなかった。

「作家になりたいというのに、どうして嘘つき男の話なんかしたんだろうね」

「いや、本当にこの藤並卓ってのはいい加減な男だね。ＩＱが百五十二だそうだが、ぼくは君を思い出したよ。こんな男とは、彼女は別れて正解だったよ」

すると御手洗は少し吹き出した。

「別れた男におととい会ったのかい？」

「え？」

「別れてなんかいやしないさ。彼女は今、非常に切羽詰まった状態にあるんだよ」

御手洗はげんなりしたようにまた背もたれにそり返った。

「彼女から、デートのお誘いでも受けたかい？」

「いいや。でも初対面だぜ。初対面のうちから、しかも女性の方から男にデートのお誘いなんてできるわけがないだろう。彼女はご両親と一緒に暮らしている慎み深い女性なんだぜ」

すると御手洗は、なんとも形容のむずかしい顔をした。うっとりと瞼を閉じ加減にし、くせっ毛の頭をぼりぼり掻くと、あくびをひとつして立ちあがった。

「さて、じゃぼくは風呂にでも入って眠るよ。お先に」

「お、おい待てよ御手洗、どういう態度だそりゃ。説明してくれよ」

私も追って立ちあがる。

御手洗はさっさと浴室に入り、浴槽の栓をして、お湯の蛇口をひねった。そんな作業を続けながら時々私を振り返り、言う。

「慎み深い女性が、自分でいきなり君に電話をかけてきて、間髪を入れず君が既婚か未婚かを尋ね、二度目を待たずにお茶に誘い、子供や恋人の有無を確かめ、待ち合わせ時間に三十分も遅れて悠々と登場すると、怖い顔をしていたと言って君をなじり、さらには印税のパーセンテージに、君の原稿料の値段を単刀直入に尋ねたわけだ。なんとも控えめなお嬢さんじゃないか」

私は言葉に窮した。言われてみれば、ずいぶんあけすけとものを問われたようにも思えた。

御手洗は浴室を出ると、ソファに戻った。

「今日一日で彼女が君から引き出した情報量はなかなかのもので、並みの男なら聞き出すのに一週間はかかるぜ。彼女は実に有能だ。少しの時間も無駄にせず、君に訊きたいことはすべて訊いている」

私は黙り込んでしまった。力なくこう言った。

「じゃ彼女は……」

「はっきりしていることは、作家志望なんかじゃないってことさ」

「じゃどうして……」

「ささいなナゾナゾさ。解説するのも面倒臭い」

言ってから御手洗は、うんざりしたようにいっ時天井を睨《にら》んでいた。が、さっと前屈みになった。

「ま、ぼくにとってはそうでも、彼女にとっては重大事だ。ひょっとすると君にとってもそうかもしれない。

つまり彼女は、さっきも言ったように切羽詰まっている。崖っぷちに立って自失してるんだよ。女性たちは気の毒にも馬鹿馬鹿しい世間との契約事に囚《とら》われているんだ。彼女の生年月日を思い出してみるといい。昭和二十六年生まれのサソリ座、今年で三十二、誕生日が来れば三になる。彼女は今結婚というプレッシャーで気を失っているのさ。必死のあまり、自分が何をやっているのかがよく解っていない。

彼女が七年もの間、結婚するつもりもなく藤並なんとかさんとつき合っていたなんて真っ赤な嘘でね、なんとしても彼女は一緒になりたかった。しかし現実は君も聞いた通りだ。そこで彼女は別の男を見つけたいと考えた。結婚するにしても、藤並さんにプレッシャーをかけてことを有利に展開するにしても、男はどうしても必要だ。ところがだ、背が高くてハンサム、ＩＱが百五十二もあってしかも女好き、こんな男を超えるほどに魅力のある男性なんて、とても彼女の周りにはいないんだよ。亭主にできる可能性のある男はいても、とてもではないが藤並さんと太刀打ちはできない。遥かにランクが下がるんだ。また藤並さんはああは言っているが、とてもじゃないが妻子と居心地の良いマンションを捨て、自分と一緒になってくれるとは思われない。彼女も薄々は解っているんだよ。それで彼女は悩んでしまった。夜も眠れぬほど弱り抜いた彼女がどうしたか――？　それが君への電話だ」

「え？」

「本を出版して、多少なりとも世間に名が知られているような男性なら、あるいは特別かもしれない。藤並さんに勝ってくれるかもしれない」

「勝ってくれる……？」

「おつき合いすることで自分の胸をときめかせてくれて、自分の藤並さんに対する思いを、もしかすると忘れさせてくれるかもしれない」

「そんな……」

「そのためには外見だけじゃ駄目だ。収入がどのくらいあるのか、これは重要だ。しかも現在恋人がいないこと、そんな女と戦争になるなんてまっぴらだし、別れた女房や子供がいて、これに養育費を送って日頃ピーピーしてるなんてのはご免こうむる。それで開口一番、君にこれらのことを質《ただ》した」

「しかしそんな……」

私はなんだか情けなくなってきた。

「じゃぼくのファンだというのは……」

「まあまるきりの嘘でもなかろうよ。最近たまたま読んだ一冊で、この男だと飛びついた、著者紹介でイラストを描いてるなんてことも説明されてるしね。だが本はそれなりに面白かったんじゃないの」

「しかしそんな……、女性がそんなに直接的に……、そういうことはゆっくり時間をかけて……、そんな馬鹿な、どうしてそこまで……」

「まあまあ石岡君、一週間何も食べてない犬がいたら、ドッグフードの空き箱にも食いつくさ」

「じゃぼくは空き箱か！」

私は悲しくなってきた。

「いや石岡君、落ちつきたまえ。君は何も悪くない。彼女はプレッシャーのあまり気を失って、自分が何をやっているのかが解ってないんだ。無我夢中の毎日なんだよ」

「それにしても、ちょっとひどいじゃないか。ぼくのプライバシーを、いきなり無遠慮に探るなんて……」

「石岡君、それがお見合いというものだ。彼女はいつも間に入る人がやってくれることを、ただ自分でやったというにすぎない」

「はあ……」

私は溜め息をついた。

「石岡君、君はまだ若い。生き馬の目を抜く厳しい女の世界を知らないんだ。勝つか負けるか、得するか損するかだ！　人がうらやむような幸せは、ぼんやり待っていてもやってきはしない、自分の手でもぎ取らなくてはね。そのためには少々手荒にもなるさ。お行儀良くしていて女一人の淋しい老境にさしかかっても、同情されるだけで誰も救《たす》けてはくれないんだよ。彼女たちは、モラルというものの本質を本能的に見抜いている」

私はがっくりと肩を落とした。なんとはなく、女性というものに失望させられた気がした。

「じゃあぼくというものは……」

「君は君さ。自信を持っていたまえ」

「いや、あの森さんにとって」

「そうだね」

御手洗はいやに快活な口ぶりになった。

「こういうことは言える。君がオーディションに合格したのなら、即座に次なるデートのお誘いがあったろう。おっと！　お湯があふれるね」

御手洗は、体操選手のようにいやに元気よく立ちあがった。浴室の方に向かいながら言う。

「この国の民族のＤＮＡには独特の遺伝情報があってね、怖い鬼しか尊敬しないんだよ。民主的なリーダーはどこか軽んじられる。だからこの民族の誰かと会見するという行為は、一般の幸せのため、すべからく大衆レベルまで引きずりおろされることを意味するんだよ。先生らしく威張る用意がないなら、誰とも会わない方が無難だ」

そして洗面所のドアを開け、ノブを手に持ったまま私を振り返り、気の毒そうにこう続けた。

「だから言ったろう、石岡君。事実より雄弁なる教師はなしさ」

そして彼は、わずかに湯気の漂い出してくる浴室内に消えた。

おそらく、御手洗の言う通りだったのだろう。その後森真理子からの連絡はなく、私は妙に釈然としない気分のまま、それからの十日ばかりを過ごすことになった。

「暗闇坂の人喰いの木」事件は、こんなふうに、私にとってはあまり愉快でない経過を経て始まった。

だが――、いささかの自嘲とともに書けば、この誰が見ても喜劇としか言いようのない始まりとは裏腹に、一九八四年秋のあの事件ほど、陰惨で怖ろしい事件はなかった。読者も憶《おぼ》えておられるだろう。日本中が大騒ぎしたあの横浜暗闇坂の大事件である。

私としては、決して誇張でなく、あの事件のことは今まで書きたくなかった。題名をどこかのエッセイにうっかり予告したので、早く書けと矢のような催促を多くの方々からいただいたが、なんとはなしに今日までずるずると引き延ばしてきた。それはすなわち、ひとつには思い出したくないからである。もうひとつは、当事者の一人と、一九八九年まではこの事件の記録を公表しないと約束したからだ。

その禁も解けた一九九〇年の今、あの事件のことを綴ろうとこうしてあらためてペンをとると、私の精神は恐怖のあまり震えはじめる。あれはなんとも奇怪で残忍で、いやそれ以上に不可解な事件だった。私はあれほどの事件をほかに知らない。あの「占星術殺人事件」ですら、これに較べればずいぶんと穏やかな事件であったように思える。

あのような事件を世に紹介することにより、私自身、ある種の道徳観の攻撃対象になるのではないかと怖れる。また世間にいたずらに恐怖を喚起するのではないかということも心配だ。

実際戸部署も神奈川県警も、この点を怖れ、当初あの奇怪な事件をマスコミに内密にしたのである。だがそれでも、あれほどの大騒ぎになった。しかし結局、騒ぎは去っても真相はまだ闇の彼方である。私さえ沈黙を決め込めば、世間はこの先もただ無事なのだ。

しかし、日本が経済発展をとげ、世界の一級国の仲間入りを果たした今だが、かつては貧しい敗戦二等国だった。あの時代、影の部分ではこのような陰惨な事件が起こっていたのである。そう、この事件は、間違いなく暗いあの時代を引きずっていた。あの時代への理解を抜きには、到底語ることができない。そのことを知っていただくためだけにでも、世に出す意味はあるのだろう。また、あれからもう数年という時間が経過したのだから、公表することで事件当事者に与えるダメージも、最小限のものとなったはずである。

そうはいうものの、この先私の筆は、風紀上の問題を考慮し、ほんの少しばかり事実を穏やかに表現するかもしれない。この点のご了承を、今ここでお願いしておきたい。

昭和十六年、くらやみ坂

くらやみ坂のおもちゃ屋の前を、制服姿の軍人の一団が、足並みを揃えてあがっていきました。道端で軍人絵合わせをして遊んでいた子供や、周りでそれを眺めていた大勢の子供たちのうちの一人が、彼らに阿諛《あゆ》したつもりか、「ここはお国を何百里、離れて遠き満州の……」と歌いました。

日本中がぴりぴりした空気に包まれるようになって、もう長い気がします。ラジオはあんまり歌や喜劇や落語や、楽しい放送をしなくなりました。偉い軍人さんのいかめしい演説やら、兵隊さんの武器の説明や、中国大陸での日本軍の戦況の報告などばかりが、ずいぶんと目だつようになりました。

雑誌や小説本などもそうです。滑稽《こっけい》な本とか、ぞくぞくわくわくするような探偵小説などは本屋さんから姿を消して、そのかわりに真面目なお勉強の本や、すごい兵器を発明して敵をやっつける少年のおとぎ話みたいな小説ばかりが出廻るようになっています。だから、子供たちの遊びも、戦争ごっこか兵隊さんごっこばかりになりました。バットやボールなんかを持って歩いているとみんなから馬鹿にされてしまいますから、鉄砲の格好をした棒っきれとか、夏にしか使わなかった水鉄砲なんかをズボンのベルトにはさんで、兵隊さんのように敬礼して遊びます。家から空箱を持ち出してきて、蓋《ふた》をとり、底に穴を開けて自分が入り、戦車ごっこをします。

でも男の子はそれでいいでしょうが、女の子は遊びに入れなくてつまりません。淳子ちゃんは、お友達と戦車遊びにうち興じている照夫兄ちゃんに、もうそんな戦車ごっこはやめて、私と遊んで欲しいと言ってみました。淳子ちゃんは、昔ながらのかくれんぼとか、石蹴り遊びをして欲しかったのです。だってくらやみ坂のこのあたりは、大きな木とか、ちょっとした原っぱなんかがまだあちこちに残っていて、かくれんぼする場所にはこと欠かなかったからです。可愛らしい顔だちをした淳子ちゃんは、これまでそんな遊びをする時は、いつでもみんなの中心になってしまいました。だから淳子ちゃんは、お兄さんやそのお友達と一緒のそんな遊びが大好きでした。でも日本が大陸で中国と戦争を始めてしまってから、男の子たちは殺気だった遊びばかりをするようになって、淳子ちゃんは、仲間はずれにされることが多くなりました。この時も、

「うるさいっ、女なんてあっちへ行ってろ」

とお兄さんに叱られてしまいました。

仕方がないので淳子ちゃんは、一人でとぼとぼと坂道を登っていって、ガラス工場の方

へ行きました。

その夜、淳子ちゃんは夕食の時間が過ぎても家に帰ってきませんでした。お母さんは泣きだすし、お父さんも警察へ行ったり、ひと晩中家の周りを探し廻ったりして大騒ぎになりました。照夫お兄さんも、たった一人の妹のことですから心配です。お父さんと一緒に一生懸命妹を探しますが、見つかりません。遅くなったからもう寝なさいと言われてしまい、部屋に入って眠ろうとしますが、ちっとも眠れません。お父さんやお母さんが言うように誘拐されたんだろうか、それともどこかで自動車に轢《ひ》かれたんだろうか、そんなことをあれこれ考えはじめると、目がさえてしまってちっとも眠れないのです。そうして、今日遊んでくれと言われた時に、ちゃんと遊んでやっていればよかったなと後悔するのでした。

とうとう夜が明けてしまいました。うつらうつらしていた照夫さんは布団の中でぱっちりと目を覚ますと、ゆうべのことを一瞬のうちに思い出しましたので、はね起きて、台所の方へ行ってみました。

ゆうべのことなんて全部夢で、台所には淳子ちゃんの笑い声や、お母さんの笑い声が充ちていればいい、と照夫さんはどんなにか願いましたが、それも空しくて、台所には昨日と同じ服を着て、髪が少し乱れたお母さんがしょんぼりとすわっていました。お父さんはどこへ行ったのか、たぶん淳子ちゃんを探してまだどこかを歩いているのでしょうが、姿が見えず、かわりに制服を着たお巡りさんが一人いました。まったく信じられないことだ、と照夫さんは思いました。こんなことなんて、今まで経験がありません。本当に信じられないことだけれど、妹の淳子ちゃんは、まだ帰ってきていないのでした。

学校で勉強をしている間中、そしてお昼休みの時も、照夫さんは妹のことが気になって、勉強が手につきません。もしかしてもう家に帰ってきて、自分の知らないうちに学校にやってきているんじゃないかと思い、妹の一年生の学級まで行って、そっと教室を覗いてみたりもしました。でも、妹の机はやっぱりぽつんと空いたままです。

校庭の隅の欅《けやき》の木の前に行って、一人ぼんやり考えていると、急にくらやみ坂上のガラス工場にある大楠《おおくすのき》のことが思い出されました。そして、急にあの木のことが怖くなってきたのです。

それはそれは、怖い言い伝えのある木でした。あの木の下で、昔何人もの罪人が、首を刎《は》ねられたのだそうです。あの木は、そばに立つとそれはもうごつごつとして、怪物のように大きな木なのですが、あんなに大きく、それも気味の悪いかたちの幹に育ったのは、何百年も昔から、大勢の人間の生き血を吸って大きくなってきたからなのだという話でした。

だからあの巨大な木には、たくさんの人間の怨みや憎しみが封じ込められているのだといいます。だから、まるでごつごつした岩山のようにも見えるあの木によじ登って、高いところにあいた空洞《うろ》に耳をつけると、まるで地獄の血の池を這いずり廻りながら呻《うめ》き声をあげているような人間たちの声が、たくさん聞こえるというのです。

じっと耳を澄ましていると、その声は、おとなの声だけじゃなくて、子供の声や、女の人の声、それから老婆や、なんだか得体の知れない動物の声までも聞こえるといいます。そんな声を聞いたという人は、これまで何人もいました。照夫さんのお友達にもいました。夏の夕暮れ時など、肝だめしに、友達があの空洞のところまであがって、穴に耳をつけてこいなどと言いました。でもいくら馬鹿にされ、からかわれても、照夫さんは決してそんなことはしませんでした。怖くてとてもできません。でも、そのことをちっとも恥じる必要なんてないのです。自分は空洞に耳をつけたなんて言っている友達だって、本当にやっているはずはないからです。近所のお年寄りが言っているようなことをちょっと聞きかじって、自分もやったなんて、そんな嘘をついているだけなのですから。

楠の気味の悪い話は、ほかにもまだまだたくさんあります。夜が更けてから、楠の下に行ってみたら、高い梢《こずえ》に、腰に刀をさしたお侍が腰かけているのを見たという人もいます。お侍の顔は、ちょうど夜光塗料を塗ったように、薄蒼くぼうっと光っていたそうです。

それとか、大楠の前で写真を撮って、現像してみたら、幹の暗がりや、枝の先の重なった葉の陰などに、たくさんの生首が写っていたということもあったそうです。

生首はみんな眠っているように目を閉じて、口を少し半開きにしていました。

そんなことが何度かあったものですから、調べてみましたら、江戸時代、処刑があるとこの木の下に晒《さら》し首の台が造られ、処刑された生首が、粘土で支えられて並べて置かれるということがよくあったそうです。

だからこの木には、この木の下で殺された大勢の人々の怨みつらみが、たくさんたくさんこもっているのだそうです。殺された当人の怨みばかりではなく、その人の家族や兄弟、子供たちの悲しみの声が封じ込められているのです。幹にあいた小さな穴に耳を近づけると、そういう人々の呪いの叫び声が、今も聞こえてくるのだというのです。

照夫さんは、学校の校庭の隅にある欅の前で、ふいにそんなことを思い出して、背筋がぞくぞくと寒くなったのでした。

急に何故ガラス工場の楠のことを思い出したのかは自分でも解りませんが、妹の姿が消えたことと、あの気味の悪い大きな木とが、なんらかの関係があることのように、どうしても思われてならないのでした。

くらやみ坂には、だいたい一日おきに八百屋さんの黒いトラックがやってきて、近所の奥さんたちのために店開きをします。大きな黒い幌《ほろ》がかかった荷台の中には、ありとあらゆる新鮮な野菜が積まれていて、八百屋のおじさんは坂の中途でトラックを停め、運転席をおりてくるとまずぽんと荷台の幌の中に飛び乗って、隅の暗がりから三角形をしたタイヤ止めを二つ出してきて前輪の前にかませます。トラックのブレーキが万一ゆるんでも、坂を下りだしたりしないようにです。

それから木の台や、天秤《てんびん》や籠《かご》を荷台からおろしてきて、この台の上に野菜を並べて売ります。午後遅めにやってきますから、たいてい陽が落ちてからも商売しています。とっぷりと陽が暮れてから、いつも帰っていきます。

近所の奥さんたちも心得たものですから、八百屋さんのトラックが来る月、水、土曜日は、新鮮なところを真っ先に買おうと、早くから坂の中途に集まってきて、トラックを待っています。

その日の午後は、曇り空で少し風もあり、木々の梢があちこちでざわざわと葉の触れ合う音をたてるような、そんな日でした。だんだん日本中が嫌な空気に充たされていって、軍人の横暴や独走を、政治家も国民も、誰も押さえられなくなっていくような、そんな頃でした。東京の中心地のどこかの交差点で、軍人の集団が交通整理の巡査の指示を聞かず、わがもの顔で車道を横断し、新聞記事になったりしていました。巡査が苦情を言うと、何を言うかっ！　と一喝されたのです。

日本人は腕力が強い者にはすぐぺこぺこしてごまをする癖がありますから、もう日本中には誰も軍人に意見をしたり、統制しようとする人なんてありません。軍隊の天下です。日本人はおとなになっても、虐《いじ》めっ子におべっかをつかう子供の頃のままなのです。軍人は、中国と戦争をするだけではあきたらず、アメリカやイギリスとも戦争をするつもりらしいという噂が、主婦たちの間にも流れてきていました。

国際政治のことや、軍人たちが考えていることが、きちんと国民に説明されることなんてありません。いつも事後承諾です。国民は馬鹿だから、専門家のやっていることなど、むずかしくて解るはずがないと偉い人は思っているのです。ですが、そんな噂は自然と耳に入りますから、主婦たちは買い物に集まっては、こうして自分たちの胸の内の不安を口々に訴え合っていました。アメリカといえば大国です。日本の軍人さんたちがいくら強いといっても、日本は小さな国です。お金もあまりないし、天然資源もありません。はたしてアメリカなんかと戦争して大丈夫なのだろうか、きちんと勝負になるんだろうか、そういったくらいのことは、女にも解ります。ですが大っぴらに口にしたら警察に引っぱられかねませんから、こうして買い物に集まったような時、仲間同士でひそかに語り合うのです。

このところ、めっきり野菜の質も落ちてきていました。食べ物や物が不足しはじめています。景気もあまり良いとはいえず、伊勢佐木町や黄金《こがね》町の方では、飢えた浮浪者や、餓死するその子供たちがたくさん出ているといいます。東京のドヤ街はもっとすごいことになっているという話で、なんだか戦争ができるような、そんな状態ではないように思えるのです。近所の主婦たちは、この日珍しく八百屋さんのトラックが明るいうちに去っていってからも、そんな不安を互いに訴えながら、坂の中途で立ち話を続けました。彼女たちの胸中のそんな胸騒ぎにぴったりとしたような、ざわざわと風の吹く、嫌な夕暮れでした。

陽が傾くにつれて、ますます風が出てきたように思えました。もう秋も深まっている時候ですから、じっと立っているとだんだんに体が冷えてきます。坂の中途にまだ三人ばかり居残って立ち話をしていた主婦たちの一人が、いけない、すっかり油を売っちゃった、そろそろ帰って夕飯を作らなくっちゃ、と言いました。それでなかばあわてて、ではまた明日と言いながらお互いにおじぎをしました。

その時です。いましも身を屈め、頭を下げた主婦の髪に、ぽん、と何か当たりました。あら、とその人は言いました。それで、自分の頭に当たってから地面に落ちた物を、もう一度身を屈めて拾いあげました。それはリボンでした。フランネルらしい布地でできた、小さな、赤いリボンです。

奥さんは少し笑いました。そして、

「あらリボンだわ」

と言いました。どうしてリボンなんかが私の頭に当たったのかしら、そう思ったのです。

リボンを左手に持ち替えた時、それが妙にねばねばしていることに気づきました。つまんでいた右手の指に、ほんの少しだけですが赤いものがつきました。

反射的に、その人は上を見あげました。リボンは、いったいどういう理由からかは解りませんが、そっちから、つまり空から降ってきたように思ったからです。

三人の主婦が揃って見あげたあたりには、だんだん強くなりはじめる風に、葉を大海の大波のようにうねらせる、大楠の枝々がありました。

とその中央の遥かな高みに、黒い何かの塊が下がっているのが見えます。何だかは解りませんが、異様な大きな塊が、そんな思いがけないところにあったことにびっくりして、三人の主婦たちはじっと立ちつくして目をこらしました。何なのかは解りませんが、楠の枝に、こんなものが下がっているのを今まで見たことなんてありません。でもこの何だか解らないものは、さっきからずっと自分たちの頭上にあったことになります。いったい何なのでしょう？

こんもりと重なった楠の葉の陰になっていて暗いので、最初はよく解りませんでしたが、だんだん目が馴れてきて、見えるようになってきました。

最初は人形のようにも思いました。だってリボンなんかしているなら、お人形に違いないではありませんか。

でもなんだか変です。お人形にしては大きすぎるし、全体に赤黒い色をしています。お人形にしては、きちんと人間のかたちをしていません。ぼろぼろに破れ、あちこちの破れ目から綿がはみ出して垂れ下がった布団のようです。

「きゃーっ！」

と、一人の主婦がいきなり悲鳴をあげました。もう一人も手を口のところへ持っていきました。とうとう何であるかが解ったのです。でももう一人の主婦は、近眼のせいもあって、まだ何であるのか気づきません。いつまでもいつまでも、ぼんやりした表情のまま上を見あげています。坂道からは、かなり距離があるからです。でも、とうとう目を見開き、悲鳴を喉のあたりで凍りつかせました。ぶら下がっているのが何であるのかが、だんだんに知れてきたのです。

それはまるで、嫌な色をしたボロ雑巾のようでした。あちこちの肉が柘榴《ざくろ》の実のように弾《はじ》け、そこから赤黒い肉と、すっかり黒ずんだ血とが噴き出し、糸を引くような感じで垂れ下がっていました。

小さな手は奇妙な感じに折れ曲がり、ぶらりと下がっています。けれど、女の人たちがびっくりし、大声をあげたのはなによりその頭部のせいでした。

頭部はまったく原型を留めていません。そのせいで、これが何であるかが解るのに時間がかかったのです。髪の毛は粘った血ですっかり濡れているのか、顔全体にべったりと貼りついています。顔のあたりは、表も裏もよく解りません。それは髪の毛が顔を隠しているせいばかりではなく、首が妙な具合に折れ曲がっているからなのです。

頭は、すっかり胸にくっついてしまうほどに、がくりと前方へ折れ曲がっていました。どうしてそうなったかといえば、頸部《けいぶ》がほとんどちぎれかかっているからなのでした。だから頸《くび》のあたりはすっかり細くなっていて、だらんと妙な具合に長くなっています。頭と思える丸い塊は、だから胸のずっと下のあたり、ほとんどおなかのあたりまでずり下がっているのでした。

屋根の上の死者

1

横浜という都市は今でこそ「みなとみらい」計画などで非常に近代的かつ国際的都市の資質をますます身につけはじめているが、一九八四年のあの頃は、街のそこここに、まだ素朴な地方都市そのままのありようを見せていた。

そんな中でも京浜急行戸部駅の南西にあたる暗闇坂の周辺は、特にその傾向が強かった。伊勢町《いせちょう》に向かってあがる、やや急で長い坂道に昔からこの名がついているのだが、この不気味な名の由来については定かではない。またいつ頃からこの名があるのかについても諸説がある。

最も常識的なものは、文字通りこの坂が暗いからだという説明である。今でこそ、近代的で味気ない舗装路の坂道になったが、八四年当時、この坂はまだかろうじて江戸の面影を留めていて、登り坂の中途に佇《たたず》むと右手には黒ずんだ大谷石をレンガ状に積んだ石垣の壁が迫り、さらにその上には樹齢何百年になるのか見当もつかない楠の大木が小さな森ほどにも感じられるその巨大な枝を広げるので、昼でも少々薄暗かった。夜ともなれば真っ暗だったろう。

それに今は水銀灯がついたが、八四年当時、街灯もごく少なく、この坂を照らすものは近所の人家の明りと月光だけだった。確かに江戸の昔なら、それこそ狐に鼻をつままれても解らない漆黒の闇だったことであろう。

こういう地理的条件に加え、江戸の頃この坂の上に牢と刑場があったと聞けば、この奇妙な名の由来にも納得がいく。刑執行後は、台上に晒《さら》し首が並んだ。ここは罪を犯した者が集められ、いっ時留め置かれ、冥土《めいど》に送り出される、地獄の闇へのまさに入口だったのである。

江戸の昔、昼なお暗いこの坂道に立ち停まり、耳を澄ませば、坂上の牢から、現世の悲惨さを呪う罪人の呻《うめ》き声やすすり泣きの声が、たいてい聞こえてきたという。人々はこの場所を怖れ、決して近づこうとはしなかった。付近に用があっても、この坂を遥かに迂回《うかい》し、遠く廻り道をした。そんなこの地の住民の素朴な恐怖心が、この坂の名に結実したという説明は、大いに説得力を持つ。

この坂道に面したちょっとした崖の上の、楠が覆《おお》いかぶさるように枝を広げた土地には、今はなくなったが、八四年まで蔦《つた》が深くからんだ古い西洋館があった。楠の巨木の枝の下に建つので、奇妙に暗い印象の建物だった。

実際、建ってからもうずいぶん年代が経過していた。戦前からここにあったガラス工場の、社長宅として造られた。その工場の創業が昭和七年というから、もうすでに五十年以上の年輪を経た建物だったということになる。

戦後、この工場はジェイムズ・ペインという裕福なスコットランド人に買い取られ、昭和四十五年まで外国人子女のための学校となっていた。その間もこの蔦がからむ三階建ての西洋館はそのまま校長宿舎として残され、ガラス工場や倉庫が壊された暗闇坂を見おろす広い土地には、校舎と、グラウンドが造られていた。

しかし昭和四十五年、ペイン校は何故か突然閉校され、校長宿舎だけを残すかたちで校舎や体育館は取り壊され、二棟のアパートと、一軒の風呂屋に変わった。

この理由は、校長であったジェイムズ・ペイン氏と、彼の日本人妻藤並八千代《やちよ》との離婚が直接の原因であるといわれているが、しかし離婚と同時に学校経営をやめる必要というものも、取りたててはないはずである。

しかし昭和五十九年当時、銭湯の方は三年ほど前から閉めてしまっていた。すっかり荒れ果てて、壁の高みにある窓のガラスは割れ、浴場のタイルを割って草が生えていた。

アパート二棟は二年ばかり前に五階建ての鉄筋マンション一棟に建て替わり、敷地の一部は貸駐車場になっていた。ガラス工場、外国人学校、アパートに銭湯と、このようなめまぐるしい変遷《へんせん》をじっと見続けているものは、蔦がからんだ西洋館と、楠の巨木だけであった。楠にいたっては、江戸の刑場時代からの歴史を、無言で見おろし続けていることになる。

一九八四年の九月二十一日、台風が横浜一帯を襲った。当初は太平洋上を日本列島に距離を置くかたちで北上し、せいぜい北海道に上陸する程度かと言われたが、三浦半島で急に思いたったように進路を変え、神奈川県に上陸してきた。

おかげで横浜は二十一日一日中と、二十二日の早朝にかけ、すっかり暴風雨圏に入ってしまった。丸一昼夜、どしゃ降りの雨が降り続いた。

二十二日の朝が明けると、暗闇坂は通り過ぎていった嵐のために一面に黒く濡れ、その上に、崖の上の楠などが散らした小枝や葉が、無数に散り敷いていた。

朝七時半、暗闇坂の下りきったあたりに面して玩具屋を経営する徳山涼一郎《りょういちろう》は、表通りに面したガラス戸を開け、このガラスを保護するために閉めていた板戸も開けた。

表の明りを入れてみると、もう古くなり、建てつけがきちんとしているわけでもない板製の雨戸だから、わずかなすきまから盛大に雨が店内に降り込んだ様子だった。内側のガラス戸もアルミサッシでなく、もう古くなって黒ずんだ木の枠だから、雨水はここでも止まらず、店内の床がすっかり濡れている。雨台風だということをテレビもさかんに言っていたが、昨夜までの雨がかなりの勢いだったということがこれでもよく解る。

おもちゃを並べて載せた平台の上に、一応ヴィニールをかけておいて正解だった。ヴィニールの上にも、水滴がかなり載っている。

徳山は雨戸をすべて戸袋にしまい込み、ガラス戸も開け放った。平台からヴィニールをはずして、上の水を通りに捨てた。表通りのコンクリートの上に、落ち葉が異様なほど降り積もっている。濡れた新聞紙や商店の紙袋、ヴィニール袋の類《たぐ》いも、嵐の名残りを物語るように散乱している。そうして、嵐が過ぎ去った朝に特有の、湿った、しかし妙に植物のなまめかしい匂いが漂う、怖いような、ほっとしたような、そして奇妙にさわやかな、独特の気配が、あたりに充ちていた。

徳山涼一郎は奥から竹箒《たけぼうき》を取ってきた。そして、勢いよく店の前の落ち葉を掃《は》きはじめた。湿って折り重なった葉を掃き集めるのは案外腕力がいる。十五分ばかりをかけ、徳山は嵐の悪戯《いたずら》を坂の一箇所に集めた。竹箒を板壁に立てかけ、腰を叩きながらひとつ大きな伸びをした。

徳山は若い頃から何故か早起きの習慣があった。高校時代ずっと新聞配達の仕事をしたせいだろう。

いつもの習慣で、体操ふうに軽く手足を動かしながら、周囲をぐるりと見廻そうとした。そして、ああ、と急に思いついた。

徳山は、ふいに昨夜見た夢を思い出したのだ。

何故急に夢のことなど思い出したのか解らないが、思えばずいぶんとおかしな夢だった。表で吹き荒れる嵐の音を聞きながら眠ったので、あんな夢を見たのだろうか。徳山の家はもうずいぶん古い木造だから、たてつけも悪くなって、全体がぎしぎしとなるのだ。不安で熟睡などできたものではない。

夢というのは、徳山の家の並びにあたる、崖の上の藤並家のことだ。

藤並家の母屋である西洋館の屋根には、一風変わったものがぽつんと載っていた。それは、青銅製のニワトリなのだった。まるで西洋の家によくある風見鶏《どり》のように、それとも金閣寺の屋根の鳳凰《ほうおう》のように、屋根の真ん中にぽつんとひとつ立っている。

これは昔からあったわけではない。戦後この家と周囲の土地を買い取って学校を始めたイギリス人が、国から持ってきてこの家の屋根に取りつけたものだ。

このニワトリはしかし、ただの飾りではなかった。外国人の知恵らしい、面白い仕掛けがついていた。毎日一度、お昼の十二時になると、ばたばたと左右の羽根を羽ばたかせるのである。そうして、首を前後に振る。と同時に、奇妙なメロディがかすかに流れるのだ。不思議な旋律の、オルゴールに似たメロディだった。

この機械仕掛けのニワトリは、いわばこのあたりの名物だったが、しかし動いていたのは昭和二十三年頃からの十年間くらいであったと思う。音楽の方は、もっと早く鳴らなくなった。

現在の家で生まれ育った徳山なので、子供だったこの時期、奇妙なメロディとともに羽ばたき、首を前後に振るニワトリを二、三度見た記憶がある。

何故二、三度しかないかというと、小学校へ登校すると、見ることができないからである。日本人の小学校は、遥かに離れた場所にある。そして、日曜日はというと動かない。ペイン校に生徒がいる時だけ動くのだ。徳山がこのおかしなメロディとともに羽ばたくニワトリを見たのは、風邪で学校を休んだ時と、徳山の学校が、開校記念日だか何かでお休みだった時である。

しかし徳山が中学校を出る頃、無伴奏ながらも羽ばたくことは続けていたニワトリだが、機械仕掛けが壊れたのか、とうとう動かなくなった。修理してやろうという日本人がいなかったのであろう、以来そのままになって今日にいたっている。徳山は親の跡を継いでこの店の商売を続けながら、店の前から見えるので、時おりこのニワトリを仰ぎ見ることはあったが、これまで存在さえ忘れていた。それがどうしたことか、昨夜ふいに夢で見たのである。

このすっかり青く緑青《ろくしょう》を吹いたニワトリが、ばさばさと羽ばたき、星がいっぱい見えている夜の空へ飛び立っていく夢だった。

不思議だなあ、と思った。どうしてあんな夢を見たのか。自分はおもちゃ屋だから、ああいった機械仕掛けに昔から興味があったのだが、それにしても、寝起きと同時にすっかり失念していたものが、店の前の掃除が終ったとたんに、ふっと思い出された。

大谷石の石垣の上の藤並の家は、店の前から望める。それで徳山は伸びをしたついでに坂の上へ二、三歩歩み出て、藤並の家を仰ぎ見た。嵐で道に散乱した小枝のせいか、車も坂を下ってくる気配はなく、往来の中央に立つのになんの心配もいらない。

すると、徳山は目を見張った。あれは正夢だったのか――？　ニワトリがいないのだ！　藤並家の屋根の上のニワトリが、いなくなっている。

しかしそれだけならさほど驚くにはあたらない。別段朝な夕なに仰ぎ見ていたわけではないから、徳山の知らぬうちに、ニワトリはすでに取りはずされていたのかもしれない。徳山が目を見張ったのはそういうことではなく、ニワトリの置き物が立っていたあたりの屋根に、不思議なものが見えたからであった。

それは、どう見ても人影にしか見えなかった。三角形になった屋根の頂上に、馬に跨《また》るような格好で人が跨り、すわっているようにしか見えないのだ。

徳山は不審な気分になり、店のガラス戸をいったん閉めておいて、暗闇坂を坂上に向かって歩きだした。徳山は最近老眼気味になった。老眼は遠くのものは案外よく見える。しかしそれにしても、そこから藤並家の屋根は遠すぎた。もう少し近づこうと考えたのである。

こんな時間に、何故人間が屋根の上にあがっているのか。最初ニワトリの置き物を撤去しようとしているのか、それとも修理でもしようとしているのかと考えた。が、それにしては男の体が、いっこうに動いているふうではない。じっと、ただすわり続けているのだ。ニワトリの代わりに、人間の置き物が置かれたようである。

男は、緑色の体をしていた。どうやら目にも鮮やかな、グリーンのセーターを着ているらしかった。彼の鼻先に立つ、常緑の楠の大木の、葉の色に合わせたかのように思われた。

その風体も妙だった。屋根にあがって作業をしようという人間が、そんな小綺麗な格好をするとも思われないし、第一こんな朝早くから屋根にあがるだろうか。

坂を登り、近寄るにつれ、徳山はますます気味が悪くなってきた。近づけば近づくほど、屋根の上の何かは、人間としか思われなくなってきた。しかも騎馬人形のように、まったく微動だにしない人間だ。

時おり、嵐の名残りのように強風が街を渡ってきて、石垣の上の大楠の枝をざわざわと騒がせる。そのたび徳山の心臓の動悸は、せきたてられるように早くなる。上空にはまだ嵐の名残りが、静かに渦を巻きながら、居残っているように思われた。

あまり近づくと、暗闇坂に面した石垣の崖が伸びあがり、屋根に跨る不思議な物体を隠してしまう。

坂を登りきり、藤並家の裏手の路地へ廻ってみたが、ここもうっそうとした庭の植え込みが邪魔をして、屋根の上がうまく望めない。徳山は藤並家の周囲を歩き廻ったが、面白いことに、藤並家の屋根に載った奇怪な存在がきちんと望めるのは、結局徳山の家の前の坂道だけなのだった。

藤並の敷地に建つ五階建てのマンションのヴェランダか屋上にでも出れば、当然見えると思われたが、それでは徳山の家の前の道からと、距離的にそう大差はないのだった。結局徳山は、自分の家の前に戻ってきた。

もう一度屋根の上を見ると、不思議な緑色の人物と見えるものは、相変わらずまったく同じ姿勢で屋根に跨っている。嵐とともに、彼の時間はまるで静止してしまったようだ。今や彼の白い頬の色や、無表情なその顔つきまで、はっきりと望めるようになった。

徳山がしばらく道路に立ちつくし、屋根の上を見つめていたら、散歩中らしい老人が通りかかり、徳山の視線を追って屋根を見て、やはり棒立ちになった。

通りかかる人々が次々に立ち停まり、徳山のまわりに、藤並家の屋根を見つめる集団ができた。次第に大騒ぎになった。中の一人が、あれは藤並の家の人じゃないか、と言いだした。どうも風体に見憶えがあるという。

とにかく、全然動く様子がないのはおかしい。藤並の家に行って言うか、警察に報《しら》せた方がよくないか、と彼は言った。

2

「石岡君、これを見たまえ」

ヴェランダ側のデスクで新聞を読んでいた御手洗が、私に向かって大声をあげた。声の調子が珍しく真剣だったので、何事かと思い、私は寄っていった。一九八四年、九月二十三日の朝のことだった。

御手洗の注意をひいた記事は、スペース的にはそれほど大きなものではなかった。何故か西区西戸部町の民家の屋根の上で、変死者が発見されたというものだった。死体は、いったいどうした理由からか、屋根の稜線に跨る格好をして死んでいたという。なるほど御手洗が興味を持ちそうな事件だと思った。しかし、彼が私を呼んだのは、そういう理由からではなかった。

「この死者の名を、ほら、読んでみたまえ」

御手洗は新聞記事の一部を指で示している。私は顔を近づけ、声に出して読んだ。

「無職……、藤並卓さん……」

私はすぐには解らなかった。その名を聞いて、すでに十日という時間が経っていたからだ。しかも、話のついでにたった一度か、二度耳にしただけである。

「藤並卓……、ああ！」

私は思い出した。私のファンだと言い、電話をくれた森真理子が、七年間憧れていたという男性である。頭が良く、ハンサムだが、ひどく嘘つきだというあの男だ。あの男が死んだ――?!

私はびっくりして、御手洗から新聞を引ったくった。

「西区西戸部町に住む無職藤並卓さんが、二十二日早朝、母親の藤並八千代さん方の屋根の上で、変死体となって発見された。死因は心不全とみられる……、心不全って何だ？」

「心臓マヒだよ」

「どうしてまた……、信じられない。あの森さんの彼氏が……。森さん、ショックを受けてるだろうな……」

私はしばらく放心してしまった。

「でも、またどうして屋根なんかに登って死んだんだ？　発見されたのが、昨日の朝……？」

「死亡推定時刻はおとといの夜十時頃らしいよ」

「おとといの夜といえば、台風の真っ最中だ。一番荒れ狂っていた時間帯だぜ」

「その通りだ」

「そんな時間に、どうして屋根の上になんか登ったんだろう……」

「石岡君、記事をもっとよく読んでみたまえ。藤並卓氏は、グリーンの薄手のセーターに、コールテンのズボンといういでたちだったそうだぜ。コートも合羽も着ていない。傘もさせない暴風雨の中、そんな軽装で屋根の上にあがったというわけだ。しかもこれを見てみたまえ。建物の裏手、勝手口の脇に、古い梯子《はしご》が立てかけてあった。ところがこの梯子は、二十二日朝七時四十分頃の発見当時は、なかったという証言もあるそうだ」

御手洗は嬉しそうに手のひらをすり合わせた。

「どういうことだ？」

私は言った。

「さあね！」

御手洗は元気よく応える。

「材料がきちんと揃わなければ料理にとりかかることはできない。今言えることは、めったにない、面白い出来事だということだけさ。さて石岡君、出かける用意をしないか。朝食なんか作らなくていい、伊勢佐木町で何か食べられるだろう」

「現場へ行ってみるわけだね？」

私は上着を取りに自室へ向かった。

「どういたしまして。どうせ現場は警官と報道陣で、犯行の痕跡は丹念に踏みかためられて土の下だ。もう手遅れだろうよ。伊勢佐木町へ行くのさ」

「伊勢佐木町へ何しに行くんだ？」

「おいおい石岡君、君のファン第一号の存在をもう忘れちゃったのかい？」

私は棒立ちになった。

「まさか君は……、あの……」

「……その森さんに会いに行くんだ。ショックを受けてるだろうから心配だと今君も言ってたじゃないか」

「ぼくは会いたくはないよ」

「そうはいかない。彼女にはひと肌脱いでもらわなくちゃならない」

「だが……」

「下のベンチで待っている。戸閉りをして、ガスのもと栓を閉めて、あとから来たまえ」

御手洗はさっさと先にたつ。


森真理子はデパート勤務だから一般サラリーマンとは出勤時間帯が違うということを、この前私に言っていた。だから今、自宅にいる可能性もなくはなかった。もしいなくても、勤務先を訪ねればよいだろう。しかし、私は森真理子の正確な住所も電話番号も聞いてはいなかった。

「石岡君、次から女性の読者なら電話番号くらいは聞いておくようにしたまえ。こんなふうに、あとで何があるか解らない」

「そんな名簿など作っていた日には、君に何を言われるか解ったものではない」

私は応えた。

「今さら何も言いはしないさ。君の女性好きは、一ヵ月も暮らせば誰にだって解る」

「どうして解るんだい？」

「君が持っているレコードの類いはみんな女性歌手のものだし、観たがる映画は決まって有名女優主演のものだ。枕もとには世界の美女とか有名女優なんて本が山と積んであるし、可愛いウエイトレスがいる喫茶店にばかり行きたがる。おっと、このへんだろう？このM屋という百貨店の裏手のマンションという話じゃなかったかな、あれかな」

御手洗は、さっさと角を曲がって早足になる。彼は、目的地が近づくと、たいていせっかちになるのだ。

マンションはすぐに見つかった。女遊びが趣味の男なら、こういう友人を持つとよいだろう。ちょっとした材料から、たちまち彼女の住まいを探りあてる。よくしたもので、こういう能力がある男は、たいていプレイボーイではないのである。

森真理子の家は一階だった。マンションの一階では、不用心でもあろうし、せっかくビルで暮らす意味がないのではと私などは思うのだが、彼女の家は、ヴェランダの側にわずかばかり庭がついていて、なかなか住み心地の良さそうな住まいに思われた。しかし植物が枯れる季節であったのと、台風の直後であったから、狭い庭は、やや荒れた印象だった。

一階のセメント塗りの通路に面したドアに、森と表札がかかっていた。その脇のチャイムを押すと、スピーカーが付いているのだがここから声はなく、いきなりドアが開いて、都合がよいことに森真理子当人が出てきた。

「森真理子さんですね？　ご在宅とは好都合でした。こちらにいる友人をもしお忘れでなければ……」

御手洗は私を指さす。すると森真理子は、ショックを受けているのか、私の顔をちらと見ると、

「ええと、どちらさまでしたかしら……」

と言ったのだ。御手洗はいったん目を丸くしてから、上機嫌で私にウインクしてきた。

「森さん、最近『斜め屋敷の犯罪』というなかなか面白い本を読まれたのではなかったでしたかしら」

御手洗は言う。

「斜め屋敷の……、ええと……」

彼女は眉間《みけん》に皺《しわ》を寄せて、思案した。

「ああ、はい、思い出しました」

「ではその本を書いた人物と、これに登場していた道化者も思い出して下さい」

「ああ石岡先生！　石岡先生じゃありませんか。あまり思いがけないのと、私、今コンタクトレンズを入れてませんので……。きゃあ！　ではこちらは御手洗先生」

「ずいぶん時間がかかりました。永遠に思い出してもらえないのじゃないかと思いましたよ。実は、お気をお落としかもしれませんが、あなたのお役にたてるかと思い、こうしてうかがったんです」

「何でしょうか。あまり思いがけないことなので、びっくりしてしまって……」

「われわれがこうしてやってきた理由は、薄々お解りでしょう。藤並卓さんのことです」

御手洗は、鋭い視線を森真理子に注いでいた。

「藤並さんが？　ああ石岡さん、お話になったんですね、石岡さん、人が悪いわ。藤並さんが、どうかしたんですか？」

森真理子は、ぽっちゃり型の白い頰を、やや上気させて訊いた。

「何もご存知ないんですか？」

御手洗は森真理子に視線を据えたままで言う。

「はい、何でしょう？」

彼女の唇には笑みさえ浮いている。

「昨日の早朝、遺体が発見されたんです」

「ええ?!」

森真理子の表情からさっと笑みが去り、頰の色がみるみる蒼白く変わった。驚きの声は低くかすれ、ささやくようだった。

「何も聞いてらっしゃらなかったんですか？」

「はい、何も……。本当なんですか？」

「本当です。今朝の新聞に出ています。で、そのことについて、森さんに少しお話をうかがいたいと思いまして」

森真理子は御手洗の言葉に何も反応しなかった。驚きと恐怖で、すっかり自失してしまったというふうだった。放心し、立ちつくしていた。

「私に……」

「伊勢佐木モールにPという喫茶店があります。先週、あなたがこちらの石岡君と話したお店です。われわれは今からそこへ行き、モーニングセットでも食べながら待っています。気分が落ちつかれたらいらして欲しいんです。お勤めは何時からですか？」

「それは、今日はお休みなんですが……」

「それは好都合です。では、よろしいですね」

「はい……」

有無を言わせぬ調子で御手洗は言い、森真理子の前を離れて歩きだした。森真理子はすっかり放心し、ドアのノブを握ったまま立ちつくしている。私は少なからず胸が痛んだ。

3

男の人は、石油ランプの明りだけで壁に絵を描いています。とても不思議な絵です。大きな木があって、その幹は太く、なんだか人間の体に似ています。長い長い胴体のようです。

その胴体が、縦に真っすぐ切り裂かれています。その裂け目から、骸骨《がいこつ》があふれ出しています。体の骨ももちろん一緒です。骸骨の数は、ひい、ふう、みい、四つあります。

幹の一番上は、ワニの口のようにぱっくりと裂けています。その口に、上半身を呑み込まれ、下半身だけを空に突き出して、ばたばたと暴れている人がいます。ちょうど、大きな大きな蛇が、たった今人間を頭から丸呑みしたところに似ています。

かっと裂けた口には、ぎざぎざと尖った歯が、怖ろしげに並んでいます。木が、人を食べているところなのです。お腹からあふれ出した白骨死体は、だいぶ前に食べられてしまって、もう骨になってしまった人たちに違いありません。

大きな木のすぐそばには古い西洋館が建っています。その家の屋根の上に、まるで馬の背に跨るようにして跨った男の人がいます。そうして、じっとこの木が人を食べているところを見おろしています。

この絵はいったい何なのでしょう。描いている男の人は真剣です。暗い部屋の中でたった一人、わき目もふらず、一心不乱に絵筆をふるいます。

4

私と御手洗とがモーニングセットを食べ終った頃、森真理子がやってきた。目が赤く、今まで泣いていたことがすぐに解った。先週私と会った時よりよほど元気がなく、しょんぼりとした様子で椅子を引き、私たちの前に腰をおろした。御手洗はというと、相も変わらず無遠慮な視線を彼女に向けていた。

「石岡君があなたに会いたいと言いましてね」

御手洗がいきなり言った。

「本当ですか？」

森真理子は力なく言った。それでも、唇にわずかな笑みが戻った。

「寝ても覚めてもあなたの噂《うわさ》を聞かされましたよ。おはようの代わりに、出てくるのはあなたの名前です。今まで逢ったあらゆる女性のうちで、一番優しく、可愛らしい女性だと力説していました。だからはたしてどんな女性なのだろうと、こうしてお会いするのが楽しみだったんです」

御手洗は例によって、出たとこ勝負の嘘八百を口にした。私はすっかり苦い気分になったが、これも森真理子の気分を引きたてるためだろうと思い、黙って堪えていた。

「そんなに言っていただけるとは光栄です。でも会われて、がっかりなさったんじゃありませんか？」

「そんなことはありませんとも。ごらんなさい、石岡君なんか、緊張のあまり声も出ない。ところであまりお時間をとらせても申し訳ないので、さっそく藤並さんのことを、おうかがいしたいのです。このたびのことはお察しいたします」

「はい、すごくショックでした」

「彼が亡くなった理由については、お心あたりはありますか？」

「いえ、全然」

「彼が心に何か悩みを抱いていたり、何ごとかに異常に興味を引かれて、ずっと寝食を忘れていた、などといったことは……」

「それは、ないと思いますけど……、でも、私には解りません」

「七年にも亘《わた》る長いつき合いだったと聞いていますが」

「でも毎日会っていたわけじゃないんです。それにあの人、自分のことはあまり話したがりませんでしたから」

「女性関係が華やかな人だったんですか？」

「いえ、みなさんそうおっしゃるけど、実際はそういうことはなかったんです。むしろ、女性にはあまり興味がないような感じがしました」

「しかし、女性に人気が出そうなタイプだったんでしょう？」

「それは、あれだけハンサムな人でしたから。背も高いですし。でも、藤並さん自身は、あまり女性を求めるようなところはありませんでした」

「しかし、あなた方は親しい関係になったわけですね？」

「まあ……、でもそれは、偶然何度か道やデパートでばったり出会ったからです。それでお茶なんて飲んでるうちに、だんだん親しくなったんです」

「ドライヴに行ったりなどしましたか？」

「ええ、それは私の車で。あの人は、免許持ってないんです」

「ほう。藤並さんは、どんな性格の人でしたか？」

「性格は、一風変わっていました」

「どんなふうに？」

「頭のいい人によくあるような、人を寄せつけないような、ニヒルっていうのか、唯我独尊っていったらいいのか、自分以外の周りの人を軽蔑しているような感じがありました」

「なるほど。どちらかといえば暗い性格ですか？」

「まあそうです。あんまり人と喋《しゃべ》ろうともしませんし。それから時々……、いえ、これはあんまり言ってはいけないかな……」

「どんなことです？」

「いえ、亡くなった人を悪く言うようなことは、避けたいですから」

「森さん、ぼくがこうしてわざわざうかがったのは、それなりの理由があるんです。藤並さんは以前から心臓が悪い人でしたか？」

「いえ……、さあ、そんな話は聞いていませんが……」

「とすれば、いったいこの事件は何だと思います？　嵐の夜に自分から進んで屋根にあがって、一人で心臓マヒで死んだのですか？」

「さあ……」

森真理子は首をかしげる。

「彼がそんな不可解な行動をとる理由というものに、あなたは心あたりがありますか？」

「さあ、私は……」

「覗きの趣味でもあったんでしょうか。しかし台風の深夜、屋根にあがったところで何が見えますかね」

「はい……。でもあの人は、覗きなんていうタイプじゃないから」

「とすれば、藤並さんは殺されたのだという可能性を、なかなか捨てきれるものじゃありませんね」

「殺された？」

　森真理子は再び絶句する。

「警察がどう考えているか解りませんが、その可能性は、ぼくの見るところ大いにありますね」

「はあ……。そうなんでしょうか……」

　森真理子の声が、またかすれる。

「ですが、あんな屋根の上で、どうやって人を殺すんでしょう？　それも相手はすわったままでいるのに……」

「まさしく！　それが不思議なんです、森さん」

　御手洗は嬉しそうに言う。

「ともかく、とすればあなたも、真相を、犯人を暴《あば》きたいと思われるでしょう？」

「それはもう！」

「では何でもお話し下さい。どんなささいな事柄でも、また彼の恥になるような類いの証言でも、結局彼の怨みを晴らす結果となるかもしれません」

「はい。では申しますけど、いえ、そんな大したことじゃないんですが……、あの人、生き物があんまり好きじゃないらしくて」

「生き物？　犬とか猫とか？」

「はい、それもですけど、公園を歩いていたら、池の水面近くまで浮かんできている鯉《こい》に、大きな石を本気になってぶつけようとしたりして、ちょっと驚いたことがあります」

「池の鯉に？　それはふざけてですか？」

「ええ、でも彼の顔を見たらすごく真剣で、本気で殺そうとしていたとしか、思えませんでした」

「お腹がすいて、鯉の刺身でも食べたくなったのかしらね、石岡君。森さん、そのほかには？」

「私、彼のことは好きでしたし、憧れていましたから……」

「よく解りますよ」

御手洗はしたり顔でうなずく。

「ですから、あまり彼のこと、悪くは言いたくありません。会ってる時、私に対しては、冷たいけどとても優しくて、礼儀正しい人でした。頭がいい人ですから、周りをちょっと軽く見ているようなところがあって、だから人に反撥《はんぱつ》されたりはすると思いますけど、それで特に人に嫌われたり、怨まれたりなんてことはないと思います」

「藤並さん自身も、自分が人に怨まれたり、嫌われたりしてるなんて話は、あなたにされてなかったですね？」

「全然。第一あの人、人づき合いというものをしませんもの。嫌われるはずはないです。

嫌われるほど、人と深いおつき合いをしません」

「借金の類いはいかがです？」

「確かに仕事は辛抱強い方じゃないですね。女性に人気があるから、社内の男子社員にやっかまれて大変みたいでした。それで勤めをよく変えるみたいで……、だから収入は不安定だったでしょう。でもお金には困っていなかったです。いつもいいもの着て、高い店で食事してました。私、そのことはあまり深く考えなくて、なんとなくあんな頭のいい人だから、きっと株で儲《もう》けたり、パチンコで勝ったりしてたんだろうと思ってました。事実そんなこと言ってましたし。でも今思えば、やっぱりお家がお金持ちだったんでしょうね」

「冷たくした女性から怨みをかうという線はどうです？」

「さあ、それもないと思います。私あの人と最初に会った時、女に興味ない人かと思ったくらいですから」

「それほどプレイボーイではない」

「違いますね」

「そしてなによりあなたも、藤並さんを怨んではいない」

そう言った時、御手洗の目がきらりと光ったように思われた。

「私は、彼のこと、特に怨んではいません」

「いろいろと、嘘をつかれたんではないでしたかしら」

「そういうこともあったけど、しかたないです。世の中に全然嘘をつかない人なんていないでしょう？　私が嫌だったのはそんなことよりむしろ……」

森真理子は口ごもった。

「むしろ何です？」

「動物を殺した話です」

「動物を？」

「ええ、犬や猫を……」

「犬や猫をどうやって殺したんです？」

「子供の頃、近所にいた猫を捕まえてきて生きたまま解剖したとか、ヒモで縛って木から吊るしておいて、バットで叩《たた》いて殺したとか」

「ふうむ……」

御手洗は唸った。

「でも、誰でも子供の頃はそんなものかもしれませんですしね、男の子の場合」

「誰でもとはいえないでしょうね。しかし今回、殺した犬や猫に復讐されたわけでもありますまい」

「はあ……？」

森真理子は応えてから、妙な顔をして御手洗を見た。

「さて森さん、藤並卓さんはあなたと親しかった。状況次第では、あなた方はご結婚の可能性さえあった」

「いえ、結婚なんて、私は全然考えてはおりませんでした」

「しかし、奥さんと別れて欲しいとは、思われたんじゃないですか？」

「それはそうですが、はたして私が、そんなこと要求できる立場にあるものかどうか……」

「しかしそのくらいあなたは、藤並さんのことを思っていたのです」

御手洗は人ごとを断定的に言った。そんな御手洗の言葉にうなずく森真理子を見ていると、何やら催眠術にかけられる気の毒な女性を見ているようだった。

「はあ……」

と森真理子は応じた。

「そして、親しかったご友人、藤並卓さんの死に不審を感じておられる、そうですね？」

「はい」

「あの、無理なさらなくていいんですよ」

見かねて、横あいから私が助け船を出した。

「いえ、無理はしておりません」

森真理子はきっぱりと言った。

「今御手洗さんの言われた通りです。さっき藤並さんのことうかがって、新聞でそれ確かめて、あまりのことに放心して、頭の中がすっかり混乱していました。でも、今お話うかがっていて、だんだんはっきりしてきました。おっしゃる通りです。私は、藤並さんの亡くなった理由が知りたいです。もしこちらのおっしゃるように卓さんが殺されたものなら、どうしても犯人を知りたいです」

「それをうかがって安心しました」

御手洗がゆっくりとうなずきながら言う。

「このままではまず間違いなく、藤並さんは心不全故の自然死と断定されておしまいです。警察に詩心は解りません。嵐の夜に一人屋根に登った理由なんて詮索はしません。そんな変わり者がいた、これがたまたま屋根にあがった瞬間心臓マヒを起こした、それで一件落着ですよ」

「私はどうすればよろしいのでしょうか？」

「一番簡単な方法をお教えしましょう。あなたの目の前の男に、真相の解明を依頼なさるのです」

「目の前の方というと、御手洗さん……」

「ぼくと、石岡君です」

「はあ……」

森真理子は驚いたようだった。いっ時考え込む。

「そうできるものなら……、でもどのようにすれば……」

「ただイエスと言っていただければそれでいいのです」

「でも費用などは……」

「費用は、今回の事件をいずれ石岡君が本にするでしょうから、一冊買って下さればそれでいいです。では今からちょっと暗闇坂の現場まで、一緒に散歩に出かけてみませんか」

御手洗は言うが早いか、さっさと立ちあがる。

5

私たちは三人連れだって長者町を歩き、大岡川を渡って京浜急行の日ノ出町の駅に出た。ここから電車に一駅乗れば、もう戸部駅である。西区西戸部町にある暗闇坂は、この戸部駅の南西の方角にあたる。

商店街を抜けて歩き、道幅の広い車道に出ると、「御所山」と信号機のカードに書かれた交差点を右折する。すると道は商店街と住宅街の間をぬうようにして進む。タクシーで行ってもよかったのだが、御手洗が歩きたいと言ったのだ。横浜駅からも桜木町駅からも、物理的な距離はさほど離れていない土地柄なのだが、ここまで来ると、周囲の家並みがみるみる古び、地方都市めいていった。ビルが消え、家並みが古び、看板も剝《は》げかけたペンキの、古ぼけたものが目だつようになる。その風情は悪いものではなかったが、私は列車で一日も旅をしてきたような錯覚に陥り、不思議な、というより一種不安な気分になった。私は横浜に暮らしてもう三年以上になるのだが、こんな場所が近くにあるとは少しも知らなかった。そして横浜は、東京に較べるとまだまだ地方なのだな、と考えた。

「さっきの信号、御所山って書いてありましたでしょう?」

私と御手洗にはさまれて、ずっと黙って歩いていた森真理子が、沈んだ声で言いはじめた。私は彼女の言葉を聞きながら、何気なく空を見あげた。低く雲が垂れこめ、どんよりとした曇り空の日だった。

「いつか、藤並さんに聞いたことがあります。あの信号の向こう側が御所山町というんですけれど、その名の由来は、御所五郎丸っていう人の、大きなお屋敷の跡とお墓があったからなんですって。御所五郎丸っていう人は、源頼朝の時代の武将なんだそうですけど、昔戸部村の若い人たちが、きっと宝物があるだろうと思って、五郎丸のお墓の下を掘ってみたんだそうです。でも何もなくて、墓石も倒したままにしておいたら、時代もずっと下って、そのあたりに家が建って、一人の八百屋さんがやってきて、転がった墓石がちょうどいいといってその上に板を置いて、上に野菜を並べて八百屋の商売をしていたんですって。そしたらある夜その八百屋さんの枕もとに武将が現われて、わが墓石の上に不浄の品々を並べて売るとはけしからん、すぐもとのところへ積んで欲しいと言ったんだそうです。

八百屋さんがびっくりしたら目が覚めて、それは夢だったんですって。でも八百屋さんはあんまり気にもとめずに商売をしていたら、子供が病気で死んでしまって、それから奥さんも寝込んでしまって、仕入れた品物はどんどん腐りはじめたんですって。八百屋さんは嘆き悲しんでいたけど、それでもまだ夢のお告げを自分が無視しているせいだとは思わずにいたら、大きな石が崖の上から落ちてきて、その下敷きでぺしゃんこになって死んでしまったんだそうです。その石をどかしてみたら、その人の血で濡れた裏側に、小さく御所山と文字が彫られてあったんだって。

近所の人が驚いて、地主の人と相談して墓石をきちんと積みあげて、お坊さんを頼んで供養をしたら、もう付近には何の祟《たた》りもなくなって、奥さんの病気も治ったんだそうです。それからあのあたりを御所山町と呼ぶようになったという話です」

森真理子は気味の悪い話を、ごく何気ない調子で語った。少し風が出てきているようだった。行く道のあちこちに、まだ昨日の台風の名残りが感じられた。庭の植え込みの幹が折れて、裂け目の木肌が白々と覗いていたり、ブリキの看板が壊れていたりした。

「このあたり、古い言い伝えや、怖い伝説が多く残っているところなんですって」

「まるで横浜の秘境ですね」

御手洗が軽口を叩いた。

「暗闇坂はこの先なんですけど、昔はその坂の上に首切り場があって、暗い森の中の台の上に、いくつも切られた首が並んでいたんですって。首は、倒れないように粘土で首の左右につっかえ棒がしてあって、それはものすごいところだったって聞いてます。昔は、近くの人も絶対暗闇坂周辺には近づかなかったって。夜、一人で坂を歩いていると、提灯《ちょうちん》を下げた小僧さんが横あいの繁みから出てきて、先をてくてく歩くんですって。時々後ろを振り返ってにっこり笑うんですって。その様子はとっても可愛いんだけど、その小僧さんて、必ず狐なんです。戦前まで、よくそんなことがあったそうです。地もとのお年寄りなら、何度かそういう狐を見ているって」

「ずいぶんよく知ってますね」

御手洗が言う。

「藤並さんが、そう言ってました。あの人の弟さんて、そういうことを専門に研究している人なんですって」

森真理子は小声で応えた。

彼女の話を聞いているうち、私は次第に薄気味悪くなった。

行く道前方に、藤棚商店街と書いた看板があがっているのが遠く望めた。

「暗闇坂っていうのは、これです」

森真理子が左手を指でさし示した。

私たちがやってきた道を、左方向にややUターン気味に折れてあがっていく坂道があり、その一番下に、私たちは立っていた。

ずいぶん急な坂道だった。道の左右に民家など一軒もないような坂道を、私はなんとなく空想していたのだが、そうではなく、民家もアパートも、結構坂の両側に建ち並んでいるのだった。ただ新しい家は一軒もない。どの家も古びている。戦前から建っているのか、それとも戦後すぐにでも建ったようにみえる家が、ぎっしりと軒を並べている。

その様子はなかなかに鄙《ひな》びた風情で、悪くなかったが、私には奇妙に陰気に感じられた。庭が坂道から望めないので、住人の姿が見えないせいもある。生き生きとした生活がこれらの家々にあるように思われず、なにやら古い空き家が建ち並んでいるように感じられるのだ。

百年ほどの昔まで、「死」に向かってあがっていったはずのこの坂道だが、今も何故か坂は死の街、ゴーストタウンのように、私には感じられた。

坂を登りはじめると、右手に珍しくもおもちゃ屋がある。木の桟《さん》の古いガラス戸がぴたりと閉じているが、平台に並んだおもちゃが覗ける。おもちゃ屋を過ぎると、左手にちょっとした建物のすきまが現われ、そこにわずかな草原《くさはら》が覗く。草原には、黒ずんで古いセメント造りの、公団住宅か寮に見える建物が二棟建っている。その向こう側には、ちょうど海原《うなばら》のように、民家の屋根が下界を埋めて広がる。

さらに坂を登っていく。長い坂だ。これなら一昔前、荷物を満載した人力車などにはさぞ難所だったことだろう。

坂の中途左側に、ぽつんと小さな石の碑が立っていて、「くらやみざか」と彫ってある。これは平仮名で書かれている。

「ああ、これですね？」

と御手洗が声をあげた。石碑を少し過ぎた右手に、まるで城跡のように、黒々とした石垣が立ちふさがった。大谷石らしい石をレンガ状に細かく切断し、これを積みあげて造った高い石垣だった。

長く風雨に晒《さら》されたせいか、石垣はすっかり黒ずんでいる。大谷石らしいというのは、近づいて解ったことだった。遠くから眺める限りは、ひたすら黒々とした壁のようだった。この陰気な石垣の半分近くを、緑色の蔦《つた》の葉が覆っている。

しかしわれわれを驚かせたものは、その古い石垣ではなかった。石垣の上に、そびえるように立った巨大な楠だった。その枝ぶりはまるきり小さな森のようだった。秋だというのに、青々と盛大に葉をつけている。

石垣の上には、この巨木以外にも何本か木が並んでいたのだが、巨人の父親の足もとに整列した、その子供たちのようだった。この楠の巨木が、枝を坂道の上空にも張り出し、その枝にはびっしりと葉がついているので、石垣のふもとあたりは、妙に薄暗い印象だった。なるほど、これが暗闇坂か、と私は一人納得した。

　楠の巨木の横から、スレート葺《ぶ》きの屋根を持つ西洋館が望めた。樹木が邪魔をして、洋館の壁面すべてが坂道からは望めなかったが、この建物の壁にも、窓だけを残してびっしりと蔦が這っているのが解った。

「あれが藤並さんのお母さんのお家ですか？」

　私が訊くと、森真理子も見あげながらゆっくりとうなずいた。

「ではあの屋根の上に？」

　私が無遠慮とは思いながらあえてそう尋ねると、彼女はまた悲しげにうなずく。

　この陰気な坂道の、あの陰気な西洋館の屋根に、グリーンのセーターを着た人間がすわって死んでいたとしたら、さぞ奇怪な見ものだったことだろう。私は見あげながらその光景を思い描き、ひそかに身震いした。

　私たちの歩みは、石垣の脇の、巨大な楠が枝を広げる淡い暗がりの下にかかった。坂が長く、私は少しばかり喘《あえ》ぎたい気分だったから、いっ時立ち停まってみた。私の様子に、御手洗も立ち停まった。森真理子も停まり、三人で上空を見あげた。

　かすかな湿気と、植物の匂いを感じた。それから、古びて湿った大谷石の匂いも感じた。足もとには、嵐の名残りだろう、無数の木の葉が散乱していた。葉をつけた小枝もあった。青い葉も、茶色く枯れた葉もあった。

「なんてすごい木だろうね、石岡君」

上向けていた顎をおろし、御手洗が感心したように言った。私も御手洗と視線を交えてから、大きくうなずいた。こんな巨木を、私はそれまで見た記憶がなかった。

たっぷり一分ばかり、私たちは坂の中途、暗闇坂の巨木の下に佇《たたず》んだのだが、思えばこれは象徴的なことだった。この巨木が、これからの陰惨な事件の主役を演ずるのである。

6

楠の巨木の盛大な枝ぶりのせいでやや薄暗い石垣下の坂道を、あとわずかばかり歩いて登りきると、暗闇坂はおしまいとなる。坂上の平地がひらける。

問題のペイン校があったという場所は、この石垣の上である。坂上を右に折れた手前側あたりになる。つまり楠の巨木のある、黒ずんだ石垣の上の平らな広い土地である。もっともそういうことは、この時はまだ、私も御手洗も充分認識していなかった。森真理子はおそらくいくぶん知ってはいただろうが、私たちも彼女から、暗闇坂の「楠屋敷」の歴史について、充分な講義を受けてはいなかったのだ。彼女も、藤並卓からそう詳しく聞いていたわけでもないらしい。

石垣の上の土地はずいぶん広く、楠の巨木を敷地内に取り込んだ陰気な西洋館とか、まるで廃墟のようになって荒れ果てている銭湯の巨大な建物とか、これとは対照的に真新しい五階建てのマンションとか、少々うっそうとした印象で散在する木々の間に造られた駐車場とか、ずいぶんいろいろなものがこの一角にかたまってあるなという、そういう印象を抱いたばかりである。

西洋館の屋根の上には、むろんもう何も載ってはいなかった。二日前に奇怪な事件があったばかりというのに、藤並家の周囲は、意外にもひっそりとしていた。住人の姿も、警察官の姿も、報道関係者の姿もない。

問題の西洋館の周囲は、低い赤レンガの囲いと、その上に植え込まれたからたちの垣根が取り巻いていた。この垣根に沿って、私たちは家の周囲を、暗闇坂に接した一辺を除いて歩くことができるのだが、垣根が邪魔をして、家の中はよく覗けなかった。この道も、藤並家の土地の上におそらく造られているわけだから、私道と思われた。

暗闇坂の真反対の側に、これもまた陰気な、獅子《しし》の顔のついた黒い金属細工の扉がついていた。そこからだけ、庭と建物が望めた。庭に関して、少し異常な要素がある。銀の粉を一面に撒《ま》いたように、土が光っているのだ。これは何だろう、と私は考えた。しかし御手洗は、西洋館の方ばかりを注目していた。

西洋館は三階建てらしく、屋根は暗灰色のスレート葺きだった。西洋の館によくあるように、屋根部分に張り出した窓があり、これから判断すると、三階に屋根裏部屋があるらしかった。

「あの屋根の上に、あちらを向いて死体がすわっていたとすると、楠を睨《にら》んでいたことになるね」

御手洗が扉の金属細工を右手で握りながら一人言のようにつぶやいた。彼のそんな言葉に、私はこの事件の奇怪な性格を聞くような心地がして、もう一度身震いをしてしまった。

「何故だろう、あそこにすわれば何が見えるんだろう？　あがって、死者と同じようにすわってみたいものだな……」

御手洗がつぶやき、私はごめんだと思った。

「楠の大木と向かい合うだけだ。そのために、あのうっそうとした枝ぶりが邪魔をして、楠の向こうにある家なんてなんにも見えそうじゃない。とすれば、ひたすら楠を見るためにあがったと考えるほかはないのかな。藤並さんはなんであんな屋根になんてあがったんだろう、しかも嵐の夜なんかに。森さん、お心あたりはありませんか？」

「さあ、私もいっこうに……」

森真理子も首をかしげる。

「藤並さんはそういう酔狂なところはありましたか？」

「いえ、変人のところはありましたけど、どちらかといえばニヒリストで、行動派じゃありませんでした。酔狂なところなんて、全然ないです」

「ふん」

御手洗はうなずく。

「そういうおとなしい人が、どうして嵐の夜、楠の葉っぱしか見えない屋根の上になんか登ったのか……、まあよい、関係者にあたっていくうちに、徐々に真相が見えてくるかもしれない」

御手洗は言って、鉄の扉がついた門柱の前を離れた。

「森さん、この一族のうちであなたが面識のある方は、藤並卓さんの奥さんだけでしたね？」

「はい……」

森真理子は、警戒するような表情を一瞬浮かべながら、うなずいた。

「そのほかにも、この事件の当事者と思われる人のうちに、知り合いはいないですね？」

「ええ、いません」

御手洗は納得し、黙って歩きだす。

「あの、藤並さんの奥さんに、私は会わなくてはいけないのでしょうか」

「ぼくの方は誰とも面識がないんです。横浜の警察関係者にも知り合いがありませんしね。あなたのご依頼で動く以外に道がないんです」

「はい……」

森真理子は憂鬱そうにうなずく。

「だが、一人だけ紹介して下さればそれで充分です。あとはこちらでやります。藤並さんの奥さんのお名前は何といいますか？」

「郁子《いくこ》さん、といったと思います」

「藤並郁子さんですね？　解りました。あのマンションですね？」

御手洗は、背後を振り返り、銭湯の屋根や煙突越しに望める五階建てのマンションを指さした。

「はい、そうです」

森真理子は小声で応える。マンションは真新しい印象で、私たちのいる方に、無数のヴエランダを向けていた。

「その前に、このあたりを少し歩いてみましょう」

御手洗は勝手に宣言して、そのあたりをうろうろと歩きはじめた。

死者が屋根の上にすわっていたという藤並家の、からたちの垣根に囲われた一角のすぐ背後、藤並家から見て南側にあたる場所には、路地を隔てて銭湯の建物がある。

この銭湯は、藤並家と違い、塀で囲われてはいない。セメント敷きの広い一角の上に載ったようなかたちで、建てられている。

建物自体は、銭湯によくある屋根瓦の両端にしゃちほこまで載った、城のようにいかめしい造りだが、その巨大な家は、すっかり荒れるにまかせて廃墟となっている。板壁や白塗り壁は落書きが目だち、遥か高みにずらりと並んで設けられた明り採りらしい窓のガラスは、いったいどうした理由からかほとんどが割れている。近所の悪童連中が競争で石でも投げたのだろうか。

藤棚湯と書かれた、道に面した正面入口はしっかりと板を打ちつけられ、封鎖されていた。が、西側にあたる裏口へ廻ると、ドアは壊されてかしいでおり、体をはすにすれば、そのすきまから中の板間に、そしてその奥の浴場へと容易に入っていくことができた。

白々とタイルが貼られただだっ広い空間は、妙に私を感動させた。富士山の描かれた壁面は、赤黒い錆《さび》にじわじわと蝕まれるようにしてペンキが剝げ落ち、塗料の色彩はその意味を失いつつあった。私は一応絵描きでもあるので、その様子は、妙に私を痛々しい気分に誘った。平面に描かれた芸術は、画家がどれほどに心血を注いだものであろうと、このようにいつかは必ず死んでいくのだ。

かつて浴場だった白いタイルに、上空からの鈍い光線が落ちていた。私の予想した通り、タイルの上には、子供のものらしい無数の靴跡が散らばっていた。一面に埃《ほこり》と泥で黒く汚れ、木片や石のかけらが散乱している。ひびがいたるところに走り、タイルを割った亀裂から、わずかに草が顔を出している。

一列に並んだ蛇口は、銀メッキを落とし、真鍮《しんちゅう》の地金をすっかり覗かせた上で、あちこちが白く変色している。

湯船はすっかり底が割れ、抜けてしまったのか、まるで雑草の巣だ。

「ローマ帝国の遺跡だね」

御手洗が横で私につぶやいた。

「こうしてみると、ここにも小さな王国があったのさ」

裏口から再び表に出ると、風が私たちの頬を叩く。そしてすぐ左脇に、巨大な煙突があった。その足もとの竈《かまど》の前に行って立ち停まり、御手洗が煙突に沿って視線をあげていった。そのまましばらく空を見あげていた。

煙突の根もとは、目の前にすると異様に太く、私たち三人が両手を伸ばし、その手をつないでようやく抱えられるくらいだろうか。そしててっぺんは、見あげると遥かな高みに達している。火葬場を連想させる巨大な竈がわれわれの目の前にあり、煙突はこの竈の上に載ったかたちになっている。

竈のすぐそばには、小屋があった。御手洗がその木製のドアの把手《とって》を摑むと、難なく開いた。錠はかかっていない。

「へえ、石炭や薪《まき》がまだかなりあるよ。珍しいね、この銭湯は重油で沸かしていたんじゃなかったんだね」

　それから御手洗は、また竈の金属扉の前へ行き、これも開いて中を覗き込んでいた。やおら中に入り込もうとするので、あわてて私がとめた。これから人の家を訪問するというのに、体中を煤《すす》だらけにしようというのだ。

　藤棚湯のセメント張りの敷地と、藤並家の門やからたちの垣根との間に走る路地は、まだ舗装されていず、白い土の上に小砂利が散乱していた。

　この小砂利は、銭湯の裏手に広がる大きな月極《つきぎめ》駐車場からわずかずつ移動してきたものらしかった。藤棚湯と藤並家の西側は、広々とした砂利敷きの駐車場になっているのだ。ところどころ、やはり楠らしい木が何本も立っている。その足もとにはちらほらと、長期契約しているらしい自動車が停まっている。一台、赤いポルシェの９４４があるのが私の目をひいた。この駐車場が、先ほど暗闇坂をあがりながら見た、例の蔦のからんだ大谷石の石垣の上にあたる土地らしかった。

　坂に面した石垣の上に広がるこの土地は、歩き廻るにつれ、面白いかたちをしていることが解ってきた。変形した四辺形、といえないこともないが、ハイム藤並と玄関に書かれたマンションを含むこの広い土地は、限りなく三角形に近いかたちをしていた。

　このような変形した敷地に、古くはガラス工場が建っていたのだろう。それが外国人学校になり、現在の駐車場になっている。私は以前、同じ大学の建築科に通っていた友人に、三角形の敷地は地相学上不吉なんだという話を聞いたことがある。

付近を歩き回るうち、植物の生々しい匂いが充ちているせいか、それとも台風のあとの、殺伐《さつばつ》とした気配を感じるためか、あるいはただ単に奇怪な死人が出た場所だという先入観に毒されているせいなのかもしれないのだが、建築家の友人のこの言葉を、私はしきりに思い出した。

暗闇坂上のこの土地は、説明のむずかしい、尋常でない気配が絶えずあった。人っ子一人出会わないせいか。それとも曇天の下で、絶えずざわざわと風に騒ぐ梢の音が充ちているせいか――。

「この駐車場は、まるで森の中にあるみたいで、なかなか風情があるね」

一方砂利敷きの空き地を歩き回りながら、御手洗の方は言った。

「横浜の暗闇坂といえば、江戸の鈴ケ森、小塚原《こづかっぱら》と並んで、有名な晒《さら》し首の名所だからね。百何十年か昔のこの土地で、罪人の首がさかんに刎《は》ねられたのかもしれない。ここはまさに、首と胴とを離された、大勢の悪霊がうようよとさまよっている場所なのさ」

御手洗が薄気味の悪いことを言った。

「文明開化の頃、外国人によって撮られた晒し首の写真は、鈴ケ森なんかより、よほどこの暗闇坂の方が多いんだ」

「おいやめてくれよ。気持ちが悪くなってくるよ」

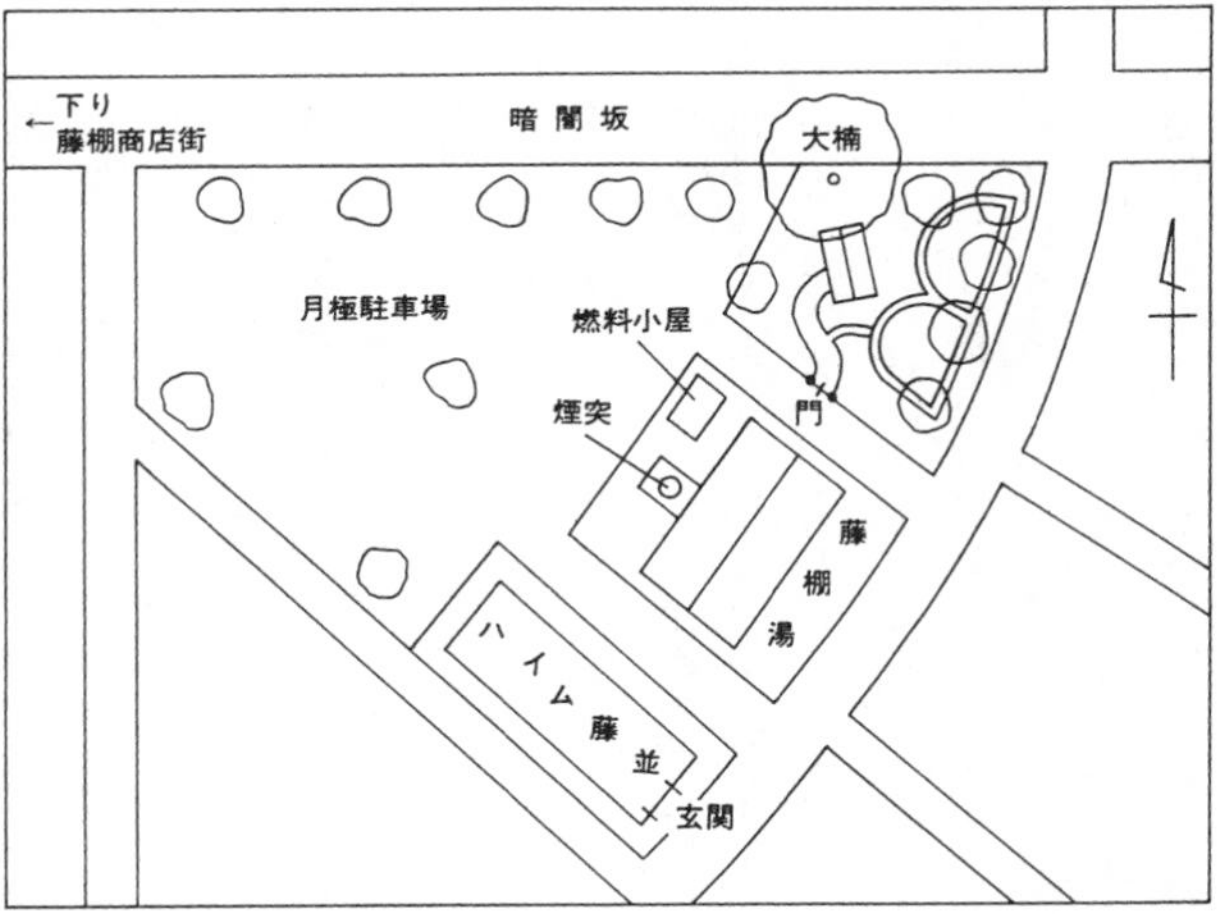

私が言うと、御手洗は声を殺し、くすくすと笑った。

「君は苦手なんだろうが、こんどの事件は、どうもそういう、この地特有の土地柄が関係している気がして仕方がないんだ。石岡君、われわれはせいぜい歴史の勉強をしてからかかった方がいいかもしれないぜ」

言って御手洗は、両手をポケットに入れた。

「藤並家も藤棚湯も古びている。銭湯の方は文字通りの廃墟だ。死者が跨っていた西洋館は、戦前からあるそうだし、あの大楠にいたっては、文明の夜明けからずっと、この国の民の愚行を見おろし続けて立っているわけだ。この場所に充ちるあらゆるものに、時間を感じるね。

石岡君、この時間の流れこそが、すべての謎を解く鍵なんだ。われわれの日々の営みの内に、水泡のように浮かぶささやかな数々の謎、ぼくらはそのひとつひとつに悩んだり、解き明かしたりしたつもりになっているが、本当は何も解ってなんかいない。歴史の傷口に、せいぜい軟膏《なんこう》を塗っているだけなのさ。だってそれらは、歴史という巨大な存在の、せいぜい小指の爪の先といったところだからね。謎の本質は、常に、永久に解けることのない謎として、時空の迷宮に封じ込められるのだ。そうしてわれわれの心血を注いだ努力は、大理石の中のオウム貝の化石とか、歴史という巨木の、ささやかな年輪の皺《しわ》のひとつとしてでも刻まれれば、光栄としなくてはならないだろう。われわれもまた、水の流れに浮くはかない泡の一粒さ。

さて、それにしてもこのハイム藤並だけは真新しいな。ではそろそろ、藤並さんの奥さんにお目通りを願おうじゃないか。森さん、あなたは藤並卓さんが何人兄弟の何番目であるとか、ご両親など一族の人間関係について、ご存知ではありませんね？」

「はい、弟さんがいるらしいというくらいしか……、藤並さんのご家族のことについては、何度か話す機会はあったんですが……」

「聞くたびに兄弟の数が変わったり、家の位置が品川になったり横浜に引っ越したりする。さらにはガラス工場になったり、大邸宅に変わったりと忙しい。実際に訪れてみるとこの通り、真新しいマンションに変貌していた」

「はあ……」

「ま、よろしいじゃないですか、今から当事者に実際のところを質して、正確な知識を得るとしましょう」

御手洗は先頭にたち、ハイム藤並の瀟洒《しょうしゃ》な玄関に向かって、ずんずんと歩いていく。

7

ハイム藤並の玄関を入り、ロビー脇の壁面にまるで衝立《ついたて》のように並んだ郵便受けを探すと、藤並卓という文字が、４０１という数字の下に見つかった。四階らしかった。

突き当たりのエレヴェーターに向かって歩きだすと、森真理子の歩みが遅れがちになり、どうしたのかと振り返る私に、心細そうな声を出した。

「あのう……、やはりどうしても私も行かなくてはいけないでしょうか」

「会い辛いですか？」

御手洗がいたって事務的な声を出す。

「ええ、やっぱりちょっと……」

「藤並さんにはお子さんはいないのですか？」

「はい、いないと思います。私にはいないと言ってましたし……」

御手洗がエレヴェーターを呼ぶボタンを押してから、藤並卓の言うことじゃあ信用はできないなという顔をした。

「私が一度だけお邪魔した時はいなかったし、部屋にはそういう様子はありませんでした」

「奥さんは、過激な性格の人でしたか？」

「いいえ、穏やかな、いい人でした。でも……」

「ご主人があんな状態で亡くなって、今もいい人でいる保証はないでしょうな。ではぼくにまかせてくれませんか。藤並さんのお宅が今どういう状態か解らないのでね。葬式の準備で、大勢人が来てごった返しているかもしれないし、案外人恋しくてぼんやりしているかもしれない。状況を見て対処を決めましょう。できるだけ、あなたと奥さんとが口を利かないですむようとりはからいます。さ」

そう言って御手洗は、森真理子の背を押して、やってきたドアの開いたエレヴェーターの中に、なかば強引に押し込んでしまった。エレヴェーターの中で、森真理子は緊張しているのか、黙りがちとなった。

四階の廊下はひっそりとしている。人の話し声も聞こえてはこない。廊下から察する限りでは、藤並家に、人が集まっている様子はない。

藤並家は、北西の突き当たりの角部屋らしかった。非常ドアのすぐ手前右側に、ほかの部屋と違うデザインのドアがあった。その脇のインターフォンの上に、藤並卓と名刺大の表札が出ている。

藤並家のドアに近寄るにつれ、死者の出た家に行くというのに、御手洗は不謹慎にも鼻歌を歌いはじめた。そのメロディは、モーツァルトのアイネ・クライネなんとかという作品の一節なのだったが、正確な題名は忘れた。鼻歌の伴奏つきで、一瞬たりとも躊躇《ちゅうちょ》する様子はなく、御手洗はインターフォンのボタンを押すのだった。私の横で、森真理子が泣き出しそうな顔をした。御手洗が鼻歌をこのように歌いはじめる時は、たいてい今から口から出まかせを並べるぞという宣言のようなものなのである。

「はい」

と低く沈んだ女性の声が、インターフォンで応えた。さすがに御手洗も鼻歌をやめ、こう言った。

「突然ですが、こちらは私立探偵で御手洗と申す者です。亡くなられました藤並卓さんについて、少々お話をうかがいたいのですが……」

「今私は、どなたともお会いしたい気分ではございません。どうかお引き取り下さい」

「お気持ちは重々お察しいたします。が、急ぐ必要があるのです。でないと、藤並さんを殺害した犯人を取り逃がすおそれも出てきますよ」

「犯人ですって？」

「そうですよ。郁子さん、ご主人は殺されたのだということをまだご存知ないのですか？」

「いいえ……、でも、それは本当なのですか？」

「警察は何も言いませんか？」

「いいえ。警察の方は事故だろうと……」

御手洗は露骨な舌打ちを洩らした。

「ちっ、ちっ、それが連中のいつものやり口です。事実を、素人には決して教えようとしないのです。卓さんのご遺体は、もう戻ってきましたか？」

「いいえまだです。今日には戻すようなことを言っていました。でも、主人が殺されたというのは本当でしょうか？」

「本当です。ここに証人もお連れしています。あなたも、お会いになればよくご存知の方です」

「どなたです？」

「ドアをお開けになれば解りますよ」

インターフォンは沈黙した。抜けめのない御手洗は、ドアをちらりと見た。このドアは、入室後取り替えたものらしく、他《た》の部屋のドアと違って、凝《こ》った木製の造りだった。ほかの部屋のドアはすべて、一般的な金属のドアである。そしてこの特別製の木のドアは、覗き穴がついていないのだった。

ドアが開き、チェーン錠ががちゃりと鳴った。夫人の顔が覗き、廊下に並ぶわれわれ三人の顔を素早く眺め渡した。私の横の森真理子の姿を認めると、ああ、と小さく声を洩らした。女性二人は再び不幸な対面をして、互いに小さく会釈を交わした。

「よろしければ、これをはずしていただけませんか？　ぼくたちも、藤並さんのご無念を晴らすために行動しているのです。協力していただけるなら、決して後悔はさせませんよ」

少し迷ったふうだったが、藤並郁子は、おずおずとチェーン錠をはずした。扉を人差し指でちょっと突き、われわれのためにドアのすきまを広げた。

「森さん、とおっしゃいましたかしら、主人が殺されたという確証をお持ちとうかがいましたが、本当なのでしょうか」

藤並郁子は、開口一番、森真理子をしっかりと見据えて言った。

「われわれが、持っているんです」

御手洗が、横で素早く言った。

「しかし今は、まだ申しあげられる段階にはありません。おいおいには申しあげるつもりですが、奥さんのお話次第では、今すぐ申しあげられるかもしれません」

御手洗のこのような誘導は天才的だった。実にうまく、相手の興味を引く話題を鼻先にちらつかせるのである。

「ぼくが御手洗と申します。これが友人の石岡君です。こちらはもうご存知ですね。われわれがこうして動いているのも、もともとはこちらの方のご依頼によるものです。森さんは、藤並卓さんの死に不審を抱く理由をお持ちなのです」

「しかし、こちらが、妻の私よりも主人の死に対し、疑念を持たれる理由があるとおっしゃるのでしょうか」

「藤並さん、それではあなたの方は疑問をお持ちではないのですか？　藤並さんが母屋の屋根に自分の意志で登り、やおら跨ってショック死したと、警察からそう聞いて、たちまち納得されるのですか？」

「それは……」

「疑問を抱かれるでしょう？」

「ええ」

「謎を解明したいとお感じになるでしょう？」

「はい、でも、それはこちらの森さんのされるべきことでしょうか」

「奥さんがされるべきことでしょう」

「そうだと思います」

「さあ、ではご遠慮なく、依頼なさって結構ですよ。費用の点はまったくご心配なく」

「本気でおっしゃっているんですか？」

藤並郁子は、歳は三十代のなかばくらいか、上品で、知的な顔だちをしていた。それが顔に険を作り、御手洗を見据えた。

「大真面目です。森さんもそれは同じです。だからこうしてぼくの友人とお見合いをし、ご自身の幸せに今や踏み出そうとしてらっしゃるにもかかわらず、赤の他人の卓さんのことに心を痛めて、ぼくの方に調査の依頼に来られたのです」

私はびっくりして声も出なかった。森真理子の方も驚き、目を見張るのが解った。しかし、藤並郁子の顔には、めざましい変化が表われた。表情はみるみる柔らかくなり、わずかな笑みさえ頰に浮いた。

「まあ、ご結婚なさるんですか？」

「時間の問題ですな。ところでこんなところで立ち話をしていても、ご近所の目もありますね。少し、よろしいですか？」

御手洗がドアに半身を入れる。藤並郁子はもう邪魔はせず、小さくうなずいて、身をよけるのだった。

藤並家の内部は、マンションとは思えないほどに立派な造りだった。玄関を入ると、よく磨かれた板張りの床があり、これが廊下となって先へ続いている。廊下の左右には、ドアや引き戸が並んでいる。ざっと見たところ、四LDKくらいはありそうだった。

私たち三人は、右側一番手前のドアを開いて、中へ招じ入れられた。そこが藤並家の応接間になっていた。床のカーペットも、天井も壁もまだ新しい印象で、お茶を淹《い》れるために立った藤並夫人に、われわれ三人はソファに並んで取り残された格好になった。

「おい、なんであんなことを言うんだ」

私は御手洗に小声でささやいた。

「あんなことって？」

「ぼくらが見合いをしたなんて……」

「ああ！　まあ似たようなもんじゃないか。森さん、あなたが以前奥さんと話されたのもこの応接間ですか？」

「はいそうです」

緊張した面持ちで森真理子がうなずく。彼女の頬が少し紅潮している。おそらく、御手洗の非常識な出まかせに当惑しているのだ。

曇りガラスが上部にはまった、最近では珍しい造りのドアが開き、藤並郁子が盆に紅茶茶碗を載せて戻ってきた。

カップが私たちの前に並び、夫人が目の前の椅子に腰をおろすと、待ちきれないように、御手洗が質問を発した。

「卓さんは心臓マヒだと、そう警察は言ったんですね？」

「はい。死体発見時も、その後の電話でも、そのように……」

「その後というのは、解剖後、ということですね？」

「はい」

「ご主人は、以前から心臓がお悪かったですか？」

「そういうことはまったくありません」

「では何故心臓マヒによるショック死などなさったのか、お心あたりはありますか？」

「私には、全然ありません」

「どんなささいな事柄でも結構です。普段の卓さんの日常から察せられるような種類の、何でも結構です」

「警察の方にも、そう訊かれました。でも、本当に私は何の心あたりもないのです。主人は人嫌いなところがあるにはありましたが、人と変わっているところといったらそれくらいで……、特に人と違ったことをしたり、変わった趣味を持っていたり、そういうことはありませんでしたから」

「屋根に登られたという点に関してはどうです？」

「はい、それなんです。警察にもその点を繰り返し訊かれましたが、私にはさっぱり、どうしてなんだか……」

「お解りにならないんですか？」

「はい、まったく、見当もつきません」

「以前母屋の屋根に登られたなどということは？」

「聞いたこともありません」

「ああそうですか」

御手洗は藤並郁子の表情に目を据えたまま、それでも残念そうに何度かうなずいた。

「主人は高所恐怖症だって言ってましたから、それでなくても高いところは苦手で……。それに、あの人は行動家ではありませんでした。いつも無口で、一人で本を読んだり、釣りをしたりするのが好きで、そんな屋根にあがったりなんて、全然……」

「失礼ですがご結婚されたのは何年ですか？」

「昭和五十一年です」

「なるほど、お見合いだったのですか？」

「はいそうです。当時私が勤めていたY銀行の上司が、ちょっと会ってみないかと言って、持ってきてくれたお話でした」

「Y銀行と藤並家とが、おつき合いがあったということですか？」

「そういうことだったと思います」

「ではもう十年近いご結婚生活ですね？」

「そうなりますわね……」

言われて、夫人はしみじみとした声を出した。急に切ない気分になったらしく、瞳がうるむのが私の位置からは解った。

ところが御手洗という人間は、女性のこういう感情がいっさい理解のできない男なので、ひどく散文的な口調で続ける。

「ではもう卓さんの性格、人となりは十二分にご承知ですね。この九年ばかりの間に、家の屋根に登られたなどということはいっさいなかったわけですね？」

「全然ありません」

「のみならず、登ろうとされたこともない」

「そんな話は、主人の口からは一度も聞いたことありません」

「あちらの母屋は？　卓さんのご両親が住んでらっしゃるんですか？」

「そうですが……」

すると湧いた涙のせいか、藤並郁子の言葉がやや歯切れが悪くなった。御手洗も少々不審な声になった。

「違うんですか？」

「いえそうですが……」

御手洗は口をつぐみ、待った。

「ご存知ではないんでしょうか？　正確には、主人の両親ではありません」

「と、言われますと？」

「主人のお母さんでいらっしゃいます、藤並八千代さんの住んでらっしゃる家です」

「お父上は？」

「主人のお父さんは、ジェイムズ・ペインさんというイギリス人です」

「えっ？」

するとあの森真理子が、私の横で小さく驚きの声をたてた。

「するとあの方は混血……？」

「そうです」

藤並郁子が、やや冷やかともとれる声で言った。

「そのペイン氏は？」

「昭和四十五年に主人の母と離婚なさって、イギリスへ帰国されたと聞いています」

「なるほど、では今あの家に住んでらっしゃるのは？」

「主人のお母さんが、再婚なすった方です」

「お名前は？」

「照夫さん、とおっしゃいます。旧姓は三本《みつもと》と、いわれたと思います」

「このマンションや、隣りの銭湯、駐車場などを含む土地は、すべて藤並家のものですか？」

「はいそうです。以前は、これがすべてペイン校という学校の敷地でした」

「なるほど。この敷地が、今もすべて残って、藤並家の土地になっているのですね？」

「そうです」

「藤並家の土地は、以上ですか？」

「そうです。向こうは暗闇坂に接した石垣の上まで、あとは道で囲まれた、三角形という か、変形した四角形の土地です。これがそのまま学校の跡地です」

「広大な土地だ。大変な資産ですね。この学校の校長が、卓さんのお父さんだったわけで すね？」

「そうです。帰国された卓さんのお父さんがやってらした、外国人子女のための学校で す」

「その前は」

「その前はガラス工場だったと聞いてます」

「もっと昔は晒し首の刑場だったといいますが、本当ですか？」

「さあ、私は存じません、そんな気味の悪いお話は。譲《ゆずる》さんにお聞きになって下さい。あ の人はそういうことを専門に研究してる人ですから」

「譲さんというのは？」

「主人の弟です」

「その方はどちらに？」

「やはりこのマンションに住んでいます」

「何号室ですか？」

「３０１です。一階下です」

「一階下の、まったく同じ位置にある部屋ですね？」

「はい、そうです」

「ご主人は、何人兄弟でした？」

「三人です」

「卓さん、譲さん、それからどなたです？」

「一番下が妹さんで、玲王奈《レオナ》さんといいます」

「玲王奈さん、変わったお名前ですね」

「玲王奈さんて、ご存知ありませんか？　モデルさんですよ」

「いえ」

御手洗は普段テレビというものをほとんど観ないので、芸能界の知識となると、からきしゼロなのである。

「有名な人なんですか？」

「最近ずいぶん知られてきてらっしゃるようです」

「ではその方のことは、あとでぼくの友人から聞いておくことにします」

御手洗は私に妙な流し目をくれながら言った。

実際私はその名を聞いた時、心臓が停まるような心地がしていたのだった。

「玲王奈さんというと、あの松崎レオナさん、ですか？」

私が尋ねた。

「そうです」

私はとたんにこんどの仕事が心楽しいものに思われてきた。松崎レオナといえば、美少女モデルから成長した、最近大人気の混血タレントなのだった。あちこちの雑誌の表紙に顔を出し、ポップスの番組などでテレビにもよく出てくる。

「えっ？　松崎レオナさん？」

森真理子も驚いている。彼女も初耳だったようだ。

「レオナさんもこのマンションに？」

私が尋ねた。

「このマンションにもお部屋は持っていらっしゃいます。この上の五階に……。でもあまり帰ってないみたいですよ。東京にもお部屋があるそうですから」

「南青山のマンションで……」

私が言いかけると、御手洗が遮《さえぎ》った。

「その女性の話はもういいです。おそらくぼくの友人の方が詳しいでしょう。それぞれ何年のお生まれかご存知ですか？」

「譲さんは昭和二十二年の生まれです」

「生年月日までご存知ですか？」

「それは知りません」

「レオナさんは、昭和三十八年か九年だったと思います」

「ずいぶん離れてるんですね」

「はい」

「新しいご主人の照夫さんとの間に、お子さんはないのですか？」

「これはありません。再婚されたのが確か昭和四十九年で、八千代さんは、お義母《かあ》さんは大正十二年のお生まれですから」

「では、五十過ぎで、再婚なすったわけですね？」

「はい」

「何かご事情でも？」

「私は知りません」

「照夫さんはおいくつなんですか？」

「確か昭和七年のお生まれと聞きました」

「どういう素性の方です？」

「私は、よく存じませんが、近所でパン屋さんをやってらしたという話です」

「譲さんは、ご結婚なすってますか？」

「されてません」

「独身ですか？」

「はい」

「藤並さんご兄弟のお母さんは、息子さんの結婚には、あまり熱心な方ではないのですか？」

「まったく無頓着です。主人も、見合いをしろなどとは一度も言われたことはなかったようです。主人は会社の同僚に熱心に勧められて私と結婚しましたが、譲さんにも結婚しろとおっしゃるようなお母さままではありません」

「それはなんとも、正しい人生観をお持ちの女性だ」

御手洗は、すっかり感心したように言った。

「主人のお母さまは、かなり変わった女性です。私たち夫婦にも、早く子供を作れなどとは、ひと言もおっしゃいませんでした」

「ほう」

「主人の話では、むしろ子供なんて作るなと、おっしゃっていたようです」

「へえ、しかしご自分は三人も子供を作られたわけだし、のみならず五十を越えて再婚までなさっている」

「はい」

御手洗の言に、藤並郁子は苦笑しながらうなずいた。

「お義母さまのお考えは私にはよく解りませんけれど……、でも譲さんにも、お見合いを勧めたりしているふうではありませんでしたね」

「で、譲さんは今女性はまったくいないのですか？」

「いえ……」

すると藤並郁子は不思議な笑い方をした。

「あの方は、現在同棲中です」

「ほう、もう長いんですか？」

藤並郁子は顔をあげ、御手洗の顔を真っすぐ見据えてこう言った。

「今の人と、という意味ですか？」

一瞬の沈黙ができ、それから御手洗はこう言った。

「ははあ、つまり何人もの女性と、次々に同棲関係を結ぶわけですね？」

「私が主人と一緒になって近くに住むようになってからでも、今の人で三人めです」

御手洗は揉み手をした。彼はこういう俗な人種が、なかなかのお気に入りなのである。

「頭が下がりますね。つまり女性好きなのですね？」

「そうでしょうね。でもお義母さまが何もおっしゃらないから、そういうことがあるんだと思いますけど」

「子供はいないんですね？」

「譲さんですか？　いません」

「藤並家の兄弟で、子供を持っている方はいらっしゃいませんね？」

「いません。私もありませんでしたから」

「何故お作りにならなかったのか、もしよろしければ……」

「それには、お応えしたくありません」

彼女は何故かぴしゃりとそういう言い方をした。御手洗の方はいっこうに鼻白む様子もなく、続ける。

「譲さんが見つけてくるお相手は、どんな方です？」

「水商売関係の……」

「ああやはりね！　するとこれは、なかなかコストがかかるのではありませんか？　庭の池で百万円の鯉を飼うようなものだ。維持費が大変でしょう」

御手洗は、いたって不適当な例を出して言った。

「ですから……」

藤並郁子は少し言い淀む。しかし、明らかに言葉を続けそうな気配があった。御手洗はあれで、女性に打ち明け話をさせる能力があるのだ。

「これは私の口から申しあげることはさし控えようと思ったのですが、主人と譲さんとは、金銭的な問題で何度か衝突があったようでした。たとえば、ひとつには駐車場の問題です。駐車場からあがる収益は、それまで二人で分けていたんですが、譲さんが管理して、自分がさっさと遣《つか》ってしまうといったことがあったようで……」

「なるほど。女性に遣うわけですね」

「ええ、そうです」

「このマンションのあがりはどうです？」

「これはまだ新しくて、資金返済の途中ですから、収益はほとんど出ていません。収益があがるようになると、トラブルはもっと深刻になるなと、私などは心配していました」

「今同棲中の女性のお名前は？」

「千夏《ちなつ》さんといいます」

「どんな人です？」

「いつもお酒を飲んでいます」

「なるほど」

端的な表現だというように、御手洗はうなずく。

「讓さんは今お仕事は？」

「以前は、Y私立大の研究室に残って、そちらの大学や、もうひとつ別の女子高の講師をしていたんですが、なにかと噂がたって、今は職を失っています」

「では、ぶらぶらしているんですか？」

「そうですね。このマンションと、あっちの母屋に研究室を作っていて、好きな研究をこつこつやってらっしゃるようですね」

「何の研究です？」

「風俗や歴史や、なんですか死刑の研究とか……」

「死刑？」

「はい。ここが昔有名な刑場だったってことから、きっと興味を持ったんだと思いますけど」

「では讓さんの方は、母屋にしょっちゅう出入りをしていたわけですね？」

「はい、そうですね」

「卓さんは？」

「主人はめったに母屋へ行くことはありませんでした」

「母屋の管理や、掃除、洗濯などは誰が？」

「再婚された照夫さんと、近所の写真館の牧野夫妻ですね。定期的に通ってきてもらっているんです。それから照夫さんの娘さんですね。学校から帰ってきてから……」

「娘さんというのは、照夫さんの連れ子の方ですか？」

「そうです」

「お名前は」

「三幸《みゆき》さんです」

「年齢はおいくつくらいです？」

「昭和四十三年の生まれだったと思います。ですから今、十六でしょう」

御手洗の大したところは、こういう質問の時、メモも録音もいっさいとらないというところである。

「照夫さんの連れ子の方というのは、三幸さんがお一人ですか？」

「そうです」

「奥さんとはどうなすったのです？」

「亡くされたということでした」

「三幸さんも照夫さんもいつもずっと家にいらっしゃるのですか？」

「三幸さんは高校生ですから、学校へ行きます」

「外で仕事をされている方は、ではレオナさんだけということになりますね、現在」

「はい。みんな仕事を持っても、長続きしない人ばかりのようです。レオナさんも気まぐれで、一ヵ月くらいずっとマンションにいるらしい時もあります」

「何号室です？」

「501です」

「このマンション、空きはないんですか？」

「お入りになりたいんですか？」

「彼が新居を捜しているんです」

「お隣りが空いてましたけど、もう決まったようです、残念ですが……。ですから今は、全部詰まっています」

「残念だね石岡君、新居はやはり馬車道か伊勢佐木町周辺で探す方がよさそうだよ。ところで藤並さん、もう一点。ご主人は、自殺を考える理由というものを持っておいでではなかったでしょうね」

御手洗が言うと、藤並郁子はついと顔をあげて、フランス印象派のものらしい壁の複製画をじっと見つめた。しばらくそうしていたが、ゆっくりと、慎重そうな様子で言葉を発した。

「主人は、大変に頭の良い人でした」

森真理子と同じことを言った。

「私などにはよく解らない種類の、悩みを持っているふうでした。あの人はこう、九時から五時までの普通の仕事といいますか……、そういう生活には適してないようなところはありましたね。普段無口だったのも、知らずそういう悩みで苦しんでいたのではないでしょうか。探偵さんも頭の良い方のようにお見受けしますが、そういう悩みは普段お感じになりませんか？」

「ぼくにはまったくその種の悩みはありません」

御手洗は胸を張って応えた。

「そうですか……」

藤並卓のかつての妻は、淋しげにそう言った。

「ご主人のご遺体を最初に発見なすったのは？」

「ご近所の方です」

「近所の誰ですか？」

「一番最初の人は、暗闇坂下の、ライオン堂というおもちゃ屋さんのご主人だったと聞いております」

「ああ、あのおもちゃ屋さんですか、ここへ来る途中見ました。あの方は、苗字は何とおっしゃるんです？」

「徳山さんです」

「徳山さん、ああそうですか。発見当時、梯子がかかっていなかったというのは本当ですか？」

「梯子……、ですか？　どういうことでしょう」

「母屋の屋根に卓さんがあがられるための梯子です。発見当時はなく、あとから現われたという意見もあるようですが」

「ええ？　そうですか？　私は知りません。今までそういう話は存じませんでした」

「ああそうですか」

御手洗は、少々がっかりしたらしくみえた。

「藤並家の人間関係については、だいたい理解できました。お忙しいところ、お時間をとらせてしまい、大変恐縮です。しかしご協力をいただいて悪い結果にはならないことを、ここで断言しておきます。譲さんは、今下に行けばお会いできますでしょうか？」

御手洗はどうやら藤並譲に一番興味を持ったらしかった。

「さあ、どうでしょうか。きっと病院だと思いますが……」

「病院？　何の病院です？」

「この先の藤棚総合病院です。ご存知ありませんでしたか？」

「知りません。何でしょう、怪我をされたんですか？」

「そうです。が、譲さんではありません。お義母さんです」

「お義母さん、藤並八千代さんですか？」

「はい」

「八千代さんがどうされたんです？」

「頭蓋骨陥没骨折で、生死の境をさまよわれたんです。今は一命をとりとめて、意識も戻ったそうで、藤棚総合病院の方に入院されてますけれど、半身麻痺とか、言語障害が出たという話です」

「いったいどうされたんですか？」

御手洗の目つきが鋭くなった。

「詳しくは存じません。このあと譲さんや、ほかの家族の方にお会いになるんでしょう？直接聞いていただけたらと思います。私の口からはちょっと……」

「暴漢に襲われたというのではないですか？」

御手洗が、やや語気鋭く言った。藤並郁子は瞼《まぶた》を伏せ、やや躊躇したふうだったが、

「ええ、そのようですね」

と小さく言って、うなずいた。

おそらく彼女としては、そのような大事件は、自分を含め、身内の恥と信じて、語りたがらなかったのであろう。しかし、とすれば、その大事件の原因を、彼女は取りもなおさず身内の誰かのせい、と考えていることにならないか——。

その後、どのように御手洗が水を向けても、藤並郁子は、義母の負傷については、黙して語ろうとしなかった。その様子に、私は容易ならざる彼女の決意を感じた。御手洗も、私と同様に考えていることは明らかだった。いっ時じっと、伏し目がちの藤並未亡人の顔を覗き込んでいたが、諦めたように、ソファの背にそり返った。

「よく解りました。これは思った通り、実に興味深い事件です。しかもこの先も、容易ならざる展開が待っているかもしれない。とするなら、われわれとしてもうかうかはしていられないわけです。迅速《じんそく》な判断と行動が要求されている。大変お邪魔をしました。また顔を出すことになるかもしれませんが、この先何か変わったことがあり、ぼくに話した方がよいと思われたら、この名刺の電話に、お電話をいただけませんでしょうか」

立ちあがりながら、御手洗は懐から名刺を差し出す。

「最後にもうひとつ、奥さんは、九月二十一日の午後十時前後、どこにいらっしゃいました？」

「ここです」

「卓さんは、その夜はどんなご様子でした？」

「午後八時頃、部屋を出ていったんです。どこへ行くとも言わずに」

「そういうことはよくあるのですか？」

「よくありました」

「電話で呼び出されたりしていたふうではありませんか?」

「電話は確かに鳴っていて、主人が出て話していた様子でしたが、あれが呼び出しの電話だったのかどうか私には解りませんし、誰からかかったのかも、もう今となっては解りません」

「その電話があったのは何時頃です?」

「七時頃でしょうか……」

「そうですか」

御手洗はうなずく。

8

「石岡君、君が次に誰に会いたいか、ぼくにはよく解っているが、でもまず藤並譲先生の部屋に行こうじゃないか」

エレヴェーターの中の3のボタンを押し、私をからかうような調子で御手洗が言った。

「もし会えるなら、風変わりな対談となる予感がするよ。女好きが災いして大学と女子高を馘《くび》になった死刑風俗研究家、船酔いが災いして船をおろされた船乗り、高所恐怖症が災いして馘になったパイロット、漢字を知らなくて職を失う作家の類いだね。この種の人間には必ず何がしかの真実が宿っている……」

ドアが開き、御手洗は喋り続けながら先頭をきって廊下へ歩み出す。

「だって君、考えてもみたまえ。海が嫌いな船乗りが、哲学者にならないわけがないじゃないか。おっとここだ！」

「あの……」

森真理子が口を開きかけるのを、御手洗は、素早く右手を挙げて制する。

「森さん、もう少しつき合ってもらいますよ。なに、今日一日の辛抱です。ぼくが誰の依頼で出しゃばっているかを、ひと渡り関係者に印象づければそれで準備は完了です。あとはぼくという料理人がどんなスープを造るかを、ただ待っていて下されば、それでよろしい」

上機嫌で喋りながら、御手洗はごく気軽な調子でチャイムのボタンを押す。それから壁に右手をつき、斜めにした体を支えた。

やや沈黙ができた。ボタンの上には小さなスピーカーがある。しかしスピーカーはうんともすんとも言わない。御手洗はもう一度ボタンを押した。

やはり何ごとも起こらなかった。御手洗はいつもよくやるように、両目を丸くして私におどけてみせ、留守かしらという顔をした。

念のためもう一回だけ、と御手洗がボタンに指を伸ばしたその瞬間、かちり、と金属扉のロックがはずれる音がした。

ドアが、ごくわずかなきしみをたて、少しだけ開いた。こちらのドアには、チェーン錠はなかった。しかしドアはごく細めに開いたきりで停まり、やや寝乱れたような、パーマのかかった頭が覗いた。その位置はずいぶん下にあり、部屋の主は非常に小柄な人物であることが解った。

「はい」

としわがれた声が言った。その声からは、この小柄な人物が男性であるか女性であるかが判然としなかった。かすれ、低音だったからである。

「私はこういう者ですが、譲さんは……」

御手洗が長身を屈め、例の怪しげな名刺を出しながら尋ねた。

「今いないよ」

「藤棚総合病院の方で？」

「そうだよ、へえ、探偵さん？　あんた」

どうやら女性のようだった。名刺をじっと見つめながら、彼女は言った。かすれ声のトーンがあがった。

「そうです」

「へえ、日本にもいるんだ。どれどれ顔をよく見せて。私は近眼なんだよ。今コンタクトレンズ入れてないからさ」

言って女性は、しげしげと御手洗の顔を見つめた。人物がドアのすきまから廊下側へ歩み出してきたので、彼女が女性であることがようやくはっきりと解った。

それもなかなか特徴深い女性だった。割合可愛らしい顔だちをしていたが、大変な厚化粧で、しかも今時珍しくなったつけまつ毛をしている。こういうことにうとい私がはっきりとそう解るくらいだから、つけまつ毛は一枚ではなかったのではないだろうか。

彼女の体が私に近寄り、そしてわずかな動きを示すたび、ぷんとアルコールの匂いがした。彼女がウイスキーを飲んでいることが、はっきりと私には感じられた。

「へえ、なかなかいい男っぷりじゃないかい？」

御手洗の鼻先二十センチばかりのところで、彼女は水商売出身らしいお世辞を友人に向かって吐いた。

「探偵さんてからには、あんたもあれかい？　女好き？」

「どうしてそう思うんです？」

「だってさ、外国のテレビによくあるじゃないか。依頼人の女とベッドに入ったりさ、さらわれた娘を救《たす》け出して、またいちゃついたりさ」

「それは堕落したアメリカの探偵の話です」

「あなたはしないの？」

「ぼくらには分担がありましてね、そういうのはこっちの男の役目です」

御手洗は私を指さす。

「あら、まだいたの？」

つけまつ毛の小型の顔が、私の方をはじめてまともに見た。

「あんたもまああだけど、私はこっちの方がいい。あんた、入って一緒に飲まない？」

「いいですね」

御手洗は応え、さっさと彼女より先に部屋へ入っていく。とめようと思ったのだが、機を逸し、やむなく私たちも続く。

上の階の長兄の家と違い、譲の家は割合質素なものだった。入ってすぐの部屋はキッチンで、重厚そうな木造りの大型テーブルと付属の椅子数脚があるが、金がかかっているふうなのはそれだけで、あとはごく普通の台所用品が配置され、あまり高級そうでない壁紙が、部屋の四方を巡っている。

「かけてよ、あんたたち」

言って彼女は、少々重そうな椅子を二、三脚、乱暴に手前に引いた。それからサイドボードのガラスケースを開け、グラスを三つに、冷蔵庫から氷を取り出した。テーブルの上には、すでにホワイトホースの瓶が、蓋が開いて載っている。

彼女は、森真理子がまったく視界に入らないふうだった。一応グラスは三つ出したものの、氷を入れ、ウイスキーをついだのは私と御手洗の分だけだった。

「カンパーイ！」

彼女は飲みかけだったらしい自分のグラスを高く挙げ、勝手にそう宣言した。賑やかなことが得意な女性らしかった。

「あんたたち、誰だか知らないけど、カンパーイ！」

そうもう一度言い、彼女はグラスのウイスキーを、一気に半分くらいあおった。御手洗が渡した名刺はというと、床に落ちている。

「ところで千夏さん、藤並譲さんについて、少し話を聞かせて下さい」

すると、千夏は目を丸くした。

「どうして私の名前知ってんの？」

「有名だからですよ」

御手洗が応じた。すると彼女は、グラスを右手に持ったまま、御手洗の首のあたりに抱きついた。

「嬉しいー！」

「千夏さん、千夏さん、それはこっちのお兄さんにお願いしますよ」

「いいんだよー、私はこっちがいいんだもーん」

彼女は言う。

「おい石岡君、ちょっと救けてくれないか」

御手洗は私に救いを求めてきた。

「ぼくが何をすればいいんだ？」

「そっちへ引き剝《はが》してくれればいいんだ」

「きっぱりお断わりするね」

私は応えた。

「千夏さん、譲さんが怒るでしょ。これじゃ話もできないしね、譲さんについて教えてくれませんか？」

御手洗はほうほうのていで体を離す。

「あーんな変態、どうでもいいんだよ！」

叫ぶように、彼女は言う。

「変態？」

「そうだよ、変態だよ。頭がおかしいんだよ」

「ぼくもよくそう言われるが、ほう、どういうふうに？」

「世界や日本の、昔の死刑の研究ばっかりしてるんだよ、あの人。ほーんと気味が悪いよ。私もいつか殺されるんじゃないかって思ってさ」

「何かされますか？」

「そんなこと！　口が裂けても言えないよ。でも、あとで二人っきりになったら、教えてあげるー」

千夏は、笑いながらまた御手洗にしなだれかかった。よほど御手洗が気に入ったようだ。御手洗は始終鹿爪《しかつめ》らしい顔をしている。まさしく苦痛に堪えている顔だ。

「あの人、他人を苦しめたり、生き物を殺したりすることにとっても興味があるんだよォ。どういうんだろねー。この前もねー、私の目の前で、小鳥殺しちゃったんだよ」

「小鳥？」

「そーお。それもね、どうやったと思う？　お酒の中にとっぷりつけちゃったんだよー、あはははは！」

言って千夏は、金切り声をあげて笑いころげた。頭がおかしいのは、どちらもいい勝負のように、私には思われた。それともこれは、たまたま酔っているせいなのだろうか。

「亡くなった卓さん、ご存知ですね？」

「卓さん？　ああ譲の兄さんだね、いけすかない奴！」

「ほう、いけすかない男でしたか」

御手洗は、森真理子にはまるきり無頓着に訊いた。

「そうだよォ、あいつも変態だよ、しんねりむっつりしてさ、自分はいい男でございって顔してんだよ。二枚目だってさァ、鼻先に書いてぶら下げてんの。女はみんな自分に惚《ほ》れますってさァ、冗談じゃないよ。はばかりさま！　私はあんなの興味はないね」

「好みじゃないんですね」

「好みじゃないよォ、あんたの方が好み！」

「性格はどんな人でした？　卓さんは」

「陰険、蛇みたい。そのひと言だね」

「ほう」

「この家の奴ら、みんなそうだよ、頭おかしいよ。みーんな解ったような顔してさ、その実、他人をさげすんで生きてんだよ。それに較べたら、譲の方がずうっとマシだよォ、優しいからねェ。この家で優しい人間は譲だけだよォ」

「みんな、あなたに辛くあたりますか？」

「辛くなんてねェ、みーんなあたいのこと、ゴミかなんかだと思ってるよォ、しっしっ、あっちいけ、そーんな感じ」

「そりゃ酒でも飲まないと、やってられませんね」

「ほーんとそお、私がいた川崎のクラブの方がよっぽどマシだったよ、しょっちゅうトイレに呼び出されて胸ぐら摑まれたりしたけどさ。ここに較べりゃマシさ。ほーんととんでも屋敷だよ、ここ」

「レオナさんも」

「あの女！　あいつが一番狂ってるよ。ほんと狂ってるよ。高慢ちきでさあ、わがままで、何さまだと思ってんだろうねえ、自分のこと」

「卓さんの奥さんはどうです？　ずいぶんまともに見えましたが……」

「あの女も食わせ者だよ。一見まともふうだけど、したたかでさあ、何考えてんのか知れたもんじゃないよ。こんど亭主が死んじゃったけどさあ、見ててごらんよ、タダじゃひっ込まないよ。かすめ取るだけかすめ取ろうとして、今せっせと爪磨《みが》いてるよ」

「藤並家というのは、ずいぶん資産がありそうですからね。藤並八千代さんはどんな人です？」

「あの人も解らないね。あたしここ来てから、あの人とまだ一度も口利いたことないよ。なあんにも喋らないしさ、あの息子にしてあの母親ありだよ」

「照夫さんは、どんな人です？」

「あの人はまともみたいだね、普通の人だよ、私の見るところ」

「照夫さんの連れ子の三幸さんは？」

「いい子だよ。まだ若いからね、まだほんの子供だよ。この一家はさァ、特にあっちの母屋の方はだけど、この親子でもってんだよ。この人たちいなきゃさあ、もうとっくに滅茶苦茶だよ」

「八千代さんがこの照夫さんと再婚されたいきさつというのを、何かご存知ですかしら」

「私は知らない。でも男と女のことだからね」

「以前八千代さんのご主人だったジェイムズ・ペインさんに関しては？」

「これはさ、大変な紳士だったたって話だよ。教育者にふさわしい道徳家でさ、誰にも優しくて、規律正しくて、生活態度に節度があってさ、この周囲を散歩する時間も決まっててさ、近所の人はペインさんの姿見かけて時計の針合わせたってくらいだよ」

「時々そういう人がいますね。そういう人は、食事の時間から、一週間分の献立、入る風呂の温度まで決めてしまうのがね。葬式のやり方から予算表、墓のサイズまで遺言するんです。周りは面倒がなくてよろしいですね」

あははは、と千夏はまた笑いころげた。笑いや、ちょっとした楽しいことに飢えているようだった。

「あんた、ほーんとに面白いこと言うねー、あー可笑《おか》しい。こんなに笑ったの、私久し振りだよ。昔よく行ってた川崎のホストクラブにも、あんたみたいな面白い男いなかったよ」

妙な褒《ほ》め方をされて、さすがの御手洗も言葉に詰まったようだった。

「ペインさんは、スコットランドの出身だったたっていう話でしたね」

「そうみたいだね」

「スコットランドのどことか、聞いてますか？」

「インバネスって言ったような気もするけど、でもよく憶えてないよ。あんまり譲からそんな話出ないしね、出るのは人殺す話ばっかりだよ」

「人を殺す話？」

御手洗もさすがにまた聞き咎《とが》める。

「死刑の話？」

「それももちろんそうだけどォ、動物とか植物に殺される話とか……」

「植物に？」

「うん、よくは憶えてないけど、なんかそんなこと言ってたよねー」

「ペインさんは、八千代さんと離婚されて故郷へ帰って、今はインバネスに？」

「いや、出身がスコットランドってだけで、日本へ来る前から、住んでたのはロンドンの郊外っていう話だったよ」

「なんという土地です？」

「私はよく知らない。八千代さんにでも訊けば」

「話はできるんですか？　怪我されたんでしょう？」

「ああそうか。そうだね」

「八千代さん以外にペインさんについて詳しい人は？」

「いないんじゃない？　卓さんがまあよく知ってたふうだけど死んじゃったしね」

「譲さんは？」

「あんまり知らないみたい」

「昭和四十五年に離婚されたとすれば、昭和二十二年の生まれである譲さんは、その時すでに二十三になったか、なろうとしていたわけですね？　知っていても不思議はないが……。ところで千夏さん、藤並八千代さんの大怪我についてはどう思われます？」

「どうって？」

「どうしてそんな怪我をしたんです？　死にかけたんでしょう？　ちょっと転んだくらいでは、そんな怪我にはなりませんよ」

「うん、まあ、そうでしょうね」

「どうしてそんな大怪我をしたと？」

「私は知らないよー、変なこと言って逮捕されたらたまんないもんね」

「ぼくは警察じゃないですよ、そんな心配はご無用です。その怪我をされたのはいつです？」

「あの台風の夜でしょ、確か」

「じゃあ、卓さんが死んだのと同じ夜」

「そう」

「どこで？」

「あの楠の下だよー」

「楠？　母屋の庭の？」

「そう、あの薄っ気味の悪い、大っきな木の根っ子のとこだよ。倒れてたの、雨の中で。それ、照夫さんが発見したの。もう少し発見が遅かったら死んでたって」

「なんでそんなところに？」

「私は知らないよォ」

言って千夏はまたウイスキーをどくどくとつぐ。

「何時頃です？」

「十時頃って言ってたと思うよ。刑事さんに話してたもん」

「十時？」

御手洗の表情が真剣になり、瞳がわずかに光ったようだった。

「それは、卓さんの死亡推定時刻と重なるな……、すると、卓さんはその時もう屋根の上にいて、死んでいたわけですね？」

「でもそれがねー、照夫さんと三幸さんが八千代さん見つけて藤棚総合病院に電話してさ、その時屋根の上見たんだって」

「見た?!　で、どうでした？」

御手洗が勢い込む。

「誰もいなかったって」

「いなかった?! まだいなかった?!」

御手洗の目がらんらんと輝き、とうとう我慢しきれなくなったらしく、立ちあがってしまった。椅子をがちゃつかせ、壁ぎわへ行った。額を壁紙にこすりつけた。

「すると、卓さんはそのあと、屋根にあがったわけだ……」

御手洗はついと壁ぎわを離れ、いつもの往ったり来たりを始める。

「藤並卓の屋根の上での不審死と、藤並八千代の瀕死の大怪我が、無関係とはちょっと思えない。今の話だと、まず八千代が殴打されて殺されそうになり、その後《ご》、卓は屋根にあがり、死んだことになる。そしてこの二つの事件は、例の楠のごく間近で起こっている。これは何故か……、この二つの異常事に、楠の巨木が関係しているわけだ……」

御手洗は例によってぶつぶつとつぶやく。

「卓さんと藤並八千代さんとの仲は、最近どうでした?」

立ち停まり、御手洗が千夏に訊く。

「知らない、私は。別に普通じゃないの?」

「楠を調べてみたいな、この木には、何かありそうだな」

「そうだよ、あの木、すっごい怖い木なんだってよ」

「怖い木?」

「うん、悪霊がいっぱいとり憑いてて、何人も人を殺してる木なんだって、譲が言ってた」

「木が人を殺す？　どうやって？」

御手洗は立ち停まり、噛みつかんばかりの表情になる。

「よく知らない。譲が言ってたから、譲に聞いてよ。でも近所の人もみんな知ってるって話だよ」

「あなたは知らないんですね？」

「私は知らない、ここ来たの最近だもの。知ってんのは、怖い木だってだけ」

「ふうん……、でその夜、八千代さんはどうなったんです？」

「救急車が来て、藤棚総合病院へ運んで、すぐ手術して、だから一命をとりとめたんだって」

「そうか、なるほどね」

言って御手洗は天井を睨み、立ちつくす。やがて視線を千夏に戻して、こんなふうに言う。

「ところで八千代さんが誰かに襲われて大怪我した日の、夜十時前後、譲さんはここにいましたか？」

するとは千夏は言う。

「それ、警察の人にも訊かれた」

「どうなんです？」

「本当はここにいたって言うべきなんだろうけど……」

「奥さんならね」

「そう、私奥さんじゃないから……」

「いなかったんですか？」

「私はここにずっといたけど、あの人は、九時頃からどこかへ行った。たぶん、母屋の自分の部屋だと思うけど」

「そうですか」

言って御手洗はうなずく。

昭和二十年、くらやみ坂

蟬《せみ》の声があたり一面にしきりとしている、夏の日のことです。あちこちにかげろうがたって、暑くてたまりません。

まだ日本は戦争中の頃のことですが、あたりはずいぶんと静かで、おとなたちもひっそりと息をひそめて暮らしているようでした。

でも、子供たちには戦争などなにも関係ありません。くらやみ坂の周辺は野原がたくさんありますから、子供たちは遊び場には困りません。戦争のせいでみんな貧乏になってしまいましたので、贅沢《ぜいたく》な遊び道具なんてありませんが、男の子たちはへいちゃらでした。子供の頃は、みんな面白い冒険を考えだす天才なのです。

特に、くらやみ坂上のもとガラス工場の廃墟は、子供たちには絶好の冒険の舞台でした。

広い広い敷地は、大谷石の塀と、錆びた黒い鉄の柵で囲まれていましたが、それもあちこち壊れてしまっています。お母さんたちは絶対に入ってはいけないと言っていましたが、男の子なら、何箇所かできた塀のくずれ目からとか、鎖がぐるぐる巻きつけられて絶対に開かないようにしてある鉄の扉を乗り越えたりなどして、ガラス工場の中に入るのはなんでもありません。誰も怒る人はいないのです。

工場の中はひっそりとして、何もかもが錆びついています。工場の壁のトタン板も、天井にかぶさっている、あちこちに破れ目のあいたトタン板も、すっかりえび茶色に錆びてしまっています。

工場の建物の中は、今日一日の熱気がこもってむっとします。作業場の広い広い空間のあちこちに置かれた、何のためだか解らない機械も、もうすっかり錆びついて停まっています。

機械の周りには、いつも白い埃《ほこり》が薄っすらと空中を漂っています。そんな埃の中に、天井の穴から射し込む午後の陽ざしが、白い線になって落ちています。

涼一郎君が、親戚の光二君と二人でそんな建物内に入っていくと、足もとの、これも茶色い色をしたコンクリートの床に、小さな器が、盆の上に並べられていました。近所のお姉さんたちが色水遊びをしたあとです。

涼一郎君は、この工場跡地からすぐの、くらやみ坂沿いに住んでいるので、この工場内のことは何でもよく知っていました。よく遊んでくれる、近所の年上のお兄さんに連れられて、何度も何度もこの中に入っているからです。

工場跡地の中には、大そう面白いものがたくさんありました。敷地の端っこには、高い煙突が一本立った建物があって、その下の竈《かまど》の中にも、自由に簡単に入ることができました。涼一郎君はまだ四つで、体がとっても小さいからです。

薄暗い竈の中の石の床にあおむきに寝ると、真冬でもとても暖かいのでした。風が吹き込まないからでしょうか。それとも、そのあたりの地面がほかと違って特別ぽかぽかと暖かいのでしょうか。

そうして上を見ると、そこは高い煙突の真下なのでした。長い長い筒が、涼一郎君の顔の真上に、ずうっとずうっと高いところまで、続いていました。高い高いところに、ぽつんと、お月さまのように丸い青空が見えます。いつも涼一郎君は、長いことそれを見つめるのです。すると、なんて不思議なのでしょう。外はまだ昼間だというのに、じいっと目をこらすと、そこに薄っすらと星が見えるのです。

よく遊んでくれる近所のお兄さんに連れられて、はじめてここへ来て、涼一郎君はそんな不思議な発見をしました。お兄さんも、そんなことは知らなかったようです。それでここへ来るたび、よく二人で竈の中に入りました。

暗くて狭い中に入るのは、最初は怖かったけれど、いつか馴れてしまいました。入ってしまうと、なんだか誰も知らない秘密の遊びをしているようで、ぞくぞくと楽しくなるのです。

涼一郎君は、その話を家に遊びに来た親戚のお兄さんにしました。お兄さんは、涼一郎君より三つ年上です。お兄さんは光二君という名前でした。光二君は、涼一郎君のそんな説明を、ちっとも信じませんでした。昼間にお星さまなんて見えるはずがないというのです。

涼一郎君は悔しくなって、一生懸命に説明します。高い高いところに見える真っ青なお月さまみたいな小さな丸い空の中を、ゆっくりゆっくりと白い雲が横切って、その雲の間からちらちらと白い小さな星が確かに見えたのです。涼一郎君は、これまでにもう何度もそれを見ています。

でも年上の光二君はいくら言っても信じてくれないので、それならこれから実際にそこへ行ってみようということになったのでした。

昭和二十年の夏の夕暮れでした。ガラスを造る時の何かの薬品の匂いなのか、一種独特の匂いのする工場の廃墟の中を二人で歩いていくと、一日中あれほどうるさく鳴いていた蟬の声もぴたりと静かになり、ぱったり風もやんでしまいました。

真夏のことですから、日中はとても陽ざしが強く、その日は気温が高かったのですが、割合風があったので、案外しのぎやすい一日でした。ところが涼しくなるはずの夕方になって風が落ちたものですから、かえってお昼より蒸し暑くなったのです。

竈の扉の前までやってきた二人の男の子は、汗をいっぱいかいていました。黒く土で汚れた二人のランニングシャツに、さらに汗が滲みます。むき出しの細い黒い腕や、肩に、汗がつるつると滑り落ちます。

二人は、とてもこれから狭い竈の中にもぐり込む気にはなれませんでした。中はきっと、ものすごく暑いだろうと思われたのです。それで二人並んで高い煙突を見あげてしばらく立っていましたが、かわりにもっと面白いものを探したくなりました。工場には、本当にいろいろなものが落ちていたからです。

二人は竈の前を離れ、工場の中をあちこち見て廻りました。すると、とびきり面白いものが落ちていました。それは、飛行機の翼の残骸です。

もちろん、おもちゃの飛行機なんかではありません。本物です。とても大きな翼で、赤い日の丸が描かれていました。

けれどそれは、二人が子供用の絵本などでよく見る零戦とか疾風《はやて》とか紫電改《しでんかい》などではないようでした。翼の大部分には金属ではなくて布が貼ってあるようですし、その布は、銀色や緑色をしていなくて、赤茶けた色が塗ってあります。どうやら、二人が知らない練習機のようでした。いったい誰が、こんな大きなものを持ってきてここに捨てたのでしょう？

二人は、翼があるのだから、どこかに胴体と、操縦席がないかと探してみました。操縦桿《かん》や、風防ガラスのついた操縦席があったらどんなにいいだろう！　そう考えると、二人は胸が躍ります。翼に銃はついていないから、機関銃の引き金なんかはないでしょうけれど、飛行機の操縦席にすわるということは、二人の強い強い憧れでした。あの頃の男の子は、みんなそうです。

一生懸命探したけれど、胴体も操縦席も、敷地内のどこにもありませんでした。二人はとてもがっかりしました。きっとどこかの軍人さんが、翼だけを持ってきてここへ捨てたのでしょう。

だいぶ陽が暮れてきました。あたりがだんだん薄暗くなり、少し風が出てきて涼しくなったので、二人は家へ帰る前にもう一度煙突の下のあの竈の扉の前へ行ってみることにしました。

もう陽が落ちたので、今から竈の中に入るのはちょっとうまくありません。でもやっぱり、という思いで、涼一郎君はいくつか並んだ竈の扉のひとつを開けてみました。

その時です。涼一郎君と光二君が立っている扉のところから、ひとつ置いて右側の扉が、がたんという音とともに、勢いよく開いたのです。二人は、心臓が停まりそうになるくらいにびっくりしました。二人とも思わず二、三歩逃げだしたのですが、逃げながら振り返ると、おかっぱ頭の、小さな汚れた人影がひとつ、竈の扉から飛び出してきたのです。

涼一郎君は、自分と同じ歳くらいかなと思いました。でもあんまり汚れているので、男の子なのか女の子なのかさえよく解りません。灰色の、ぼろぼろに破れた服を着ていました。竈の中から飛び出すと、一目散に駈けだしていきます。

涼一郎君と光二君は、いつのまにか逃げだした人影を追いかけて駈けだしていました。相手に逃げだされると、ついつい追いかけてしまいます。

錆の匂いとも薬品の匂いとも、それとも何かの腐った匂いともつかないガラス工場の廃墟の中を、三人の子供はまっしぐらに横切って駈けていきました。

敷地の北の隅に、ちょっとした林があります。その中に、もとガラス会社の社長の家だった西洋館が建っています。この家だけはまだ新しくてきれいなのですが、今はここも空き家です。誰も住んでいません。

雑草がぼうぼうと生えた一角を、小さな人影は懸命に走ります。二人の少年も追っていきます。

西洋館の壁にぶつかると、おかっぱ頭は壁に沿って走ります。家の角を右に曲がりました。そこに、大きな大きな木が立っています。近所でも有名な大楠です。

二人の男の子は、あっと言って立ち停まりました。楠の大きさに驚いたわけではありません。涼一郎君はこれまでにもう何度もこの木を見ていますし、光二君も、くらやみ坂から何度も見あげています。

二人が驚いたのは、大きく枝を広げたその下の太い幹に、二人がさっき一生懸命探していた練習機の胴体が立てかけてあったからです。

飛行機の胴体は、ぼろぼろに布が破れて、中のわくがほとんどむき出しでした。巨大なその姿は、なんとなく、以前写真で見た恐竜の骨に似ていました。

おかっぱ頭は、二人の男の子の目の前で、ちっとも迷ったり立ち停まったりしないで、その飛行機の骨組みにとりつきました。そして梯子を登るように、骨組みのひとつひとつに足をかけて、するすると上へ登っていくのです。

二人の男の子は、危ないなあと思いながら、それでも黙ってその様子を眺めていました。

おかっぱ頭は、ひと言も喋らないし、悲鳴も泣き声もあげないので、何故そんなことをするのか、どうして高いところへなんか登るのか、理由が少しも解らないのです。

やがておかっぱ頭は、骨組みの頂上にたどり着きました。そこは、楠の太い幹の上の、ちょっと平たくなったところでもありました。おかっぱ頭は、飛行機の骨組みの上から、楠の幹の上に移りました。それからそこにうずくまり、じっとしているつもりのようです。

蟬の声がみんみんと、あちらこちらの四方八方からまた聞こえるようになりました。陽がすっかり落ちて、あたりは暗くなりはじめていました。楠の幹の上でうずくまる小さな人影は、すっかり木の影と同化してしまったようで、もうどこにいるのか少しも解りません。まるで猫のようです。それでも男の子二人は立ちつくし、人影がうずくまっているはずのあたりを、じっと見つめていました。

「きゃーっ！」

と、けたたましい悲鳴が聞こえました。それで、ようやく二人はおかっぱ頭の人影が、女の子であったことを知りました。

両手を高くあげ、女の子の体がもがいているのが暗い中にかすかに見えました。いったいどうしたのでしょう、女の子の下半身が、すっぽりと木の幹の中に落ち込んでいるのです。

「助けてーっ」

と女の子は叫びました。ゆっくりと、女の子の体は木の中に沈んでいきます。

二人は夕闇の中で目をこらしました。少し木に近づきます。

女の子の両手が、しきりにばたばたと動いています。悲鳴と泣き声が聞こえます。

二人の男の子は、どちらからともなく駈けだしてしまいました。怖くて怖くてたまらなかったからです。その場を、少しでも遠ざかりたいと思ったのです。

工場のトタン張りの建物の脇を夢中で走ります。いくら走っても、女の子の悲鳴や泣き声は追ってきます。石の塀のくずれたすきまから、ともすれば泣きだしそうになる気分と闘いながら、やみくもに外の道に這い出しました。なにかとんでもない魔物にむんずと襟《えり》首《くび》を摑まれそうな恐怖に首をすくめながら、懸命にくらやみ坂を駈け下ります。

家にたどり着き、喘《あえ》ぎながら裸電球の下に立つと、石塀のすきまをすり抜ける時についたのでしょう、ひどいすり傷が涼一郎君の腕や足にいくつもあって、汚れた汗に混じって血が流れていました。びっくりしてぼんやりしていると、だんだんに痛みが湧いてきました。

飛び去ったニワトリ

ハイム藤並を出ると、御手洗は先にたってずんずんと藤並家の母屋の方へ歩いていく。私としてはついていくほかはないので、森真理子を目でうながすようにしながら、少し遅れ、彼のうしろを歩いていった。

御手洗の頭が、猛然と回転を始めていることは明らかだった。彼はひと言も口を利かず、煙突の下を通り過ぎ、藤棚湯の裏口を過ぎて、藤並家の母屋の方へ行った。からたちの垣根に沿って少し歩き、獅子の顔を象《かたど》った飾りのついた、金属製の門扉《もんぴ》の上部を、ぐいと両手で摑む。

御手洗は扉を少し揺すった。開かない。見るとかんぬきが通っている。そしてこのかんぬきには、大型の、重そうな南京錠が、ご丁寧にも下げられているのだった。

ひどく古ぼけた印象の門柱には、少し錆が浮いたインターフォンが貼り付いている。御手洗はもどかしそうにこれのボタンを押した。しかし、いくら待っても応答はない。

「壊れているのかな」

御手洗はつぶやく。実際、御影石らしい陰気な門柱といい、厚く塗り重ねられた黒ペンキを破って錆の浮いている金属扉といい、そしてここから望める青々と蔦《つた》の葉が覆った西洋館といい、すこぶる古色蒼然とした印象で、廃屋と見まごうほどである。風が吹くと、建物を覆った無数の蔦の葉がいっせいにわずかずつ震え、ささやくような音をたてるのが聞こえてくる。と同時に、骨董品が持つ微妙な古さの匂いが、門の外に佇《たたず》むわれわれのところまで漂ってくるように、私には感じられた。

曇天の日のせいもあり、ガラス窓越しにわずかに覗ける西洋館の室内は、陽もあまり射し込まぬ不気味な暗がりに思われた。この家は、戦前から建っているという。板ガラスはまる、白ペンキの塗られた木の桟《さん》も、すっかり朽ちかけているらしく見える。この門柱も、門扉も、戦前からのそのままなのだろうか。英国などにはこういうことは多いようだが、日本ではごくごくまれである。御手洗が言うように、門柱についたインターフォンが、まだ生命を保ってきちんと作動しているとは私にも思われなかった。この建物の中に、今もまだ人が住んでいるということさえ疑いたくなる。

御手洗が、またガチャガチャと門扉を揺すった。乗り越えてやろうかしらん、となかば本気のように言ったので、私はあわてた。

実際金属扉はわれわれの胸のあたりまでしかなく、その気になれば、乗り越えるのはさほどの苦でもないだろう。

「くそ、ここからじゃ楠がよく見えないな、建物の陰で」

御手洗が悔しそうにそう言ったので、御手洗が今何を考えていらついているのかが、ようやく私にも解った。彼は、母屋の敷地内に立つ楠を間近に見たいのだ。

「楠を見たいんだね？」

私は訊いた。建物の屋根越しに、大楠の上部の、雄大な枝ぶりばかりが望める。

「君は見たくないのかい？　石岡君」

家に目を据え、こちらを見もしないで御手洗は言った。

「殺人罪の楠だぜ。人間の殺人鬼なら何人も見たが、あるいは人を殺した動物なら見たけれどね、植物というのははじめてだ。是非とも対面したいものさ。

こんどの藤並八千代さんへの殺人未遂も、その息子の卓さんのことにも、この殺人楠とやらが関係しているのかね」

そして彼は私の方をはっきりと見た。

「いや石岡君、そうとも！　関係してるさ。していないわけがないじゃないか」

そしてもう一度、二度とインターフォンのベルを押し、続いて両手をラッパ型にして、ごめん下さいと三度叫んでもみた。

「駄目だ。誰もいないらしい。八千代さんは入院、ご主人の照夫さんは付き添い、娘さんの三幸ちゃんは学校と、そんなところだろう。こんな面白い事件を前に、家宅侵入罪で逮捕されたくはないからね、扉を乗り越えるのは後廻しにしよう。病院か、近所の聞き込みの方を先にやるとしようか」

御手洗はそう言って、名残りおしそうに扉の前を離れる。

暗闇坂を、藤棚総合病院をめざして下っていると、私はいささかの空腹をおぼえた。御手洗にそう訴えると、彼は少々いらついた口調で、森真理子に尋ねる。

「森さん、おなかがすきましたか？」

しかし彼女は、そんなことなどまるきり考えてもいなかったというように、こんなふうに言う。

「え？　いいえ私は……」

「減りませんか？」

「とても、何か食べられるような気分ではありません」

それから御手洗が軽蔑するような視線をやおら私の方へ向けてくるので、私は急いで解った解ったと言って右手を振った。御手洗は、何事かに頭がとらえられると、何も食べなくなるたちなのである。重々承知していたのだが、一応言ってみたのだ。

坂を下りきる手前左側に、「ライオン堂」と、白地に黒ペンキで店名を書いたブリキの看板を挙げた店があった。古風な木製の桟のガラス戸を店頭に持つ店で、そのガラス戸を左右いっぱいに開き、夜店の露店商を思わせる、玩具や、その箱などをぎっしり並べた大きな平台を、往来の通行人に見せている。この店のほかには、暗闇坂沿いの家で、商いをやっている家は見あたらない。

これがどうやら、屋根の上の死者の第一発見者の家と思われた。確かに店の前に立ち停まり、少し坂道の中央に歩み出るようにして石垣の上の藤並家を振り返ると、黒ずみ、蔦の葉が大半を隠した石積みの小さな崖の上に、うっそうと青い葉を拡げる大楠の巨木、そしてその右横に、藤並家の古い洋館の暗灰色の屋根が小さく望める。あの屋根の上にすわって少しも動かぬ人間の姿を見た時の、この店の主人の驚きは、いったいどれほどのものだったろう。

「これがライオン堂の徳山さんだね、寄って少し話を聞くとしよう」

御手洗は誰に言うでもなく、つぶやくように宣言すると、曇天のせいでやや薄暗く見える店内に、例によって気軽な調子で入っていく。私も続こうと思ったのだが、二人の女性に連続して会うことでやや気疲れしていたので、森真理子と一緒に往来に残った。

森真理子は坂の中途に立ちつくし、まるで永遠にそうしようと決心でもしたように、いつまでもいつまでも藤並家の大楠と、その脇でわずかに屋根を覗かせる西洋館に視線を据えていた。その様子は、どんな言葉もかけがたいほどに、悲しげに見えた。

今は何も見えない藤並家の屋根だが、彼女もまた私のように、その上に跨《また》がるかつて愛した男の姿をイメージしているのであろう。

普通なら、これはすこぶる困難な想像に違いない。そのような非現実的な出来事など、私などにはまるで経験がないからである。これは森真理子も同じに違いない。ところが不思議なことに、戦前から建つという古色蒼然とした藤並家や、樹齢何百年になるのか見当もつかないあの大楠などを見た今は、グリーンのセーターを着て屋根に跨る男の姿が、容易に脳裏に浮かぶのである。暗闇坂というこの土地、そして藤並家のあの様子が、そういう想像を容易にする、一種独特の雰囲気を持っているのだった。

御手洗が、小柄だががっしりした体つきの中年の男をともない、店奥の暗がりから往来へ出てきた。徳山だろう。徳山は、藤並家の方角を示しているらしい右手を高く挙げたまま、熱弁をふるいながら表へ出てきて、坂道に立つわれわれは目に入らないふうだったが、外へ歩を踏み出したとたんにわれわれの存在を認め、私と森真理子に小さく会釈をしてきた。私たちも揃って黙礼を返した。

「石岡君と、森さんです。こちらが第一発見者の徳山さんだよ。すると徳山さんの前に屋根の上の藤並さんに気づいた人はいなかったわけですね？」

「なかったでしょうね、人が集まって騒ぎだしたのは、私が騒いでからだもの」

「驚かれましたか？」

「それはもうね、私は何かの見間違いかと思いましたね。まさか人間じゃあというね、そういう感じだったな。だけどだんだんにこっちの坂の上の方に歩いて登ってね、だんだん人間に思えてきたからね、ああやっぱり人間だと、でもそしたらこんどはね、全然動く様子がないもんだから、いったい何してんだろう、あんな屋根の上でってんでね、こんどはそっちの方が気味が悪くなってきましてね」

「昨日の朝でしたね？」

「そう、嵐のあとでね、このへんなんかもう、なんだかすごい様子でね、道の上にはいっぱい落ち葉が散ってるしさ、木の枝はバラバラ落ちてるし、新聞紙や紙袋はある、どっから看板の木ぎれは飛んできてるって調子でね、そんなすごい朝だからね、なんだか不気味だったなあ、ありゃあ」

「顔の表情などは見えましたか？　屋根の上の死人の」

「そりゃあ見えましたよ。ずうっと坂あがって、家の周囲の垣根のところまで行ってみましたもの、私ら」

「どんな表情でした？　死者は」

「どんなといっても、蒼白い顔で、こう、無表情です。能面みたいな感じで、うつろな目してね」

「苦悩の表情もなく、顔など外傷がある様子ではなかったのですね？」

「え？」

「傷がついたりはしていなかったのですね？」

「ないです。見たところ、綺麗なものでした」

「梯子はどうでした？」

「梯子？」

「藤並さんが屋根に登った梯子ですよ。藤並さんの家の母屋には、かかっていましたか？」

御手洗が訊く。

「いや、私たちが発見して、家のそばまで行ってみて、ぐるりを歩いた感じじゃあね、梯子なんてものはなかったですよ」

「ありませんでしたか？」

御手洗は、割合冷静な反応をした。新聞記事を読んだ時点から、この梯子の問題をかなり気にしていた様子だったので、私はもっと過剰に反応するところを想像していた。

「ええ、見かけなかったけれど、でも家の敷地の中にまで入ってくまなく探したわけじゃありませんしね、私らは。家の暗闇坂の側はよく見えませんし、東側の道からも、からちの垣根なんぞに邪魔されますし、ちゃんと見えるのは藤棚湯との間の道からだけで、ここから見えない、家の反対側なんかのことは私らには解りませんですしね」

「どこか、道から目だたない場所にかけられていたかもしれない」

「そうですね……」

「しかしあの家は、見るとどうやら屋根に出るには梯子など必要ではないですね。日本家屋なら問答無用に必要だが、三階の屋根裏部屋の窓から、必要なら屋根の上に出ることができる」

「そうですね」

徳山はうなずき、私は御手洗の反応が意外に冷静だったわけを知った。そういうことなら、梯子などどちらでもよいわけだ。

「このあたりのご近所では、今頃は大変な噂になっているんでしょうね」

御手洗が言う。徳山は頷いた。

「なってますね、それは。でもあの家やあの楠は昔からいろいろと謂《いわ》れがありますんでね、この土地に長い人間はね、ああやはりっていう感じで見てますね」

「いろいろと謂れが？」

「はあ」

「それは、どんなことです？」

「うーん……、あんまり他人の家のこと、あれこれ喋るのは好きじゃないし、私より、地もとの古老の人かなんかで、もっとこの土地のことよく知っている人の方がいいとは思うんですが……」

「あなたから聞いたとは、誰にも洩らしませんよ」

すかさず御手洗が言う。徳山は、苦笑いらしい笑いを、その脂肪が少ない印象の顔に浮かべた。が、その笑みをすぐに消す。その様子は、私には恐怖で笑顔がひきつった、といった様子に見えた。

「いやまあ、このへんの人は誰でも知っていることだから……」

と暗闇坂の玩具屋の主人は、低い声でまず言った。苦笑いめいた笑いが、また表情に戻った。

「あの石垣の上のあたりはね、私らが子供の頃から、いろいろと言われてる土地なんですよ。えらく怖い場所だっていうふうにね、特にあの楠、あれは呪われた木なんだと、あの木の周辺は祟《たた》られてるんだって、私らは子供時分からもう何度も聞かされたもんです」

「ほう」

話しはじめる徳山の顔の筋肉が、ごくわずかに、痙攣《けいれん》するように震えているのを私は発見した。そしてようやく私は、彼の一種の苦笑いと見える笑いが、実は身震いするような恐怖の表情であったことに気づいた。

「それは言い伝えですんでね、話半分かもしれませんです。人の噂というものは、無責任な尾ひれがつくもんですから。だから私も、あの大楠は昔首切り場の血を吸って異常に生長したとか、首洗いの血染めの井戸のところまで、一本だけ太い根っ子が伸びていたとか、刎《は》ねられたなんとかいう大物の強盗の首がぽーんと宙を飛んで、枝の一本に噛みついて、いくらやっても離れなくて、仕方がなくてしばらくそのまま生首をぶら下げていたとか、そういう話はあんまり信じちゃいません。子供の頃はそりゃあ怖くってね、この坂道もあんまりあがらないようにしたし、祟られたり、木の霊魂がとり憑くっていうんで、坂あがる時も枝の真下じゃなく、道の反対側、左の端っこを歩いたりとかね、あんまり坂の上の藤並家の近くじゃ遊ばないようにってしたけれどもね、今はもうおとなですからね、そんなのは迷信だって思ってますよ。だってそう思わなきゃあ、こんなにあれこれ謂れのある場所じゃ暮らせないですから」

「ごもっともです」

澄ました調子で御手洗が相槌を打つ。

「だけどもさ、やっぱりおかしな事件は実際にあったんですよ。あれは私が生まれた頃の話なんでね、私自身の記憶ってのはないんですが、五つか六つくらいの女の子の死体がね、あの楠にぶら下がってたってことがあるんです」

「ぶら下がった⁈　どういうことです？　どうやってぶら下がるんです？」

「いやあ、私も詳しいことは解りゃしません。この目で見たわけじゃなくて、人から聞いた話ですから。でもこのへんの者はみんな知ってますよ。そりゃもう大事件になったわけですから。新聞にも大々的に出たそうだし、ニュース映画は飛んでくる、異常心理学者や動植物の研究家まで来たんだそうです。このあたりは上を下への大騒ぎですよ。今でいや、超常現象っていうんですかね、まあ一種の怪談ですよ」

「死因は何です？　その子の」

「そりゃ私は知りませんが、全身にもうくまなく、むごたらしい噛み傷があったそうです」

「噛み傷？　歯型ということですか？」

「そうでしょうね……、歯の跡なのか、牙の跡なのか……、だけど木には普通歯なんかないですからね」

「それはそうです。つまりそれは、あの楠のしわざなんですか？」

「だって、誰がそんなことやるんです？　五、六歳の、こんなちっちゃな子供なんですよ？　強盗の相手には小さすぎるし、暴行の対象にはならないだろうし、復讐の相手には若すぎるしね」

「ふむ」

「それに、殺し方がむごたらしすぎますよ。首なんてね、もうちぎれかかって、ようやく胴体とくっついていたっていうんですから。顔だってめちゃめちゃでね、もう全身血だらけですよ」

森真理子が低く呻《うめ》き、顔をうつむけて、私のそばから数歩遠ざかった。背を少し丸め、その様子は、こみあげる吐き気と闘っているように見えた。そばに寄り、彼女を介抱しようかとも考えたのだが、徳山の不気味な話に引き込まれ、その場を離れがたい思いが勝った。

「女の子の着物もぼろぼろでね、もう赤黒い肉塊だったそうですよ。日にちも二、三日経っていてね、手足の先っぽやおなかの中なんて、半分溶けてたっていう話ですから」

「溶けていた？」

「ええ」

「どうして溶けるんです」

「だからそりゃあ、木が消化しちゃったんじゃないかって、みんな言ってますがね、はい」

「木が消化？　つまりあの楠がその女の子を食べようとしたって、そういうことですか？」

「はい、そう言っておりますね、みんな。でもその途中で発見されたんだって」

「人を食う木ですか？　そんな馬鹿なことがありますかね」

「いや、そりゃあ私も常識的にはそう思いますよ、でも犯人はまるきり解らなかったわけですから、だんだんにね、そういうことも案外あるかもしれんなあとね、思えてくるんです。みんなの話聞いてると」

御手洗は腕を組み、唇の端を挑戦的に歪めた。

「だが、楠がどこから人を食うんです？　口などないじゃないですか」

「いやあの木はね、あのでっかい幹の上のあたりがちょっと平らになっていてね、そこのところにでっかい口が開いているんです」

徳山がまるで見てきたように、妙に断定的に言った。

「それが口ですか？」

御手洗が軽口を叩く調子で言い、その時私の脳裏に、ある考えが飛来した。屋根にすわり、死んでいた藤並卓、彼がすわっていた藤並家の母屋の屋根の上からならば、その楠の口とやらが覗けるかもしれないな——、とそう思いついたのである。

「ええ。その口のあたりには、ちょうど歯みたいな鋭いぎざぎざがあって、そこに、いっぱい血がついていたって話ですよ」

御手洗は、とても信じられないなという顔をして、私の方をちらと見た。

「あの大楠にはね、あの巨大な幹のあちこちに、小さい穴が開いているんです」

「いくつもあるんですか？」

「いや、いくつもってほどじゃなく、二つばかりだったと思いますが、私は子供の頃、怖々《こわごわ》そばへ寄って、何度かそれ見た記憶があります。よじ登らなければ覗けないような高いところに穴はあるんですけれども、いやあ怖かった記憶がありますねえ。その穴に耳をつけるとね、木にとり憑いた怨霊の呻き声がいつも聞こえるといわれてるんです。子供心にものすごく怖かったんだけど、高校生の頃、一度だけやったことがあります。耳をつけて、それから中を覗いて……」

「どうでした？」

御手洗が訊く。

「いや、大昔のことで、とても信じちゃもらえないかもしれませんが……」

「ええ」

「確かに聞こえました。大勢の人間の悲鳴と、それから、なんていうか、しゃれこうべですね、木の空洞の中に、あった気がしたんです。こう、どろどろした腸《はらわた》と一緒にですね」

御手洗も私も無言だった。

「私は何度も夢に見ましたよ。ありゃ、何だったんだろうなあ……。怖かったから、もう二度とやっちゃいませんから、未だに何だか解らないんだけど、ありゃ、何だったんだろうなあ……」

徳山は、唇を歪め、私たち二人の方を見ずにそう言った。

「なるほど、これは、相当変わった楠ですね。珍木だ」

御手洗が言う。

「あの楠はね、巨人の生れ変わりだって話もあるんですよ」

「巨人の？」

「はい。大きなひとつ目の怪物がね、昔この土地にやってきて、坂の上に棲みついてあの木になったんだって言い伝えがあります」

「だから人間を食べるんですか？」

「そう、だから人間を食べるんだっていう……」

「しかし、どうやって人間の子を木がぶら下げるんです？」

「枝と枝でもってこう……」

「つまり枝が無数の手になるんですか？　触手みたいに」

「そう、よく蠅地獄とかもうせん苔《ごけ》とか、あるでしょう？　虫を捕らえて、消化液かけて、溶かして食べてしまうの……」

「蠅やムカデならともかく、相手は人間の子なんですがね」

「蠅地獄のでっかいのがいたら、人間の子だって捕まえて食べてしまうかもしれないじゃないですか」

「はあはあ、とにかくその子の体は枝に引っかかっていたんですね？」

「私が聞いたのはね、柔らかい枝がこう蔓《つる》状に伸びてね、女の子の体にぐるぐるっと巻きついて、高ーいところにぶら下げてたって話ですが」

「ふうん……」

　徳山の話には、さすがの御手洗も意表をつかれたようだった。両腕を組み、うつむいて考え込んだ。

「最初に誰が見つけたんです？　その子供は」

「近所の、買い物の主婦連中だって話です」

「買い物中の主婦……、本当の話なんですね？　それは」

　御手洗は、徳山の、皮膚の薄い印象の顔をじっと見つめながら質《ただ》した。

「これはもう、絶対に本当です」

「風聞伝承の類いではないんですか？」

「違いますね、近所のみんなが知っていることです。子供の頃から、私ももう何度も聞かされて育ちましたから」

「それは昭和何年の話です？」

「私が生まれた年と記憶してますから、昭和十六年ですね」

「昭和十六年、太平洋戦争が始まった年ですね」

「はい。真珠湾が十六年の十二月ですから、これのまさに直前です。十六年の秋と聞いておりますので。私が生まれたのが夏で、その一、二ヵ月あとだそうです」

「昭和十六年、一九四一年の秋……。とすると、坂上のあのあたりは、まだ風呂屋も駐車場もなく……」

「もちろんそうです。ペイン校もありません、戦前ですから。ガラス工場だった頃です」

「当時の建物で今と変わらないのは……？」

「あの大楠と、藤並さんの母屋だけです。ほかはもう、きれいさっぱり変わってますですね」

「ふうむ、なんとも奇怪な話だ。しかし、あの木が人を食べた話はそれきりですね？」

「私が知る限りではそれだけですがね、戦前とかになると、もしかするとまだあるかもしれませんよ、ほかにも」

「ふむ」

「でもね、ほかにも気味の悪い話はいろいろあって、終戦の時、生き残った日本の将校連中が何人もあの坂の上のガラス工場の敷地にやってきてね、大勢で集団自決をしたんですよ。だからね、あのガラス工場の跡地は、気味悪がられてしばらく廃墟になっていたんですが、そこでね、もう何人もさまよっている兵隊さんの亡霊を見たって話があってね、写真もいっぱいあったりしてね、近所の人も、子供連中も、怖がって近づかなかったっていう話ですよ。だから学校のためにあの土地を買ったのも、その学校へわが子を通わせたのも、みんな外人さんですよ。日本人は、とてもじゃないがあの土地は買う気にならなかったでしょうからね。また学校ができても自分の子供を通わせる気にはならなかったと思いますよ」

「ふうむ、まあそうでしょうね。まさにそういった一連の話があったがために、徳山さんは藤並家の屋根の上に死人を発見しても、さほど驚かれはしなかったというわけですね」

「いやそれはもちろん驚きはしましたが、ああやはりなあ、というようなね、納得するような気分てのはありましたねえ。またあそこで死人が出たんだなあというようなね、ええ」

「台風のあと片づけをしようと思って、この道へ出てこられて、偶然に発見なすったんですね？」

「いやあそれがね、夢の報《しら》せってんですかね、その前の晩、変な夢見たんですよ」

「夢？」

「はいそうです」

「どんな夢です？」

「あの家はね、戦後間もなくのペイン校時代には校長さんの家になってて、屋根の上に青銅製のニワトリが載ってたんです」

「ニワトリ？」

「ええ。そのニワトリがね、学校がある頃は、正午になるとばたばた羽ばたく仕掛けになっていたんです。だがそれも十年位で、壊れちゃったのか、ちっとも羽ばたかなくなっていたんです。でも学校がなくなってからもずっと、あの屋根の上に載ってはいたんです」

「ほう」

「私は子供の頃からそういう機械仕掛けが無性に好きだもんですからね、最近になっても何回もこの目で見てね、折りあるたびにね、屋根にあったの確かめております」

「そうですか」

聞きながら、私は何気なく藤並家の屋根の上を見た。そこには、しかし今はもう何もないのだった。

「あの嵐の晩にね、私はその青銅製のニワトリがですね、ばさばさ羽ばたいてね、夜空高ーくにね、飛んでいく夢を見たんです」

「なるほど」

「ものすごくリアルな夢でしてね、一種の夢の報せじゃなかったのかなあ、ありゃあ……。それでね、店の前のここ掃いていて、ふいとその夢のこと思い出したもんですからね、ふっとね、藤並さんの屋根の上をこう見たらね……」

徳山はその仕草を演じて見せてくれた。

「そしたらおやっ？　ですよ。ニワトリがいなくてね、代わりに緑色した人間がいるじゃないですか。私はすっかり自分の目を疑いましてね、こっちの方へふらふらっと来て、そのまま坂をあがってっちゃいましたよ」

徳山は坂の上方へ二、三歩歩み、こちらを振り返る。

御手洗はうなずきながら、放心したように空を見ている。そのため徳山は迎えてくれる目を失い、私の方を見た。私も、すっかり放心した気分で、徳山にうなずき返した。

昭和三十三年、くらやみ坂

戦時中のそんな事件があって十三年ばかりの時間が流れた、やはり夏の夜のことです。昭和三十三年ともなると、くらやみ坂の周辺はすっかりさま変わりしていました。どことなく貧しげだった家々も小ぎれいになり、藤棚商店街の店々にも活気が出てきました。街に浮浪者や戦災孤児の姿もめっきり減って、住民の間に、にぎやかな会話や笑いが戻ってきました。

けれど一番変わったのは、くらやみ坂上の、ガラス工場跡地でした。屑鉄捨て場のようだった跡地や、幽霊屋敷のようだった赤く錆びた廃墟はすっかり片づけられ、白いペンキ塗りの校舎が建ち並ぶ学校になっていました。

学校といっても日本人の学校ではなく、イギリス人とアメリカ人の子供が通うための小学校です。ですから校舎や体育館や、門や塀まで、どことなく垢抜けた可愛らしい感じにできあがっています。生徒さんたち全員が外国人なら、先生たちもみんな外国人ですから、なんだか横浜の一角に異国の一部がそっくり引っ越してきたようです。

もとガラス工場の社長宅だった西洋館も、すっかり小ぎれいに修繕されて、窓わくが白く、新しくなりました。その周囲の壁には、蔦《つた》の葉が徐々にからみはじめています。

屋根の上には、可愛らしいニワトリの銅像が立ちました。ニワトリの銅像というのはおかしいかもしれません。飾りです。このニワトリは、面白いことに、正午になると、ばたばたと羽根を羽ばたかせるのです。機械仕掛けになっているのでしょう。この鳥は近所の評判になりました。

このニワトリが立ってすぐの頃は、羽ばたくお昼の時間になると、チャイムともオルゴールともつかない音で、不思議なメロディが流れていたのですが、どうしたことか、音楽の方はすぐにしなくなってしまいました。

もと社長宅だったこの西洋館は、今はジェイムズ・ペインさんという、この外国人学校の校長先生の家になっています。

西洋館の周りもすっかり変わりました。雑草がぼうぼうと生えていたのが、きれいに整地され、今ではいろんな花が咲き乱れています。小径《こみち》もできて、小さな池も造られました。何本か無秩序に並んでいた木々も、あちらこちらに移動させられたようです。小径に沿って、ところどころ石の像も立っていて、可愛らしい様子です。家の周りは、すっかり庭園という印象に造り替えられました。

でもひとつだけ変わらないものがあります。それが西洋館の裏にある大楠です。くらやみ坂が刑場だったという江戸時代からこの大木はあったそうですが、この木だけは今も変わらず、その不気味な姿を坂道の上にさらし、立っています。

涼一郎君はすっかり大きくなりました。今はもう高校の二年生です。くらやみ坂に住んでいるものですから、涼一郎君は、いつも坂上の石垣の上にある大楠のことを忘れることができませんでした。ということは、昭和二十年夏の、あの不思議な出来事のことを忘れられないということです。

四歳の時の夏の宵に見たあの不思議な出来事は、あれはいったい何だったのでしょう。子供の頃の思い出ですから、細かい記憶はだんだん不確かになっていきます。でも印象だけはとてもとても強烈なのです。子供の頃のほかの出来事はどんどん忘れていくのに、あの事件のことだけは、忘れるどころかどんどんはっきりしていきます。あの事件の記憶だけがぽんと別になって、額にでも入って、いつも目の前にあるようです。でもあまりに不思議な出来事なので、夢でも見たようにも思われます。本当にあったこととはとても思われないのです。あれは、幻でも見たのでしょうか。

それは、大学生になった親戚の光二君も同じでした。二人はそれから十年間以上、お父さんの仕事の都合であまり会うことができずにいたのですが、久し振りに会うと、やはりその話になりました。昭和三十三年の夏休み、光二君がひょっこり涼一郎君の家を訪ねてきたのです。

「あれ、君も憶えてるのか？　じゃあやっぱり本当のことなんだなあ……」

　と光二君は涼一郎君に言いました。彼も、あの経験が次第に幻のように思われていたのです。

　それから二人で、あの夏の日の記憶についてそれぞれ憶えている事実を披露し合いました。細かい記憶の食い違いはありますが、大筋として、二人とも同じ事件を記憶していました。

「それにしても、あの工場の跡地は変わったね」

　と光二君が言います。

「さっき坂の上を歩いてみてびっくりした。工場の廃墟がきれいになくなっていて、学校になっていた」

「うん、ペイン校っていうんだ」

「ずいぶんきれいになったね、でもあの楠はあのままだ」

「うん、あの木だけは全然変わらないんだ」

　それから夜が更けるまで二人は語り合いましたが、十時を過ぎた頃、突然光二君が、あの楠を見にいってみないか？　と言いだしました。

「どうしても気になって仕方がないんだ。十三年前の夏、あの女の子はいったいどうなったんだろう？　あの悲鳴はなんだったのかな」

「うん」

涼一郎君も言います。

「今さら木を見ても仕方がないとは思うけど、でもどうしてももう一度見たいよ。見ないとおさまらないよ」

「うん……」

「夜の方がよくないかな」

「うん、それは、昼間は日本人は入れないからね、今なら、こっそり忍び込めるかもしれないね」

でも涼一郎君は気が進みませんでした。これまでに何度かそんなふうに考えたことはあったけれど、怖くて一度もできなかったからです。でも今夜は、一人ではないという思いが、涼一郎君を決心させました。

二人は涼一郎君の店で売っていた豆懐中電灯をひとつポケットに入れ、くらやみ坂を登り、ひっそりと鎮まり返っているペイン校の金網を、そっと二人で乗り越えました。学校の守衛さんの見巡りは、午前零時頃に一度だけというのを、涼一郎君は知っていました。

校庭に立ち並んでいる木の陰から木の陰へ、二人は姿勢を低くして進んでいきました。

校長先生の西洋館には、いくつかの窓にまだ明りがついていました。それで、家の近くでは特に足音をたてないように注意しました。

大楠の前へ出ると、足がすくんでしまいました。長く目の前にしないでいたら、木がまたひとまわり大きく、グロテスクになったように感じたからです。

地面のあちこちに気味悪く露出した根に、つまずかないように注意しながら、木の根もとに立ち、二人で見あげました。

深夜の闇の中で、大楠は無言で立ちつくします。虫の声が周りのあちこちから聞こえます。天をつく、物言わぬ巨人のようでした。上空を覆うものすごく大きな葉の繁みのせいで、ただでさえ暗いのに、幹のそばは真暗です。上空に星ひとつ見えません。風が少し出てきたので、上空の葉と枝がうねる、ざわざわとした音も聞こえます。

光二君が豆懐中電灯をともし、幹を照らしました。小さな黄色い光の塊が、黒くごつごつとした木肌の上を、ちろちろと動きます。十三年前、ここに立てかけられていた飛行機の残骸など、もちろんもう跡形もありません。

光の塊が、幹の上の方のひとところに留まりました。そこに、小さな空洞《うろ》があったからでしょう。光二君は、気になってそこを照らしているのです。

「登ってあそこを覗いてみないか？」

光二君が、涼一郎君の耳もとでそうささやきます。声がちょっと震えています。涼一郎君はというと、そんなことをいとこが想像してしまった怖さに、声が出ませんでした。だから返事ができません。

「あそこから、木の幹の、内部が覗けると思うよ。だってさ……」

そう言って、光二君はごくりと唾を呑み込みます。

「だってあの時、あの女の子がもしこの木に食べられたのなら、あの穴から中を覗けばさ、中にまだいるかもしれない……」

さあっと自分の髪の毛が逆立つのが、涼一郎君にははっきりと解りました。それから、こんどは体中のうぶ毛が総毛立ちます。

「やめよう。帰ろうよ」

心細くなって、涼一郎君はそう主張しました。でも光二君は聞きません。

「またここへ来るの、大変だ。せっかくだから、今夜覗こうよ。大丈夫だよ、なんにも起こりはしないよ。やろう！」

震える声で、光二君は言いつのります。あんまりのんびりはできません。泣きたいほどに怖かったのですが、涼一郎君は結局頷きました。怖いけど、一方で猛烈に興味深くはあるのです。

豆懐中電灯をポケットに入れ、二人して、物音をたてないように苦労しながら、幹をよじ登りはじめました。

木肌は湿っています。そして、木に特有の匂いがします。その匂いは、時おり、果物の腐ったような匂いと混じり合います。

何の匂いだろうこれは？　そう思うと、もういけません。恐怖と、嫌な予感に、胸が圧《お》し潰されそうな気分になります。

苦労して、ようやく空洞のところまでたどり着きました。光二君が、まずは自分の左耳を、空洞に近づけてみます。その顔を、涼一郎君はじっと見ていました。

急に光二君の顔色が変わりました。さっと真蒼になるのが、ほとんど何も見えないほどに暗い闇の中でも、涼一郎君には気配で感じられるのです。

「聴いてごらんよ……」

いちだんと震える声で、光二君は言います。恐怖と、思いがけなさで、光二君の唇はぽかんと開いています。

怖かったのですが、涼一郎君も、思いきって空洞に右の耳を近づけます。すると――、

「きゃーっ！」

という悲鳴が遠く聴こえてきました。

それから、おうおうと唸るような大勢の声も聴こえます。ごおーっという、低い唸るような声もします。

「な？」

と声に出さず、唇の動きだけで、光二君は話しかけてきます。

それからいきなり彼は豆懐中電灯をぱっとつけ、空洞の中に光線を入れました。

怖いもの見たさで、二人は揃って穴の中を覗き込みます。心臓はどくどくと打って、手足はぶるぶると震えます。

「あっ！」

と思わず悲鳴が洩れてしまいました。

ぬめぬめと濡れた木の内側が見えます。気味が悪くて、まったく内臓のようです。

その底の方に、茶色をした骸骨《がいこつ》がちらと見えた気がしたからです。

恐怖で、光二君は反射的にぱちんと、懐中電灯のスウィッチを切ってしまいました。あとはただただ真暗な闇です。上空でざわざわと葉が騒ぐ音が、二人をそこから追いたてるように降ってきます。

がくがくと震え続ける膝と闘いながら、二人は夢中で木を滑りおりました。膝が萎《な》えているから、涼一郎君はおりるなり尻もちをついてしまいました。

あとのことはよく憶えていません。夢中でペイン校の校庭を横切って走り、金網を越えました。一刻も早く、一メートルでも遠くへ、あの怖ろしい木から遠ざかりたかったのです。

この時、十三年前のあの子供の頃の記憶が、はっきりとよみがえりました。

本当だった！　あの事件の記憶は、すっかり本当だったんだ！　あの時の女の子が、あの木の中にいる！　食べられたんだ。木に食べられたんだ！

走りながら涼一郎君は、頭の中で、繰り返し繰り返し、そんなふうに考えました。家に帰り、布団を敷き、光二君と並んで眠ったけれど、もうほとんど、楠の話はしませんでした。口に出したら、木の悪霊にとり憑かれるような気がしたのです。

その次の年の夏、光二君はオートバイの事故であっけなく死んでしまいました。その報せを聞いた時、あの人喰いの木の祟《たた》りだ、と涼一郎君はすぐに思いました。よじ登ったり、空洞を覗いたり、あんなことを思いついたからだ、とそう思ったのです。

そして、ぼくはもう二度とあの怖い木のことは考えまい、人にも話すまい、忘れてしまおう、とそう心に決めたのです。木が少女を食べるところを見たこと、そして木のお腹の中にあの時の少女の死体が今も入っていること、そういうことは、自分だけが知っている秘密だ。もうこの先ずっと、死ぬまで自分一人の頭の中に秘めておくんだ、とそう決心したのです。

人を喰う楠

1

藤棚総合病院は、暗闇坂を下りきり、そのまま右からやってくる道に合流するようにして左へ曲がり、藤棚商店街と呼ばれる商店街を抜けてから、また左の方へ向かい、高台へ少しあがっていったあたりにある。

これも藤並家の母屋に似て古めかしい建物で、病院の四方を囲むコンクリート造りの低い塀は、風雨ですっかり黒ずみ、裾のあたりには青く苔が這いのぼりはじめている。

受付で藤並八千代さんの病室はと御手洗が訊くと、２１２号室だと返答が返ってきた。面会時間はと訊くと、午後二時から八時までとたっぷり余裕があるので、面会の前に、病院へあがってくる途中の坂道にあったシーフード・レストランで、遅い昼食をとろうという私の主張が通った。病院受付の小窓の上にかかる時計を見ると、もう午後の四時を廻っている。

そのレストランは、いかにも文明開化の洗礼を真先に受けた横浜らしく、西欧ふうのなかなか小ぎれいな造りだった。建物全体が木造りで、板壁全体がブルーのペンキで塗られている。これに、白い窓枠の出窓がはまる。私たち三人がその出窓の脇のテーブルを占めると、出窓には、真鍮《しんちゅう》製の船の用具が各種、無造作に置かれているのだった。

船酔いの体質で船をおろされる船乗りは哲学者になる――、重い、真鍮製のランプを手にとった時、ついさっき御手洗が口にしたそんな軽口が、ふいに思い出された。

御手洗は、何を思ってか、この種の冗談をよく言う。船酔いの船乗り、高所恐怖症のパイロット、それはあるいは御手洗自身のことではないか、とそんなふうに私は時々思うことがある。

「予想通り、申し分のない事件になってきたね、石岡君」

小さな海の幸サラダだけを食べていた御手洗が、出窓の上に左肘をつき、これを頰杖にして私を眺めながら言った。

「ああ、なんだかものすごい事件になってきたね」

私の方はすずきのワイン蒸しを口に運びながら、そう応えた。森真理子の方は食欲がないらしく、コーヒーだけをすすっていたが、それも今は湯気を眺めているばかりで、カップを唇へ寄せる気配はない。

「あの昭和十六年の怪事件の方も、今回の事件と関連があるんだろうか」

食べながら私は言った。御手洗は頬杖をついたまま、うつろな目つきで額のあたりをぽりぽりと掻いていたが、やがて、

「あると思うね」

と静かに言った。

「あの木が、今回だけじゃなく、暗闇坂の一連の事件の核心であるような予感がする。関連がないわけはないさ」

「しかし、今は昭和五十九年、十六年というと、四十三年も昔の事件だぜ」

「そうだね」

つぶやくように、御手洗は言う。

「それも、さっきの話はまるきりの怪談だ。とても合理的な解決などつけられはしないだろう。今回こうしてぼくたちは、暗闇坂事件とでもいうものに強引に手を染めてしまったわけだけれど、これを解決するということは、つまり昭和十六年の、開戦前夜のあの怪談まで解決すると、そういうことになるのかい？」

私が訊く。

「西洋館の屋根に跨《また》が》り、人を食うという木をじっと見つめて死んでいた男、その木の下で、頭蓋骨陥没骨折という重傷を負って倒れていた高齢の女性、四十三年の昔に、その木

からぶら下がったむごたらしい少女の死体……、関係ないはずがない。これらは、一匹の象が盲人に見せるさまざまな印象だよ。

その通りだ、石岡君。ぼくはこの謎を解いてみせるよ。解くということは、象の全体を白日のもとにさらすということだ。四十年の闇の彼方の謎を解かずして、この先この事件を解いたなどとは言わないことを、今この初期的段階において、はっきり宣言しておこうじゃないか」

御手洗はきっぱりとそう言った。

藤棚総合病院の二階でエレヴェーターをおりると、病院に特有のあの薬物の匂いがつんと鼻をついた。まるでロボットのように、肩にしっかりとはめた金属製の黒いフレームで頭部を固定した坊主頭の人が、半円形のベビーサークルのような、下にキャスターのついた歩行器をがらがらと押して私たちの目の前を横切ったので、私は自分がどういう場所にやってきたのかをあらためて認識し、気分を真剣なものに引き締めた。

「あのう、私、あそこのソファで待っていてもよろしいでしょうか」

弱々しい声でいきなり、森真理子が御手洗に言った。見ると、前方左側に、えんじ色のヴィニールシートのソファが四つばかり並んだスペースがある。灰皿も見え、公衆電話も二つ置かれ、ジュースや牛乳の自動販売機もある。ちょっとした待合室となっているらしかった。

見ると森真理子の顔色は紙のように蒼白で、それを見る限り、これ以上無理強《じ》いはできかねる様子だった。思えば彼女は生涯何度となない激動の日を、心を休める余裕さえ与えられず、われわれに無理やりつき合わされているのだ。御手洗も同様に考えたらしく、かまいませんよ、と言ってうなずいた。

森真理子をソファに残し、私と御手洗は、消毒薬の匂いが充ち充ちた病院の廊下を、212と書かれて下がる札を目ざして歩いていった。御手洗の横顔は相も変わらず気軽な調子ではあったが、さすがに鼻歌は歌わなかった。

212号室の白いドアをノックする。ところがどうしたことかしんとしている。返答がない。私は廊下の突き当たりにある非常ドアをぼんやり見ていた。御手洗は、もう一度ノックする。

「はい」

と墓場の底から響いてくるような、陰気な男の声がした。御手洗がドアを開けた。すると、廊下側とはまた違った独特の匂いがした。患者一人収容の個室らしく、中央奥のベッドに、鼻に管をさし込み、テープで固定された婦人が寝ていた。瞼《まぶた》は半開きで、薄目を開いているようにも思えたが、それともこれは眠っているのかもしれない。病室はカーテンも新しく、備え付けらしいベッドサイドの小机も小ぎれいで、収容されている患者の身分や財産を無言で語ったが、部屋の空気はやりきれないほどに陰気で、同時に一種の敵意も含んでいるらしかった。部屋に充ちた廊下とは異なる匂いは、老いと、死の匂いであるように、私には感じられた。それが、ベッドに横たわる患者の発するものであるなら、私たちを迎えた敵意の方は、部屋の両サイドの椅子にそれぞれかけた、二人の男が発するものであったろう。

右側の一人は、もう初老の域に入っているように見える髪の白い男で、厚めの唇を持ち、咎《とが》めるような目つきでじっとこちらを見ていた。体つきは華奢《きやしや》で、椅子にかけたまま動こうとしないのでよくは解らないが、どちらかといえば小柄な人物であるらしかった。御手洗のノックに陰気な低い声で返事をしたのは、こちらの人物らしかった。

一方、左側の壁ぎわにかけた人物は、これとは対照的に肉づきのよい、大柄な男だった。眼鏡をかけ、丸い鼻とこちらも厚い唇をしていて、髪が薄いから老けてみえるが、案外まだ若いのかもしれない。頬や額の肌はつるりとした印象だ。厚い縁なしの眼鏡の奥から、丸い目で、やはり私たちを無遠慮に見ている。声を発しようという気配はない。

御手洗はというと、この場に充ち充ちた、逃げ出したくなるような険悪な空気にはいたって鈍感だった。すこぶる上機嫌の体で、

「あなたが八千代さんのご主人の照夫さん、こちらが卓さんの弟さんの譲さんでいらっしゃいますね？」

と右と左の人物を交互に見据えながら、陽気に話しかけた。私にも、この二人の男が誰と誰であるか、見当はついていた。白髪の方が照夫、眼鏡をかけ、丸顔の男の方が譲であろう。

しかし二人は、揃って御手洗にじっと目を据えたまま、まるきり声を発する様子がなかった。警戒し、無言でこちらを観察しているというのとも、その様子は違った。その場の気配は、言ってみればエリートが劣等生を見下げる時のような優越感が感じられた。私には、この空気はあまり愉快なものではなかった。

「このたびは藤並八千代さんのことといい、藤並卓さんのことといい、とんだことでございました。心からお悔みを申しあげます」

御手洗は、相手をからかうような馬鹿丁寧な言い方をして、鹿爪《しかつめ》らしく頭を下げた。

「さて、食肉植物というものの存在を、みなさんご存知でいらっしゃいましょうか」

ぽんとひとつ手を打ち、御手洗はひどく快活に始めた。

「たとえばウツボカズラだ。これは別名ネペンテスともいいます。非常に美しい植物で、多くは熱帯に生息しますが、京都大学にもあります。こんな、ちょうどとっくりのような捕虫部を持っています。この捕虫部には葉っぱの蓋があり、雨水が入らないように閉まっております。外観の形状が水さしに似ているところから、英語ではピッチャープラントといっております。普段は美しい蓋の斑点模様のあたりに、甘い蜜の匂いが充ちています。

壺の中にたまるリンゴ酸、クエン酸が、よい香りをたてるからです。

この匂いにひかれたムカデやゴキブリや蝶が、壺の縁《ふち》にでも載るとさあ大変、捕虫孔の縁は大変滑りやすく、壺の中に落ち込んだら最後、もう二度と出られません。よい香りを発していた酸性液は濃度とねばりを増し、犠牲者が消化されはじめると、ひどい悪臭があたりに漂います。

この壺は、大きなものになると直径十センチメートル、深さ二十五センチを越えるものも報告されております。だから、時には小鳥やネズミも捕らえられ、消化されてこの植物の栄養分となることがあります。

この植物が蛋白質を分解し、養分として消化吸収するという事実は驚くべきことです。何故ならそれは動物の専売特許であるからです。動物は運動量が大きいから、蛋白質を摂取する必要がある。この自然界におけるすべての物質のうち、脂肪や蛋白質からこそ、最も高いエネルギーがとり出せるからです。人間なども典型で、消化袋に触手がついただけのヒドラのような生物から、三十五億年ばかりの進化の時間をかけて、現在のような消化と吸収を分担制にしたパイプを体内に獲得してはじめて、高度な知性と高い運動性能を持つ高等生物としての維持に成功したのです。この分担制にすることによってはじめて、つまり消化専用器官を持つことによってようやく、蛋白質を分解し、吸収する能力を身につけることができた。

動物にはこれはいたってむずかしいことだからです。何故むずかしいかといえば、動物の場合、自身の胃袋もまた、蛋白質でできているからですね。肉を消化しようと思えば、自分の胃袋も消化してしまいかねない。人間の胃袋というのは、厚さわずかに五ミリの、ごく薄い肉の袋にすぎないのです。

ではどうやるのか。人間の場合、肉が胃袋に入ってくると、塩酸とペプシノーゲンという消化酵素をこれに噴きつけます。と同時に、自分の胃壁には、これから保護するための粘液をかけて保護するのです。人間の蛋白質消化は、こういう奇蹟のような絶妙のタイミングによって、維持されている。本来不可能なことを、このようなスタンドプレーによって、無理やり行なっているのです。だからこのタイミングがずれたら、簡単に胃に穴があく。

ところが、これが植物なら別だ。動物が動物を消化するのと違い、植物が動物を消化するのなら、自身がpH2の酸や、ペプシン系の酵素によって溶かされることなど起こらないからです」

「なるほど」

と御手洗の演説に、奇妙に女性的な高音で相槌を打ったのは、眼鏡の大柄な男、つまり譲の方だった。

「あんた、何なんだ」

八千代の夫の方は、冷たい声を出した。私などは御手洗の非常識なやり方にすっかり馴れているが、常識人としての彼のこの反応は、いたって自然だった。

「何者なんだ？　われわれに何の用だ？」

八千代の夫は、至極散文的な質問を、とげとげしい口調で発してきた。

「さて、誰に見えますか？」

御手洗は澄まして言った。照夫はへっ、というような声をたて、鼻から息を吐き出すような調子で笑った。

「忙しいんだからなこっちは。いい加減にしろよ」

八千代の夫のそういうもの言いは、非常にまともで、私に平均的警察官たちとの数々の初対面を連想させた。

「あんた、医者なのかな、なかなか知識があるようだ」

そう言ったのは、譲の方だった。医者と聞くと、照夫の顔に、とたんにびくっとした怯えが走った。もしこの病院の医者だったら大変だという常識的な保身が、彼の内で首をもたげたのであろう。一方譲の眼鏡の奥の丸い目は、御手洗の登場という喜劇的な場面を、場合によっては楽しんでもよい、という余裕が現われているように私は感じた。先ほど会った千夏を、私はふいと思い出した。

「医者？　あなたは鋭い。さすがに学者でいらっしゃる。確かにぼくは医者だ。しかし、この総合病院に勤務している医者ではありません」

照夫の表情に安堵の色が走る。

「フリーの医者かな」

譲は言う。

「まあそう言ってもいいかもしれません。しかし私の患者は、ベッドに横たわる人々ではなく、この街、この国の病根そのものなのです」

「宗教家の口ぶりだな」

譲は苦笑とともにそう言って、何故か両手のひらをうわむけて並べた。御手洗がその手の上に、すかさず例のインチキな名刺を載せた。

「御手洗と申します。今後ちょくちょく顔を見せることになるかもしれませんので、よろしければ、お近づきになりたいものですな、藤並譲さん。そして後学のため、あなたの研究成果など、お聞かせいただければ大いに光栄です」

「お手洗い、潔さん？　変わったお名前ですなァ」

「みなさんそう言って下さいます」

「私立探偵とは恐れ入った。誰の依頼で動いておるんです？」

御手洗は一応、照夫にも名刺をさし出したが、照夫は見もしないでサイドテーブルの上に載せた。

「今そこの待合室でお待ちです。よろしければお会い下さい。お兄さんの卓さんと、生前親しかった方です」

「というと？　その人は兄の死に疑問を持っているわけですな？」

譲は、妙に優しげな、女性的なかん高い声で、やや早口に喋る。

「疑問？　あのような亡くなられ方に、疑問を感じない人間がこの世にいますかね？」

御手洗が言った。

「誰です？　その人は？」

「名前を申しあげても、おそらくご存知ないでしょう。よろしければ、ちょっと外のベンチまでおつき合い下さいませんか？　ご紹介いたします。よろしければ照夫さんもご一緒に。病人のそばで大騒ぎするのもうまくないでしょう」

御手洗は言って、入口の脇に立ち、右手を体の右下に伸ばして、廊下への道を開けた。病人のそばで大騒ぎをしているのは御手洗一人である気が私はしたのだが、二人の男も、ほかにやることがなかったとみえて、しぶしぶ立ちあがった。

われわれ四人が廊下へ出ると、御手洗が丁寧に病室のドアを閉め、

「八千代さんのご容体はいかがなんです？」

と訊いた。

「あんまりよくないですな」

と譲の方が早口で応えた。

「脳に傷がついているという話ですからね、傷ついた脳は、もう二度と完全な復元はしないそうですからな。半身マヒとか、さまざまな後遺症が予想されるようです」

譲の話し方はせかせかして、その口調からのみ判断すれば、街で時おり見かける軽薄なタイプとも見受けられるが、内容はいたって論理的で、この人物の頭脳が、ごく平凡なものではないことを私に語った。

「何か喋りますか?」

「きのうやおととい、何か言っていたようではあります。が、言葉にはなっておりませんな。基本的にずっと昏睡状態です」

「九月二十一日夜十時頃に、楠の根もとあたりに倒れていらっしゃるところを発見したのでしたね?」

「そうです。ひどい台風の夜でね」

「発見されたのは、こちらの照夫さんでしたね」

言いながら御手洗は、後方をしたがってきている藤並照夫の方を振り返った。しかし照夫は無言だった。

「八千代さんは、そんな時刻によく外を歩かれるのですか?」

「なんでそんなことをあんたに応えなきゃならん」

照夫は低い声で短くそう言った。

「誰かに襲われたふうですか？」

照夫は無言だ。

「周囲に、殴打した際に使用したと思われるなんらかの武器が落ちてはいませんでしたか？」

「あんた聞こえなかったのか？　俺はあんたなんかに説明したくはないんだよ。どこの馬の骨とも解らん人間に、なんで応える義務がある」

藤並八千代の夫は、やや声を荒らげた。すると御手洗は、唇のあたりに右手を持っていき、ぷっと吹き出した。

「警察にもそうお応えになったのなら、大したものだ」

「武器の類いは何も落ちちゃいなかったようですな。それからおふくろの行動は気まぐれで、決まってはおりません。しかしふだんだいたい母屋の自分の部屋にこもっておるのです。あんまり表を出歩くタイプじゃない」

「それもよりによって、大雨と風の嵐の夜に」

「そう、だから驚きましたよ、私は」

「傘や雨具の類いはいかがです？　持ってらっしゃったのですか？」

「傘なんてとてもさせるような夜じゃなかった、でもヴィニールのカッパは着てましたよ」

「頭を覆うフードは付いていましたか?」

「付いてましたね」

「ではフードの上から殴打されたわけですな?」

「そのようです」

「ふむ、周囲に犯人の足跡など……、ま、遺《のこ》るはずもないですな」

「あんな大雨の中だもの」

「なんらかの痕跡はいかがです? 足跡は無理としても」

「警察は、何もないと言っておりますね」

「警察がね、ふむ。八千代さんの自室は、母屋の中にありますね?」

「そうです」

「いつもそこにこもっていらっしゃるんですか?」

「そうです。そこで音楽を聴いたり、本を読んだり、テレビを観たりして日がな一日過ごしてますね」

「その部屋に、電話はありますか?」

「あります」

「ふむ」

御手洗はうなずき、考え込む。

「その部屋は母屋の一階ですか？」

「そうです。もう歳だからね、階段あがるのしんどいと言って、一階を自分の部屋にしたんだ。そこに、ずっとおりました」

「それはしかし、こちらの照夫さんとお二人の部屋ということでしょう？」

「いや、そういうのは、二階とか、一階のホールなんじゃないの？　まあ夫婦のことはよく知らないけど、おふくろは偏屈な女だからねえ」

われわれは、待合コーナーに到着した。そこには、悄然《しょうぜん》とうつむいている森真理子の姿がぽつんとあった。われわれが近づいていくと、さっとその蒼白い顔をあげた。

「ご紹介しましょう。こちらが森真理子さん、生前卓さんと親しくされていた方です。森さん、こちらが卓さんの弟さんの譲さん、こちらはお義父《とう》さんの藤並照夫さんです」

「はじめまして」

と彼女は小さく言った。その様子は、とても苦しそうに見えた。譲と照夫はちょっと会釈を返し、われわれ五人は、がらんとした待合コーナーのソファに、向かい合って腰をおろした。

「では母屋の一階というのは、ホールと八千代さんの自室、そのくらいですか？」

「あとは厨房《ちゅうぼう》と、トイレと浴室と物置部屋と、そんなところですな」

「ホールは食堂なわけですな？」

「そうです」

「食事は誰が作るんです？」

「近所の牧野写真館ってところの老夫婦。昔からのうちの知り合い。縁もゆかりもないお手伝いさんは、おふくろが嫌がるもんでね、時には三幸ちゃんとね、おふくろがせいぜい協力し合ってね、作ることもありますよ」

「みなさんお食事の時間はいつもご一緒に？」

「まあ私は食べることもあったけどさ、女房持ちの兄貴なんかはね、マンションの自分ちで食べてましたよ」

「妹さんは？」

「あれもごくたまに来て食べることはあるけど、舌に合わないらしくて、めったに来ないね」

「千夏さんはいかがです？」

「あれは、私が来る時は一緒にね、必ず来ますよ。千夏に会ったの？」

「先ほどね」

「どうせまた一杯機嫌だったでしょ？」

「どうかな、気がつきませんでしたね。ところで母屋には、譲さんの研究室もあるそうですね」

「まあマンションの方は手狭でね、集めた資料、書籍の類いが入りきらないからさ、母屋の自分の部屋に置いておるわけです」

「ご兄弟の中であなただけですな？　母屋に自室を持ってらっしゃるのは」

「いや、そんなことはないです」

「おや違うんですか？」

御手洗は驚いた顔を作る。

「だってね、兄弟三人ともあの家で育ったんだからね、それぞれ部屋はありますよ。ただ辛気臭いってんでね、みんな寄りつかなくなってほっぽってるだけ。だから兄貴の部屋も、レオナの部屋も、それぞれまだ残ってますよ、使ってないけど」

「二階にあるんですか？」

「私の部屋はそう、二階でね。兄貴の部屋も二階にあったけど空室、あとひとつはこっちの照夫さんの部屋。

レオナの部屋は三階の屋根裏部屋だったけど今空き部屋、真ん中の部屋は物置になっていて、もうひとつは三幸ちゃんが使ってる」

「ほう、各フロア三部屋ずつあるわけですね？」

「そうね」

「空き部屋は蜘蛛の巣だらけですか？」

「そんなこともないな、三幸ちゃんが掃除してくれてるからね」

「あとで、あなたの資料室など拝見できると光栄ですね。それからご研究などご披露いただけると嬉しいな」

「まあ、先ほどはあなたのご研究をご披露いただいたわけだからね、こんどはこっちの番かな」

「あんなのはほんの一部です」

「もっと聞きたいものですな」

「あとでいくらでも。今はもう少しこちらの質問につき合って下さい。卓さんの死因についてお心あたりはありますか？」

「さあ……、ちょっと見当つかないなァ」

「卓さん、屋根の上にあがられたことは以前にも？」

「ないでしょう」

「あなたはどうです？」

「私もないな」

「子供の頃はどうです？」

「子供の頃もないと思うけど……」

「でも三階の妹さんの部屋にでも行って、窓から……」

「だからそうなると危ないでしょ？　子供のことで、西洋館で屋根高いしね。だから窓がラスははめ殺しになってたしね」

「はめ殺し?!」

御手洗がやや大声を出した。

「はめ殺しというと、三階の屋根裏部屋の窓は開かないんですか？」

「開きませんね」

御手洗はやおら立ちあがり、歩きはじめた。ソファの周囲をぐるりと一周し、戻ってくるとこう尋ねる。

「では今、どの部屋の窓も開かないんですか？」

「どの部屋も開きませんね、屋根に出られる窓は」

譲は応える。

「屋根に出られる窓？」

「屋根に出られない壁の窓は開きますよ」

「ああ、九十度に交差した横の窓なら？」

「そう、最近三階の窓枠を全部アルミに取り替えてね、これを開けられる形式のものにしようかとも話が出たんだけど、家が古くなってるからね、強度的にもはめ殺しのタイプのものの方が強いということになってね、やっぱりまたはめ殺しの窓にしたんですよ。こうハンドルを回すとガラスのルーバーが開閉して風は通すけど、ものは通らないな」

「では、そのルーバーを一枚一枚、すべて取りはずしたらどうです？」

「いや、それでも駄目だな。人間はとても通れないですよ」

御手洗はそれを聞くと首をさっと振り、また歩きはじめる。二回往復すると立ち停まり、口を開く。

「ということになると、やっぱり梯子だ。梯子を使わずに母屋の屋根に登る方法はないのでしょう？」

「そりゃあロープでもたらしておいて、これを使ってよじ登るとかね、そんなふうにする以外にないだろうけど、でも梯子はあったんですよ」

「あった？」

「私が屋根の上の兄貴に気がついた時にはね、梯子はかかってましたからね」

「どこにです、それは。どこにかかってました？　梯子は」

「物置のドアの近くに。一階に物置のドアがあるんだけど、そのすぐ横。梯子はいつも物置に入ってるんでね、そこから出して、すぐ横の壁に立てかけたんじゃないのかな」

「その物置のドアは、母屋のどちら側です？　暗闇坂の側ですか？　それとも銭湯のある側ですか？」

「銭湯の側」

「ということは、ライオン堂の主人はじめ、家の周囲にやってきた野次馬からよく見える位置というわけだ……」

御手洗は、私にだけ聞きとれる程度の音量でそうつぶやいた。御手洗の内で、再び梯子が重要になってきているらしかった。

「譲さん、屋根の上のお兄さんのご遺体のことはどうして知りました？　誰かから聞いたのですか？」

「ええ、こちらから電話で……」

「では照夫さん、あなたが卓さんを発見された時、梯子は……、といっても無理だな、あなたは口がご不自由のようだから……」

「どういう意味だそれは！」

照夫は気分を害した。

「失礼、今考えごとの途中なので……」

御手洗はうるさそうに手を振り、往ったり来たりを続ける。しばらくそうしていたが、いきなりどすんと、私の横に腰をおろした。

「梯子の問題は幾通りにも考えられる。今の段階では決定できる要因がない。譲さん、卓さんが自分の意志で母屋の屋根にあがったとしたら、あなたは驚きますか？」

「それは驚きますよ」

「理由が、解らないからですか?」

「見当もつかないな」

「まことに唐突で、とっぴな行為なのですね?」

「そう……、まったくそう思いますね」

「あそこにあがったら、何が見えますか?」

「あの楠の葉っぱぐらいだよね」

「そうでしょうね……」

御手洗はがくりと頭を垂れ、考え込む。

「ああ、早く屋根にあがってみたいものだな。ところで卓さんが最近、何かを探していたといった気配はありませんか」

顔をあげて御手洗が訊く。

「探すって言うと?」

「何かはぼくも解らないのですが、この家の周辺で、何ごとかに熱中して探し廻るといったことは……」

「また何でそんなこと急に言われるのか知りませんがね、私は兄貴とは最近ほとんど没交渉だったんでね」

「私、そんな話聞いたことあります」

いきなりそんなことを言いだしたのは、森真理子だった。

「何かお聞きになりましたか？」

御手洗の顔が、さっと森真理子の方へ向く。

「ええ。一週間、いえもう十日くらい前になりますけど……、自分の家に、ちょっと面白いことがありそうだって」

「ちょっと面白いこと？」

御手洗がソファに身を乗り出す。

「はい、謎解きして、何か探しているといったような……、ちらっと、一度きりなんですけど、聞いたのは」

「いや、それは重要だ、森さん、大変重要です。どんなこと言ってました？　どんな謎解きですか？」

「いえ、きちんと聞いたわけではないですから。お酒を飲んでいた時、ふっと何かのついでに……」

「かまいませんとも。かまいません。ほかにどんなことを言いました？」

御手洗はもどかしそうに右手を振る。

「確か……」

「ニワトリがどうの、とか……」

「ニワトリ? そうだ、ニワトリだ! 譲さん、ニワトリはどこへ行ったんです?」

「さあて……」

譲はぼんやりと首をかしげる。

「今、母屋の屋根にはニワトリはありませんね?」

御手洗は言う。

「確かにないですね、急になくなっちゃったんですよ」

「いつからです?」

「よく解らないですが、いつからかなあ……」

特に期待はしないが、なんとなく、といったふうに、譲は照夫の顔を見た。照夫も、さあ、といって不機嫌そうに首を横に振った。

「お二人とも自分ちの屋根のニワトリにはあまり関心がないようですね」

「まあ、特にはないですね」

「卓さんの遺体が発見された九月二十二日の前日まではあったふうですか?」

「あったと思うんだけどなあ……、どうかな」

「あった、あった」

低くそう言ってうなずいたのは、照夫だった。

「ありましたか?!」

御手洗が大声を出す。

「あの台風が来た日、私は家の外をぐるりと見て巡ったからね、その時一応屋根も見て、ちゃんと載っていた記憶がある」

「さすがに注意深い人ですな、照夫さんあなたは。それなのに、では卓さんの死体と入れ替わりに消えてしまったわけですね？　羽ばたくニワトリは」

譲と照夫は、それを聞くと揃って無言でうなずく。

「三十何年間も屋根の上にあったニワトリが、突如、一夜にして姿を消してしまったということになりますね？」

二人はまたゆっくりとうなずく。

「それで、まだ発見されていないのですか？」

「全然出ませんね」

譲が言う。

「家の周囲をくまなく探したんですか？」

「探した、庭だけじゃなくて、周りの道や、石垣の下の道も探した」

照夫が言った。

「でも出ないわけですね？　警察は何と言ってます？」

「特には何も言ってないな……」

こんどは譲が言う。

「格別問題にもしていないんでしょうな」

御手洗は言う。

「しかし、卓さんの死体が屋根の上にあったことと、この銅製のニワトリの紛失が、無関係のはずはないのだ……」

言って御手洗は考え込む。

「卓氏が屋根にあがったのも、このニワトリのことがあったからに違いない。しかしいったいどこへ消えたんだろう。誰が持っていったのか……。森さん、そのほかに、卓さんから何か聞いてませんか。彼が探そうとしていたのは何であったかというようなことは……」

「あとは、別に……、家の周りをうろうろしてるって……、そう言ってましたが、そのくらいで、あとは……あそうそう」

「何です？」

「ひと言だけですが、音楽、と聞いた気がします」

「音楽？」

「はい、音楽がどうのと……」

「音楽がどうしたというんです？」

「……いえ、それ以上は……、ちょっと思い出せません」

「音楽か……、何のことだろうな」

御手洗はしばらく宙を睨む。

「とにかくそういう謎解きのために屋根にあがった、そう考えて間違いないんじゃないでしょうかね。しかし、どうしてまたよりによって嵐の夜だ？　おまけにそんな夜更けに……？　譲さん、いかがです？　その点」

「全然解りませんよ、私は」

「照夫さん、いかがです？」

照夫も無言で首を左右に振る。

「二十一日の午後十時前頃、どちらか卓さんと話されましたか？」

すると二人ともまた首を横に振る。

「一族全員のうちで、誰か話した方はいますか？」

「聞いてないいな」

「譲さんはその頃どこに？」

「母屋の自室で、本を読んでた」

「照夫さんは？」

「同じく自室」

「二人とも、ニワトリとか、音楽とか、卓さんが謎解きのために自宅の周りをうろうろすると聞いて、思いあたることは何もないのですか？」

「全然ないなァ」

譲が言い、照夫も首を左右に振る。

2

藤並譲と照夫、それに御手洗と私と森真理子は、それからすぐ、連れだって病院を出た。それから揃って暗闇坂の藤並家へ向かった。照夫の話では、午前中の回診も検温も終わり、午後の点滴も終了したので、もうやることは何もない、あとはまた明日だ、ということだった。

見舞いはいつも二人で？　と御手洗が尋ねた。そう、まあ何となくね、と照夫が応えたが、御手洗は私に顔を近づけ、

「なかなか賢明なやり方だね」

と低くささやいた。

これはおそらくこういうことだろう。これまでに見るところ、藤並一族、つまり藤並譲、照夫を含め、三幸、郁子、千夏、レオナ、これらの人物のうちに、卓を殺し、八千代に重傷を負わせた犯人が存在する可能性が高いのである。誰かを一人きりで付き添いに行かせ、その人間がもし犯人だったら、八千代にとどめを刺しかねないのだ。だから常に複数で行動するという考えは、互いに監視するという意味合いがあるから賢明だ、こう御手洗は言いたいのである。

「森さんって、おっしゃったっけ？　あなた、兄貴の死亡に疑念を抱いてるわけね？」

藤棚商店街に向かって坂を下りながら、藤並譲がかん高い声で森真理子に問いかけた。

「え？　あ、はい、私は……」

言いながら彼女は、すがるように御手洗を見た。無理もない、彼女は藤並卓の死を今朝われわれから聞かされたばかりで、それによって何かを感じるという時間の余裕はなかったのだ。ひたすらショックを受けて自失しているばかりで、御手洗が事件に首を突っ込みたいがために、彼女を利用して連れ出してきているにすぎないのだ。

「失礼だけどあなた、兄貴とはどういう関係？」

「お友達でした」

「職場が一緒だったとか？」

「いえ、そうではありません」

「じゃどういう関係？」

「ですからお友達です」

「だからお友達ってだけでさ、こんなふうに探偵さんまで雇ってさ、そこまでする？　ふつう」

譲はなかなかずけずけとしたもの言いをする。

「おたく、兄貴の亡くなった点に関して、何か考えを持ってるの？　たとえば誰かに殺されたんじゃないかとかさァ、そいつに復讐してやりたいとかさァ」

「それは鋭いご意見ですな、譲さん。ぼくも同じご質問を是非発したい。あなたはお兄さんは殺されたとお感じになりますか？」

「え、私？」

譲は頓狂《とんきょう》な声を出す。

「私はね、考えなんて何もないですよ。専門家の意見にしたがう所存です」

「専門家というと？　警察ですか？」

御手洗がからかうように言う。

「そりゃそうです」

譲が応える。

「彼らは空き巣とか、サラ金に追いまくられての殺人とか、そういった問題の専門家であるだけですよ。今回のお兄さんのもののような一件には、賭けてもいいが、何もできやしません」

「あ、そう」

譲は目を丸くした。

「ではお巡りさんたちは、今どう言っているとあなたは考えてるの？」

譲が問い返すと、御手洗は揉み手をして、上機嫌の笑顔を浮かべた。

「簡単至極です。屋根の上に登った卓さんが、たまたまその時心臓マヒを起こして亡くなられた。その根拠は、解剖しても内臓系から毒物の類いが何も発見できないからです。心臓マヒの理由は、おそらく以前から心臓が悪かったのであろう、その程度の認識ですよ。銅製のニワトリのことなど、ほとんどまだ問題にもなっていません。どうです？　違いますか？」

「いや、私の方はまだ何も聞いていないが……」

「今夜あたり訊いてみられるといい、間違いなくそういう答えが返ってきますよ。であなたは、この意見にしたがうんですか？」

「それはしかし、ほかに有効な考え方がないのならね。あなたにはあるんですか？」

「なければこんなふうに、首を突っ込みはしません」

「ほう、ほう！　是非教えて」

「近いうちにね」

「警察がそんなに馬鹿かね！」

照夫が吐き出すように言いだした。

「八千代の事件だってあるんだぞ」

「馬鹿ではなく、それが分別というものなのです。おとなの分別とは、時として目かくしの別名なのです。目下のところ、彼らが悩んでるのは八千代さんの点だけだと断言してもいいですな。ぼくは彼らとのつき合いは長いのでね、連中の考えることは手に取るように解るのです。彼らが今考えていることはだいたいこうです。八千代さんが頭に怪我をした、これは転んだんだろう、最初そう考えますが、それにしては怪我が深刻だ、で少々悩んでしまい、次の考えは、誰かが八千代さんを襲った、これを息子の卓さんが屋根の上からたまたま目撃した、そのショックで心臓マヒを起こしたのだろう……。ところがこれもうまくない、何故なら、八千代さんが襲われ、楠の下に倒れてからのちに、卓さんは屋根にあがったと思われるからです。それで今、彼らは大変困っている……とまあ、そんなところですよ。賭けてもいいが、彼らの思考は今、このあたりでうろうろしています」

照夫の方はまったく無言で、譲が、

「まあ、そうかもしれんが……」

とつぶやいた。

「今回の事件を、無理に常識的な解釈に押し込めようとするからです。経験第一主義の手堅い発想では、このあたりが限界というものです。しかし今回の事件は、ちょっと風変りですのでね」

「しかし私には、今の解釈は、そう悪いものとも見えませんでしたがね」

譲が言い、御手洗が、

「ああそうですか？」

と言ってから、こう続けた。

「では昭和十六年に、幼女の惨殺死体が楠からぶら下がった事件はどうなります？　そんな発想では、あの事件の解決などとてもおぼつきませんよ」

そう言ってにやにやした。

坂を下りきり、われわれの歩みが藤棚商店街にかかった時、歩道の行く手に、パン屑をついばんでいる鳩の姿が二羽ばかり目に入った。

見あげると鳩は、歩道ばかりでなく周囲の商店の屋根の上にも散見できる。

「鳩っていうのはね」

と譲が突然言いだした。

「鳩の顔じっと見たことある？　あなた」

かん高い音質の早口で、彼は突如私に話しかけてきた。私がいいえと応えて首を横に振

ると、

「鳩の目はね、狂ってるよ、狂った者の目だよ」

と言いはじめた。

「じいっと見てるとね、あいつら本当に嫌な顔してるよ。まん丸い目でさ、狂気の目だよ」

譲は同じことを何度も言いつのる。しかし、そう言いつのる譲の目が、まさしくそんなふうだったので、私は少なからず驚いた。度が強いらしい眼鏡の奥で、丸いつぶらな目が、大きく見開かれている。そしてまるで小さな振り子のように、黒い瞳が絶えまなく左右に動くのだ。

頰の肌が、まるで汗を滲ませたようにてらてらと紅潮して光り、厚い唇も濡れて光りはじめた。その間からちらちらと舌を見せながら、譲はせき込むような早口で続ける。

「あんたヨーロッパを車で走ったことある？」

私がまた首を左右に振ると、

「ヨーロッパって鳩が多いんだよ。それもね、えらい図々しいの。追っぱらっても逃げないしさ、鼻先のこんなとこまでばさばさ飛んでくるの。だからさ、私は車で石畳の道や山道走ってるときさ、こいつ、しっ！」

譲は、歩道にいた二羽の鳩を蹴とばそうと、右足を思いきり振るうのだった。鳩は驚いてばさばさと飛びたった。

「車の行く先に鳩が群れてるとさ、アクセルばあっと踏んでさ、ハンドル切って鳩を踏むの。ぐちゃっとさ、ひひひひひ！」

そして突然譲は、猿のようなけたたましい笑い声をたてるのだった。大きな体を揺すり、次には前屈みになり、おかしくてたまらないというように身を揉んで、ひたすら笑い続けるのだった。そして笑いがややおさまると、しゃっくりのように笑いで声をしゃくりあげながら、こんなふうに続ける。

「ぐちゅ！　てえ感じがたまらないんだなあ！　うまくタイヤで踏めると気持ちいい、ぐちゃ！　ふはは、ひひひ、ひひひひ！」

彼は笑い続けるのだった。譲の顔はますます紅潮し、こめかみにふつふつと汗が浮いているのが見えた。

森真理子もあっけにとられたように、ちらちらと譲の顔を盗み見ている。照夫はいっこうに無頓着で、無表情のまま前方を見て歩いている。

気味が悪くなり、私は御手洗の顔を見た。御手洗は眉根を寄せ、怖い顔をしていた。興味深そうに、じっと譲を観察しているらしかった。それから私の視線に気づき、左の眉を高くあげて、私と視線を交えた。

「あのう、私……」

暗闇坂下にさしかかると、森真理子が控えめにそう言いかけて、立ち停まった。

「私、ちょっと体の調子が悪いものですから、ここで失礼させていただいてもよろしいでしょうか。申し訳ありませんが……」

「ああそうですか、かまいませんとも」

御手洗が快活に言った。どうやら、彼女を必要とする場面はもう終った、と考えているらしかった。

「どうぞ、お気をつけてお帰り下さい。ご報告は電話なり、電話をしてからうかがうなりいたします」

御手洗の言葉に、どう反応してよいか戸惑ったらしかったが、とにかく彼女は無言で頭を下げ、ゆっくりと背を向けて、暗闇坂でなく、丘を迂回するかたちになる坂の左手の道を、戸部駅に向かって一人帰っていった。そのうしろ姿は、いかにも淋しげだった。私はほんの少しだけ、その様子を目で追った。

「八千代さんの外傷は、頭部の頭蓋骨だけですか？」

坂を登りかけながら、御手洗が尋ねた。

「いや、それがね、胸骨も二ヵ所ひびが入ってるしね、背骨も痛めている。もし治っても、年齢からいって、車椅子の生活になる可能性が高いと医者は言っています」

譲が応える。

「それはお気の毒だ」

　御手洗が言う。

「殴打しておいて、倒れたおふくろを何度か、思いっきり蹴りつけたんじゃないかな、体中が痣《あざ》だらけだったからね」

「よほど八千代さんに怨みを持つ者の犯行と考えられますね。どうです？　息子さんとしては、犯人にお心あたりはありますか？」

「犯人に心あたりと言われてもねえ……、私はねえ……、あんまりそういうこと、頭使わないできたものねえ。やりたいようにやって、自分の研究に没頭してきただけだものね、おふくろが誰かと問題起こしてたとかさ、誰かの怨み買ってたってもし言われてもさ、あそう、って感じだなあ。よく知らないもの。関心ないから」

　この男は、どうやら私の見るところ、御手洗と一脈通じるものを持っているようだ。

「藤並八千代さんは、どんな性格の人でした？」

　御手洗は尋ねる。ライオン堂の前を通り過ぎ、われわれは坂を登りはじめる。坂が中ほどにさしかかり、左側の家並みが途切れ、丘の下に広がる街並みが望める場所にかかると、陽が地平の近くまで迫っているのが解る。夕陽は見えないが、西方の空の裾が、わずかに茜色《あかねいろ》に染まっているからだ。少し風が出てきた。気温が下がり、いく分肌寒くなった。

「おふくろの性格はねえ、そりゃひと言で言って偏屈ですよ。誰とも喋らないで一日中部屋に一人でいることもあるしね、突然何を思ったのかかんかんに腹をたてて、家の者にわあわあ当たり散らすこともあるしね。まあおふくろに腹をたててた人間も、そりゃあいるだろうねえ」

「あなたのお父さんの、ジェイムズ・ペインさんというのはどんな人でした？」

「まあこりゃあね、いかにもイギリス人って感じの人でね、絵に描いたような英国紳士という奴。折り目正しくてね、規則重視のね、抑制的な、だから本心が解らないといや解らない人だけど、あんまり喋らないし、人づき合いをしないし、でもいい人ではあったな。私は気に入ってましたよ。冷たい感じはあるが、そこがまた良くてね、いい男だし、背は高いし。いつもぴしっとプレスのきいた服着てたな、そういう印象」

「日本語を喋りましたか？」

「全然。見事にひと言も喋らなかったな。とうとうひと言も日本語憶えず、喋らずで国へ帰っちゃったんじゃないかな。こんなふうに、日本に子供まで作ったっていうのにね」

「今はどうしてるんです？」

「さあてね、イギリスのどこかで、幸せな老後を送ってるって話ですよ。あっちは老人福祉が完璧に行き届いてるからね」

「そもそもどういう素性の人です？　職業は？」

「もともとはね、画家だったらしいね。それがね、彼の父親が手を染めた軍需物資製造が、ちょうど折りからの大戦で大当たりに当たって儲って、それで一財を成して、昭和二十年に米軍と一緒に日本へやってきたらしいです。どうも子供の頃何度か聞いた話では、日本や日本文化ね、あるいは日本の女、こういうものにずっと憧れていたらしいね。それで日本に来る早々ね、当時伊勢佐木町の料亭に出ていたおふくろを見初《みそ》めてね、ひと目惚れというやつね、それでなかば強引に結婚したらしいのね。

そうする一方でね、おやじは商売人の嗅覚あったからね、進駐軍や、その周辺の外国人子女を面倒みる学校が急遽《きゅうきょ》必要だと考えていたのね、それで学校を開ける広い土地を探していたわけよ。横浜の中心地からそう遠くなくてね。そうしたら、ここに格好の土地がさ、終戦のどさくさと、いろいろとある謂《いわ》れのせいで、二束三文で売られていたわけよ。持ち主は空襲で死んでたらしい。で、さっそく買って学校を建てて、校長宿舎におふくろも住まわせたというわけ」

「なるほど。学校経営はうまく行きましたか？」

「行ったんじゃないの。生徒もいっぱいいたようだし、赤字だったたって話は聞かないから。教師も優秀な人材が結構集まってね、評判もそこそこ良かったみたい」

「それがどうして昭和四十五年に急に閉校したんです」

「まあ直接の原因は、おやじが日本の生活に飽きて、イギリスへ帰りたくなったたってことでしょう。思いたってさっさって帰っちゃったみたいだから」

「みたいとは？　あなたは空港に見送りにいったりなどはしなかったんですか？」

「だって大学時代だったからね。私は仙台の大学行ってたし、兄貴は東京の大学で下宿してたし、妹は若年性の結核にかかって入院してたんだ。夏休みに家帰ってきたら親父はいなくなってて、おふくろに聞いたら、イギリス帰っちゃったわよ、でおしまい。こっちはびっくりしたけどね、もともとあんまり子供を寄せつけるような人じゃなかったしさ、今思えば、こういうの、よくあるでしょ？　シーボルトだってそうだけどさ、言ってみれば極東の異国での、男の遊びだったんじゃないのかな。遥か遠く日本まで旅して、ゲイシャガールと暮らして子供作ってさ、そういうの、向こうの男のよく思い描く冒険って感じでしょ？　無責任ていや無責任だけど、あの家屋敷遺してくれてさ、たっぷり資産置いてってくれたんだから暮らし向きには困らないし、私は気にしてないよ。おふくろも何とも思ってないみたい。あれから、会いたいとかイギリス行きたいとはひと言も言わないもん。おふくろとしても、伊勢佐木町の料亭で一生ずっとこき使われるよりはよほどよかったろうからね、これでよかったんじゃないの」

「しかし結婚したり、さっさと離婚して国に帰ったりと、そんなに簡単に行くものなんですか？　籍の問題などもあるでしょうに」

私が口をはさむと、譲は首を左右に振った。

「いや、よく知らないけど、向こうじゃどうも、結婚で籍を入れるって習慣はないみたい。だから簡単なんじゃないの。私なんかがこんないい加減な生活してるのも、そういう親父の血筋なのかなあ」

そう言って譲は、また例のかん高い、きしるような笑い声をたてた。

私たち一行の歩みが、大楠の下にかかった。まるでしけの日に、波が海岸に寄せ続けているのにも似た葉のざわめきが、休みなく頭上から降ってきた。

思わず、私は上空を見あげた。御手洗も、上を見ていた。傾きかけた陽の中に、黒々と沈む巨大な繁みが、私たちの頭上に暗雲のようにかかっていた。

私は本能的に、そこに何か不吉なものが下がっているのではと恐怖にかられたのだが、幸い、そこには何もなかった。

3

御影石の門柱の前までやってくると、もうかんぬきに下がっていた南京錠は姿を消し、かんぬきも抜かれて、金属扉の右側の一枚がわずかに庭園側に向かって開いていた。照夫の連れ子の三幸が、学校から帰ってきたのだろうか。

「ほう、これは見事な庭園ですね」

門柱の間を抜けると、御手洗がまんざらお世辞でもなさそうにそう言った。外の道からだいたいの見当はついていたが、中に足を踏み入れると、まるで植物園のような印象である。植物の持つ特有の香りが感じられる。

庭は、外から想像したよりよほど広く感じられた。門柱のところから、骨董品めいた蔦《つた》のからむ西洋館までは、石が敷かれた小径が続くだけで植物の影はないが、右手の庭園は、うっそうとした、と形容したくなるほどに植物の影が濃い。ぽつんぽつんと背の高い木々が散在するが、その足もとを、背の低い木々がほぼくまなく埋めている。その中を、トンネルのようになりながら、道が縦横に巡っているらしい。

実際あちこちにトンネルが用意されている。白ペンキ塗りのトンネル状の金属の枠がところどころに置かれ、これに蔦やバラの蔓《つる》がからみ、天井には枝が載っている。

木立ちの間から芝生の覆ったちょっとしたスペースや、池らしい水面も覗ける。さすがに、石造りの彫像や、日時計も散在する。庭にいるだけでも退屈しない家のようだった。石造りのもと画家が造っただけのことはある。モネや、ルノアールの趣味を連想させた。

これらのおびただしい木々の葉が、やや強くなりはじめた夕暮れ時の風にいっせいに葉を震わせ、ざわざわと音をたてながら私たちを迎えた。その様子は、意にそわぬ侵入者に、総毛を逆立てて不快の感情をあらわにする猫を思わせた。この家の裏庭にあるはずの大楠の話を聞くほどに、私は詩人の擬人表現にも似た思いで、植物にも感情が宿るのでは、という予感にとらわれはじめていた。

私たちは、右手の庭園に踏み込むことはせず、ヨーロッパの街によく見かける石畳の道に似せているらしい、ゆるやかにうねる玄関へのアプローチを歩いた。小さな四角い石が行儀良く敷きつめられた小径《こみち》の上で、私たちの靴が、わずかな足音をたてる。森真理子がいなくなったので、私たちの歩速は、心持ち速まっていた。

「この石畳は、戦前からずっとあったのですか？」

御手洗が訊く。

「いや、親父がイギリスから職人を呼んでね、造らせたらしいです」

「ほう」

「この庭園もそうだし、家も大々的に改造したらしい。かなり金をかけたようです。でもまあ、私が生まれるか生まれないかの頃なんでね、どこをどう変えたのかよく知らないけど。私は生まれた時から、ずっとこのままの様子を見て育ったもんでね」

歩むにつれ、目前の西洋館がずんずんと迫ってくる。たそがれてゆく気配の内で、家はますます凄味を増していく。壁の大半を蔦の葉が覆い、白ペンキ塗りの一、二階の窓枠を朽ちさせながら佇《たたず》む古い西洋館は、まるで悪霊の棲み家だ。同じ横浜の地に、このような家や場所があろうとは、私は考えてもみなかった。遠い異境の地にやってきたようだ。

まだ陽が没してはいなかったが、一階の窓には、すでに黄ばんだ明りが滲《にじ》んでいる。屋根の上には、相変わらずニワトリの姿はない。ただテレビのアンテナと、左右に、まるで鯱《しゃちほこ》のように、小さな煙突が三本ずつ束になって立っているきりだ。中央よりやや暗闇坂寄りに、セメント造りらしい四角柱の台座がわずかに望めるので、あそこに羽ばたくニワトリの銅像が載っていたのであろう、と私は推測した。

「この土の上、銀の粉が撒かれたように見えますね」

御手洗が言った。石畳の道の左右には黒い土がむき出しているが、その上に不思議な銀色の粉末が浮き出しているのだ。これはさっき門柱の外から見た時から、私たちは気づいていた。

「ああそれはね、昔ここにガラス工場があった時の名残りらしいですな。どうしてなんだかはよく知らないけど、たぶん長い間に、ガラス造りに使う何かの薬品が落ちて、こんな地面になったんでしょう」

譲は応える。西洋館は、御影石の門柱のあたりから見ると、体をやや斜めにして、訪問者に対してははすに構えたような格好で立っている。家の一階中央に、石造りの二本の円柱を持つ、立派な玄関があった。そしてこれも白塗りの、ややいかめしい二枚のドアが並んでいる。だがいかめしいものがたいていそうであるように、これらはもう年輪を隠しきれない様子だ。

「まあどうぞ」

譲は言って、二段ほどある石段をあがって、さっさと先にたって玄関のドアへ寄る。

「ちょっと待って下さい」

御手洗が呼びとめた。

「その前に、噂に高い、例の大楠を拝見させてもらえませんか」

「ああ楠ね」

譲は気楽な調子で言って引き返し、

「こっちですよ」

と再び先にたつ。照夫の方は、われわれにおかまいなく、うしろも見ずにさっさと玄関を入っていく。

西洋館に沿い、私たち三人は楠を目ざした。風が次第に強くなり、館を覆った無数の蔦の葉が、とまらぬ身震いのように私の横で震え続けている。陽が傾くにつれ、少し霧が出てきて、彼方が靄《もや》いはじめた。館の角が近づくにつれ、私は高鳴る心臓を意識した。いよいよ、人を殺して食べたという大楠に対面できるのだ。

たくさんの葉が、ぶるぶると震え続ける建物の角を、私と御手洗は内心先を争うような気分で曲がった。そして——。

私は文字通り息を呑んだ。

「おお……」

という声が思わず喉から洩れてしまった。

驚いたのは楠そのものではなく、まずは地面だった。西洋館の裏手の地面いっぱいに、まるで無数の蛇がのたうっているように見えた。人を立ちすくませるのに充分な、ぞっとするような光景だった。しかしそれは、よく見ると根なのだった。裏庭いっぱいに、大楠の入り組んだ根が露出している。そして、ちょうど人間の動脈血管のようにくねくねと複雑に入り組んだ根の間に、羊歯《しだ》がぎっしりと生えているのだった。なんと怪異な風景だろう——、私は溜め息と一緒に、しばし見とれた。じっと見ていると、気味の悪さだけは、次第に薄らいできた。無数の蛇がのたうちまわるように見えても、それは少しも動く気配がないからだ。

しかし、私の驚きはそれで終りはしなかった。じめじめと湿った様子の足もとからゆっくりと視線をあげていくと、私はこんどこそ、

「うわあ……」

と悲鳴とも嘆息ともつかない声をあげてしまった。これが木なのか——？　私はそう思ったのである。

私の前方に立ちふさがった大楠の姿は、植物などではなく、まるでぐりぐりと節くれだった岩だった。黒々と巨大な、背の高い、岩の山が行く手にそびえていた。裏庭のほとんどを占めて、鎮座している。

「これは、すごいな……」

私はまたつぶやいた。怖る怖る、木に近づいていった。

古くから、大きな木には神や霊が宿るといわれる。神木と呼ばれる木も日本各地にある。私には、その理由がこの時はっきり解った。大楠の幹は、まさしく荘厳な印象だった。野太く、地面の一部が、あちこちに拳を造りながら天高く隆起したような猛々しさで、私を威圧した。私はひざまずきたいような敗北感と闘った。幹の太さは、ひと抱えどころの騒ぎではなかった。三人が精いっぱい両手を広げ、それぞれが手をつないでも、まだ抱えることはできないだろう。こんなものすごい木を、私は生まれてはじめて見た。

「幹の周囲はね、一番太い根もとあたりは二十メーター近くありますよ」

譲が、こともなげに言った。

「驚きました？　戦前のことだけど、神奈川県の天然記念物に指定されてます。おそらく日本中でも一、二に大きな楠でしょうな。関東では文句なく、一番大きく、古い木です」

「樹齢は何年くらいです？」

御手洗もさすがに驚きを隠しきれない声で問う。問いながら、足もとに露出し、無数にからんでいる根に気をつけながら、大楠に近づいていく。

「樹齢はね、やってきてざっと調査していったお役人の話では、二千年ということです」

「二千年?!」

御手洗もさすがに目を丸くした。

「では人類の有史以来を、ずっと見つめ続けて今日にいたっているわけですね」

「そうですな、縄文、弥生、奈良、平安、鎌倉、室町、戦国の世を経て江戸時代……、ずうっとこの木は生きてきたわけです。二千年も生きて、こんなに樹勢が衰えていない木は珍しいらしくてね、さかんに謎だと言ってましたよ。

自分の家にこんな珍しい木があったおかげでね、私もずいぶん楠や植物に詳しくなってしまった。論文もずいぶん書いたしね、いっ時植物学の方へ進もうかと真剣に考えたことがありますよ」

「この樹の大きさに関するデータは、今憶えてらっしゃいますか？」

御手洗が訊く。

「もちろん憶えておりますよ。樹高は約二十六メートル、枝張りは東西二十六メートル、南北三十一メートル、上空の枝には、ノキシノブ、マメヅタ、ネズミモチ、シュロ、ハゼノキ、あるいはトベラ、サンショウ、なんていう植物が寄生しております」

藤並譲がすらすらとガイドした。

私は、初対面の瞬間からずっと息を呑みっ放しだった。木というものが、これほどに巨大になるものだという認識が、それまでの私にはなかったのだ。

大楠の幹は、まるで地表の裂け目から、むくむくと噴き出した溶岩が固まってしまったような形状をしている。それとも、原爆のきのこ雲のようだった。石油コンビナートの火事からあがる巨大な黒煙が、そのまま凍りついたようだといってもいい。むくむくごつごつと、底知れない、そして私などには理解の及ばない、得体の知れない力が、ここにみなぎっているようだった。

だから、不格好といえば不格好である。巨大な瘤《こぶ》がいくつもいくつも積み重なってできあがっているような幹は、決してスマートなものではない。太くずんぐりしたそんな幹が、十数メートルばかりの高みまでそびえ立ち、その上から、太いのもあり、細いのもある無数の枝々が出発している。そのうちの一番太い大枝からは、まるで鍾乳石のような気味の悪いつららが、何本か垂れ下がっている。そのつららも、むろん木の一部なのだ。

幹の上部が平たくなっていて、そこにぎざぎざの歯を持つ口が開いている――。さっき会った、坂下のライオン堂の主人の話が思い出された。そう思い、子細に幹を観察すると、確かに幹上部に、二つばかり空洞《うろ》が口を開けているのがはっきり解った。幹の皺《しわ》の中に黒く口を開けた空洞は、木が悲鳴をあげ続けているその口のように思われた。じっと見つめていると、穴のまわりが人の顔のようにも見えてくるのだ。

あそこに耳をつければ、この巨木に封じ込められた無数の霊の悲鳴が聞ける――、そんな噂にも、大いにうなずける気がした。

異相の怪樹だ。こうしてそばに立つだけでもこの巨木の無言の圧力に、心を射すくめられる思いだ。幹はねじれ、曲がり、その姿を醜悪と表現したくなる気分も起こる。このねじれ方は、この世が潜在的に持つ、あらゆる邪悪さの象徴だと、そんな気分も起こる。怪異、奇態——、西洋館の角を曲がった瞬間から、私はまさしく異次元の世界に足を踏み入れてしまった。風がとまった。夕闇と霧が、次第に私たちとこの巨木を包み込もうとしている。私は、自分の全身が金縛りになりそうな予感と、懸命に闘っていた。

体を動かし、私は前進する。太い、ごつごつした、しかし表面は妙にぼろぼろと朽ちかかっているような幹に手を伸ばし、手のひらで触れてみる。湿っていた。じめじめとした足下の様子と似ていた。かすかに、生臭いような、腐臭のような、異臭が絶えず漂う。幹の裾あたりには、緑色の苔が厚く這いあがりはじめている。

この巨大な木には、確かに何かがある。ただ者ではない。私にも、はっきりそれが解った。二千年を生き延びたこの生物は、明らかに邪悪な精神の棲み家なのだ。その証拠に、ただこうして横に立つだけで、意識が遠のくような、それとも眩暈《めまい》に誘われるような、そんな気分が起こるではないか。

「日本にゃね」

と譲が、私の放心にはおかまいなく、高いトーンの女性的な声で解説を続ける。

「大楠として有名なものが、私の知る限りではこのほかに三本あるんです。だいたいね、楠は西日本に多いんだが、どういうわけか九州に特にかたまっているんですな。楠は木へんに南と書きますが、文字通り、南の温暖な地域に多く生育する木なんです。まず九州熊本県植木町の、田原坂《たばるざか》公園にある大楠。これは西南戦争の舞台になったところでね、枯れた枝を取ってきて焚き木にしようとしたら、おびただしい西南戦争時の銃弾が出てきたっていう有名な楠です。

でもこりゃあね、木自体はそれほどのもんじゃないです。うちのこれに較べりゃあね、孫みたいなもんです。幹の周囲は六メートルくらい、樹齢も三百年程度だろうといわれてます。

九州で一番のものは佐賀県武雄《たけお》市のもんでしょう。この木のせいで、楠は佐賀県の県木になってます。

この木はね、根もとの幹まわりが二十五メートル、地上四メートルの部分が十二・五メートル、枝張りが南北二十九メートル、東西が二十四メートル、樹高が二十六メートルといいますから、うちのこの木といい勝負です。樹齢は一千年といいます。

この木は別名『川古《かわご》の楠《くす》』とも呼ばれてまして、一本だけで、地もとでは『森』と呼んでます。

幹の根もと正面にはお稲荷さんが祭られていて、このお稲荷さんは『楠森稲荷大明神』という名前がついてました。九州や山口県には、一本の巨木を『森』と表現する事例は割合多いんですな。そしてこういうふうに、お稲荷さんを祭ったり、幹の肌に不動尊を彫り込んだりして、信仰の対象となっておる例も多いです。これは巨木の奥には精霊が宿るという考え方が、昔から民衆のうちには根強かったせいじゃあないでしょうかね。特に幹にあいた空洞にね、霊が宿っている。聖なるものか、邪悪なものか、それは解らないが何か宿っている、そういう考え方があるんです。

日本人にはね、信仰の対象たる神には、善も悪もないんです。ただ怖いもの、というそういう素朴な畏れですな、だから、ひたすらおだて、拝み、貢物をして、怒らせないよう気を遣うわけです」

「これは同感ですな」

御手洗が相槌を打つ。

「さてもうひとつの名木の楠は、伊豆半島の、熱海にあるんです。伊東線の来宮《きのみや》駅下車の、来宮神社の大楠が、樹齢二千年といわれてます。

これも大きいですよ。幹が二本合体したような格好をしておりましてね、幹の底部の周囲は十五・六メートル、樹高は約二十メートル、こういう大楠です。

この木には妙な伝承もあって、まあ概して大きな木には伝説ができるもんですが、この木は来宮神社のご神木です。だから注連縄《しめなわ》が巻かれてね、千羽鶴がかかったりしておりました。昔からこの大楠の周りを一周するとね、寿命が一年延びると言われておりますからね、私なんかは十周ばかりしてきましたよ」

熱海・来宮神社の大楠

「そりゃあ長生き疑いなしだ」

御手洗が合いの手を入れた。

「ほかにもあるけど、まあだいたいこの三本でしょう、日本では。この木も入れて四本。しかし楠っていうのはね、暖かい地方でしか巨木にはならないんです。だから九州に多いんですな。熱海も温暖ですからな。だからね、横浜あたりでこんなに大きく育ったっていうのはね、きわめて異例のことらしいですな。植物学者たちも、大いに謎だって言っております」

「なるほど。処刑者の生き血を吸ったからだと、それでみなに言われるわけですね？」

「そう、たくさんの処刑者の生き血をたんと吸ってね、こんなによじれた大木にね、なったの。ひひひひ」

譲は、また例の珍妙な笑い方をした。夜霧の濃くなりはじめた裏庭に、その声は、まるで妖怪の歓喜の声のように響く。この場の雰囲気に、それは気味が悪いほどよく似合う。

風が、まるでそれに呼応するように足もとから立ちあがり、周囲を埋めた植物の葉をいっせいにざわざわと騒がせた。立ちつくし、その音を聴いていると、まるで世界が急速に色を失い、この世が動物生命の感じられない、植物だけの死の世界に変わっていくようだった。

「いやそれでね、面白いのはね、東京のね、港区高輪《たかなわ》の、高松中学校ってとこにあるシイノキね、これもでかい。これもすごい幹してるんだけど、根っ子のあたりは小山ですよ。なんでこんなに育ったんだろうって思ってみるとね、この木が植わってる土地ってのは、江戸時代は旧細川邸なんだなこれが」

「細川邸というと？」

私が問う。

「いや細川邸っていうのはね、忠臣蔵の赤穂浪士がね、討ち入りのあとね、切腹したお屋敷なんですよ」

「ああ……」

私は言い、全身が総毛立つのを感じた。

「全員じゃないんですが、大石内蔵助《くらのすけ》以下、主力の十七人が預けられて、結局一七〇三年二月四日に次々と切腹させられたお屋敷なんですな。だからね、木っていうのはどうもそういう不思議な性質があるんですな。人間の無念の生き血を吸ったりね、その霊力をたくさん吸収するような環境にある木はね、何故か大きく育つんですよ」

衝撃を受け、私は声を失った。

「それで、警察はこの裏庭や、表側の庭も、くまなく捜したのですね？」

御手洗が言った。

「何を？」

私と譲の声が、思わず揃った。御手洗はいらいらしたようにこう続ける。

「ニワトリですよ。屋根にあった青銅のニワトリ」

「ああニワトリ！　ええ、警察は捜していたようですな」

譲が言った。

「しかし見つからなかった」

「見つからなかった」

「はたしてきちんと捜したかな……、この楠の上あたりはどうです？」

「この上に？」

「ええ」

「どうしてそんなところにあるんです？」

「常識的にはそんな可能性は乏しいでしょうが、この事件そのものが、あまり常識の尺度は通用しそうもないですからね。捜しちゃいかんということもありますまい」

「まあ、そりゃ、捜しちゃいないでしょうね」

「ふむ、では明日、明るくなってからでも登って捜してみるとしましょう。今日はもう暗くなってきたから……」

「おい御手洗」

「何だい？」

「この木によじ登ろうっていうのか？」

「登らずに捜せるのか？」

私は口をぽかんと開いてしまった。何ということを考える男だ。思っただけでも私は恐怖が湧いた。

「やめとけよ、危険だよ」

この幹の頂上部には、人を食べるための口が開いているというのだ。

「どうして？　ぼくが食べられてしまうと思うのかい？」

御手洗はにやにやした。裏庭の気味の悪い夕闇の中で、御手洗の白い歯がちらちらする。こんどばかりは御手洗も、思慮の足りない命知らずに思えた。この木が、過去どんな残酷な事件を起こしたか、もう忘れたのだろうか。卓の死だって、この木のせいでないとはいえないのだ。いや、十中八九、この木のせいと考えて間違いあるまい。相手は人間の殺人者というのではないのだ。いつもとは勝手が違う。何が起こるか、予測がつかないのだ。

「さて、屋根の上にあがってもみたいが、こちらも無理だな、もう陽が暮れる。譲さん、では家の中を少し見せていただけませんか」

御手洗は、快活な声を出す。しかし私にはその声が、いつもとは違い、妙にうつろに響いた。

4

玄関はなかなか広々とした造りになっていた。セメントに玉砂利をなかば埋めて並べた土間が広い。右手には古い、大きな下駄箱がある。このあたりの意匠はすこぶる日本的だ。室内にあがるのも、土足のままではなく、靴を脱いでスリッパに履き替える。あがりばな正面の板間には、虎の日本画が描かれた一枚型の衝立《ついたて》がある。もうずいぶん古いから、板の間はすっかり黒ずんでいるが、手入れが良いらしく、磨かれて光っている。昔はここがガラス工場の社長宅だったわけだから、大勢の工員が訪れることもたびたびだったろう。玄関が旅館のように広々としているのは、そういう理由もあるに違いない。その後校長宅になっても、来客に関しては、似たような傾向があったはずだ。

玄関の、下駄箱と反対側の壁には、風景を描いた水墨画の額が下がる。譲に先導されて右手に曲がった廊下の壁にも、やはりいくつかの額入りの日本画がある。造りは完全な西洋館だが、中は和風の印象が強い。

天井に蛍光灯がついてはいるが、表からの想像通りに、やはり中は暗い。壁紙は、細かい花柄が描かれたものだが、これも古び、色褪《あ》せ、ところどころに茶色のしみも滲んでいる。廊下は、踏みしめるスリッパの下でたいていきしみ音をたてる。三人の男が一団となってそういう廊下を歩くので、盛大なきしみ音の合唱が足もとからあがる。

譲が、モザイク模様の曇りガラスのはまったドアを開いた。セピア色に古びたドアの上部でガラス板が踊り、がちゃがちゃと、訪問者をはらはらさせるような音をたてた。ガラスには「応接室」と黒字の毛筆体で書かれている。

しかし私には、それらすべての様子が懐かしいものだった。きしむ廊下、染みの浮いた壁紙、ガラスが鳴る建てつけの悪いドア、それらは私に懐かしい子供時代を呼び起こすための、巧みな演出であるように感じられた。私は、校長室へ呼びつけられる腕白中学生のような気分になった。

応接室もまた、広々とした造りだった。大きな食卓めいた長方形のテーブルがあり、背もたれに彫刻のある木の椅子が、一ダース近くもこれを囲んでいる。誰もすわる者がないので、テーブルの周辺は寒々として感じられる。あの年は冷夏だったので、九月末とはいえ嵐の去った日の印象は、実際そんな感じだった。陽が落ち、気温が下がったのと、火のけがないので、広い部屋は冷え冷えとしていた。

大テーブルから離れた位置には石造りの暖炉がある。横には大型のテレビがあり、その手前に、白いカヴァのかかった応接セットと、ロッキングチェアがひとつあった。暖炉の周囲の石は、年季を語るように黒く煤《すす》けていて最近、火を入れた形跡はあるものの、たった今は炎は見えなかった。

暖炉の脇には黒い電話機の載った背の高い小机、それに板きれの入った黒いバケツと、石炭の入ったバケツ、そして、合成燃料らしい丸い筒が十数個、積み重ねられていた。なるほど、藤棚湯の裏の燃料庫に石炭が残っていたはずだ。母屋ではこのように、まだ暖炉を使っていたのだ。

譲が右手で示すので、私たちは暖炉のそばのソファに、腰をおろした。

「ちょっと寒いですねえ」

と譲が言った。

「なにしろこの家もう古いから、建てつけが悪くてすきま風が入るんでね、今暖炉に火入れますので」

「いやあんまりおかまいなく、寒いのは馴れてますので」

御手洗が言った。確かに、貧乏暮らしに馴れている者は、たいてい寒さにも馴れているものだ。しかし譲は自分が寒いらしく、近くにあった新聞紙を丸めると、ポケットからライターを出してこれに火をつけ、暖炉に放り込むと、この上に合成燃料を一本載せた。

「いや、これの方が火がつきやすいからね」

私は、がらんとした応接間を、天井といわず四方の壁といわず、無遠慮に眺め廻した。天井は漆喰《しっくい》造りらしい。壁との角は、丸みがつけられている。もともとは白い色だったと見えるが、かなり古びて汚れ、灰色とも、黄ばんでいるともとれる、妙な色あいに落ちついている。それがあちこち煤け、おまけにひび割れている。

　壁は合板造りらしい。よく見ると微妙にひわっている。そしてなにやら気が滅入りそうな、薄グリーンに塗られている。この色あいの趣味は、私には理解ができなかった。よく昔の国鉄の駅内部の壁などに、この色が見受けられる。何度も塗り重ねたものと見えてでらてらと光り、こんもりと、ペンキの厚さを感じる。

　床は寄木細工と見える造りだが、これも四隅がひわって少々持ちあがっている。日本家屋なら、庭へ出ていけるように大きなガラス扉と、表に廊下かバルコニーなど造るところだが、これは西洋館なので、庭に面しては小さな窓がいくつか並んでいるきりだ。この窓には、それぞれカーテンが下がっている。カーテン地は花柄のようだが、これももうすっかり褪色《たいしょく》して、柄も判然としない。

　照明は、天井にむき出しでついた蛍光灯によっているが、これはのちの工事で取りつけたらしく見える。天井部に、古い照明器具のついていた跡が残っている。壁上部に、古風なガスランプふうの照明器具もついているが、これには火が入っていない。

　ランプの下に、ひとつの壁面にひとつという割りで、これは油絵らしい絵画が、これも埃《ほこり》だらけけらしい大袈裟な額縁におさまってかかっている。だいぶ古い絵らしく、絵そのものも古びて黒ずんでいる。何が描かれているのかよく判らない。

「ひどいもんでしょ？」

譲が言いだした。

「博物館の遺物だってもっとましだ。これでもたびたび修繕したり、ペンキ塗ったりしてるんだけどね、もう寿命だね。なにしろ戦前からある家だもの」

「あの絵はペインさんの作品ですか？」

私は壁の絵を指さしながら尋ねた。

「いや、そうじゃないんです。日本人の絵描きの絵で、この家が建った時からあったんですよ。取り替えるの面倒だったんじゃないかな。あんまり名がある人の絵じゃないですからね、先代の持ち主だった、ガラス工場の社長さんの趣味だよね」

「ペインさんの絵は残ってますか？　この家に」

御手洗が訊いた。

「いやそれがね」

譲は、眼鏡の奥で、目を丸くしながら言いだす。燃えはじめた暖炉の炎で、彼の脂肪質の頬がオレンジ色に染まる。

「どういうわけか、親父の絵というのはこの家に一枚も残っていないんですよ。英国では、多少は知られた絵描きだったらしいのにね」

「一枚もない？」

御手洗がソファから身を乗り出した。

「うん、日本にいる間は、一枚も絵を描かなかったみたい。スケッチ一枚残ってないもの」

「それは妙だな。絵描きに絵を一枚も描くな、音楽家に楽器に触るな、小説家に一行も文字を書くなというのは、これは拷問でしょう。よほどほかの仕事が忙しかったのかな……」

「いや、親父は校長とはいっても単なる経営者だったからね、結構ヒマだったみたい」

「芸術家にヒマがあって、何ものを創らないというのは信じられないよ。そうじゃないかい石岡君」

「そう思うね。鳩を籠から出して、空を飛ぶなと言うようなものだ」

「同感だね。譲さんも、時間がたっぷりあれば好きな研究をなさるでしょう？」

「まあそうでしょうな。でも親父は変わり者ですからな、ここでは時計のような生活をしていたみたい。朝は六時四十五分に起きて、三十分散歩をして、食事のあとは学校へ行き、午後は何時から何時までこの家の自室にこもり、という生活ね……」

その時、ドアにノックの音がして、若い娘が紅茶の茶碗を盆に載せて、部屋に入ってきた。色白で丸顔の、なかなか愛らしい顔だちの娘だった。高校生のはずだが、まだ中学生のようにもみえる。しずしずと盆を運んでくると、ゆっくりとテーブルに置いた。

「これが三幸です」

譲が言った。

「こっちが御手洗さん、名探偵さんなんだぜ。それからこっちが助手の石岡さん」

三幸はぺこりとおじぎをした。歯を見せると、頰にえくぼが浮いた。目が大きく、二重《ふたえ》瞼《まぶた》で、眉毛は濃い方だ。

紅茶茶碗を私たちの目の前にそれぞれ並べ終わると、お盆を胸に抱きしめるようにして、一転活発な仕草になると、くるりとうしろを向いてそのまま出ていこうとした。その元気のよい動作に、若いなあ、と私は感心した。

「三幸さん、ちょっと待って」

と御手洗が呼びとめた。

「はい？」

と応えて、彼女はまた勢いよく、くるりとこちらを向いた。その仕草もまるでフォークダンスを踊るようで、若々しい魅力にあふれている。

「ちょっとだけ、お話をうかがいたいんです。五分だけ、そこへすわってもらえませんか？」

御手洗は私の隣りを指さしている。私はあわてて腰を少しずらした。

三幸はおずおずと私の横へ来ると、ちょっと私におじぎをしてから、割合勢いよく、私の隣りに腰をおろした。

「何でしょうか探偵さん」

言って、きらきらした瞳を御手洗の方へ向ける。御手洗は少し驚いたらしかった。

「探偵の扱いに馴れてるみたいですね。はじめてじゃないんですか？」

「はじめてだけど、時々テレビなんかでやってるから」

「ああなるほど」

御手洗は納得したらしかった。御手洗のような人種は、一般社会では常に珍しがられるが、彼女の世界にあっては、ごく自然な登場人物であるらしい。

「卓さんが亡くなられたことについて、何でもいいですから、知っていることがあったら教えて下さい」

「ええーっ、私はなんにも知りません。屋根の上も、見たら駄目だって言われたから、見ませんでしたしー」

「卓さんの死因について、何か心あたりはありませんか？」

「裏の木の祟《たた》りだと思います。木に殺されたんじゃないんですか？」

彼女はごく日常的な会話体でそう言った。

「あなたもそう思いますか？　前にも小さい女の子を殺したそうですね」

「うん、昭和十六年ですって」

「ずいぶん大勢人を殺す木だね」

「うん、だってそういう木だもん」

「そんな木のすぐ近くで毎日暮らして、怖くないんですか？」

「私は平気」

「平気？　どうして？」

「私のことは殺さないって言ってるもん」

「木がそう言ったんですか？」

「そう」

「木と話せるの？」

「まあ時々。眠ろうと思ってベッドにいると、話しかけてくるよ」

「へえ、どんな話をします？」

「昔々の話。昔あの木がね、動物だった頃の話。月の光の中でね、あっちこっち歩き廻ってね、挽肉《ひきにく》を食べた話」

「挽肉？」

少女は、瞳をきらきら輝かせて話す。

「そう。挽肉がすごくおいしくてね、動物のお肉はみんな挽肉にして食べたいんだって。それからね、月がよく光る夜は、ほかの木たちとよく人間の話をするんだって。私は友達だよ」

御手洗はしばらく無言で、三幸の顔を見つめた。

「この家の屋根に、ニワトリの飾りがあったそうですね？」

「うん」

「今はもうないね」

「そう、どっかへ行っちゃった」

「このニワトリがどこへ行ったか、楠は何か言いませんか？」

「言ってた」

「どう言ってた？」

「ずっと遠くにあるって。水がある方。大きな川か、海の方だって」

「警察の考えはどうなのかな」

「知らない、そんなの」

「捜してたふうかな？」

「捜してたみたい。でも見つけたのは、卓さんの靴だけだって」

「靴？」

「そう。革靴」

「どこで?!」

「片方は藤棚湯の方で、もう片方は、裏庭の楠の下」

「なんだって?! そんなに片方ずつ離れた場所に?!」

御手洗は立ちあがった。例によって、窓べりと、ソファのあたりの往ったり来たりをはじめる。

「譲さん、じゃあ、卓さんの死体は靴を履いていなかったんですか?」

「そう」

「裸足で?」

「いや、靴下を履いていてね、靴は脱いでいたみたい」

「何故脱いだんだ? そんなとんでもなく離れた場所に片方ずつ……、どうしてだ? 三幸ちゃん、藤棚湯と楠の下にあった靴は、それぞれ右側か左側か、憶えてないかな」

「たぶん藤棚湯が右側だったと思うけど……、よく知らない」

「譲さん、いかがです?」

「たぶんその通りでしょう。私もよく憶えてないな、そのあたりまでは」

「どうしてだ? こりゃ、どういうことだ? 脱いでから、誰かによってそれぞれ運ばれたのか? しかし靴なんか運んで何になる? どういうメリットがあるんだろう……」

御手洗は立ち停まり、立ちつくしたまま考え込む。

「屋根にあがろうという時、靴を脱ぐということは、あり得ない話ではない。だがそれは滑りどめのためだ。それなら靴下も脱ぐだろう……、ふむ」

御手洗は宙を見据えている。それからやおら窓べりに寄り、カーテンの端を少し開いた。

「ここから、木立ちが少し邪魔ではあるが、ハイム藤並が見えますね。401号室のヴェランダ側も明りがともっている。卓さんの奥さんはご在宅のようだ。301号室も、どうやら明りがついているらしい。501は消えている。レオナさんはいないようですな。三階へあがれば、マンションはもっとよく見えますか？」

「見えますね」

譲が応えた。

「しかし卓さんのように屋根にすわっても、マンションには背を向けるだけだ。楠と向かい合うだけだ。卓さんも、楠と対話でもしようとしていたのかな……、どう思います？三幸さん、その点は」

「さあ、解んない」

「卓さんが屋根の上にあがった理由は、あなたに解りますか？」

三幸は首を左右に振ってから言った。

「解んない」

「そう、では結構です。また何か思いついたことがあったら、どんなことでもいいからぼくに教えて下さい」

御手洗は言って、席へ復した。

「御手洗さん？」

しかし三幸は立ち去ろうとせず、御手洗の名を呼んだ。

「何？」

「こんどのうちの事件の、謎を解いて下さるんですか？」

「そのつもりです」

「面白ーい。私、手伝います」

「お願いしますよ」

「卓さんは、やっぱり誰かに殺されたんですか？」

「その考えに、大いに魅かれますね」

「誰に？　どういう理由で？」

「それが解ったら解決」

「あそうか、そうよねー」

「三幸、早く食事の仕度をしなさいよ」

譲が言った。

「はーい、御手洗さんたちも、食べてくでしょう？」

「かまわなければ」

「そうして下さい。この家、人が少なくっていつも淋しいから」

「牧野さんは、来てくれてるのか？」

譲が言った。

「うん、今やってくれてる。じゃ探偵さん、またあとでー」

三幸は立ちあがる。ちょっと会釈をして、廊下へ出ていった。

「牧野さんとは？」

御手洗が訊く。

「近所の写真館の人でね、昔っから両親が懇意にしてるの、ペイン校時代から。今はもう息子さんの代になってて、牧野夫婦が隠居してヒマ持て余してるから、ここのところずっと、家事の手伝いに来てもらうんですよ。もちろんお礼をして。おふくろも、牧野夫婦ならなんにも文句言わないから」

「では、今はご夫婦ともが？」

「そうじゃないかな、たぶん。ここから歩いて一分ほどのところだからね。往き来はね、年寄りでも楽なんですよ」

「坂の下にライオン堂というおもちゃ屋がありましたね」

「ああ、徳山さんのところの」

「あの家とは、おつき合いはないんですか？」

「親父とおふくろは、つき合いをしていたようですがね、今われわれの代になってからは、全然交流はないです」

「そうですか。ほかにご近所で親しくしている家というのは？」

「全然ないですな。牧野写真館がただ一軒だけ。それというのも、学校時代にやれ遠足だ卒業式だ、運動会だ、学芸会だで、ずいぶん儲けさせてあげたからでしょう」

「ふむ。ペイン校というのは小学校でしたね？」

「そうです。ところで御手洗さん、三幸は変わった子でしょう？」

「才能がありそうですね」

「変わった子です。実に変わってる。さて御手洗さん、見事わが家の事件の謎を解いてくださるんですか？」

「さっき三幸ちゃんに言った通りですよ」

「兄貴の怪死の謎。昭和十六年の少女の惨殺死体が裏の木にぶら下がった謎も？」

「それを解かずに、謎を解いたとは言えないでしょう？」

すると譲は、またひひひという例の特有の笑いを笑いそうになった。ほんの少しだけ、かん高い声が喉から洩れた。

「頼もしいなあ、そりゃあ。しかしできるかなあ。おふくろを痛めつけた犯人だけというならともかく、そりゃあ、誰にも解らないと思うなあ、私は。問題が突飛すぎるしね、昭和十六年のにいたっては、謎が謎だし、ありゃ殺人事件ってのじゃないしね、第一時間も経ちすぎてるしねえ……」

「解いてみせる前は、みなさんいつもそうおっしゃいます」

御手洗はソファにふんぞり返り、不敵にそう言い放った。譲は目を丸くした。

「もっと突飛で、解決不能に見えた事件もありましたよ」

ひひひ、と譲はまた笑いを喉から洩らした。いったいどういう感情から、この男はこうした笑い声をたてることになるのか、私には理解ができない。

「これよりおかしな事件の前例がねえ。私はこの二十年間、毎日、新聞をくまなく読んでいるが、そんな記事にはお目にかかったことがないよ」

「新聞屋には隠されるからですよ。これより突飛な事件と言いましたが、この事件はこれで終りではないかもしれない。さらに奥があり、もっと、今の何倍も突飛で不可解になっていくかもしれない。そうなると、賭けてもいいが、新聞には何も出ませんよ。ま、そんなことはともかく、ぼくは刑事事件に関してなら、乗り出して、解決に到達できなかった経験は一度もないのです。今回も例外だとは考えませんね」

するとと、譲はまたくくく、と喜悦を洩らす。笑いながらこう言う。

「その自信がずっと続くことを祈りますよ。一九八四年の横浜、暗闇坂の事件のあとでも、あなたがそのセリフを口にできることをね」

譲のその口調は、まるで解決できないことを願っているかのようだった。

「祈っていただくのもいいですが、具体的に協力して下さい」

「どんなことを?」

「まずはニワトリです。これはどこから持ってきたんです?」

「親父がイギリスからです」

「来日する時、携《たずさ》えてきたのですか?」

「いやそうじゃなく、以前フランスで買ったのを、ずっとイギリスの自宅に置いていたという話です。これを、イギリスから大工やインテリアデザイナーや、機械職人や、そういった連中をごっそりこっちへ呼び寄せる際に、自宅へ寄って持ってこさせたようです」

「ではフランス製ですか?」

「いや、イタリア製らしいですな」

「どういう仕掛けで羽ばたくんです?」

「単純なぜんまい仕掛けのようですな。ネジを巻いて、羽ばたかせたい時刻に定期的にスウイッチを押すと、ただそれだけです」

「その操作はどこで?」

「この上、三階の、真ん中の部屋です。ニワトリの真下の部屋ですね」

「ペイン校時代、それを毎日やっていたわけですね?」

「そうです」

「それは誰が？」

「親父自身です。午前十一時五十分になると、判で押したように学校から帰ってきて、ニワトリを羽ばたかせてから、ここで食事をしたそうです。親父は異常に几帳面《きちょうめん》な男だったんでね」

「教育者らしい横顔ですね」

「そう。日本人とイギリス人はちょっと似たところがあってね、規則ずくめでがんじがらめって方が、どうも居心地がいいらしいんだな。私は全然違うけどね、そんなのはまっぴらごめんだよ」

「このニワトリは、ペインさんが、自分が気に入ったから買ったんですね？」

「もちろんそうです。親父は美術、芸術品の類いが大好きでね、この家にある日本画の類いや、日本骨董品の類いは、すべて親父が自分の足で収集したものです。毎日午後四時になると、街へ美術品を漁《あさ》りに出かけたそうです。今おふくろが使っている、もと親父の書斎には、書画骨董の類いがもっともっと、わんさとありますよ。押入の中なんて、骨董品屋の倉庫みたいなもんですよ。

　この家の室内の改造もね、親父が指示したものだし、ペイン校の校舎や体育館も、ほとんど自分で設計デザインしたものです。この家の庭の植え込みもね、親父のデザインです」

「なるほど、さすがに芸術家だ。それがいったい、どうしてこの国ではスケッチ一枚描かなかったんです？」

「まあそれが、私も謎に思うんだけどね。イギリスではずっとね、一年に数点のペースで描いていたようだから。デッサンの類いも入れたらその何倍もある。それが日本に来たら、ぱったり描かなくなっちゃった」

「普通その逆でしょう。日本に憧れて、日本にやってきたら、それまで絵筆を握ったことのない人まで絵を描いている。大森貝塚のエドワード・モースなんて人は典型ですね。ペインさんは、本国ではどんな絵を描いていたんですか？」

「だからこっちに遺してくれてないからよく解らないんですが、ビアズレーみたいな絵だと、誰かに聞いたな。親父自身の口からも、ビアズレーの名は何度か聞いたことがある」

「ほう、ビアズレーね、しかし油絵なんですよね？　ペインさんの描かれていた絵は」

「そうみたい」

「では絵具も見たことはないですね？」

「それがね、親父の書斎にはずっと油絵の道具が置いてあった気がするしね、それだけじゃなくね……」

「それだけじゃなく？」

「いや私の勘違いかもしれないが、子供の頃親父に抱かれるとね、いつも妙な油っぽい匂いが親父の体からしてね、つい最近、あれはどうも、油絵具の匂いだったんじゃないかって気がしてねえ……」

御手洗は眉根に皺を寄せ、一瞬息を呑んだ表情になった。

5

譲が電話で呼んだので、へべれけになっていた千夏も、母屋のホールに姿を現わした。例のドアを開けて姿が見えると、心得た譲が、すぐに飛んでいって体を支えた。確かにそうしないと一人では歩けないふうだった。

譲に腰のあたりを抱かれてよろよろと大テーブルの席についたが、目も大して見えてはいないと思えたのに、目ざとく御手洗の姿を見つけた。

「あらあ探偵さん、まだいたの」

傍若無人な大声をあげ、ついでに笑い声もたてた。

「まだ犯人が解りませんのでね」

御手洗はクールに応えた。

「私が助手やってあげようか、事件なんてすぐに解決するわよ」

こんな助手を雇ったら、解決する事件も迷宮入りだろう。それにしても、女性というものは探偵の助手をやりたがるものらしい。

「助手はもう見つけましたので、ご心配なく」

「おい、おまえは私の助手だろう？」

譲が文句を言った。

「それじゃ不服なのか？」

「だってあんたはちっとも私と一緒にお酒飲んでくれないし……」

「おまえにつき合っていたら、肝硬変へまっしぐらだ」

そう言ってから私を見て、例のひひひという笑い声をたてた。

「ちっとも優しくしてくれないし」

「してるじゃないか。だからこうして夕食にも呼んでやったぞ。おまえときたら、放っとくと酒しか胃に入れないからな。体に毒だ。これでも心配してんだぞ、おまえの体」

「それに……」

「まだあるのか？　それに？」

「ちっとも結婚してくれない」

「またそれか。おまえを女房にしたら、月々酒代だけで家が傾いちまうぜ」

譲がまた私を見てひひひと笑った。

三幸がシチュー鍋をテーブルに運んできて、ホーローの受け皿の上に置いた。それから顔をあげ、ちらと千夏を見ると、くると体を反転させ、さっさと厨房の方へ戻っていった。

応接室と書かれたガラスドアがやや耳ざわりな音をさせて閉まると、またすぐに開き、未亡人となった郁子が姿を現わした。ドアノブを持って支えたまま、彼女はしばらく横顔を見せていて、その顔には笑みがあったのだが、それはたった今出ていった三幸に向けられたものだった。顔が正面を向いた時、笑顔がすうっと消えた。千夏と目が合ったからに相違ない。

彼女が、やってきたことを激しく後悔したことがありありと見てとれた。そのまま進んでテーブルにつくか、それとも何か不自然でない言い訳を思いついてマンションの自室へとって返そうか、一瞬迷ってしまって棒立ちになった。

「あーら郁子さん、悩まない悩まない！　私はすぐ帰るからさ、ずうっと奥まで通ってよ」

千夏が話しかける。

「いえ、私、あまり食欲がありません。何かお手伝いできることがないかと思って、ちょっと顔を出しただけですから」

言いながら郁子は二、三歩歩き、また立ち停まる。

「だあったらもっと早くいらっしゃらなきゃ。食事の仕度はもうとっくに終っちゃいましたわよォ」

そう言って、千夏はげらげらと笑いころげた。

郁子はひと言も応戦せず、ガラスドアを開けて廊下へ出ていった。

川崎のクラブ時代、千夏がどういうタイプのホステスであったか、想像するのは容易だった。

「おまえな、ここはクラブじゃないんだぞ。今の女もホステス仲間じゃないんだ」

譲がこんこんと言って聞かせた。

「もっとたちが悪いよ！　ホステスなら給料もらってそれでおしまいだけどね」

千夏がろれつの廻らない声で言い、これ以上相手になるのが怖くなったとみえて、譲は黙ってしまった。この先の彼女のセリフの見当がついたのだ。

「今まであの女、ここに来た？」

千夏は譲の顔をじっと見つめながら言いつのる。

「はじめてじゃない？　ひょっとして」

譲は無言だが、記憶を巡らせているらしかった。そうして、この指摘が当を得ていると思わざるを得ないらしく、彼は黙るのだった。

「一人になったら、せいぜい一族の者と仲良くしとかないとね、取れるものものぶん取れないからね。だから今までは、一人で部屋こもってて出てこようともしなかったくせにさ、のこのことお出ましだよ。これまでは亭主をたきつけて動かせばよかったけどさ、これからはそうはいかないのさ。あの女の実家知ってる？　今金がいるんだよ」

見ると、たった今までげらげら笑っていた千夏の顔が、すっかり真顔になってしまっている。

ガラガラと廊下に音がして、何かと思っていると、ドアが開き、三幸がこれを支え、七十歳くらいの男性がキッチンワゴンを押して、ホールに入ってきた。

「おや、こりゃすいませんね、牧野さん」

譲が言い、

「いやいや」

老人は顔中をしわくちゃにして、愛想笑いを浮かべた。ワゴンには、皿やフォークやワインのボトル、銀色をした鍋などが載っている。どうやらこれから上流階級ふうのディナーが始まるらしかった。

後方からパンの入った籠を持った夫人らしい高齢の女性が続き、そのうしろを、相変わらず無愛想な様子の照夫が入ってきた。こちらはさっさと席についた。

高齢の夫婦が各人の前にゆっくりと皿を並べていると、三幸と郁子も何やら運んできて、二人の手伝いを始めた。

テーブルの各自に料理が行き届き、グラスに白ワインも注がれ終った時、譲が立ちあがってこう挨拶した。

「さて、このところどうも不幸なことが続きますがね、気にせずにやりましょう。今夜は名探偵の御手洗さんもわが家にお越しだ。珍しい客人と、この方が見事にわが藤並家の事件の謎を解いてくださることを願って、乾杯といきましょう、乾杯！」

われわれはワインのグラスを、三幸嬢はジュースのグラスを高く挙げ、乾杯と言ってから口をつけた。私は、思いがけず豪華な晩餐《ばんさん》のテーブルにつくことになり、妙に心が浮きたつのを感じた。郁子も、三幸も、またアル中の千夏でさえも、みなそれぞれ魅力のある女性たちだった。

「御手洗さん、こちらが牧野さんご夫婦です。この近くで写真館をやってらっしゃる」

譲は、自分の右隣りにかけた老夫婦を、御手洗に紹介した。二人は黙って、友人に頭を下げた。

「戦前からやってらっしゃるんですか？」

御手洗は尋ねた。

「はあ、そうなんです。私の父の代からやっておりましてね、もう三代続いております」

老人は、満面に笑みを浮かべ、ゆっくりと応えた。

「お孫さんも、いらっしゃるんですか？」

「おりますね」

老人は、柔和な様子で応じる。

「その方も跡を継がれると、四代になりますね」

「いやあ……」

と老人は、一種悲しげともとれる笑い方をした。

「もう写真屋なんかは駄目です。八ミリヴィデオなんかがどんどん普及してきておりますからな、写真屋の時代は終りです。儲かりはしません」

「そういうものですかね」

私が口をはさんだ。

「お爺さんもヴィデオやればいいじゃない」

千夏が言いだした。

「若いギャル雇ってさ、ヌードなんか撮るの」

「おまえ、何を言っとるんだ！」

譲がたしなめる。

「裏の楠の写真など、お持ちですか？」

「はい、ありますですね。私も昔から何枚も撮っておりますし、他人が撮ったものもありますが、しかし私が撮ったのは、全部ペイン校ができて、こちらの校長さんがここへいらしてからのものです」

「心霊写真などがあるそうですが」

「ああ……、はい、まあ……、ありますですね」

「たくさん、ありますか？」

「いや、二、三枚です」

「どんなものです？」

「いや、葉っぱでできる陰影がですね、生首の顔のように見えるというですね、そんなような……」

「ああそうですか。江戸末期から明治にかけての、刑場としてのこのあたりの写真などもお持ちですか？」

「それも一応持っております。古いガラス銀板のね、ものなんですが、磔《はりつけ》の写真やら、並んだ晒《さら》し首の写真なんかですね、ありますよ。時々古い資料集を造ろうとする人や、テレビ局の人が借りにきます」

「そうでしょうね、貴重な資料ですからね。そのような写真は、どうして手に入れられました？」

「私の祖父がね、写真好きで、いろいろと集めたらしいんですよ。だから私も大事に保管してね、息子の代に遺してやろうと思うんです」

「是非そうして下さい。価値あることです」

鹿爪らしい顔で御手洗は言う。

「ところで後日、そのお写真、拝見させていただくわけにはまいりませんか?」

「ああ、よろしいですよ。うちにいらしていただけたらね、いつでもお見せします」

「それはありがたいです。是非お願いします。近く必ず、ご連絡してからうかがいます。お名刺などお持ちではありませんか?」

「あります」

老人は肘あてのついたツイードのジャケットの内ポケットから、名刺を取り出して御手洗に手渡した。写真家、牧野省二郎と書かれていた。

「御手洗さん、そういう写真ならね、私も焼き増ししてもらって、部屋にかなり持ってますよ」

譲が言いだす。ええそうです、と牧野も相槌を打った。

「おやそうですか? どちらに? マンションの方ですか?」

「いや、この上です。よろしければ、あとでいらして下さい」

「是非」

「ところで探偵さん、そんなお話も結構だが、なにか食卓の話題にふさわしい、面白いお話をして下さいませんか。ご職業柄、多くの珍しい経験をなさっておいででしょう」

譲が言い、

「わあ、私も聞きたいわあ」

と三幸も言った。

「犯罪捜査の体験談など、どれをとっても食事が終ってからの方がふさわしいです。それにそれらは、いずれこちらの作家が本にしますのでね、うかつに喋ると機密漏洩であとで苦情を言われるのです。

ただね、ぼくは犯罪というものをこうとらえている。犯罪のうちの半分は、人知によってなど到底掌握しきれない、人間の脳という不可解な存在が生み出すものです。

さよう、人間の脳というものはね、これはなんとも不可思議なものなのです。一般には思考能力を持ち、自己保身のための判断機のように思われている。たとえば信号が赤であると渡らない、とかね。しかしそのようなものは、この得体の知れない人体組織の、ごく一部の能力でしかないのです。

たくさんの板きれが、たがに絞めつけられてうまく樽としてまとまっているように、人間の行動が充分規制されていると、脳はこの自己保身の判断機としてのみ働いて、生涯を終えることも割合ある。そしてこういう脳が起こす犯罪は、この国の社会派推理小説に多くの類例を見ることができます。

このたがが何かといえば、非常に高い確率で貧しさなのです。貧困が、人間の行動を縛っている。そこで脳はさいわい、その不可思議で悪魔的な潜在能力を発揮しないですんでいる。だが大いに豊かになればどうか。美食に飽きた人間が何をするか、これはヨーロッパの貴族の犯罪に、多くの血も凍る例を見ることができます。日本には、この種の事件は人種的な差異から起こらないと思われているが、それは違う。この国が、開国以来たまたまずっと貧しかったというだけなのです。将来、コインを海に放り込んで遊べるほど極限的に豊かな時代が来れば、この国の民も、何をしでかすかまったく解りませんよ」

「何をするんです?」

譲が訊く。

「そうですな、たとえばパリ、セーヌの河畔、アカデミー・フランセーズの近くに、ニヴェール通りという薄暗い路地がある。十三世紀、ここにネールの塔というものが建っていた。塔のテラスは、セーヌの上まで突き出していた。この塔に、マルグリット・ド・ブルゴーニュという大貴族の夫人が幽閉されていたのです。

彼女は異常な男好きで、男なしには一夜も過ごせないというなかなか女性的な性質を持っていたのですが、しかしまずいことに夫がいた。たび重なる浮気がばれ、夫もあきれ返って彼女をこの塔に閉じ込めてしまっていたわけです。

しかしこの女性は、塔の窓から下の道を行く見栄えのよい男を誘惑し、連れ込んでは一夜のお相手をさせていた。富裕な貴族である彼女から見ると、連れ込む平民など動物も同じです。ことが終ると召使を呼んで、用済みの男を麻袋に詰め込んで、セーヌ川へ捨てていた。

ところがそういう男の一人が奇蹟的に川から生還し、よって事件は発覚した。この男はジャン・ビュリダンといって、この教訓に充ちた有意義な女性体験を生かし、その後勉学に励んで神学哲学者となり、パリ大学の総長にまでなりました」

ひひひひ、と大声で笑ったのは譲だった。

「そりゃ面白い！　哲学者の陰には、常に怖い女あり！　千夏、聞いただろう？」

「のちに彼はマルグリット・ド・ブルゴーニュのことを訊かれて、なかなかいい女だったと応えたそうです」

ひひひひ、と譲はまた笑った。

「民衆を庭に集めて串刺しにして並べておいた貴族もいれば、若返りのため、若く美しい娘を大勢殺して、その生血を浴槽にため、夜毎これに入浴した貴族の令夫人もいる。このような犯罪は、究極の豊かさが、人間の脳をしてイメージさせたものです。人間の脳というものは、このようにひと筋縄ではいかない。われわれ日本人が考えている常識人の脳とは、たいてい貧しい者の脳のことなのです」

「なるほどね」

「したがってね、ヨーロッパで起こった革命というものは、こういう悪魔的欲情もまた、民衆レヴェルに平等に分け与えた。パリのコンコルド広場を見おろせるチュイルリイ公園の柵の近くには、ギロチンによる処刑を見物するためのレストランがあって、この店のテーブルには、本日の処刑者のメニューが出されるのがならわしでしてね、ロベスピエールは、ダントンの処刑をそのレストランで食事しながら見物したのですが、後日、彼自身もその店の処刑者メニューに名を連ねる運命にあったのです」

御手洗の、このあまり食卓にはふさわしくないスピーチに、一座はしんとなってしまった。

「このようなことは、肉食人種にのみ起こると日本人は内心考えているのですが、どうしてどうして、大戦中南の島で、死者の手首を集め、これに針金を通してネックレスを造ったもと日本兵をぼくは知っています。人間などみな同じなのですよ。これが人間の犯罪というものの本質です」

言って御手洗は、澄ましてスープを飲む。

暗号

1

食事のあとのお茶の時間になると、御手洗は三階の、ニワトリを羽ばたかせるメカニズムを見せてくれと言いだした。

「私が案内する！」

と三幸が即座に主張したのだが、彼女は食事のあと片づけや、学校の宿題もあったので、この提案は却下された。

そこで案内人はまたしても譲一人となるところだったのだが、千夏がついに倒れたので、譲は彼女を連れてマンションの自宅に戻って介抱を余儀なくされ、結局主張通り三幸が、われわれ二人のガイドを務めることになった。

相変わらずぎしぎしと鳴る廊下を、三幸のうしろについて、御手洗と私は歩いていった。ホールの隣りに重そうなドアの部屋があり、八千代の自室だという話だったが、貴重品が多いとかで、鍵がかかっていた。廊下の突き当たりまで行くと、そこに階段があった。階段は、私などが想像したよりずっと狭いものだった。私は、外国の映画によくあるような巨大な吹き抜けや、たっぷりした踊り場、手すりを滑り台にしてさあっとおりてこられるような、そんなゆったりした大階段を想像していた。ところが階段はずいぶん狭く、これでは大型の家具などを二階三階にあげようなどという時は、大いに困るのではあるまいか。家自体が古いのだから当然だが、その階段もずいぶん老朽化している。足を載せると、大きくきしむ段がいくつもある。

壁紙は、一階廊下と共通のもので、クリーム地に茶色の縦のストライプ、これにからむような花柄の図案という、そういう意匠のものだ。

踊り場ごとの壁に、古風に黒ずんだ、ガス灯ふうのランプが取りつけられている。ランプの四面のガラスのうちの二面は黄色い板ガラスなので、壁には黄色い光と白い光が射している。

壁紙がクリーム地に感じられるのは、このランプの光のせいと、壁紙自体が古びているせいかもしれない。もともとは白地だったのだろう。

ランプの下には、必ず日本画や水墨画、それとも横浜のものらしい古い写真などが額に入って下げられている。すべてこれらは、ジェイムズ・ペイン氏がこの地にやってきてから買い集められたものに相違ない。絵を描く者として、悪くない趣味に思える。それにしても帰国の際、これらの収集品をすべて置いて帰ったというのが、私には不思議に思えてならない。気に入って買い集めたものなら、私なら必ず持ち帰るだろうからだ。それともこれらは、ペイン氏がもう見飽きてしまっていたものばかりなのだろうか。

壁紙は、一階廊下のものと同じく、あちらこちらに茶色の染みを滲ませてはいるが、二階を過ぎて三階へと階段を登るにつれ、ごくわずかだが表面がきれいになっていく。やはり手垢がつく頻度《ひんど》は、下に向かうほど高いのだろう。

「階段は、建物のこちら側だけなの？」

御手洗が三幸に尋ねた。

「そう。南側だけ」

先を歩きながら三幸が応える。

「ふうん。この家は、各階三部屋ずつあるんだね？」

続けて御手洗が問う。

「はい、そう」

「煙突の数がずいぶん多かったけど、各部屋に暖炉がついているの？」

「まあそうですけど、真ん中の部屋だけはありません」

「ほう。両端だけ？」

「そうです。一階だけは、真ん中近くにあるホールにもついているけど、二階三階は両端だけ。だから、真ん中の部屋は今空き部屋になってます」

「やっぱり暖炉がないと冬は寒い？」

「それもあるけど、やっぱり暖炉がある方が格好いいじゃない？」

三幸は明るい口調で言う。

「うんなるほど」

どうせこんな古い家に暮らすのなら、確かに暖炉のある部屋にしたいだろう。

三階に到着する。廊下に出ると、目に見えて天井が低くなった。

三階の廊下は変わっている。三角屋根のすぐ下だから、右側は天井が低く傾斜して、床に接するほどになっている。廊下はしたがって左側、中央寄りを歩かなくてはならない。それでも少し身を屈めたくなる感じだ。床面積は非常に広いのだが、空間の印象は狭い。

右側に出窓が並んでいる。これらの窓のカーテンは、すべて左右に束ねられているから、窓から暗闇坂の石垣べりに並ぶ木立ちと、スレート葺きの屋根の一部が覗ける。月光が射している。窓に触れてみると、確かにガラスははめ殺しになっている。

「この部屋です」

三幸が、三つ並んでいるドアのひとつを指さす。ドアはすべて白く塗られている。だが階段からの照明のせいか、それとも時代もののせいか、すべて黄ばんで見える。

「どうぞ」

三幸は真鍮《しんちゅう》色のノブを摑んで回し、突き飛ばすようにドアを室内側に開いた。御手洗が先に、部屋の暗がりに入っていく。私も続いた。

暗いので、当初は月明りの滲む二つの窓しか見えなかったが、最後に入ってきた三幸が、私たちの背後でスウィッチを入れたので、天井の蛍光灯がまたたき、すっかり室内が見えるようになった。

廊下が中央寄りに迫っているので、一階に較べればドアから窓までの距離はずいぶん短く、したがって部屋は狭い。古い家具や木箱、段ボール箱などがたくさん置かれているので、ますます狭く感じる。どうやらここは、物置になっているようだ。

壁には、廊下とは別のデザインの、やはり花柄の壁紙が貼られていた。三階は、雨に直接打たれる屋根のすぐ真下であるせいか、茶色の染みは、一、二階の廊下部よりずっと多く浮き出している。

屋根裏部屋だから、天井は茶色の、いかにも時代ものといったふうの梁《はり》の木材や天井板がむき出しだった。そしてドア脇の壁に、黒々と巨大な機械仕掛けが、ずっしりと重そうに取りついているのだった。黒々とした無数の歯車を包む鉄のワクの下部からは、二本のパイプ状の足が出て、床に届いている。

「ほう、これですか！　ニワトリを羽ばたかせるメカニズムは」

御手洗が嬉しそうな声をあげた。そして、むき出しで壁に貼りついている、赤錆をところどころに浮かせた黒い大小無数の歯車、一見してそれと解る鋼製《はがね》らしいゼンマイ、これらを結び、またとめている鉄の枠組みなどを、いとおしそうに指で撫でるのだった。天井板のすきまからわずかに覗いているのは、どうやらチェーンらしい。機械は、私が両手を広げ、ひと抱えするくらいはありそうだ。

「これは素晴らしいな」

この種の機械仕掛けが大好きな御手洗は、すっかり上機嫌になっている。

「でももうすっかり錆びて、埃《ほこり》をかぶっているな。よほど手を入れないと、とても動きそうじゃない」

「はい」

「もしぼくがこの家の持ち主なら、たった今からこれを修理して、油を注して、せいぜい動かすんだけれどな」

悔しそうにそう言う。

「だけど肝心のニワトリがもうないんだぜ」

私が言うと、

「あ、そうか」

と御手洗は言った。面白そうな機械を前にして、すっかりわれを忘れてしまっている。

「ふうん、ここでゼンマイを巻くんですね」

御手洗は手を伸ばす。

「これは子供では無理だ、手が届かない。女性も、よほど背の高い人でないといけないな。ペインさんは背が高い人だったんですね？」

「はい。一メートル九十くらいあったんですって」

「そう、それなら大丈夫だ。しかしネジがないな。ここに差し込んで回す、蝶々型のネジがあったでしょう？」

「うん、たぶんここの抽斗《ひきだし》にあったと思う……、あった！」

三幸は隅に置かれた、これもひどく古風な家具の抽斗を開けて、中から錆びた蝶々型の把手《とって》を摘みあげ、御手洗に差し出した。

「ありがとう。しかし、修理しないでゼンマイを巻くわけにもいかないから、戻しておいてください」

そしてまた機械に向き直る。

「ふうん、このゼンマイがほどける力がこの歯車に伝わって、だんだんにトルクを増してこのクランクを回し、これが上のチェーンを回す。ああ、これがスウイッチですね？　ほら、この爪でこの歯車をいったん押さえる仕掛けになってるぜ、石岡君。よくできてるね、なかなかよくできてる。

これはイタリア製なのかな。ほら、あそこの歯車の色がほかと違う。こっちのもそうだ。これは材質の違いを物語っているんだと思う。つまりこの機械自体が古くなって作動に不都合が生じたから、部品を新たに造って、取り替えたんじゃないかと思うね。お、あそこにオイルの缶がある。ふん、これはイギリス製だ。ペイン氏は、これを注しては使っていたんだろう」

御手洗はもうすっかり夢中である。

「おや？　変だな、あそこに真空管が覗いている」

御手洗が眉根に皺を寄せて、鋭い目つきになった。

「おかしいな……、こんな機械からくりに、真空管なんてまるきり必要じゃない。三幸さん、あの椅子は壊れてませんか？」

御手洗は、部屋の隅の古い木の椅子を指さす。

「え？　はい、壊れてませんが……」

三幸がけげんそうな声を出す。

「ここへ持ってきて、上に乗ってもいいですか？」

御手洗は、天井の一部に目を据えたままそう問う。

「え？　それは、はい、いいです」

三幸は小走りになって椅子を取ってくる。

「ありがとう」

御手洗は椅子を置き、その上に飛び乗るようにあがる。機械の奥に首を突っ込むようにしてじっと見ている。

「やはりそうだ、真空管だ。これは増幅器だ。アンプリファイアだぜ、石岡君。どうしてこんなカラクリにアンプがついてるんだ……、あれ？」

御手洗は込み入った機械の奥に指を差し込む。私は、御手洗が貴重な機械を壊したり、手を怪我したりするのではないかとはらはらした。

「錆びていて、よく解らなかった。これはドラムだ。ほら、この歯車の回転をこっちにもらって、このドラムを回すようになっている。そしてこのドラムの表面からいっぱい飛び出している突起が、爪が、この鉄琴に似た金属をはじく。こいつはすなわち、大型のオルゴールなんだ！」

御手洗はまたもやすっかり興奮しはじめている。

「するとこの鉄琴にはピックアップが、つまりマイクが付いていて、このアンプで音を拡大して、それから……と、コードが屋根の上に出ている。間違いなく上にスピーカーがあるんだ。三幸ちゃん、上のニワトリは、このオルゴールの旋律と一緒に羽ばたいていたんだ、そうだね?!」

「ああ……、そういえば、そんなこと聞いたことがあります……」

「でもしばらくすると音楽はなしになって、音なしで羽ばたくようになった」

「ああ、はい、そういえば、そんなふうに聞いたと思います」

「解るよ、間違いない。ここの歯車が途中ではずされている。これじゃ回転がもらえないから、このドラムは回らない。すなわち伴奏はなしとなったはずだ。アンプの電源コードも……、ほら、こんなふうにちょん切れている。三幸ちゃん、この家に工具箱はありませんか？　スパナや、プラス・マイナスのドライヴァー、ペンチ、そんなものでいいんだけど……」

「ええあります。持ってきましょうか？」

「お願いしますよ、それから懐中電灯も」

「はーい、解りました」

三幸が廊下へ出ていく。

「おい御手洗、それバラす気か？」

「音楽だよ、音楽。ここに音楽があったんだぜ！　ニワトリを羽ばたかせるメカニズムくらいなら、バラさなくてもだいたい見当はつく。でも、このオルゴールの持ってるメロディは、こうやって眺めただけじゃ解らない。バラして、このドラムの爪が弾く順に鉄琴を鳴らしてみなきゃ解らないんだ」

御手洗は椅子から飛びおり、その上に腰をおろして、私に解説する。

「だけど、そのメロディを知ってどうするんだ？　どこにでもある学校用のチャイムかもしれないぜ」

私は言う。

「そうかもしれない。だけど死んだ卓氏が言ってたんだろう？　ニワトリと音楽って。その両方がここにあったんだ。君もぼくの友人なら、調べるななんて言わないでくれよな」

三幸が、赤い工具箱を重そうに両手で提げて、部屋に戻ってきた。はじかれたように御手洗は立ちあがり、急いで飛んでいってこれを受け取り、蓋を開けて中の工具を確かめていたが、

「うん、これで充分だ。それから三幸ちゃん、この家にはピアノはありませんか？」

と訊く。

「隣りの、レオナさんが使ってた部屋に、古いアップライトのピアノがあります。もう音狂ってると思うけど。長いこと、誰も弾いていませんから」

「ペインさんは、ピアノも弾いたのかしら」

「いえ、ペインさんは弾けなかったって。レオナさんと、八千代さんが少し弾いたって……」

「今空き部屋なんですね？　鍵はかかっていませんか？」

「かかってません。この階には、鍵のかかる部屋なんてありません」

「ちょっと見せてください」

御手洗はドアを開け、身をよけて、三幸の背を少し押すようにして廊下へ出した。自分も続く。私も廊下へ出た。数歩歩き、すぐ右隣りにあったドアのノブを、三幸は握った。少しも躊躇《ちゅうちょ》する様子もなく押し開け、ドアの脇の壁にあるらしいスウイッチを入れる。

この部屋には、ニワトリの機械仕掛けがあった隣りの部屋と大きく違う要素がひとつあった。それは、右側の壁に窓が開いていることだった。そうして、カーテンのすきまから、例の怪物のような大楠の巨大な枝ぶりが、月光を浴びて望めたことだ。

御手洗も気になったとみえて、即座に窓に寄り、カーテンをいっぱいに開けて、楠を眺めた。

「この窓ははめ殺しではありませんね、開く」

御手洗は言う。

「ええこれは。だってここからは屋根に出られないもの」

「確かに」

窓は右側、ずっと廊下寄りに開いている。その左側には、一階のホールのものなどよりはずっと小型だが、暖炉がしつらえられていた。

「ここから見てもずいぶんすごい楠だね。ほら、枝の何本かは窓のすぐそばまで来ている。あああった！　ピアノだ」

御手洗は窓の前で振り返り、ピアノを見つけた。ピアノはドアの位置から見ると左側の壁、つまりさっきわれわれのいた、ニワトリを羽ばたかせる機械のある部屋との境にある壁に、背中を密着させるかたちで置かれている。

「あんまりひどく埃をかぶってもいないね」

「ええ、私が時々お掃除してるから」

「ふうん、偉いね君は。でもいいお嫁さんになろうなんて思わないようにね」

御手洗は意味不明の言葉を口にして、蓋を持ちあげる。蝶番《ちょうつがい》がややきしみ音をたてるが、並んだ鍵盤は、意外にきれいだった。

御手洗が低音部から高音部に向け、両手をさあっと滑らせるように移動させると、きれいな音階が並んだ。私はびっくりした。

「御手洗君、君はピアノが弾けるのか?!」

「そんなに驚くことはないだろう？　ぼくは楽器ならだいたい何でもやれるよ。かなり弦が狂ってるね、このピアノなら、こんな曲向きだ」

そう言って御手洗は、立ったまま、右足のスリッパでパタパタと調子を取りながら、ブギウギ調の曲をいきなり演奏しはじめた。部屋の様子といい、なんだか西部劇のワンシーンのようだった。

「すっごーい！　探偵さん、ピアノ上手ですねー！」

御手洗が指を停めると、三幸が悲鳴のような大声をあげた。

「一番の得意は音楽。次が犯罪調査です。さて……」

御手洗はピアノの蓋を閉じる。それから二つ並んだ出窓に寄り、カーテンを持ちあげてガラスにちょっと触れ、はめ殺しであることを確かめる。それから長身を屈めて傾斜した天井を気にしながら、こちらへやってきた。

「どうもありがとう三幸ちゃん、あとはもういいから宿題に取りかかってね。でもぼくの方の仕事は朝までかかるかもしれない。この人を眠らせてあげる部屋はないだろうか」

御手洗は仕事にかかる時の常として、私を追い払いたいのだ。

「二階の真ん中の部屋を、いつもお客さんには使ってもらってます。前、卓さんの部屋だったんだけど、今は空いてるから」

死者の部屋か——、と私は内心思った。

「それはありがたいな」

「ベッドも二つあるから……。じゃ私、用意しておきます」

「悪いね、じゃまたあとで」

明りを消し、われわれは廊下へ出た。三幸は小走りで階下へおりていき、私と御手洗は、からくりのある真ん中の部屋に戻っていった。三階の廊下は、不思議にあまりきしまない。

「父親にちっとも似ていない、いい子だね」

部屋へ入り、ドアを閉めると、明りのスウィッチを入れながら御手洗が言った。

「ところで君、もし今後あの子と二人で話す機会があったら、あの子のお母さんがどうなったのか、またお父さんの過去の経歴などを聞き出すことを心がけてくれたまえ」

「どうして？」

「彼女の父親には何かあるからさ。この土地で生まれ育った人なのかどうか。ペイン校や、藤並家との関わりなどを知りたい」

言いながら、御手洗はまたさっさと椅子の上にあがり、機械をバラしはじめた。

「おい、やっぱりそれ壊す気か？」

私は言う。

「人聞きの悪いこと言うなよ。このオルゴール部分だけを取りはずすんだ。羽ばたきのメカとは無関係の部分だよ。それに、どうせ壊れてるんじゃないか」

御手洗は無責任なことを言う。

「さっきも言った通り、ぼくはしばらくこれをやってる。この仕事は一人で充分だ。君は適当なところで二階へおりて眠ってくれないか」

御手洗は私の方を見もしないで言う。

「だけど泊まるなんて思ってもいなかったからなあ、パジャマも持ってきていないし」

「パジャマなんかなくたって眠れるさ」

しかし私は少々気が重かった。三幸の父、照夫の顔を思い浮かべると、私たちが図々しくこの家に泊り込むことを、到底歓迎しているとは思われない。

その時、ドアにノックの音が聞こえた。

「はい」

と私と御手洗が揃って返事をした。当然三幸だろうと思った。しかしドアが開き、そこに立っていたのは譲なのだった。

「あれ探偵さん、何してるんです？」

「修理しようと思いましてね、ニワトリが戻ってきたら、すぐ羽ばたかせられるように」

御手洗は涼しい顔で出まかせを言った。

「そんなの放っといていいですよ、どうせ錆びてるんだ。三幸はどうしました？」

「部屋で宿題と格闘してると思います。ところで譲さん、あなたも小学校時代はペイン校へ？」

「そうです。絶対遅刻がなくてね、楽だったなあ」

そしてまたあの独特の笑い声を少したてた。

「卓さんもレオナさんも？」

「レオナは違うな、あの子が小学校へあがろうかという頃、ちょうど学校がなくなっちゃったんで。あいつは山手の方のミッションスクールへね」

「あなたがペイン校の生徒だった時、上のニワトリが、オルゴールも一緒に鳴らしていたの、憶えてませんか？」

「オルゴール……、ああ！　そういや、かすかに憶えてるな。そうそう……、でも大昔のことだし、すぐ鳴らなくなったからね」

「どんなメロディだったか憶えてませんか？」

「いやァとてもとても。憶えてないな、そんなことまで」

「誰か憶えている人、いますか？」

「絶対にいないでしょう、そんな大昔のこと」

「録音とか、楽譜とか、残っていないですか？」

「全然。そんな話聞いたこともない。第一チャイムが鳴ってたってことさえ、憶えている人いないんじゃないかな。あれ、鳴ってたの、ほんの何ヵ月かくらいじゃなかったかと思うなあ。私もね、今言われてはじめて思い出したくらいだもの。すっかり忘れてた。上のニワトリは、ただ羽ばたくだけだったたってずっと思ってたもの」

　譲が言い、御手洗は、

「そうですか、じゃあやっぱりこいつはバラさなきゃあ駄目だ、石岡君」

と言った。

「さっき暗闇坂の刑場の写真とか、私の研究を見たいっておっしゃってたからね、こっちの家にいるうちにと思って、お誘いしようと思ったが、お邪魔のようだな」

譲が言う。

「残念だなあ、こっちの調査が急ぐんですよ。でも石岡君が興味を持ってますからね、ぼくの代わりに聴講に行きます」

ちっとも手を休めず、御手洗が言う。

「石岡さん、来られますか？」

譲がそう訊くので、

「ええ、よろしければ是非」

と私は応えるほかはない。

2

「千夏さんは大丈夫でしたか？」

二人になって私が尋ねると、

「マンションの方でね、もう眠りました」

と譲は気楽そうに応えた。

「いつものことですよ。いちいち心配してちゃ身がもたない」

譲の部屋は二階の北側の端、つまりさっき御手洗がピアノを弾いた部屋の、真下にある。

譲の部屋へ向かう二階の廊下で、真ん中の部屋から出てくる三幸とばったり出くわした。

「ベッド、用意できてますから」

元気よく、三幸は言った。

「あ、どうもありがとう」

言って、私は頭を下げた。三幸は小走りで、三階へ向かって階段をあがっていく。譲は、たった今三幸がとび出してきたドアを指さし、こう言う。

「真ん中のこの部屋ね、子供の頃は私がこっちの部屋あてがわれていて、こっちの今の私の部屋は、兄貴の部屋だったんですよ。でもね、マンション建って以来、兄貴がこの家ちっとも寄りつかないからね、部屋替わってもらってね、こっちを私の部屋にしたの。やっぱり暖炉がある方が、研究室って感じがするしね、まあどうぞ」

譲がドアを押し開け、私に道をあけるようにするので、私が先に部屋に入った。明りはすでについていた。

「ほう、こりゃ立派な造りだなあ」

思わず、私はそう声に出した。実際譲の部屋は、この家に来て見たどの部屋よりも立派な印象だった。壁紙は白ではなく、金色の線で細かい模様の入ったえんじ色のものだった。この色あいのせいか、雨のしみは、少しも目だたない。カーテンも同色の厚い布地で、裾に金色の房が下がっていた。広さも、三階の各部屋よりずっと広い。

入って左側にあたる壁には、ほぼ天井まで届く大きな造りつけの本棚があり、ぎっしりと本で埋まっている。どうやら洋書が大半のようだ。

その向かい側にあたる右の壁には造りつけの暖炉があり、すでに炎が見える。暖炉の前にはすっかり黒ずんだ、衝立《ついたて》に似た金網があり、その左右には、例の合成燃料や薪が無造作に置かれている。

暖炉の右手には窓があり、位置からいって、ここからも例の大楠が見えると思われたが、厚手のカーテンがぴたりと閉じている。

床には、壁と同色系の、模様入りのペルシア絨毯《じゅうたん》が敷きつめられ、正面の壁の二つの窓の間には、大型の立派なデスクもある。本棚の前には、華奢《きゃしゃ》なロココふうの脚を持つ小型のソファが置いてあるから、ここで仮眠をとることもできそうだった。

悪くない趣味だった。さすがに富裕な英国人を父に持つという家庭環境のせいか。それとも英国人の血を体内に引くせいなのだろうか。

けれども私が目をひかれたのは、部屋のそんな内装ではない。暖炉のある壁側や、窓の左右、そして入口のドアの脇など、部屋の壁一面を埋めるようにして下がる、大小の額縁だった。それらの額に入るものは絵や写真だったが、一階のホールで見たものとも、廊下や階段の踊り場の壁に見受けられるものとも、大いに趣きが異なるものだった。

私は、暖炉脇の一枚に、まるきり吸い寄せられるような気分で近づいた。

「これは？　写真ですね？」

私は怖る怖るそう尋ねた。

「そう。これが、さっきご友人のお話に出ていた類いのもので、これはイギリス人のダローサーという人が、明治二年にここで撮ったとされる写真です。強盗の手引きをして、主人を殺害した質屋の小僧だそうでね」

「ここで？」

「そう、この暗闇坂の刑場でね。散歩で通りかかって、びっくりして撮ったんでしょう」

それは磔《はりつけ》の写真だった。片仮名の「キ」の字に木わくが組まれ、これに手足を大の字に縛りつけられた少年の死骸が写っている。

処刑されてもうだいぶ日にちが経っているのだろう、手首など妙な具合に折れ曲がっている。しかし何より奇妙なのはその頭部だった。磔の柱のおかげで直立を強いられている胴体部に対し、頭部が向かって右側に、完全に九十度に折れ曲がっている。左肩に載ってしまっている。頸骨が折れているのだろうか。

「岡田朝太郎という法学博士が、牛込神楽坂の毘沙門様の縁日の夜店で、偶然見つけたんだそうでね、大正時代に三十五銭に値切って買ったそう。写真の裏に'Year of Serpent'蛇の年と書いてあったそうです。だからね、磔の廃止された明治六年以前の巳年というとね、弘化二年、安政四年、明治二年というところだから、そのうち、前後の事情から明治二年と断定されたの。だけど、フェリックス・ベアトというイギリス人が慶応三年に撮影したものとする説もあります」

「しかし、気味が悪い写真ですね。明治二年にもなって、まだ横浜の道端にはこんな晒しものが置いてあったとはね……」

私は絶句した。しかし、譲はそうではなかった。横に来て、私の目をじっと覗き込むようにしながら、

「この首の折れ方がたまらんでしょう？　え？　ひひ、死にはね、独特の美しさがある、ひひ」

とひきつらせるような笑いを時おり言葉にはさみながら、次第に熱を帯びて話しはじめる。

「こっちを見てくださいよ」

と隣りの額に移って指さす。

「これもね、やっぱりダローサーが暗闇坂で撮ったとされるものです。これが獄門台、こ

の上に生首が三つ並んでるでしょう？　これはね、あの磔の柱の手前にどうも一緒に置いてあったらしいですな。生首が三つ並んでいる。これはね、さっきの牧野写真館に、偶然残っていたもんです。この小僧の写真と同じ時撮ったんじゃないかな。

後ろにね、御用提灯が二つ立ててあって、捕道具と捨て札がこういうふうに配されてあって、こっちのこれは番小屋、獄門台の後ろはね、竹矢来というもので衝立ができてるんです。こういうのはね、晒しがあるたびに、毎回造られたんです」

譲の厚い唇が、湿り気を帯びて、ぬるぬると光りはじめる。

「この死刑囚、極悪だから晒し首にすると決まったらね、こういう台の上に首のすわりが良いようにね、首切り役人は心してね、すぱっと切ったみたい。そうしてね、これ、粘土を首の両脇に置いてね、支えるの。いや驚いたろうねえ、こんなのが道端にあったらねえ、ダローサーてのは単なる旅行者ですからね。

なーんか日本てのは、日本人てのはすごいねえ、こういう死のアートがね、平然と日常の中にあったんだからねえ。だってね、日本の首切りの技術ってのは文句なく世界一ですよ。あんまり失敗したっていう話がないですもの。西洋は斧で切ってたわけだけど、もういっぱい、失敗の記録がありますよ。頭部の肉片そいじゃったとか、何度やってもしくじって、血まみれで苦痛の悲鳴をあげ続ける死刑囚をみんなで押さえつけて、首に斧あてて、押し切りでぶち切ったとかね、いくらでもそういう話がある。なかにはね、あまりの

獄門　「拷問刑罰史」（雄山閣）より

不手際で、見物の市民の暴動が起こったなんてぇ例もたくさんある。不器用なんだねえ。だから、晒し首なんてぇ習慣は西洋にはあんまり定着しなかったし、とうとうギロチンなんていう、妙ちきりんな人殺しの機械を造らなきゃいけなかったんですよ。みんな、西洋人の不器用さが誘《まね》いたこと、ふひひひ。首のすわりが良いように加減して切るなんてね、冗談じゃないね、西洋人にゃ逆立ちしてもできる芸当じゃないよ。ほら、こっちも見てよ」

譲の弁舌は次第に加速し、停まらなくなる。

「これなんかね、日本の金沢藩がやった、三段切りという極刑を描いた絵なの。これはね、世界にも日本にしかない首切りの名人芸だねえ、神技だね、いや日本人てのは本当にすごいねえ。方法はね、罪人を後ろ手に縛ってね、縄尻を高い木の横枝なんかにかけて吊るすの。そうするとね、頭が下になって、脚がやっぱりだらっと下がるでしょ？　それをね、首切り名人が、抜刀瞑想してね、心気充ち充ちた一瞬、気合いとともに、胴体を真二つにするの。一刀のもとに死刑囚の腰から下が切り落とされるね、すると人間の体てのは頭が重いからね、バランスを失ってぐるっと半回転してね、頭が下向きになってぶら下がるの。するとその瞬間、返す刀を横に一閃させてこんどは首を胴体から切り離すの。これが三段切りね。

木の枝には死刑囚の上半身だけが残ってね、頭と下半身は地面に落ちるの。これを一瞬でやってのけるんだね。これは見せしめのために、野外の刑場で、衆人環視の真ただ中でやったという話です。傑作でしょう？　ふへへ、ひひ、ひひひひひ。

それでね、ある記録によるとね、こういう時、死刑囚の首の切り口から蕎麦《そば》がね、ずるずる、ずるずるって、出てきたって記録があるのね。死刑囚は、殺す前に、本人が食べたいというものを何でも食べさせてやったからね、その死刑囚は蕎麦を食べていたのね。これを見ていた見物人たちは当分蕎麦が食べられなくて困ったそうね、ふひひひひひ」

聞いているうち、知らず私の顔は歪んでしまった。

「人間ていうのはね、こういう人殺しの瞬間てのが、どうにも見たい生き物なんだね。西洋でも日本でも、公開処刑てのはいつでも超満員になったてえからね。最近でもね、パリ

三段切り
「拷問刑罰史」より

万博の時ね、ギロチンの公開処刑があったんだけど、エッフェル塔なんかより、よっぽど人気を呼んだそうだからねぇ」

「あれはなんです？」

聞くに堪えない気がして、私は別の額を示した。それは一見ユーモラスに思えた絵で、生々しい写真などよりはいくぶん救いがありそうに、私には思えたからだ。ところが全然そうではなかった。

「ああ、あれね、あれは『車刑』と呼ばれるもの。これは一五四八年のスイス新聞に載っていた絵なんだけどね、これもね、ひひ、なかなかのものでね、ヨーロッパではね、死刑にする者をこのように全裸、もしくは腰布だけにしてね、地面に並べたくさびの上に寝かせてね、地面に打った杭に、縄で大の字に固定する

車刑　「図説・死刑物語」（原書房）より

の。それからね、大きな重い車輪でもってね、この車輪は人間の身長の半分くらいはある大型のものなんだけどね、周囲に鉄の環がついてるの。これを死刑囚の上に高ーく挙げてね、臑の上にまず落とすの。

　当然骨が折れるね。そんなふうにして、手足をまずめちゃめちゃに折るの。そうして最後に、首筋か心臓を直撃して殺してやるの」

　私は息を呑んだ。

「本当にそんなことが行なわれていたんですか？」

「もちろんそう、これは史実。それだけじゃ終らなくてね、ぐしゃぐしゃに折った罪人の体をね、車輪のスポークにからませた状態にして、柱の上に、空を向け

Tormenti usati per castigo de'Malfattori negli Stati di Barbaria.

中世イタリアの処刑　「死刑物語」より

て立てておくの。時にはまだ死にきれてない人なんてね、ゆっくりゆっくり、苦しんで苦しんで死ななきゃならないこともあってね、おまけに死んでも死体は当分撤去されなくってね、烏《からす》についばまれてね、風雨に晒されてね、風化して骨になるまで置いといたの。こういうのはもう、頻繁にあったみたいよ、あっちでは。ふひひひ、ひひひ」

暖炉の明りを映じ、譲のこめかみから汗がつるつると流れるのが解る。

「これ見て。こっちはね、十七世紀の銅版画なの。こういうふうにコの字を伏せたようなかたちの木枠を地面に立てて、生きたまま右手と右足を木わくにゆわえて吊るしておいてね、烏についばませて、死体になって、その後風化してバラ

ユダヤ人の処刑　「死刑物語」より

バラになるまで放置しておいた、中世はイタリアの死刑例。

ふひひ、ひひ、それから、これが傑作だ。これもね、一五四八年のスイス新聞の挿絵なんだけどさ、ユダヤ人の処刑を描いたものなの。

ユダヤ人に対しては、昔からヨーロッパではよくこういう極刑が適用されてるんだけれどね、さっきのあれとよく似たコの字を伏せたかたちの木枠から、ユダヤ人の死刑囚を、生きたまま逆さに吊るすの。それでね、死刑囚の左右にね、生きている犬を二匹、やっぱり後ろ足を縛って逆さに吊るすの。犬が、死にもの狂いで暴れて、横の死刑囚に嚙みついたり、引っ掻いたりするもんだからね、それで死刑囚の苦しみは倍増したわけ。

四つ裂きの刑　「死刑物語」より

シャッフハウゼンの、このやり方でのある処刑では、二匹の犬と一緒に吊るされていたユダヤ人が、三日間生きていて、妻子と言葉を交わしたという記録があります。

フランクフルトの処刑例では、七日間も生きていて、犬の方が先に死んだそうです。へへ、ひひひひひ。

高いところに逆さに吊るすというやり方は、特にユダヤ人のための、専用のやり方だったようでね、ユダヤ人の罪人と、キリスト教徒の罪人とは、死の戦いにおいても区別しようという考え方があったみたい。犬を一緒に吊るすというのはね、もともとは狼を、罪人と一緒に神への供え物にしようという宗教的な考え方があったんだけどさ、狼がなかなか手に入らなくなったんで、犬で間に合わせたみたい」

「本当にこんな残酷なことが、実際に行なわれていたんですか……」

私は衝撃を受けながら、ようやくまた、そんなふうに言った。

「序の口ですよ、こんなのは。これなんか、木のしなりを利用した、四つ裂きの死刑の絵。こんなふうに、無理に曲げた四本の木に、それぞれ両手両足をゆわえつけておいていっせいに放すと、四肢がバラバラになるというもの。

いやそんなのはね、ひひひ、まだ生ぬるいね。これ、ほら、これは死刑囚を全裸にして、板の上に大の字にゆわえつけてね、執行吏が、いきなり罪人の胸と腹を刃物で切り開く」

「生きたまま？」

「むろん生きたまま。それから次々に、ぽきんぽきんと肋骨を折って、五臓六腑を取り出して、どさどさと地面に投げ出す。すると、どっとばかり見物人が囚人に罵詈雑言《ばりぞうごん》を浴びせかける。ひひひ、それからね、死体を丸太に載せてね、斧で頭を切り落とし、それから胴体を四つに切ってね、それらを道端に立てた柏《かしわ》の柱に釘づけにしておくの。ひひ」

私はどう反応してよいか解らなくなった。そのようなことが、理性のある文明人によって、それも正義の名のもとに行なわれたとは、到底信じることができなかった。

「あるいはね、中世の頃は、内臓を抜くだけという刑もあった。抜いておいて、抜いた内

クラナッハ「聖ペトロの殉教」「死刑物語」より

臓を火で焼くの。

ひひひ、もっとすごいのはね、木から蜜蜂の巣を取ったりね、立木の皮を剝ぐなんてことをするとね、こういうことをした罪人の腹を生きたまま割いてね、腸をずるずると引っぱりだして、木の皮の剝がれた跡に、ぐるぐる巻きつけるの。ほらこれ、ルーカス・クラナッハという、ルネサンス・ドイツの銅版画家の、この極刑を描き遺した作品。

昔の人はね、樹木には呪術的な畏敬の念を持っていたの。イギリスではね、十九世紀はじめまで、故なく木を切る者は死罪に値すると、一般に抵抗なく考えられていたみたい。いや考えられていただけじゃなくてね、実際に執行されていたの。おそらくそう考えさせる何らかの理由が、昔の人にはあったんだねえ。死者の霊は、樹木に移り住むともいわれていたしねえ、ひひ、ひひひひ」

鳩尾《みぞおち》のあたりが重く、徐々にむかむかとしてきていた。しかし私と違い、譲という人物は、こういう話題を心の底から楽しんでいるふうである。彼は、殺人や流血が、体質的に好きなのだろう。私は次第に堪えがたい気分になってきた。馴れぬ暖炉のきな臭い匂いさえ、私を不安にし、不快にした。話題が変わってくれることを願ったのだが、話に没入してしまっている譲は、濡れた厚い唇を頻繁にちろちろと舐めながら、かん高い、妙に女性的な声で、粘着質の熱弁を続ける。

「みんなね、人間てのはね、勝手なもんだねえ。木なんてものはね、動かないし、ものも言わないから、人間のなすがままだけど、そうやって人間より大事にするかと思えば、やれ開発だ、宅地造成だと、そっちの方が儲るとなれば、ばんばん、ばさばさ、木を切りまくってしまう。

だけどね、昔の人が考えていた通りにね、木、それもうちの大楠みたいな巨木になるとね、確かに人格というか、木格というかね、そういう木自身の意志や精神てものがありますよ。持ってる。昔の人はね、そういうものたびたび肌身で感じることがあったんですよ。でないとね、いくらなんでもそんなひどいことはしないよ。自分らの仲間の人間を殺してしまうなんてことはね。

木は人間より遥かに長い生命を持って生き続けてるんだからねえ、こういう存在に畏《おそ》れをちっとも抱かない人間がいるとしたらね、それはやっぱり、よほど鈍感な人ですよ。

いや、というのも私はね、こういう話聞いたことあるの。私の友人のアメリカ人の植物学者なんだけどね、アメリカのフロリダ州の湿地帯にね、蠅地獄という、まあこりゃ日本名なんだけどね、モウセンゴケ科の植物があるんですよ。こういうふうなね、先にぎざぎざがびっしり並んだハンバーガーみたいな捕虫部を持っていて……」

譲は、両手のひらの手首部をぴたりとつけ、両手の指を互いに内側に曲げて、先を少し触れ合わせるようにした。

「この間にね、蠅とか昆虫が来ると、ぴたっとこう合わさってね、虫をからめ獲ってしまうの。逃げようにも、突起がこう合わさって檻みたいになってしまっているからね、全然逃げられない、さっきあなたの友達も言っていたウツボカズラ、あれと並んで有名な食虫植物なんだけれどね。

私の友人が大学の研究室でこの植物を育てていてね、ある日を境に、妙にこの植物の夢ばかり見るんだって。どうも変だなあと思っていたら、こう閉じ合わさる捕虫部に、どうしたわけか貝殻の破片がはさまっていたんだって。蝿地獄としては、人間にこの貝殻のかけらを取って欲しかったわけね。それで、世話係の人間に、そんな夢を見させたんだろうというわけ。植物っていうのは、感情がある上に、そういう超能力もあるんだって、その友人も、しきりに私にそう言っていた。

植物のその手の話は、もうたくさんあるのね。あなたも聞いたことないかな、サボテンはね、彼の好みの音楽を流すと、何も聴かせないサボテンよりうんとよく育つとかね、またはこういうのもある。テレビでもやっていたけどさ、ポトスの鉢植えの前に、十人くらいの人間が入れ代わり立ち代わり立って、中の一人が葉っぱを破くのね。それから葉の一枚にプラスとマイナスの電極つけてさ、この回路にブザーをはさんでおくの。電流が多く流れると、ブザーが大きくなるようにしておくわけ。

それからさっきの十人が一人ずつ、また入れ代わり立ち代わり現われて、一人ずつポトスの前に立つとね、葉っぱを破った犯人が来た時だけ、大きくブザーが鳴るの」

「本当ですか？」

　私は言った。

「本当なの。これは有名な実験よ。だからね、植物には、いや、ある種の植物にはと言っておくべきかな、明らかに感情があるわけよ。だから昔の人の植物に対する考え方の方がね、当を得ているともいえるのね。日本人も昔の人はそう考えてた。実は今でもね、多くの人は薄々そういうことに気がついているわけよ。でもね、森林伐採するような人はね、木をどんどん切って儲けたいからね、木には精神なんかないと思い込もうとしているだけ。でないと商売になんないものね。人間なんて手前勝手な生きもんだからね。私なんかもね、この家に暮らしてた頃に、裏の大楠の夢、何度も見たからね」

「どんな夢です？」

「いやあ、そりゃあね、他愛ないの、言ったら笑われちゃうような夢ですよ」

「たとえばどういうのです？」

「いやそりゃあね、あいつが人を食べてるとことかね、太い幹の一番てっぺんのところに、蠅地獄の捕虫部みたいな大口があいていてさ、こうぱくっとね、子供なんか呑み込んじゃってね、消化しちゃうの、ひひひ」

　私はしかし、笑う気になれなかった。

「いやしかしそんなのはさ、人に聞いた昔の事件のイメージなんかが私の頭の中にあるもんだからね、単にそういうことだと思うけど……。

でもさ、人間のそういう身勝手な思い込みってのはね、ギロチンなんかにもあるんだよ」

「ギロチンに？」

譲の話がまたそっちへ戻ってきたので、私は内心うんざりした。

「ギロチンでポンと切り落とされた人間の首はね、下に受けておいたバスケットの中に入るの。だからこの首がどういう表情してるか、まわりの者には全然見えない仕掛けになってるのね、ひひひ。おまけにね、切って当分の間、誰も首を取り出したり、触ったりしちゃいけない決まりになってるからさ、首切ったあと、何時間も死人の顔なんて見えないわけよ。だからさ、それでさ、みんな死刑囚は首を切断された瞬間、即死して意識が全然なくなるって思ってるわけよ。いや思い込んで安心したいわけよ。その方が、罪の意識感じないですむものね。

だけどね、あんた、人間の首って、切り離された瞬間に、本当に死んでると思う？」

譲は、額にふつふつと汗の浮いた顔を私の方に向けて、じっと私の目を見つめていた。

私は、これまで考えてもいなかった質問をいきなりつきつけられ、言葉を失うと同時に、ぞっとした。全身が冷える気がした。

「そりゃ首切り離されてさ、また生き返った人なんていないから、首切り離された直後の気分なんて永久に聞けないけど、でも医学上の見地から言っても、脳が即死しているはずはないんだね、だって、脳に酸素が通わなくなって脳死が起こるのは、一分ないし二分後ということははっきりしてるんだもの。ということは、それまでは生きているんだよ。脳は生きて、死ぬまでものを考えているはずなんだ。でも西洋の医者もそういうこと言うとやばいから、ずっと黙ってたわけだけどさ、ひひ、ひひひ」

譲が、しきりに頭を前後に動かしはじめた。

「あんたね、ギロチンで切られた頭をむんずとこう両手で持ってさ、おーい、あんたまだ生きてるって、そう大声で訊いてみたいって思わない？　私は思うねえ、でね、西洋の文献を片っ端から調べてみた。私とおんなじように考えた人間や医者が、きっといるはずだって思ってね。そうしたらね、やっぱりいた。ほんの少々だがね、いろんな実験の記録が残っていた」

私は、もうこれ以上譲の話を聞いているのは堪えがたい苦痛だったのだが、しかし、妙に引き込まれる要素もあった。死のドラマには、やはり悪魔的な魅力がひそむということか。

「一八七五年にね、フランスで二人の医者が、ギロチン刑直後の殺人犯の首を調べる許可を得たんだが、これは処刑後五分も待たされた後だったから、生命の徴候は見出せなかったそうです。

その一年後には、リニエールという博士が、処刑されて三時間後のある人物の首に、生きた犬の血をポンプで注入したんだね。すると顔が赤くなって緊張して、唇と眉がぴくりと、二秒間ほど動いたという。だがこれは切断後三時間も経った首だから。

一番注目すべきはこの実験だね。一九〇五年に、ポーリオという医学博士が、処刑直後の首を調べる許可を与えられた。この博士の報告書によるとね、首は切断直後、切断面の底部でもって偶然にも直立したので、手にとる必要はなかったそうです、ひひひ。

男の眉と唇は、五、六秒間、不規則なひきつりを見せていたそうです。それから動かなくなって、顔の筋肉はゆるみ、瞼《まぶた》は半眼が開いて、白眼しか見えなくなった。それで博士は大声で男の名を呼んでみた、そうしたら、ひひひ、なかば眠るようにうっとりとした様子で、瞼がだんだん開いたそうです。ふひひひ。だんだん開いてね、囚人の目は、瞳でもってじっと博士を見つめたそうだよ。これは確かに生きている人間の目だったと、博士は報告書に書いているね。

それからだんだん目が閉じられてね、それでもう一回名前を呼んだらまたしても眉があがって、じっと医師を見つめてから、目はゆっくり閉じられたって。ひひひ。三度目呼んだらもう反応はなくなって、瞼を指で開けてみたら、目はもう動かないガラス状になっていた。この時、首が切られて、三十秒が経過していたそうです。ひひひ。だからね、首はね、切り離されてからもね、自分の体に起こった惨状をね、充分認識しているんだよね、強い精神の持ち主ならね。ふひひひひひ」

その時、頭上から、かすかにピアノの音が聴こえた。奇妙なメロディだった。私たちの耳になじんでいる西洋風の音階とか、また日本古来のメロディというのとも違う、一種独特で、異郷の民族音楽のように私には思えた。

「お……」

と私よりも、譲の方に、強い反応が表われた。

「あのメロディ……、ね、石岡さん、今のピアノ聴こえた？」

「ええ」

私はうなずく。

「なんか聴き憶えあるなあ……」

メロディがもう一度聴こえた。短い旋律が、二度繰り返された。

「御手洗が、上の機械のオルゴール部を取り出したのでしょう。ちょっと行ってみませんか」

私は廊下の方角へ向かって歩きかけた。とにかく今は、話題が変わるきっかけができたことがありがたかった。

譲も興味を持ったとみえて、廊下へ出た私に、急いでついてきた。私が先にたち、譲がしたがう格好で階段をあがった。ピアノがまた聴こえる。相変わらず、同じ奇妙な旋律を奏でている。指が憶えたとみえてだんだん流れがスムーズになり、だいぶ音楽らしく聴こえはじめた。御手洗は、ニワトリの羽ばたきメカニズムがある部屋ではなく、隣りの、大楠の枝ぶりが間近に見える方の部屋にいる。

廊下を早足で急ぐ。突き当たりに小さな窓がある。カーテンがおりているが、あの向こうには、例の大楠があるはずだった。私と藤並譲とは、したがって例の大楠の幹に向かって、歩いていることになる。私が進む頭上では、一昨日、藤並卓がすわったまま死んでいたのだ。

ピアノが聴こえ続ける部屋のドアの前に立ち、私がノックした。ところが御手洗はピアノに夢中になっているとみえて、返事がない。それで、ドアを開けた。

案の定、ピアノの前にすわり、蓋の裏にある譜面立てに広げて置いた手帳と睨めっこをしながら、鍵盤を両手で押さえている御手洗の姿がそこにあった。左手で低音部の鍵盤を少し弾いては右手で高い方のキーを押さえる、そんなことを繰り返している。音が、高いところと低いところを往ったり来たりする。それで、奇妙なメロディが繰り返し演奏される。

床には、隣りの部屋の機械からバラして持ってきたらしい、油と埃に黒く汚れた部品がいくつか転がっている。スリットが幾筋も入った、真鍮製らしい一枚の板と、汚れたうえに錆びているらしい、金属製の円筒が転がっている。円筒からは、ちょうど針ネズミのように、とげがいっぱいに張り出している。この二つの部品のほかにも、触るのがおっくうなほどに汚れたボルトやナットの類い、そしてスパナやペンチも散乱している。

御手洗の背後に寄り、譜面台に置いた手帳を覗き込むと、乱暴に五線が走り書きされ、ト音記号とヘ音記号がそれぞれついた、二段重ねの楽譜が書かれている。

「譲さん、このメロディに聴き憶えがありますか？」

うしろも振り返らず、いきなり御手洗が訊いた。

「ありますよォ、いやあ、下で聴いていてもね、そう思ったが、今すっかり思い出した。このメロディ、子供の頃聴いた憶えがある。お昼になるとね、この家でかかってた。いや懐かしいね」

譲がかん高い声で、まくしたてるように言った。

「えらく変わったメロディじゃないか？」

私は言った。

「なんだか中近東とか、アフリカあたりの民族音楽みたいな感じだ」

「そうだね」

言って御手洗は手を停めた。振り返る。

「このメロディから、もっと思い出せることはありませんか、譲さん」

「もっと、と言われますと？」

譲は言う。御手洗は宙を見つめ、放心するように無言になる。

「何故そんなふうに言うんだい？　御手洗」

「ふむ、このメロディが、一般に知られた旋律の一部であるとか、そうでなくても、藤並一族の人たちなら了解できる、なんらかのメロディのヴァリエイションであるとか……」

「いや、そういうことはねえ……、確かに憶えちゃいるけどそれは三つか四つの時、半年ばかり毎日聴いたからで、それ以上のことは、特に記憶にないなァ」

譲は応える。

「このメロディを創ったのはペイン氏のはずだ。譲さん、このチャイムの旋律に関して、お父さんのペインさんと会話した記憶というものはないですか？」

譲は下を向き、腕を組んで考え込んだ。

「いやあ……」

としばらく時間を置く。

「記憶にないなあ、そういうことは……」

「そうですか」

御手洗も腕を組む。

「なんでそんなことを訊くんだ？　御手洗」

私が尋ねた。

「このメロディには何かあるからさ」

御手洗は、ちらと私の顔を横目で見て、そう言った。

「何かとは？」

「理由は、まだ多くの要素がもやもやしていてね、断定はできないんだよ」

「あなたの気分がこのメロディに引っかかるというのは、どういう……、その、つまりどういう方向で？」

譲が言う。

「このメロディが非常におかしなものだから、それで、気に入らないと？」

「まあそういうことになりますがね……」

御手洗は考えながら言う。

「お経のメロディが気に入らないと言っても、それは個人的な問題です。そこにはその宗教世界のエモーションというものがあって、納得できる。中国の音楽も、沖縄の旋律も、好みの問題は別として、その地平において音楽家がそれぞれ、好ましいと信じる音楽を創っているという同意は抱ける。それらの音楽の根底には、各々独自のスケール、つまり特殊な音階が基礎になっているから奇妙に聴こえるだけだ。しかし石岡君……」

言って御手洗はまたピアノに向かい、例のメロディを弾いた。

「世界中のどんな音楽家がこんなメロディを作曲する？　ここには創作者のエモーションは介在していないよ。これは機械音だ」

「しかし現実に存在していたんだろう？」

私が反論した。

「その通りだ。ここにね……」

御手洗は、真鍮製のように見えるスリットの入った金属板を床から拾いあげた。板にはまだコードが接続している。そして譜面台のところに置いていたボールペンを取り、金属板の一部をポンポンと叩いた。叩く箇所により、異なった音階が聴こえた。

「このロールの回転で、弾き出されるはずのメロディがこれだ」

御手洗は手帳の一ページに走り書きした楽譜を指さす。

「本当にこんなものではたしてよいのか、たった今まで自信がなかったよ。あんまり変てこなメロディだったから。でも今の彼の言葉で、これでよかったのだと解った。この変なメロディで正解だったというわけだ。ジェイムズ・ペインというもと画家は、昭和二十何年かに……、譲さん、何年です？」

「私が三つか四つの時にいっ時鳴っていたと思うから、昭和二十五、六年でしょう」

「ではそれまでは？」

「ニワトリはついていたが、無音で羽ばたいていたと思うんです」

「うーん……」

するとと御手洗は、金属板を床に置き、油汚れが黒くこびりついた両手の指で頭を押さえ、うつむいて考え込む。しばらくそうしていたが、やがて顔をあげて言う。

「それがまた解らない。ペイン氏は、羽ばたきからくりだけを屋根に取りつけていたが、昭和二十五、六年になって、急に思いたって、このメロディをつけ加えた。彼は、毎日正午になると、ペイン校中に、いや暗闇坂界隈に、この変てこなメロディを響かせることを意図した。ということは、この周辺中の人間たちに、この奇妙なメロディを毎日聴かせることをもくろんだわけだ……、うん？」

そう言って御手洗は頭をあげる。上半身を起こす。

「周辺の人、近所の人は日本人だ。ペイン校の人々は外国人、英語圏の人々か。いったいどちらに……？　譲さん、ペイン校はすべて英語圏の人々でしたか？」

「そうです。アメリカ、およびイギリスの子供たちです。教師もそうです」

「フランス語、ドイツ語が校内で話されることは？」

「まったくありませんでしたね」

「そうですか。……そういう人々に毎日聴かせた。この音楽は、いったい何なのか……」

「おい御手洗、はっきり言えよ。世界中の音楽家の誰一人こんなメロディを創らないだろうって、それなら、これは何だって思うんだ?」

「メッセージだと思うね」

御手洗は即座に応え、椅子の上でそり返った。

「これは音楽じゃない。言語だと思うね」

「言語?」

「そう、つまり暗号じゃないかと思う、ペイン氏のね。ペイン氏は、自分の周囲の人間たちに、何をひそかに伝えようとしたのか……、とにかく、ぼくは今夜ひと晩かけて、この暗号を解いてみるつもりだ」

御手洗は言って、私の表情をちらと見た。

3

深夜、あの、、、メロディを、ピアノで弾いたそうです。あの特徴のない、抑揚の乏しい不思議な旋律。世界中のどこにも、こんなメロディを持つ音楽はないでしょう。だってあれは、人間の音楽ではないのです。悪魔が創った音楽です。

ピアノは、藤並家の三階屋根裏部屋の、楠に一番近い窓のある部屋から流れます。楠のすぐ近くで、メロディは奏でられたのです。

その音を聴くと、大楠はざわざわと騒ぎはじめました。無数の小枝と、そのそれぞれにたわわについた、無限と思えるほどの葉が、がさがさと騒ぐのです。

大楠は、枝の一本をさわさわと伸ばしはじめました。まるで音楽に吸い寄せられるように、枝の一本がするすると伸びる……

4

ふと目が開いた。白い漆喰《しっくい》塗りのあちこちに、丸い褐色の染みが浮いているのがぼんやりと見えた。

まだなかば眠りの中にいるような自分の視界では、そのアメーバーに似た褐色の染みは、徐々に徐々に膨らんでいくような錯覚が起こる。

朦朧《もうろう》とした思考のままで、ずっとその染みを見つめていると、不定型の、あるものは丸い、またあるものはヒトデ型をしたその染みが、ゆるやかに蠢《うごめ》いて見える。膨張したり、収縮したり、隣りの染みとくっついたり、二つに細胞分裂したり、人知れず、ひそかなダンスを楽しんでいる。顕微鏡下の世界の細菌たちのようだ。

しとしとと、ひそやかな水の音が聞こえていたことに気づいた。雨か？　表で雨が降っているらしい。

そしてようやく自分が、どこで目を覚ましたかを私は認識した。藤並家の母屋の二階だ。

隣りのベッドを見る。もぬけの空だ。のみならず、誰も眠った様子がない。掛け布団は、昨夜私が眠る前に見たままの状態でベッドの上にある。

窓を見ると、カーテンの脇から、薄蒼い、ぼんやりした表の明りが、室内側に滲んでいる。

人の声が、表からかすかに聞こえる。窓を通して聞こえるのだろう。突然がしゃっ、とびっくりするほど大きな音が、窓と壁のあたりでした。何かが、表の壁を叩いたのだ。そして私は、さっきからしているこの表の音で、自分は目を覚ましたのだということを知った。

ベッドから起きあがり、スリッパを履いて、窓辺に寄った。カーテンを脇に引いて窓の外を見ると、雲が重く垂れ込めた日で、風もややあるのが解った。見おろせる緑の多い庭や、その向こうの藤棚湯の廃墟、そしてその煙突などが、白く霞んでいる。霧だと思ったが、ごく細かな霧雨であることが解った。

姿勢を低くして上空を見ると、雲が、絶えずゆるやかに形状を変化させつつ動いていくのが解る。上空には強い風が吹いているのだ。妙なことだが、私はふと、強い気流にあおられ、かたちを変えながら流れる雲の間から、このちっぽけな地上の建物を、玩具を見るように見おろしている気分が湧いた。私が生きて暮らすこの横浜の地上が、急になにやらひどくちっぽけな、空しいもののように思われた。陰鬱な日の朝の気配が、私にそんな幻想を想わせるのだろうか。

がたん、とまた大きな音が身近でした。頭をせいぜい左へ向けるが、ガラスが雨で濡れているものだから、もの音の正体は見えない。私は窓を開けた。湿った冷気が侵入し、私は上半身が肌シャツ一枚だったので寒さが身にしみ、思わず両肩を抱いた。

窓から頭を出すと、湿った雨の匂いに混じり、蔦《つた》の葉の匂いがした。一面を蔦が覆ったその壁に、銀色の梯子がかかっているのだった。

「お、おい御手洗！」

びっくりして、私は大声を出した。

「おはよう石岡君。いつまでも寝ていると事件が終っちまうぜ」

そう応えた御手洗の体が、びっくりするほど手近の空中にあったから、私は驚いたのである。御手洗が、屋根にかけた梯子を登ってきていたのだ。

「き、気をつけろよ、御手洗君」

「大丈夫だよ、君もあがってみたければ、早く出てきたまえ」

御手洗は言って、さっさと私の頭上へ登っていく。地上を見ると、藤並譲と藤並照夫が並んで立ち、傘もささずに見あげている。照夫は、諦め、御手洗に協力する気になったのだろうか。私は、地上の二人とちょっと会釈を交わした。それから頭をひっ込め、急いで窓を閉めた。

洋服をつけ、三幸に傘を借りて庭へ出てみると、御手洗はすでに屋根の上をうろうろと歩いている。

「おーい、足もとに気をつけろよ！」

私は叫んだ。解ってる、というように、御手洗はちょっと右手をあげて寄越した。

傘をさしていなかったので、手を額のあたりにかざし、霧雨をついて上を見あげながら顔をしかめていた照夫は、さっと下を向き、玄関のひさしの下にすたすたと歩み込んだ。

私は、やはり傘をさしていない譲の横へ行き、頭上に傘をさしかけた。

「おはようございます」

私が言うと、譲はちょっと頭を下げ、

「あどうも、よく眠れました？」

と訊いた。

「ええ」

私は応えた。

　それから二人並んで屋根の御手洗を見あげると、ちょうど馬に跨《また》がるような格好で、屋根の棟の上に跨ったところだった。

「ああ、そう、ああいう格好だったな……」

　私のさしかける傘の下で、譲がつぶやく。そしてもう少しよく見えるように、

「もっとうしろに退りましょう」

　と言って、私の胸のあたりを押した。

「このへんですか？　卓さんがすわっていたのは?!」

　御手洗が屋根から叫ぶ。

「だいたい近いですが、もう少し前！」

　私のすぐ横で、譲が怒鳴った。すると御手洗は屋根の上に跨ったまま、ずるずると少し前進する。これでもう御手洗のズボンは、絶望的に泥だらけに違いない。

「このへんですか？」

　御手洗が叫ぶ。彼の前には、コンクリートの台座があるのが見える。その上に、羽ばたく銅製のニワトリが立っていたのだ。

「だいたいいいんですがね、もうちょっとだけ前！」

　譲が大声を出す。御手洗はまた前進し、ニワトリが立っていた台座に、ほとんど接してしまった。その前方には、小さなオレンジ色の筒が三本並んでいる。煙突だ。これも、コ

ンクリートの台座に、三本の筒が植わっているような格好だ。

その前方はというと、もう何もなく垂直な壁で、その先には大楠の、森のように巨大な枝がある。

御手洗の後方にはテレビのアンテナが立ち、そのうしろには、やはりコンクリートの台座にオレンジ色の煙突が三本植わったものがあって、屋根は終っている。

「御手洗さーん」

私の後方で若い娘の声がしたので驚いて振り返ると、白いヴィニール製の傘をさした三幸が、高校の制服姿で立っている。右手には、薄い紺色のカバンを提げている。

「私が帰ってくるまでに事件を解決しないでねーっ」

と叫んだ。

「いいとも！　それなら道草はしないようにね！」

と御手洗は屋根の上から怒鳴った。

はーい、と応え、三幸は私にもちょっと頭を下げ、軽い足どりで駈けだしていく。

「おーい石岡君、この事件のことも本にする気なら、ここからの眺めも書かなくっちゃいけないんじゃないのかい？」

御手洗が私に向かって叫び、私は黙った。

「あがっておいでよ、いい眺めだ」

「いやいい、あとで説明してくれ！」

私は叫び返した。

実のところ、私は高所恐怖症なのである。この建物は三階建てで、日本家屋の二階家より背が高い。加えて今日は雨だ。足場も滑りやすいだろう。あんなところから落ちたら、へたをすると命までなくなる。おまけに死因不明の死体がすわっていた場所になど、あんまり近寄りたくはない。

御手洗は、私を誘うことを諦めると、いつまでも屋根に跨っている。ちっともおりてこようとしない。前方を見据えて、じっとしているのだ。いったい何を見ているのだろう。

「あんな感じだ、そうあの感じだ……」

私とひとつ傘の下で、気味悪そうに譲がつぶやいている。

「兄貴の死体は、まさしくあんな感じだったですよ」

彼の言葉に、私はあらためて御手洗を見あげる。御手洗が微動もしないでいると、確かに気味の悪い眺めだ。あんな格好の死体を発見して、近所の人はさぞ驚いたことだろう。

「お、おい御手洗！」

心配になって、私は声をかけた。御手洗があんまり動かないものだから、彼も死体になってしまったのでは、という恐怖が湧いたのだ。

ところが、どうしたものか御手洗はちっとも反応しない。

「おい、おい、御手洗！」

私は恐怖で叫び声をあげた。

「何だい？」

御手洗が返事を返してきたので、私はほっとした。よかった。生きていた。

「早くおりてこいよ。なんだか嫌な予感がするぜ」

「もうすぐおりる。食事でもしておいてくれよ！」

御手洗は叫ぶ。

「君は？」

「ぼくはもう食べた！」

ああそうなのか、と私は思った。私が一人眠りすぎたということらしい。このところ、家事の重労働でいささか疲れていたのだ。

「変わってますなあ、あの人」

当人自身も、あまり標準的とは思えない譲が私に言った。この男がそう思うくらいだから、やはり御手洗は相当変わっているのだろう。

「まあ、みんなによくそう言われます」

「あの人は勇敢だね。警察の人もね、屋根にあがって、あんなふうにちゃんとすわってみた人なんていなかったものね。あの人は、それもあんなに長々とすわってて、怖くないのかね」

「はあ……、そうですねえ」

「だってさあ、あそこで兄貴は心臓マヒ起こしたわけでしょ？　あそこにああしてすわってて、何かとんでもない怖い目に遭ったんでしょ？　何が起こるか解らないじゃない」

聞いていると、私もだんだん肝が冷えた。なるほど、それはもっともだ、と思った。

「おい御手洗、早くおりろ！」

私はもう一度叫ぶ。

「うるさいなあ！　早く一人で食事でもしといてくれよ」

うんざりしたように御手洗は叫ぶ。

「まああ言ってんだから、大丈夫でしょ。こんな朝っぱらだし、何も起きはしないでしょう。入ってパンでも食べませんか」

譲が言い、私は屋根が気になったが、譲にうながされてしぶしぶ玄関に向かった。

食堂へ入ると、昨夜と同じく、牧野写真館の老夫人が、私に卵料理と紅茶を運んできてくれた。

しかし、食べていてもどうも落ちつかない。この小雨の中を三階の屋根にあがっている同居人が気になるのだ。足場が滑るうえに、あの様子では御手洗はゆうべ眠っていないのだろう。ふらふらして、うっかり足を滑らせるのではないかと、おちおち食事をしている気になれないのだ。

トーストにかじりついた時、案の定どーんという、周囲を震わせるような大きな音がした。私は蒼くなり、パンを口にくわえたまま、椅子から立ちあがった。廊下を抜け、靴をつっかけて玄関から庭へとび出した。

「おい御手洗！」

私は叫んだ。

しかし見廻しても、そのあたりの地面に、落ちてうめいている友人の姿はない。急いで家を離れ、屋根の上を見あげる。やはり！　御手洗の姿はそこにない。

「裏側か！」

私はつぶやき、駈けだして裏側に廻った。建物の角を曲がると、霧雨の中に、例の大楠がまるで怪物のように立ちふさがる。その足もとには、一面大蛇がのたうつような不気味な地面。こういう風景は、今朝も私を一瞬立ちすくませるのに充分だったが、息を呑みながらも私は大楠の前を通過する。西洋館の裏手に廻る。

裏庭にも、数を減らしながら、大楠の根の露出は続いている。羊歯《しだ》や、雑多な草が、足もとを埋めている。ところどころ覗く土は、じっとりと雨を吸って黒い。

「御手洗、おい御手洗!!」

私は必死の思いで叫ぶ。

「なんだい？」

すぐ後ろで御手洗の声がした。びっくりして振り返ると、なんでもない顔で御手洗が立っている。

「どうしたの？　石岡君」

「大丈夫なのか?!」

「なにが？　なにをあわててるんだ？　パンまで持って」

私はこの時ようやく、右手にパンを持っていたことに気づいた。

「大丈夫なのか？　落ちたんじゃないの？」

「落ちた？　誰が？」

「じゃあ今の音は」

「あああれね！　暗闇坂で、自動車同士がぶつかったんだ。今一生懸命喧嘩してる。ぼくは楠の陰の金網のところからずっと見学していた。君が血相変えて飛んできたものだから、なにか別の事件でも起こったかと思ったよ」

「なんだ、自動車の事故の音か。ぼくはてっきり君が屋根から落ちたと思って……」

「そうなんだ石岡君、坂で起こった事故が、ずいぶん身近に聞こえるもんだね、こいつはちょっとした発見だぜ」

「そんなことはどうでもいい。心配して損した。君がもし大怪我したら……」

「八千代さんと並んで入院だね。早くそのパンを食べてしまいたまえ」

言って御手洗は金網の方へ戻り、私はまた大楠の老木と向かい合った。あらためて、また立ちつくしてしまう。なんという怪異な木だろう。とてつもなく不思議な生命が、ここに宿っている気がする。

このような木は、切り倒したり、傷つけたりはもちろんのこと、手を触れることさえはばかられる。昨夜、譲から聞いた話を思い出す。木を傷つけ、死刑になる男の話。妙に納得する。このような木を殺すことは、何十人もの人間の命を絶つことに似ているのではないか。

ホールへ戻って食事を終えると、私はこれからちょっと母の容体を看に病院へ行ってきますと譲が言い、私はちっとも帰ってこない御手洗を探し、また庭へ出た。

雨はやや強くなっている。こんどはさすがの御手洗も傘をさしていた。庭園の木立ちの間で、御手洗の姿を見つめた。手帳を広げ、それを見ながらうろうろと歩いている。

「何だい？　それは」

庭の木立ちの間をぬって進む小径《こみち》で御手洗に追いつき、私は尋ねた。

「この庭園の地図だよ」

御手洗は私に手帳を見せた。

「三階の窓や、屋根の上から見てさっき描いたんだ。今ぼくらはここにいる。ここに池がある。あれだね。道はこういうふうに迂回して続いている。全体としては、アルファベットのBの形に似ている。Bを裏返したかたちだ」

「何か意味があるのかい？」

私は尋ねた。

「断定はできないが、今のところ、何も意味はないと考えている。ほらここに猫の置き物がある。あそこにトランプの兵隊がいる。いい庭園だろう？　石岡君」

「うん、緑が多くていいね。植物のいい匂いがする」

「この置き物の意味は解るかい？」

「いいや」

「アリスだよ。ルイス・キャロルのアリスから題材を採っている。このへんからも、この庭園の造り主がなかなかの洒落者で、謎かけが好きな好ましいイギリス人であることが解る」

「ああそうなの？」

私は御手洗と並んで雨の中を歩きながら、そう応えた。

「そんなことはいろいろと解るが、ニワトリだけはどこにもない。完全に行方不明だ」

御手洗は言う。

「ところで、屋根の上から何かめぼしいものが見えたかい？」

私が訊くと、

「大楠が見えたよ」

御手洗は真剣な声で応えた。

「大楠の、大きな人を食う口が見えた」

「なんだって？」

冗談を言っているらしい御手洗の顔を、私は見た。ところが意に反して、彼の表情は真剣だった。

「冗談だろう？」

私は実のところ背筋が冷えはじめていたのだが、あえてなかば笑いながら、問い返した。

「そう見えるかい？　ところが、こんどばかりは真剣そのものなのさ。あのチャイムの暗号も、それを示している」

「あの音楽の暗号？　ゆうべの？　あれを解いたのかい？」

「ああ。ゆうべひと晩かかってね」

「教えてくれ、何なの？」

「石岡君、あの梯子が入っていた物置に古いピッケルがあった。この家に誰か、登山の趣味を持つ人がいたんだろう。持ってきてくれないか」

「ピッケル?!　何するんだ？　そんなもの」

「持ってくれば解るさ」

「教えてくれないのか？」

「高所恐怖症で屋根にも登れない記録係になんて、何も教えないよ」

御手洗は横を向いている。

「……怒っているのか？」

「今のは冗談だ。早く持ってきてくれ。その間ちょっと考えごとがある」

御手洗は言って立ち停まった。右手をポケットに入れた。

「石岡君、ちょっと待って。ぼくは考え違いをしていたかもしれない」

行きかけ、私は立ち停まった。

「今回のこれは、最初の予想より、遥かに怖ろしい事件かもしれない。この先、われわれの想像を絶する展開があるかもしれないよ。われわれも、もっときちんと心構えを作っておいた方がよいかもしれないね」

御手洗は言う。

「おい、君らか？　名探偵気どりのど素人ってのは！」

いきなり、野太く、威圧的な声が背後でした。振り向くと、薄茶色のレインコートを着た大きな男が二人、私たちの後方に立っていた。大きな黒い傘の下に二人が窮屈そうに入っている。二人とも、薄茶色のコートの肩が、雨に濡れて赤茶色に変色していた。一人はがっしりとした体つき、もう一人は小肥りで、二人ともなかなか凶暴そうな眼光をしている。

「いい若い者がこんな朝っぱらから人の家で何をしているんだ？　われわれの捜査の邪魔だから早く家へ帰んなさい」

小肥りでない方の男が、そんなふうに言った。こちらは五十歳くらいか、髪をオールバックに撫でつけている。

御手洗は横を向いて身を折り、くすくすと笑った。

「こらっ！　なにが可笑《おか》しいかっ！」

彼は、河豚《ふぐ》が水浴び中に天敵に遭遇したような顔をして怒鳴った。

「まったく君らはいいご身分だな、いったい何をやって食ってるんだ。素人の分際でわれわれの邪魔をして、少しは常識をわきまえんか！」

御手洗は笑い続けながら言う。

「い、いや失礼。あなた方お偉方の登場というのは、どうしてこういつも決まりきったパターンを踏むのだろうと考えるとつい可笑しくなってね。神奈川県警の刑事さんですか？解剖がすんだ卓さんの遺体を返しにいらしたんですね？　そしたらおかしな男が二人やってきて、庭で探偵ごっこをしていると聞いて、頭に血が昇ったというわけですね？」

刑事二人は無言だった。

「まあ最初はそうしてご立腹だが、あと十分もすればびっくりしてしまって渋々ぼくの意見を聞くことになるというのにね。お名前を聞いてもいいですか？」

「なんで君らに名乗る必要がある！」

「と、おっしゃるでしょうな、当然。結構。では十分後にうかがうことにしましょう。解剖の結果はいかがでした？　……と訊いたところでむろん何も答えてはもらえないでしょうね。ま、どうせ聞かなくても答えは解っていますよ。あなた方はこの事件をいささか軽く考えていらっしゃるからね。消化器系を解剖して死亡推定時刻を出し、毒物を嚥下《えんか》した痕跡はなし、と結論してそれでおしまい、そんなところでしょう。口腔中の粘膜など調べることはなし……、石岡君、ピッケルを取りに行こう」

御手洗は歩きだす。

「おいおい、ちょっと待て！」

わめきながら刑事二人もついてくる。

「不審訊問でしょう、お次は。ぼくらの住所氏名を訊いて手帳に控えることが、この事件解決になんの意味もないことは、いくらあなた方の能力でも薄々解っているはずなんだが、気に入らないから単なる嫌がらせだ。続くセリフは公務執行妨害でタイホするぞ。そんな馬鹿馬鹿しいことばかり言ってるんだったら、あなた方こそ早く帰ったらいかがです？　もうこの家でやることはないんでしょう？　遺体は返した。家族全員の事情聴取もすんだ。そしてこれらの事実からあなた方の考えていることは、卓は屋根の上で心不全の自然死、藤並八千代さんの怪我は、金目あての行きずりの物盗り、ははは、どうです？違っていますかしら？」

御手洗は歩きながら、しゃあしゃあと言う。雨は次第に強くなってくる気配だ。

「よくまあそれだけへらず口が湧いて出るもんだ、ど素人のくせに」

「ちょっと失礼、プロのお二方」

傘をたたみ、御手洗は物置のドアを開けた。暗い中に入り、ごそごそとやっていたが、奥から少し錆びたピッケルを持ち出してきた。刑事の前で遠慮なく埃を払う。銀色の梯子はまだ壁に立てかけたままだ。

「この梯子に、生意気にも登ってみたというわけだ」

「そうです。あなた方が高所恐怖症で登れないというんじゃ仕方がないでしょう？」

「まったく、よくそれだけへらず口が湧いて出るものだな。それで何が見えた？　何が解ったっていうんだ、ええ？」

「ほらね、そんなふうにぼくの意見を訊くことになると言ったでしょ？」

傘を開き、御手洗はピッケルを持って歩きだす。刑事二人はぞろぞろついてくる。

「誰がおまえの意見なんて訊いてる。あんまりでかい口叩くからさ、一応聞いてやってるだけさ」

「よっぽどヒマなんですな。ぼくは忙しいんで、仕事の邪魔をしないでくれませんか」

「ええ？　何だ？　何が解った?!」

「さあこれから忙しくなるぞ。どうせあてにしちゃいなかったが、お巡りさん方がここまでとは知らなかったんでね、どうやらすべてを一人でやらなくっちゃならないらしい。忙しくなるぜ、石岡君」

「ええっ？　何が解ったってんだよ。聞いてやるから言ってみなさい！」

「うるさい男だね、あなたも。解ったことなんてたくさんありすぎて、頭の中がまるっきりの白紙のあなたに講義をしていたら、夕方になっちまう」

「ひとつふたつ話してみなさい！　ひとつふたつでいいから！」

刑事のこの言い方には、御手洗だけでなく、私まで思わず吹き出してしまった。

「ひとつふたつね、そう、たとえばこの大楠だ」

私たち四人の歩みは、建物の角にさしかかっていた。角を曲がると、例の大楠が、われわれの前に小山のように立ちふさがった。私は、この大木を目の前にするたび、飽きることなく息を呑む。

「この大楠がどうしたというんだ」

刑事はさすがにプロで、大クスノキを、大クスと表現した。

「これが人を食う木だということが解りましたよ」

「なんだと？」

御手洗が文字通り、人を食ったことを言った。

「これがただの木に見えますか？」

御手洗が、刑事二人に言った。

その時、周囲がさあっと暗くなった。雨足が、いきなり激しくなった。その様子は、この不気味な老大木の、何らかの感情を示すように、私には思われた。嫌な予感。戦慄の予感が私の胸にむらむらと湧いた。御手洗は何をしようというのか――。

「石岡君、ちょっと梯子を持ってきてくれないか」

「梯子って、今屋根にかかっているものか？」

「そうだよ。少しもったいぶりたくなった。木がそう望んでいる。とめ金をはずして紐を引けば、梯子は半分の長さになる。頼むよ、急いで」

私は早足になった。梯子のところへ戻り、言われた通りに半分にして肩に担ぎ、苦労して傘もさして、三人のところへ持ってきた。

「刑事さん、ぼくの講義が聞きたいのなら、ちょっとこの傘を持って。石岡君、梯子を」

御手洗はピッケルを放り出して私から梯子を受け取り、高く伸ばさないまま、ゆっくりと楠の太い幹にたてかけた。

「刑事さん、傘を返して。石岡君、ちょっとついてきたまえ。こんどは屋根の上じゃない。そう高くはないよ」

その時、雷光がひらめいた。恐怖で、私は思わず首をすくめた。ややあって、足もとを揺さぶるような低く野太い音で、雷鳴が鳴る。

御手洗は、アルミニウムの梯子を登っていった。

「御手洗、危ない、やめろよ」

「大丈夫だ。一緒に来るんだ。御手洗がああ言った、こう言ってましたとばっかり書きたいのかい？　たまには自分の目で見るんだ」

「幹のてっぺんの口を見ろってのか？」

「いや、あの空洞《うろ》までだよ」

御手洗は先に空洞のところに到着すると、私を待っている。

「石岡君、このほら穴に、耳をくっつけてごらん」

「嫌だよ！」

「大丈夫だ。では近づけるだけでいい」

空洞は、直径二十センチくらいあったろうか。ぽっかりと真暗な口を開けている。

「石岡君、傘はひとつでいい。ぼくが持ってる。君の傘は落としてしまえよ」

雨が足もとの植物や、上の葉に注ぐ盛大な音が絶えずする。かなり激しいようだ。しかし、楠の幹の周囲は、上空で折り重なった葉が巨大な傘の役目をして、あまり雨がかからないのだ。

私は一歩一歩梯子をあがり、勇気を奮って、空洞に耳を近づけていった。

すると、周囲に充ちた雨の音に混じり、

「ひーっ」

とか、

「おおお……」

といった、まるで魑魅魍魎《ちみもうりょう》の声に似た異音が、くっきりと私の耳に聞こえてきた。

一人なら、私は肝を潰したことだろう。ぞっとして、体中から血の気が引いた。

「何だこれ？　この声？」

御手洗も、真剣な顔をして、私を見つめていた。

「石岡君、ここへ来て。ぼくの目の高さまで。ここからこの空洞を覗いてごらん」

激しい恐怖にさいなまれながら、ここまで来ればもう同じだという思いで梯子を登り、私は御手洗の横に立った。

「見て」

私は空洞を覗いた。しかし、真暗だった。

「真暗だ」

「もう少し待って」

御手洗が言い、何を待つのかと私はいぶかった。すぐに解った。激しく、雷光が走ったのだ。周囲が一瞬、晴天の真昼よりも明るくなった。

その瞬間、空洞の奥に、私は怖ろしいものを見た気がした。

幻か――？　幻想――？　私は、自分の視覚を疑った。

確かに、私は空洞の奥底の闇に、黒い乱れた髪と、渋茶の色に変色したしゃれこうべを見た気がしたのだ。

ごろごろ――、と雷鳴が、地を這うようにゆっくりと追ってくる。空洞の奥は、またもと通りの闇に戻っている。何も見えない。

私は放心した。信じられない。今のは何だ？　ゆるゆると御手洗の顔を見た。梯子に載った足が、次第にがくがくと震えはじめた。

木に喰べられていた者たち

1

私が先に梯子をおり、刑事二人の前に立った。私の放心はまだ続いていた。目の前にいたはずの刑事二人の姿も、まったく目に入らなかった。私は、萎《な》えそうになる膝を踏んばって立っているのがやっとだったのだ。

御手洗が続いておりてきた。

「この木がいったいどうしたというんだね！」

オールバックの散文的な刑事が、御手洗に向かって、雨や雷鳴に挑むように大声を出した。

「刑事さん、この木の言い伝えを知っていますか？」

御手洗が問う。刑事は無言になる。知らないことが捜査官としての無能を語ることになるのか、それとも、そんなつまらぬことに自分が関わる必要はないと一喝できる種類のものであるか、考えているのだ。前者なら無言で通し、後者なら腹をたてるだけだ。

「では、この木のあの空洞《うろ》を覗いてみましたか？」

御手洗は冷静に言う。

「なんでそんなことをしなけりゃならん！」

刑事は怒った。

「さあて、ではわれわれの調査も大半は終った。あまりここにいてはプロのみなさん方のお邪魔のようだから、帰るとするかな、石岡君」

御手洗は私に言った。私は、ぼんやりした思いのまま、頷いた。思考は、すっかり停止状態だった。

「まあ待ちなさい。この木が何だというんだ？　どうしたというんだね？　あの穴が何だというんだ？」

「あの穴から、この怖ろしい木の腸《はらわた》が覗けるんですよ。この家の屋根に跨《また》がり、見おろしてもいい、ちょうどあの空洞が見おろせる」

「ちょ、ちょっと待て！　きちんと説明してみなさい、だから何なんだ！」

「この木には言い伝えがありましてね、あの空洞のところまで登って、穴に耳をつけると、大勢の人間の悲鳴や怨みの声が聞こえてくるというのです。さあ、おやりになったらいかがです？」

「馬鹿なことを言うな。この科学万能の時代に……」

「だから、実際にその耳でお聞きになったらいかがです」

「聞くまでもない。そんなことがあるはずもない！」

「この付近の人々の言い伝えは、ではいったい何なのでしょうね」

「そんな子供だましの話はもういい！　それが何だというんだ。その大勢の声というのは何だ！」

また雷光。少し遅れてやってくる、低く遠い雷鳴。だが、雷雲はわずかずつ迫ってくるらしく思われる。

「この木に食べられた人々の怨みの声ですよ。この大楠の老木は、人を食べる木なんです」

「馬鹿な！」

刑事は雷鳴にも負けないほどの大声を出した。

「君は何を言っとるんだ?!　そんな気が狂ったようなことを言っておるんだったら、入院した方がいいんじゃないのか?!」

御手洗はにやにやした。

「あなた方はあまりにも勉強が足りない。この木にまつわる言い伝えも全然調査していない。知っても、馬鹿馬鹿しいことと頭から決めて、空洞を覗いてみることさえしない。屋根で死んでいた卓さんが、いったいどういう理由からかと考え、屋根に登ってみることもしない。

屋根にコンクリートの台座があるが、これが何の跡であるのかもろくに知らない。だからそこにスピーカーが埋まっていたことも知らない。羽ばたく銅製のニワトリがあったことくらいはつきとめているかもしれないが、これが不思議なメロディとともに羽ばたいていたことも知りはしない。ましてこのメロディが暗号かもしれないなんてね、発想もない。もしあっても、馬鹿馬鹿しい子供だましと一人決めして、解いてみようとも考えないだろう。

あなた方は何も知っていない。何もやろうとしない。できることは、ただ威張ることだけだ。まあ幼稚園のガキ大将レヴェルのあなた方が、今後百年かかっても、今回のような事件は解けないでしょうような」

私は、オールバックの刑事が、当然狂暴な反撃を開始するものと覚悟した。しかし、意外にも彼は、

「そのメロディというのは何だ？　暗号とは何だ？」

とつぶやくように言った。あまりにも無茶苦茶を言われたので、かえってすっきりしてしまったようだ。だが、そうではなかった。

「メロディが暗号になっており、その暗号が、この楠の老大木が人間を食べる存在であることを語っているのです。なんとも不思議なことにね」

言いながら御手洗は、梯子をはずして濡れた草の上にゆっくりと横たえる。刑事二人は、一本の傘の下に窮屈そうに二人並んで立ち、どうしたわけかしばらく無言でいた。がやがて、つぶやくようにこう言った。

「話にならん。あんまりご大層な口を利くから、もう少しはまともかと思っていた。単なる狂人のたわ言だ。時間の無駄をした。行こう」

ひと言も喋らない五分刈りの男をうながし、オールバックは私たちにゆっくりと背中を向けた。

「どうぞご自由に」

快活に御手洗は言い、これも濡れた草の上に横たえていたピッケルを拾った。

「よせ御手洗！」

私は大声で叫んだ。歩み去りかけていた刑事二人が足を停めた。何を思ったのか御手洗が、いきなりピッケルを頭上高く振りかざしたからだ。

「狂ったのか御手洗！　この木は、この木だけはやめろ！」

私は悲鳴をあげた。御手洗が、楠を狙っているのが解ったからだ。再び雷光。そしてさあっと雨足が激しくなる。それは私には、身の危険を感じた大楠の感情の表われとしか思われない。

「何をする気だ?!　気が狂ったのか御手洗！　祟《たた》られるぞ！」

私が彼の背に組みつこうとするより一瞬早く、御手洗は、怪物のようにそそり立つ楠の巨木の幹に、勢いよくピッケルを振りおろしていた。

がしっと音がして、湿った木片が飛び散る。追って鳴る雷鳴。

楠の根もとの付近は、すっかり苔むし、木肌はもはや朽ちかけている。一部腐りかけているのだ。御手洗の打ち込んだピッケルは、簡単に幹深くに突き立った。

御手洗はピッケルをぐいと引き抜き、もう一度頭上に振りあげる。

「おい君、そいつから離れた方がいい。そいつは狂ってるぞ！」

オールバックの刑事の声が、背後から私に浴びせられた。

「心配するな石岡君、このあたりに生命はないよ」

御手洗は意味不明なことを言う。そして私が制するのもおかまいなく、再びピッケルを振りおろす。

ばしっと派手な音がして、意外に広い範囲の木肌が砕け散った。

また雷光。そして雷鳴。次第に音が大きくなる。雷が近づいてくるのだ。私の内から悪い予感が去らない。このままでは、御手洗が無事ではすまないような気がしてならない。

雷光の下でピッケルをふるう御手洗の姿は、刑事の言を待たなくても、鬼気迫るものがある。とても尋常な人間の行為とは思われないのだ。

またピッケルを振りかざす。勢いよく振りおろす。すると——。

大楠の幹の足もとあたり、木肌が激しく砕け散って、思いがけず一メートル四方ほどの空洞が、ぽっかりと口を開けたのだった。

「うわあ！」

私は、思わず悲鳴をあげていた。

「おお！　何だ?!」

私のうしろで、刑事二人も大声をあげた。

御手洗はピッケルを放り出す。ぽっかりと開いた空洞の前に、さっと両膝をついた。開いた穴の周囲の木片を、両手でばりばりと引きむしる。古くなり、木の肌はすっかり朽ちているのだ。

雨がすっかり激しくなった。頭上の無数の葉を、雨足が激しく叩いている。ほかの音は、何ひとつ聞こえない。

雷光。薄暗い周囲が、まばゆいほどに明るくなる。

私たち全員の目が、ぽっかりと開いた空洞の中に注がれていた。

周囲の地を揺るがす激しい雷鳴。落雷したのか。

もうこのすぐ上空に、雷はやってきている。この激しい雷鳴は、私たちの目の前の、この大楠の怒りだ。

また雷光。その光線に、空洞の中が一瞬照らされる。

奇怪な光景が、そこにあった。

無数の血管のように、白い不思議な繊維が、空洞の中を縦横に乱れていた。

白い繊維は、あらゆるものにからみついていた。どろりと濡れた木の肌、そしてピッケルで打ち砕かれた木片にも、こびりついている。

だがこの無数の血管に似た糸がからめとっているものは、小柄な、人間の残骸だった。

渋茶色のしゃれこうべ、ぽっかりと大きな穴となったその両目のあたりに、あるいは小さな穴となった中央の鼻孔、そして汚れた歯を上下に並べ、永遠の悲鳴をあげ続けるようなその口のあたりにも、白い不気味な血管はまとわりついている。絡みつかせたまま、骨はぬめぬめと濡れて光っている。

渋茶色の頭蓋骨には、濡れた黒髪も、べったりと貼りついている。

一体の人骨は、うずくまっているらしい。手の骨、足の骨、胸骨、これらに、かつては筋肉や脂肪だったと思われる何ものかが、黒い湿った泥のように濡れて、貼りついている。その上にぼろ布のかけらのように絡みつくのは、おそらく着衣だ。

人骨の下半身は、どろりとした液体の中に浸《つ》かっていた。その液体とは、この大楠の体液だ。それとも、この人物を骨だけ残してすっかり消化してしまった消化液か。

「なんということだ、信じられん。木の中に……」

オールバックの刑事が、呻《うめ》くようにつぶやいて、幹の前、御手洗の横にひざまずいた。

文字通り、それはこの奇怪な木の、内臓の光景だった。

「誰だ？　これは。誰です？」

オールバックの刑事が、御手洗に尋ねる。

「一体じゃない！　まだほかにもありますよ！」

もう一人の若い方の刑事が、はじめて口を利いた。彼もしゃがみ込んだ。刑事たちの傘は、彼方に放り出されて雨に打たれている。

私も彼らの間に背後から割り込み、楠の内臓を覗き込んだ。異様な臭気を感じる。

確かに、一体ではなかった。頭蓋骨の数を数えると、ひどくどろどろと汚れていて、また暗いので確実なところは不明だが、少なくとも三つは数えることができる。三人——?!

三つの頭蓋骨が見える。だがもっとだ。おそらく、もっと大勢の生血を、この大木は体内深くに呑み込んでいる。

「こんな馬鹿な……。しかしこんな馬鹿なことが……。いったいこれはどういうことなんだ？」

オールバックがかすれた声でつぶやく。

「誰です？　この人骨は、いったい誰なんです?!」

もう一人の若い刑事が、語気も荒く、御手洗に詰め寄る。

手では触れようとせず、鼻先だけを空洞に突っ込んで子細に観察していた御手洗が、

「まだ解らないな……、だけど一両日中には見当をつけられるだろう。今言えることは、これらの人骨は、成人のものではないということです」

「というと？　子供、ですか？」

五分刈りの方が訊く。

「そうです。おそらく十歳前後。十歳前後の子供が三人、この中にいる……」

そして立ちあがった。数歩、後方へ退く。また雷光。そして雷鳴。

刑事二人は、先を争い、頭や肩を激しくぶつけながら、空洞の中を覗き込む。

「噂は本当だったのか……」

私は思わずつぶやいていた。とその瞬間、刑事二人と私は、大声で悲鳴をあげ、尻もちをついてしまった。激しい音とともに、どさどさともう一体の人骨が落下してきたのだった。

「四体か……！　今のところはだがね」

御手洗の方はまるで動じる気配がなく、私の頭上でつぶやく。われわれはすっかり言葉を失ったので、あとはただ、雨の音だけの長い長い静寂だった。

2

「おい、あの屋根の上からだと、本当にあの空洞が覗ける角度になるのか?」

私は尋ねた。藤並家の食堂ホールだった。刑事たちは大楠の調査と、中にあった死体の検分、また仲間や鑑識を電話で呼んだりと大わらわだったので、食堂で私たちは二人になった。

藤並譲も、照夫も、牧野夫人も、二人の刑事に呼ばれて彼らの周辺にいるらしい。御手洗も一緒にいた方がいいのかもしれないのだが、自分の方は調査を終えたものだから、さっさと戻ってきてしまった。

「それは覗けるさ。しかしそれには、もっと屋根の縁の、煙突のあたりまで前進しなければいけないけれどね」

「この家の屋根の上で、君はあれを見つけたのか?」

「あれって?」

御手洗は言う。

「死体だよ。楠の中の!」

「ああ、あれか。いや、そうじゃない」

御手洗は炎をあげる暖炉の方へ、濡れて冷えきった手足を伸ばす。

「じゃどうして解ったんだ？　何から知ったの？」

ホールには私たちが二人きりだったので、いくらでも内緒話はできる状況だった。

「信じがたいことなんだけれどね」

とまず言って御手洗は、天井を見た。その様子は、今口にした自分の言葉通りに、事態に不明を感じているように、私には受け取れた。

「あのニワトリのメロディに教えてもらったのさ」

「ニワトリのメロディ？　この家の三階に付いていた、あの機械の奏でる？」

「そうだ」

「君が暗号だって言って、ゆうべピアノで弾いてた」

「その通り。当のニワトリはどこにも見つからないが、あの暗号が、裏の木の秘密を教えてくれた」

「暗号は何て言ってた？　どう解読できたんだ？」

私は身を乗り出す。

「それを説明しろというなら、少し音楽というものに知識を持ってもらう必要がある」

「どんな知識？」

「シューマンという人のピアノ曲に『謝肉祭』というものがある。この曲には、『四つの音符で造られた小景』という副題がついている。それは、日本語でいうところの『イ』、『変ホ』、『ハ』、『ロ』の四つの音を中心に据えてこの曲が書かれているという事実に由来する。

ところでシューマンは二十歳の時、エルネスティーネ・フォン・フリッケンという十七歳の娘と激しい恋愛関係に陥ったことがある。ところがこれを知った彼女の父親フリッケン男爵が、大あわてで娘を故郷に連れ戻してしまった。

シューマンは彼女を忘れられず、アッシュという、ボヘミアとザクセンの国境にほど近い彼女の住む街へ行くが、どうすることもできず、結局彼女を諦め、別の女性と結婚することになる。これがやがて発狂してドナウ川に跳び込んだりしてシューマンを苦しめることになるクララだけれどね。

ところで『イ』『変ホ』『ハ』『ロ』を、本来の欧州ふうの呼称に変換してみると、『Ａ』『ＥＳすなわちＳ』『Ｃ』『Ｈ』となる。続けると『ＡＳＣＨ』、アッシュ、すなわち彼の失恋の相手が住んでいた、忘れられない街の名前になる。

こういう例は、クラシック音楽の世界には割合多い。ブラームスの『弦楽六重奏曲第二番』にも、もと彼の恋人だったＡＧＡＴＨＥ《アガーテ》という名前を織り込んだ部分がある。第一楽章の小結尾の部分。それからフランツ・リストのオルガン曲に、『ＢＡＣＨ《バッハ》の名による前奏曲とフーガ』というものもある。

つまり音楽というものは、案外暗号にしやすいものなんだね。こんなやり方で造られた曲が、決してつまらないものとは限らない。

さて、このやり方を、ぼくは例の三階のチャイムのメロディにあてはめてみることを思いついた。いくつかほかの可能性が挫折したあとだけれどもね。

音階をアルファベットに置き換えるのは、欧州では普通に行なわれる。音階の基音であるラの音をAと定め、するとドはCとなるから、レはD、ミはE、ファはF、ソはG、そしてラがA。ここまではなんら問題がない。

ただシの音に、ドイツ語ではHをあてる。したがってドレミファソラシドは、ドイツではCDEFGAHCとなる。だからさっきのシューマンのASCHが造れるわけだが、アメリカ産の新しい音楽ではこのシに単純にBをあてる。日本ではむろんこれにイロハをあてたわけだ。

ところで、このメロディを作った人が、音楽に詳しい知識を持つかどうかはきわめて重要だ。誰が作ったのかをまず考えてみる。

するとこれは、どう考えてもジェイムズ・ペイン氏以外にいない。譲氏の証言では、このメロディがいつ時鳴っていたのは昭和二十五年か六年だという。となると、まずほかの人物は考えられないだろう。

では作曲者はペイン氏として、彼ははたしてどのくらい音楽に詳しかったのかという

と、彼は画家であって音楽家じゃない。ピアノも弾けなかったという。となるとこの暗号も、楽典の約束ごとを気にしない、きわめて単純な転置式ではないかと考えられる。また、先のＣＤＥＦＧＡＢＣ式のスケールだと、表現できる文字数が非常に限られる。したがって、隠せる言語が人の名前や街の名前程度に限定され、文章が表現できない。ＩやＪやＫや、ＴやＶやＵがないからだね。

ドレミファソラシドを、ＣＤＥＦＧＨＩＪとストレートにアルファベットに置き換えてみる。一オクターブ上のドレミは、そのままこのアルファベットをＪＫＬＭＮＯ……というふうに単純に延ばす。一方一オクターブ下のスケールは、ドシラソ……、と下がるにつれ、ＣＢＡと下がり、その下はないからＺから始め、ＺＹＸＷＶＵ……と下っていく。するとアルファベットの二十六文字を、だいたい三オクターブのスケールを使って音符で表現することが可能になる。こんなふうにね」

御手洗は、手帳を広げて私に見せた。三オクターブにわ

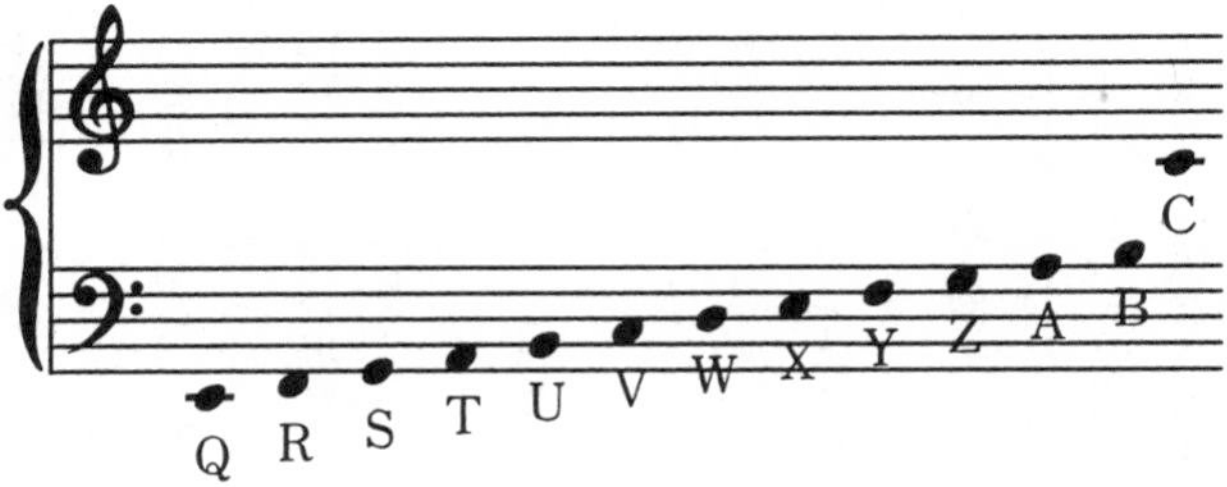

たって、アルファベットがぎっしりと書き込まれている。

「こうして、音楽をあまり知らない者の作った変換コードができた。さて、ではこれを使って問題の屋根の上のニワトリのメロディの解読にかかる。

最初の音は、いきなりヘ音記号の領域にある低音のシだ。これは今の変換コードからすると『U』にあたる。

次の音は、いきなり二オクターブ近くも跳ねあがり、ソだ。これは、今の変換コードによってアルファベットに直すと、『N』に該当する。

次はどうか。するとぐっと下がり、レだ。これは疑いなく『D』を意味する。

次はミ、これは『E』だね。

その次はまた、ヘ音記号の領域にぐうっと一オクターブ以上も沈んでファ、これはこの転換キーで捜すと『R』だ。

次はやはり低いラ、これは『T』だ。

それからまた一オクターブ跳ねあがって上のラ、これは

『H』を意味する。

そして次がミ、これは素直に『E』だ。Eがまた出てきた。

さらにまたヘ音記号の領域に一挙に一オクターブ沈んでラ、これも二度目の登場で『T』と考えられる。

次の低いファも再登場だから、文句なく『R』と読む。

最後にミが二度続く。これは三度目、四度目の登場だから、『E』が二つ。『E、E』だ。

さて、これで終りと思われる。何故ならまた頭のメロディに戻るからだ。今の音群を何度も繰り返す。

『E』が四度も出てくる。英文の転置法の暗号文解読では、『E』の音がポイントだというのは常識だ。英文では『E』の出現率が最も高いからだ。だから一番多く出てくる記号に『E』をあてはめろとよく言われる。この短い暗号でも、このセオリーは生きているわけだね。

さて、暗号を置き換えたアルファベットを、頭から並べてみる。すると、『UNDER THETREE』となる。“under the tree”『木の下』、と言っているね」

御手洗は例によって気のなさそうに説明する。しかし私は、息を停めて聞き入っていた。文字通り、呼吸をすることも忘れていた。

「木の下に何かある……、それで君は、あの楠のつけ根のところにある死体を発見したわけだね」

興奮して私は言った。御手洗は無言でうなずく。勢い込んでいる私と対照的に、御手洗は浮かない顔をする。

「すごいじゃないか！　大したものだ。よくこれだけの暗号文を、たったひと晩で解けたものだね」

「大してむずかしい暗号じゃない」

「だが三十数年というもの、誰にも解けなかったんだぜ！」

「それはこれが暗号だと誰も気づかなかったというだけさ」

「そうだ。誰も気がつかなかった」

「しかしね、これが解けたおかげで、また新たな謎が発生してしまったんだ」

「何だい？」

「それはつまりね、ジェイムズ・ペインという人は、このようなメロディの暗号文を作り、誰にともなく、死体のありかをひそかに語り続けたことになる。そうじゃないかい？」

「うん」

私はうなずく。

「何故そんなことをしたのか……、はともかく、まだ断定はできないが、あのミイラ化した死体は、昭和二十六年よりかなり新しい可能性が大なんだ」

「そうだね」

「え？　どういうことだ？」

「あの四体の死体は、昭和二十六年以降に死んでいるということだよ。つまり、この暗号のメロディがペイン校で奏でられていた時代よりあと、死んでいる」

私は言葉に詰まり、しばらく考えた。

「本当なのか？　それは」

「可能性は大だね。すると解らなくなる。あの暗号のメロディが暗闇坂に流れていた頃、あの楠の胎内には死体はなかったことになる。では、この暗号のメロディは、いったい何だったのか……」

「うーん……」

「あるいは、あれらのうちのいくつかは非常に古い死体で、すでに木の中に入っていたのか……」

「うん……」

「それにね、まだまだ謎がある。あの死体は実におかしい。なんとも奇妙だ」

「どんなふうに？」

「死後何年も経過しているのは明らかだ。だからぱっと見ただけでは解りにくいが、頭蓋骨と、胴体部以下との様子があまりに違う」

「どういうふうに？　ぼくにはよく解らない」

「ぼくはあの種の死体を何種類も見ているが、あの死体は明らかに特殊だ。頸部以下の各部には、皮膚や脂肪分が骨を薄く覆うかたちでこびりついているのが解る。ところが、頭蓋骨はきれいにむき出しなんだ。これはどういうことだろう」

私はぞっとした。

「頭部だけが、まるで皮膚をすっぽり剝がされたとでもいうように、それとも頭部だけが酸に溶かされたとでもいうように、皮膚がすっかり消失している。ところが、この頭蓋骨に、何故か頭髪だけが、しっかりと付着している。あんな死体ははじめてだ」

私は終始放心していた。こんな怖ろしい言葉を淡々と口にする御手洗を見るのは、はじめてだった。

「解らないことはまだある。あの骨の主は、いったいどこの誰なのか。子供ということから思いつくのは、かつてのペイン校の生徒ということになるが、しかし生徒が四人も行方不明になったというのに、大騒ぎにならないはずもない。この学校に関して、そういう過去の噂はまだ耳にしていない。こんな事件があれば、当然大事件になって、今に語り継がれていたはずだ。ではいったいあれは誰なのか。外国人か、日本人か。そのあたりはあのお巡りさんたちに調べてもらうほかはなさそうなんだけれどね、はたして頼りになるかな」

私はうなずき、放心がおさまるのをしばらく待ってから、ゆっくりとこう言った。

「チャイムの暗号のことは、刑事たちに言うつもりかい？」

「言っても解りゃしないさ！」

御手洗は即座に、馬鹿にしきったように言った。

「彼らがあのメロディに充分問題意識を持つまで、教える気はないね。謙虚な相手になら、ぼくは傲慢になることはしないが、威張る輩《やから》はね、安心して馬鹿にすることにしているのさ。だって連中の言動形態は、蚊や蟻のレヴェルだぜ。連中と較べたら、裏のアパートの犬は哲学者だ」

と御手洗が断定したところへドアが開き、蚊や蟻レヴェルの二人がホールへ入ってきた。濡れたレインコートを脱ぎ、手に持っている。

御手洗は無言で、冷やかに彼らを迎えた。二人とも入ってくるなり黙って立ちつくした。

「よろしければ、名前を教えていただけませんかね」

御手洗は刑事に話しかけた。刑事は少し唇を動かす様子を見せたがやはり無言だった。

「解りました」

と御手洗は快活に言った。

「あなたのことをオールバックとか、ポマードさんと呼んでよいようですね」

「丹下です」

オールバックが手早く言った。

「こっちは立松。あなたは？」

「御手洗、こっちは石岡です。さて丹下さん、何でも最初は前例のない冒険です。あなた方のご心配はよく解りますが、ぼくたちは、もし仲良くして下さっても、思いあがって威張ったり、あなた方尊敬すべき警察官を馬鹿にしたりするタイプではありません」

御手洗はさっきの陰口を忘れたらしく、白々しいことを言った。

「アマチュアからあれこれ教わって、あなた方の沽券《こけん》にかかわることがもしあるとすれば、それはあなた方が上下意識という幻想にとらわれるからです。対等な友人同士となるなら、その種の心配はいりません。そうして今日は、プロの警察官とアマチュアの民間人が友人になるという、前例のない門出の日なのです。そうではありませんか」

御手洗は、実ににこやかに、親しみを込めて言った。丹下は、しばらくの間苦虫を嚙みつぶした顔で立っていたが、やがて、

「ま、たまにはそういうやり方も、悪くないかもしれん。どなたかの紹介状をお持ちですか？」

すると御手洗は唇の端を歪め、皮肉な笑い方をした。

「必要があれば、桜田門の一課の友人に書いてもらってもいいが、あえて、そうはしません。友人を作るのに、紹介状を持参する人間はいないでしょう」

「解りました。桜田門にご友人がいらっしゃるのですな」

すると御手洗は、上目遣いに人を見るような、不敵な表情をした。

「いますが、いないと考えて下さい。にもかかわらず、あなたはぼくと友人になるのです。お嫌ならどうぞお帰り下さい。それぞれ別の道を行きましょう。それでも、ぼくの解決はあなたにさしあげますよ」

御手洗はソファの背もたれにそり返る。

丹下は白い歯を少し見せて無言で笑った。苦笑いらしかった。それでもこれは、彼がわれわれにはじめて見せる笑いだった。

「どうもこりゃ、大変な自信家でいらっしゃるな、あなたみたいな人に会ったのは、私は生まれてはじめてだ。解りました。態度を軟化させることにいたします。先ほどまでのご無礼はお詫びします。すわってよろしいですか？」

「どうぞ」

「いくつか教えていただきたいことがある。あの死体は、どうしてあそこにあるとお解りになった？」

「それは説明がむずかしいな。彼が知っています。よろしければあとで、彼に尋ねてみて下さい。少々気むずかしい男ですが、虫の居所がよければ、教えてくれるはずです」

「死体は四体ありました。あれは誰です？」

「ぼくは昨日この事件に関わったばかりです。まだ不明の点もあります。それもそのひとつです。ですが、ヒントはきっとこの家の中にあると思います。あとで照夫さんと一緒に家中を、特にペイン氏のもと書斎をくまなく調べられれば、何がしかのことが教えてさしあげられるでしょう」

「もう一点、非常に不可解な問題がある。今われわれは、あの楠を、厳密に調べました。ところがあの木には、どこにも大きな穴の類《たぐ》いがあいていない」

丹下が言い、私は意味が解らず、息を詰める思いで丹下の言葉の続きを待った。

「つまり、われわれはあの四体の死体を、何者かが、殺してのち、あの木の中に押し込んで隠したと考えた。ところが、あの木はどこを調べても、死体を押し込められるような穴はあいていない。幹の上部に若干の穴はあったが、とても死体が、それも四体も通過させられるような穴じゃない。これはいったいどうしたことか」

「あの空洞は……？」

丹下は言葉を停め、御手洗を見た。御手洗は無言だった。

思わず私がつぶやく。

「いや、あんな小さな穴、頭蓋骨ひとつ通りませんよ。木の中にあった死体は、胴体部は破損せずにきちんと揃っていたんですからな、四体ともに」

「ですから、あの木が食べたんです」

御手洗がしゃあしゃあと言った。

「その問題は少し待って下さい。非常に重要な要素を含んでいるからです。取り引きをしませんか。ぼくが今から申しあげることを、至急調べていただきたい。その結果によって、あなた方にお答えする解答は、意外に素早く組みあがるかもしれない」

「どんなことです？」

丹下は手帳を懐中から出す。

「楠の中にあった死体は四体ですね？」

「そうです」

「これのそれぞれ死亡推定年を出し、教えていただきたいのです。頭蓋骨にだけ皮膚や筋肉がついていないこと、にもかかわらず頭髪はあることなどについての、法医学者の見解もあわせてお願いします」

「ええ、それから？」

「この四人の子供が、人種的に日本人であるのか否か。またペイン校が存在していた当時、同校から消息不明になった子供はいないものか否か。これを調べて欲しいのです。

ただし、今日出た人骨が日本人のものと法医学的に断定できるなら、ペイン校のこれは調べる必要はありません。ぼくの考えでは、その線の方が遥かに濃厚であるとは思いますがね。

それにもう、これを調べるのは困難でしょう。今からペイン氏の書斎へ行けば、当時の名簿や卒業アルバムの類いが残っているかもしれないが、卒業者の多くはもう本国に帰国していることでしょうし。

もう一点、藤並八千代さんのご主人照夫さん、この人の前身をできるだけ詳しく知りたいのです」

丹下はしかめ面をして、忙しくメモをする。

「以上ですか？」

「藤並卓さんの検死に関し、さっきぼくの申しあげたことにそちらでつけ加えることがないなら、そうです」

すると丹下は苦い顔をした。もっとも彼はもともとこういう顔つきではあるのだが。

「まあ、特にはないですな」

彼は無愛想に言った。

「外傷、骨折の類いはいかがです？」

「ひびの入った箇所があります」

「何？　どこです？」

「大腿部、骨盤、などです」

「大腿部に骨盤？　そのほかは？」

「特には」

「絞殺痕などは？」

「ありません、ただ……」

「ただ？」

「左膝部が、脱臼しかかっておりました」

「脱臼ですって？」

これは、御手洗も大いに思いがけなかったようだ。額に拳を押しあてて、じっと考え込んだ。

「さて、では以上ですな」

御手洗の思索のあえて邪魔をするように、丹下が言う。

「まだです。卓さんの靴下は泥だらけでしたか？」

御手洗が訊く。

「いや、きれいなものでした」

丹下は応えた。御手洗は、怖い顔をしてゆっくりとうなずく。

「今のところはこれで結構です。しかし照夫さんをここへ呼んでいただき、今八千代さんが使っている部屋、かつてペイン氏が書斎にしていた部屋を詳細に調べる機会を与えていただけるなら、さらに重要な捜査テーマが得られると思います」

書斎

外では雨がまだ降り続いているようだった。警察関係者の車が何台か家の周囲に集まっているようで、家の周りでは、しぶく雨の音に混じって、大勢の人間のたてる靴音が乱れていた。

藤並照夫は、常識人の常として、警察官にはいたって愛想がよかった。まるきり人が変わったように丹下たちに対して笑顔をふりまき、お愛想の冗談を言い、一緒にいる私たちに対してばつが悪くないかと私などは心配するのだが、特に気にとめているふうでもなく、どうしたことか私にまで笑顔で話しかけてきた。御手洗も、彼から笑顔で遇される資格を得たようで、どうやら彼は、照夫から正式な捜査官であると認知されたらしかった。

御手洗は嬉しそうに私に顔を近づけ、

「常識ある人々は、いつも変わり身が早い」

と言った。

御手洗が最も興味を持って見たがっていたのは、現在入院中の八千代の部屋だった。これはホール隣りの一階にある。かつては、ペイン校の校長、ジェイムズ・ペイン氏が書斎にしていたという部屋だ。

　ここは貴重品が多いのだそうで、これまで常にロックされ、鍵は照夫が持っていた。丹下を通じ、御手洗が見たいと言ったので、照夫がこのたび鍵を開けてくれたのである。

　ロックがはずされるガチンという大袈裟《おおげさ》な音が、雨のしぶく音の充ちた、西洋館の薄暗い廊下に響いた。照夫が重厚な英国ふうの造りのドアを押し開ける。このドアは白く塗られていない。小豆《あずき》色に近い茶色の、木の地肌そのままの色をしている。

　一歩部屋に踏み込むと、骨董品屋の店先で誰にも経験のある、あの埃《ほこり》の匂いとも古さの匂いとも知れぬ匂いを感じた。

　カーテンは開いていた。ガラス窓を抜けてくる雨の日の鈍い光線が、床に敷かれたこれも高価そうなペルシア絨毯に落ちていた。ガラスの表を雨が伝っているので、ゆるやかに変化するその独特の縞模様が、床にできた淡い明りの四角形にゆるゆると投影されている。

「ほう、これはすごい収集品の山だ！」

　御手洗が歓声をあげた。私も同感だった。その部屋は、西洋人が興味をそそられる東洋の、集大成ともいうべきものだった。西洋ふうのものといえば容れ物たる部屋と、デスクと椅子、それからテレビと電話とソファ二つくらいなものだった。

　木目を浮きたたせた焦げ茶色の板張りの壁は、ほとんど壁面が見えないほどに書画の類いの額か、掛け軸で埋まっていた。洋室の板壁に下がる山水画の掛け軸を見るのも奇妙なものだった。書画ともに毛筆で描かれたものが大半だったが、そうでなければ浮世絵の類いの版画だった。廊下や階段部にちらほらと見られたやはりこの種の額は、この部屋からはみ出したものと解った。

　重厚な造りのデスクの上には、青銅製と思われる竜の置き物があった。その脇の竹で編んだ籠の中には、江戸期のものと思われるキセルが数本と印籠《いんろう》が数個、ごちゃごちゃと無造作に入っている。その隣りには古い黒電話がある。

　だがなんといっても驚くのは、窓べりだった。窓の手前に、デスクが三つ、ぴたりとくっつけられて横長に並べられているのだが、このデスクの上が、大小の日本人形でぎっしりと埋まっているのだった。

　近づいてじっくり鑑賞すると、これらの日本人形は、ただいたずらに数を買い集められたものではなく、明らかにある選択基準を設けて、収集されたものであることが私には理解できた。その基準とは、ひと言でいえばリアリズムである。

　これらの人形たちは、大半ガラスケースに入っていたが、むき出しのままでデスクの上に立っているものもある。しかしそのどれにも共通していえることは、日本人の私もこれまであまり目にしたことがないような、このような人形が日本にもあったのかと感嘆の声をあげたくなるような、精密で真に迫った顔をしているということである。

じっと前方を凝視する、ある者は大きな、またあるものは細い切れ長の目、目尻の小《こ》皺《じわ》、鼻の両脇のちょっとしたふくらみ、すぼめた柔らかい唇にできるわずかな皺の窪み、ふっくらした顎の柔らかい線、ここに整列した人形のどれもが、驚くほど真に迫った写実性と人間臭さを持っていた。

ジェイムズ・ペインという人は、やはりただ者ではない、と私は感じた。しっかりとした独自の収集眼を持っている。だから、この狭いテーブルの地平をぎっしりと埋めて佇《たたず》む人形たちは、私には各人各人がしっかりとした意志や性格を持って整列した、いわば小さなもの言わぬ群集であるように感じられ、気圧《けお》されるような迫力を感じたのである。

「まるで大英博物館の日本展示品の部屋へ入ったみたいだね、石岡君。古い日本製品が持っていた思いがけぬ精密な写実性に、目を見開かされる思いだ」

御手洗もそう言った。誰もがそう思うのだ。英国人の芸術家という、日本流の様式美を知らぬ者のフィルターを通すと、日本の骨董品は、類いまれな写実製品の宝庫ということらしい。

しかし二人の刑事は、実に退屈そうに部屋の中央に立ちつくしている。

一方御手洗の方は、精力的に仕事を開始した。人形のコレクションをざっと見て廻ると、デスク後方の壁面の大半をつぶして造りつけになっている本棚を、ぎっしりと埋めている背表紙、そのひとつひとつを丹念に点検していった。ここには日本文字はごく少ない。一番下段の一列にわずかに見えるだけで、これはおそらく八千代のものだろう。和裁や、生け花の本、小説本などである。あとはすべて英文字だ。そのため、二人の刑事はここには何の興味もないようだった。

本棚を見終ると、次に、その横にある、珍しい引き戸形式の押入を開けた。なかなか奥行きがあり、薄暗い中、ここにもずっと上方まで棚が造られている。この棚に、英文字の書かれた色とりどりのボール箱が重ねたり、倒したりして積まれている。手近なひとつのボール箱を御手洗がおろし、開けてみると、黒いブーツが出てきた。

もと通りしまい、英字新聞か雑誌のページらしい紙を上に載せて蓋を閉め、棚のもとの位置に戻した。不思議なことだが、八千代の所持品と思われるものがほとんど見あたらない。

さっとしゃがみ込むと、そこに柳行李《やなぎごうり》が三つ、積み重ねられている。一番上の手近なひとつの蓋を開けると、掛け軸が入っているらしい細長い箱が、ぎっしりと詰まっていた。一番下のひとつには、南京錠がかかっている。御手洗は、これに最も興味をひかれたらしかった。

「照夫さん、この行李のキーはどこにあります？」

といらいらした調子で訊いた。

「さあ、私は……。このデスクの抽斗《ひきだし》の中あたりではありませんか」

御手洗はデスクまで立っていき、右側に重なっている抽斗を次々に開けた。左側にひとつだけあるものは開かなかった。右側一番下の抽斗から、小さな鍵の束を見つけた。行李のところへ戻り、次々と試してみたが、どれも合わなかった。

御手洗はもう一度デスクに戻り、左側の、開かなかった抽斗の鍵穴に、これを一本ずつ試してみた。するとひとつが正解で、抽斗が開いた。

中を隅々まで調べるが、鍵はないらしかった。刑事二人は、来客用らしいソファのひとつに腰をおろし、御手洗のこの様子を見物していた。

御手洗は、聖書らしい一冊の本を抽斗から取り出した。ぱらぱらとページを繰り、その間から小さな鍵をひとつ摘みあげた。そして得意そうに、私にひらひらさせて見せた。

行李のところに戻ると、これが見事に合った。カバン錠がはずされ、行李の蓋が取られた。立松刑事の方が立ちあがり、御手洗の方へやってきた。

行李の中に、まず紺色の布が見えた。これをめくると、黒い厚紙の表紙のファイルがあるのがまず目に入った。これは、厚いものが二冊もあった。御手洗がぱらぱらとページを繰ると、細かい字でぎっしりと英文が書かれている。しばらく目で追っていたが、

「日記に近い、覚え書きのようだね」

と私に言った。

ファイルの横に、唐草模様の風呂敷の大きな包みがあった。開くと、中から不思議なものが現われた。たくさんあるその不思議なもののひとつを、御手洗が摘みあげた。それは、白い木肌を見せた、短い木材のようだった。

「人形の芯だぜ」

御手洗が言う。

同じものがいくつもある。そして御手洗の右手がこれらをかき廻すと、下から、人形の首も出てきた。それも、いくつもいくつも出てきた。

「日本人形のバラバラ死体だ」

御手洗が冗談を言った。

「首がたくさんある。でも芯は少ない。脱がされたはずの着物も妙に少ない。手足も少ない。どうしたもんだろうな、首ばかりがたくさんあるぜ。人形でも造っていたのかな、ペインさんは。それとも壊していたかだ」

つぶやくように言った。そして、人形のパーツのひとつを行李の中に落とすと、

「おや?」

と言った。立ちあがり、何を思ったか、足もとの行李を三つとも、ずるずると部屋側に引っぱり出した。それから、押入の床をどんどんと踏む。

「おかしいな、ここの床だけが、ごくわずかだけど遊びがある。石岡君ほら、ここを見て

ごらんよ。ほんの一、二ミリだけど、すきま分だけこの床がずれるよ」

それから御手洗は、埃っぽい床に勢いよく腹這いになり、子細に観察を始めた。そして、小さく歓声をあげた。

「この床のここを見てごらんよ。おそらくこの部分の木材が上に引き出せたんだ」

「引き出せて、どうなるんだ？」

私が尋ねる。

「把手《とって》だよ！　決まってるじゃないか。引き出したここを持って、この床を持ちあげられたんじゃないかな。今はこの通り、しっかり釘づけされている。床も、おそらく持ちあがらないようになっているだろう……。ああやはり！　ほら、四隅が、斜めに釘を打ち込まれて、しっかりと固定されているよ。石岡君、悪いけど三階の真ん中の部屋に行って、工具箱を持ってきてくれないかな」

御手洗は言う。私は承知し、急いで廊下へ出た。

二段跳ばしで階段を駈けあがり、三階の廊下を小走りに進んで、真ん中の部屋から工具箱を掴み、また走りだして、階段をおりた。駈けだすと、ぎしぎしと家全体が揺さぶられるようだった。思いがけぬ急展開で、とてものんびり歩いている気分にはなれなかったのだ。

一階の八千代の部屋に戻ると、御手洗が待ちきれないように、私の手から工具箱を引ったくった。

「石岡君、君はそっちの釘を抜いてくれないか。ぼくはこっちを抜くから」

しかし釘抜き専用の工具はひとつしかなく、あとはトンカチの反対側についた釘抜きや、大型のドライヴァーを工夫して使いながらなので、大いに時間を食ってしまった。刑事二人も協力して、どうやら四隅と、御手洗が把手と睨んだ場所の釘を、無理やり引き抜くことに成功した。

「すっかり釘が錆びていたね。ということは、この釘づけはずいぶん昔に成されたということだ……。ほら、思った通りだ。これが飛び出して把手になる。持ちあげてみますからみなさん、部屋側に出て下さい。おいおい石岡君どこへ行くんだ？　君は出ないで。ぼくの横に立って手伝ってくれよ。ここが持ちあがったら君も手を貸してね、さあ……」

御手洗が把手を握る手に力を込めると、床板が、ぎしぎしと苦しげなきしみ音をあげながら、持ちあがった。湿った空気を感じる。黴《かび》の匂いとも埃の匂いともつかぬ、空気の通わぬ場所に特有の匂いを感じた。

刑事二人も手を貸し、十センチばかり持ちあがると、あとはあっけないほど簡単に、床板は持ちあがった。把手がある方と反対側の一辺を底にして立った。

「おや！」

御手洗ががっかりした声を出した。

「なんだ！」

私もそう言ってしまった。期待が大きかっただけに、失望も大きかった。遥か地の底の闇へと続くような奇怪な階段を、私は脳裏に思い描いたのだが、そこにあったものは、古くなり、すっかり黒ずんだセメントの床だった。御手洗がスリッパでその上に乗り、強く足踏みをしても、ぴしゃぴしゃと固い音をたてるだけだった。その音から察すると、下に空洞がありそうでもない。しっかりと、下の下までセメントが詰まっているという印象の音だ。

「やれやれ、実り多い調査になるかと思ったのに、がっかりだね！　照夫さん、押入のこの跳ねあげ床のことは、ご存知でしたか？」

「いや、知りませんでした。今はじめて、こういうものがあったんだなと知ってね、驚いているところで」

「ということは、あなたがいらしてからここを塞いだということではないのですね？」

「違いますね、私が来る前からここは潰されていたんです。そういえば今、おぼろげに思い出すんだけど、家内が以前言っていた気がするな。この家の地下には昔、防空壕があったんだけど、危険だから、戦後すっかり埋めて潰したって。それがこれのことだったんですな、へえ……」

「やれやれ、なにも埋めなくてもいいのに。人の夢を壊すことをするもんだね。照夫さん、ほかにも入口があるなんて話は聞いてませんか？」

「いや……、聞いてないですな、これだけでしょう」

「がっかりだ、じゃあこうしていても意味はない、閉めましょう。そっちから、ゆっくりおろして下さい」

跳ねあげ式の床は、もと通りに床におさめられた。

「照夫さんが結婚してこの家にいらしたのは、昭和何年でしたかしら？」

御手洗が両手の埃を払いながら訊く。

「昭和四十九年です」

「四十九年、では、地下が埋められたのは昭和四十八年以前だ。

さて、あとはこの部屋の貴重な品々を子細に検証する地味な仕事となるわけです。それにしてもここにはずいぶんと特徴的な事実があるね。石岡君、君ももと画家だ、憧れていた異郷の地でこれだけの芸術品を収集し、これらをすべて置いて、君なら帰国するかい？」

「考えられないな」

私は応えた。

「ここにあるのは、ペインという人の厳しい審美眼にかなった、実に優れた日本製品ばかりだと思う。日本の人形博物館なんかに行っても、なかなかこれだけの水準のものにはお目にかかれないと思うよ」

「ぼくもそう思うね」

「お金も、時間も労力も、うんとかかっているよ、これだけの品々を揃えるのには。それをあっさり置いて帰ってしまうというのは、ちょっとぼくには考えられないな」

「丹下さん、ぼくの友人の芸術家もこう言っている。これは謎だ。そしてこの謎を解く鍵は、きっとこの部屋にあると思う。ぼくは今から半日、徹底してこの部屋を調べたいんです。この部屋は、さまざまな謎と、ヒントの山だ。よろしければ今夜か、あるいは明日の朝、あらためて互いの成果を持ち寄ることにしませんか。この書斎やファイルのおびただしい英文は、きっとみなさんにとっては、血沸き肉躍るものではないでしょう」

ドアがノックされ、牧野夫人の顔が覗いた。

「あの、昼食の用意ができましたが……」

と彼女は言う。

「じゃあ、まずお昼でも食べてから、いかがです？」

照夫が言った。御手洗は明らかに食べたそうではなかったが、まあそれでは、と言ってうなずいた。

舞い戻ったニワトリ

1

御手洗は結局のところ、開かずの部屋だったもとペイン氏の書斎へ入り込むために、警察官二人を巧みに利用したのだった。そして入ってしまえばもうこちらのものと、二人を追い返したのである。御手洗のこのような戦術的駆けひきは、いつものことながらなかなかのものだった。

ホールでの、パンを口へ運びながらのほんの十分ばかりの間も、御手洗の心はすっかり書斎へと飛んでいるらしくうわの空で、何を話しかけてもまるきり反応をしない。そして私が半分も食べないうちに、そそくさと立ちあがり、さっさと書斎に入ってしまった。以来、宣言通り、彼は陽が落ちるまでここに閉じ込もり続けたのである。

何か手伝うことはないかと、私も書斎にしばらくいたのだが、御手洗は私の苦手な英文を黙って読んでいるばかりなので、力仕事の用もなく、私はソファにぼんやりかけているか、ホールへ戻ってテレビを観て過ごした。書斎にもソファの脇にテレビがあったのだが、御手洗の仕事の邪魔になると思い、遠慮した。

そうするうち、三幸が学校から帰ってきた。ああよかった、まだいた、と彼女は言った。御手洗さんは？　と問うから、今八千代さんの部屋で、むずかしい顔をして仕事中だから、邪魔しない方がいいよと言った。そしてしばらく二人で、彼女の学校の話を中心に雑談をした。彼女は学校では園芸部にいて、花の世話をしているのだと言った。

一段落したところで、御手洗が言っていたので、彼女の両親のことや、生いたちについて、水を向けた。

「私はこの街で生まれて育ったんです」

と三幸は言った。

「暗闇坂の下を、ずっと藤棚商店街を抜けて、願成寺ってお寺のあるその裏手の方。だから子供の頃から、このお家や裏の大楠のことはよく知ってました。このへんでいつも遊んでたし、お父さんもしょっちゅう言ってたから」

「なんて？」

「藤並さんちの大楠は怖いんだぞーって」

「今日も、あの楠の幹の中から白骨死体が出てきたんだよ」

「そうですってねー、さっき聞いた。怖いですねー」

「あんまり驚いてないふうだね」

「そうですかァ？　驚いてますよォ。でも、あの楠の中に人が入ってるってのは、私、小さい頃からよくみんなに聞かされてたし、ああやっぱり、て感じ」

「みんなが言ってた？」

「うん、よく言ってた」

「誰？」

「近所の人とか、父とか。お父さんの妹もね、むかーしね、この木に食べられたんだって」

「えっ？　本当?!　それ」

びっくり仰天した。

「本当だよ。だからお父さん、よくこの木のこと話してた。仇《かたき》とってやりたいって」

「じゃあ、昭和十六年にこの木からぶら下がった女の子の死体っていうのは？」

「うん、お父さんの妹だよ。だから、私のおばさんになる人」

「へえ、本当。少しも知らなかった。……じゃあ照夫さんは、この木に対して、深い怨みを持ってるわけだ」

「そうでしょうね。最近はなんにも言わないけど」

「ふうん……、君のお母さんは？」

「お母さんは、私が四つの時、癌で死んじゃった。腎臓の癌だったんだって」

「あ、そう、じゃあ大変だったね、君は」

「うん、でもお父さんの方が大変だったみたい。お店やったり、私のご飯造ったりで」

「お店をやってたの？　お父さん」

「うんパン屋。今でも親戚がやってる。もともとお父さんと、お父さんのお母さんの弟の子供と、二人でやってたの。だから今でもある」

「パン売ってるの？」

「うん。作って売るの。私もバイトしたことある。暑くって大変だよ。冬ならいいけど」

「八千代さんとは、どうして知り合ったの？　お父さんは」

「前から知り合いだったみたい」

「前から？」

「うん、ペイン校があった頃から」

「ペイン校の時代？　どうして？」

「だって、給食のパン作っておさめてたんだもの」

「ああそうか、それでね！　ふうん、でもどうして再婚なんて運びに？」

「間に立ってくれるおせっかいなおばさんって、よくいるじゃない。まとめるとお金になるんだって。そういう人が話進めたの。お父さんは、別にどっちでもよかったんだって私には言ってるけど」

「ふうん」

などと話しているうち、窓の外がすっかり暗くなってきた。その時、がしゃんとガラスの鳴る音がしてホールのドアが開き、少々疲れた顔の御手洗が入ってきた。

「あ三幸ちゃん、牧野さんを知らないかい？」

御手洗が言った。

「牧野さん、台所にいると思いますけど」

「牧野さんの写真館には、コピーの機械あるかな」

「あそこにはないけど、坂の下の文房具屋さんにあります。何かコピーするんですか？」

「うん、面白い図面を見つけたんだ」

「私、行ってきてあげましょうか？」

「ああ、お願いしようかな」

「どれですか？」

「今、部屋にあるんだ。じゃあ、あっちの部屋に行こうか」

言って、御手洗は廊下へ出ていく。私たちも立ちあがり、続いた。

ペイン氏の書斎に入ると、今日一日の成果で、部屋の中は馬車道の御手洗の寝室のようになっていた。すっかり散らかっているのである。

「ほらこれだ。今日一日、この部屋のいろんなものを読んでいて、これを見つけた。この『英国史』という本の巻末の余白に描かれている。まだスケッチの段階だけれどね」

それは人形が四体箱の上に並び、その下の箱の中にはこみ入った歯車がぎっしりと描かれた、不思議な絵とも図面ともつかないペン画だった。精密に描かれ、単に絵として見ても、悪いものではなかった。

「ここにペインというサインがある。ペインさんが自分で描いたものだろう。実に面白い機械だよ、これは。

この下に若干の説明書きもあったから、仕組みが解るんだけれどね、箱の横についたこのハンドルを回す。するとこのファンが回って空気を起こす。その空気はこの管を通って、ここで四つのパイプに分かれる。四本のパイプをそれぞれ空気は上昇して、このリードを震わせる。ここで音が出るんだ。このリードは、たぶん笛のような音色がするんだろうな。

そして音は、この箱の上に並んだ四体の日本人形の口から出る仕組みになっている。

しかもね、それだけじゃない。ハンドルの回転はこの歯車に伝わって、四体の人形を、この距離だけそれぞれ別々に持ちあげるらしい。四つの人形は、エンジンのピストンのように、別々に上下する。おまけに、あがった時、こんなふうに口が開く仕掛けになっている。そうして、下がっている別の人形たちは、この時口が閉じる。口が閉じてる時、この人形の載っている箱の中のこの弁も閉じるから、空気は遮断されて笛も鳴らない。面白いアイデアだ、一種の手風琴だね。これに、日本人形を組み合わせている。ペインさんという人は、こういう機械仕掛けが大好きな人だったんだろう。

この機械からくりが実際に造られたと考えるとね、あの行李の中にあった、たくさんの壊されていた人形について、説明がつくね。ペインさんは、これを造ろうとして、あんなふうにたくさんの日本人形を犠牲にしたんじゃないかって気がする」

「ふうん……」

私は考え込んだ。

「とすると、だよ」

私が言いはじめると、御手洗はからかうようにこっちを見る。

「この機械は、どこかで造られていなきゃならないわけかい？」

「さすがだね、石岡君。ぼくもそう思うんだ。ペイン氏は日本滞在中、余暇にはこんな機械を造って過ごしていたと考えられる。さてどこで造るんだろう？　と考えると、この家以外には考えられないんじゃないだろうか？　ところがこの部屋にはない。三階にもない。二階の来客用の寝室にも、隣りのホールにもない。三幸ちゃん、こんな機械、君は見たことはないかな」

「全然ありませーん」

　とんでもない、というように三幸は言う。

「こんなかたちをしているとは限らない。ここにカヴァーをかけて蓋を閉めて、大きな得体の知れない箱というだけの外観かもしれない。こんなものが、君の部屋とか、お父さんの部屋なんかにないかな？」

「こんなもの、絶対にありません。この家の中には」

　三幸は断言する。

「というわけだ石岡君。いったいどこにあるんだろうね」

「うん」

　私も考え込む。三幸も考えている。

「私、そんな機械のこと、今はじめて聞いた」

　彼女は言う。

「だが人形があんなふうに壊されている。完成しているとは限らないが、少なくとも製作にはかかってはいたんじゃないか。ここに、まるでダヴィンチみたいにわざと解りにくくした英語でね、英国から呼んだ業者に、パーツを発注したとあるよ」

　御手洗は嬉しそうに言う。

「屋根の上のニワトリと同じで行方不明だ。それともペイン氏が、収集品は一切合切こうして置き捨てたけど、この手風琴だけは完成させてイギリスへ持ち帰ったのかな……」

御手洗がそう言った時だった。

「ニワトリの行方だったら解ったわよ」

という、妙にかん高い女の声が響いた。われわれがいっせいに声の方を向くと、廊下側のドアが今閉まるところで、これを背にして、一人の、息を呑むほどに美しい女が立っていた。

私は文字通りぎょっとして、棒立ちになってしまった。こんな美しい女を目のあたりに見たのは、生まれてはじめてだったからだ。

強くカールした栗色の髪が肩に載り、背にも垂れているらしかった。細っそりした体に、オリーヴグリーンや、セピアや黒や銀色や、そんな色とりどりの毛糸を使って幾何学模様を編み込んだセーターを着ていた。

ウエストは、私の両手のひら二つですっかり摑めるのではないかと思えるほどに、細くくびれていた。それでいて、胸は誇らしげにぴんと張り出していた。

下半身には黒いレザーのミニスカートを穿《は》き、その下から、日本人の女には絶対に見あたらない、棒のように細く長い、美しい足が伸びていた。爪先にはスリッパを履いていたのだが、私には、まるで踵《かかと》が十センチもあるハイヒールを履いているように見えた。

しかし私が最も打たれたのはその顔だった。大きな二重瞼の瞳、長いまつ毛がぴんと上を向き、自信に充ちた褐色の瞳が、上目遣いに私たちを見ていた。

鼻筋は細く、高く通り、唇はやや厚めで、皮肉屋らしい笑いを笑っていた。すっかり外人の風貌に、私には思われた。彼女が日本語を口にしたのを、私はむしろ違和感を持って聞いた。まるきり人形か、ケント紙に描いた絵のようだった。生きて動くのが不思議な気がした。

だが私は、この顔を、実はよく知っていたのだ。雑誌のグラビアや、テレビのファッションショウ、日仏伊合作映画のスクリーンなどで、もう何度も見ていた。だが目の前にする実物は、それらより数倍美しかった。

松崎レオナだった。後ろ手にドアを閉めると、これも私が目にするのははじめてのモデルの歩き方で、堂々と私たちの集団に歩み寄ってきた。御手洗と三幸は、本を覗き込むために絨毯の上にしゃがみ込んでいたのだが、さすがに立ちあがり、この有名人を迎えた。

彼女の唇から、流れるように美しい、異国の言葉がこぼれた。流麗な英語だった。御手洗が、やはり英語で、何か応えた。私には意味が解らないので、このやりとりの内容をここに記すことができない。私はただ、彼女のこの世のものではないような白い透き通るような頬の色とか、かたちの良い唇に塗られた金茶色の口紅、瞼にひかれた同じ色のアイシャドウなどをぼんやり眺めていた。そうして、スターというものはやはり違うものだなあ、などとぼんやり考えていた。

「とてもお上手ね」

レオナは言った。

「そのくらいおできになれば、この部屋の資料もお調べになれるでしょう」

「オーディションに合格しましたか?」

御手洗が言った。レオナは、御手洗のこの反応が、案外お気に召したようだった。

「警察の方にはできない芸当が、いささかおできになるようね」

「そう、彼らにはできない、犯罪捜査というものができます」

　レオナは少し笑った。

「この家にも、ようやくまともな方が訪ねていらしたようだわ。私、英語を話さない人間は、信用しないことにしてますの」

　すると御手洗は、澄ましてこう言った。

「ぼくの知り合いにも、やはり英語を話さぬ人間は動物だとみなす者がいます」

「どなたです？」

「名前はフリッツといって、友人の英国人が飼っている犬です」

　レオナは、美しい瞳で、しばらく御手洗を睨んだ。それから、ゆっくりとうなずく。

「あなたの人生観は、違うようね」

「ぼくのもよく似ています。この街で英語を話す人間は信用しないことにしているんです。ま、そんなことはともかく、今、ニワトリの行方が解ったと言われたように思いましたが」

「私がやっているFMの番組で、私の家の屋根の上から青銅製の羽ばたくニワトリが行方不明になったと話したんです。そうしたら聴取者の方から連絡があって、見つけたと……」

「どこでです？」

御手洗が勢い込んで言った。

「人生観の違う人とは、あまりお話ししたくありません」

レオナはぴしゃりと言った。

「あ、私、じゃコピーに行ってきます。お店、閉まっちゃうから――」

三幸が言い、御手洗からファイルを取った。

「このページだけでいいですね」

そう確かめると、早足で部屋を出ていった。

「彼女はとてもいい子ですね」

御手洗が快活に言った。

「性格が素直だ」

するとレオナはこう言った。

った。

御手洗は何か言おうとしたが、あとあとの展開を警戒して、口にチャックをしたようだった。

「うちに名探偵さんがいらしてて、裏の楠の中から白骨死体を見つけ出したと聞いたものですからね、私だけが知っているさまざまな事実を、急いでお教えしなければと思って飛んできたのです。でも、その必要はなかったようですわね」

「犯罪という謎を捜査している者は、常に多くの人々の手救けを必要としています」

「あなたはそうは見えませんわね。他人の救けを求めている人は、もっと謙虚なものです」

「ぼくは根っから謙虚な人間なのです。しかし、伝道師は、遜《へりくだ》っているばかりでは迷える子羊の誤りを正すことはできません」

私ははらはらした。御手洗という男は、相手が誰であろうと、折れるということを知らないのだ。レオナはしばらく沈黙し、おもむろにこう言った。

「私が迷える子羊だと？」

そして、挑戦的で美しい、燃えるような目で、御手洗を見た。

「いや、あなたの人生には、あまり立ち入りたくありません。その判定は、ご自分でなさって下さい」

「私には、あなたがすでに判定を下したように感じられました」

「そういう話はこんどにしませんか。あなたはこの事件に関して、どんな事実をご存知なんです？　あっと驚くような新事実ですか？」

するとレオナは、私のとほぼ同じくらいの高さにある唇をほんの少し歪め、再び不敵な笑い方をした。この表情は彼女の癖のようだ。

「あなたがあっと驚くことは請け合いね」

「ニワトリの行方だけであっとは言いませんよ」

「もちろんそれだけじゃないわ」

レオナはゆっくりとまばたきをし、大きくうなずいた。

「ではどうぞ、言わせてみて下さい。ご遠慮なく」

御手洗は、右の手のひらを見せた。

「ただでは駄目。何ごとにも手続きは必要でしょう？　運転免許をとるには教習所へ通うし、誰かと結婚しようと思えば、まず花を贈ったり、映画へ誘ったりするはずです」

「結婚ね！」

御手洗は鼻で嗤った。

「たとえばの話です。あなたのは、人にものを頼む態度じゃないわ」

「ぼくは生まれついて非常識な人間で、いつも大勢の人々の顰蹙《ひんしゆく》を買うんです。ぼくの態度にご無礼があったのならおわびします」

「このソファにかけてお話ししませんか？」

レオナは言い、自分が先に歩を運んで腰をおろした。私と御手洗も続き、彼女の向かいのソファにかけた。彼女と向かい合うかたちになった。

「まずニワトリの方からお話しします。多摩川の河原に捨ててあったそうです。それを、私の番組をいつも聴いてくれている人が、散歩の途中で偶然見つけたんです」

「多摩川に?! また何故だろう。で、今も多摩川に？」

「いえ、その方が放送局までわざわざ届けて下さいました。今、マンションの私の部屋まで持って帰っています。ご覧になりたければ、あとでいらして下さい」

「是非。で、何故多摩川にあったかの、理由は解らずじまいですか？」

「いえ、それも解りました。日本に、探偵さんは多いのですね。その方が調べて下さいました。

多摩川のその河原と、土手をはさんだすぐ近くに、運送会社があるんだそうです。トラックを何台か持っていて、運送の業務を請け負うわけです。この会社の人が、余った土砂を、よく河原に棄てているのだそうです。拾って届けて下さった人がいつもそれを見ていたので、このニワトリも、きっとあの運送会社の人が棄てたんだろうと見当をつけて、わざわざ会社に寄って訊いてみて下さったんですって。そうしたら、やはりそうで、九月二十一日の深夜、再生紙の工場まで段ボールを運んでいったら、荷台の積み荷の上に、ニワトリが載っかっていたんですって。で、仕事を終えて一応多摩川べりの会社に持って帰ってはきたけど、使い道もないので、会社の前の多摩川の河原に捨てたということでした」

「いつ載ったか解らなかったということですか？」

「ええ、まったく解らなかったそうです。段ボールを荷台に積んで出発する時は……」

「それはどこです？」

「いくつか廻ったそうですが、最終的な出発地点は横浜だったそうです。その時点では、荷台に何もなかったそうです。着いてみたら、載っていた」

「ふうん、この近くを通ったふうですか？」

「ええ、暗闇坂を下ったそうです」

「暗闇坂を下った……、それは何時頃です？」

「夜の十時頃だと、運送会社の人は言ったそうです」

「夜の十時か、台風直下ですね。一番台風の激しい頃だ」

「ええ」

「そして、卓さんの死亡推定時刻とぴったりクロスしますね」

「そうです」

「強烈な雨をともなう台風の中で、藤並卓さんが暗闇坂で不思議な死に方をした。ちょうどその時刻、暗闇坂というスポットを通過していったトラックがあったわけです。この時そのトラックの背に、屋根にあったはずのニワトリの飾りが何故か載った。そうして遥か彼方の多摩川土手まで運び去られた……」

御手洗はうつむいて考え込む。

「そのトラックは、暗闇坂で停車しているんですか?」

ようやく私が、松崎レオナに話しかける機会を摑み、訊いた。たったこれだけの質問でも、心臓が高鳴った。

「いいえ」

とレオナは私を直接見て言った。

「このあたりは、ただ走って抜けただけだそうです。もちろん坂の途中で停車したりもしていません。このあたりには信号もありませんし」

ずいぶん長く、私に向かって話してくれた。私は緊張し、喉が渇いてしまった。

「誰かが、投げて載せたんでしょうかね、トラックの荷台に、ポンと」

私は言った。レオナはうなずき、それから御手洗を見た。彼は何も言わない。

「おい御手洗、いずれにしても、この付近でニワトリが荷台に載ったことは確かだろう?」

御手洗はうなずく。

「その点は動かせないだろう。……しかしそれにしても、この事実は、ひどく象徴的に思われるんだ」

「象徴的？　何の？」

「まだ解らないが、このささいな事件は、今回の一連の大事件の、核心を語っているように思われてしかたがない」

するとレオナがくすくすと笑った。

「何です？」

と私が尋ねた。

「今回の一連の大事件の、核心を語っているように思われてしかたがないんだ」

鹿爪らしい顔を造り、レオナが御手洗の口調を真似て言った。

「さすがに名探偵さんらしいセリフだわ。この事実は、ひどく象徴的に思われるんだワトソン君、そのウイスキー入りのソーダ水をこちらへ取ってくれたまえ」

御手洗は何も反撃せず、無言だった。

「ああ今夜は愉快だわ。名探偵さんの推理を、こんな間近で拝聴できるんですもの。こんど私の番組にも出て下さいません？」

「ニワトリのことは解りました。ぼくをあっと言わせるお話がほかにもあるそうですね」

御手洗が言う。

「お聞きになりたいんですか？」

レオナは挑戦的な瞳を御手洗に向ける。御手洗は無言だった。

「ではそうはっきりおっしゃって下さい」

そしてまた英語になり、何ごとか言った。それはおそらく、英語によるホームズのセリフだったのだろう。しかし御手洗は取り合わず、言う。

「レオナさん、よろしければもう少し現実的になって下さい。あなたのお兄さんが亡くなったんです」

するとレオナは、悲しみに引き戻されるどころか、吹き出す寸前のような、笑いを嚙み殺している表情になった。

「それで？　名探偵さん、どうぞ続けて」

「あなたは、犯人を特定したいというお考えはありませんか？」

「というと、探偵さん、兄は殺されたとお考えなんですか？」

「その通りです」

するとレオナは、勝ち誇ったような笑顔になり、こう言った。

「残念でした！　案外大したことないのね、名探偵さん。兄の遺書があったわ」

「なに?!」

御手洗も、さすがに驚いたようだった。

「ほら、あっと言ったでしょう？」

「どこにありました？」

「自分の間違いをお認めになります？」

「申し訳ないが、絶対に認めません。あれは殺人でなければならないのです。遺書はどこにありましたか？」

「私の部屋です。あっちのマンションの」

「あなたの部屋?! あなたの部屋には、他人が入れるのですか？ 鍵はかけていなかったのですか？」

「他人ではありません、兄です。上の兄には、私は鍵を預けていました。私はそそっかしくてたまに忘れ物をしたり、火のもとが不安になったりするものですから、調べてもらったり、届け物をしてもらったりするためです。これには上の兄が適役でした。ほかの人には頼む気になりませんでしたので」

「ではお兄さんは、あなただけに宛てて、遺書を書いていたわけですか？」

「そうなりますわね、あなたは気に入らないんでしょうけれど」

「そんなに親しかったんですか？ あなたは卓さんと」

「まあ、他の人たちよりは」

「その割には、あなたはこの状況を楽しんでいらっしゃるようだ」

「一日中泣いていろというんですか？　あなたも案外つまらないことをおっしゃるのね！」

「遺書は、あなたの部屋の、どこにありました？」

「卓上のワープロの中。プリントアウトはしてなかったわ。保存もしてなかったから、停電にでもなったら、消えていたでしょうね」

「そのワープロには触ってないでしょうね」

「犯人の指紋がついているかもしれないんでしょう？　でも自殺なんですけどね。とにかく、プリントアウトする以外の操作では触っていないわ」

「賢明でした。遺書には、あなたの名前が明記され、宛ててありましたか？」

「いいえ。これです、プリントしてきました」

レオナは、レザーのスカートのポケットから、たたんだ白い紙片を取り出した。御手洗が急いでこれを手にとった。私も覗き込んだ。幸いなことに、これは日本語だった。

「とびおり自殺をするわたしを、あわれんでくれ。このようなものをつくったのは、わたしの責任もある。いまとなっては、じぶんが死ぬための手段をつくったようだ。卓」

読み終わり、御手洗はむずかしい顔になった。自分は宙を睨みながら、私に紙片を渡してきた。手にとり、もう一回私も読んだ。

「これは、プリントアウトされず、保存もされずに、あなたのワープロの中にあったのですね？」

「そう、何日間も電源が入りっぱなしだったわ」

「卓さんは、自分ではワープロを持っていないのですか？」

「たぶん持ってはいないわ」

「それであなたの部屋に入り込んでこれを打った……、しかし手書きだってよかったでしょう」

「自室には、奥さんがいたりするからでしょう。兄夫婦は、あまりうまくいっているふうでもなかったから」

御手洗は無言だった。

「跳びおり自殺をすると書いてある」

「本当に変な遺書ね、兄は跳びおり自殺なんてしてないのに。それとも、あれは跳びおりようとする寸前だったのかしら」

御手洗は彼女の右の二の腕をいきなりぐいと摑み、まるで眼科医のように、瞳をじっと覗き込んだ。

「この遺書は、あなたが捏造《ねつぞう》したイタズラなんてことはないでしょうね」

「違うわ」

彼女は真剣な顔になって言った。目はしっかりと御手洗を見ていた。

「今日、兄のお通夜だっていうから、マンションへ帰ってきたの。兄の部屋のお通夜を抜けて自室に戻って、ワープロでも打とうと思ったら、これを見つけたのよ」

「ワープロで何を打とうと思ったんです？」

「あなたは驚くかもしれないけど、私これでも詩人なのよ」

私は、一応それを知っていた。彼女の自作の詩を、以前ひとつだけだが、どこかで読んだ記憶がある。

御手洗はうなずき、立ちあがった。

「何故プリントアウトしなかったんだろう？　何故、これをポケットに入れなかったのか。またそうするなら、なにもワープロでなくてもよかったはずだ。おまけに跳びおり自殺？　自分が死ぬ手段？　何のことだ？　実に奇妙な遺書だ」

「本当に。さすがの名探偵さんでも、この遺書の意味は、皆目解りませんか？」

「万人が納得する説明くらいは、それはすぐにつきますがね」

「うかがいたいわ」

御手洗は、しかししばらくレオナを見つめた。

「説明は二通りある」

「では早く始めて下さい」

レオナがせかせる。

「かつての父の部屋で、英文の資料を解ったような顔で調べている男に対し、この男の英語力がはたしてどのくらいか、英語で話しかけて試験をしようとする女性がここにいたとします」

御手洗は涼しい顔で言う。

「彼女が名探偵気どりのこの男をからかってやろうと考えるなら、ありもしなかった死者の遺書を自分ででっちあげてこの男に見せる。見当違いの名推理を楽しもうという趣向です」

レオナは、ゆっくりと何度もうなずく。

「本当に疑り深い人ね、それはないと言ったでしょう」

「名探偵は疑り深いものです。こういう人物を目の前にするのは、本で読むよりはずっと不愉快なものですよ」

「そうらしいわね。でもとにかくそれは事実と違うわ」

「しかし、卓さんがわざわざ妹の部屋に忍び込んで、まるっきり馴れてない機械を苦労して使い、筆跡の解らないかたちで、事実と大きく食い違う意味不明の難解な遺書を書き、しかもこれを自分のポケットに入れずに死んでいた説明としては、なかなか理にかなっているでしょう？」

御手洗はくすくす笑い、レオナはうんざりした表情になった。

「もうひとつの方の推理も早く聞かせて。あとで私の部屋に入りたいのならね」

「それはこうです。卓さんはあなたの部屋のヴェランダから跳びおり自殺をするつもりでいた。それであなたの部屋に入ったが、黙って死ぬことに心残りを感じ、ふと遺書を書く気になった。が、筆記用具がない。周囲を見廻すとあなたのワープロがあり、これを使って書いたものの、プリントアウトの操作が解らない。この機械にあまり馴れていないことは、漢字変換の量が少ないことでも一目瞭然です。もたついているうちに気が変わり、跳びおりるのはやめて、母屋に行って屋根に登った。そして心臓マヒで亡くなった」

すると、レオナは感心したようだった。

「なるほど。さすがに名探偵さまだわ。とっさにそんなふうに説明がつけられるなんてね」

「褒《ほ》めて下さっているらしいから、とりあえず感謝はいたしますが、この程度のことは、あなたからお話をうかがった時、即座に考えました」

言ってから御手洗は、ちょっとうっとりするような視線を、部屋の天井あたりに這わせた。

「しかしこの推理は、とてもではないが満足のいくレヴェルではない」

「何故です？　私にはとてもよいように思えましたが」

これは私も同感だった。

「まず第一に、これでは卓さんが何故この母屋の屋根に跨って死んだのか、この点が全然説明できない。わざわざ屋根にあがった理由も全然解らない。跳びおり自殺をやめた理由も説明されない」

「でもそれは……」

私とレオナが揃って声をたて、言葉を継ごうとした。御手洗は右手をあげ、私たちを制した。

「お気持ちは解りますとも。でも推理とはそういうものではないのです。地下水のように相互が関連していなくてはならない。今のような考え方は、根のない挿し木のようなものです。ひどく安定感が悪い。

そしてもうひとつ。『このようなものをつくったのは、わたしの責任もある。いまとなっては、じぶんが死ぬための手段をつくったようだ』という一文です。これは何を指していると思いますか？」

「ハイム藤並だと思います」

レオナがきっぱりと言った。

「違うんですか？」

「ぼくもまずはそう考えました」

御手洗が言った。

「だがどうもすっきりしない」

「何故です？　あのマンションは、今でこそ建設費を返済中ですが、返済し終ったら、入居者の家賃は兄二人のところへ入るはずでした。いってみれば、職を失ってぶらぶらしている二人の兄のために、あのマンションは建てたかたちになったんです。このようなものを造ったのは私の責任もある、という一文は、ハイム藤並のことをすっきりと説明しているじゃありませんか」

レオナは言う。同意を求めるように私の方を見たので、私も大きくうなずいた。

「一見そうは見えますがね、この遺書の文面には、自分が死ぬための手段として以外に、何の役にもたっていないという嘆きの調子があるように感じられませんか？」

御手洗が言い、レオナは黙った。そう言われるなら、確かにそうかもしれなかった。

「ハイム藤並は、大勢の入居者があって、世のため人のため、立派に機能していますよ。単なる自殺の装置ではない」

「でも……、この簡単な遺書に、それほどの含みがあるでしょうか。私には、単にマンションの説明というだけで充分のように思えますが……」

「見解の相違ですね、それは。だがそういった議論の前に、もっと重要で根本的な問題があると思うんです」

「何でしょう？」

「卓さんは、妹さんのあなたから見て、自殺しそうに思えましたか？」

「そう……、兄は、摑みどころのない、何を考えているのか周りの者にはよく解らないようなところがありましたので」

「しかしあなたは、部屋の鍵を預けようかというところまで、お兄さんを信頼していたのでしょう？」

「信頼と言われると少し違うのですが……、つまり、卓兄のことを、私は同類のように感じていたのですね、きっと」

「同類？」

「ええ、つまり仕事関係の仲間や友人や、周りの人とどうしてもうまく溶け込めない人間なんですね、私は。卓兄に、私はそういう自分と同質のものを見ていたんだと思います。あの人もそういう人でしたから。だから彼と取りたてて気が合っていたというのでもないんですが、また趣味が同じで話のうまが合ったとか、そういったこととも全然違うんですが……、お解りでしょう？　だから私は兄に、自室の鍵を預けていたのです」

御手洗は、無言で二度三度うなずいていた。実のところ、彼女の言うことは、よく理解できたらしかった。なにより御手洗自身が、誰よりもそういう人間だったからだ。

「そういう卓さんが、はたして自殺を考えるものでしょうかね」

御手洗は言った。

「私は少なくとも……」

とレオナは、手入れのいき届いた自分の爪を見つめて、言葉をいったん停めた。

「自分のワープロの中に兄の死の間際の言葉を見つけた時、違和感は感じませんでした」

「そうですか」

御手洗は言った。

「兄は本来無口な人でしたし、自動車会社のセールスマンに就職したりして、ずいぶん無理をしているなというのが、ありありと解りました。私も、ＦＭやテレビ番組を持って無理をしていますけど、そういうのって、楽ではありません」

「ああそうですか」

「探偵さんもお解りでしょう？　きっと」

「まったく解りません。ぼくは全然無理をしていませんから」

「そうかしら……、緻密な頭の良さと、大勢の人たちに連日接してせいぜいうまくやるといった能力とは、相反するものだと思います。兄を見ていて、私はつくづくそう思いました。兄はとても頭の良い人でしたから」

「そのようですね」

「兄は、一日中魚釣りをしたり、本を読んだり、黙って考えごとをしたりするのが性に合っていたんです」

「その点に反論の余地はないでしょう。そしてお兄さんは会社も辞めて、そういう日常を手に入れていたんではないのですか？　今さら死ぬ必要はないでしょう」

「そう言われてしまえばそうですけど、大の男が一日中ぶらぶらしてるのは、それなりに辛かったんじゃないんですか」

「案外保守的なことをおっしゃるんですね」

「私は古い女なんです。古い日本の女なんですよ」

「ははあ、全然そうは見えませんがね。ところで遺書の話は、郁子さんにはなさいましたか？」

「まだです。あなたがはじめてよ」

「それは光栄だ。警察の人にも話していませんね？」

「全然」

その時ノックの音が聞こえた。

「はい」

と応えたのはレオナだった。ドアが開き、三幸のおずおずとした顔が覗いた。

「探偵さん、コピーしてきました」

三幸が言った。

ってきた。

「あの、それで……」

と三幸が言いかけた時、ドアが開いて、三幸のうしろからどやどやと二人の刑事が入ってきた。

「やあやあ今朝ほどはどうも。今見せていただきましたが、この図面は何です？」

コピーの紙片を、丹下が持っている。

「ジェイムズ・ペイン氏が造りたいと考えていた機械からくりの玩具です」

御手洗が応える。

「実際に造ったんですか？」

「まだ不明です。が、取りかかっていた形跡はある。そのイラストレーションの下にも、パーツをイギリスの業者に発注したとありますから」

「ああそうですか？　どこにあります？」

「どこにもないんです。三幸ちゃん、その本はあの本棚のすきまの空いているところへ戻しておいてくれますか？　ありがとう。この機械は消息不明ですが、ニワトリは見つかりましたよ」

「ニワトリが？　今どこに？」

「この女性の部屋です」

「レオナさん、こんばんは、いつぞやは。この立松君などはあなたの大ファンです。ニワトリが、どうして？」

「多摩川に捨ててあったんだそうです。私の番組を聴いて下さっている方が、拾って届けて下さったんです」

レオナが説明した。

「多摩川に？　また何で？」

「その前に丹下さん、あの四体の死体に関する鑑識の見解はいかがでした？」

御手洗が遮った。

「ええ、あれね」

丹下は胸のポケットから、グリーンのヴィニール表紙の手帳を取り出した。マッチ棒を挟んでいたページを開ける。マッチ棒はどうするのかと見ていると、ぱくりと口にくわえた。

「あの死体は、四体とも、七、八歳から十四、五歳までの小児で、すべて女児ということです」

「みんな女の子か……」

思わず私はつぶやいてしまった。そのことに、直感的にだが、この怖ろしい大事件の重大なキーを聞くような気がしたのである。

丹下はちらと私を見たが、手帳に目を落として続ける。

「死亡年の推定は、まことにむずかしい、ということのようですな。十年前より新しいということはなく、三十年前より古いということはない、こう言ってきましたな」

丹下はひどく漠然とした言い方をした。

「ですからつまり、今は昭和五十九年ですので、昭和四十九年よりは古く、二十九年よりは新しいと、そういうことになります」

「二十年間も幅がありますか」

御手洗もそう言った。そんなに幅があれば、被害者捜しも難航しそうである。

だがとにかく、ここで一点、御手洗の予測が正しかったことが確かめられた。楠の中にあった四体の死体は、暗闇坂にあの暗号のメロディが流れていた昭和二十五か六年よりは、ずっと新しいということである。

「だが、昭和三十年前後という可能性に惹《ひ》かれると、法医学者は言っていませんでしたか？」

「ああ、言っていました。が、何故そうお考えです？」

「それは昭和三十年代が下るにつれ、急速に世間が落ちついていくからです。戦争の混乱も鎮まり、極端な貧困も次第に影をひそめていく」

「はあ、それが？」

「つまり、子供が一人行方不明になれば、それがたとえどんな境遇の子供であっても大事件として世間が騒ぐ、そういうノーマルな社会状態に、横浜という都市が近づくわけです」

「はあ……」

丹下は、充分な理解ができなかったのか、曖昧《あいまい》に同意した。口からマッチ棒が落下した。

「それから、あの死体の子供たちは、人種的にはすべて日本人だそうです」

「やはり！」

御手洗は手を打った。

「これでだいぶ仕事の幅をせばめることができる。では昭和三十年前後、横浜の街から行方不明になった戦災孤児の記録を調べてもらえませんか」

「戦災孤児？　昭和三十年前後？　また漠然としていますな……」

「困難な仕事であることは承知しています。しかしほかに方法はない。収容所等に残る記録というだけでよいです。ほかにも何かご報告をお持ちですか？」

「もう一点、非常に奇妙な説明がありましたがね」

「何です？」

「あの四体の頭蓋骨にあった頭髪は、にかわで人工的に貼りつけたものだというんですよ」

「にかわで？」

御手洗も、さすがに驚いて目をむいた。

2

御手洗は怖い顔をして、宙を睨んでいた。

「にかわで……」

とまた言った。

「ふむ……。頭蓋骨に皮膚が付着していないことについては、何か説明がありましたか？」

「これは明らかに、頭蓋骨から皮膚が消えていると言っておりました」

「そうです。その理由についての見解は？」

「何も。ただ消失しておると、こう言っておりました」

「では、頭蓋骨から顔の皮膚や頭皮が消え、むき出しになった頭蓋骨に、犯人は、被害者の頭髪を、にかわであとから貼りつけたと、こういうことになりますか？」

御手洗が言い、私はぞっとした。何故そんなことをする必要があるというのか。そんな不可解な、怖ろしい話は、これまで聞いたこともない。

「死体が、胴体部と別に、顔の皮膚や頭皮だけが自然に先に消失するというケースはあるのかい？」

私は御手洗に訊いた。

「あり得ないね」

御手洗が即座に応えた。

「肉体の風化は、頭部にも胴体部にも平等に起こる。頭部だけが特別ということはあり得ない。もしあるとすれば、暗闇坂における処刑のように頭部と胴体部とが切り離され、その後頭部にのみ、特殊な処理が行なわれたということだね」

「頭だけが、楠の消化液に溶かされた」

私は言った。すると丹下が言葉を継いだ。

「確かに、頸部を切断した形跡は認められるようです」

「四体が四体ともにですか？」

御手洗が問う。

「そのようです」

丹下はうなずく。

私は昨夜藤並譲から聞いた洋の東西の死刑の話を思い出し、またぞっとする。

「丹下さん、卓さんの遺体の内臓各所の顕微鏡検査などは、鑑識で行なってはいないのでしょうね」

御手洗が突然、卓のことを言いはじめた。

「顕微鏡検査？　何のために？　またどういうことをやるんです？　内臓を顕微鏡でなんて」

「内臓各所を取り出して、水分を抜いて、パラフィン処理をして、これをヤスリで薄くけずって色素をつけて、組織の変質を調べるんです」

「するとどうなるんです？」

「毒物が体内に入っていれば、組織の異常変質が見つかるはずです」

「何のために？　藤並卓氏の変死が、薬物による可能性があるといわれるんですか？」

「その可能性はまだ否定しきれてないでしょう？」

「解剖はきちんと行なっております」

「それは経口のルートを探っただけでしょう？」

「いや、屋根の上で心不全で死んでいるというのに……」

「いや心不全というのは、原因不明と同意語です。解らなければ、常にそういう言葉になるのです。最終的に心臓が止まったのは確かなんだから」

「いや、屋根の上なんていう、ああいう特殊な状況下で一人で死んでいる人間が、たとえ毒物をあおったにせよ、経口以外にあるというんですか？　またわれわれとしても、体中の注射痕などはぬかりなく綿密に調べましたよ」

「自殺と決めてかかってらっしゃるようだが、その断定はまだ早いです。それに痕跡を発見させせない毒殺方法はいくらでもあります。体内に入り、どんなプロセスで人体を殺すのか、未だ不明という毒物もある。とにかく、毒殺の可能性はまだ依然残っているのですよ」

「しかしもう遺体は家族に返して、今通夜をやっているというのに、もう一回寄こせとはとても言えませんよ」

「まあそんなところでしょうな、体面もありますからね」

「あんたこそ、あれを他殺と決めてかかっている」

「いや、ぼくは白紙ですよ」

「とにかく今は、木の中から出た古い死体の話をしているんではないんですか？」

「そういうことです。しかしこれだけ異常な状況が揃いますとね、どうしても初段階のずさんさは先で響いてくる。これはひと筋縄でいく事件じゃなさそうだ。精密機械を組みあげるようにして、謎解きを積みあげていかなくてはならないんです。すべては歯車のように絡み合ってつながっているはずだ。石垣の一部がいい加減では、城は建ちませんよ」

御手洗の意見には耳をかさぬふりで、丹下は私の手もとに目を据えた。御手洗の言葉は、それなりに説得力はあったが、大楠の超自然的な力を見せつけられた思いの今、私にも彼の主張はいくらか見当違いのように思われた。卓の死は、裏の大楠の何らかの作用に違いないのだ。

「何です？　この紙は」

丹下が言い、私が心もち右手をあげると、彼は私の手から紙片を引ったくった。

「レオナさんのワープロに、この文章が入っていたんです。遺書とみられます」

私が言うと、丹下は血相を変え、文面を読んでいた。

「何々？『とびおり自殺をするわたしを、あわれんでくれ。このようなものをつくったのは、わたしの責任もある。いまとなっては、じぶんが死ぬための手段をつくったようだ』なんだあんた、レオナさん、自殺しようと思ったの？」

「私じゃありません。兄の名が書いてあるでしょう」

レオナが言った。

「ああ、ああ本当だ。ほら、やっぱり卓は自殺じゃないか！　なに？　それにしてもなんで卓の遺書が、あんたの部屋のワープロになくちゃならんのだ？　あんた、自分の部屋、鍵かけてなかったの？」

「いえ、かけてました。でも兄には鍵を預けていましたから」

「ああそう」

「丹下さん、卓氏の遺体のポケットには、レオナさんの部屋の鍵が入ってはいませんでしたか？」

御手洗が訊く。

「いやあ、なかったなあ」

「レオナさん、お兄さんに預けた鍵が、部屋に落ちたりはしていませんでしたか？」

「ありませんでした」

「きちんと見たのですか？」

「だってさっきお掃除しましたから、久し振りに戻ったので。二十二日に戻ってきた時は、仕事の都合で、ゆっくり自分の部屋にはいられなかったんです」

「なんだ、掃除したんですか……」

がっかりしたように、御手洗は言った。

「何ごとか、部屋に異状はありませんでしたか？」

「特には、ないと思いましたけど……。ヴェランダのヴィニールチェアが引っくり返っていたことくらいで」

「ヴィニールチェア？」

「ええ、私が体を陽に焼こうとする時使うもので、台風で引っくり返ったものでしょう」

「玄関のドアの鍵は、きちんとかかっていましたか？」

「かかっていました。玄関も、ヴェランダへ出るガラスドアも内側から」

「玄関のドアは、鍵なしでもロックできる形式のドアですか？」

「部屋を出る時ですか？　はいそうです。室内側のドアノブの中央のボタンを押して、強く閉めればかかります」

「そうか！　卓は、この家の屋根の上から、跳び降り自殺をしようとしていたわけか、なるほど！」

丹下が叫ぶように言った。

「それで台風の時、大雨の中をわざわざ梯子をかけて、母屋の屋根の上なんぞにあがっていた謎が解けた」

そう彼は言った。

「では今から、ハイム藤並のレオナさんの部屋にお邪魔することにします。われわれは行きますが、丹下さんも来ますか？」

御手洗が言う。

「いや、われわれは、先日もうざっと見せてもらったからな」

「ではレオナさん、われわれだけにします」

「いや、やっぱり一応見せてもらいましょう。ニワトリの置き物もあるそうですしな」

丹下は急いで言った。

三幸は今夜も宿題があるそうで、自室に帰った。私に御手洗にレオナ、そして刑事二人で表に出ると、もうすっかり雨はあがり、月が出ていた。空にはまだだいぶ雲があるとみえて、見えている星の数は少ない。雨あがりのせいか、風が湿り、冷えていた。

レオナの部屋は、大変に素晴らしい印象だった。特に豪華な造りというのではない。むしろ質素なのだが、彼女の趣味の良さが滲むようだった。

白く塗られた金属のドアを開け、中に入ると、内側は黒く塗られている。中華風の衝立《ついたて》がまず行く手に立ちふさがるが、その向こうは広々としたホールで、床は白黒の市松模様だった。

「靴のままでどうぞ」

レオナは言った。

モダンな黒塗りのテーブルと椅子、銀色のソファなどが並び、ヴェランダに向かって左側の壁ぎわには、黒塗りのカウンターバーが造られていた。その脇には、白いアップライトピアノと大型のテレビがある。その横は鏡張りの壁だ。その向かいのトイレのドアは黒塗りである。室内はすべて白と黒で統一されていて、趣味の良いカフェバーか、それとも小さなダンスホールに入ったようだった。

しかしホールには、ワードプロセッサーは見あたらない。

「ワープロはどこにありました？」

という立松の言葉に、レオナはカウンター脇の壁にある、やはり黒塗りのドアを開く。ドアの向こうは、一転して女性の部屋らしくレースのカーテンが下がり、家具や机などに木目が目だつ、欧州ふうの部屋だった。ここにもアンチックな大型のミラーがある。あちらのホールがアメリカふう、こちらはヨーロッパ調ということになるだろうか。

部屋の隅にシングルベッドがあった。その向こうはバスルームらしい。ベッドはなかなか変わっていた。天井からレースのカーテンが一枚下がっていて、このレースをめくり、ベッドに入るという仕掛けになっている。まるでアラビアの姫君の寝室のようだ。

「ここも靴のままで？」

御手洗が訊き、

「どうぞ」

とレオナが言った。

ベッドの枕もとにほぼ密着するようにして、古いオルガンがあった。このオルガンは、薄く英文字や模様が浮き出していて、というより消え残っていて、かなりの値うちものであるらしかったが、すっかり古びていて、あちこちが傷だらけだった。

横に古いギターが立てかけてあり、オルガンの上には古い人形がすわっていた。人形の頭の上には、束になったドライフラワーが、天井から下がっていた。

何もかもアンチックづくしの部屋だが、ただひとつだけ新しいものがオルガンの蓋の上にあり、それが小型の卓上ワープロだった。

「これが、こんなふうに蓋が閉まって置いてあったんです。でも電源が入ったままで、こんなふうに開けてみると、スクリーンに文章の一部が見えて、中に手紙が入っているのが解りました。それで、フロッピーに保存して、プリントアウトしてみたんです」

レオナが言う。

「このワードプロセッサーは、いつもここに置いてあるんですか？」

御手洗が訊く。

「いえ、いろんなところで私、これを使いますから。あっちのデスクにも置くし、ベッドの中でも使います」

「ほう、ベッドの中で」

冗談を言ったつもりか、丹下が言った。

「オルガンの蓋の上に置いていたのは、あなたですか？　それとも遺書を書いた人物ですか？」

「私です。この前東京へ行く時、ここに置いて出ました」

「コンセントは差していましたか？」

「いえ、抜いていたと思います、確か」

「ではあの遺書と見える一文を書いた人物が、このコンセントを差し込んだわけですね？」

「先ほどから、遺書を書いた人、遺書を書いた人とさかんに言われているようだけど、つまり卓さんではないということですか？」

立松が御手洗に訊く。

「卓さんとは限らないでしょう。したがってあれが遺書であるとも断定できない。このワードプロセッサー、コンセント、およびこの部屋またヴェランダ等の、指紋を調べることをお勧めします」

「しかし、出るのはこの家の者のものだけでしょう」

丹下が不平を言う。御手洗はうなずく。

「おそらくそうでしょう。しかし、勧告しておきますよ。では次にヴェランダを」

御手洗は言い置いて、さっさと隣室の方へ行く。私は即座にはしたがわず、しばらく松崎レオナの寝室を眺め廻していた。私の憧れのスターは、こういう部屋で一人寝起きしていたのか、などとしばし感慨にふけった。

「レオナさんは、東京にも住居をお持ちで？」

立松がレオナに訊いた。彼は明らかにレオナと話したそうだった。

「はい。南青山にあります。東京にも家がないと、ちょっと仕事になりませんので」

レオナは、やや冷たい口調で応えた。

「ごもっともです」

と立松は言った。

ヴェランダへのガラスドアの、回転式のロックを、御手洗がはずした。ハンカチを手に巻いていた。

御手洗がヴェランダへ一歩歩み出ると、彼の靴底がかちりと鳴った。おやと思い、私が見ると、ヴェランダには、タイルが敷きつめられているのだった。このタイルも、白と黒の市松模様だった。

「暗いでしょう？　明りをつけます」

レオナが言い、壁にあるスウイッチを入れた。

手すりについた、白い球型のランプに明りが入り、さらに頭上で蛍光灯がまたたく気配があった。

手すりは、一般的なマンションによくある、散文的な金属製の柵ではなかった。外側から下半身がすっかり隠せるセメント造りで、これが白ペンキで塗られていた。まるで主人公がラブシーンを演じるための、映画のセットのようだった。

御手洗が、白いセメント製の手すりに両手を置いた。彼の肩越しに、黒々と巨大な藤棚湯の廃墟が、意外なほど間近に望めた。一帯が広々として、建物が全然ないからだろう。黒く、高々と、煙突のシルエットも見える。その向こうにはちょっとした林のような藤並家の庭が見え、暖かそうに明りがともった西洋館が見えた。

一階のホールあたりに明りがついているのは、牧野夫婦による食事の用意ができたのだろうか。三階のひと部屋だけに明りがともっているのは、三幸が宿題をやっているのだろう。二階にもひと部屋明りがついているが、これは照夫の部屋らしい。譲の部屋の明りは消えている。そんなふうにここからは、藤並家の母屋の人々の生活が、手に取るようだった。この事実は、今回の怪事件の謎解きに、何ごとかヒントになるのだろうか。

母屋の彼方には、ひっそりと立つ巨人のように、大楠の不気味なシルエットが立ちふさがる。さらにその向こうには、光の粉を撒いたように、枝のすきまに民家の明りが広がる。しかしそんな明りの群れも、私と御手洗との棲み家からの眺めから較べれば、とても少なかった。馬車道からすれば、同じ横浜でもここはずっと郊外ということだろう。

悪くない眺望だった。風は肌に冷んやりとして、植物のわずかな香りを含んでいた。どこがどう違うのかよく解らないが、私のような凡人の棲み家とはやはり違うな、と私はぼんやり考えていた。このヴェランダからの眺めひとつをとっても、レオナの部屋は、なんともいえぬスターの香りに充ちていた。

「高いな、足もとは暗い」

御手洗が手すり越しに地面を見おろし、言った。

レオナが御手洗の横に立った。並んで、やはり下を見た。丹下と立松も立った。

「うん、待てよ！」

と丹下が言った。

「藤並卓は、案外ここから下へ跳びおりるつもりだったんじゃないか?!」

「ああ！」

と立松も言った。

「だが気が変わってここを出て、あっちのあの母屋に行った……」

「これが、倒れていたというヴィニールの安楽椅子ですか？」

御手洗がレオナに問う。

ヴェランダの隅に、プールサイドなどによく置かれている、両足を伸ばして寝そべるようにすわれる、白いヴィニールの椅子があった。金属パイプ製のワクに、白いヴィニールテープを縦横に編んでクッションにしたデザイン、とでも説明すればよいだろうか。

「これが倒れていたんですか？」

「そうです」

レオナが応える。

「どんなふうに？　ちょっとその状態にして見せてもらえませんか？」

御手洗が言い、レオナがヴィニールチェアを中央に持ってきて横倒しにした。

「ほう。このヴェランダには、今この椅子以外に何もないですが、発見した時もそうでしたか？」

「もちろんそうです」

「あなたがここへ戻ってきて、椅子のこういう状況を見つけたのはいつです？」

「兄の死を聞いてすぐに帰ってきたんです。あれは台風が去った日で、九月二十二日でした」

「お兄さんの遺体が、朝あの屋根の上で発見された当日ですね？」

「そうです」

「九月二十一日午後十時頃は、失礼ですがどちらに？」

「南青山のマンションです」

「それを証明してくれる人は？」

「一人でしたから、いません」

「そうですか。椅子はもうもとに戻して結構です。ほかにも、台風の被害はありませんでしたか？」

「ありません。やっぱりこの椅子、台風のせいなんでしょうね」

「ここに風よけがあるのに、こんな低い椅子が横倒しになるとは考えられませんね。自殺を迷っていた卓さんが、自失してつまずいたのかもしれない」

「ああ、そうですわね、きっと……」

言ってレオナは、下唇をわずかに噛んだ。その情景が思い浮かんだのか、彼女はこの時はじめて淋しそうな表情をした。

「ヴェランダは見たと、床にこの部屋の合鍵が落ちている気配もない……。レオナさん、では次に、羽ばたく青銅製のニワトリというものを見せてもらえますか？」

御手洗が身を反転させ、ヴェランダの石の手すりに背をもたせかけながら横のレオナに言う。

「あ、そうか！　いけない、忘れてました」

レオナはびっくりしたように言って、手すりから身を離した。そのあわてふためくような様子は私には意外で、こうしてみると、なるほどさっき自分で言っていたように、落ちついた外見に似ず、彼女はややそそっかしい一面があるのかもしれない。

「こちらです」

言って彼女は、市松模様の室内側に入った。さっきの寝室のドアと、反対側の壁についたドアの前へ行く。まだ部屋数があるらしい。

「こっちです。衣裳部屋や物置に使っていて、ちょっと汚いんですけど……」

そう言いながらレオナがドアを開けると、そこは三畳くらいの、家具も窓もない部屋で、レオナが明りをつけると、壁から直角方向に突き出したたくさんの金属バーに、整然と吊り下げられている色とりどりの洋服がまず目に入った。

ずいぶんたくさんある。まるでブティックの倉庫のようだ。その足もとには、壁ぎわの床に、ぎっしり並んだ靴があった。部屋の奥には洋服を着せてバランスを見るためか、裸のマネキン人形が一体と大型の鏡、それに隅には段ボールの箱や、木の箱も積まれていた。これら無粋な箱も妙にしゃれて感じられるほどに、その空間は華やかだった。やはりスターの住まい、という印象で、私の胸を少なからずときめかせた。

板張りのフロアの中央に、新聞紙が広げて敷かれており、その上に、黒々とした汚れた塊が置かれていた。それが、羽根を広げたニワトリだった。

「ずいぶん大きなものなんだなあ」

と丹下が言った。私の第一印象もまったく同じだった。羽ばたくニワトリというから、私はなんとはなく、両手のひらに載るような小さなものを想像していた。ところが目の前にするこれは、黒々としてひと抱え以上もあり、偉人の銅像にも似た、もう立派なモニュメントである。しかし、それにしてもひどく汚れていた。一面に吹いた緑青《ろくしょう》がすっかり隠れてしまうくらいに泥だらけである。

御手洗がかがみ込んで調べていた。広げた二枚の翼の下部に、それぞれ一本ずつの細い支柱があった。御手洗がこのあたりに指を触れて、翼を動かした。

御手洗の右手の動きにつれ、両の翼が、ゆるやかに上下した。すると、折れているニワトリの足首あたりから突き出した金属棒が、ゆっくり前方に飛び出したり、ひっ込んだりする。

「なるほど、これは面白いな」

御手洗が言った。

「泥が詰まってすっかり動きにくくなっているけれど、分解して、錆びと汚れを落として、細部を磨いて油を注せば、まだ羽ばたかせることはできるよ。ニワトリより、むしろあっちの機械の方が問題だ」

「なんで屋根から行方不明になってたんだろう」

私が言った。

「ほら、この切断面を見てごらんよ」

御手洗がニワトリの足を指さした。

「強引にもぎ取られたという印象だ。ぽっきりと折れている。切断面もあまりきれいじゃない。酸化して、金属自体ももろくなっていたんだ」

「兄の卓のしわざでしょうか？」

レオナが言う。

「間違いなくそうでしょう」

御手洗が、冗談や皮肉を言う時に決まってみせるあの軽快な口調で言った。

「するとだ、共犯がいるということになるな」

丹下が、卓を犯人扱いしたようなことを言いはじめた。御手洗が何か言いかけたが黙った。

「卓が母屋の屋根にあがったのは、このニワトリを盗もうとしていたわけですかね」

立松が疑わしそうに言った。

「この部屋のヴェランダから跳びおり自殺しようとしていた人間が、一転気が変わって母屋の屋根にあがってニワトリを盗む気になったんですか？」

私も口を出した。それではまるきり支離滅裂な行動である。推理に行き詰まったらしく、丹下はいっ時黙った。そうして、腹から出すような太いがらがら声で、

「そういう点はともかくだ！」

と言った。

「卓がもしこのニワトリを盗もうという気になったとしたら、確かに梯子をかけて屋根にもあがるだろう。そしてこのニワトリを、こうむんずと持って……」

丹下はニワトリの横にしゃがみ込み、両の羽根のあたりを、左右それぞれの手で持った。

「こうぐらぐら揺すってだ、ポキンともぎ取る、それから下に放り投げる。下にいる者が

受け取る、だからこれは二人必要……」

「それなら別に一人でもいいんじゃないんですか？　何も下へ投げる必要はないでしょう？　抱えて梯子をおりればいいんですから」

レオナが言った。

「そう思うなぼくも。こんな大きな重いもの放り投げても、危なくて下で受け取れないですよ」

私も言った。

「うん、まあ、そうかもしれんが」

丹下は言って、しばらく唸った。

「だがまあ、いずれにしてもだ、屋根の上にあがって、屋根に跨って死んでいた卓氏は、このニワトリを取ろうとしたと、そういう可能性は出てきたわけだ」

丹下は言ったが、そのような可能性なら最初からあったといえる。ここに実物が登場したが、別段これは大変な新展開というわけでもないのだ。

「だが何故、卓は跳びおり自殺の決心をひるがえしたのか。のみならず、わざわざ暴風雨の中、屋根にあがってニワトリを盗もうという気になったのか。盗みたけりゃ、そんなもの、いつだってできるだろう。わざわざ嵐の夜にやる必要はない」

「そして何故そのまま死んだか、でしょう」

御手洗が言った。

「どうもまだまだ謎が多い。この遺書が、卓氏が書いた本物であるかどうかも解らない。ということは、事実自殺しようとしていたのか否かも不明だ。

実際跳びおり自殺をしようとしていたにしても、このヴェランダからであるか否かも不明だし、あの屋根の上の死が、自殺か他殺かも解らない。何故なら死因も解らないからです。どうです、ものは相談ですが、これから下のお通夜の席へ行って、郁子さんの話し相手になってくれませんか。そのすきにぼくが棺の蓋を開けて、せめて卓さんの口の中を見ますから」

御手洗が怖ろしいことを言いだした。

「とんでもない！　医者でもないあんたに、そんな行動の許可は与えられません」

怒ったように丹下が言った。

「ま、そんなところでしょうな」

諦めたように御手洗は言う。

ジェイムズ・ペイン

1

時には私も、散歩に同行することがありました。ジェイムズ・ペインは、緑があって見晴らしの良い場所などより、どうしたわけか、黄金町《こがねちょう》や日ノ出町のような、当時運河のほとりにあった貧民街ばかりを選んで歩いている時期がありました。そうでなければ、書画骨董の類いを売っている店へ出かけていくのです。

黄金町というと、暗闇坂から歩いて二十分くらいの距離にあり、散歩には手ごろな場所なのですが、終戦直後の当時は、昼間でも、女一人ではとても足を踏み入れられないような場所でした。真っ黒に汚れた浮浪者がいつもごろごろしていて、道端にうずくまったり横になったりしてほとんど動かないような人は、病気か、栄養失調か、さもなければ大怪我をしていて、死にかかっているのでした。実際にもう死んでしまっている人もいます。

そういう人たちの骸《むくろ》は、何日もそのまま放っておかれて蛆《うじ》が湧いていたり、運河に放り込まれて、ガスがお腹に溜まって風船のように膨らんだまま、何日も水の上を漂っていたりしました。

もちろん弱ったり死にかかっている人ばかりではなく、元気な人たちも大勢いましたが、そういう人たちは、たいていヒロポンを打っているか、お酒を飲んでいるかしていました。ヒロポンを打っている人たちは目つきがおかしいし、筋の通らないことをしきりに話しかけてきたりしますので、私にもすぐにそれと判りました。

当時運河沿いの道の周辺はたいてい焼け野ケ原で、そういう場所に粗末なバラック小屋がひしめくように建ち並んでいました。ちょっとした空き地があればたいていそこでは焚《たき》火《び》がされていて、黒く汚れた鍋で、なにかが煮られていました。その周りの瓦礫《がれき》の上には、汚れた女たちや子供たちが、二重三重に囲みの輪を作って腰かけていました。

今ならそういう子供たちが歌のひとつでも歌っているだろうと思いますけれど、当時、私は子供が歌を歌っているところを聴いたことがありません。歌っているのは酔っ払った男だけでした。

焼け跡の貧民街全体から、すえた垢の臭いがしました。そうでなければ、酔っ払いたちの吐き出す、腐った柿のような息の臭いです。それは貧しさと、病気の臭いでした。これが、戦争に負けた者たちの臭いなのだと、私はジェイムズ・ペインに連れられてどや街に足を踏み入れるたび、実感しました。

そういう時、私はいつもこんなことを考えました。この戦争を勝手に始めたのは男たちだ。今、空き地の隅で黙々と赤貧に堪えている女たちは、一方的な犠牲者にすぎない、私だってそうだ――。

しかし、こんな場所が私にとって危険な理由のひとつは、ほかならぬそういう女たちがいるせいなのでした。こんなどや街にも、何故か昼間から、けばけばしく粧《よそお》った外人めあての街娼たちがうろうろしているのでした。彼女たちは、私の姿を必ず見つけます。するとじっと目を据え、私が視界から消えるまで決して離しません。ペインがいなければ、間違いなく私を大声で罵《ののし》り、摑みかかってきたに相違ありません。

いや、時にはペインが横にいるのに、私を指さし、悲鳴のような声で罵ったり、金切り声をたてて笑いころげてみせたりすることがありました。それは私が小綺麗ななりをしているからです。私はこういう時必ず、女という生き物の悲しさに、気分が重くなるのでした。

私はペインに尋ねました。何故こういうところにばかり足を踏み入れるのかと。危険なことは、私に限らずペインも同様なのでした。ペインは戦勝国側の人間で、住民たちにとっては愉快でない相手のはずで、現実に人相の悪い男たちに無言で取り囲まれて、今にも殴りかかられるのでは、と私が怯えたこともありました。

けれどペインはいっこう無頓着で、少なくとも外見上は、決して怯えているような素振りを私に見せませんでした。イギリス人はいつも胸を張り、堂々としています。そして私の質問には、こう応えるのでした。

「私は教育者だ。だからこういう底辺の事情も、きちんと知っておく必要があるんだよ」

私は感心しました。この人は本当に、根っからの教育者なんだと思ったものです。

ただ、彼が堂々としていられるのには理由があって、時々彼は、貧しい者たちに金を撒いてやっているのでした。時には缶詰やハムなどを持ってきて、起きあがれない病人がいるような家に寄って与えます。そうすると彼らは決まって暗い家の奥の、汚れた布団の上に無理に起きあがり、仏様を拝むようにして両手を合わせます。そういう時は、私は誇らしさで胸が熱くなりました。

気が滅入るようなありさまですけれど、そういう時は、私は誇らしさで胸が熱くなりました。

ジェイムズ・ペインが一番関心を持っていたのは、しかしそういう人たちよりも、むしろ子供たちでした。ペインはいつもポケットにチョコレートやチューインガムを入れていて、汚れた子供たちに分け与えたので、彼がどや街に入ると、真っ先に子供たちに取り囲まれるのが常でした。

この人は本当に子供が好きなのだと、私はいつも感心したものです。焼け跡の子供たちというのは、決して可愛いばかりではありません。いつもずるそうな目をしていて、お菓子を貰う時だけはしおらしくしていますが、もうくれないと判ると、何か金目のものを盗もうとします。私を見て、猥褻《わいせつ》なからかいの言葉をかけてくる子もいます。たぶんパンパンたちからでも教えられたのでしょう。

数人でチームワークを組んで、掏摸《すり》をはたらこうとする子たちもいます。そんな知恵がまだついていない子は、にこにこしながら私たちに寄ってきて、ペインのズボンのポケットあたりをちょんちょんとつつきます。そうすると、もしコインが入っているなら音で判るのです。入っているとなったら、すきを見て汚れた手を突っ込み、強引にコインを何枚か盗んでいきます。

しかしこういう時もペインは少しも腹をたてたりせず、にこにこ笑いながら私に、「困った子供たちだね」とだけ言うのです。

ペインには、腹をたてるという感情が生まれつき欠落しているのでは、と疑いたくなるほどでした。それともこれが英国人というものの姿なのだろうか、とも私は考えました。

ペインと一緒に歩いていて、もうひとつ「ほう」と感心するのは、日本人の人混みに分け入り、先へ抜けようと思うような時、彼は決して「すいません」とか、「道をあけて下さい」などと、英語ででも日本語ででも話しかけるようなことをせず、それがさも当然であるとでもいった面持ちで、ぐいとステッキの先を人の体の間に押し込み、左右にこじるように動かして道を作ることです。

そんな動作は、人間を相手にしているというよりなにやら動物の群れを目前にしているように感じられて、日本人である私はいくぶん傷つきました。じきに馴れてはきたのですが、これはおそらく植民地に君臨する者に、生まれつき身についた仕草なのだろうと納得したものです。

貧民街を抜け、市場があるような通りにさしかかって近くの店から歌謡曲が流れてくると、私は人知れずほっとしたものです。

でもそういうところには、やはりたいてい小さな悪党がひそんでいて、私たちになにごとか悪さをしかけてきました。私の服が綺麗だと見ると、竹ヒゴで泥水をはねかけたり、頭を狙って小石をぶつけてきたりすることもあります。そうでなければなにかくれといって、ぐいと手を差し伸べてきたりもします。

私はペイン校に通ってくる外国人子女とのあまりの違いに暗澹《あんたん》とした気分になってしまい、ペインが日本人の子供を嫌いにならないものかとはらはらしますが、彼は薄汚れた小娘に小銭をくれてやってから私にほほえみかけ、

「今の子はとてもいい顔をしていた。日本人形のようだ、バスに入れてやってスポンジで垢を落とせば、きっと可愛い子になるよ」

などと言うのでした。

2

刑事二人は帰り、夕食のテーブルで、われわれは譲と一緒になったので、藤並八千代の容体を尋ねた。

「意識は回復しました」

と譲と照夫が、声を揃えるようにして応えた。

「立ちあがれるようになったし、ほんの少しなら、松葉杖で歩けるようにもなりました」

照夫が応える。また二人で、揃って見舞いに行ってきたようだ。

「それはよかったですね、言葉はどうです？」

私が尋ねる。

「喋るのは無理ですが、筆談ならなんとかできますね」

譲が応える。八千代は、ほんの少しずつだが快方に向かっているようだ。

食後御手洗は、牧野夫婦に、ジェイムズ・ペイン氏の人となりについて質した。彼らは、ペイン校がある時代に彼に世話になった恩もあるせいだろう、口をきわめてペイン氏のことを褒《ほ》めた。礼儀正しく、誰にも思いやりがあり、約束はたがえることがなかった、と彼らは言った。

戦勝国側の人間ではあったが、日本人に対して少しも驕《おご》るところはなく、日本の文化を大変尊敬しており、日本人の誰に対しても優しかったという。多分にお世辞はあるのだろうが、まあ大筋としては、そういう人物であったのだろう。

散歩の途中、よく自分の写真館に立ち寄ってくれたので、昔の珍しい写真をたびたびお見せしたと言った。そのうちの何枚かを焼き増ししてくれと頼まれることもあったらしい。日本語はいっさい喋らなかったが、人柄がよいので、通訳なしでもそのような会話は可能だったという。

そうひとつ憶えているのは、と牧野氏が言う。暗闇坂とはどういう意味かと問われたことがあるので、一般に考えられているように、夜の暗闇という意味ではなく、鞍《くら》が止《や》む、つまり馬を止《と》めるという意味だと自分は子供の頃父や祖父から教わったと解説した。

このあたり一帯は、昔は海が見おろせる眺望絶景の高台で、馬で遠乗りにやってきた源頼朝が、馬を止め、思わず景色に見入ったところからこの名がついたという言い伝えがあり、自分らは暗闇坂と漢字を書くと、これは間違いだと言ってよく父親に叱られたと、そんな話をペインさんにしたことを憶えている、そう牧野氏は御手洗に語った。

食事が終ると、御手洗はまたペイン氏のもと書斎に閉じこもって、膨大な書物との格闘を始めた。御手洗によると、どうもペイン氏は、書物の余白に書き込みをする癖があったらしく、ある書物など、奥付のページからはじまり、本のカヴァーの裏にまで、ぎっしりと書き込みがあったという。だから根気を据えてかからないと、どこからどんな貴重な資料が出てくるか、皆目見当がつかないというのだ。

そしてどうしたものかレオナと、食事のあと片づけが終ると三幸も、なんとなく御手洗の周りに集まるのだった。譲にとめられなければアル中の千夏まで、もとペイン氏の書斎に来たがった。

あれこれと言いながらも、女性というものは、探偵という生きものが珍しいのであろう。御手洗を前にすると彼女たちは、珍種のヒトデの生態を追跡する、熱心な海洋生物学者のような気分になるものらしい。

御手洗はというと、これを明らかに迷惑がっているふうであったが、ジェイムズ・ペイン氏についての知識があると考えるせいか、レオナだけはそばにいることをいくらか歓迎しているふうだった。

「おい御手洗」

と私は、カーペットの上で四つん這いになって本を読んでいる友人に話しかけた。

「ああ？」

と御手洗はうるさそうに反応する。

「解らないことだらけだ。少しずつ解説してくれ。大楠の腹の中にあったあの四体の死体は誰なんだ？

それから、どうして押し込める穴もないのに、あの四人の死体は木の中に封じ込められたんだ？　やっぱり木に食べられたってことでいいのか？

卓さんは、屋根の上で自然死だったのか？　他殺という可能性があるってさっき言ってたが、もしそうなら、いったい誰がそんなことをするっていうんだ？

八千代さんもそうだ。いったい誰が彼女を襲って、あれほどの大怪我をさせたんだ？　少しは説明してくれないと、ぼくは忘れてしまうぜ。本が書けないよ」

「メモでもとっておきたまえ」

床から、御手洗がぶっきら棒に言う。

「あの死体が誰であるかの捜査は、丹下さんたちに頼んでおいたから、一両日中にはなんらかの報告があるだろう。でも住所氏名のレヴェルとなると、まず絶望だろうな」

「だけど、この事件はすべて関連してるのか？　君も今日そう言ってたみたいだが……」

「うるさいなあ……」

御手洗はとうとう起きあがり、絨毯の上にあぐらをかいた。

「そうだよ、関連してる。当然じゃないか」

「じゃあ犯人も同じということか？　楠の中の四人の死体と、卓さんを殺し、八千代さんに瀕死の重傷を負わせた犯人というのは。ついでにいえば、昭和十六年の、あの幼女惨殺死体の犯人も」

「今やってる最中なんだ、この通り。だから断定はできないが、その可能性は高いと考えてる。今のところはね」

ではやはりあの楠が――？　私は考える。それ以外に誰がいるというのだ。

しかし、では、にかわというのは何なのだ？　頭蓋骨ににかわで頭髪を貼りつける、これが楠のしわざとは考えられない。

いやそうではないのかもしれない。私は考え直す。頭蓋骨に頭髪が接着されているから、これが接着剤を用いた人為的な行為の結果に思われるだけで、実際のところは、木の胎内にあるうちに、樹液のうちの何らかの粘着性のある成分のために、頭髪が頭蓋骨に偶然接着されてしまったのではないのか。こういう一種自然現象が、にかわを用いたように誤解されたということはないのだろうか――？　私には大いにあり得ることのように思われた。

夜が更《ふ》けていき、三幸は予習があり、明日の朝は早いということもあるので、部屋に引きあげた。私も疲れていたので眠りたいと思ったのだが、御手洗は自分がそのように指示しない限り、仕事をしているのを放って私が一人眠ってしまうとたいてい機嫌が悪くなるので、私は彼につき合って書斎にいた。起きているのがしんどくなったので、ソファに横になった。

しかしレオナは、いったいどういう理由からか、ずっと部屋にいるのだった。ソファの端にすわり何かを読んでいる。見るとこれは台本なのだった。ＤＪの台本か、それとも映画の台本なのだろう。黙読しながら自分のセリフを憶えているのだ。

「レオナさん」

と、何時間にもわたる長い長い沈黙を破って、御手洗が急に彼女の名を呼んだ。

「はい？」

びっくりしたのか、彼女がそう応えた。御手洗は、重厚な書き物机に付属しているキャスター付きの回転椅子を、床のあちこちにうずたかく積まれた書物の山を崩さないよう注意しながら押してきて、レオナの前にすわった。何時間にもわたる、書物や、これの余白に残るペイン氏の走り書きのチェックで、彼が何ごとか問題意識を得たようだった。御手洗の目は疲労から赤く充血していたが、そのためかえってらんらんと光っているように見えた。

何ごとかと思い、私もソファの上に起きあがった。

「レオナさん、あなたの知っているペインさんという人の印象を、教えてもらえませんか」

御手洗は言った。

「印象といわれましても、父は私がもの心ついた時にはもうそばにいませんでしたから、具体的な印象はありません」

「あなたの内に残っている、彼のイメージでも結構です」

「イメージは、それは節度正しい、厳格な、生まれついての教育者といった姿です。服装もいつもきちんとして、端正で、背が高くて、わりとハンサムな、日本びいきのイギリス人の姿です。母をはじめ、周りの人にそのように教えられましたから」

「なるほど。あなた自身、これに逆らうようなイメージは持っていませんね？」

「別にありません。実際その通りだったようです。生活態度はまるで時計のように規則正しく、起床時間や散歩の時間や、曜日によって食事のメニューまで決まっていたようです。月曜は何、火曜は何っていうふうに。父の散歩する姿を見かけて、近所の人は時計の針を直したというのは、母がよく言っていたことです」

「まるでロボットのようですな」

「そんな印象ですね。でもそれは、父の道徳観が導く信念だったのでしょう。父は煙草もパイプもやらず、アルコールは一滴も飲まず、女遊びなどただの一度もしなかったそうです。ひたすら読書と、子供の教育と、東洋の美術鑑賞と収集に生きていたということのようです」

「異常なほどの真面目さですね」

「ええ」

「パパを尊敬していましたか？」

「まあ……。母をはじめ、周りがそのようにしむけましたから」

「パパと会話した記憶はありますか？」

「それは一応ありますが、もう遠い昔の子供の頃のことで、内容まではちょっと……」

「どんなことを話したか、まったく憶えていませんか？」

「庭の植物のことだったと思います。日本という国は土地が肥えているから、いろんな花がよく咲くというようなことだったかしら」

「裏の楠については？」

「あれはモンスターだって」

「モンスター？」

「ええ。傷をつけたら血を流す。怖い木だって、そう言ったのを憶えています」

「それは日本語でですか？」

「いえ、英語です。父は日本語は全然話しませんでした」

「まったく理解しないふうですか？」

「いえ、聞きとるのは、できていたようです。話さなかっただけです」

「そうですか。日本文化や美術を愛し、日本人誰に対しても優しかったのに、日本語をいっさい口にしようとしなかったのですか？」

「そう……、父の興味の対象はかなり偏っていたのかもしれませんが……。探偵さん、何がおっしゃりたいのでしょう？」

「ペイン氏が、日本の何に、一番興味を持っていたのだろうと思うのです。われわれがフランスに行って、フランス文化を学びたいと思う時、真先に行なうのはフランス語の習得でしょう」

「それは、そうかもしれませんけど、学問の態度は人それぞれではないですか？」

「そうでしょうか。ペイン氏は加えて教育者という立場にもあった。ある国の文化を学ぼうと思うなら、偏見なくその国の言語になじまなくては、と教え諭《さと》す立場でもあります」

「その意見はずいぶん一方的ではないですか？　パパは日本人に対して、優越感ゆえに超然としてたなんてことはないと思います」

レオナが言い、御手洗はいっ時彼女を見つめた。

「ペイン氏が日本文化を愛するように、あなたもパパを愛しているわけですね？」

「それは解りませんが、誰だって父親のことを悪く言われるのは好まないでしょう？　違いますか？」

「それはあなたご自身のプライドの量と自己愛に関わる問題なのですよ。ぼくが計りたいのはそこのところです」

レオナはちょっと沈黙した。目を大きく開いたまま、何ごとか少し考えているようだった。

「パパのことは関係ないって……？」

　御手洗は黙っている。

「あなたって、本当に変わってるわ。あなたみたいな人、はじめてよ」

「行李《こうり》にあった日誌ふうのものには、さして変わった記述は見られないのですが、このおびただしい本の行間には、実に変わった、興味深いメモがたくさん見受けられます」

　御手洗は絨毯の上に積みあげたいくつかの書物の山を指さした。

「たとえば、本国時代につき合いのあったイギリスの会社に、水銀を一キログラム発注したというメモがあった。水銀などをいったい何にしようというのでしょうね？」

「学校で、化学の実験に必要だったのではないのですか？」

「それを校長が自ら発注するのですか？　また日本の業者相手で充分こと足りたでしょう。わざわざイギリスに発注することはない」

「何故イギリスに発注してはいけないんですか？」

「いけなくはないが、そうすれば日本の家族や、学校の人間関係には秘密にできるという事実が気になるだけです」

　事実あなたは知らなかった。

　スコットランドの少女誘拐の家という話を知っていますか？」

「知りません。何ですか？　それ」

「ペインさんが生まれて育った場所にそういう家があって、美しい女の子供をそこに誘拐するという、童話とも小説ともつかない不思議な走り書きがあります」

「ああそうですか。でもそれは父のファンタジーでしょう？　それと今回の事件とは無関係と思います」

「そうお願いしたいが、現実の方もそうなってくれるかどうか、保証はできかねます。さて石岡君、明日イギリスへ行くけど君も来るかい？」

私はびっくりして腰が抜けた。口をあんぐりと開けてしまった。

「何だって？　どこへ行くって？」

「スコットランドだよ。早く仕度をしたまえ」

「おい、気は確かか？　外国だろう？」

自慢ではないが、私はそれまで、日本国を一歩も出た経験がなかった。御手洗はいらいらしたように舌打ちをして、私の左腕を持って立ちあがらせた。

「そうだよ。遠いところだから仕度も時間がかかるだろう？　今すぐ馬車道のアパートへ帰って、旅行仕度を始めるんだ」

「だ、だって、イギリスだろう？　そんなすぐに……」

「そうだよ、ほんのイギリスだ。月や火星へ行こうっていうんじゃない、ほんの四、五日の旅行だよ。こんなこともあろうかと思って、先月君に数次のパスポートを取らせておいたろう？　早速役にたつわけだ」

「でも、いきなり言われても、こっちにも心の準備があるから……」

私はすっかり気分が動転した。

「そんなのは飛行機に乗ってからゆっくりやればいい。なにしろ十数時間もあるんだからね」

「ちょっと待って！」

レオナが、横あいから妙に厳しい声を出した。

「名探偵さん、もうそのくらいにしていただけませんか」

御手洗はレオナの方に向き直り、眠そうな目を注いだ。

「私、今ひとつ解りません。あなたに何故そんなふうに、私の家にずかずか立ち入る権利があるのでしょう」

「ははあ……」

御手洗も当惑した顔になった。

「では、これ以上の調査はお断わりだと」

「お断わりします」

レオナはきっぱりと言った。

「それは勇敢なご意見だ。これだけ死体がざくざくと現われている大事件にもかかわらず、あなたはぼくの調査を拒否なさると、こう言われるんですね？」

これは御手洗にとって大いに痛手のはずだった。近年、友人をこれほど引きつける魅力のある事件はなかったからだ。

「それでも何でも、これ以上の調査はお断わりします」

「パパの名誉を守りたいんですか？　それともご自分の名誉かな、とにかく……」

「議論はしたくありません」

レオナはぴしゃりと言いかぶせた。

「何がどうあろうと調査はお断わりです。私も一緒にスコットランドへ連れていってくださらない限り」

沈黙。レオナはにっこり笑った。

「どう、探偵さん、取り引きよ。拒否して、どこかの浮気事件の調査でもやりますか？」

「探偵の仕事に興味が湧いたようですね。あなたこそ女優の仕事を辞めて、女探偵にでもなりますか？」

するとと彼女は目を丸くして、うっとりしたような高音になった。

「いいわねえ。いい考えだわ。女探偵ね」

「勧められないな、こんな面白い事件なんてめったにない。浮気事件の調査を拒否したら、毎日は退屈との闘いです」

「それでもいいわ。タレントの仕事だって退屈だもの。ね、よろしいでしょう？」

「仕事はどうするんです？」

「一週間くらいはあけられます。私、父の生まれた場所へ前から行ってみたかった。父に会えるかもしれないんでしょ？」

「本当かな」

「え？」

「本当に一週間も仕事をあけられるんですか？」

「本当よ」

「この本のふせん紙を貼ってあるページをすべて、明日の朝一番でコピーしてください」

「ええ？　コピー？　こんなにたくさんあるのに？」

「嫌ならいいですよ。スコットランド行きはなしだ」

「えっ？　いいんですか?!」

「どんな拷問にだって堪えるさ。こんな面白い事件はめったにないですからね」

御手洗は苦い顔で言い、私は急にスコットランドへ行きたくなった。

壁の中のクララ

1

天候が良くないと思っていたら、どうやらまた台風が近づいていたようだった。私も御手洗も、しばらく新聞もテレビも見ずにいたものだから、こういう情報に疎《うと》かったのだ。まださほど激しくはないものの、雨粒が風にあおられて舞う、嵐に特有の天候の成田空港を、ジャンボジェット機であとにしたのは翌々日になった。

告白すれば、私は外国へ行くのもはじめてなら、飛行機に乗るのも生まれてはじめてだった。緊張の連続で、私は途中の電車の中から、一貫して御手洗にサカナにされっ放しだったのだが、極限的に緊張しているものだから、御手洗にからかわれていることにも気づかないありさまだった。このような珍騒動を書くのが今回の目的ではないから筆を控えるが、そのうち稿を改めて書けば、間違いなく笑えるに違いない。

われわれはエコノミークラスとなった。レオナが、何故エコノミーなんかに乗るのか、一緒にファーストクラスで行こうと言ったのだが、御手洗が、エコノミーが好きなのだと言って断わった。

エコノミーというから、連絡船の船底のごろ寝席のようなものを想像していたが、予想と全然違って、これも大変豪華なものに私には思えた。常に音楽の聴こえるヘッドフォンは用意されるし、前方のスクリーンには映画も上映される。

「やれやれ、わがまま娘がいないうちに、ゆっくり話もできる。石岡君、もう椅子を倒して、くつろいでもいいんだぜ」

私にとって緊張の一瞬である離陸が終り、シートベルト着用と、禁煙のランプが消えると御手洗が言った。だが私は、目にするものすべてが珍しく、スチュワーデスが鼻先にさし出すジュースやシャンペンにまでどぎまぎして、ろくに口も利けないありさまだった。これもいわゆるカルチャーショックというものであろう。

「今回の事件は、だいぶ今までのものと違う。ひと筋縄ではいかないからね、結末で一挙に種明しをしておしまいというもののやり方は放棄しようと思う。飛行機がガトウィックに着くまでに、これまでの調査で解った事実を、記録係の耳に入れておくことにする

……、おい石岡君、聞いているのか？　大丈夫かい？」

「だ、大丈夫だけれど、飛行機というのは揺れないものだね」

「バスとは違うよ。まあ気流が安定していれば、どんな乗り物よりも揺れないね。この中で書き物もできるし、ビリヤードだってできる」

「やったことがあるのかい？」

「何度もあるよ。でもモスクワの上空で乱気流に巻き込まれた時は大変だったぜ。飛行機が一気に何百メートルも落ちたから、テーブルの上の紙コップが天井に衝突だよ」

「脅かさないでくれよ」

「まあ今回、そんな乱気流に遭《あ》わないことを祈るよ。処女飛行でそんな目に遭うと、もう君は二度と飛行機に乗らなくなるだろうからね。そうなると、どこへ行くのも船だ」

「ぼくは船に弱いんだ」

「君は鎖国の頃の日本に生まれればよかったね。それなら、どんな怪事件に関わっても登場人物は日本人だけだ。こんなふうに、地球の裏側まで調査に行くことはない」

「本当に、イギリスは遠いね。ぼくは今でも遥か空の上に自分が浮かんでいるってことが信じられないよ。こうしてみると、空の上はいつもかんかん照りなんだね」

「そりゃ雲の上には雨はないさ。一九八四年九月二十六日は、君にとって記念すべき日だね。石岡和己、はじめて空を飛ぶ。はじめて海を渡る。はじめて異国の地を踏む。飛行機が墜ちなければだけれどね」

「縁起でもないこと言うのはやめてくれ」

恐怖を感じたので、私は真剣に気分を害した。

「それで、イギリスへは何をしに行くんだい?」

「イギリスではなく、スコットランドだよ。今イングランドとスコットランドは連合王国というかたちになっていて、エリザベス女王は夏になると毎年エジンバラ城で過ごしたりするけど、イギリス人は、スコットランド人とアイルランド人は、自分たちとは別の国の人間と考えている。レオナ嬢もこのへんの認識はいささか不徹底だったようだけれど」

「そのスコットランドへ何をしに?」

私は訊く。これまで旅行仕度などであわただしく、ゆっくりとそんな話をする時間がなかったのだ。

「スコットランドの、インバネス郊外、ネス湖のほとりのフォイヤーズという村で、ジェイムズ・ペイン氏は生まれたらしい。ここを思い出して綴ったらしい奇怪な文章が、ペイン氏の書斎にあったんだよ」

「奇怪な文章?」

「そうだ。ファンタジーなんだろうが、これが幻想小説としての単なる作品か、それとも実行を回想した狂人の、実務的な憶え書きなのか、これが気になる」

「ただの空想じゃないのかい?」

「なんとも言えない。だが、藤並家の裏の木の中からあんなに白骨が出てきた今、とてもではないが、そう言いきる自信はぼくにはないね。レオナ嬢は、父親を尊敬しているらしい。イメージの中にしか存在しない父親が、それゆえどんどん美化されていくんだろう。だから、こんな話はとても彼女の前ではできないが、ペイン氏は、一般に言われるような、品行方正で、道徳心の塊の、生まれついての教育者などという、君の読者にあくびをさせるような人物ではないと思うね」

「ではどんな？」

「二重人格の、性格破綻《はたん》者だ」

「二重人格？」

「うん、ジキルとハイドだね。裏にあまりにも残忍で風変わりな性格を隠すから、表面にはこれと正反対の性格が出る、そういうことじゃあないだろうか」

「じゃあ裏庭のあの大楠の中から出た白骨は、あれはペイン氏のしわざだと君は言うんだね？」

「まだ断定はできないが、その可能性は他を圧している」

「じゃあ、楠はなんの関係もないのか？　あの木は人を食べる木じゃないのかい？」

「そう見えるだけだろう。木は関係ないよ」

「そうかなあ……」

私は到底納得できなかった。こんどばかりは、御手洗も間違えているように思えるのだ。

「ぼくには到底納得できない。何故なら、まず第一にあの楠の大木には、いくら子供のものとはいえ、四体もの死体を押し込められる、いや四体もの死体を通せるほどに大きな空洞《うろ》は開いていなかった」

「うんうん」

御手洗はうなずく。

「第二に、あの木に少女の惨殺死体がぶら下がったという最初の事件は、昭和十六年だ。戦前だよ。この頃はまだペイン氏は日本に来ていなかったじゃないか」

御手洗は満足そうにうなずいて私を見た。

「なかなかいいぞ石岡君、君もずいぶん成長したね。確かにその二点は難問だ。だが最初の方の手品は、なんとか説明がつけられないものでもないとぼくは考えている」

「どんなふうに？」

「今はまだ材料不足で何も言えない」

「スコットランドにその材料があるっていうのかい？」

「ペイン氏が決定的に臭いかどうかを判定する資料くらいはきっとあるさ」

「どんな？」

「フォイヤーズの村の、集落から少し離れた山の中腹に、ペイン氏の父親が、爆撃避難用の建物を造ったんだそうだ」

「爆撃避難用？」

「そうだね。多くの走り書きの資料を総合して、ぼくがそう判断した。外壁は三重のレンガ造りで、これの内側にさらに厚くセメントを塗り足してあって、まったく窓のないサイコロみたいな四角い家なんだそうだよ」

「爆撃避難というのは、どこからの爆撃だ？」

「ドイツだよ」

「ロンドンの空襲は聞いたことがあるけど、スコットランドも空襲されたの？」

「いいや。でもペイン氏の父親というのは用心深い人で、いずれ北のスコットランドも空爆されると考えたんだね。ヒトラーは最終的には英列島を征服するのが目的だからと」

「ふうん」

「ロンドンの空襲が激しくなりはじめて、そのうちV1号という新兵器が登場した。知ってると思うけど、大陸間弾道弾の走りだね、ドイツ本国で発射したV1号が、ロンドン周辺まで飛んできて、落ちる。

　ただしこれは、当時の戦闘機と大差のないスピードで飛んできたので、腕さえ良ければスピットファイアーで撃ち落とすことができた。

　ところが続いてV2号が登場した。これは音速を越える速度で飛来したので、戦闘機ではどうすることもできない。ロンドン市民は、おとなしく防空壕へ立籠《たてこも》って祈るほかはなかったわけだ。

こういう情報を伝え聞いたペイン氏が、そのV2号がいずれスコットランドへ飛んでこないはずがないと考えたんだね、これはまあ、用心しすぎとまでは言えないだろうな。今われわれは歴史の展開を知っているから少々奇妙に思うが、当時のスコットランド人としては、当然至極の発想ともいえる。実際ヒトラーはそうしたかったろうよ。V2号の完成が、遅すぎたんだね。もしこれがポーランド侵攻の前に完成していれば、軍隊を使うまでもなく周囲を平定して、アメリカは参戦のチャンスを失っていたかもしれない。

とにかくそういうわけで、ペイン氏のお父さんは、近所の山の中に巨大な防空施設を造ったわけだ。父親は少年の頃、建築業の見習いを行なってたそうだからね、一人でこういうものも造れた」

「ふうん」

「いざ爆弾が飛んできたら、この中で何日間も生活できるように、食糧や兵器や水の貯蔵をしていたらしい。ただし山の中のことで、中に電気や水道の設備はない。トイレも外でするほかはないらしかったけれどね」

「キャンプのようなものだね」

「まあ石造りのテントというところだね。しかし歴史は、ヒトラーの思惑通りには進まなかった。ドイツは降伏、ヒトラーは自決、ネス湖を見おろす丘陵地のこの防空の家は、本来の目的には使われることなく、無用の長物として残ったわけさ」

「今もあるんだろうか？」

「当然あると思う。われわれは今、これを見に行こうとしているわけだ。

ところでこの防空の家の後半の仕上げを任されたのが、ペイン氏らしいんだね。彼の父親はもう高齢だったそうなので。ロンドン近郊の軍需物資の会社は人に任せて、第二次大戦中のペイン氏は、スコットランドでこんなおかしな家を造っていた」

「へえ……」

「こういった事実は、彼自身の、いかにも事実を語っていますという雰囲気の日記型文章に散見できる。こういう史実を、まず予備知識として頭に入れておく。そしていろいろな走り書きを丹念にあたっていたら、ついにこんなふうな、詩とも散文ともつかないような、奇怪な文章にぶつかった」

言って御手洗は、レオナにコピーさせた紙の束を、ブリーフケースから取り出した。右端をクリップでとめた束を、一枚一枚めくる。

「ああこれだ。これがスコットランド人特有の癖なのか、それとも彼の発明になるものか、とにかくブリティッシュにはまず判読不可能と思われる極端にくずした書体で、奇怪な文章が書かれている」

御手洗は、紙の上を右手の甲で打ちながら言う。

2

それはこんな一文でした。

「おおクララ、なんて可憐な表情なんだろう！　その悲しげなほほえみ、小首をかしげ、いっとき私の言葉に聞き入るひたむきな顔つき。おまえのその緑の瞳は、晴れた日のネス湖の岸の水のようだ。

水底に石が透けて見えるよ。黒くて丸い石だ。それが私さ。おまえの瞳の奥に、私の心は沈んでいるんだ。

まるで金細工のような繊細な睫毛《まつげ》、ゆっくりと伏せられると、神秘の水も隠れる。おまえの金色の巻き毛、美しいね。おまえは人間じゃないよ。神が創った人形なんだ。だから成長なんてしちゃいけない。おとなの女なんかになっちゃ駄目だ。だって、おまえの瞳の湖も消えてしまうもの。深い深い緑の底に、いったい何があるんだろう。

自分だって気づいていないんだ。おまえは自分ではちっとも気づいていないんだよ。自分っていう存在の不思議さに。おまえの緑の瞳の奥底には、宝が沈んでいるんだ。おまえを創りたもうた神が、昔、ひそかに沈めた宝石だよ。

私にそれを引きあげさせておくれ。それが美しい王冠か、それとも怖ろしい魔物か、それは判らないけれど、私に秘密を明かさないままおとなになんか、決してならないでおくれ。

おまえが私を永遠の憧れの人にするように、私もおまえを永遠の神秘に留めておこう。この手で。

私はキスをして、おまえの小さな体の奥底を探りたい。腹を裂き、骨を取り出し、内臓を指で探りたい。可憐な口の奥を、喉の奥の奥を、くまなく見たい。耳の中も、喉を這い下る細い管も、みんなみんな、くまなく見たい。そして知りたい、おまえの秘密を。だってそれだけの価値が、おまえの可愛さの中にはあるもの。

私は誘拐の家で、とうとうおまえの秘密を解き明かす。暗いランプの光の下で、おまえの小さくて美しい体を、細かい破片に切り刻む。

でも私が何より欲しいのは、金色の繊毛《せんもう》の下に隠された、小さな緑の玉だ。私はナイフをあてがい、この宝石をゆっくり掘り起こす。手のひらに取り出す。そっと転がす。口づける。舌で味わう。

なんて素敵だろう！　眼下には、ぶなの木立ちのすきまで、ネス湖の長い水面が、銀の鎌《かま》のように光っている。でもあれは月光のトリックだ。

そんな湖より、小さなおまえのこの宝石の方が、何倍も神秘に満ちている。私の胸をときめかせる。

綺麗だ。私は二粒のこの宝石を手に、いっときタップを踊るのだ。

それがすんだら、おまえの小さな体の残骸を、この誘拐の家の北の壁の中央に、厚く塗り込めた。だからおまえは、永遠に私のものなのだ」

英国紀行

1

　御手洗は、その詩とも小説ともつかない怖ろしい一文を、日本語に訳しながら私に読んで聞かせた。みるみる全身が総毛立つような、短いが怖ろしい文章だった。

「この誘拐の家が、ペイン氏の父親の発案になる、フォイヤーズ村の防空の家であることはまず間違いないだろう。そしてここに書かれている内容が、ペイン氏の単なるファンタジーか、それとも実際にあったことか、これから訪ねてみればすぐに解る。一階の、北の壁を崩してみればいいんだからね。

　しかしこの一文が、現実の出来事を語っている確率は、もはやずいぶん高いだろう。

　ペイン氏は、祖国にいるうちはさすがにこんな危険な文章は書かなかったが、遠い東の果てにやってきて、つい興趣のおもむくままに、書物の余白にしたためた。字体も判りづらくしてね。

変質的犯罪者というものは、自分の怖ろしい行為を人目から隠そうとする反面、妙にちらちらと露出させたがるものなんだ。倒錯した二面性というものだね。彼らを突き動かす衝動は、たいていこの二面性のスリルなんだね。間違いなくそうさ。落差がありすぎてね、連中は退屈な日常の中にじっとすわり込んでなんかいられないんだ。いてもたってもいられない。画家が自分の絵を画廊に展示して人に観せたがるように、彼らも自らの背徳の作品が、いつかは発見され、モラルの枠を超越して評価されることを望んでいる。この詩も、あの暗号のメロディも、ほぼ同様の性質を持つものだとぼくは思うね」

「なるほどね、ふうん……」

私はすっかり怖気《おぞけ》をふるった。

「スコットランドの防空の家の北の壁に、このクララという少女の死体が実際に塗り込められていたら、いかに疑い深い君でも、ペイン氏の罪状を決定的に感じるだろう？」

「うん……」

「日本とスコットランドの彼の住まい双方から、日英の少女の死体が出てくれば、事態は決定的だ」

「しかしそうすると、今回の卓氏を殺したのもペイン氏？　彼がひそかにまた日本へ帰ってきていて……」

御手洗はうなずく。

「実の子を、しかしどうして……？　おまけに八千代さんは、かつて愛した自分の妻だろう？」

私は言う。

「それも、ペイン氏がフォイヤーズの家にいれば、疑問はなくなる。いずれにしても、スコットランドへ行くのが一番なんだよ」

御手洗は言った。

その時、私の内にある推理がひらめいた。八千代も卓も、ペイン氏のそういう事実を知ったのではないか――？　卓は、さかんに屋敷内の何ごとかを調査していたというではないか。それで彼らは口を封じられた――？

2

ガトウィック空港に着陸すると、私の緊張は頂点に達した。いよいよ生まれてはじめての外国だ。飛行機の窓から見えるまだ夜明け前の異国の風景、寒々とした滑走路の上で黙々とたち働く英国の人たちは、私というよそ者を無言で拒絶しているように思われた。シートベルトをはずして立ちあがり、おずおずと移動タラップを抜け、空港ロビーに入

ると、

「ハイ、よく眠れた？」

と言いながらレオナが姿を現わした。旅馴れた彼女には、疲れも緊張も見えない。私の方はというと、力なく微笑《ほほえ》むだけで、何も言い返す元気がなかった。実際のところ、まったく眠れていなかった。日本時間のままの私の腕時計が、深夜の一時をさしても二時をさしても、窓の外に煌々《こうこう》と真昼の太陽が照っていた。到着した今、日本時間ではもう夕方が近いはずだが、こちらでは朝の七時らしかった。早朝の冷え冷えとした気配がロビーにある。まだ人けもほとんどない。しかし日本人の私の体はもはや午後の徴候を示していて、このギャップは私には不思議な初体験だった。

税関を潜り抜けるのがまた、私には人生有数の大試練だった。行列を作り、一人一人、ボックスに入った税関吏の前に呼ばれて入国の理由を訊かれる。御手洗もレオナも、海外旅行に馴れきっているらしく談笑しているが、私にはまったく未知の体験である。自分の番が近づくにつれ、心臓が喉もとで激しく打つ。御手洗が私の耳もとで、

「大丈夫、『サイトシーイング』とひと言言えばすんなり通してくれるさ」

と言った。

ところが事態は全然そう簡単に運ばず、私の前の検査官は、長々と何ごとか英語を言う。むろんさっぱり解らない。サイトシーイング、サイトシーイングと連発するが、ちっ

とも通じている気配ではない。御手洗やレオナは、別のボックスを早々と通ってしまった。

五分が一時間にも感じた。検査官は、最後に肩をすくめ、私を通してくれた。全身に汗をびっしょりとかき、もう二度と外国など来ないぞと固く心に決めた。一度は行ってみたいと思っていた憧れのイギリスだが、私の第一印象はさんざんだった。

レオナと御手洗が、日本円をポンドに両替し、がらんとしたセルフサービスのレストランでサンドイッチの朝食をとった。空港からターミナル・バスに乗り、続いて列車に乗り換えて、ロンドンへ向かう。これからスコットランドまで、長い列車の旅になるらしい。

列車が地上に走り出ると、蒼く夜が明け、冷え冷えと霧雨が降りはじめていた。全体的に茶色い印象の古い石の街が窓の外を走り過ぎる。日本の汽車の旅とは、やはり窓外の印象がまったく違う。貧しげな家も、すべてが絵になっている。くすんだ石の壁に、下世話な看板がほとんどない。家々の屋根の上に、ゆっくりと霧雨が注ぐ。二度と来るものかと思ったつい今しがたの決心をあっさりと忘れ、たちまち私は、ああ来てよかったと心から思った。

緑の中に家々が点在する郊外の田園風景も、ビルの建て込みはじめたロンドンの光景も、寝不足で朦朧《もうろう》とした私の頭には、これまでまるきり見たこともない、夢のように美しい街並みに感じられた。絵本の世界に、自分がまぎれ込んだようだった。

「石岡さん、イギリスははじめてなのね」

レオナが言った。私は渋々うなずく。そして隠してもどうせばれることなので、正直に、

「イギリスはおろか、日本の外へ出たのはじめてです」

と告白した。ついでに言えば、飛行機に乗ったのもはじめてだし、有名女性タレントと旅をするのもはじめてだった。はじめてづくしで私はすっかり気を失っていた。

「心配しないで。私もイギリスははじめてのおのぼりさんよ」

レオナが言い、

「え？」

と私はすっかり驚いてしまった。まったくそうは見えなかった。

「今まで海外旅行にはずいぶん行ったけど、みんなアメリカばかり。ヨーロッパはね、フランスが四回、イタリアが二回、スペイン、オランダ、ベルギー、ハンガリー、オーストリアが一回ずつ。ドイツが三回、そんなところ。イギリスは、前から来たい来たいって思いながら、どうしても来られなかったの。今回やってこられて大満足。御手洗さんは？」

「ぼくはロンドンには住んでいたこともあります」

「じゃあ詳しいわね。こうして来てみると、ヨーロッパはどこもそうだけど、日本以上の田舎ね」

レオナが言ったが、いくらイギリスがはじめてといっても、それだけ旅行をしていれば充分だろう。私はまったくのはじめてなのだ。大勢の外人を目の前にするのさえはじめてだ。

それにしても御手洗もレオナも、日本にいる時は妙に浮きあがった人物に思えるのだが、こうして一緒に外国へ来ると、あまりにも周囲にしっくりと溶け込むのは、まことに不思議な発見だった。外人の顔をしているレオナは当然としても、御手洗まで外人に見えてくるのは驚きだった。

日本にいると、頭のおかしな変人にしか思えない私の友人が、外国ではどうしたことか妙に落ちついている。周囲の人々にすんなりと溶け込む。やはりこの日本人は、こちらで生活するようにできているらしい。

「父に会えるかしら。六歳の時以来だから、楽しみだわ」

レオナが言った。

それから、どこかの駅で列車を乗り換えたのだが、どこだったのかはまったく憶えていない。私は御手洗のあとをひたすらついていっただけだからだ。

客車の乗降ドアが面白かったことを、妙によく憶えている。自動ドアでなく、プラットフォームの乗客が自分で開けるのだが、乗り込んで、いざおりる段になると、内側にはノブがない。ではどうするかというと、窓を開け、そこから外に手を出して、外側だけに付いたハンドルを苦労してひねって開けるのだ。これは昔、到着と同時にホームの車掌がドアを開けていた時代の名残りなのだそうだ。システムが変わり、列車が新しくなっても、こういうところはちっとも変わらない。これが英国なのだ。

列車は大英帝国を北上する。都心部を離れると、また絵のような田園風景が始まる。窓の外を見つめると、うっとりとしてしまう。窓に額をつけて、いつまでもいつまでも眺めていることができる。それほどイギリスの田園風景は素晴らしい。

イギリスの田舎の風景は美しいとはよく聞いていたが、これほどのものとは思わなかった。日本とはまるきり違うのだ。いや、日本にもこんなふうに風景が美しい時代はあったはずだが、今はもう確実に違ってしまった。新しいといえば新しいが、すっかり俗化してしまった。こういう列車の窓からの眺めなど、いっさい考慮していない。

イギリスのこの郊外の眺めは、ホームズの時代と少しも変わっていない。ゆるくうねる起伏を、まるで手入れの良いゴルフ場のように緑の絨毯が埋め、遥か地平まで続いている。イギリスは平らな国と見えて、遠景に山がない。

そのかわり、手前にちらほらと、まるで玩具のように愛らしい家が散在する。家々は、あるものは石造りであったり、あるものは白ペンキ塗りの木造だったりするが、例外がないのは、窓の桟《さん》が白ペンキ塗りであることだ。これが、この絵本のような風景を造ることに大いに貢献している。

家々は、周りにたいてい小さな車を一台と、二、三本の木をしたがえて立っている。電柱が一本もなく、無粋な大看板などただの一枚も見あたらない。少し冷えた、北の国に特有の空気のように、風景全体が凛《りん》として澄んでいる。

列車に平行して、少しうねりながらしばらく道がついてくることがあるが、この道に、走っている自動車の数が少ない。だから道に渋滞も見られない。

この様子は、ロンドンの都心部でもそうだった。東京のような殺気だった大渋滞はなかった。

イギリスは、こうしてみると確かに、東京周辺に較べるとずいぶん田舎だと感じられる。車も人も少ない。モダンな高層建築も少ない。こうして北をめざして長く走ると、国全体が大いなる田舎にも思われてくる。しかしだからといって、優越感などみじんも湧かない。ここは田舎かもしれないが、偉大な田舎だ。美しく、心がやすらぐ。守るべきものがきちんと守られている、誇り高き田舎だ。

この国には、雨が多い。その雨は土砂降りではない。たいていしとしとと降る。だから雲が厚く、いつも上空にかかっている。

その印象は、列車が北上するにつれ、ますます強くなる。雲がどんどん低くなり、風にあおられて、ゆっくりと、絶えず動いている。

雲はたいてい雨雲だ。だからよく雨が降る。土地を埋める芝草に、点々と佇《たたず》む木々に、柔らかく、まるで巨大なじょうろで水をかけるようにして注ぐ。けれど雲が速いから、その雨はすぐにやむ。すると青空が覗く。青空と一緒に、西に傾きはじめた太陽も覗く。

こんな時、突然雄大な虹がかかる。

私は感動していつまでも見つめてしまう。スケッチブックを取り出し、絵筆を握りたくなるような、心に染み入るような、いつまでも記憶に留めておきたくなるような風景。通り雨と、それが去ったあとにかかる虹の橋。

日本人がすっかり忘れている風景だ。地球の裏側のここには、それらが手つかずで、すっかり残っていた。なんて素晴らしいんだろう、と私は思う。ああ、来てよかった、と私は思った。有無を言わさずここへ引っぱってきてくれた友人に、私は感謝した。ヨーロッパには、こんな詩情がまだたっぷりと残っていたのだ。

「気に入ったかい？　石岡君」

御手洗が私の耳もとでささやいた。

「君にこれを見せたくてね、列車の旅にしたんだ」

レオナは、窓ガラスに頭をもたせかけ、美しい横顔を見せて眠っていた。私はぼうとした頭のまま、眠らずにいつまでも窓の外の景色を眺めていた。眠るなんて、そんなもったいないことができるものかという思いだった。

「いいね、すごくいいよ」

空港での緊張もすっかり忘れ、私は浮き浮きした気分で応えた。旅に出て、こんなに景色に感動したのは生まれてはじめてだった。

「イギリスはきれいな国だね」

私は言った。御手洗は満足したようにうなずいた。

空腹だったが、私はなんともいえぬ満ち足りた気分を味わっていた。そうして、この国の風土が生み出したあのシャーロック・ホームズを、ブラウン神父を、エルキュール・ポアロを、もっと好きになった。


インバネスに着いたのは、夜も更けた時刻になった。

がらんとしたホームにおり立つと、ここが英列島の北の果てであることを無言で語るように、空気が頰を刺すように冷たかった。黄色い電灯が寒々とともる、まるで石造りの古い劇場のような構内への石段をくだり、正面玄関へ向かって歩いていくと、私たちとすれ違う人の姿はない。

私は、このあまりに幻想的な気配に、眩暈に似た気分に襲われる。こんな駅は、日本には決してない。こんな大劇場のような駅なら、いかに時間が遅くとも、もっともっと乗降客でごった返しているはずだし、逆にこんなふうに乗降客の少ない駅なら、北海道の片田舎のローカル線の駅のように、傾きかけた小屋のようなみすぼらしい駅舎であるのが普通だ。

これがきっと英国というものなのだろう、と私は想像する。いや、ここはもうスコットランドか。おそろしく立派な石の構造物はできあがっているが、人間の数は少ない。これはやはり、この国のかつてのありあまる豊かさを物語るものなのだろう。

玄関に出た。アーチ型の、立派な玄関口。私たちの靴音が反響するその向こうに、北の都市が夜の闇に沈んでいる。まるで冷えた煙のように、霧が私たち三人に向かって押し寄せてきた。

その湿り気を頬や首筋に感じながら、逆らうように玄関を出て、表通りの石畳の上におり立つと、私はまた驚いた。

雨はやんでいた。黒々とした巨大な石造りの建造物が、見渡す限りの左右を埋めている。間違いなくここは大都市だ。しかし、どうしたことかまるきりゴーストタウンだった。駅前に人っ子一人いない。建物の窓々にともる明りもごくまばらだ。

正面から真っすぐに続く通りの彼方は、深い霧にすっかり隠れてしまって見えない。東洋から、遥かに長い旅をしてきたせいか、霧の充ちた周囲の闇の内に、得体の知れぬ魔物がひそんでいるような恐怖も湧く。

霧の中に白く長く、剣のような光線をひらめかせて、時おり自動車が走っていく。私は、こんな深い霧に出遭うのも、もしかすると生まれてはじめてではなかろうかと考えた。

この国には、私たち極東の先鋭都市の人間がすっかり忘れかけている、あらゆる劇的な要素がひそんでいるのだ。この北の果ての街が、私にとっては最も自分の内なるイメージに近い英国だった。ロンドンをあわただしく素通りしてきたせいもあるのだが。

小説家にはいい国だな、と思う。そしてこの国が、かつておびただしい幻想小説を生み、ミステリーを生んできたことを、私はあらためて思った。とても納得する思いだった。ホテルを求め、見知らぬ街の歩道を私たちが歩きだすと、コツコツと靴音が響く。

そんな靴音にさえ、私は感動した。どこへ行こうと、うんざりするほどの人波にもまれる日本から来た者には、都市の石の歩道で、自分の靴音を聴くという出来事さえ、まるきり忘れていた経験である。こんな土地では、どんな鈍感な人間でも内省的にならずにはいられない。こんな街に一人でやってきたら、さぞ心細かったことだろう。

「すごい霧ね、やっぱりイギリスだわあ！」

とレオナが突然言った。

「切り裂きジャックが出てきそうね」

それには応えず、しばらく無言で歩いてから御手洗が私に言った。

「この霧は、北海やネス湖からやってくるんだぜ。このインバネスっていう街は、ネス湖の入口なんだ」

「ふうん」

と私は言った。

「ホテルで軽く食事をして、今夜は早く眠って、明日の朝早くに、レンタカーを借りてフォイヤーズへ行ってみよう。フォイヤーズはネス湖沿いの村なんだ」

「ネッシーに逢えないかしらね」

レオナが言った。

「うん、逢えた時のために、ぼくは正装してきたんだ」

御手洗が応えた。

巨人の家

1

翌朝、私たちは現地時間の六時に起きた。それでも日本人としては異常な朝寝坊である。日本時間ではこれは午後の二時にあたるからだ。前夜あまり眠らず、疲れていなければ、とてもこれほど眠ることはできなかったろう。

廊下で落ち合って、三人一緒に一階のレストランにおりていくと、表はまだ真暗である。北の国の九月は、夜明けが遅いのだ。

バイキング料理も、メニューはまだ半分くらいしか用意されていず、レストラン内はがらんとして、食事をしている人の姿はなかった。昨日ろくな食事をしていなかったので、私は猛然と食欲が湧いた。

小さなホテルだったので、ホテルでレンタカーを借りることはできず、レンタカーショップまで歩かなくてはならなかった。タクシーに乗るほどの距離ではなく、それでも歩けばかなりの距離があった。

有名人としての生活に馴れているはずのレオナが、こういったことに苦情を言わないことに、私は感心した。もっと立派なホテル、もっときちんとした食事、歩かせないでタクシーを、と次々に要求してきても不思議はなかった。しかし彼女はなにひとつ文句を言わず、御手洗が言う通りに黙って行動していた。いつか自分で言っていた通り、レオナは外観はイギリス人だが、中身は古い日本型の女性なのかもしれない。

ホテルを出たのは八時頃だったが、それでもまだ夜は去らない。昨夜よりはずっと明るいが、このまま永久に薄暗いままでいるのではないかと心配になる。

霧も去らない。相変わらず、通りの五十メートルも彼方は、すっかり霧に隠される。こんな薄暗い中、レンタカー屋が店を開けていたのが私には不思議に思えた。御手洗はホテルから、開いていることを電話で確かめていたのだ。

フォードのエスコートを借りた。この車は、南のロンドンでもよく見かけた。イギリス人に人気があるらしい。

運転席には御手洗がまずすわった。私は国際免許を取ってきていなかったからだ。しかし彼がエンジンをかけ、ライトをつけると、レオナが、私に運転させてと言った。

「私、A級ライセンスも持ってるのよ」

と彼女が言う。

「それじゃ代われないな」

と御手洗。

「飛ばさないと約束するなら代わるよ」

「約束する」

と彼女は言う。それで御手洗はやっと運転席をおりた。助手席でやおら地図を広げる。御手洗は地図を見るのが得意で、しかも誰もネス湖までの道や、フォイヤーズの位置を知らないのだから、運転の腕さえ確かなら、別の人間が運転してくれるのは、御手洗としても歓迎だったはずだ。

「ではこの先を右へ」

御手洗が言い、

「OK」

と応えてレオナは走りだす。発進はスムーズだった。自分で言う通り、なかなかの腕のようだ。

フロントウインドゥに細かな水滴がかかった。霧雨が降りだしたようだ。レオナがワイパーを入れる。

「おや？　眼鏡をかけましたね」

地図から顔をあげ、御手洗が言った。

「ええ、私近眼だから。ちょっとこっちは見ないで」

とレオナは言った。

「上手ですね、いつも日本で乗ってるんですか?」

私が後部座席から声をかけた。

「ポルシェに乗ってるんですよ、横浜では。944、駐車場にあったの、見ました?」

彼女は訊《き》く。

「ああ赤いの」

私は応えた。記憶があったからだ。

御手洗の指示にしたがい、レオナが暗い霧の中を、車を走らせていく。都市部を抜けた。石造りのビルディング型の建物が徐々に姿を消し、この国に特有の田園風景が始まる。

道は舗装されているが、すっかり山奥に入り込んだような気配だ。道の左右に時おり現われて続く白ペンキ塗りの木の柵、廃屋になりかけている石積みの家、その足もとを流れる美しい小川などが、後部座席で見ていると、まるで夢の中の幻のように、霧をかき分けて忽然と現われては去る。

そして、まったく自然のままといった印象の木立ちは、いつまでも道の左右に続いている。南のイングランドも美しかったが、ここスコットランドも、負けず劣らず美しい。自然が織りなす、風景画のつづら折りだ。

小川が左側から次第に迫ってきた。やがて道は、小川に沿って走りはじめる。小川の手前に、また白い木の柵が現われた。すべての人工物が、注意深く自然の景観を邪魔しないように配慮されている。人間の営みは、ここでは自然の一部として控えめになされていて、だから風景が限りなく美しい。日本はもう、この段階を遥かに通りすぎてしまった。日本列島のどこへ行っても、そこはどこかの都市の一部なのだ。

次第に夜が明けてくる。こんな美しい土地に、ペイン氏は生まれ育ったのか、と思う。もし彼が御手洗の言うように二重人格の性格破綻者だとしたら、こんなに美しい、恵まれた自然の中で、彼は狂った妄想を育てたのだろうか。

ネス湖もそうだ。英国の北の果てのこの湖の恐竜伝説は有名だが、そんな不思議な伝説は、たいてい美しい自然の中に存在する。「魔性の美女」という言葉にも似て、美と恐怖とは共存するものなのか。

左手を走る小川が広くなる。どんどん広くなるな、と私は窓外を眺めながら思っていた。船着場も見えた。何艘かの動力船と、クルーザーが繋留されている。

ついに川は、対岸が霧の中に霞むほどに広くなった。対岸の黒い森は、白い霧の中にかき消されたり、亡霊のように薄《う》っすらと現われたりする。

夜が明けた。周囲一面を充たした霧が、東の空のどこかに現われたはずの太陽光を吸収し、白く輝きはじめた。

左手に続く森と山が、黒々とその輪郭を現わした。右手の水も、さざ波をたてる静かな水面をわれわれに見せた。霧は、その上に厚くかかっている。

水面に接するあたりが、特に密度が濃いように感じる。上にいくにつれ、やや希薄になる。だから対岸の森は、水面からかなり上のあたりで、それと知れる。

「ネス湖だよ、石岡君」

うしろを振り向いて御手洗が言った。

「これが?!」

レオナが言い、

「ああやはり」

と私は言った。これが、恐竜が棲むという世界的に有名な湖か。

ネス湖は、右手にいつまでも続く。私たちの車は、どうやらネス湖畔に沿った道を走るらしい。長い長い湖だった。霧の向こう側に、常に薄っすらと、対岸の森の気配がある。対岸が見えなくなるほどに広い場所はないようだ。教えられなければ、広い川のようだ。

「あそこの駐車場にちょっと入れていいかしら。私もネス湖を見たいわ」

レオナが言い、御手洗がうなずいた。

タイヤが砂利を踏む気配があり、車が大きく揺れた。空き地に入ったらしい。レオナがおりるのを待ち、椅子を倒して私もおりた。

「ああ、素敵な湖だわ」

レオナが両腕を前の方に伸ばしながら言った。

「ねえ、そう思わない？」

私に訊く。私はうなずき、応える。

「本当。素敵ですね」

「ねえ、御手洗さんは」

広げた地図を持ったまま湖面を見ていた御手洗は、

「全員の意見を聞かなくてもいいでしょ」

と無愛想に言った。まあ確かに、美を多数決で決定することもない。

御手洗にうながされ、私たちはまた車に入った。走りだす。御手洗は今誘拐の家のことで頭がいっぱいで、ネス湖になど興味はないのだ。

「ゆっくり、ゆっくり行って」

御手洗が助手席で言う。

「あった。あの表示に沿って、その道を右へ」

「ここね？」

「そう。あとは一本道だ。こんな地図なんてしまって、と……」

「ねえ、このあたり、レストランなんてあるかしら?」

「レストラン?」

「そう」

「もうおなかがすきましたか?」

「いいえ。でもおなかがすいた時困ると思って」

「案外用心深い人だな。レストランはあるかもしれないが、おいしくはないですよ」

「どうして解るんです?」

「なに、グルメの詩人なんていないからですよ」

御手洗は澄まして言う。

道が登りにかかった。と思うまにくねくねと曲がり、高地へ向かうらしい。エンジン音が高くなる。ネス湖畔を走っている時は、それでもちらほら車の姿を見かけたが、このあたりに来ると、私たちの車以外に、車の姿は一台もない。やがて行く手に、美しい石積みの家々が並ぶ集落が、薄い霧の中に見えてきた。

「着きましたわよ、探偵さん。まずどうします?」

「レストランの有無を訊いたらどうです?」

「真面目に応えて下さい」

「いや真面目です。紅茶でも飲みながら作戦を練りましょう」

そして御手洗は、エスコートの窓を開け、たまたま道をやってきた老人に、英語で何ごとか話しかけた。老人がゆっくりと自分の後方を指さしている。どうやらレストランがあったようだ。

「この先の左手に、一軒だけレストランがあるそうです」

窓を閉めながら言う。

Emilly'sと書かれた古い木の看板が扉の上に下がる、とてもよいレストランだった。古ぼけた木の桟がはまる大きな窓があり、そのそばのテーブルが空いていた。というより、朝が早いせいか、店内に客の姿はまったくなかった。

私たちがその素朴な木造りのテーブルに席を占めると、炎をあげる石積みの暖炉が、私の背後にきた。暖炉脇の棚の上にはたくさんの絵皿が並び、ブリキの日用道具や玩具も置かれていた。小さな額がたくさん下がった土壁は古び、わずかにひび割れて、アンドリュー・ワイエスの絵に出てくるような室内だった。

焼きレンガを敷きつめた床を踏んで、痩せた上品そうな中年の婦人が、オーダーを取りにやってきた。彼女がエミリーさんらしい。どんなメニューがあるのかと御手洗が訊いているようだった。ここから先の描写は、私を大変悩ませる。われわれ三人の会話以外はすべて英語だからだ。そして私は英語がまったく解らない。会話の内容は、推測と、あとで御手洗に聞いた事実とを総合して書いていくほかはない。

「木苺《きいちご》のパイがあるそうだよ、石岡君、食べるかい？」

「うん」

私は応える。

「ではそれを二つと紅茶だ。レオナさんは？」

「私はお茶だけ。太りますから」

御手洗はオーダーし、婦人と何ごとか、長々と話していた。何を言ってるんだろうと思ったが、食物が運ばれてきた時に解った。ペイン家の所在や、彼女が隣りのテーブルの椅子を引き出し、御手洗の横にすわったからだ。ペイン家の所在や、ジェイムズ・ペイン氏がまだこの村にいるかどうか、じっくりと話を聞かせて欲しいと頼んだのだろう。

二人は、まず自己紹介らしい会話をして、それから、私とレオナを紹介したふうだった。女性はレオナを見て驚き、それから微笑《ほほえ》んだ。

三人が、しばらく会話をしていた。取り残され、私はぼんやり待っていた。やがてレオナが驚きの声をあげた。御手洗が振り返って私に言う。

「こいつは驚いた。ペイン家なんてもうここにはないそうだよ」

「え？　ないの？」

と私。それではレオナの場合、旅の目的の大半が失われたことになる。

「うん、みんな死に絶えたそうだ。ジェイムズ・ペイン氏の両親も、兄弟も。家はしばらく空き家で残されていたけど、もう取り壊されたって」

「じゃあジェイムズ・ペイン氏は？」

「昔日本へ行ったまま一度も帰ってないそうだよ」

「帰ってない？」

「うん、何度か手紙が来ていたから、まだ日本にいるんだと思っていたって。この人も驚いている」

「だけど、ロンドンに彼の一族がやっている会社があるんだろう？」

御手洗は中年の婦人に向き直り、また何ごとか話した。それから振り返る。

「いや、親族の会社というのは間違いで、ジェイムズ氏の父親の共同経営者だった友人が、今もやっている。この人のトラクター会社には、この村からも何人かが就職しているし、エイドリアン氏、ジェイムズ氏のお兄さんだが、彼の葬式の時はこの共同経営者も村へやってきたからよく事情は解っているが、ロンドンの会社には、ペイン氏の一族は一人もいないそうだ」

「お兄さんも亡くなったんだね。この人には家族はなかったの？」

「変わり者で、ずっと独身だったそうだ。だから、ペイン一族は滅亡の憂き目に遭いかかっているわけだ。もしもペイン氏が今もどこにも生存していないなら、だけれどね」

そして御手洗は、また婦人の方に向き直り、話しはじめた。

「いったい、ではペイン氏はどこへ行ったんだろう……」

思わず私は、日本語でつぶやいてしまった。

「ショックだわ……」

レオナが、私に向かってそうささやいた。無理もない。彼女は、十数年ぶりに父に再会できるかもしれないと思い、ここまではるばるやってきたのだ。

「お父さんの消息というのは、これまでいっさい探ることはなかったんですか？」

私はレオナに尋ねた。

「なかったんです。母が、おまえたちを置いて勝手に帰ってしまった人のことなんか忘れなさいって、よく言ってたから」

「手紙も出さなかったんですか？」

「出しませんでしたね。父の方からでも来れば、返事を書いたでしょうけれど。私、父がここ、フォイヤーズっていう村の出身だなんてことも、一昨日《おととい》はじめて知ったくらいですから」

「あんまり関心がなかったんですか？」

「うーん、なかったってことはないけれど、やはりそれは、興味を持ちにくいものですよ。私たちにはもう新しい父がいたわけですから」

なるほど、それはそうだろう、と私も思う。しかし、では八千代と離婚後、ペイン氏はどこへ行ったのか。イギリスのどこかにひそかに帰国しているのか、それとも、日本のどこかに今もひそんでいるのか。

「うーん」

と御手洗が唸る声が聞こえた。婦人は立ちあがって奥へ戻っていく。

「どうしたんだ？」

「例の『誘拐の家』を知らないかと聞いたら、そんな名前では知らないというんだ」

「もうないの？」

「いや残っている。それらしい建造物が、この先の、山の斜面にあるらしい。しかしこのあたりではね、『巨人の家』と呼ばれているというんだ」

「『巨人の家』？」

「うん、ロンドンからも好事家《こうずか》が何人も観にきたそうでね、身の丈五メートル以上もある怪物が住んでいたという言い伝えと一緒に残っているらしい」

「五メートル?!」

「ああ、というのはね、家の中の様子がえらくおかしいらしいんだ。階段にものすごく段差があるし、ソファといったら、もうとてつもなく大きいんだってさ。それから穴ぐらみたいな部屋もあってね、ここには階段さえついていない。今は鉄の梯子を取りつけたそうだけれど、身の丈が四メートルもないと、とてもではないが出入りなんてできないらしい」

「なんだいそれは……」

私は絶句してしまった。

「そんな家を、ペイン氏は造ったのか？　それは、君の言ってたペイン家の爆撃避難用の家とは別なんじゃないのかい？」

「そう思って詳しく訊いてはみたんだけれど、レンガ造りのサイコロみたいに窓のない家で、内部の壁はセメント塗りで、様子はぴったりと合っているし、そんな変てこな家は、この地方には二つとないそうだ。だからまず間違いはないだろう」

「でもなんでそんな伝説が……？　それは、『誘拐の家』じゃないんじゃないかな」

「ともかくその家が、今やこの村の観光資源みたいになりつつあるらしい。噂が伝わって、はるばる観にやってくる人も増えたそうなんで。この家をテーマに、詩や小説もいくつか書かれているらしい。それでね、家の図解入りのパンフレットを造ったそうだよ。このレストランにしか置いてないそうだけど、今持ってきてくれるって」

そして戻ってきた婦人の差し出したパンフレットの図は、まさしく妙なものだった。

確かにサイコロのような建物である。一見した限りでは、内部構造がひと目で把握はできなかった。上に風変わりな屋根がついているらしい。

御手洗も、図を見ながら婦人にいくつか質問をしていた。それからまた私の方を向く。

「山の中腹の斜面に、こんなふうになかば埋まったかたちで建っているらしい。確かに地中にある方が、爆撃の破壊に対する抵抗力は強いだろうね」

「うん、防空壕なんか、みんな地面の下だからね。これも一種の防空壕なのかもしれないね」

私が言った。

「それで、下からじゃなく、この上から入る。上から、深い穴の底におりていくような感じらしい。入口のところまでは、山の斜面に小径《こみち》が造られている。径から、すぐこの階段のところへ入れる。上にはこんなふうに、屋根がついているんだそうだ。でないと雨が入って、下に溜ってしまうんだろうな。

ところがこの階段がものすごいらしい。一段の高さが四フィート、というから一メートル二十センチ以上あって、昇り降りが大変に危険なんだそうだ。大男ででもないとね。それで、ここに、身の丈が五メートルもある大男が住んでいたんだという伝説が生まれているらしい」

「でも、ペイン氏がここに防空用の建造物を造っていたのは、みんな知っていたんだろう？」

私が訊く。

「ところが、誰も知らなかったんだそうだよ。ペイン家の親子が造ったんだという話も、今はじめて聞いたとこの人は言っている。今まで、誰がこんな変てこな家を造ったのか不明ってことで通っている。確かにペイン家の人が造ったという噂も、これまであったことはあったけれど、なにしろ噂の多い建物だから、どれが本当のことだか解らなかったって」

「まあそうかもしれないね。防空壕の存在は、秘密にしておかないと、いざ空襲って時に、村の全員に押しかけられても入りきれないからね」

「うん」

「収容人員は限られているだろうし、またそんな秘密の場所だからこそ、少女を誘拐して壁に塗り込めてしまうというような……」

言いかけて、私はあわてて口をつぐんだ。レオナの手前があったからだ。レオナは、父親のイメージをそんなふうに穢《けが》されたくはないに違いない。案の定、レオナの顔色が変わった。

「いや、かまわないよ石岡君、いずれ話さなきゃいけないことだ。ここまで一緒に来て、帰るまで黙っているってわけにはいかない」

御手洗は、足もとのブリーフケースから、例の奇怪な走り書きのコピーを取り出し、レオナに差し出した。日本語でこう説明する。

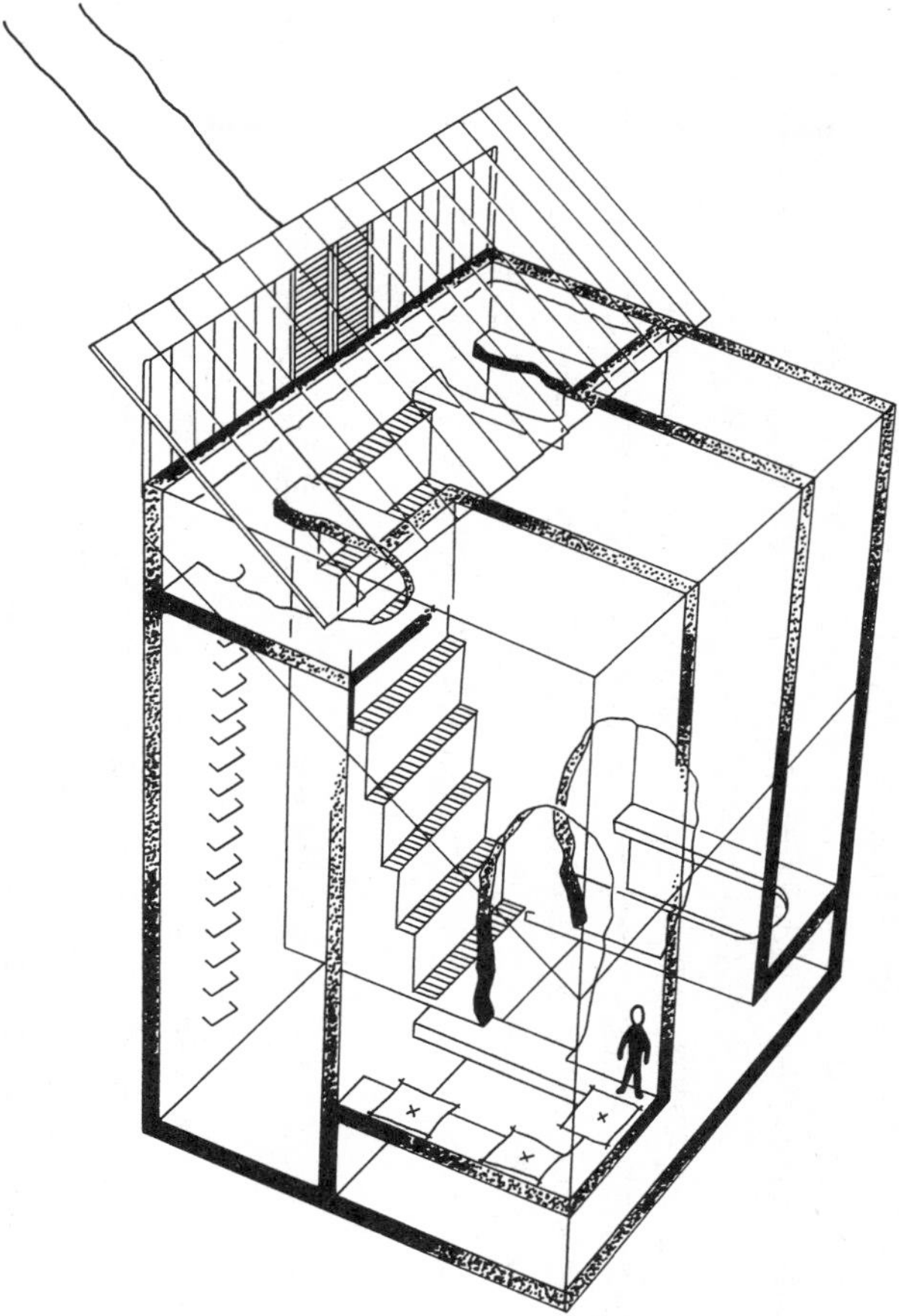

「あなたはただお父さんを探しに来ただけでしょうが、ぼくらの目的は違います。これを読んでみて下さい。とりあえず、まだ村の人には見せない方がよいでしょう」

受け取り、レオナも、読めないわこれ、と日本語で言った。とりあわず、御手洗は婦人に向き直り、また何ごとか質問に戻る。しばらく話すと、彼女はまた立ちあがって奥へ消えた。

「村でただ一人のポリスマンを呼んでもらった。例の建物を調査するには、この人物の許可が必要なんだそうだ」

「ふうん」

と私は応えたが、少々暗い気分になった。横浜の丹下たちを思い出したからだ。われわれは、まさしく極東からの招かれざる闖入者《ちんにゅうしゃ》である。それが、村の数少ない観光資源の壁を、なんの権限も資格もなく、壊そうというのだ。相当不愉快なやっさもっさが予想された。警官がのちに自分の責任を追及されることを考え、われわれに何種類もの厄介な書類を書かせることが、まず考えられた。その後、書類を提出して彼の上部機関の許可がおりるまで、ここに一週間足留めという程度のことは充分ありそうである。

「入口の階段左右にあるこのぎざぎざした穴は、便宜的にこう描かれているんじゃなく、実際にこのような形で床に大穴があいているんだそうだ。最初からこういう造りなのか、あとから誰かが床を壊したのかは不明らしい。階段下の左右の壁にあいたこの穴も、まったく同様だ。

階段下の左右のこの部屋は、こんなふうに床に大きな穴があいていて、ソファのように思えるのだけれど、下の床までやはり四フィートくらいあるから、下の床へおりたり、また椅子にあがったりも大変で、ここへ腰かけて足をだらりとぶら下げても、とても足が下へなどつくもんじゃない。だからこの部屋は、巨人のソファの部屋と呼ばれているそうだ。

壁には、何かを引っかけていたらしいフックも飛び出しているんだが、これがなんと床から十五フィートも遥かな上空にあって、梯子でもなくては、とても手なんか届かない。まあそういう不可解な家なんだって」

「こっちの壁についているこの鉄の梯子は？」

「これは後で村の人が取りつけたらしい。階段左右にあるこっちの部屋は、そうでもしなければ、絶対に昇りおりなんてできない深い部屋だそうだよ。そして一見二部屋に見えるこの部屋は、底では左右がつながっている。身をかがめれば、東西方向は往き来ができるんだそうだよ」

「へえ……、いったいどういうんだ？　どうしてこんな妙ちきりんな家を造ったんだろう。やっぱり防空壕ということで、なのかなあ……」

「くずれた時の用心というふうに、理解するべきなのかな。とにかく早く実物を見てみたいね。……レオナさん、読みましたか？」

「これはファンタジーよ」

彼女は即座に言った。御手洗はうなずく。

「ショッキングな内容です。解釈の方法には苦しむところですが、壁を崩してみればいい、その判定は簡単につきます」

御手洗は気軽に言い、はたしてそんな許可は得られるだろうか、と私はまた思った。婦人が席に戻ってきてすわり、こんどはレオナが話しかけて、また私をのけ者にした会話が始まった。

「今電話をしたから、ポリスはすぐ来ると言っているよ」

と御手洗が私に通訳した。

いかめしい、大英帝国の警官か、と私はひそかに緊張する。レオナは、父親はどんな人だったのかと尋ねているらしかった。婦人は、自分は第二次大戦直後の生まれなので、直接会ったことはないが、非常に無口で、暗い目をした、礼儀正しい人だった、とそんなふうに説明したそうである。

ではエイドリアンという人はどんな人だったか、とレオナは続いて尋ねているらしい。婦人はうっとりしたようにしばらく天井を見つめ、言葉を切った。その様子は、私には追憶を楽しんでいるように思われたが、やがて彼女は早口になって、何ごとか言った。御手洗が、おや、というように怖い目つきをした。

「何だって？」

私は急いで御手洗に尋ねる。

「口が不自由な人だったたって言ってる。エイドリアンって人は」

「ええ？　口が」

「あまり話したがらない。どうもそれ以上の、何らかの障害があった人なのかもしれないな」

御手洗も手早く説明した。どうやらペイン家というのは、あまり恵まれた家庭ではなさそうである。

その時、大きなガラス窓の外に、賑やかな歌声が聞こえた。歌声がやむと口笛に変わった。それからひと声、犬の吠える声も続いた。

チリチリンとベルが鳴り、レストランのドアが開いたことが解った。私たちがいっせいにそちらを向くと、天をつくような大男が立っていた。

しかしそれは、彼の被《かぶ》っている帽子が大きかったのでそう見えただけで、入ってきた人物は、特に小柄ではなかったが、英国人としてはとりたてて大きい方でもない。白い髭を鼻の下にたくわえ、痩せた体型の老人だった。黒い服を着て、バッキンガム宮殿の衛兵のような大袈裟《おおげさ》な帽子を被っていた。

入ってくるなり、その帽子をとって小脇に抱え、店内中に響くような大声で何ごとかわめいた。耳が遠いのかもしれない、と私は思った。

御手洗が立ちあがり、うやうやしく彼を迎えた。何ごとか言い、二人は握手を交わした。警官の愛犬は、焼きレンガの床に敷かれた長円形の敷物の上に、腹這いになった。

「わざわざ日本から、わが『巨人の家』を調査に見えた名探偵はあなたかって」

レオナが私の方を向き、通訳した。それからレオナも手を差し出すと、老人はうやうやしくひざまずき、無理やりレオナの手を裏返して、甲にキスをした。それから何ごとか言った。

「日本製で優れたものは車だけだと思っていたが、女性も素晴らしいとさ」

御手洗が言う。

このように正確な描写を期していると繁雑なので、以下は御手洗とレオナ二人に通訳された記憶を頼りに、会話の内容だけを記していくことにする。

「あなたにいくつか教えていただきたいことがありましてね、はるばる地球を半周して来たんです」

と御手洗。

「おー、何なりとどうぞ。ただしネッシーはどこかとは訊かないで下さいよ」

「それはこの次で結構。今回は『巨人の家』についてです」

「おお！　わが村の『巨人の家』は、ついに日本にまで知られましたか?!」

「ぼくの友人のこの作家が近いうち本にすれば、もっと知れ渡ることでしょう。まあどうぞおかけ下さい。いい犬ですね、なんて名です？」

「フェニックス。お国にもこんないい犬はいませんぞ。日本語はまだ知らないが、フランス語とイタリア語とスペイン語を解するのです。私の最愛の友です。こいつなしには、私の人生はあり得ませんな」

「そいつは素晴らしいが、英語をお忘れでしたよ」

「いやこいつは、英語だけはちと苦手でね」

「ははあ！」

「しかし、昔亡くなった私の女房よりはマシだ。あれも私の言うことがちっとも通じなかった、わはは！」

といった調子の警官だった。

御手洗は警官に調子を合わせて、ネッシーの話などにいっ時精を出し、しばらく本題を切り出さなかった。だいぶ経って、ようやく自己紹介をした。警官はエリック・エマーソンだと名を言った。

レストランの女性がエマーソン用の紅茶を持ってきて卓に置き、奥へ引っ込むのを、御手洗は目で追っていた。それから、例のペイン氏の走り書きのコピーを、警官に見せた。

彼は全然読めないぞというように、紙を鼻先へ持ってきたり離したり、またのけぞって窓辺の明りで照らしたり、手で高く挙げて透かしたりなどして、孤軍奮闘していた。

「ジェイムズ・ペイン氏とお会いになったことは？」

御手洗が訊く。

「ああ昔に少しね」

わめくように警官は応える。

「どんな人でした？」

「無口でいい男だったな。ゲイシャガールを追っかけて日本へ行ったという話だった」

彼は言った。噂というものは、案外正確に故郷に伝わるものらしい。

私は、「巨人の家」の案内パンフレットに見入っていた。図の左横に、長々と何やら詩のような英文が印刷されていた。懸命に意味を読みとろうとするのだが、辞書もない今、私にはとても無理だった。

「ここに住んでいた伝説の巨人の想像上の生活が、詩にされているのよ。身長が十六フィートもある大男で、ネス湖のほとりから、女の子供をさらってきては食べていたんですって」

「へえ……」

暗闇坂の大楠と似ている、と思った。偶然なんだろうか。

「長いことあの家に住んでいたけど、飽きてしまって、泳いで東の国へ行ってしまったんですって。そこで大きな木に姿を変えたそうよ」

　私はびっくりして、レオナの顔を見つめてしまった。それではあまりにあの藤並家の裏庭の楠の言い伝えとぴったり符合するではないか。あの楠に関しても、確か三幸だったかが、昔々は巨人で、森で動物を獲って食べていたと言った。それが今は楠に身を変えたんだと言っていた。これは偶然の一致なのだろうか。これなら確かに、あの大楠が人間を、それも女の子供ばかりを選んで食べる理由が説明されるのだが――。

「これはどこで？」

　村でただ一人の老警官はわめいた。

「彼が結婚して暮らしていた、日本の芸者ガールの家の本棚で見つけたんです。書物の余白への走り書きですよ」

「詩のようだが、私はよく読めないな、解りづらい字だし、近頃目も遠くなったんでね」

「クララという、金髪で緑の目をした少女について書かれた詩です。最後あたりに、この子を殺して、あの『巨人の家』の北の壁に塗り込めたと受け取れる表現があります」

「なに？　そりゃ一大事だ！　これは誰が書いたんです？」

「この村出身の、ジェイムズ・ペイン氏です」

「なんと！　こいつはゆゆしき大問題だ。さっそく壁をくずして調べてみよう。あんた方、ちょっと手伝って下さらんか」

「喜んで手伝いましょう。警察官の手伝いは、ぼくの最も喜びとするところです」

してやったりとばかりに御手洗は言った。

「こうしちゃおられん。よしフェニックス、おまえはひとっ走り先に家に行って……、いや、おまえは英語が通じないんだったな」

「スペイン語で言ってみましょうか？」

「いや、そいつはこんどにしよう。では今から、道具を取りにみんなで私の家へ行くとしよう。エミリー、エミリー、うまい紅茶をごちそうさん。こんどはわたしが自家製のおいしいジャムを持ってくるよ。では今日はひとまず……」

老警官は立ちあがり、かたわらの帽子を大事そうにとって被る。

「われわれはお代を払わなくてはね、石岡君……」

「私が払っておきます」

レオナが言い、バッグから財布を取り出した。

「ごちそうになってもいいんですか？」

御手洗が用心深く言った。

「ええいいですわ。あとでロンドンで私のお買物につき合って下さるなら」

「そんな危険な約束はとてもできない。石岡君、割り勘にしておこう」

「冗談よ」

表へ出ると、霧はだいぶおさまっているが、かわりに霧雨が降りはじめていた。雨の向こうで、陽はすっかり天高く昇っているはずなのだが、北の地特有の暗さに、村は支配されている。

霧雨とはいえ、私やレオナは傘をさしたいと思った。日本人は、雨に濡れることに馴れていないのだ。

しかしエリック・エマーソンは、雨などいっこうおかまいなしで例のものすごい帽子を頭に載せ、ただの一瞬の躊躇《ちゅうちょ》も見せず、揚々と雨の中へ出ていく。やってきた時のように、大声で歌を歌いはじめた。フェニックスも続く。英国は、一日に何度も雨が降ったりやんだりするので、英国人は雨に濡れることを何とも思っていないのだ。家の中が畳敷きでなく土足で、しかも暖炉などの暖房器具が大昔から完備しているせいなのだろう。

日本人は雨に濡れることに馴れていないと書いたが、たった一人例外がいた。御手洗潔だ。この風変わりな日本人も一瞬の迷いもなく雨の中へ踏み出し、警官と一緒になって歌を歌っている。肩でも組まんばかりに意気投合している。どうやら御手洗は、日本と違ってスコットランドの警官とはすこぶる相性が良いようだ。

「おい御手洗」

私が呼ぶと、二人が揃って歌をやめ、私を振り返る。私は一瞬たじろぐ。しかしエリック爺さんはすぐに一人で続きを始めた。この老人は、まるで一杯入っているようなあんばいである。

「何だい？」

友人は言う。

「いいのか？　村で唯一の観光資源の壁なんか壊して」

「本人がいいって言ってるんだからいいじゃないか」

「でももし白骨が出てきたら……」

「村で唯一の観光資源にはくがつくさ」

彼はうそぶき、さっさとコーラスに戻る。

2

エリック・エマーソンの家は、石積みの古ぼけた、しかしこれも絵のように美しい家だった。母屋の方には入らず、庭先に建てられた、これも丸い石を積んで造った納屋へ行き、カバン型の錠を腰に下げた鍵束のうちの一本ではずし、大きな木製の扉を開けた。中は真暗だが、電灯はないらしい。煤《すす》けた石油ランプがひとつ、天井から下がっている。

老警官は鼻歌と口笛とを交互に続けながら、埃だらけの暗がりで何やらごそごそやっていたが、ピッケルやら、大型のハンマー、ノミなどを両手に抱えて出てくると、どさどさと庭先へ放り出した。私がそれを抱えようとすると、待て待てと言う。どうしたのかと思っていたら、奥から一輪車を引っぱり出してきた。これに積めというのだ。

それで道具一式を一輪車に満載し、これを私が押して、「巨人の家」へ向かっての珍道中となった。御手洗と老警官は相変わらず大声で私には意味不明の歌を歌い、時おりフェニックスが吠えて合いの手を入れた。

私は、自分がこのあたりに長く住んでいて、これからみんなで畑仕事でもやりにいくような錯覚に陥った。ひどくのどかな心持ちで、悪い気分ではなかった。前方で歌を歌っている友人を見ていると、地球の裏側には御手洗の同類がたくさんいるのだな、と解った。

かなりの道のりがあった。確かに歌でも歌わなくては退屈だったろう。道が細くなり、やがて相当な登り坂になって、一輪車を押すのが苦行になった。見かねてレオナが手伝ってくれた。御手洗と老警官とフェニックスは、上機嫌で先に行ってしまった。

名前も知らぬ木々の間を喘《あえ》ぎながら抜け、ようやく山頂らしい高みにたどり着いて、平らな道を少し進むと、木立ちと白く靄《もや》う空気の底に、細い鎌のように、ネス湖の水面が見おろせた。ペイン氏の表現にそのような言い廻しがあったが、これは適確だ、と私はこの時実感した。

北の空気は冷たく、そして霧雨のせいで湿っていたが、私は顔に薄く汗をかいた。しばらく立ち停まり、湖を眺めながら深呼吸をした。

「お疲れさま」

レオナが言って、私のこめかみの汗をティッシュで拭いてくれた。

「あなたの相棒は薄情ね」

「まったくですよ。あんなのを好きになる女性がいないわけだ」

「あの人、恋人はいないんですか?」

レオナが言った。

「いるわけないでしょう! あんなの好きになる女性がいたら顔が見たいです」

私は満々たる自信とともに断言した。実際この頃、御手洗は今ほど女性に騒がれてはいず、ファンレターの類いも、まだ一通も舞い込んではいなかった。

「石岡君、あれを見たまえ」

という声に顔をあげると、御手洗が坂を戻ってきていた。フェニックスも嬉しそうに続いている。彼が指さすのは、私たちがあとにしてきた方角だった。そこに、フォイヤーズの村の全景が見おろせた。

「道が、Bを裏返した形をしている。藤並家の庭園のデザインと同じだ」

「ああ!」

と私とレオナが声を揃えた。言い終ると、御手洗はさっさと警官の方へ戻っていく。

道が下りにかかる。これは登りよりもさらに苦行だった。雨に濡れた土の道は滑りやすい。私が尻もちでもついて手押し車を放してしまったら、死体探しの道具一式は、遥か眼下のネス湖まで、一直線に突進するように思われた。

十分も下り続けたろうか。木立ちのすきまを通し、眼下の緑の中に場違いな赤レンガの色と、灰色のスレート葺きの屋根らしいものが見えてきた。

「あれね、『巨人の家』って」

レオナが言った。そして、周囲には木がまったく生えていない、広々とした草原の斜面に出た。「巨人の家」はその斜面の中途に、土になかば埋もれるかたちでぽつんと建っている。斜面に一本細い道がついていて、「巨人の家」の入口の扉まで一直線に下っている。この頃になると、ようやく親友の苦行に思いがいたったとみえて、御手洗が戻ってきて手押し車で坂道を下るのを手伝ってくれた。

「巨人の家」、それとも「誘拐の家」は、なんとも奇妙な印象だった。第二次大戦中の製作だから古びているのは当然だが、それにしても奇怪な印象だった。ごつごつとして黒ずみ、汚れ、すこぶる陰気な第一印象だ。

それはちょうど広島の原爆ドームとか、東京湾の猿島に遺る旧日本軍の軍事施設とか、まだ私は見たことはないが、アウシュビッツの印象などと共通したものではないかと想像する。要するに、明るく、楽しい、一般的な日常の持つ雰囲気とかけ離れているのだ。窓のないこの巨大な石の箱は、やはり私に、四十年前の戦争というものを真っ先に連想させた。あのような異常な大事件がなければ、世界中の誰もこのような毒々しい構造物を、こんな人里離れた山の中に造ろうなどとは思わないであろう。

この建造物の存在理由にさまざまな説があるのだろうが、その意味で私は、防空壕という考え方に最も説得力を感じた。戦争目的以外の何ものも、このような無粋な構築物の理由としては考えられない。それはほとんど確信に近いものとして私の内に湧いた。

巨大な石の箱は、その平らな屋上の南半分に、灰色のスレートの屋根がかかっていた。この屋根は、本体からみれば比較的新しく感じられた。おそらくフォイヤーズの村の者が、建造よりずっとあとに、これを取りつけたのであろう。

屋根の下には、板造りの垣根があり、その中央に、両開きの木の扉がついている。扉には、大型の頑丈そうな南京錠がおろされていた。

垣根の板や扉には、白ペンキが塗られている。そして扉には、黒い文字で"THE HOUSE OF GIANTS"と大書されている。垣根の方には、"Dangerous, Keep out."などと書かれている。

食人種の巨人が中にいるから危険と言っているのだろうか。その様子がなかなかユーモラスなのと、遥か眼下に、ネス湖の湖面が幻想的に望めるのとが、この不気味な建物の前に立つ者にとって救いだった。

エリックが、腰にぶら下がる鍵束を手に持ち、中の一本を選り分けて、南京錠をはずした。

「さあここが『巨人の家』だ。日本のみなさん、遠慮なく入ってくれ。ただし足場が非常に危険だからよく気をつけて。ここを見つけて入った村の者が、何人もうっかり穴の底に転落して足の骨を折っている。だからこんなふうに、柵と扉をつけたんだ」

警官はまるで自分の家の納屋のように言った。それからライターで、扉のすぐ内側の天井から下がる石油ランプに火を入れた。

確かに危険な足場だった。扉のすぐ内側は、下がっていく階段のとっかかりにあたっていたが、このセメント製の石段はおそろしく急で、階段というよりほとんど梯子だった。その石段の一段一段の高さは、レストランのパンフレットにもあった通り、一メートル二十センチ以上もあるから、よほど馴れない限り、とんとんと気軽におりていくことなどはできないだろう。一段ずつ、谷底へ向かって崖を下るように、慎重におりていく必要がありそうだ。

階段の左右には、ほぼ正方形の、ちょっとした平らなスペースがあるが、この中央には、それぞれ大きな穴があいていて、黒々とした闇が口をあけている。闇の底は、遥かな彼方だ。こんなところにうっかり落ちたら、警官が言うように足を折る程度ではすまないのでは、と思われる。

老警官は、手廻しよく、ポケットから懐中電灯を取り出した。御手洗も、いつ用意したのか小型の懐中電灯を持っていた。

「ここで待っていろよ」

と愛犬フェニックスにひと声かけてから、老警官は扉を入り、まず階段脇の平らなスペースにおりた。そうして、ゆっくりと一段目に足をおろした。それから、そこにゆるゆるとうずくまるようにして身をかがめ、次の段までそろそろと右足を下げていく。

なるほど、これは人間用の階段ではない、と私は思った。身の丈五メートルの巨人ででもなければ、とてもこんな階段は活用できないであろう。

「女の人はそこで待っていた方がいいんじゃないかな、フェニックスと一緒に」

と老警官は穴ぐらの底で怒鳴った。

「ジーンズを穿いてきたから平気よ」

とレオナは怒鳴り返した。

警官に続いて御手洗がおりていった。慎重に時間をかけているので、私もかなりの時間をあけ、続いた。すると、足もとの穴の底がぼうと明るくなったので、ずいぶんおりやすくなった。底に到着した老警官が、下に置いていた石油ランプに火を入れたのだろう。

古い石造りの建造物に特有の匂いがした。黴《かび》の匂いのようでもあり、すえた、古い腐臭のようでもあった。

遥か彼方にも思われる一段下の段に私の靴が届くたび、もの音が大袈裟に周囲に反響する。

よどんだ空気の匂いが、底へ向かうにつれ、ますます強く、異様になる。これに、石油ランプの匂いが混じった。

一階の、ごく狭い床が見えてきた。大量のセメントの瓦礫《がれき》が散乱している。そこに、御手洗と老警官が並んで立っている。

「あっちに焚き火の跡があるのは、扉を付ける前、浮浪者が勝手に入り込んでいたんだ。こっちが巨人のソファの部屋だよ」

と警官は言って、懐中電灯の光線をひらめかせながら、壁の、くずれ目のところへ、御手洗の肩を借りてあがった。

階段をおりきった床より、階段一段分高いあたりにある左右の壁に、大男が楽に通れるくらいの巨大な穴があいているのだ。警官はその穴から中に入っていく。御手洗も続く。

私もいったん床におり、それから続こうとしたが、妙な発見をした。狭い床と見えたが、床自体はずいぶん広いのである。というのは、階段左右の部屋は、二つとも床から一メートル三、四十センチの高さに浮かんでいるのだった。したがってこれらの部屋の下は空間になっている。身をかがめれば、この二つの部屋の下に楽に潜り込めそうだった。ただし、床に山のようになった瓦礫が大いに邪魔はしているが。

なんと変わった建物だろう、と私はつくづく思った。床に立ち、左右に浮かんだ部屋の壁に大きくうがたれた穴を見あげていると、これは人間の造った構造物ではないと思われてくる。人間の感覚では、こんな妙ちきりんな発想はとても出てはこないだろう。

私は、「エイリアン」というアメリカ映画を思い出した。ある惑星で偶然に遭遇した、未知の生命体の遭難船、あれを連想したのである。あの宇宙船の内部のように、この建造物は、通常の人間の発想を遥かに超えた、われわれには理解不能の発想で造られている。

レオナが苦労しながらおりてくるのを待ち、手を貸してから、私は御手洗たちがいる部屋へ入った。

これがまた、奇妙な部屋だった。部屋の中央に、まるで囲炉裏《いろり》のように巨大な穴があいていた。穴の周囲には、巨大なクッションが三つ置かれている。私一人なら、そのひとつの上に横になり、ベッドとして使えそうなほどに大きい。

「このクッションの上にすわり、この下の床に足を置いていたというんですよ、巨人がね」

老警官が、まるで観光ガイドになったようにして説明した。

やってみようとして、私は下の床の瓦礫の上に跳びおりてみた。ところがクッションや、これが載った床面は、私の鼻先のあたりにくる。クッションの上に腰かけ、とてもではないが下の床に足が届くはずがない。

下の床に立ったまま、身をかがめて瓦礫をよけながら御手洗たちの靴が載っている床を潜ると、さっきまで私が立っていた、階段下の床に出た。身をかがめ、もう一度巨人のソファの部屋に戻る。それから勢いよくはずみをつけて、クッションの横に跳びあがった。レオナが手を貸してくれた。私は自分が蟻か身長十センチの人物にでもなったような心地がした。なるほど、これは確かに「巨人の部屋」だ。

老警官が、懐中電灯の光線を上向けて、遥かな上空の壁を照らした。そこに、ちょっとした突起が見えた。

「ほら、あれが巨人が帽子をかけたというフックさ。遥かに高いところにあるからね、われわれは肩車をしても届かないよ」

老人の大声が、セメント塗りの奇怪な空間に、大きく反響する。

北の壁というのは、ネス湖がある側にあたった。そう大きな家ではないので、北側の壁で、しかも巨人でないことがはっきりしているペイン氏が少女の死体を塗り込められそうな高さの場所というと、おのずと範囲は限られた。

さっそく作業にとりかかることにして、われわれは地上に戻り、ピッケルやハンマーや、ノミ、シャベルなどを取って戻った。

ところがハンカチで口を固く覆い、いざ作業にかかると、なんともあっけない事実がわれわれを待っていた。

まず第一に、私はわが国の名作「恩讐の彼方に」のような、こつこつと岩場に穴をうがつ、気が遠くなるような根気作業を思い描いていたのに、四十年近い年月を経て、コンクリートが酸化でもしているのか、実にもろいのである。それとも、砂が大量に混じるとか、物資不足の戦争中のことで、成分が通常と違っているのかもしれない。ノミをハンマーで打ち込むと、それほど渾身の力を込めるまでもなく、すんなりと入っていく。

第二に、これが最も意外だったのだが、セメントの層は、案外に薄いのである。これが厚ければ、いかにもろくなっているとはいえセメントなのだから、われわれの作業もそれなりに苦労となったはずである。ところが少しノミをふるうと、ほんの十センチほどのところで、すぐにレンガ壁とぶつかるのである。

これには御手洗もびっくりしたようだった。十センチでは、とても死体を塗り込めることなど思いもよらない。頭蓋骨ひとつ隠れきらないであろう。

また、ある壁のセメント層が十センチと確認されると、その壁一面は、死体を隠している可能性からは排除されることになる。何故なら、その一面におけるセメント層が、部分的に厚さが違うということは考えづらいからである。そんなわけで、私たちの作業は、思いもかけず楽なものとなった。

もう一点驚いたことがある。よく見ると壁には、以前すでに穴をあけられたらしい古い傷が、たくさんあいているのである。私たちと同じように、この壁をうがってすでに調査をした者がいるようだった。あけた穴はすべてセメントで修理されている。

一応念のため、壁の中央部は、かなりの高みまで、私たちはノミをふるってみた。例の詩には、「北の壁の中央」と表現されていたからである。壁の中央部分だけレンガ壁が薄くなっていて、そこに死体がぴったりはめ込まれている可能性を心配したのだった。ところが、そういう事実もなかった。

そこで御手洗は、北の壁に限定せず、東西南北すべての壁のセメント部の厚さを探ってみた。ところがなんとも驚いたことに、四方のサイドともにセメント部の厚さは、すべて平均十センチ程度のものなのだった。

まだ調べていない部屋があった。例の登りにくい階段をあがり、この左右に開いた恐ろしい穴ぼこのうちの東側の穴から、壁に打ち込まれた金属の梯子を使って底へおりると、そこにも部屋がある。やはり床には大量の瓦礫が散乱している。

西の方向には大きな壁が立ちふさがるが、これの底には、やはり一メートル二、三十センチくらいの隙間があいていて、身を低くして三メートルばかり進むと、西側の部屋に出るのだった。

この二部屋の床にエリック警官がすでに置いていた石油ランプに点火し、私たちはこの二部屋の北側の壁にも、それぞれノミを打ち込んでみた。ところが驚いたことに、ここにいたっては、セメントの厚さはわずかに三センチほどなのだった。

ここも、東西南北すべての壁を一応調べたが、十センチ以上の厚さのセメント層を持つ壁は、一面もないのだった。

私たちは、念には念を入れ、階段部も調べた。ここも同じだった。階段部のセメント化粧も、決して厚くはないのだった。死体など隠せる厚さはない。

ではいったいあの詩は何なのか——？

御手洗もさすがに愕然としたようだった。もうもうと土埃の舞う暗がりで白目を剝き、

「あれはやはりファンタジーだったのか……」

とつぶやいた。御手洗の見込みが大きくはずれたことは確かだった。

木に喰べられる男

1

われわれは、「巨人の家」の穴ぐらの底での死体捜索活動に、それほど苦労をしたという印象はなかったのだが、それでも気づくと半日以上の時間が経過していて、道具をエリック家の納屋に返して村で一軒のレストラン、エミリーズに戻ってくると、時刻ははや現地時間の午後三時になっていた。雨はやんでいたが、まだ淡く霧が残っていて空には雲が厚く、すぐにでもまたひと雨来そうな気配だった。

労働で少々空腹になっていたので、われわれはレストランで遅い昼食をとることにした。料理の名称は忘れてしまったが、スコットランドの田舎料理の類いだったと思う。何かの魚のスープと、鶏肉を煮込んだもの、それにパンと簡単なサラダが並んだ。そしてわれわれはエールで労働後の乾杯をした。

御手洗としては、残念会という趣きがあったはずだ。彼ははるばる英国の北の果てまで、ペイン氏が殺して壁に埋めた少女の死体を捜しにきたのだからだ。

御手洗はペイン氏の言うところの「誘拐の家」、こちらで言う「巨人の家」の壁に少女の死体を発見できる確率は、百パーセントとは言わないまでも、かなり高いとみていたはずだ。御手洗ははっきりそうは言わないが、彼とのつき合いが長い私には、御手洗の考えていることがよく解った。

一方レオナとしては、内心ほっとしていたことに間違いはない。彼女としては六歳の時に別れた父親の面影を求めてはるばるやってきていたのであり、会えなかったうえに、昔生き別れた父親が、変態的な幼児殺人者だったという事実までが判明してはたまらなかったろう。

こういうレオナの気持ちも察しがつく私としては、御手洗には気の毒だが、レオナにはよかったと思うのである。

それに私には、ジェイムズ・ペインというあまりに怪しげな外国人は、一種のミスディレクションであるように思われてならないのである。今回の一連の事件の、少なくとも横浜で起こっているものに関しては、例の大楠の、なんらかの神秘的作用に間違いがないのである。最初の事件である藤並卓は、屋根に跨《また》がり、あの不思議な木をじっと見つめて死んでいたのだ。この事実を決して忘れてはならない。

「今夜はゆっくり休んで、明日、われわれが穴をあけた壁をセメントで塞ぐとしよう」

御手洗が言った。

「エマーソンさんの家に、セメントもあるそうだよ。まったくコンビニエンス・ストアみたいな家だね」

それから食事をしている間中、御手洗は考え込んでいるふうだった。どこを間違ったのかと、自分の思考の経路を点検しているのだ。

私も、友人を真似てひそかに考えた。「巨人の家」の北の壁には、少女の死体はなかった。では、ペイン氏の詩に現われる「誘拐の家」と「巨人の家」とは、まったくの別物なのだろうか。

御手洗もそう考えたとみえて、このあたりにあの「巨人の家」に類似した、別の建物は本当にないのかと訊《き》いた。すると老警官は勢いよく首を横に振り、ネス湖の周囲には、いやエジンバラから北に、あんな妙ちきりんな建物はあれ一軒だけだ、と断言した。

御手洗は、いくぶん目標を見失ったらしく見えた。これは無理もなかった。「巨人の家」の北の壁からペイン氏の殺した少女が出なかった今、彼の推理は、根本からやり直す必要に迫られたのだ。

ペイン氏は、スコットランド時代に少女など殺してはいず、したがって、横浜藤並家の大楠の胎内から出たあの四体の少女の死体も、ペイン氏のしわざではない可能性が急浮上した。少なくとも私の内ではそうだ。

ペイン氏は、世間で言われる通り、そしてこのフォイヤーズの村でも思われている通り、無口で、品行方正で抑制的な、文字通り生まれついての教育者なのではあるまいか。確かに、その反動として危険な妄想を胸中密かに抱くことはあったが、それは小説家のイメージというにすぎない。それを罪だというなら、作家や詩人はみんな死刑囚になってしまう。

すべてはあの二千歳の楠のしわざなのだ。あの木以外に犯人はない。ジェイムズ・ペインというスコットランド人は、たまたまこの時、その傍らにやってきて立っていたまやかしにすぎないのだ。真犯人は決して彼ではない。私の内なる直感が、次第にそう叫びはじめる。

「私、ちょっと家や、仕事のことが気になるわ。事務所から電話が入ったりしていないか、横浜に電話がしてみたい」

そして、レストランの壁ぎわにある置き時計の文字盤を、瞼をしかめて見つめた。彼女は近眼なのだ。それは、午後三時二十分を指していた。次に彼女は、自分の腕時計も見る。

「三時二十分ね……、日本は今何時かしら」

彼女がつぶやく。私は急いで自分の腕時計を見た。私の腕時計は、飛行機の中で時刻を修整しなかったので、相変わらず日本時間を刻み続けている。十一時二十分を指していた。

「十一時二十分ですね」

私が言うと、

「十一時二十分というと、朝？　夜？」

「深夜ですよ」

御手洗が応えた。

「夜の十一時二十分ね、じゃあまだ誰か起きてるはずだわ」

彼女は椅子を押し下げる。

「横浜の家にかけるんですか？」

私は訊いた。

「ええ」

「誰の家に？」

「卓兄がいなくなったから、誰にしようかしら。事務所から電話が入るとしたら、もし私の部屋で通じないとなったら、母屋にかけるはず。照夫さんにかけるしかないわね」

言って、彼女は立ちあがった。電話は、厨房への入口脇の壁にかかっていた。彼女は奥に何ごとか声をかけ、受話器を取った。

その様子を見ながら私は、一週間くらい時間をあけるのは簡単だと自分では言っているが、レオナくらいの有名人ともなると、実際のところは大変なのだろうな、などと考えていた。

いったん受話器を置き、レオナは私の前の席に戻ってきた。そうしてサラダとパンの残りを、優雅な手つきで平らげた。

レストランの女性が厨房から出てきて、私たちの食器を下げにかかった。レオナが微笑みながら何ごとか言い、婦人も笑顔でサンキューと応えたので、あれは料理の出来を褒《ほ》めたのだろう。実際、料理は御手洗が言うほどひどいものではなかった。

御手洗は、相変わらず老警官と話していた。警官は、例の大袈裟な帽子をかたわらに置き、口角泡を飛ばすという勢いで延々と何ごとかまくしたてている。フェニックスは石の床に腹ばいになって耳を垂れ、眠っている。初対面の御手洗に、いったい何をそんなに話すことがあるのだろうと思う。

紅茶が運ばれてきた。瀬戸物の大型ポットに入れられ、猫の絵の描かれた布製のウォーマーをすっぽりとかぶっていた。

温められたティーカップを私たちの前に並べ、婦人は厨房に引っ込んでいったので、レオナがポットを持ちあげ、私のカップに紅茶を注いでくれた。その仕草は、まさしく日本女性のものだった。

表でもの音がしはじめたので何ごとかと思い窓の方を振り向くと、ガラスを水滴が滑っている。また雨が降りはじめていたのだ。よく雨が降る国だ。

レオナの方に向き直った時、電話が鳴った。

「きっと私だわ。国際電話がつながったのよ」

言って彼女がポットをテーブルに置いたので、私が取りあげ、立って、御手洗や老警官や、レオナのカップに注いで廻った。カップの底には、すでにミルクが白く入っていた。

「あら三幸ちゃん、まだ起きていたの」

という、少し驚いたようなレオナの日本語が聞こえた。雨のしぶく音と、暖炉の薪のはぜる音だけが充ちた、静かな店内だったからだ。しかしそれから彼女の声が低くなったので、会話の内容は聞こえなくなった。表の雨の音が勝った。

私は席に復し、ポットをテーブルに置いて、砂糖は入れず、カップを取りあげた。鼻先に持っていって、香りを味わった。日本の紅茶にはない、この地方に特有の香りがした。

御手洗が馬車道でよくやっているように、受け皿もきちんと一緒に左手で持ちあげた。

御手洗という男は、礼儀作法をまったく重んじない人間なので、そんなふうにしないで紅茶を飲む人間を軽く見るような傾向はいっさいなかったが、スコットランドで飲む紅茶は、そんなやり方がいかにもよく似合って感じられた。

雨の音を聴きながらミルクティーをひと口口に含むと、労働のあとの心地よい充足感と、おいしい食事の効果もあって、なかなか満ち足りた気分になった。そうして、この時ようやく、こんなふうに音楽のないレストランははじめてだな、と気づいた。イギリスの旅で過ぎてゆくゆったりとした時間は、私にさまざまな感動の原点を思い起こさせてくれる。

豪華な食事、金のかかった店内も悪くはないが、そんなことよりなにより、こんなふうに美しい風景、排気ガスやクラクションの洪水のない澄んだ空気、飾らない素朴な人情に対する感銘の方が、よほど重く、忘れがたいものであるに違いない。

今日本の田舎を旅しても、はたしてこんな感動が味わえるものだろうか。どこへ行ってもミニ東京に出迎えられるか、そうでなければねちっこい詮索の瞳に悩まされるのがおちではないのか。スコットランド人の、こんなふうな他人に干渉しない人情は、いったいどこから来るのだろう。やはり彼らの内側に育った、適度な自信というものの効能ではあるまいか。

そんなふうに考えていた時、私の目の前にレオナが立っていたことに気づいた。細っそりとしたウエストが、私の目の前にあった。私はゆったりとした思索の心地よさを壊さないよう、徐々に徐々に、視線をあげていった。そうして、息を呑んだ。

放心したレオナの表情がそこにあった。瞳が見開かれ、唇も少し開いて、喘《あえ》ぐようにわなないた。大きな目が、少しうるんでいるのが解った。

気配に気づき、御手洗もこちらを見ていた。

「どうしたんですか？」

紅茶茶碗をテーブルに置き、私が尋ねた。老警官もお喋りをやめ、こちらを見ている。

「母と、譲が、譲兄が……」

とレオナがささやく声で言った。

「お母さんと譲さんが？」

私が問い返す。

「二人とも亡くなったって」

「ええっ?!」

私は言った。

「殺されたんじゃないかって……」

レオナはつぶやく。

「殺されたって、いったい誰にです？」

御手洗が訊いた。

「あの楠に……」

レオナは応えた。御手洗は言葉を失い、黙り込んだ。

「楠に、殺されたって、二人ともですか？」

私が尋ねる。

「そう、そうです……」

レオナは椅子の背もたれに両手ですがりつき、石の床にくずれるように膝をついた。あわてて立ちあがり、駈け寄って私は、彼女の体を支えた。レオナの顔は紙のように蒼白だった。

御手洗が立ちあがりながら早口で警官に通訳し、続いて奥のエミリーに向かって大声をあげる。レオナの方へやってきた。

「二階にベッドがあるそうだ。そこで休ませよう。石岡君、彼女をおぶってくれ」

そう言って御手洗は、食堂の隅にある階段の方へさっさと向かう。


その後、ある程度元気を回復した彼女の口から聞く、われわれの留守中暗闇坂で起こった出来事の経緯は、私の肌に粟を生じさせるほど怖ろしいものだった。そう、まさにいろいろな意味で怖ろしいものだった。しかし一方で私は、深く納得もしたのである。私の予感の正しさが、ある程度証明されたからだ。

あれから横浜は再び台風が直撃し、私たちが日本を発った翌日の夜は、ひと晩中暴風雨が荒れ狂ったそうである。翌朝には天候は回復したのだが、藤並家の住人は、台風の爪跡も生々しい裏庭に、怖ろしいものを発見する運命にあった。

第一発見者は照夫であるという。台風一過の翌朝、彼は大楠の幹のふもとに倒れている妻、八千代を発見した。彼女は黒いコートを着て、びしょ濡れで楠の前にうつ伏せで倒れ、こと切れていた。頭は木の方を向き、そばにジュラルミン製の松葉杖が落ちていた。殴られたらしく右肩の骨が砕け、右頭部に打撲の痕跡が認められた。これは数日前の事件の、気味が悪いほどに完全な再現だった。

病院に問い合わせると、彼女が入院していたベッドの上に、走り書きのメモがあった。鉛筆を使い、ひどく震える読みづらい字で、こう書かれていた。

「私を呼ぶ人がおりますので少し出てきますが、すぐ戻ります」

しかし、彼女は結局帰ることはなかったわけである。

彼女の病室のすぐ脇は非常階段になっていて、消灯時刻後、外から人が入ることはできないが、中の者がロックをはずして表へ出ることは容易である。担当医の話では、藤並八千代は、なんとか立ちあがることができる程度には病状が回復していたが、長い距離を歩くことはとても無理だったろう、と言う。

とすれば誰かが彼女に非常口のドアを開けさせ、背負うなり、抱きかかえるなりして連れ去ったということになる。

そして、ある意味で最も怖いのはこのことかもしれない。藤並八千代の死体を、駈けつけた丹下たち警察官が持ちあげると、彼女の胸の下あたりにやや固い地面があり、この土

の上に、

「レオナ　男――」

と文字が書かれているのが解ったという。

これは、どう見ても八千代の、いわゆるダイイングメッセージではないか。八千代の書いたものである証拠に、彼女の右手の人差し指の爪には、まさにこの地点の泥がつまっていた。

このメッセージは、明らかにもっと長い文章の一部と思われた。しかし、これ以上読みとることは不可能だった。雨で消えたか、それとも八千代が力つきたのか、それは不明だが、台風の豪雨の中で、たとえこれだけにせよ文字が保存された方がむしろ奇蹟である。八千代が、なんとかメッセージを遺そうとして、最後の力を振り絞って自分の体を文字の上に載せたのだ。

しかし、これはレオナにとっては最悪の出来事といえた。ダイイングメッセージというものは、通常被害者が自分を殺した犯人の名を書き遺すものだからである。すると八千代は、娘のレオナが犯人と、死の間際告発したことになる。これはレオナならずとも、私にとっても衝撃だった。

だが私たちは、幸いこれ以上ない強力な証人となれる立場にいる。レオナは、日本から遥かに離れた地球の裏側で、ずっと私たちと一緒に旅をしていた。彼女はしたがって潔白である。

そしてこのメッセージには、もうひとつ奇妙な謎がある。「レオナ」はいいとしても、もうひと文字「男」というのは、これは何であろう。はたしてどんな文章が、この後に続くはずだったのか。

しかし、それだけならまだよい。私たちが日本を留守にしている間に起こったこの大事件は、もう一人の死の方でこそ、私を恐怖でうちのめした。譲の死体は、誰の度肝も抜かないではおかないほどに、奇怪千万なかたちで発見されたのだった。

八千代の死体を発見し、警察へ通報しようと家へ戻りかけた照夫が、ふと大楠に目を奪われた。

暴風でさかんに葉を散らせた大楠の枝の繁みの奥に、奇怪なものが見えたからだ。

それは、男物のズボンのようだった。

ズボンが、Vの字の格好に見えた。

立ちあがり、照夫はふらふらと大楠に歩み寄った。一歩、また一歩と近づくにつれ、彼の心臓ははじけるほどに打ち、目がいっぱいに見開かれ、ついには大声をあげてしまった。

大楠の幹のてっぺんから、男の下半身が覗いていたのだ。黒いズボンを穿いた両足が、まるで新たに生えた奇妙な枝のように、天に向かってVの字に屹立《きつりつ》している。

両足とも靴は履いていない。黒い靴下が見えた。

上半身は——、上半身はなかった。なんとも信じられないことに、上半身はすっぽりと大楠の幹の中に埋まり込んでいたのだった。そのため、巨大な幹の上部は、まるで鰐《わに》の口のように少し裂けて、生々しく裂け目の木肌を露出している。その姿は、まさしく一匹の大蛇が、人間の体を頭の方から半分ほど丸呑みにしたところにそっくりだった。

御手洗潔は、裏庭に露出した大楠の根の一本の上に、すわり続けていた。両膝の上で手のひらを組み合わせ、顔はずっと例の大楠を見つめているようにみえる。

台風が通り過ぎて間がないので、藤並家の庭は、激しい雨の名残りでしっとりと湿り、そして一面、激しい風で散乱した落ち葉や小枝で埋まっていた。庭に立ち並ぶたくさんの木々は、強風で枝ぶりがいつもと違って感じられた。その印象は、普段は整った身だしなみをくずさない女性が、強風にあおられていくぶん髪型を乱しているところを連想させた。

ところが裏庭の大楠だけは、少しも変わる様子はなかった。相変わらず太い幹で地面にずっしりと立ち、少々の嵐ぐらいでは微動もしないその様子は、タフで不死身の巨人を思わせた。

そして、ひと晩中でも大楠と向かい合ってすわり続けようとするかのような御手洗の様子は、論理以外を信じぬこの男も、ついに奇怪なこの老木の正体と実力を認め、本腰を入れての対決を決意したことを私に感じさせた。

御手洗はああして壁に直面し、苦悩しているが、こんどこそは彼の負けだと私は知っていた。ジェイムズ・ペインなど、実は何もしてはいないのだ。いかにもそう見えるだけで、すべてはあの大楠のしわざなのだ。

すわりはじめたのは日没直後だったから、もう数時間にもなる。はじめは私もそばにいたが、考えごとをしたいので家に入っていてくれというので、母屋の、以前レオナが自室に使っていたピアノのある部屋に入った。部屋の窓から、裏庭にたった一人ですわり続ける御手洗の姿が見おろせた。

御手洗はレオナに、自分か石岡君から離れるなと言ったので、レオナは私と同じ部屋にいた。彼女は、大楠と御手洗の双方が見おろせる窓べりに椅子を持ってきてすわり、窓辺に頬杖をついて、じっと下を見おろし続けていた。決してそこを動こうとしない彼女のその様子は、それまでの気まぐれな印象と、次第にどこかが違いはじめていた。

私の腕時計が、もう午前二時を指そうとしている。スコットランドの旅から帰ったばかりで、私は疲れていた。女性のレオナは、もっと体にこたえているはずだった。私がそう言って、もう休んだらと勧めると、御手洗さんはもっと疲れているでしょう、と応えるのだった。

これは理屈としてはそうなのだが、難事件に熱中している時の御手洗ときたら信じられないほどにタフで、たとえ何十キロ走り続けようと、幾晩徹夜をしようといっこうに平気という顔をいつもするので、私はそういう普段の様子から、友人の体を気遣うという習慣がなかった。

「あの人は、いつもああして一人で考えごとをするのですか？」

レオナが私に訊いた。

「そうです」

私は応えた。

「私と一緒にいようという時は、それはもう考え終って、結論が出ている時です。これから考えようという時は、いつも一人になりたがります」

「孤独な人ね」

レオナが言った。

「でもそれが才能の証《あか》しよ」

そう続けた。

「あの人は猫の群れにまぎれ込んだ象よ。だからみんなには、おかしな丸い柱にしか見えないのよ」

帰りの飛行機の中で、レオナは御手洗としきりに話し込んでいた。家族や兄弟のこと、特に母親の八千代の過去の苦労話などを、まるで洗いざらいぶちまけようとでもするように、あとからあとから私たちに話していた。そうでもしなければ、とてもこの悲しみに堪えられないというふうだった。

彼女は、思えばたった一人になってしまったのだった。卓が死に、譲が死に、母親も死んだ。今藤並家を構成する郁子も千夏も照夫も三幸も、みんなレオナとは血がつながっていない。もしもジェイムズ・ペインが生存していなければ、彼女はもう、血縁者をこの世に一人も持たないことになる。

そんな悲しみと孤独、そして何より、誰とも知れぬ未知の犯人への怒りが、飛行機の中の彼女をあれほどに絶望的な饒舌にかりたてたのだろう。その気持ちは、私には痛いほど解った。堪え得ぬ悲しみや腹だちは、他人にぶちまけることで多少なりとも軽くなることがある。それに私自身、ごく短いつき合いだったのに、古今東西の死刑について熱心に解説してくれた譲の顔を思い出し、あの気のいい男がもうこの世にはいないのだと思うと、すこぶる悲しかった。彼は一風変わった男だったが、悪い人間ではなかった。肉親なら、私などの何倍も悲しいに違いない。

レオナは強い性格で、私たちに一度も涙を見せることはなかったが、二十歳そこそこの彼女が今直面している悲劇は、彼女のこの先の人生すべてを含めても、最大級のものであることは疑いがなかった。彼女は今、いつもの潑剌《はつらつ》として自信に充ちた松崎レオナではない。極限的な悲しみにともすれば自分を見失い、内心は誰かすがる人を見つけたい思いでもがく、急流に溺れる者だったのだろう。

私も椅子にすわり、横浜に帰ってきて今日一日のうちに得た情報を、頭の中で整理していた。

大楠の幹の頂きに、上から逆さに差し込まれた格好になっていた譲の死体は、ひどい破損の状態だったらしい。頭部はめちゃめちゃで、肩胛骨《けんこうこつ》や肋骨《ろっこつ》、そして上腕部などに、少なくとも十数箇所の骨折が認められた。打撲痕の類いも無数で、筋肉を破って骨が露出している箇所もあったという。

死因その他、またもっと正確な所見は、解剖の結果を待ってくれと丹下は言った。

いったい誰が、どのような目的で譲を、こんな残忍なやり方で殺したのか——、というふうには私は考えなかった。私の内側で、犯人は大楠以外になかったからだ。

しかし、私は、不思議な感慨に打たれていたのだ。状況を詳しく聞けば聞くほど、今回の譲の事件は、数日前の卓の事件の再現だった。細かい部分に関して、いくらか違う要素もあるにはあるが、この両事件は、まるで双生児のように瓜二つだった。しかも今回、さらに奇怪な要素が加わっていた。

譲のズボンのポケットには、「跳びおり自殺をする自分を許してください」と書かれた遺書が入っていた。これは兄卓の時とほぼ同じだが、鉛筆によるその筆跡は、どう見ても、なんと兄卓のものだったというのである。

こんな不可解な話はない。黄泉《よみ》の国にひと足先に行っている兄が、弟を呼び寄せるにあたり、親切に遺書まで書いてやったとでもいうのだろうか。

譲の靴は、片方が母屋のそばにあり、もう片方は、藤棚湯の竈のそばに落ちていた。これも卓の時とよく似ている。

こういう事実は、私に次のような推理をさせる。つまり譲は、母屋の屋根に、兄卓と同じように跨って楠を見つめたのだ。卓はそのますわった状態で絶命したが、譲の方は身を躍らせた。どこへ？　楠の幹の上部へだ。太い幹の上部にあいた穴へ、頭からダイビングした——。

何故そんなことをする？　それこそが楠の魔力ではないか。彼らは、あの木の霊力に操られていたのだ。

そう考えると、譲の頭部や上半身に遺るおびただしい傷の説明がつくことはもちろん、先の卓のケースで、レオナの部屋のワープロの中に遺されていた遺書の文面の説明もつく。卓の方もやはり、母屋の屋根から跳びおりるつもりでいたのだ。しかし、彼はそうする前に絶命した。

このように、卓、譲二人の兄弟の死は、双生児のような関係にある。したがって前述のように理解するのが妥当ではないか。死体の発見状況は違ったが、二人は最終的には同じことをしようとしていたのだ。弟は最後まで決行し、兄は途中でやめた。そういうことだろう。

だがこの考え方は、非常な問題点もある、と正直に告白せざるを得ない。まず第一に、譲のポケットに、卓の筆跡の遺書が入っていたミステリーの理由が少しも説明されない。第二に、母屋の屋根の上から大楠の幹まではかなりの距離がある。屋根の上からジャンプして、大楠に到達するのは少々困難だ。どうしてもやるというなら、相当な助走をつけなくてはならない。

また、仮りに助走をつけてこれを達成したにせよ、はたして上半身が幹に突き刺さるほどに強い力で落下するものだろうか。万一そうなったにせよ、あれほどに体が破損するかどうかも疑問だ。あの破損状態から常識的に推論すれば、譲の死体は、もっと遥かな上空から幹の真上に落とされたもの、とでも考えるほかはない。つまり常識的な見方が、常識ではあり得ない結論を導く。これはいったいどのような方法、また理由によって作り出された怪現象なのか。

そしてもう一点、私の推論を可能にするためには、譲は母屋の屋根にあがるために梯子を用いているはずだから、死体発見時、母屋の屋根には梯子が立てかけられたままで残っていなくてはならない。ところが、例のジュラルミンの梯子は物置の奥におさまったままで、屋根にかけられてはいなかったのである。これがまた少々腑に落ちない。

あっ！　と私は内心叫び声をあげる。「巨人」だ。スコットランドから泳いで東の国へ行ってしまったという巨人のしわざ！「巨人伝説」?!　そう考えれば確かに辻褄は合うが――。まさか！　と私は打ち消す。あれはお伽噺《とぎばなし》だ。いくらなんでもそれはあり得ない。

私の考えは、このようにしてたちまち壁に突き当たってしまうのだが、とにかくいずれにせよ、兄弟二人の死を誘いた事件は、状況がすこぶるよく似ている。ともに嵐の夜起こっており、その翌朝発見され、ともに母親が、瀕死の重傷を負う殴打をされている。二度目にはとうとう死んだ。

こういう事実が私に、この事件は人知を超越した、感情など持たない、奇怪で超自然的な存在によって引き起こされた可能性を、どうしても考えさせるのである。奇妙な霊的力により、二人は死へ向かって歩まされたのだ。その霊的な力とは、私にはやはり大楠の霊力以外に思いあたらない。

その時だった。妙なもの音が聞こえた。しゃくりあげるような、すすり泣くような声だった。私は驚き、顔をあげた。

レオナだった。窓ぎわで、レオナが涙を流していた。両手で顔を覆った。その向こうで、楠の張り出した枝が、手招きをするようにゆらゆらと揺れるのがガラス越しに見えた。私は、説明のむずかしい不安によって戦慄した。

「私、下へ行かなきゃあ……」

誰とも知れぬ声が言った。聞いたことのない声だった。見つめると、レオナの唇が動いている。しかし、声が全然違うのだ。いつもの、やや低い冷静な声ではない。かん高い、甘えるような、鼻にかかった子供の声だ。

「私、下へ行く。木のところへ」

かん高い幼児の声で、レオナが言った。

立ちあがった。顔を見ると、涙の跡が幾筋も頰を流れ、顔つきもすっかり変わっている。子供の顔になっているのだ。

「私、行かなくちゃ、私、行かなくちゃ」

そう繰り返した。彼女の背後で、不気味な枝が、ずっと手招きを続けている。

血が凍る気がした。鳥肌が、足もとから駈けあがる。木が本性を現わしたのだ。兄二人を殺し、今、たった一人残った妹を狙って、精神をコントロールしはじめた。

「あの木の前に……」

かん高い、レオナの声。そして歩きはじめる彼女の体を、私は抱きとめた。

「駄目だ、行ったら危ない！」

私は叫んだ。そうして彼女の肩越しに窓の下を見ると、御手洗が立ちあがり、ゆっくりと楠に近寄っていくのが見えた。すぐに窓の視界から消える。

「おい御手洗！」

私はそう叫ぼうとするのだが、声が出ない。楠の魔力だ。急に月光が射しはじめた。レオナを操り、私の声を封じ、今御手洗にまで、その力が及んだ。

レオナは泣きじゃくった。下へ行く、そう言い続けるのだ。そして、強い力で暴れはじめた。私は渾身の力でレオナを抱きとめ、動けないようにした。

しばらくそうして頑張っていると、やがてぐったりとして、動かなくなった。

「あなたは疲れてるんですよ、もうお休みなさい」

私は彼女の耳のそばで、ごく小さい声で言った。そして二階の寝室で休ませるため、肩を貸してそろそろと歩かせはじめた。廊下へ出た。

かたかた、かたかた、とどこかで小さく音がしていた。顔をあげ、私はぞっとした。行く手の左側に、窓が三つ並ぶ。そのガラスを、楠の小枝がいっせいに叩いていたからだ。レオナを呼んでいるのだ。私は彼女を強く抱きしめ、楠の方を向かせないように努めながら、早足になった。

私が泊まっている、来客用のベッドのある二階の部屋にレオナを入れた。すると私たちのもの音に、三幸が起きてきた。

ちょうどよい、と私は思い、レオナがおかしくなっているから、そばにいて様子を見ていてくれ、と頼んだ。ベッドルームに鍵でもあれば、彼女を閉じ込めてロックしてしまいたいところだったのだが、残念ながらこの家で鍵がかかるのは、もとペイン氏の書斎だけなのだった。

洋服のまま彼女をベッドに横たえ、毛布をかけた。彼女はすっかり自分を喪失し、いつまでも泣き続けていた。涙に濡れたその顔を、私はそっと毛布で覆った。パジャマ姿で放心しているふうの三幸に目くばせをして、私は階下へおりた。

風があり、少し肌寒かった。冴え冴えと射す月光の中に並ぶ藤並家の庭の木々は、遥か地球の裏側のスコットランドを、私に思い出させた。黒々と、どこか心細さを誘うようなその風情は、見馴れたいつもの様子と違っていた。風が少し出ている。

私は駈けだし、楠の前に行ってみた。御手洗が心配だったからだ。さっきまで御手洗がすわっていた根があったが、そこに御手洗の姿はない。かわりに、御手洗の靴の片方が落ちていた。

私はぞっとし、友人の名を呼んだ。返事はなく、うねるような大楠の葉のざわめきが、私の声に挑むように上空から降ってきた。

闇に目をこらし、私は楠の周囲に、御手洗の姿を探した。突然、世界中に自分がたった一人きりになってしまったような錯覚にとらわれ、心細さに大声をあげたくなった。

幹の手前を右に左に友人を探すうち、三メートルばかりの高みにある瘤《こぶ》に、御手洗のブルゾンが引っかかっていることに気がついた。私はジャンプし、これを掴んで下に落とした。

楠の根の間に生えた羊歯《しだ》の上に、御手洗の上着がふわりと落ちた瞬間、私は突然卓と譲の靴のことを思い出した。楠に殺された彼ら二人の兄弟は、二人とも靴が、遥かな距離をおいて散乱していた。片方がこの母屋近くにあり、もう片一方は藤棚湯の裏手の竈付近で発見されている。二人ともがそうだった。今御手洗の靴の一方がここにある。もう一方は、まさか藤棚湯の――?!

知らず、駈けだしていた。月光が冴え冴えと照らす、スコットランド、フォイヤーズの村を模した庭園を、真一文字に駈け抜けていくと、耳もとで風が鳴る。

金属扉を開け、砂利敷きの道を横切り、藤棚湯へ。月光の下で、まるで体育館のように巨大な銭湯の建物が、みるみる私に迫ってくる。

地面にどすんと突き立っているような野太い煙突の印象、その下の竈、その手前にある燃料小屋、それらが駈け続ける私に、ゆっくりと近づく。

「あっ！」

絶望から、私はとうとう叫んでしまった。残りの片方を見つけた。銭湯の、巨大な竈のそばに落ちていた。御手洗の靴だ。やはり！

次の瞬間、私たちは深く関わりすぎたのだ、と知った。秘密を深追いしすぎたのだ。だから、御手洗も楠にやられた！

私は、さっと西洋館を振り返った。窓に明りは消え、黒々としたシルエットが木立ちの彼方に立つばかりだが、月光が明るいので、様子は大よそ解る。私は屋根の上を見た。そこに御手洗が跨《また》がっているのでは、と疑ったからだ。

しかし、幸いなことにそれはなかった。屋根の上には、人影はない。

猛然と怒りが湧いた。あの木だ。すべてがあの木のしわざなのだ。だから、御手洗はもうあの木の中かもしれない。

靴をそのままにして、私はまた母屋に向かって駈け戻る。門柱の間の金属扉に、体当りするようにして開け、庭園を横切り、母屋の右端についた物置のドアをさっと開けた。暗がりの中に飛び込み、手探りでいつかのピッケルを探す。これを摑んでまた飛び出し、月光の中を母屋に沿って走り、楠の前へ出た。

御手洗の靴の片方、それから幹のふもとに落ちた彼のブルゾンが目に入った。

突然風が襲い、大楠の、まるで小さな森のような上空の繁みが、人間の大声くらいの音でざわめいた。一瞬、私はひるんだ。月光がかげった。月が雲に隠れたのか。周囲が漆黒の闇に沈む。

私は背後の空を振り返った。月の様子を見ようと思ったのだ。

空のほぼ一面を黒い雲が覆い、星もあまり見えなかった。月も、たった今雲に隠されたところらしかった。

あたりには植物の匂いが充ち、嵐のあとに特有の、すさんだ気配に支配されていた。

「おや？」

と私はつぶやき、夜の中に目をこらした。月が隠れた夜の中でも、藤棚湯の煙突は、おぼろげながらそのシルエットを望むことができる。しかしその煙突の様子が、どこかおかしいのだ。なにかが普段と違っている。

私は目をこらし、じっと煙突を見つめたままで立っていた。すると、また雲が去り、ゆっくりと月が、南の空に現われた。

満月だった。大きな白い満月が、まるで鉛筆のように屹立する煙突のきっ先に、ぽっかりと姿を現わした。

おかしいと思ったのは、煙突の先端だったのだ。煙突の先が、妙に丸くなっている。

私はピッケルを放り出し、ふらふらと、いつのまにかまた藤棚湯の方向へと歩きだしていた。視線は、彼方の煙突の先端にずっと据えていた。

近づくにつれ、私には解ってきた。それは人影なのだった。誰かが、煙突の頂上にすわっている。

何故だ？　何故あんな高いところに。なんて危険なことをするんだろう！　なんて非常識な！　いったい誰が――？

とそう考えると、そんな馬鹿げたことをしそうな人物は、私にはたった一人しか思いつけなかった。

私は駈けだしていた。ほっと安堵したような、腹だたしいような、嬉しいような、そのくせはらはらとして気分が落ちつかないような、自分でもなんとも形容のむずかしい、混乱した感情が私の内で騒いでいた。その思いは、風にもつれ合いながらざわめく枝の木の葉のような激情だったが、次第にそれも、みるみる安堵の思いへと収斂《しゅうれん》した。とにもかくにも御手洗は無事だったのだ。もっともあそこから墜落せず、無事に地上へおりてくれればの話だが。

駈け足の速度をゆるめ、私がようやく竈の前まで到着した時、二往復のおかげでずいぶんと息が切れていた。私はもう声を出せず、数十秒の間喘いだ。それから煙突をふり仰ぎ、

「御手洗」

と名を呼んだ。

「御手洗！　おい御手洗！」

大声になるが、反応はない。あとずさりしながら煙突を見あげる。名を呼び続けながら、さらに後方へとさがる。その方が、煙突の頂上が見やすいからだ。

ところが煙突の上にすわる人影は、少しも動く気配がない。まるで彫像のようだ。私はまたぞっとする。卓のことが思い出されたからだ。彼もまた、藤並家の屋根に跨り、彫像

のように微動もしなかった。それは、すでに死んでいたからだ。

母屋付近と、藤棚湯の裏手とに散乱していた靴——！

「御手洗ーっ！」

私は両手をメガフォンにして、煙突の先端めがけて叫んだ。風が、絶えず低く唸ってい
る。暗闇坂上のこの台地には木が多い。木々の葉が、遠く近く、うねるように、そして途
切れることなくざわめきを続けている。

御手洗は、何故こんな煙突の上になど登らなくてはならなかったのか。

私の呼びかけに反応しない人影に、私はまた別の理由を思いつき、ぞっとする。あれは
御手洗ではないのでは——？　では誰だ？

「あ」

と声に出した。煙突の先端にうずくまる人影がゆるゆると動いたからだ。生きていた！

よかった！　これ以上の死人を見るのはもうたくさんだ。

ゆっくり、ゆっくりと、煙突の横腹に埋め込まれた金属梯子を伝い、人影は地上に向か
っておりてくる。私もゆっくりと、再び煙突の方へ向かう。

地上に近づくにつれ、男の体つきの全貌が望めた。よかった、と思う。御手洗だった。

上着を取り、裸足になった御手洗だった。無事だった。生きていた。

ゆるゆると梯子をおりてくると、竈の上に腰をおろし、それからするりとコンクリートの上におり立った。そうしてふらふらした足どりで、まるで夢遊病者のように、私の横までやってきた。

御手洗の目の下にはくまがあり、髪は乱れ、頬がげっそりと落ちているのが月光のもとでも解った。たった数時間のうちに、御手洗の容貌はすっかりやつれ、衰弱が目だった。何に対してかは知れないが、全精力を使い果たしたというふうだ。

「おい御手洗……」

大丈夫か？　と訊こうとして、私は話しかけた。しかし御手洗は右手をあげて私を制し、かすれた声で、ひと言こう言った。

「ほとんどすべてが解った」

目は遠くの木を、そう、あの大楠を見つめ、私の方は少しも見る様子がなかった。

「あと解らないことは、せいぜいひとつかふたつだ」

言って、ふらふらと歩きだす。砂利を踏んで、いててと言った。

「靴を履いたらどうだ？　取ってきてやろうか？」

言ったものの、しかし靴は遥かな彼方だった。

御手洗は砂利の上を、裸足でよろよろと歩き続ける。まずは片方の靴を目指しているようだ。私は隣りで肩を貸していた。

「こんどの事件では、死んだ者は靴を脱いでいる。卓と譲の兄弟二人」

私はゆっくりとうなずく。その通りだった。困ったことには今、御手洗までが脱いでいる。

「あの煙突のせいだって言いたいのかい？」

「その通りだ。煙突のせいだ」

御手洗はうなずく。私は続ける。

「登るために……」

「いや、靴のままじゃあ、煙突のあの錆びた鉄梯子は危ない。裸足にならないとね。だから、危険だったんだ」

御手洗の言葉は私には意味不明だった。

「よく解らないが、とにかく卓と譲の二人の兄弟は、あの煙突にあがったって言うのか？」

「そうじゃない、いやそうじゃないんだ！」

いらいらしたように、御手洗は首を左右に振った。

「逆なんだ。彼らは煙突になんてあがっていない」

「なんだって……？」

ますます意味が呑み込めず、私は言葉に詰まった。頭が混乱した。

「何を言っているんだ？　君は」

「まあいいだろう石岡君、ぼくは疲れている。話はあとだ」

御手洗は靴を拾う。ポケットから靴下を引っぱり出し、靴の中に押し込んだ。それをぶら下げ、裸足で歩き続ける。母屋へ向かう気らしい。

「とにかく君は、どうしてあんな煙突にあがった？　単なる気まぐれかい？」

御手洗という男は、考えに詰まるとこういう突飛な気分転換をやる。

「あれは怖ろしい煙突だよ、石岡君」

御手洗はぼそりと、またおかしなことを言いだした。

「あれがどれほど怖ろしいものか、みんなちっとも解らないのさ。平気でそばを歩いたりしてるけど、あれはどんなナイフよりも怖ろしい凶器なんだよ」

開いたままの金属扉の間を抜け、私たちは藤並家の敷地に入る。蔦《つた》のからまる母屋が、目の前に現われる。その刹那《せつな》、何故かこの建物が、私には死の気配に充ち充ちた、墓地の廃屋のように感じられた。

これまで何度も眺めていたのに、今の今まで気配に気づかなかった。突如私に、西洋館が語りかけてきたのだ。自分は、無数の死者のむくろの上に建つ、老いた墓石だと。

とうとう私は知ったのだ。この建物の意味を。そして御手洗の憔悴《しょうすい》は、彼もまたすでに、この建物の意味を悟ったことを語っていた。

からんだ無数の蔦の葉が、夜風に微妙に震え続けるその巨大な墓石の前に、月光を浴びて一人の女の姿があった。横を向いていた。無造作に近づこうとする私の胸を、御手洗の右手がさっと押し留めた。

「し！」

と御手洗がささやいた。私たちは立ち停まり、息をひそめた。

人影はレオナだった。彫りの深い横顔を蒼い月光に浮きたたせ、レオナがゆっくりと母屋の前を歩いていた。坂の方へ、例の大楠の方角へと向かっている。低く唸る風と、葉のざわめく音。彼女の足音は、まるで空中を移動するようで、少しも聞こえてはこない。立ちつくし、私たちは息を停めて見守る。

レオナは無表情のまま、遥かな高みにまで達した蔦の葉の壁の前を、ゆっくり、ゆっくりと歩んでいく。角にさしかかる。ゆらりと、上体が向きを変える。背中を見せた。すると、例の大楠と向かい合うかたちになる。立ち停まった。

私と御手洗も、レオナとかなりの距離を保つようにしながら、足音を殺して移動していった。私は、佇むレオナの向こうに散乱する、御手洗の靴の片方と、ブルゾンを見た。

レオナが何か喋っている。私はゆっくりと近づいてみる。かん高い、子供の声だった。意味が聞きとれない。鼻にかかった、かん高い幼児の声。歌うような、叫ぶような、これは日本語ではない。英語か？　でも英語でもないようだ。御手洗の顔を見る。彼も無表情でいる。意味不明の、奇妙な言語だ。

突如、レオナが駈けだした。楠の幹に両手のひらでぶつかった。しばらく幹を、渾身の力を込め、押すような仕草を続けていたが、やがて鼻にかかった声で泣きはじめた。泣き声は次第に激しくなり、泣き声に混じり、また意味不明の言葉が彼女の口から迸《ほとばし》りはじめた。そんなふうに泣きじゃくりながら、彼女は拳で、幹を叩きだす。強く弱く、どんどんといつまでも叩く。その横に、四つの死体が出てきた大きな空洞《うろ》が、もの言わぬ、黒い大きな口を開けている。

楠と会話している——、そう私は思ったのだ。泣きながら、そして楠を叩きながらレオナは私たちの知らない言語で木と対話をしている。

このまま放っておいていいのか——？ と質《ただ》すつもりで、私は横の御手洗を見た。御手洗は、妙に暗い目つきをして、その様子をじっと眺めていた。何の感情もないような彼のその横顔は、ひどく冷たい印象でもあったが、なにやらつらそうな気配もあった。背後からレオナに声をかけ、そんな行為をやめさせたいとは思いながら、彼女の何ごとかを慮《おもんぱか》って声を出せずにいる、とそんなふうにも見受けられた。

レオナは、泣きながらずるずると楠の根もとに崩れた。露出した根と根の間に蹲《うずくま》った。それからどうするかと思っていると、少しだけ背後に退り、両膝をつき、驚いたことに地面を掘りはじめた。

私は、スコットランドの旅で何度か目にしたレオナの細く美しい指と、手入れのいき届いた爪を思い出した。レオナは狂っている。何かが彼女に取り憑いているのだ。

御手洗が歩きだした。レオナの背後で低くなり、彼女の両の二の腕を、両手で摑んだ。レオナにとってそれは、まるで予想外の出来事だったとみえて、電気に打たれたように全身を痙攣《けいれん》させた。それから大声で悲鳴をあげ、前を向いたままで大きく泣き声をあげた。その様子は、小さな子供が恥も外聞もなく泣き喚くようだった。

御手洗はうしろから、彼女の体をがくがくと揺すった。レオナは、泥で指先が黒く汚れた手の甲で頰の涙を拭いながら、ゆっくりと背後に向き直る。

そこに御手洗の顔を見つけると、一瞬泣きやみ、まるっきり信じられないようなものを見たように目を丸くしていたが、いきなり御手洗に抱きついて、再び泣きじゃくりはじめた。

御手洗はやむを得ないというようにしばらくそのままにして、彼女の背中を二、三度優しく叩いていたが、横に立っている私の方を見て、仕様がないね、という顔をした。それから、彼女を抱きつかせたままゆっくりと立ちあがった。レオナの両肩のあたりを摑み、自分の体から強引に引き剝がす。

「どうしたんです？　さあしっかりして。目を覚まして下さい」

レオナの目を覗き込む。彼女は何故かさっと横を向き、そのままで、

「ああ、探偵さん……」

と言った。その仕草は、私のこれまで見馴れたレオナのものだった。よかった、レオナが戻ってきた、そう私は思った。

「石岡君、ぼくのブルゾンを」

と御手洗が言った。私が拾って差し出すと、そのポケットからハンカチを抜き出し、レオナに差し出した。レオナは受け取り、目の下にあてた。幾度もそんな仕草をして、それを見守る私たちとの間に、しばらく沈黙ができた。すると驚いたことに、レオナはくすくすと笑いはじめた。私はびっくり仰天した。彼女は狂っている、と思った。目を見張ってしまった。

しかし御手洗はそうではなかった。レオナのくすくす笑いが伝染したのか、彼の唇にも次第に笑みが湧いた。私は理解に苦しんだ。

「さあ、あなたも正気に戻ったようだ。これからマンションのあなたの部屋にお送りしますよ」

レオナをうながし、御手洗は歩きだす。

「ああ、では私、鍵を取ってこなければ」

レオナが言った。そう言った彼女の声は、いつもの低い声に戻っている。

「いや、その必要はありません」

御手洗はすかさず、断定的に言った。唇には相変わらず笑みがある。

「でもドアはロックしてあるんですよ」

レオナが言う。

「大丈夫、入れるんですよ」

御手洗は自信に充ちて言い、私は不審な気分になった。レオナは正気に戻ったが、こんどは御手洗の様子が、どうもおかしかった。

「石岡君、このピッケルは、何故ここにあるんだろう」

そう言って御手洗は、歩きながらピッケルを拾った。私はなんとなく照れくさい思いで説明する。

「いや、君がもしこの大楠の中に入っていたら大変だと思って、もしそうならね、この穴をもっと大きくあけてやろうかって……」

「さあ石岡君、やってやるんだ！」

御手洗が元気よく言った。立ち停まっている。

「え？」

私は耳を疑った。

「何だって？」

「いい考えだ。遠慮することはない。壊してしまうんだよ。こいつはとんでもない木だ」

「何を言ってるんだ？」

　上空の梢が、ざわざわとざわめく音。御手洗の目に狂気がある。やはりこの男が、こんどはおかしくなった。狂気が、レオナから御手洗に移った。レオナも、放心したように御手洗を見つめている。

「石岡君、やっちまえよ。こんな木なんか、壊してしまえ」

　そう言いつのる。

「馬鹿なことを言うなよ。怖い木だからこそ、そんな手荒なことができないんじゃないか。この木にそんなことをしたら、あとでどんな目に遭うか、解ったもんじゃない」

「それがトリックさ！」

　ピッケルを放り出し、御手洗がわめくように言った。

「この木にはみんな何かあるって思ってるもんだから、怖れて誰も手出しをしない。この木にどれほど重要で、驚くべき秘密が隠されていても、だからちっとも暴かれることがないのさ」

「何が言いたいのか知らないが、とにかく危険なことはしない方がいい。さっき彼女がどんなふうになったか、君だってその目で見ただろう？」

　私は身をかがめ、ピッケルを拾った。こんな危険なものを持ってくるんではなかったと後悔した。早く物置に隠してしまおうと思った。

「何も見なかったさ」

そんな御手洗の声が耳もとで聞こえたかと思うと、あっというまにピッケルは奪い取られていた。

「ぼくは何も見ていない！」

「あっ！　おい、よせ！」

ピッケルを右手に持ち、御手洗は風のように楠に向かって駈け戻った。狂っている。御手洗は狂ったのだ！

振りかぶり、一撃を楠の幹に叩きつけた。木片が砕け散り、上空の葉がざわめく。風が鳴る。もう一撃のため、頭上に振りかぶる。振りおろした瞬間、私は御手洗の背後に組みついた。

「冷静になれ！　君はおかしくなっているんだ。この木がどんな木か知っているだろう?!　呪い殺されたいのか？」

私は叫んだ。

「じゃあどいてるんだ石岡君！　呪われるのならぼく一人でいい」

御手洗は叫ぶ。

「よせ！」

私も叫んだ。

「レオナさん、ぼくの友人をとめてくれ！」

御手洗がレオナに言い、レオナは迷ってしまって立ちつくし、私たち二人を均等に見ていたが、結局私に加勢することを決めて、御手洗の体に組みついた。

「駄目よ！　あなた、死んでしまうわ！　危険なことはやめて！」

二人がかりで御手洗に組みつくかたちになった。私は、木を傷つけ、死刑になるイギリス人の話をしきりに思い出していた。

「邪魔をしないでくれ。黙って見ているんだ！」

「そんなことができるわけないだろう?!」

「そうよ！」

レオナも叫ぶ。

御手洗はピッケルを捨て、もがくようにこちらへ向き直ると、怖ろしい力で私たち二人をはじき飛ばした。私は尻もちをついた。

「離れて見ているんだ、二人とも。呪われるのが怖ければ、ずっと離れていてくれ。部屋に帰ってベッドに入っていてくれてもいいぜ！　呪われるくらいなんだっていうんだ？　ぼくはへっちゃらさ。これをやらなきゃあ事件は永久に解決しないんだ。ぼくを放っておいてくれ」

「おい御手洗……」

御手洗は木に向き直り、ピッケルを拾いあげて振りかぶり、振りおろす。また振りあげ、振りおろす。恐怖でかえって金縛りになった思いで、私は御手洗の暴挙を見つめていた。

ざわざわと、怒りのように葉が騒ぐ下で、御手洗はピッケルをふるう。ふるい続ける。木片が砕け散り、幹に一筋亀裂が走る。めりめり、と木肌の裂ける音がする。

御手洗が横払いにピッケルを薙《な》ぎ払うと、不思議なことが起こった。遥か上空の葉の繁みの内まで届いた太い幹が真二つに割れ、その左半分が、ぐらりと傾いたのだ。御手洗がもう一撃をくれると、さらに傾き、その傾きはどんどん大きくなり、ついにがしゃんととてつもなく大きな音をたてて、金網の上に倒れかかったのだった。

右半分はまだ立っている。御手洗は、こんどは左から右方向へ向かい、ピッケルの峰を叩きつける。するとぎっというきしみ音とともに、右半分の幹も、わずかに傾く。もう一撃。さらに一撃。ピッケルの峰が打ちつけられるたび、傾きは着実に大きくなる。死体の出た空洞は、半分だけえぐられたようなへこみとなって、右半分の幹柱に名残りを留めている。

私は、いったい何が起こったのかさっぱり解らなかった。幹が真二つに割れ、左右に倒れようとしているのに、楠は相変わらず立っていた。幹の奥に、黒々と濡れて光る、もう一本の幹が現われたからだ。

残る右半分が、がさがさと激しく葉の音をたてながら、今ゆっくりと倒れた。どすんと激しい地響きがした。

だが――、驚いたことに楠は相変わらず立っている。卵の殻を割ると、中にもうひとつ卵の殻があったようにだ。

「どういうこと？　これ……」

レオナがつぶやく。

「これは、いったいどういうことなんだ?!」

私も叫んだ。

「造りものなんだよ、石岡君」

御手洗の張りのある声が響く。どんな信じがたい出来事でさえ、これが現実なんだと誰をも説得してしまいそうなその声。

「造りものだって？」

おうむ返しに私が問う。

「そうさ、今までみんなが大楠の幹だと思っていたものは、腕のいい英国の職人が造ったにせものだったんだよ。幹のこちらの面には、この大きな、金のかかったカヴァーがかけられていたのさ。本物の幹はこれだ」

御手洗はピッケルの先で、今やすっかり露出した、濡れた木肌をつつく。

2

私もレオナも、放心してしまって声もなかった。深夜の帷《とばり》の中に無言で立ちつくし、割れて倒れたにせの幹と、その向こう側から現われた、本ものの幹とをじっくり見較べていた。

歩み寄り、手で触れてみた。にせの幹はなんともよくできていた。実に本ものそっくりに造られている。

「よくできているなあ……、本ものそっくりだ」

思わずつぶやいてしまった。本ものの方は黒ずみ、表面は粘液質のどろりとした物質で覆われている。何年も、いや何十年もカヴァーで塞がれ、陽を浴びないでいるとこうなるのだろうか。私は植物の畸型を見るような思いだった。

ゼリーに似た物質の中には、得体の知れぬ、糸のような白い繊維がたくさん含まれている。この気味の悪いものが何であるのか私には解らないが、長く陽を浴びずにいた楠の体質が変化して、体内の毛細管が幹の表面に浮いて出たような、そんな印象を私は受けた。

「しかしよくできてるな……。このにせものを造ったのは……」

「ペイン氏以外に考えられないね」

御手洗がきっぱりと言った。

「いつ頃造られたんだろう？」

「ペイン校ができてからということはまず考えられないな。大勢の人の目がこの木を見るようになってから、幹の様子が変化したら怪しまれるからね」

「とすると、昭和二十年か、二十一年くらいかな……」

「そんなところさ。ここからガラス工場の廃墟が撤去されてすぐ、造られたんじゃないかしらね。それとも撤去と同時かな」

「じゃあペイン校の生徒たちもみんな、これが本ものだと思って……」

「藤並家の子供たちもさ。卓、譲、レオナ、三人ともこのにせものの方を楠の本ものの幹と信じて今まで成長してきたわけだ」

私はレオナの方を見た。暗がりの中で、彼女がうなずくのが見えた。

「四十数年間も、みんな騙され続けていたわけか……、よく雨風に晒されて、にせものが四十年も持ったものだな……」

「防腐加工がしてあったんだろうけど、それでももう腐ってしまって、すっかりボロボロだよ。だからピッケル一本で簡単に壊れたんだ。その気になれば誰でも、たやすく壊すことができただろう。みんなこの木を必要以上に怖がって、誰一人手出しをしなかっただけさ」

「内臓のように見えたのは、実は中にあった本物の幹だったのか……、驚いたな。よく解ったものだね。何故君は解ったんだ？」

「論理思考の帰結だよ。そうでないと辻褄が合わなくなるんでね」

「何のために……、そうか、死体を隠すためだね？　死体ができてしまったから、これを隠すために木にカヴァーを……」

「いや、そうじゃないんだ」

御手洗は断定的に言った。腕を組み、少しうつむいた。

「このダミーの製作には、全然別の意味合いがあったんだ。中に死体を捨てたのは、そういう利用法もあるなとあとで思いついたんだとぼくは推測する」

「ではどんな……、なんのためにこんなダミーの幹を造ったんだ？」

「その前に、まだいくつか確認したいことがある。さあ来たまえ石岡君、レオナさんも。これから三人でハイム藤並へ向かうとしよう」

御手洗は言い、私の背中に手のひらを添えて歩きだす。

最上階でエレヴェーターをおり、レオナの部屋のドアの前に立った。レオナは鍵を持っていない。どうする気かと思っていると、御手洗がポケットから黒ずんだ金属を取り出し、ノブの中央に差し込んでロックをはずした。ドアを開いて、さあレオナさん遠慮なくどうぞ、と自分の部屋のように言った。

「どうしたんだ？　その鍵」

私が訊くと、

「拾ったんだよ。あ、レオナさん、こちらの壁ぎわを歩いてください」

部屋の明りのスウイッチを入れたばかりのレオナに、御手洗が呼びかける。

「どうして？」

私が咎《とが》めた。なんといってもここはレオナの部屋なのだ。

「理由はあとで言うさ。君も同じだぜ、部屋の真ん中をずかずか歩かないでくれ」

言うが早いか、御手洗は市松模様の床の上にさっと腹這いになった。そうして床の表面を点検しては少し身を起こし、わずかに移動してはまた腹這いになる。これを何度か繰り返した。

「何をしているんですか？」

あきれたようにレオナが訊いた。

「水の跡を調べているんです。思った通りだ。わずかな水滴の跡が、部屋の中央を横切って玄関まで続いている」

御手洗が床でつぶやく。

「おい、この部屋の鍵って、どこで拾ったんだ？」

私が尋ねた。なにやらひどく不用心に思えたからである。

「藤棚湯の裏手に落ちていたんだ」

「よくここの鍵だって解ったな」

「ここの鍵でなければならないんだよ。これも論理的帰結だ。もし違っていたら、論理が破綻するんだ。よし、あとは……」

御手洗は床から身を起こすと、さっと立ちあがる。さっきはあれほど憔悴していたのに、もうすっかり元気を回復してしまった。この男の底知れない情熱は、いったいどこから降って湧くのかと、いつも不思議な思いにとらわれる。

「レオナさん、スコットランドから帰ってきてから、この部屋に刑事のみなさんを招き入れていますか？」

「いいえ」

彼女は首を左右に振った。

「あなたたちがはじめて。私だってはじめてなんですもの。今までずっと母屋にいましたから」

「大変結構です。犯罪現場は刺身と同じだ。新鮮であるほどいい。ではあとはヴェランダです」

御手洗はさっさとヴェランダへ向かう。

「御手洗さん、まさかここが犯罪現場だっておっしゃるんじゃないでしょう?」

「ところがそう言いたいのです」

「冗談でしょう?! どうしてこんな部屋が?」

「そうだよ御手洗、大楠やあの母屋からはずっと離れてるぜ」

私も言った。

「石岡君、盲点というものは常にそうなんだ」

言って御手洗は、ヴェランダへ出る大型のガラスドアの前に立った。

「ロックがされている」

御手洗はハンカチを手に巻き、ロックをはずした。ガラスドアを左へ滑らせ、開ける。

「あら……」

レオナが声をあげた。私も、奇妙な気分を抱いた。ヴェランダにひとつだけ置かれている白いヴィニールチェアが、横倒しになっていたからだ。

これは見憶えのある風景だった。卓の死ののちここへあがってきた時、レオナが再現してくれた台風直後の光景というのも、まさしくこういうふうだった。

「卓兄の亡くなった台風の時と、まったく同じだわ」

レオナが言った。その通りだったろう。これは、卓の死の直後の、正確な再現だった。双方ともレオナの兄が死に、双方とも台風の直後であり、双方ともにこうしてヴィニールチェアが横倒しになっている。

「これ、起こしてもいいですか?」

レオナが言った。

「さしつかえなければ、そのままにしておいてあげてください。丹下さんも、この場所の重要性に気づけば現場を見たがるでしょう。……いや、気が変わった。かまわない、起こしてください。どうせぼくが口を割らなければ、彼らは永遠に気づかないでしょうからね」

御手洗は椅子を避け、くすくす笑いながら手すりの前に廻っていった。コンクリート造りの手すりの表面を指先で撫でたりさすったりしていたが、それもやめ、立ちつくして遠くの母屋を眺めた。明りが消え、月光が射している。大楠のシルエットが、相変わらず黒々として見える。

「ガラスは割れていない。レオナさん、寝室や押入、浴室を点検してください。何か異状はないかね、ワープロもお願いします。異状があったら呼んでください」

そして御手洗は、手すりに両肘をつき、ちょっと腰を落としてもたれた。しばらくの間、月光に照らし出された、かつての処刑場を眺めていた。低く風の音がしている。

うっとりしたように手すりに上体をもたせかけ、私に背中を見せている御手洗に、何ごとか話しかけようとした時だった。どこかで電話が鳴っていたのに気づいた。いつから鳴っていたのだろう。遠い風の音で少しも気づかなかった。

「何も異状はないです！」

　やや叫ぶように言うレオナの声が奥でして、電話のベルがふいにやんだ。はい、と言い、続いて英語を喋る彼女の声が低く続いた。外人からの電話のようだ。

　御手洗がゆっくりと身を反転させ、手すりに腰の後ろでもたれた。手のひらを組み合わせ、不敵な余裕の表情で私を見た。

「あれはきっとぼくへの伝言だ。スコットランドのエリック・エマーソンだよ」

「え？」

　私はびっくり仰天した。

「君が電話したのかい？」

　御手洗はうなずく。

「今のところ、すべてが順調にいっている。すべては思った通りさ。この電話も、ぼくの予想通りの報告を伝えてくれるものだろう。それによって、ぼくの不明点はあとたったひとつきりになるのさ。……、やあレオナさん、エリックからだったでしょう？」

「ええ」

　レオナは言い、彼女の表情は少し蒼ざめているふうだった。私はじっとレオナの顔を見つめた。

「エリック・エマーソンがあなたに伝えて欲しいって。あなたの言った通り、十歳くらいの女の子の死体が、やはりあの家の内部に塗り込められていたそうです、セメントで。戦争中に行方不明になった、ダレス村のクララに間違いないだろうって、エリックは言っています。迷宮入りの難事件がひとつ解決して、あなたに大変感謝してるわ。あなたは東京のホームズだって」

この報告に御手洗は、特に有頂天になる様子もなかった。ごく当然のことだとでも言いたげに、手のひらをベルトのあたりで組み合わせたまま、二度、三度うなずいただけだった。

「ご満足でしょう？　これで私の父の容疑は決定的になったってわけね」

レオナが悲しげに言った。

「お父さんのね。あなたには関係ない」

「でも私の父よ」

「あなたを作ったというだけだ。六歳の時から離れて暮らしている」

御手洗が言う。

「どこにあったんだ？　死体って。あの『巨人の家』にあったのかい？」

私が尋ねた。これは私にとって、きわめて承服しがたい報告だった。私たちは自らスコットランドまで遠征し、あの家のすべての壁をくまなく調べたはずだ。

「あの時、壁はみんな調べたじゃないか」

「本当に。階段まで」

レオナも言う。

「別の家なのか？」

「いえ、『巨人の家』よ」

レオナが応える。

「じゃあ、家の外ですか？」

「いや内さ。家の中に塗り込められていた」

御手洗が言う。

「どういうことだ？　では……」

「それはあとにしよう、石岡君。ぼくらのつき合いも長い、説明は最後にまとめてやる主義なのを君も知っているだろう？　ところでレオナさん、ひとつお願いがあるのです」

御手洗がレオナに向き直り、あらたまった口調で言う。

火事

私と御手洗が、これからひと眠りしようかと母屋の応接室で思案していると、ものすごい勢いで階段を駈けおり、廊下を飛んでくる足音が聞こえた。ガラスが激しく鳴る音とともにドアが開く。血相を変えて立っていたのは、照夫だった。パジャマ姿のままで、半白の髪は寝乱れて逆立ち、瞼のあたりに少し腫れが感じられる。

「どうしました？」

御手洗が訊いた。

「三幸が……、三幸を知りませんか」

彼は言った。

「部屋にいないんですか？」

「もぬけのカラなんだ。今部屋を見てきたら……、かわりにこんな紙がベッドにあった。英語なんで、よく解らん。読んでくれませんか」

照夫は持っていた紙片を差し出す。そこには、明らかに英文字に馴れた者による妙なくずし字が見えた。

「親愛なる照夫さん、三幸さんは跳びおり自殺をします。お父さんより先に死ぬ彼女の不孝を許してあげて下さい。J・P……、J・P?」

「跳びおり自殺だって?!」

照夫が叫んだ。

「冗談はやめろ! なんであの子が跳びおり自殺なんかしなきゃならん! あの子に悩みなんかなかったはずだ。おいあんた、探偵さんだろう?! どこで跳びおり自殺をするっていうんだ? ええ? どこから跳びおりるっていうんだ」

「これは卓さん、譲さんの時のケースと同じだ。三人目の跳びおり自殺ということか」

「この家の屋根か!」

照夫はひと声叫び、くるりと廻れ右をして、廊下へ飛び出していく。玄関へ行く気なのだ。私たちも駈けだして続く。

土間にあったサンダルを履き、照夫は体当たりするようにして玄関のドアを開け、表へ出ていく。私たちが出ると、彼は庭の石畳の上に伸びあがって、屋根の上を見ているところだった。

「屋根の上には誰もいない。梯子もかかってはいない……」

私たちが近づいていくと、照夫は放心したふうの声でつぶやく。

「順を追ってきちんと話してください。いったい何があったんです？」

御手洗が訊いた。

「たった今妙な男の声で、私の部屋に電話があった。しゃがれた老人みたいな声だった。外国語なんで何を言ってるのかよく解らない。こっちがいくら話しても、向こうもトンチンカンだ。でもそのうち、ミユキという名前だけは何度か聞こえたんで、もしやと思って娘の部屋に行ってみたら案の定もぬけのカラで、ベッドの上にさっきの英文の手紙があったんだ。ベッドにはまだ、かすかにぬくもりがあったような気がしたな。どこだ？　どこにいると思う、あんた。こっちか？」

照夫は一人で喚き、裏手の大楠の側へ早足で廻る。御手洗は、何もアドヴァイスをする様子もなく、あとをついていく。

「こちらにも姿はない。あっ、これはどうしたことだ?!」

これまで見馴れた幹が真二つに割れ、倒れているのを見て、照夫が大声をあげた。少しだけ立ちつくしたが、娘の方が大事と見えて、すぐに歩きだし、幹の向こう側にも廻る。右に左に、頭をきょろきょろと振る。その様子は、一人娘への強い愛情に、気も狂わんばかりの父親の姿だった。

ざわざわと相変わらず葉のざわめく音が上空から降ってくる。風がまた少し強くなっている。

「J・Pとは何だろう？」

私が、さっきからずっと気になっていたことを御手洗に尋ねた。

「ジェイムズ・ペインさ」

こともなげに御手洗は応える。

「なに?!　じゃあ生きてるのか？　彼は」

私も叫び声をあげてしまった。

「どうもそうらしいね」

つぶやくように低く、御手洗は言う。目はじっと、照夫の動きを見据えている。

照夫は楠の向こう側の暗がりを探し終ると、私たちのそばまでせかせかと戻ってきて、楠の幹の上部を、背伸びしたり、跳びあがったりして見ていた。確かに三幸は、高校生でかなり体は大きくなってはいるが、卓や譲よりは楠の獲物にふさわしい。私たちも、闇をすかして幹の上部を見た。しかし、そこには何者の姿もない。

照夫は、私たちを突き飛ばすようにしてかき分けると、表の庭園の方へ駈けだす。

東の空が、ごくわずかに白みはじめているようだった。そろそろ、夜が明ける時刻になった。

御手洗はズボンのポケットに両手を差し込み、考え込みながら歩いていた。三幸の行方を推理しているのだろう。私の胸も激しく痛んだ。

「御手洗、もう三人も死んでいる。一人くらいは救ってやれよ」

私は言った。

「大丈夫、救えるよ」

彼は自信に充ちて断言した。そしてつかつかと歩いて庭園を横切り、金属扉を開けて表の道へ出ていく。立ち停まり、煙突の先端を見あげた。くるりと背後を振り返る。

「照夫さん！」

と大声を出した。大きく手を振り、照夫にこちらへ来るようにと指示をする。照夫が金属扉を抜けて、こちらへ駈けてきた。御手洗の隣りにほぼ並んだ時、

「照夫さん、あれは何でしょうね」

言って御手洗が、煙突の先端を指さす。私も御手洗の指がさし示す、彼方の上空に目をこらした。

「ああ……」

と私が声を洩らした。

煙突の先端が、まるで逆立ちした火垂《ほた》るのように、ごくわずかに光っていた。それは、思いがけず美しい眺めだった。

御手洗は、ずんずんと藤棚湯の廃墟に向かい、歩いていく。次第に早足になり、ついには小走りになる。私も追う。照夫もついてきた。三人で、竈のごく近くまでやってきた。

「照夫さん、妙だな、あの煙突の先端から、ほら、ロープが出ている」

夜の中で、それはとても見づらかったのだが、確かに御手洗が言う通り、煙突のてっぺんから、一本のロープが空中に向かって延びている。しばらくじっと目をこらしていると、次第に闇に目が馴れ、私にもそれが解った。

「そしてロープは、こっちのハイム藤並の、どこかの部屋のヴェランダとつながっているようだ」

御手洗が言い、私も彼の指が示す上空の暗がりにじっと目をこらし、煙突からマンションへと視線をさまよわせた。何なのだ？　これは――。

「おかしなことがあるものだな、照夫さん、このロープをたどって行ってみますか？」

御手洗が言い、照夫の白髪が、暗がりで激しく左右に振られるのを私は見た。

「そんなことはあとだ。今は、三幸を探す方が先決だ」

そしてこの場を離れ、彼は藤棚湯の裏手の暗がりに向かった。廃屋の裏木戸をこじ開け、中の暗がりに向かって「三幸、三幸」と娘の名を呼んだ。

御手洗はポケットに手を入れ、下を向いてじっと立ちつくした。私はその横で夜空を見あげ、空中に渡されたロープの意味を考えていた。その時だった。

どーんという大きな音がして、かすかな地面の震えが感じられた。

「なに?!」

御手洗が大声を出した。ポケットからさっと手を出し、身をよじって音のありかを探した。

それは母屋だった。木立ちのすきまから、ただひとつ見える一階のガラス窓の中に、大きな紅蓮《ぐれん》の炎の玉が、床から天井方向へ、ゆっくりと上昇するのが見えた。

御手洗が駈けだす。「三幸ーっ！」と絶叫しながら、照夫も駈けだす。

私も夢中で走った。御手洗と競走するように、金属扉を押し開け、石畳の道の上を走る。すると熱風が、激しく頬に吹きつけてきた。

母屋の前に佇《たたず》むと、もう手の施しようがなかった。並んだガラス越しに見える一階は、もうすっかり炎の海だった。室内に炎の色以外は何も見えず、激しい熱気とすさまじい轟《ごう》音《おん》が、私たち人間を圧倒した。

ガラスが割れ、炎が、まるで拳を突き出すように勢いよく表に飛び出す。哄笑をあげる、悪魔の巨大な舌のようだ。

炎は二階に及び、やがて三階にも及ぶ。二階、三階のガラスが、次々に割れはじめる。その様子は、目に見えぬ悪霊が、高笑いをしながら空中を飛び廻り、見えないハンマーを振るって窓ガラスをひとつずつ割っていくようだった。私は、人知れずそんな幻影を見た。

もとペイン氏の書斎に遺る貴重な収集品も燃えていく。蔦《つた》の葉が、もうもうと白煙をあげている。が、やがてぱっと火がつく。異常なほどに早い火の廻り方だった。いかに乾燥した古い木造とはいえ、これは異常に思われた。何者かの作為であると考えるほかなかった。

はっと気づくと、私の横で、二人の男の影が重なってもがいていた。照夫と御手洗だ。何ごとが起こったのか、私にはとっさに判断ができなかった。

「石岡君、手伝え！」

御手洗の声が叫ぶ。

「俺が悪かった！　三幸！」

照夫が大声で叫ぶ。心臓が停止するような気がした。今のは彼の懺悔の言葉か？　ではこの男が——？

「石岡君、ぼんやりするなよ！　焼け死んじまうぞ。そっちの腕を押さえろ！」

御手洗が叫ぶ。それでようやく私は、炎の中に跳び込もうともがく照夫を、御手洗が背後から羽がいじめにしていたのだと知った。

「三幸ーっ！」

「この中に三幸ちゃんはいない。それより、中にいたのは誰だ?!」

御手洗が叫ぶ。

「三幸ーっ！」

照夫は叫び、狂った父親と御手洗との間に、会話は成立しない。

「パパ！」

背後でかん高い声がした。

「あっ！」

照夫が叫んだ。炎を背景に振り向いた彼の顔は、汗と苦悩にまみれ、まさしく阿修羅《あしゅら》のようだった。

「パパ！」

「三幸、無事だったか！」

二人は激しく抱き合い、

「牧野夫婦よ」

という女の声がもうひとつ聞こえた。これは、さっきの御手洗の質問への遅れた回答だった。

「牧野さんたちか……。中にいたなら、もう救《たす》けようもない」

御手洗がつぶやき、背後に、野次馬の叫び合う声が聞こえはじめた。人が集まりはじめている。庭に駈け込んでくる足音も乱れる。足音は次第に増えていく。私が振り向いた時、かすかに、消防車らしいサイレンの音が近づいてくるのも聞こえた。

夜が明けはじめた。東の空はすっかり白くなり、その裾は、まるで炎の色が染みたように赤く染まった。

轟音とともに、家の内部が崩れ落ちはじめた。パチパチ、パチパチ、と絶えず破裂音もする。三階の、羽ばたくニワトリが立っていたあたりの屋根が、少しへこんだ。火の粉がはじけ飛び、野次馬の群れから悲鳴があがる。人波が少し背後に引く。

「みなさん、無事なんですか?!」

とかん高い、悲鳴のような声がして、振り返ると、ロウブを着た寒そうな郁子の姿があった。そのうしろには、千夏の眠そうな顔もある。

「大丈夫です」

私が代表して応えた。

「さあ石岡君、そろそろ居心地のいい馬車道のわが家へひきあげる潮時だ。すぐにここは消防隊の戦場になるぜ。これで事件も終った」

御手洗が言って、野次馬をかき分けながらさっさと門へ向かう。消防隊のサイレンが鼓膜を叩くほどに大きくなり、すぐ表の道に停まったようだ。もの馴れたふうの叫び声と、唸るディーゼル・エンジンの音、重そうな靴音などが乱れる。

私も、御手洗を追って野次馬をかき分ける。待って、と言ってレオナもついてきた。

「待てよ御手洗、事件はあれですべて終ったのか?! ジェイムズ・ペインは? 放っておいていいのか?!」

人をかき分けながら私は叫ぶ。

「すべて終った。彼は放っておいていい。彼女の命も救われた。あとはゆっくり眠るだけさ」

そう言って御手洗は、レオナの肩に手を置いた。私はけげんな表情をしたはずだ。御手洗のその手は、レオナでなく三幸の肩に置かれるべきものに思われたからだ。それに、ジェイムズ・ペインはどうするのか。しかし人いきれでごった返すその場では、それ以上の質問は、とてもできなかった。

御手洗の行動

それからの御手洗はいったいどうしたわけか、暗闇坂の藤並家の事件のことはいっさい口にせず、さっさと全然別の事件の調査を始めてしまった。私が藤並家の事件に関して水を向けても反応がなく、「暗闇坂の人喰いの木事件」にはまったく関心を失ってしまったように見受けられた。彼の中では、あの怖ろしい事件はすっかり終ってしまったのだった。

私は少なからず驚いた。これまでの御手洗とのつき合いで、彼がひとつの事件の解説を行なわずにおいて、また別の事件にとりかかるということは一度もなかった。その意味でも、あの事件は特別だった。

そんなわけで私の気分は、まるきり宙ぶらりんのままだった。何がなんだかまったく解らない。犯人も見当がつかないし、どうやったのかも不明だし、ジェイムズ・ペインが生きているらしいが、彼のことを放っておいてもいいのか、また最後の夜見た煙突の先端部のぼんやりした光とか、そこからハイム藤並に向かって渡っていたロープ、あれはいったい何なのか。

いやいや、まだまだあるのだ。藤並家の裏庭の大楠の幹が、四十年もの長い間ダミーの幹で覆われていたのは何故か。スコットランドの「巨人の家」の壁から四十年も昔のクラの死体が出てきたそうだが、われわれの調査では何故発見されなかったのか。昭和十六年の秋に人喰いの木からぶら下がったあのむごたらしい少女の惨殺死体は誰の、いや何ものしわざなのか。楠のダミーの内側にあった四体の死体は誰で、その頭蓋骨に髪の毛がにかわで貼りついていた謎はどう解くのか。最後の夜、レオナの様子がおかしくなったのはなにゆえか。また母屋が燃えたのは何故で、何者のしわざなのか——。これほどに夥《おびただ》しい謎が、事件は終ったという御手洗の言葉にもかかわらず残されたケースというのも、私には記憶がない。

ただし、最後の火事に関してなら、若干の事実が新聞報道された。

すっかり全焼した母屋の焼け跡から、牧野夫婦の焼死体が発見された。暗闇坂で写真館を経営する息子夫婦の証言によると、牧野省二郎氏は、以前よりすっかり腎臓を痛めており、週三回透析に通っていた。こういう負担から先行きを不安視しており、このための自殺ではないかと考えられた。夫人は、夫の自殺につき合ったということのようである。

藤並家の母屋の厨房はプロパンガスを使用していたので、これを一階に充分充満させておいて火を点けたというのが消防署の見解のようだ。

何故藤並家などという他人の家を死の舞台に選んだのか。奇妙といえば奇妙なのだが、考えてみれば藤並家は接近した隣家がないので、類焼の心配がない。近頃こういう家は珍しい。そこにもってきて三幸がいなくなり、照夫も、私たち宿泊客も、全員表に出はらった夜があったので、この瞬間、家に火を点けたのではないだろうか。家族を誰も巻添えにしない夜といえば、確かにあの夜しかなかったであろう。

「おい御手洗、いつかは話す気なのか？」

私は御手洗に対する、何度目かの攻撃に出る。

「たまには謎が残る事件があってもいいんじゃないかい？」

御手洗は言う。

「残りすぎだ。これじゃあ本が書けない」

私は言った。すると御手洗はこう反論する。

「書けるさ。君も言っていたように、あの木には何かがある。こんどの事件は論理的な解釈は可能ではあるけれど、何割かはどうしても神秘的な要素が残るんだ。それはあの楠と、暗闇坂というあの土地柄のせいだろう」

「いずれにしても、謎が残っては推理小説として成立し得ない」

「だが文学は成立するさ。人生はやっかいな謎だらけだからね。本当は解けない謎なんてそのうちのごくわずかなんだけれど、みな自己愛から、自分の人生に対して盲人になるのさ。彼らは人生は不可解なるものと言った、偉大な文学的先達の催眠術にすっかりかかっている。だから謎のすべてが解決する本など書くと、これは漫画だとか安手の探偵小説だ、などといって馬鹿にされるのがおちだぜ」

今なら、確かにこういう傾向はあるのだと私も身をもって知っている。だが八四年当時私は、御手洗のこの種の発言がまったく理解できなかった。それで大いに反撥した。

「なにを言ってるんだ？　解決のないミステリーなんてあるものか。ではひとつだけでも教えてくれないか？　それでぼくは原稿を書き出せる」

「石岡君、この事件はしばらく発表しない方がいい。各方面に与える衝撃が大きすぎるよ。少なくとも五年は待った方がいい。そうすれば多くの人々が、冷静になって事態を客観的に眺められるようになっているだろう。興味本位の連中も馬鹿騒ぎにそろそろ飽きているだろうし、事件の当事者や、その友人たちも、新生活を始めたり、充分な人間的成長を遂げていたりするだろう」

私はその時、友人の発言の真意を理解する洞察力がまだなかった。あまりに怪奇的な事件なので、真相を知りたいという欲求にわれを忘れていたのだ。

「ではせめて卓のことだけでも……、あれは何故屋根の上で、すわったまま絶命していた？」

「あれか！　あれこそ当分語らない方がいいね。今のままの方がずっと神秘的だ。あの理由をぼくたちが解明すれば、人はその労をねぎらうどころか腹を抱えて笑いだして、絶対に信じやしないだろう。ぼくらはペテン師呼ばわりさ、賭けてもいいね、この世のからくりなんてそんなものだよ石岡君。それよりここにカラヤンの指揮するチャイコフスキーの『悲愴』がある。この三楽章を聴いてごらんよ、大いに笑えるぜ」

御手洗はこんな調子だった。

その年の暮れ、丹下と立松が私たちのささやかな事務所をふいに訪ねてきたことがあった。ソファに二人並んですわり、事件についての考えを聞かせて欲しいと御手洗に言った。どうやら彼らも、あまりの難事件にほとほと閉口しているらしかった。

「事件は終りましたよ」

御手洗はにべもなく言った。

「終ったと？　言われますか？」

丹下は怪訝《けげん》な声を出した。

「そうではありませんか？」

御手洗が逆に訊き返す。丹下はしばらく無言でいたが、慎重に言葉を選び、ぽつりぽつりと語りだす。彼の態度はなかなか謙虚で、以前のように尊大なところは微塵もなかった。

「藤並譲氏に関しては、以前あなたがおっしゃっていた通り、口腔中も綿密に調べました。すると、歯茎の一部にごく微細な組織破損と出血が見られたんです」

「ほう、それがどうかしましたか？」

「歯と歯茎の間に注射を打たれた可能性がある、と鑑識では言っております」

「それは違うでしょう」

御手洗は即座に言った。

「本人が爪楊枝で作った傷ですよ」

御手洗は断定し、刑事二人は言葉に窮した。私も大いにあっけにとられた。こんなふうに誠意のない御手洗の姿を目にするのは、私もはじめてだった。

「なんですと？」

丹下がだいぶ経ってから言った。

「ではうかがいたい。卓氏、譲氏、そして八千代さん、この三人は殺されたのではないのですか？」

「何故それを門外漢のぼくなどにお訊きになるんです？」

私は耳を疑った。御手洗の言とも思われなかったからだ。

「あなた方、プライドはないのですか？　ぼくは一介の素人ですよ。プロのあなた方以上のことを、知っているわけがないじゃありませんか」

丹下は手ぶりを交え、強いて穏《おだ》やかに切り出した。

「以前のわれわれの態度がいたらず、心ならずもあなたが気分を害されたのでしたら、今ここでお詫びいたします。だがわれわれの立場も解っていただきたい。事件に割り込んできて小賢《こざか》しく名探偵を気どりたがるブン屋や関係者はいくらもいます。われわれがちょっとでももたつけば、たちまち連中がしゃしゃり出てくる。そういったやからの言い分をいちいちごもっともと聞いてはおられません。われわれも仕事なんですから」

「それはよい考えです。最後までそれで通されたらいかがです？　ぼくもその小賢しい素人の一人です」

丹下はいっ時友人を見つめ、溜め息をつく。

「何かありましたかな、御手洗さん。最初あなたは、われわれに対し、あんなに豪語されたではないですか？　事件は自分が解決すると、それではあなた、あんたは単なる自信過剰の大ボラ吹きだ」

御手洗は大きく、深くうなずいた。そして言う。

「まさにその通りなのですよ。ぼくはあの時、みなさんの手前少々格好をつけただけなんです」

丹下は舌打ちを洩らす。

「いや違う。あんたはそんなやからじゃない。私には解るよ。あんたは何かを知ってる。隠してる。私はこうしてあんたに、プロの面子《メンツ》を捨ててまで、頭を下げて頼んでるんじゃないか。この事件は何なんです？　誰がこの三人を、あんなむごたらしいやり方で殺したんだ？　これは殺人なんでしょう？」

「あなた方はどう思うんです？」

「解らんから聞いておるんです！」

「殺されたんですよ」

「だから誰に？」

「楠です」

丹下はいっ時、無言で御手洗を睨んだ。そして、

「もう頼まん！」

憤然とそう言って立ちあがった。御手洗は足を組んですわったまま微動もせず、二人の刑事の退場を、他人ごとのように眺めていた。

彼らを見送って、私は今まで刑事のすわっていたソファに腰をおろした。

「いったいどうしたんだ？　御手洗、何を考えている」

そう質した。御手洗はゆっくりと頬杖をついた。そして、

「もう飽きたんだよ」

と言った。

「何が？」

と私。

「どうして答えをいちいち警官に教えてやらなくてはいけないんだ？　彼らも自分でやればいいじゃないか。いつもそうだが、教えてやって、彼らがぼくに何をしてくれた？　犯人を捕まえて、礼状ひとつ寄こしやしない。いつだって、何ひとつ見返りなんてないんだ」

御手洗は立ちあがる。

「おい御手洗、いつから君はそんなもの要求するようになった？　価値ある仕事のために、ただ仕事をするだけ、報酬なんて求めない主義じゃなかったのか？」

私は叫ぶ。しかし御手洗は返事もしないで自室に籠《こも》ってしまった。返事の代わりに、やがてギターを爪弾《つまび》く音が聞こえてきた。以後、丹下と立松は二度と私たちの部屋を訪ねては来なかった。

それから世間は騒然となった。多くの著名人や作家たち素人名探偵が、思いつくまま、さまざまな推理を雑誌に発表した。この推理だけで臨時増刊号を造った男性誌もあった。私は、昔関わった『占星術殺人事件』を思い出した。

事件自体が派手であったこともそうだが、それ以上に、松崎レオナという有名人の家族に起こった事件であることが、人々を闘牛場の牛ほどに興奮させたのだろう。さまざまな迷推理が世に現われたが、そのひとつひとつをここに紹介する気には到底なれない。それほど見るべきものはなかったからだ。

レオナは、この騒ぎから逃れるため、八四年暮れから単身アメリカに渡ったようだった。ただ幸いなことには、スコットランドの「巨人の家」について触れた記事はなかったことだ。遠くスコットランドのあの家の存在までかぎつけた日本人記者は、ついに出なかった。

それから二年近い年月がまたたくうちに流れ、一九八六年になると、移り気な世間はあの事件について忘れはじめたようだった。

譲の愛人だった千夏はそれなりの慰謝料を貰ってハイム藤並を出て、今銀座に勤めているらしい。家を失った照夫親子が、そのあとの部屋に入っているという。郁子は相変わらずハイム藤並で一人暮らしをしているようだ。

一方松崎レオナはその後ますます有名になり、一九八六年新春公開の日米合作映画「おいらん」に主演した。これは幕末頃江戸を訪れた米国の将校と横浜のおいらん、それに時の徳川幕府との関わりを描いたエンターテインメントで、日米で大ヒットした。雑誌にテレビに、レオナの笑顔を見ることに苦労はなかった。

その年の三月、偶然観たあるテレビの番組にレオナが凱旋出演していて、彼女がハリウッドのビバリーヒルズに、プール付きの豪邸を構えたということを私は知った。彼女は今や、私などには到底手の届かぬ雲の上の人だった。

この番組でレオナが、暗闇坂の自宅について語っていた。今回日本に帰ってきたのは、横浜の土地を整地して、ここに撮影スタジオと音楽スタジオを建設したい、そのための下準備だというのである。

その話をあとで御手洗にすると、彼も少し複雑な表情をした。

一九八六年五月十一日の、よく晴れた日曜日のことだった。少し遅めに起床した私たちが、トーストのブランチを食べ終った頃だった。玄関のドアが、小刻みに四回、続けてノックされた。こういうせわしないノックのやり方は外国人に多いので、私は本能的に返事を御手洗にまかせた。

「どうぞ」

と御手洗は雑誌のページを繰りながら、面倒くさそうに返事をした。ドアが開き、

「ハイ！　イッツァロングタイム」

と案の定英語が聞こえたので、私はすごすごと衝立《ついたて》の向こう側へ、洗い物を手に退散しようとした。しかし、ふと振り向いた私の足が停まってしまった。

開いたドアのあたりに、まるきりこの世のものでないような、美しいものが立っていた。ポスターが現われたのかと思った。絵のように完璧なスタイル、花のような笑顔を見せる女が立っていた。

もえぎ色のブルゾンを着て、茶のスカートを穿いていた。あまりに美しい足が完璧な動きを開始し、私たちの方へ前進してきた。現実の風景とはとても思えなかった。映画の一場面のようだった。

「これはこれは、久し振りですね。まあどうぞ、こちらへおかけください。また難事件が起きましたか？」

御手洗が言い、レオナがソファに腰をおろし、さっと足を組んだ。持っていたバッグは足もとに置き、サングラスは、前髪のあたりに挿した。その仕草には、すでに大スターの風格が備わっていた。私には、息が停止するほどに美しい眺めだった。レオナはすっかり成長していた。二年前にはそれでも時おり見られた、子供っぽい弱々しさはすっかり影をひそめ、行動的でタフなアメリカの女、とでもいった印象にあふれていた。

「これはアメリカのおみやげです。お二人のお口に合うかどうか解りませんが」

レオナは足もとのバッグから取り出した紙包みを、テーブルの上に載せた。

「石岡さん、どうぞおかまいなく。こちらにおすわりになりませんか」

「は、どうも」

私は言った。私の名前を憶えていてくれて、私は光栄のあまり喉が渇いた。しかしやはりお茶は淹《い》れることにした。

「御手洗さん、何度かの電話であなたに冷たくされて、私はあなたに腹をたてたりしたけど、でも……」

レオナの声が聞こえた。私にはまったくの初耳だった。

「私はほんの子供だったので、思慮が足りなくて、あなたの深い考えや思いやりが、充分に解らなかったのです。でも今私は、アメリカの競争社会でもまれて、すっかり成長しました。おとなになったんです。強くもなりましたし、世間というものが解りました。私がここまで来られたのはあなたのおかげだと、今ははっきり解ります。とても感謝しているんです」

御手洗は目を丸くしたらしかった。私にも、彼女のそういう言葉はひどく大袈裟に、いささかの見当違いのように感じられた。

「それはまた、過大な評価だ。あなたが『おいらん』に主演できたのはあなたの実力です」

レオナははっきりと首を左右に振った。

「いろいろと嫌なことがありました。あなたはどう思ってらっしゃるのか知りませんが、私は芸能界には向いていません。辞めろとおっしゃれば、明日からでも辞めます」

御手洗は少し笑った。

「どうしてぼくがそんなことを言うとおっしゃるのです？」

レオナは、すると何故か深い憂いを底にたたえるような美しい目で、じっと御手洗の目を見つめた。自分が見つめられているわけでもないのに、私は相当たじろいだ。ペイン氏のクララを讃える詩を、この時私はふいに思い出し、しかも理解した。

「おっしゃいませんか？」

「言いませんよ」

御手洗はそっけなく言う。

「では私が誰かと結婚し、子供を作ると言ったらどうです？」

すると御手洗は二、三度うなずき、いっ時沈黙した。それからゆっくりと、こう言った。

「それはあなたのご自由です」

レオナが、わずかに溜め息をついたらしく思えた。私には、その溜め息の理由も謎だった。私は盆に紅茶茶碗を載せ、運んでいった。

「ありがとう石岡さん」

レオナは言い、それから、私に対してとも御手洗に対してともつかぬ口調で続ける。

「私は本当に馬鹿で、子供でした。でもあれから私もあの事件のことを考え、あの怖ろしい事件が何だったのか、私なりに気づいたことがあります。あなたのおとりになった行動が、どれほどに深い思慮によるものか、そして何より、私が私自身の弱さに、自分で気づいていなかったのです。あなたは、気づいてくださっていたようですね。でももう、私は大丈夫です。二十三といえば、女優としてはもう中堅なんですよ。立派なおとなです。今後の自分の人生のためにも、そろそろあの事件にきっちりとけりをつけておきたいのです。でないとこの先、安心して仕事に打ち込めないように思います」

御手洗は、彼女の成長の具合を計るように、レオナの表情をじっと見つめていた。

「今日は日曜日です。藤棚湯の取り壊し工事も中断しています。こんな言い方は失礼ですけれど、私には今日一日しか自由な時間がないんです」

レオナは言う。

「明日からまた厳しい仕事ですか？　今日手厳しいショックを受けて、明日からまた忙しいスケジュールを難なくこなせるのですか？」

「二年前なら、確かに私は駄目になったでしょう。でも今は平気です。仕事も軌道に乗ったし、どんなショックも覚悟しています。私の属する世界は、あなたがお考えよりずっとタフ・シチュエーションよ」

「では石岡君、ありったけのローソクと大型懐中電灯、それに長靴を用意してくれないか」

御手洗は私の方を向き、突然言った。

「ローソクと長靴?!」

私は絶句した。

怪奇美術館

表に出ると、嫌になるくらいよく晴れた日だった。空には雲ひとつなく、気持ちのいい海からの風が、馬車道を吹き渡っていた。

御手洗の指示で、私はいつ捨てようかと迷っていた最も古いジーンズを穿き、しかもゴム長靴姿だった。このままの格好で築地の魚市場へ乗り込んでいっても、まったく違和感はなかったはずだ。御手洗のいでたちも似たようなものだったから、世界的な有名人をはさんだわれわれ三人組は、国際都市横浜の馬車道でもなかなかに目だったことだろう。それで大あわてで、馬車道に停めていたレオナのメルセデスに逃げ込んだ。

御手洗が言ったローソクや大型懐中電灯、それに履き替え用の靴は、ヴィニール製のバッグにひとまとめに入れ、私が代表して持っていた。

レオナはエレヴェーターの中からサングラスをかけたが、それでも運転席に乗り込み、走りだすと同時に、指さしながら駈けだしてくる若い男女が数人現われた。

「やれやれ気の毒にね、これじゃ喫茶店にも入れないな」

リアウインドゥ越しに後方を見ながら、御手洗が言った。

「それとも喜劇の撮影中とでも思ったかな？　石岡君、もうぼくの本を出すのはやめてくれ」

前方に向き直りながら言う。

「冗談言うなよ。じゃあぼくらはどうやって生活するんだ？」

私は反論する。

「食べるだけくらいならなんとでもなるさ」

「レオナさん、オフの日は、スターの人たちはどんなことをして過ごしているんです？」

私が尋ねた。

「仲間同士のパーティよ」

ハンドルを操りながらレオナが応える。

「それから恋愛をして、時間をつぶすの」

「ははあ……、レオナさんもそんなふうに？」

驚いて私が尋ねた。レオナは鼻先で手を振った。

「まさか！　私はパーティなんて大嫌い。人生は短いわ。もっと有意義に過ごしたい。私は自分を向上させてくれる人以外とは、恋愛なんてする気はないわ」

妙にきっぱりとした言い方をした。それから、桜木町方面へ向けてハンドルを左に切る。

「懐かしいわ。スコットランドをエスコートで走ったの、思い出しますね」

「ええ」

私が応える。

「あれから二年になるのかしら、いえ、まだ一年半？　ずいぶんいろんなことがあったから、もっとずっと昔のような気がする。日本は車が多いわね、運転もあまり楽しくないわ」

「ポルシェはどうしたんです？」

「エージェントとの契約条項に、スポーツカーを所有しないっていうのがあったんです。それで、これに替えさせられたの」

「やれやれ。ぼくなら三日で逃げ出すね、そんな職業」

御手洗がまた言う。

「私だってそうよ。あと一年だけ辛抱したら辞めようって、毎年お正月になると決心して、そうやって続けてるのよ」

「辞めたら、何をするんです？」

私が訊《き》いた。

「本を書くつもり。詩とか、童話とか小説とか。それから作曲、映画監督、やりたいことはいっぱいあるわ。それから女探偵」

「ああなるほど」

レオナの運転するメルセデス・ベンツ300Eは、戸部署の前をさっさと素通りし、戸部駅前のガードをくぐる。私は、「交通安全」と垂れ幕が下がる戸部署の玄関が車窓を走り去るのに目を据えていた。あの建物の中に、今も丹下や立松がいるはずである。こんな大事な日に、彼ら専門家を放っておいてよいのだろうか心配になった。

なんとなく御手洗の顔を見ると、目を細めて唇を歪め、なあにかまうものかというように、二度三度うなずいている。

私には憶えのない道を通り、藤棚商店街方向へは出ず、おやここはどこなのだろうと思っていたら、いきなり暗闇坂の上に出た。暗闇坂は下りのみが許される一方通行なので、藤棚商店街やライオン堂の方角から坂をあがってくることは許されないのだ。

「ああ……?!」

と私は思わず声をあげてしまった。

不良外人を殺害し、外国軍隊が整列して見守る中で、朗々と一曲歌を歌い、堂々と首を切り落とされたという幕末の日本人鳶《とび》職、そのほかにも多くの罪人の悲しみと処刑を見、さらにはガラス工場となり、次いで外国人学校、さらには銭湯にアパートと、幾多の変遷を体験してきた暗闇坂上の土地が、今また大きく姿を変えつつあった。

　表通りからの眺めは一変している。巨大な廃墟だった藤棚湯は、今やその大きさにふさわしい雄大な瓦礫の山になっていた。浴場の面影を留めるものは、もはや巨大な煙突と、その下の竈、それに燃料小屋だけだった。

　レオナが、銭湯とハイム藤並との間の砂利道に車を乗り入れると、瓦礫のすきまから、例の雄大な大楠が直接見通せた。藤並家の母屋がなくなったからだ。暗闇坂上の、かつてジェイムズ・ペインが所有した土地は、ところどころに木々を残し、広大な更地《さらち》にと変貌しつつあった。あの事件からわずかに二年弱の年月が経過しただけなのだが、こんな様子を目の前にすると、そしてレオナの変貌ぶりも手伝って、あれは遥か遠い昔の出来事であるように、錯覚されるのだった。

　所定の位置に車を止め、エンジンを切ると、レオナは部屋に寄ってジーンズに穿き替えてくると言った。一緒に来ますかと彼女は言ったが、いやここで待っています、と御手洗がすかさず応えた。

　キーを付けたままドアを閉めようとして思いとどまり、

「照夫さんや郁子さんも呼んできましょうか？」

　と訊いた。

「いや、その必要はないです」

御手洗は即座に応じる。

「今日の解決はこの三人だけで行ないます。彼らには、そのうち石岡君の本を読んでもらえばいい」

レオナはうなずき、ドアを閉めると小走りでマンションへ帰っていく。窓の中で遠ざかる彼女の後ろ姿は、やはり映画の一場面のようだった。

「三幸ちゃんの名前が出なかったね」

私は御手洗に言った。

「彼女は今、東京の大学へ行っているんだよ」

御手洗が応えた。

私は車の外へ出た。空を見あげた。相変わらず雲ひとつない、嫌になるほどの上天気だった。一年半前、ここへ何日か滞在したおりは、台風が来たり、曇りの日が続いたり、小雨が降っていたりで、上天気の日は一度もなかった。この土地でこんな好天気を体験するのははじめてである。

思えばスコットランドへの旅もそうだったから、この事件全体を通じて、よい天候の日は、解決の日の今日がはじめてである。

グレーのメルセデスにもたれて立つと、植物の香りを含んだ気持ちのよい風が私の髪を撫でていく。彼方には、燃え落ちた藤並家のコンクリート造りの土台がわずかに覗く。大半は背の高い雑草に埋もれてしまっている。時間が経っているから、火事の名残りを留めるものはほかにはもう何もない。すべては夢のようだ。本当にここで、あの怖ろしい出来事があったのかと疑いたくなる。

　大戦前後には、まるで幽霊屋敷のようなガラス工場の廃墟があり、その前の江戸時代には、この地に囚人の泣き声があふれ、多くの罪人の首が刎ねられたはずだ——。

　抜けるような青空のもと、爽やかな春風の中では、それらがにわかには信じられない。突風のように過ぎ去った、幻のような歴史の時間だ。今後も、この土地はやはり夢のような歴史の時間を生きていくのだろうか。すべてを目撃するのは、私のようなはかない命を持つ人間にはかなわぬことだ。それができるのは、あの大楠ただ一人だ。

「お待たせしました」

　と声がして、ジーンズに赤い長靴姿のレオナが戻ってきていた。御手洗も、メルセデスから出てきた。ヴィニールのバッグを持ち、ゆっくりと、あまり音をさせず、ドアを閉めた。

「名探偵さん、どこへ連れていってくださいますか？」

「あの大楠のところです。マンションの中で、誰かに会いましたか？」

「いえ、誰にも出会いませんでした」

「結構。石岡君、あの藤棚湯の瓦礫の山から、棒きれを二、三本拾ってきてくれないか」

御手洗は言う。

近づいていくと、楠の幹を隠していた精巧なダミーはどこかへ姿を消していた。火事で燃えたのかもしれない。最後に見た時、ぬめぬめと黒く濡れていた本物の幹は、常時空気中に晒されるようになったせいか、すっかり乾き、幹らしくなっていた。私たちが見馴れたダミーの様子にも似て、ごつごつとあちこちに瘤《こぶ》を造り、やはり空洞《うろ》を二箇所ばかり開いていた。しかしその空洞は、ダミーのものに較べれば少し小さく、迫力に欠けた。

幹の足もとも、ずいぶん広々としてしまった印象だ。無数の蛇がのたうつように根が露出しているのは相変わらずだが、その間の土は、ずいぶん乾いたなという印象だった。羊歯《しだ》の姿が目だたなくなった。かわりに逞《たくま》しげな雑草が増えた。手入れをする人が少なくなったせいか、それとも火事の影響もあるのだろうか。

戦前戦後を通じて建っていた藤並家の母屋が載っていた石の台は、枠組みだけを残し、すっかり雑草の中に埋もれはじめていた。私が二本の棒きれを拾っていくと、御手洗は背の高い雑草にゴム靴をすっかり埋めるようにして立ち、後ろ姿を見せて楠の老木を見あげていた。

「この木は変わらないね。幹のこのあたり、少し腐りはじめているが、あともう千年も生きる気なのかな。ご苦労なことだ」

老人をからかうように言った。

「石岡君、棒きれはこちらへ……、ありがとう。さあ諸君、このローソクに火をつけて。アリスのワンダーランドを探検に行こう！」

「なに？　どこへ行くって？」

「黄泉《よみ》の国の探検だ。ぼくの推理が間違っていなければ、そこはかつて人類が目撃したこともない、摩訶不思議な美術館のはずだ。われわれは幸福だ。一人の天才の仕事を目のあたりにできる、数少ない、限られた人間たちなんだからね」

そうして御手洗は、楠の手前の地面に、やおら木片を突き立てた。引き抜いてはまた突き立て、そしてまた引き抜く。これを何度も繰り返した。そうして、柔らかくなった土を覆っている雑草を引き抜く。私は、御手洗がいったい何を始める気なのかと、あっけにとられて眺めていた。また狂ったのかと疑った。

「ぼんやりしてないで石岡君、そのローソクに早く火をつけるんだ」

そうして、ゴム靴の先で土を跳《は》ねのけ続ける。私はあわててローソクを取り出し、ライターで火をつけた。ローソクは十本ばかりある。とりあえず、そのうちの四本にだけ火をつけた。

御手洗は勢いよく棒きれを地面に突き立て、その上に、上体をかぶせるようにした。

ゴリゴリ、と石同士が触れ合う音がした。そしてひゅうという、かすかに風が唸る音が、足下から湧き起こった。御手洗がさらに力を加え続けると、一メートル四方くらいの四角いコンクリート板が、黒い土と雑草の群落を突き破り、姿を現わした。

「何だ？　これ」

「手伝うんだ、石岡君」

御手洗が言い、私は石を直接摑んで持ちあげた。

「うん、もっと持ちあげて。それからこの木に立てかけよう……、そうだ、いいぞ」

そうして、楠の幹のすぐ手前に、一メートル四方の暗い穴が、ぽっかりと不気味な口を開けた。

ひゅう、とか、ごう、という唸り声が絶えずしている。覗き込むと、暗い中に、もつれた細い木の根が、まるでボロボロに傷んだレースのように、行く手をふさいで垂れ下がっている。

「これは……」

「中に入ろう。ローソクをかして。悪いガスがたまっていないとも限らない。懐中電灯だけでは駄目なんだ」

そして御手洗はポケットから紙片を出し、これを丸めてローソクの炎で火をつけた。穴の中に落とす。小さな炎が周囲を照らしながら何度かバウンドし、ゆっくりと底に向かって落下していった。穴の底がかすかに明るい。下で燃え続けているらしい。

「メタンガスが溜まってはいないようだ。では入ろう」

御手洗はローソクを二本左手に持ち、右手に大型懐中電灯を持って、勇敢に、穴の中に足を入れた。苦労して細かな根を足で払いながら、下へ下へと移動していく。とうとう、頭も穴の中に入ってしまった。

穴の中は、楠の方向ではなく、右方向へ、つまり母屋の下へ向かった斜面となっているらしい。勇気をふるい、私も懐中電灯とローソク二本を持ち、続いた。レオナを先に行かせるわけにもいかないだろう。

足から穴の中に入り、腰を落として地面にすわると、まるで滑り台のように、体が自然に下方へ向かってさがっていく。足を踏んばり、これに左手で適度に抵抗しながら落下していくと、たちまち鼻先に土の匂い、それから湿った、生臭さとも腐臭ともつかない強い匂いに包まれた。

入ってきた穴が後方遥かになると、私の周囲は真暗となり、行方を懐中電灯で照らしても、見えるのは御手洗の髪のつむじばかりで行く先の様子は少しも解らず、引き返したいような心細さに襲われた。階段がついているわけでもない細い穴は、どこまで続いているのか不明だった。私の予想より遥かに先行きが長い。平らになったり、少し曲がったりしながら続く。よく御手洗は、こんなどこへ向かうのか解らない穴へなどずんずん入っていけるものだと思う。いや、それとも彼には、これがどこへ行き、行く手に何があるのかが解っているのだろうか。

後方に、レオナが近づいてくる気配があった。振り返ると、レオナのゴム靴の底が見えた。それで私は、もう引き返すことはできないのだと自分に言い聞かせ、行くところまで行くほかはないと覚悟を決めた。

細い坂道の落下はずいぶん長く続き、やがて御手洗の体が停まった。私の靴先が、御手洗の髪に触れそうになった。そのあたりに、御手洗の落した紙の燃えかすがあった。どうしたのかと思っていると、やがてばしゃん、と大きな音がした。私は、落盤でも始まったのかと首をすくめた。

御手洗の体がすっと消えた。そして、ばしゃばしゃと水音がした。何ごとかと思っていると、私の靴先にもばしゃりと水が跳ねた。ゆっくりと、怖る怖る身を起こすと、私は薄く水が覆った、平らな固い床の上に立っているのだった。

足もとを懐中電灯で照らすと、さざ波の広がる黒い水面が、ずっと遠くまで広がる。むっとする湿気と、水の匂いを感じた。光線をあげると、そこが広い広い空間であることが解った。広々とした、地下の大空間だ。いったいどのくらいの広さがあるのか、真暗なのでよく解らない。さらに懐中電灯の光をあげていき、私はおお、と声をあげた。

天井の景観があまりに奇怪だったからだ。無数の血管がもつれ合うようにして、木の根が、気味悪く頭上を覆いつくしていた。あるものは天井にへばりつき、あるものは老婆の痩せた手のように、ゆらゆらと垂れ下がっていた。まるで巨人の胎内にでも迷い込んだようだ。

ばしゃ、とうしろで水音がして、レオナとひと筋の懐中電灯の光が、滑り落ちてきた。手を貸して彼女を立たせると、彼女も息を呑んで周囲を見廻した。

「御手洗、これは？」

前方にいるらしい御手洗に声をかけた。

「藤並家の地下室だよ。思った通り水が溜まっていた。空気は大丈夫だ。ローソクは消えない」

闇の彼方から、大袈裟《おおげさ》な反響音とともに、御手洗の低い声が応えた。

「地下室？　レオナさん、知ってました？」

私が尋ねる。レオナは闇の中で激しく首を左右に振る。入ってきた穴からの光線は、まったくといっていいくらい、この地下空間には届いていない。

私は、水面の下のどこかに、突然深みが口を開けるのではないかと心配して、怖る怖る歩を進めた。どんなにゆっくりと進んでも水音がして、それが絶対的な静寂の中では、何倍にも増幅されて反響する。そしてそのたび、私をひやりとさせる。

水の中に佇《たたず》む御手洗のそばまで到達した。御手洗はどうしたことか、じっと立ちつくしていた。彼の目の前には、水の中に四本の細い脚を入れて立つ木製の机があった。御手洗の懐中電灯は、その上に載った防水布を照らしている。

私とレオナが寄ってくるのを待ち、御手洗は言う。

「石岡君、この防水布の、そっちの端を持ってくれ。ぼくはこっちを持つ。そしてそっと持ちあげて、こっちのブリキの箱の上に置こう。いいかい？」

私はローソクをレオナに預け、彼の指示通り、防水布の端を右手と、懐中電灯を持ったままの左手で摑んだ。

「持ちあげて」

の声とともに、ゆっくりと持ちあげる。レオナも懐中電灯を持っていたので、彼女が私たちの手もとを照らしてくれていた。

少し固まりはじめている気配の感じられる防水布が、土埃《つちぼこり》の匂いとともに持ちあがり、その下から、愛らしい人形たちが姿を現わした。日本人形のようだった。もっと不気味なものの出現を覚悟していた私は、ずいぶんと安堵した。

御手洗と二人、防水布を水の上に出たブリキ箱の蓋の上に丸めて置き、戻ってきて人形を眺めた。

左右一メートル四、五十、幅五、六十センチ、高さ一メートルくらいの黒い箱の上に、四体のやや大型の日本人形が、愛らしい姿を見せて並んでいた。

白い、握り拳よりやや大きいくらいの顔には、直毛の、おかっぱ髪が載っていた。体には、色彩の鮮やかな和服を着ているらしいのだが、暗いのと、埃をかぶっているのとで、色はよく解らなかった。四体の人形は、四体ともに同じくらいの背丈で、身長は五十センチくらいだったろうか。

「これが、上の書斎の本の一冊に走り描きの図面があったからくり人形だね。ペイン氏は、やはり造っていたんだ」

御手洗が静かに言った。私もうなずく。やはり造っていたのか、という思いだった。

「石岡君、ローソクはこのテーブルの上に置こう」

言って御手洗は蠟を垂らしておいて、ローソクを二本ともテーブルに立てる。テーブルの反対側に、私も同じようにローソクを立てた。四体の日本人形を、四本のローソクが囲んだ。

「ほら、この箱の横にハンドルがついている。これを回すと、人形たちは歌を歌うはずなんだ」

御手洗が言って、ハンドルを回した。しかし、残念ながら歌声を聴くことはもうできなかった。古くなりすぎているのか、すかすかと、箱の内部のどこかの隙間で空気が洩れるような音がするばかりだ。

しかし、三本の懐中電灯のスポットライトと、ローソクの光を浴びた人形たちが、まるで直列エンジンのピストンのように、小さなステージの上で順繰りに背伸びをしては、わずかずつ口を開けるのは大いに見ものだった。その様子はとても愛らしかった。

私は御手洗の顔を見た。御手洗の言葉からすれば、ここにはもっと陰惨な何ものかが私たちを待っていてもよかった。レオナにもそう言っていたと思う。この可愛らしい人形たちの、どこがショッキングだというのだろう。

「とても可愛らしいじゃないか。これのどこが……」

御手洗の右手がさっとあがるのが、闇の中で解った。われわれが入ってきた入口のあたりで、ひゅうと絶えず低く風の音がしている。

「確かに愛らしい眺めだ、石岡君」

御手洗は何故か私にばかり話しかけた。

「これが人形ならね」

「なんだって？　どういうことだ……？　人形じゃないって言ったって、これは人形だろう……」

「あっ!!」

まるで悲鳴のようなレオナの声が、耳を打つような激しい残響音とともに、地下の闇に響いた。私はレオナの顔を見た。彼女の悲鳴の意味が解らなかったからだ。

「この顔は、人間なんだよ、石岡君」

有無を言わせぬ調子の御手洗の声が、地下室に響いた。

「人間?!」

私も大声をあげた。残響音。

「どういうことだ？　だってこれは……」

思わずささやく声になった。

「人形のように小さいね。だがこの人形の顔は、本物の人間の顔の皮膚を使用して造られている。でないと、こんなふうに口を開けたり閉じたりなんてできないよ」

さっと、全身に冷水を浴びた気がした。私は全身の血が凍る気がした。衝撃で言葉を失い、たっぷり一分間、無言で立ちつくした。

「だが、でも、でも……」

そんなふうに言葉を発すると、まるでそれが引き金だったように、全身が震えはじめた。レオナも声を失っている。

「解っている。確かにこの頭部は、人形のように小さい。それはね、人間の頭部から頭蓋骨を抜き取って、かわりに少し小さめの石を入れる。その石の大きさまで頭部の皮膚が縮むと、また石を抜き、さらに小さな石を入れる。これを火であぶる。するとさらに縮む。また石を小さいものに替える。火であぶる。どんどん縮む。そんなふうにして、こんな小さな頭にしたんだ。南米の食人族に、記念すべき犠牲者の首は、やはりこんなふうにして保存していた事実がある。彼らの犠牲になり、やはりこんな小さな顔にされて保存されていた白人宣教師の記録もある。ペイン氏は、こういう史実をおそらく知っていたのだろう。だから、こういうやり方をからくり人形に応用した」

御手洗は、声に何の感情もまじえず、淡々と説明を続けた。衝撃が、私から声を奪った。ただ恐怖をこらえ、四体の顔にずっと目を近づけ、しげしげと見つめた。ガラス玉の小さな瞳が、ぼんやりと私を見返した。その視線こそ、人形のものと少しも変わらなかったのだが、周囲の小皺《こじわ》、小鼻のふくらみ、唇のたたずまい、眉毛の印象、すべてが、どれほどに腕のよい人形師でもとても写し得ないほどに、精密に過ぎた。それが私を打ちのめした。私は眩暈を感じた。何にとも知れぬ畏れで、その場にしゃがみ込みたい気分が襲った。人間は、これほどのことをしてもよいものだろうか。私は人間そのものに対する恐怖に打ちのめされて、この先生きていくことがむずかしいような気分にさえなった。こんなことを考える人間の、自分もその一人であるという現実が、身の毛がよだつほどに怖かったのだ。

「石岡君、こっちを見たまえ。これはもっと凄いものだ。道徳というものを無視するなら、凄いアートだ。もの凄い死のアートだよ」

御手洗が大型懐中電灯の光をさっと移動させた。その光線の先に、奇怪なものが立っていた。

水の中に佇むそれは一見人間と思えたが、高校時代に理科室で見かけた筋肉の立体模型かと、まずは考えた。私の頭は、霞でもかかったように次第にぼんやりとして、徐々に思考能力を失いはじめていたのだ。

ゆっくりとそちらへ移動した。すると、膝ががくがくと震え続けていたことに、その時ようやく気づいた。

背は低かった。御手洗の肩までもなかった。

「ああ……」

私はまた驚きの声をあげた。奇妙なことにそれは、この地下空間の第一印象、つまり天井の様子に似ていた。全身を、複雑な木の根のような網の目が包んでいるのだ。葉脈にも似たそれは、どうやら血管のようだった。全身の血管がすべて残り、骨と、乾いてミイラ化した薄い肉の上にぴったりと密着し、絡みついている。その上に、三本の懐中電灯の光を照り返した水面の揺曳が、ゆらゆらと映じている。

「これは……、これも本物？」

「本物の子供の体だよ。ほら、これを見てごらん」

御手洗が懐中電灯で頭蓋骨を間近に照らした。どうやら渋茶色をしているらしい頭蓋骨の両眼窩の奥底で、あとで嵌《は》め込まれたらしい黒いガラスの瞳がじっと私たちを見つめていた。

「何なんだ？　これは血管？」

「そうだね。動脈と静脈がすべて綺麗に残って標本化されている。このようなものが医大ごとにあれば、医学生にとっては、大いに貴重な資料となるだろう。というのは、現在の技術では、こういう完全な血管標本は、まず絶対に造れないからだ」

「絶対に造れない？」

私は聞き咎《とが》めた。

「だってここにあるじゃないか」

「これは奇蹟なんだよ。人間には許されない奇蹟なんだ」

私は意味が解らなかった。だって、ここに、目の前にあるじゃないか！

「何故現代の技術でこれが造れないかといえば、心臓が停止した死体に、どれほど頑張っても血管の隅々までこんなふうに防腐剤を行き渡らせ、しかも末端まで血管を硬化させることなど不可能だからだ」

「ああ……」

私はうなずきながら、しかしまだ疑問だった。では何故ここにこれがあるのか。

「しかし、方法がひとつだけ知られている。大昔から知られているんだ」

「………」

私は本能的に恐怖した。なにごとか、怖ろしい言葉が続きそうだったからである。

「それは、人間が生きて元気で、心臓が活発に動いているうちに、動脈に大量の水銀を注射することだ。するとこんなふうに……、石岡君、支えるんだ！」

御手洗が叫び、何が何やら解らずに私がうろたえているうちに、ばしゃんと大きな水音がした。御手洗がさっと私の横にうずくまる。レオナが倒れたのだ。

水の中から、御手洗がレオナを抱き起こした。私は彼女の懐中電灯を水の中から拾い、顔を照らした。

まるで芸術品のように整った彼女の顔が、泥水で無惨に汚れていた。少し開いた唇から覗く白い歯も、泥で黒く汚れていた。それは、起こってはならない出来事を見るようで、胸の痛む眺めだった。

御手洗がレオナの上体を抱いていって、ブリキの箱の上にすわらせた。とりあえず、濡れていないすわれそうな場所は、そこだけだったからだ。

ハンカチで顔の汚れを拭いてやっているうちに、彼女が息を吹き返した。

「大丈夫ですか？　一度外に出ますか？」

御手洗が訊いた。

「大丈夫です」

弱々しい声で、彼女が応えた。しかし見ているうちに、彼女の瞼の下に、みるみる涙が盛りあがりはじめた。それが、泥で汚れた頰を洗うようにして、つるつると流れ下った。

涙はあとからあとから溢《あふ》れ、彼女はしゃくりあげはじめ、ついには白い歯を強く食いしばって泣きはじめた。この様子が、御手洗の怖れていた状態であることは明らかだった。

「弱ったな、ここにあまり長居はしたくない。入口も開けたままだ。誰かに発見されるかもしれない」

御手洗はいらいらしたようにつぶやく。そうなれば、確かに松崎レオナは、怒濤のような格好のスキャンダルに巻き込まれることだろう。しかもそのスキャンダルは、もはや日本だけでは留まるまい。

しかし、レオナの身になれば無理もなかった。この信じがたい残忍な行為は、おそらくは彼女の父親の仕業《しわざ》に違いないのだった。どれほどに気丈な者でも、衝撃を受けない者がこの世にいるはずもなかった。

「ごめんなさい、御手洗さん、石岡さん」

レオナは御手洗のハンカチで涙を拭いながら言った。

「もう大丈夫、もう大丈夫です。泣いたら落ちつきました。ちょっと手を貸してください。そうすれば……、自分で望んだことですものね、早くすませてしまいましょう」

驚くべき気丈さを、レオナは見せた。御手洗の手にすがり、レオナは立ちあがった。

御手洗は少しだけレオナを見たが、そっけない態度でレオナを私にまかせ、血管のオブジェともいうべき、水上に佇む人体の前に戻った。これに一瞥をくれてから、さらに奥へと進む。レオナに手と肩を貸し、体を抱くようにして、私も進む。彼女の体から感じるわずかな香水の香りと、絶えず続く小刻みな震えを、私はいつまでも感じ続けた。御手洗の歩みがたてるさざ波が、暗黒の地下室の水面に広がり、私の足にもぴしゃぴしゃと寄せてくる。

御手洗の足もとの水面に、御手洗の大型懐中電灯の明りが落ちていたが、これがさっと動き、前方を照らした。その丸い明りの中に、私はまた怖ろしいものを見た。

それは、ボロボロになった衣服をまとったミイラだった。

奇怪なものをいくつも見せられ、免疫になっていたはずの私だったが、やはりまた息を呑んでしまった。それは、ミイラの立ち姿が異様だったからである。

彼は、踊りを踊るような格好に両手を広げ、頭部を少しかしげ、片足は水中に入れ、片足は曲げて持ちあげるような不思議な格好で、空間に立っていた。

私が息を呑んだのは、ミイラの奇怪さもさることながら、彼がどうしてこのような姿勢で立っていられるのかが理解できなかったからである。

実際彼は、壁にも、何ものにも寄りかかってはいなかった。ただ案山子《かかし》のように、水中にぽつねんと立っていたのである。

よく見ると、胸のあたりにボロボロになったネクタイが下がり、その横にはあばら骨と、空洞《くうどう》と化した肺のあたりの暗がりが覗き、そこにさざ波と懐中電灯のわずかな明りとが作る揺曳が、ゆらゆらと映じていた。

頭部は、すっかり渋茶色の頭蓋骨と化していた。口は、聞こえぬ叫びをあげ続けるように大きく開かれ、びっしりと並んだ歯が覗いていた。両眼のあたりは暗い大きな穴となってぽっかりと開き、向かって右側の穴からは蛇がうねり出るように、ひと筋の根が這い出している。

そうして私はようやく気づいた。天井から這いおりた大楠の根が、幾筋もこのミイラの体内に入り込み、彼をこのような姿勢で立たせていたのだということを。

彼は根に操られ、からめとられて、まるで一体の巨大な操り人形のように、床から立ちあがっていたのだった。なんと奇怪な奇蹟なのだろう。幾度も幾度も目にした藤並家裏庭の大楠は、地中深くまで這うその根の先で、噂通りこのように人間の死骸を養分としていたのだ。やはり、あれは怖ろしい木だった。

御手洗は、水上に一本足で立っているミイラに、無遠慮に近寄っていく。驚いた。ミイラは、背の高い御手洗と、ほとんど変わらないくらいの背丈がある。この死体はおとなだ。それも、日本人としては異様なほどに背の高い部類に入るだろう。

「ジェイムズ・ペイン氏だよ」

まるで一人の生きた人間を紹介するように、御手洗はミイラの前で振り返り、右手の指先をミイラの顎のあたりに添えて、こともなげにそう言った。

「なんだって?!」

盛大な残響音とともに、私は叫び声をあげてしまった。

「死んでるじゃないか！」

私はもう一度叫んだ。わけが解らなかった。また、眩暈を感じた。

視界が、ぐるぐると回りはじめるのを意識した。果てしなく、その速度があがっていく感覚――。しかし、何も見えない暗闇なので、これを確かめることができないのだ。

次第に私は、自分が目を開いているのか閉じているのかも不明になってきた。頭の芯で、絶えず金属音が鳴る。意識が、着実に遠くなっていく。私のいる場所、そして目の前に置かれた怖ろしいものたちが、現実の出来事とは思われなくなった。

これは夢だ。それも怖ろしく危険な夢だ。私を狂気か、そうでなくとも神経障害に誘い込む罠だ。気をしっかり持たないと、私は正常人として再び地上に立つことがかなわなくなる。ここから逃げ出さなくては！

「石岡君！」

「石岡さん！」

そんな声にはっとわれに返ると、水の中に尻もちをついていた。二人の顔が頭上にある。ゆっくりと抱き起こされる。

「君までこれか、みんなどうかしちまったね」

御手洗が言った。私は照れくさい思いと闘いながら、よろよろと立ちあがった。

「このミイラを避けて、こっちへ来てごらんよ」

御手洗が先にたって、一本足で立つミイラよりさらに奥へ進む。胃がむかむかするような悪寒と悪戦苦闘しながらミイラのそばへ寄ると、遠くからでは見えなかったが、幾本もの根が、ペイン氏の体を支えているのがよく理解できる。絶えず、かすかな臭気を感じる。これが死臭というものだろうか。

ミイラをかわして先へ進むと、ようやく行き止まりの壁があり、立ちつくしている御手洗の足もとから古いコンクリート造りの石段が始まり、上へと登っているのが見えた。御手洗が三段ばかりこれを登り、水の上へ出た。

「ほら、この上が、ペイン氏の書斎の、例の押入の中につながっていたんだ。もうこの上に家はないけれどね。ほら、あんなふうにセメントで塞がれている」

御手洗が懐中電灯の光線を天井に振りあげると、上から乱暴にセメントをかけたとみえて、壁にも、石段の上にも、セメントの塊がいくつも飛び散り、固まっている。天井の蓋の周囲からは、鍾乳洞のようにコンクリートのつららが垂れ下がっている。確かに地下室からの眺めなどに頓着する必要はないのだから、この乱暴な工事は、当然といえば当然だった。

「地下室はこれで行き止まりだ。ここをこんなふうに塞いだ人物は、これでこと足りたと思ったんだよ。楠の幹のふもとに出る、もうひとつの非常出入口があることを知らなかったんだ。

そしてこのことから、もうひとつの重要な事実が導かれる。ジェイムズ・ペイン氏は、生きてここへ閉じ込められ、殺されたのではないということだ。それなら、今われわれが入ってきた非常口から脱出しただろうからね。彼はここで殺されるか、殺されてからここへ投げ込まれた。そういうことになる」

私は、息も絶え絶えという思いで、声もなかった。おそらくレオナも、同じ思いだったことだろう。

「信じられない……」

ようやくこの時になって私は、あらためてつぶやいてしまった。

「ではあの火事の時から、この地下室はこのままの状態でここにあったわけか……」

「もっとずっと前からだよ。おそらく昭和四十五年から、ずっとここはタイムカプセルみたいに封印されたままの状態で保存されていたんだ」

「火事の間も……」

「あの火事の時は、ここは間違いなく灼熱地獄だったろう。溜まっていた地下水は、蒸気になってこの空間を埋めていただろうね」

「これは地下水なんだね？」

「それと、消防隊の放水の水だね」

御手洗はこともなげに言う。

「ぼくはあの時から、この地下空間の存在に気づいていた。すぐにでも入ってみようと考えていたのだが、思いがけず火事になってしまったので、ここが冷えるまで一週間程度は待たなくちゃいけなかった。そうして、待っているうちに気が変わった。どうせ誰も発見しはしないだろうから、一年くらいは待ってもよかろうとね。そして一年半後の今日、巷の名探偵たちが暗闇坂事件の推理ゲームに飽きた頃、こうして探検にやってきたというわけだ」

私は少しずきずきする頭、あまり本調子とはいえない体調を意識しながら溜め息をついた。やはり地下は、空気が悪いのかもしれない。ローソクの炎もゆらゆらと揺れ、心なしか細くなっている。

喋り終えると御手洗は、ミイラの脇をすり抜けてもう一度入ってきた方向へと戻っていく。ブリキの箱の蓋を開け、中を見ている。またもと通り蓋をして、じゃぶじゃぶと地下室中を歩き廻る。何ひとつ見落とすまいと心に決めているようだ。

私は彼の動きを懐中電灯で追っていた。怖ろしいものは、どうやらもうないようだ。

「御手洗、そのブリキの箱の中には、何が？」

「七つ道具が入っている。メスや、ノコギリや、各種の薬品、注射器、大小の石や、にかわだ。爪や髪の毛もある。まるでアウシュビッツだぜ。ストーヴはこっちの床に転がっている。このタンクは灯油の缶だ」

「にかわ！　じゃあ楠の中にあった死体は、ここで不要になった頭蓋骨に、やはり不要になった頭髪を、にかわで貼りつけたんだね？」

「そうだね」

「で、やはり不要になった胴体部と一緒に、あの木の中に捨てた……」

「その通りだ。あの非常トンネルを通ってね」

「あの子たちは誰なんだ？」

「昭和二十年代、この街にあふれていた戦災孤児の類いだろう。行方不明になり、人知れず殺されたり、切り刻まれても、誰も気にもとめない、哀れな身の上の子供たちだ。親がいないわけだし、おとなたちは自分が生き延びることに必死だった。そういう時代が、この国に確実にあった。子供を殺す趣味がある人には、まったくいい時代だったね」

私はまた溜め息をついた。

「じゃあ、もうこの怖ろしい場所で観るべきものは全部観たね？」

私は言った。一刻も早く、死臭の充満するこの怖ろしい場所から出たかったのだ。閉所恐怖症になりそうだ。

「もうひとつある」

御手洗が言った。

「これさ」

彼が、大型懐中電灯の光線をまた振りあげ、壁を照らした。その壁が、北側にあたるのか南側にあたるのか、思考がすっかりかき乱されてしまっている私にはもう解らない。

「ああっ！」

私とレオナが、揃って大声をあげた。

そこには、見事な筆致で雄大な壁画が描かれていたのだ。実際その絵は素人のものではなく、ある芸域に達した専門家のものだった。

「あの木だ、人喰いの木だ！」

私の叫び声が、空間に反響する。

大楠が、そこに描かれていた。しかしその絵は、またしても私を打ちのめした。

大楠の幹が、手術を受ける人間の腹のように柔らかく切り開かれ、中から白骨死体がこぼれ出している。数えると、白骨死体は四体ある。現実を、正確に描写している。

幹の上部には、V字型に広げた足だけを露出し、上半身を幹の中に埋めた男の姿がある。

さらに驚くべきは、巨木の横に、今はもうない藤並家の母屋が描かれ、その屋根の上には、馬乗りの姿勢で棟に跨《また》がり、じっと殺人楠を見おろしている男の姿があるではないか

——?!

「これは?!」

「うん、信じがたい絵だ。この壁画は、描かれたのが一九四〇年代とすれば、四十年後にこの地で起こる一連の大事件の予言となっている」

まさしくそうだ。予言か。黙示録か。それともこの壁画自体が、あの怖ろしい事件の計画書なのか。

この壁画には、藤棚湯も、ハイム藤並も描かれてはいない。当然だろう。まだそれらがない時代の作品なのだ。立ちつくし、息を呑んで見つめた。ひゅうひゅうと、どこかで風の鳴る音が聞こえ続ける。

空には雲が描かれていた。細長い綿雲とちぎれ雲らしかった。雲も、まるでとぐろを巻く小腸のように、奇怪なかたちをしていた。雲は白か、せいぜい明るい灰色に描かれているらしかったが、空の色はブルーではなかった。暗い地下室で、懐中電灯のほのかな明りだけを頼りに眺めるから、正確なところは不明だが、どうも土色をしているように、私には思えた。

そう考えると、屋根にすわる人物の洋服は濁ったピンクだったし、楠の幹から突き出した両足のズボンの色は、くすんだグリーンだった。周囲と調和していない。ペイン氏の色彩感覚は、どうも常人とひと味違っている。もしかして色弱だったのだろうか。

「そしてもうひとつはこちらだ」

御手洗の声が暗闇で響き、さあっと懐中電灯の丸い光が地下空間を走る。反対側の壁で停まる。

「あっ！」

私はまたしても声をあげてしまった。そこには、懐かしい風景があった。

レンガ造りらしい模様を持つ、サイコロのような無愛想な建物。周囲は森だ。

これらの色も奇妙だった。レンガは、まるで深海の藻のような深い緑色をしている。だが不思議なことに、木々の葉の色だけは正しく緑色をしているのだ。

木々の群生した斜面はずうっと下り、下に三日月型の湖面が見える。ネス湖だ。間違いなくここは、スコットランド、フォイヤーズの村だった。

「こちら側の壁には、彼は自身の生まれ故郷を描いている。今や『巨人の家』と呼ばれるようになっている家がこれだ。そしてこちらを見てごらん。ほら、ここに金髪の少女が描かれている。手、足、首、切断されて、それぞれに数センチの隙間を作って、壁ぎわに立っている。

この絵こそ、『巨人の家』での惨劇に、ペイン氏が抜きさしならぬかたちで関わっている証明だよ。だってクララ殺しは、ペイン氏しか知らないことだものね。秘密の暴露だ。

石岡君、いつか君も言っていた通りだ。ある画家が長く憧れの異国にあり、一度も絵筆をとらずにすむことなんてあり得ないよ。彼は毎日、時間を決めてはひそかにこの地下室へおりてきて、こんな壁画を描き、あの死のアートを創っていた。

彼が毎日を時計のように正確に過ごしたのは、こういう背徳の時間を誰にも邪魔されず、また勘づかれたくなかったせいと考えられる。毎日、何時から何時までは部屋に一人こもる、と時間を定めておけば、誰も彼の行方を探したりはしない。出てくる時間までおとなしく待ってくれる。最高の隠れ方だよ。

さあ、もう地上へ戻る時間だ。観るべきものはすべて観た。われわれはまだ、こういう世界の住人になるには若すぎるよ」

御手洗は宣言し、また懐中電灯の光線をさっと閃《ひらめ》かせて、つい先ほどわれわれの入ってきた、壁の小さな穴を照らした。

「あっ、御手洗！」

私は大声をあげた。

「あっ！」

レオナも声をあげる。

私の懐中電灯が照らす壁が、和紙に端から油が染み込むようにして、じわじわと白い領域が広がりはじめていた。白いゾーンがみるみる絵を侵していく。壁画が消えていく！

私は、壁に手を触れた。しかしどうすることもできない。私の手の下を、腐蝕の境界線が通過していく。白灰色のエリアがみるみるその領域を広げていく。ひゅうひゅうと風の音がする。

「乾いた空気の作用だ」

御手洗がつぶやく。

私は放心し、見つめていた。どうすることもできない。黙示録ともいうべき奇蹟の壁画が、私たちの目の前で消えていく。ただの灰色の壁に変わっていく。いや、戻っていくのだ。かつてここに、四十年後を予言する奇蹟の絵が描かれていたなどと言っても、もう誰も、決して信じはしないだろう。

私は反対側の、スコットランドの風景を描いた壁画の方も急いで懐中電灯で照らした。ここにも、不気味な白い壁の侵食は始まっていた。じわじわと、白灰色をした無味乾燥の壁面が広がっている。奇蹟が消えていく。跡形もなく、今失われていく。永遠に。

「石岡君、どうすることもできないよ。ここに描かれていた絵を、われわれだけでもしっかりと脳裏に焼きつけておこうじゃないか」

御手洗が静かに言った。

苦労をして、まるでもぐらのように地上に這い出すと、眩《まぶ》しさでしばらく何も見えない。ずいぶん経って目が馴れてくると、幸いなことに、周囲に人影はなかった。どうやら誰にも、われわれの行動は目撃されなかったようだ。

上空の陽が、少し傾いていた。よく晴れた日なので、風が乾いていた。

三人で力を合わせ、コンクリートの蓋を、もと通りに閉めた。きっちりと蓋をし、上に土をかけ、踏み固め、雑草を丹念に手で押し込むと、少し汗ばむほどにからりとした陽射しのせいもあり、たった今自分の目が見てきたものが、たちまち信じられなくなった。白昼の集団幻視のように思われたのだ。

私は、露出した根の一本に腰をおろし、乾いた微風を頰に感じながらしばらく休んだ。視界は、ともするとくらくらと回りだしそうな気配だった。

「どうしてだ……？」

私は思わずつぶやいてしまった。

「どうして今の今まで、こんなものすごいものにみんな気がつかなかったんだ？　この地下坑道の入口の存在に」

「そりゃ君、上に幹のダミーがあったからだよ」

こともなげに御手洗が言い、私はあっ、と言った。

「ああそうか！　これはあの幹のさやの内側に開いていたのか！」

「そうさ」

御手洗が笑いながら言う。

「なるほど、それで……、あっ！　そうなのか！　あのダミーの幹は、この地下への入口を隠すためでもあった……」

だ。

「やっと解ったのかい？　石岡君」

御手洗はあきれたように言う。いつもながら、私の頭の回転は速いとはいえないよう

「では、しかし、何のために……」

「おそらくこれは、万一の時の非常脱出口として、一応用意してあったものじゃないかと思うね。ペイン氏は用心深い人で、もし誰かに地下室に閉じ込められてしまった時のために、こういう非常時用の脱出孔を造っておいたんじゃないかと思う。

だからね、最初の雨の日、丹下さんたちの目の前でぼくがダミーの幹にピッケルで穴を開けた日、あんなに簡単に、しかも好都合の穴があつらえたようにぽっかり開いたのは、最初からそのようにキズをつけてあったんだよ。内側から強く押せば、そのドアの部分がぱかっと開くようにね。だってこれは非常出口なんだから」

「なあるほど、そういうことか……」

私はすっかり感心した。

「ペイン氏は、不要になった死体を、この地下坑道を通って運び出し、この非常出口のところに捨てたわけだ。そういうことさ。いらない死骸まで地下室にごろごろ置いておくのは、彼の美意識が許さなかったのか、それとも万一第三者に地下室に踏み込まれた時の用心か……。だって下にあった作品二つは、暗い光線の下で一瞥するだけでは、本物の人体

を材料にしているとは、すぐには誰も思わないだろうからね、なんとかごまかしもきくだろう」

「はあ……」

私は何度目かの溜め息をつく。疲れきったのか、ショックのせいか、レオナもすわり込み、声もない。

「造りものの幹だから、本ものの幹との間にわずかな隙間があってね、風があると、その隙間で鳴る風が、空洞《うろ》に耳を近づけると聞こえる。それが大勢の人間の悲鳴に似ていたというわけさ」

「なるほど……。それにしても、ここに地下室への入口……、いや非常用出口があるって、君にはどうして解ったんだ？」

すると御手洗はまたにやにやする。

「もう忘れてしまったらしいね石岡君、チャイムだよ、チャイムの暗号さ」

「チャイムの暗号……、ああ！」

あれか！

「あれはアンダーザトゥリーと言っていた。ボトムオブザトゥリーじゃない。木の下、木の下部と言ってるんじゃない、木の下と言っていたんだ。あれは、楠の下の地下に造った彼自慢の美術館の存在を、周囲の住民に高らかに報せていたわけさ。決して四体の死体のありかを報せていたわけじゃない」

「ああ……」

私はまた眩暈を感じて倒れそうになった。

巨人の犯罪

レオナの部屋のガラス越しに、がらんとしてしまった藤並家の敷地が見渡せた。そびえているのは彼方の例の大楠と、藤棚湯の煙突だけだった。バーに落ちついた。私のジーンズは泥水で汚れていたが、カウンターのスツールはプラスチックのシートを持っていたので、あとで拭けば汚れは簡単に落ちるはずだった。

レオナがビールを出してくれた。私たちのそれぞれのグラスに注いでおいてくれてから、急いでシャワーを浴びにいった。

「あの地下室はどうする気だ？　いずれ見つかるんじゃないか？」

「ああそうかもしれないね。今はとにかく乾杯をしよう」

御手洗はグラスを持つ。

「レオナさんは入れなくていいのか？」

「彼女はそんな気にはなれないだろうよ。お疲れさま石岡君、長い事件だった」

「ああ、遥かに遠くまで旅もしたね」

「うん」

私たちはグラスを合わせた。

「あの怖ろしい作品と、ペイン氏のミイラはどうするの？」

私は尋ねる。

「運び出す方法はない。あの非常脱出坑は狭すぎるよ。途中で二度ばかり曲がってるしね」

「ああ……、もともと書斎の階段側から入れたものだからね。そっちの入口はもう塞がれてしまったし」

「楠の根もとの出入口は、コンクリート製のワクがはめられていた。坑道の途中も、何箇所かセメントで補強されていた。これらを壊して坑道を広げれば、搬出は可能だ。でも大《お》袈裟《げさ》になるね。業者を頼まなくちゃいけないかもしれないし、お金もかかる。すると秘密は、もう秘密じゃなくなる」

「だけど、あのままにはしておけないだろう？」

「そうは思わないね。彼女が隠す気になれば、なんとか隠せるさ。ヨーロッパなど、もう秘密を知る人が死んで、誰にも忘れられた奇怪な地下空間はたくさんある。日本にも、こういうものがあっていけないという理由はないだろう？　遠い未来のある日、レオナも三幸ちゃんも郁子さんも照夫氏も亡くなってからあれが発見されるのなら、誰も傷つく人は出ない。あれは少々大袈裟にすぎる棺桶というだけさ。われわれが、今日目撃したものを忘れればいいのさ」

「うーん……」

「ま、一番よいのはぼくが秘密を暴かなければよかったんだけれどね」

「あのメロディの暗号がなければ、君も気づかなかったんだろうか」

「地下室の存在に気づかなかったとは思わないが、すっかり封印されたものとして、楠の根もとの出入口には気づかなかった可能性はあるね」

「うん、そうか……。しかしペイン氏は、あんな危険なものの在《あ》り処《か》を、わざわざ暗号に託《たく》してみなに報せようとしてたとは……、その心理は、ぼくには到底理解できないな」

「ぼくはできるよ。彼はそういうスリルを楽しんでいたんだろう。また自分が殺された場合、当然あの階段は塞がれるだろうから、そうすると自分のアートが、永遠に誰の目にも触れない可能性が出てくる。それはやはり淋しかったんだろうな。隠したい、が、同時に見せて評価もされたい。狂気のアーチストの倒錯した心理だよ。だが彼は目的を果たした。われわれのようなもの好きが暗号を解読し、作品を鑑賞して、彼の才能を評価した。君もレオナも、すっかり日常性を喪失するほどに驚き、彼の期待に応えた。今ごろ彼は地獄で大喜びしてるさ」

「そんなものかね……。ところで君、今からこの事件の謎解きをしてくれるの？」

御手洗は、唇をへの字にしてうなずく、彼独特の表情をした。

「お望みなら」

「では、照夫さん、三幸ちゃん、郁子さん、丹下さんに立松さんを呼ばなくてもいいのか？　彼らも事件のからくりを知る権利があるんじゃないか？」

「そんな権利は誰にもないさ」

御手洗の言葉には、やるせない響きがあった。

「では呼ばなくてもいいのか？」

「いいさ」

「しかし犯人は……、この大事件に、犯人はいるんだろう？」

「いるよ」

「では、今から君がその人の名を口にするわけだ」

「むろん、そうなるね」

私の心臓は激しく打ちはじめる。

「では……、逮捕しなければいけないんじゃないのか？」

「その必要はないね」

私は考え込んだ。御手洗がそんなふうに言うのは、深い考えがあってのことだろうが。

「もしかして……」

私はある怖ろしい考えに思いあたり、心臓がさらに激しく打ちはじめた。声が震えそうになった。

「君が、ぼくが今言った人たちを呼ばなくてもいいと言うのは、今言った人の内に、犯人がいないからではないのか？」

「そうだよ」

御手洗はこともなげに言う。どこかで、シャワーの水音が聞こえ続けている気が、私はしていた。それがふいにやんだ。

私の心臓は、強く打ち続ける。それも次第に、果てしなく強くなっていく。心臓が破裂するのではないかと心配した。

次に発すべき言葉が、私の喉の奥にあった。しかし怖ろしくて、私はそれを口にできないのだ。さあ言おう、今言おう、と何度も決心しかかるのだが、どうしても口にできない。

では、では――、残る人物は、あとたった一人ではないか？

「まさか……、まさか……」

胸の内でつぶやきながら、私は怖る怖る御手洗の表情を見た。彼は、まるきり無表情な横顔を見せている。こういう顔をしている時の御手洗は、どんな冷酷な言葉でも平気で口にするのだ。

「レオナが……」

思いきって私がそうつぶやいた時、バスルームに通じる寝室のドアが開いて、黄色いバスロウブをまとったレオナが姿を現わした。オリーヴグリーンのタオルで髪の毛を拭いている。

「ごめんなさい。髪の毛も洗っちゃった。石岡さん、御手洗さん、シャワーを浴びられますか？」

「いや、彼はそんな元気はないようです。ぼくの方も、できるなら謎解きを早くすませてしまいたい気分なのです。ただし、あなたが希望されるならですが」

御手洗は早口で言った。

私は、怖る怖るレオナを見た。濡れた髪、化粧気のない顔。しかしレオナは、輝くように美しかった。その美しさは、異常ともいえるほどだった。彼女は今、生涯で最も花の時期を生きている。それにしても彼女の何が、彼女をこれほどに輝かせるのだろう。私は何よりこの美しさに、ひどく危ういものを感じた。それは、まさしく不吉な予感、とでもいったものだったろう。

「大変怖いです。でも、お願いします」

レオナは緊張した声で、きっぱりと言う。

「何か飲むのなら早く冷蔵庫から出して、あなたもここへすわってください」

御手洗がレオナに言う。

「では私はダイエット・コークを……」

レオナはカウンターの中に入り、小型の冷蔵庫を開く。黒い液体をグラスに注ぎながら、表のフロアに出てきた。私と反対側の、御手洗の横にかける。

「気分はもう落ちつきましたか？」

「はい、大丈夫です。泣いたから少し頭痛いけど、ホラームーヴィーに出演中と思えばいいわ」

レオナが言い、なるほど、と私は思った。

「では何からいこう？　石岡君、……石岡君、どうしたんだ？」

私は放心してしまい、反応ができなかった。

「駄目だ、ぼくの友人の方がまいってしまっている。彼の方が、君よりずっとこういうことに馴れていないのです」

「私だって馴れてはいません。頑張っているだけよ」

ささやくように言うレオナの声を、私は無言で聞いていた。そして、怖れるようなつらい結末にだけはならないでくれと、一人ひそかに祈っていた。

「レオナさん、真っ先に知りたいことは何です？　あなたの家族を殺した犯人の名ですか？」

御手洗が容赦のない言い方をして、レオナはしばらく無言で髪を拭いていたが、

「『巨人の家』について……」

と言った。これは私も同感だった。私たちがくまなく調査をし、何も発見できなかったというのに、何故クララの死体は出てきた?　いったいどこから現われたのか。

「クララの死体が家の中のどこに塗り込められていたか、という問題ですか?　あれは簡単です。この図をご覧なさい」

御手洗が、フォイヤーズ村のレストラン、エミリーズで貰ってきた、「巨人の家」の見取図を胸のポケットから取り出した。折りたたんであるのを開いて、カウンターの上に広げる。

「これは『巨人の家』などではない、サイコロ型をした、ただの防空の家なのです。しかしある事件、それとも事故があったから、あのような伝説を生む家に姿を変えてしまった。天変地異が、あの家にちょっとしたいたずらをしたのです」

解りますか?　と言うように御手洗は言葉を停めた。私はまるきり解らなかった。レオナも、じっと無言で図面に見入っている。

「ぼくはこのおそろしく簡単なトリックに、うっかりして帰りの飛行機の中まで気づかなかった。人喰いの木に気をとられていたせいもあるのですが。

重大なヒントは、あの家を訪ねた時、すでにわれわれの目の前にあったのです。ああい

う防空の家をわれわれが造るとしたら、森の木々の中にまぎれるようにして建てるでしょう。空の敵は、ミサイルばかりとは限らない。しかしあの家は、周囲に木々の姿がまるでない、ただの斜面に建てられていた……」

「あっ！」

とレオナが言った。何ごとか英語で叫んだ。

「解りましたか？　その通り。あの家も木々の間にあった。しかしおそらくは戦後まもなく、あそこで土砂崩れがあったのです。だから大半の木々は根こそぎ倒され、下へ押し流された。だからあそこは木の見あたらない草地だけの斜面になった。そしてこの家も、土砂崩れで下方へ押し流された。その結果、このように家は転がり、横倒しになったのです」

御手洗は「巨人の家」の見取図を、左方向へくるりと九十度回した。

「建った時の状態は実はこうだった。この姿が、ペイン親子が防空の家を造った時の姿勢だったわけです」

「あっ！」

私は大声をあげた。

「なるほど！　そういうことか！」

「そういうことさ。この図は、この角度にして見るのが正しい。だからもともとこれは、二層の床を持つ、二階建ての家だったわけだ。こんなふうにゆるやかな階段を、中央に持っていた」

「ああ、だからあんなに急だったのか！」

「そうなんだ。ゆるやかな階段が、こんなふうに立ちあがったんだからね、とんでもなく急な、使いにくい階段になる」

なんて盲点だったんだ！　と私は思った。ちょっとした発想の転換を行なえば、それでよかったのだ。だが、家が九十度回転したなどと、誰が想像するだろう。そんな非常識なことを、まともな人間が考えるはずがないではないか！

「ではこの壁の穴は……、こんなふうにぎざぎざ状に崩れた大穴というのは……」

「もともとそこにドアがはまっていたのさ。でも、ドアが付いたこんな小さな長方形の穴が天井にあいた状態では、あまりにも塒《ねぐら》として使いにくいのでね、入り込んだ浮浪者が、使いやすいように壁を壊したんだろう。ドア用の小さな穴を、こんなふうにうんと大きく広げたんだよ。

例の急な階段を下った左右にある壁の大穴は、ここに入口がないと困るから、浮浪者が新たに開けたんだと思うね。だってこんなところには、もともとドアがあるはずもないからね。

ここもそうだ。山の斜面の坂道を下ってたどり着く『巨人の家』の入口、これなどは、

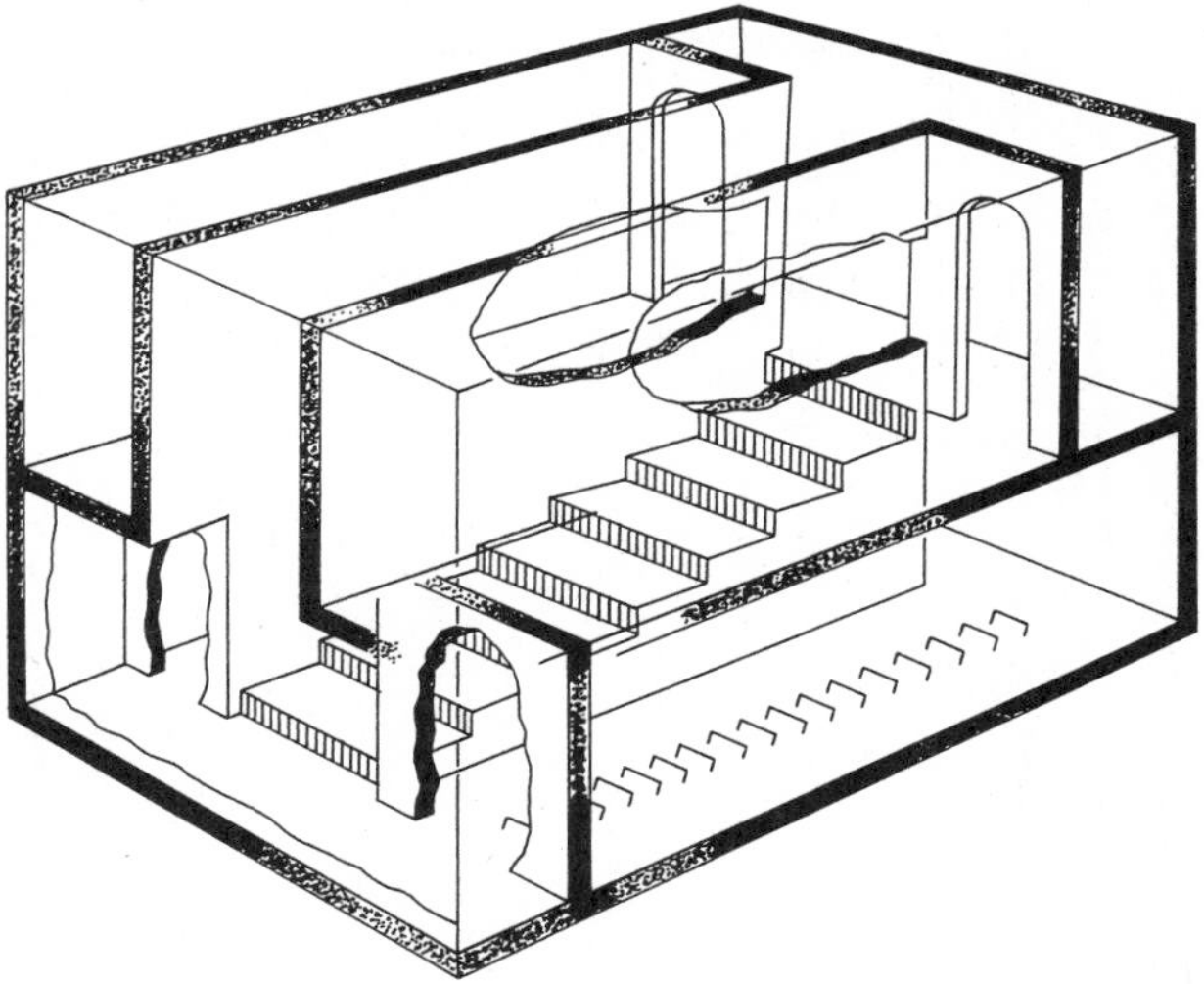

この壁面全部を、誰かが壊したんだろうね。だってもともとここには、入口のドアがひとつついているきりだったはずだからね。そうしてここを全部覆っている波板状の屋根、これはフォイヤーズの村の人が、あとからかぶせたものだろう。入口の板塀や、木戸と一緒にね」

あまりのことにびっくりし、声も出なかった。

「すごいわ……」

何がすごいというのか、レオナがそうつぶやいた。

「では北の壁というのは……」

「当然今は床ということになる。家が北に向かって転がったので、北の壁は足もとになった。二階のここか、一階のこの床だ。それで電話で、エリック・エマーソン氏に調べてくれるよう依頼した。しかしこんどのは、調べるまでもなくまず百パーセントの自信があったけれどね。結果は、あなた自身が聞いたでしょう」

「驚いたわ……」

レオナがうっとりしたように言う。

「三十年近くも、みんな間違い続けていたわけね。スコットランドの人たち、誰一人としてあなたのように真相には気づかなかったわけね」

「巨人伝説があまりに詩的だったので、これに幻惑されたんでしょう。謎を謎と気づかなかっただけです。さて、これでスコットランドの方はすんだ。あとは日本の事件の方です」

御手洗は言う。私はまた動悸が打ちはじめ、喉の渇きを感じて、ビールの残りをあおった。

「あ、ビールを……」

レオナが腰を浮かせるのを、御手洗と私が同時に制した。

「ぼくのがまだあります」

御手洗が言った。

「さて、何から聞きたい？　石岡君」

言われて、私はしばらく考えた。そしてこう言った。

「聞きたいことだらけだよ。まず……、そうだな、あれは殺人なのか？」

「イエスだ」

御手洗は応える。

「屋根に馬乗りの格好にさせたり、大楠の幹に頭から突っ込んだりさせて殺したのか？　それとも殺してからあんな格好にさせたのか……、とすればよほど屈強な男ということになるが……」

しかしそんな男が、登場してきた人々のどこにいるというのだろう。巨人でも持ち出すならの話は別だが。

「何故あんな格好にさせたんだ？　何か意味があるんだろうか？」

御手洗は、私のこの質問には何ごとか考え込んでしまい、反応しなかった。

「卓、譲二人の兄弟の、あの奇怪な格好の死は、あれは犯人の意図したものだったんだろう？」

するとと御手洗はゆっくりと首を左右に振った。

「そいつはノーだ」

「何だって？」

「あれは犯人にとっては、まさしく予想外のことだった。意図しない偶然だったんだよ」

「偶然だって？　……しかし、でもわれわれは、つい今しがた、あの地下室の壁に、二人の死の様子が、四十年前に前もって予告されていたのを見たばかりじゃないか」

私は言った。御手洗はすると腕を組み、宙を見つめる。そしてこんなことを言いはじめる。

「どうだろう、われわれはもしかして、幻を見たんじゃないだろうか。はたしてそんな壁画が実在したんだろうか」

「何を言ってるんだ?!　さっき見たじゃないか。君だって見た」

「だがもう、どこにも存在しない。あれは一種の幻視の奇蹟だったんじゃないかな」

御手洗の横で、レオナがうなずくのが見えた。

「正直に言うと、今回の事件で、あの壁画が、ぼくには最も驚くべき出来ごとだった。あれだけは説明がつかない。だって今回の事件は、驚くべき偶然の積み重ねなんだもの。あの壁の絵は、ぼくの目にだけ見える蜃気楼かと本気で疑ったよ。君たちにも見えたと知って、かえって驚いた」

「偶然の積み重ね？」

「その通りだよ。順番に話そう。ある人物が、むろんこれは犯人だが、この人物が、ある理由から卓を殺すことを決意した。そしてあの嵐の夜、決行を決めて、この部屋で卓氏と待ち合わせた」

「この部屋で待ち合わせたって？　何故？」

それではまるでレオナが犯人だと言っているようなものではないか。犯人が、どうしてレオナの部屋の鍵を持っているというのか。

「その方が好都合な理由が、犯人の側にあったのさ。そして、ここで彼を眠らせた」

「どうやって？」

「酔わせておいて、歯と歯茎の間に注射器で毒物を注入した」

「何だって?!　どうしてそんなことが解る？」

「ぼくが注射器と毒物を見つけたからさ。この毒物は、命は奪わない。一種の痺れ薬で、一時間ばかり意識を混濁させる効果があるんだ」

「どこで見つけた？」

「あの燃料小屋の石炭の底に、金属容器に入れて隠されていた。このように注射で意識を失わせておいて、この犯人は実に驚くべきことを考えた。過去、世界の犯罪史上に、こんなことを考えた犯人はいないだろう」

「どんなことだ？」

私は身を乗り出し、息を停める。

「どんなこと？」

もう一度訊く。自分の心臓の響きが聞こえる。

「自分が嫌疑を逃れるためと、それからアリバイを作るための工作だ」

「うん……」

「それには卓に自殺してもらうのが一番だ」

「つまり自殺に見せかけようとしたわけだね？」

「そうだ」

「どんな？」

「跳びおり自殺だよ。それで、この部屋のワープロに遺書を打ち込んで遺しておいたりもした」

「藤並家の母屋の屋根からだね？」

「違う」

御手洗は即座に言って、首を左右に振った。

「あんなところから跳びおりて死のうとする者なんていない」

「じゃあどこから？」

御手洗はスツールの上で身を捻り、ヴェランダへ出るガラス窓の方を向いた。そうして、そこから見える唯一の人工構築物を指さした。

「あれさ」

それは、ただひとつ崩されずに残った藤棚湯の煙突だった。

「煙突?!」

私は大声をあげた。レオナは何故か沈黙している。

「そうだ。卓氏は、あの煙突のてっぺんから跳びおり自殺をする予定だったのです」

御手洗は、ゆっくりとカウンターテーブルに向き直る。

「そう考えると、隣りの部屋のワープロの中にあった遺書の文面も、きちんと意味が通ってくるでしょう？

『とびおり自殺をするわたしをあわれんでくれ。いまとなっては、じぶんが死ぬための手段をつくったようだ』

こういう文面だったと思うけれど、自分が自殺するためだけにしか機能しない役たたずの設備というのは、あの煙突をともなう藤棚湯のことだったのです」

「なるほど……、確かにあの煙突は、今や人間が自殺するためくらいにしか役だちそうもない……。しかし、それで、どうしてあの上から跳びおりたように見せかけるんだ？　被害者の体はここにあるんだろう？　担いでいって、背負ったまま煙突の金属梯子を登って、そこから落とすと、こういうこと？」

「むろんそれが常識的な方法だけれど、それでは犯人がアリバイを作ることができない」

「ああ、そうだ……、で？　どうしたんだ？」

「犯人は奇想天外なやり方をもくろんだ。聞けば君たちはびっくりするだろうな」

御手洗はこういう局面で人の気持ちをじらす時によくやる、いたずらっぽい目で私を見た。

「この発想こそは、真に驚くべきもので、何故犯人がこんなとんでもないことを思いついたのか、これは謎だ。想像するに、以前に似た経験でもしたんじゃないかな。どうやったかというとね、煙突のてっぺんの円周に、二本の棒を渡し、この棒からそれぞれ大きな網の袋をぶら下げた」

「なんだって?!」

御手洗がいったい何を言いだす気かと、私は声を荒らげた。彼が、なにかとんでもない悪ふざけを口にしはじめたのかと疑ったからである。

「冗談を言ってるのか？」

「ところが大真面目なんだよ石岡君。文句があるなら犯人に言ってくれ。君のような常識ある人には信じがたいだろうが、これは事実なんだよ」

「とにかく話してくれ！」

私はほとんど叫び声をあげる。その一方で、沈黙を続けるレオナがひどく気がかりだった。

「煙突の先端の輪の上に二本の棒を渡し、このそれぞれから大きな網の袋を吊り下げた。この網袋に、入る限りたっぷりと、石炭を詰めたんだ」

「石炭？」

私は、御手洗の額の熱でも計りたい気がした。あまりにも予想外の話になったからだ。

「石炭だよ石岡君。この石炭は、何故か竈の中にもまだ燃えていないものがたっぷりあったし、燃料小屋の中にはもっとあった。石炭屋を始められるほどにね」

「犯人は、そんなに石炭が詰まった網の袋を、二つも担いで煙突を登ったというのか？」

「とても担げる重さじゃないよ。そうじゃなく、まず棒きれを渡し、このそれぞれに空の網袋を吊り下げ、それから人目を盗んでは少しずつ石炭を運びあげて、二つの袋をいっぱいにしていった。長い時間をかけ、あらかじめこういう準備をしておいたんだよ」

「卓氏の体を、煙突のてっぺんまで、自分で持ちあげなくてもいいようにするためさ」

「何のために？」

「……どういうことだ？」

とっさには、私は意味が解らなかった。

「つまりこれはエレヴェーターだね。二つの袋いっぱいに詰まった石炭が、卓氏の体より重ければ、これでエレヴェーターが造れる。この二つの網袋と卓氏の体をロープで結びつけておいて、棒を壊す。すると網袋は煙突の中を落下し、一方卓氏の体は、煙突のロープに引かれててっぺんまで上昇する。わざわざ背負って梯子をあがらなくても、卓氏の体はひとりでに煙突の頂きまであがるんだ。

結び方をゆるめにしておけば、頂上に到着した体は、そのうち落下する。地面と衝突して、墜落による死体と同じ状況が生まれる。多少の不自然さは、どしゃ降りの雨の日を選べば、かなり糊塗できる。犯人の考えた理屈はそういうことだった。

あとのロープは、石炭袋の重りに引かれて煙突の筒の中を落下し、石炭と一緒に竈の中に落ちる。あとでこのロープと網袋は回収しておけば完全だ。しかし万一それができなくても、あの竈の中は今やゴミ捨て場と化しているからね、それほど不自然じゃない。石炭とロープが竈の中にあるだけなんだからね。落下の時石炭は衝撃で袋から溢れ出し、より自然な状態となる。よほど変人の捜査員でもない限り、竈の中の石炭と、表の死体とを結びつけて考えたりはしないだろう」

御手洗は言葉を停め、私はあっけにとられた。なんとまあとんでもないことを考えた犯人だ。しかし、まだ全然納得にはいたらない。たとえそうだとしても、卓氏の死体は、煙突の下になどなかったではないか。

「卓氏の死体は、煙突の足もとにはなかったぞ。それに……、卓氏の死体を、煙突の下まで担いでいって、それで、卓氏の体を縛ったロープの反対側の端を、煙突の上まで運びあげてということ……」

「いや石岡君、その二つの疑問は、原因と結果だ。犯人は、そんな面倒は行なわなかった。もっとずっと楽な方法をとったんだよ」

「どんな？」

「こうさ」

御手洗はいきなり立ちあがる。そしてつかつかと部屋を横切り、ヴェランダへのガラスドアを開ける。ヴェランダへ出る。

何をする気かと思っていたら、いきなりヴィニールチェアを持ちあげ、爪先の載るあたりを手すりの上に載せた。

「こうしたのさ。そうしておいて、卓氏の体をこの長椅子の上に載せる。足を、この手すりの上に出す。そしてこの両足に長いロープを結びつけ、反対側を下に垂らす。

それからガラス戸を閉め、ロックし、部屋の外へ出て、玄関もロックし、このヴェランダの下に来てロープの端を拾い、持って、煙突に登ったんだよ。そして二つの石炭袋に、このロープの端を結びつけた」

「二つも必要だったのかい？　袋は」

「必要なかったと思うね。でも念を入れたのさ」

「それで、煙突に渡していた棒を折ったのか……」

「石岡君、それじゃ駄目だ、アリバイを作れない。犯人としては、そんな工作のあと、自分のアリバイを証明してくれるような第三者のもとへ帰って一緒に過ごしている頃、棒が壊れてくれなくては意味がない。卓氏の体は、まだ薬の注射で意識が混濁しているだけなんだからね、墜落と同時に最終的に死ぬんだ」

「どうやってそんなことを可能にするんだ？」

「この時間差は、比較的容易に作りだすことができる。てっぺんに渡した二本の棒に、火をつけておけばいいんだ」

「ああ……」

「だからあらかじめこの棒には、ガソリンかアルコールでも染み込ませてあったんだよ。犯人は棒に火をつけておいて煙突をおりてくる。そして、自分の生活空間に戻る予定でいたんだ。燃焼が進めば棒はいずれ折れるからね」

私は呼吸することも忘れ、聞き入っている。

「理屈はそういうことだった。ところがこんな非常識な方法が、理屈通りにいくはずもないよ。案の定犯人がまったく予想もしなかった事故が、いくつも起こったんだ。それで、犯人の意図とはまったく違う結果が生じた。そのひとつが、あの屋根の上の卓氏の死体だ。あれは信じがたい偶然なんだよ。体を煙突の足もとなどに置いておかず、ここから放したものだから、卓氏の体は巨大なブランコのように大きく揺れて、煙突の先端まで上昇する前にロープを離れてしまった。そうして、台風の強風にあおられて藤並家の母屋の上まで飛んでいってしまったんだ」

「なんだって?!」

私は口あんぐりの態だった。

「じゃ、あの屋根に跨《またが》った姿勢は……」

「偶然なんだよ、石岡君。あの馬乗りの姿勢で、ちょうど屋根の上に落下したんだ」

「そんな馬鹿な！」

「天のいたずらだね。そして、屋根の上のその場所に立っていた青銅製のニワトリをはじき飛ばした。このニワトリは空を飛んで、その時ちょうど暗闇坂を下っていたトラックの荷台に落下した。

とんでもない話だけど、きちんと筋は通るだろう？　このニワトリが暗闇坂まで飛んだということを聞いた時、ぼくは卓氏も空を飛んできたのだということを知った。こういう衝撃で、彼は心不全を起こして絶命した」

御手洗はヴェランダから、今は姿を消した幻の母屋を指さして言う。夕暮れが迫りはじめていた。

「信じられないなあ、よくそんなことを考えついたものだ」

思わず、私は溜め息をついてしまった。

「事実は小説よりも奇なりだよ」

「では譲氏の時も……」

「そうだね。これは母屋の屋根を飛び越えて、楠の幹に落下した。なんという奇蹟か、奇しくもペイン氏の絵と同じ状況が完成した」

なんてことだ！　御手洗以外の人間の口から聞いたのなら、私は絶対に信じなかったに相違ない。

「では卓、譲二人とも、この部屋でまず注射によって眠らせ、それからヴェランダの椅子の上に寝かせて、足を縛ったロープを煙突の上の石炭袋につないで、これを支えた横木に火をつけて、とそんなふうなやり方で殺した。煙突からの跳びおり自殺に見せかけるつもりだったのに、二人とも煙突の真下には落ちず、遥か彼方の母屋や、大楠まで飛んでいってしまった……」

「一番驚いたのは当の犯人だったろうと思うよ」

「梯子なんかいらないわけだ……」

私はつぶやいてしまった。

「梯子なんてかかっていたはずはないんだ。ライオン堂の主人などの野次馬が見たあとで家に梯子をかけたのは、おそらく照夫なんだ。自分があがって確かめようと思ったんだが、結局あがらずじまいになった。照夫はなんとなくそのことをわれわれに言いそびれたんだよ」

「へえ、警察へは？」

「警察は梯子のことなど訊きもしなかったのさ」

「なるほど」

私はうなずく。

「では最初から、卓、譲の兄弟二人をそうやって殺す計画だったわけだね？　だから卓を眠らせたあと、また煙突の上に横木を渡し、これに網袋を吊り下げて、石炭を運びあげては中に詰める。こういう下準備を、犯人はしたわけだね？」

「ところがそうじゃないんだ。犯人は、卓も譲も殺す計画を持っていた。けれど、卓は煙突からの跳びおりに見せかけるつもりだったが、譲は別のやり方で殺すつもりでいたんだ。しかしここに、大きく計画を狂わせる要素が二つ存在した。ここでもまた予想外の事故が起こったんだよ」

「それは？」

「カウンターへ戻ろう」

御手洗は椅子をもと通りの位置に戻し、室内に入って、ガラス扉を閉めた。部屋を横切り、もとの席にすわった。レオナもしたがい、黙って隣りのスツールに腰をおろす。

「事故のひとつは、煙突の中に吊り下げていた石炭の網袋が、ひとつしか落ちていなかったこと、つまりひとつは手つかずで残っていたんだ。雨で火が消えたわけさ。もうひとつは……」

「犯人が大怪我をしたってことね」

それまで黙っていたレオナが言った。御手洗はじっとレオナを見つめていたが、大きくうなずいた。

「その通りです。暴風雨の中、高齢をおして高い煙突を登りおりなどしていたら、おそらくは本人も怖れていた通りのことが起こってしまった。梯子から足を滑らせ、転落した。瀕死の重傷を負ってしまったわけです」

それを聞いて私は、必死の思いで思考を巡らせ、ついに衝撃で髪が逆立つような解答にぶつかった。では犯人は——？

「では、では……藤並八千代？」

「その通りだ、石岡君。彼女は別に命が惜しいとは思わなかったんだ。アリバイを作ったのも、永遠に罪を逃れたいからじゃない。卓の次には譲、その次にはこのレオナさんも、彼女は葬らなきゃあいけなかった。だからすべてをやり終えるまでは、死んだり逮捕されたりするわけにはいかなかったのさ。だからあんな奇想天外のトリックを考えた。

ところが、自分は不覚にも瀕死の重傷を負ってしまった。とにかく現場を離れようという思いで、母屋まで這っていったんだ。何故楠の前に行ったのかは、ぼくには解らないが」

「母の人生は、あの楠によって決定づけられたようなものなんです。だから死ぬなら、楠の前でと思ったんでしょう」

「何故楠に決定づけられたんです？」

「それはあとで申します。最後まで説明をお願いします」

「あとはお解りでしょう。八千代さんは入院して療養中、医者も驚くような回復の仕方をした。それは、彼女には死ぬ前にどうしてもやり遂げなければならない仕事があり、この目的のために、奇蹟的な精神力があったからです」

「それが譲殺し？」

「そうだ。譲と、できたらレオナさんもこの世から葬りたかった。だがそれは、幸いなことについに果たさず、譲氏を殺しただけで、志なかばで息絶えてしまった」

「だが、八千代は実の子を？　何故？」

「彼女は、夫のペイン氏も殺したんだよ。それは彼の持っていた、身の毛のよだつような異常性癖に気づいたからだ。彼をこのまま生かしておいては、世間の人にとって危険だったからだ。

彼は昭和二、三十年当時、なんといっても戦勝国側の人間で、しかも尊敬されるべき地位という仮面と、ありあまる財力を持っていた。一方日本人は貧窮のどん底に、自信を喪失して喘いでいるありさまだったから、彼さえその気になれば、ほとんど何だってできた。子供を拐《さら》って、思いのままに切り刻むこともできたんだ。こういう性癖のある者を放っておいてはいけないという思いだね。それで彼女は夫を殺した。地下室へ棄《す》て、書斎からの出入口はセメントで潰し、床板の蓋も封印してしまった。発見されないよう、彼の書斎に住んで、自分はここから一歩も動かなかった。

ところがね、これだけでことは終らなかったのさ。時が経つにつれ、八千代が一番怖れていたことが現実のものとなってきた。少なくとも、八千代はそう判断した。それが何かというと、自分が生んだペイン氏の子供たちに、ペイン氏の異常性が芽を吹きはじめたんだよ」

「ああ……」

私は、身震いとともにうなずく。

「レオナさんについては知らないが、卓氏にも、譲氏にも、生みの母親を怯えさす父親譲りの異常性が、徐々に徐々に顔を出すようになった。彼女は、非常な責任を感じたんだよ。いてもたってもいられない思いに、日々悶々とするようになった。

それで母親はまず子供たちに、結婚しないようにと要求した。ところがうまくいかないことに、卓氏は女性が放っておかないような美貌の持ち主だった。それで彼は、母親の反対を押し切って結婚してしまった。

だが結婚しても別段かまわない。子供さえ作らないでいてくれれば、異常者の血は息子の代で絶えるんだ。それで、息子二人に母親は、子供は作らないようしきりに頼んだ。しかし、息子の妻や愛人が、承知しなかった。子供を欲しがった。もう一刻の猶予もならないところまで来ていたんだ。放っておけば、いつ妻や愛人が妊娠しないとも限らない、そういう局面にさしかかった。それで、八千代はついに決断した。自らの責任は、自らの生命と引き替えにしてでも摘みとっておこうとね。三人の子供を殺す決心をした」

私はあまりに異常な話に、寒気を感じた。だが思えばその通りなのだ。卓も譲も、あれほどに異常な人物の子供だったのだ。犯人が誰であるか、私は即座に思いいたってもよかった。

「卓の時は、すでに話した通りだ。彼は、この部屋の鍵を持っていた。ここで待ち合わせをして、少し遅れて行けば、八千代は難なく部屋に入ることができた。彼を殺したあとは、ここの鍵は彼女が持っていた。

体が少し回復し、竈の中を調べると、石炭の袋がひとつしか落ちていないことに気づいた。それで、譲も卓の時と同じやり方をすることにした。石炭袋はひとつでも充分であることも解ったからね。また、ほかのやり方はもうできないんだ。体力がなくなっていたからね。

で、彼も酔いつぶれさせ、歯茎のすきまに注射して、同じようにヴェランダの、手すりに立てかけた椅子の上に息子の体を苦労して横たえた。ポケットに、かつて用意していた遺書を入れた。これは実は卓のために用意していたものだったんだ。だから、当然卓の筆跡を真似ていた。

何故これが残っていたかというと、卓を殺した時、ふと隣室のワープロの存在に気づき、これで遺書を書くことを思いついたからなんだ。なんといっても筆跡を似せたにせものだから、八千代としても見破られるかもしれないという不安があったのだろう。できれば使いたくなかった。ところが、プリントアウトのやり方がとうとう解らなくて、電源を入れたままにしておいた。

こうして、卓の筆跡を真似て用意していた卓用の遺書が、使われずじまいでまだ残っていたということだね。それでやむを得ず、これを譲に使った。もう体が駄目で、新たににせの遺書を書くなんて、とても無理だったからだよ。譲のポケットにあった遺書が、兄の卓の筆跡だったというミステリーは、こういう理由から発生したんだ。

　しかし、やはり悲劇は起こった。あの体で煙突の登りおりなんてとても無理で、再び彼女は墜落した。こんども力をふり絞って大楠のところまで這ったが、こんどこそ命を落とした。

　だが彼女は、死んでも死にきれない心残りがあった。一人だけ子供が残ってしまったということだ。で、彼女は死の間際、地面に、あなたに宛てた遺書を遺した。

『レオナ、男を作るな、子供は産むな』

とね」

　私はすっかり感心し、大きく溜め息をついていた。そういうことだったのか。やっとすべての謎が解けた。いや、まだすべてではないが――。

　恥ずかしい話だが、私はあのダイイングメッセージの内容を聞いた時、ひょっとしてレオナは、実は男なんだろうか？　などとんでもないことを考えていたのである。

　私たち三人は、いっ時沈黙した。ガラスの向こう側の空が、次第に黒ずんでいく。

「もし八千代が生き延びて、譲の最期を見届けたなら、彼女はおそらく恐怖で身震いしただろうな。だって譲は、ペインの描いた絵の通りの格好になって死んだ。八千代は、結局それを知らずじまいになったんだが」

「ああ……」

私はあまりのことに長く放心していた。まるきり呆気《あつけ》にとられ、頭が少しも働かなかったのだ。これは怪談ではないか。

なかなか御手洗の言に思考が追いついていかなかったが、ずいぶん経って、ようやく私は、質問すべき事柄を思い出した。

「あれは、どうなんだ？　最後の火事の夜、煙突の先端からこのマンションのどこかに、今の君の話でここのヴェランダだと解ったけど、ロープが渡っていた。そして、煙突の先端にぼんやりとした光があった。あれは、いったい何だったんだ？」

「あの夜、今説明したような事柄すべてにぼくは思いいたってはいた。しかし、わずかに数パーセントの可能性だが、照夫犯人説を否定しきれなかった。照夫は昭和十六年、藤並家の大楠に、妹を殺された経緯がある。きちんと言えば、彼の妹が原因不明の惨殺死体となって、この家の大楠にぶら下がるという事件を経験している。この家に入り込み、家族を全員殺害することで復讐を果たそうとしているという可能性を、あの時点ではまだ完全には捨てきれなかった。家族を皆殺しにすれば、藤並家の全財産を、すべて娘に相続させることもできる。

彼が卓、譲の二兄弟殺害の犯人であるか否かを調べるのは簡単だった。娘の三幸ちゃんに姿を隠させておいて、いかにも殺されそうな話を匂わせておき、卓、譲殺しと同じ状況を作って彼に見せればよかったんだ。彼が犯人なら、煙突からマンションに渡ったロープとか、煙突の先端の光は、何を意味しているかすぐに解るだろうからね、誰かが自分に、自分がやったと同じやり方で報復をもくろんでいると悟り、このヴェランダに飛んでくるなり、煙突によじ登るなりの行動を即座に起こすはずだろう？

ところが彼は、お芝居でなく、ロープや煙突の明りに完全に無関心だった。彼が藤並家の二兄弟を殺害した方法をまったく知らないことが、あの時点ではっきりした。そこでぼくは彼を容疑からはずし、先のような推理を完成することができた」

「なるほど……」

私は、いつもながらの御手洗の手ぎわに、すっかり感心した。

「それで君は、あとは馬車道へ帰って眠るだけだと言ったわけか」

「そうだよ」

「三幸ちゃんはその時どこに？」

「ここに、私と一緒にいました」

レオナが言った。

「彼女に預かってもらったんだ。照夫さんに渡した脅迫の英文はぼくが書き、彼への電話は、彼女の演技練習用のカセットを借りて、ぼくが吹き込んだ。時間を指定して照夫氏にかけてもらい、メッセージを流してもらうようにも頼んだんだ。ほかに質問はあるかい？」

御手洗は、さっさと仕事を片づけようとでもするように言う。

「なければ食事に行こうじゃないか。ようやく肩の荷をおろし、ぼくは空腹なんだ」

頭を思考から解放すると、御手洗はようやく腹が減るたちなのである。

「中華街においしい店を知っているんですが、もしよろしければ……」

レオナが言う。

「え？　あなたも一緒に行かれるんですか？　うーん、中華料理ですか。ぼくは今、この先のシーフード・レストランへ行きたい気分なんだ。石岡君、ほらいつか森真理子さんと行ったろう？　あの店。レオナさん、高級レストランというほどじゃありませんから、あなたのお口には合わないかもしれませんよ」

御手洗がからかうように言い、しかしレオナは、どこへでもお供します、と言った。

一九八六年、暗闇坂

1

　レオナの姿が奥へ消えると、御手洗は私の耳もとにこうささやいたものだ。

「この次、たった今シャワーを浴びたばかりの女優の仕度《したく》を待って食事に行こうなんて考えた時は、弁当を持参した方がいいぜ。ディナーが夜食になっちまう。今何時だい？　五時半か、ま、八時に食事を口にできたらよしとしなくちゃならないだろうな」

　ところがレオナは、わずかに十五分で私たちの目の前に戻ってきた。化粧気も相変わらずほとんどなく、黒縁の眼鏡をかけていた。

　藤棚総合病院へ向かってあがる坂の途中にあるシーフード・レストランは、この前と同じ窓ぎわの席が空いていた。店内がやや暗いのと、眼鏡のせいもあって、私たちの連れの女性が、今や世界的に有名な松崎レオナだと気づく人はいないようだった。

席につき、バッグを横に置くとレオナは、

「森真理子って誰ですか？」

と真先に訊いた。御手洗が顎をしゃくるから、私がしぶしぶ説明をした。レオナは笑って聞いていた。その様子からは、彼女がこの陰惨な事件で、ひどく傷ついているといった様子は感じられなかった。私は、心配したような結末にならず、ほっと胸を撫でおろしたものだ。

その夜の食事は、私には心楽しいものだった。陽が没すると店内の明りは絞られ、窓辺の真鍮製のランタンに、小さな炎が入った。

店内には静かにストリングスのメロディが流れ、白い窓枠のガラス越しには、道を隔てた神社のひっそりと暗い境内と、石段の脇に広がる竹藪が望めた。その様子は、私に幕末の頃の暗闇坂を思わせた。通行人は気味が悪そうに首をすくめ、早足で坂を下っていく。

窓の外から室内に目を移すと、そこには松崎レオナがいるのだった。こうして彼女を交えて親しく食事をするのも、今夜が最後になるのだろうか。なんといっても彼女は世界的な有名人なのだ。

長い長い事件も、どうやら終ろうとしていた。しかしこうしていると、私にはすべてが、一夜の長い夢のように思われた。怖ろしいが美しい、ぞくぞくするような長い夢だった。時が経てばこの恐怖の夢も、英国旅行の思い出などとともに、私の内で楽しさに変わっていくのだろうか。そうであって欲しい。

「このたびのこと、本当にありがとうございました」

食事の注文を終えた時、レオナがいきなり言って、御手洗と私に頭を下げた。

「何がです？　ぼくらはあなたにとっては、大してよい客ではなかったでしょう」

御手洗が言った。

「私の命を救ってくれました」

「ぼくはそんなことをした憶えはない。天があなたを生き残らせたのです」

「いいえ」

レオナは首を横に振った。

「ただ生き残ったというだけでは、私は駄目でした。あなたが絶望から私を立ち直らせたのです」

御手洗は無言のまま、感心したようにレオナの顔を見ていた。窓ぎわのカンテラの小さな黄色い炎が、ちらちらと揺れながらレオナの真剣な表情を照らしていた。

「世間があの怖ろしい事件で大騒ぎをしていた頃、あなたは記者や芸能レポーターの類いを何ダースも集めて大威張りで真相を発表し、英雄になることもできたはずよ」

レオナが言い、御手洗は顎をあげて宙を睨み、

「なるほど、それは気づきませんでした」

と言った。

「私は、思っていることを隠しておけないたちなんです。いつもそれで失敗して、あとで悔やんで泣くんです」

「ではもう、これ以上語るのはおやめなさい」

「いえ、今回も言ってしまいます。今回は、言わずにすませると、後悔するような気がして。すべてあなたのおかげでした。おととしの秋、あなたが真相のすべてを世間にお話しになったら、私は無神経なマスコミに追い廻され、世間の好奇な目に晒《さら》されて、間違いなく自殺をしていたと思います。だってそれが母の遺志でしたし……」

私はうかつにもこの時、あっと思った。この時にいたり、私はようやく御手洗の真意を理解したのだった。真相が判明すれば、有名人のレオナはとても平穏な生活は送れなかったろう。今日の世界的有名人レオナはなかったに相違ない。レオナを世間の好奇の目から守るため、御手洗は丹下と立松の前で、真相に関して、がんとして口を閉ざしたのである。

「あなたは、どうやら犯人を知っていましたね」

御手洗が言う。レオナがうなずいた。

「ええ、先週、気づいたんです。それは、母が書いていた手記が、私の手もとに届いたからです。藤棚総合病院の院長先生が預かって下さっていて、先週彼が亡くなったんだそうです。そして、しっかりと封印したこのノートを、私に渡すようにとの遺書があったそうです。私はこれを読んでいましたから。

私は、本当にひどいショックを受けました。おととしの時もそうですけど、母が私を殺そうとしていたと知って、そして、母がそれほどの決心をするほどに、父が怖ろしい異常者だったということ、私の体の中にその人の血が流れているということ、そんないっさいを知った時に、私が自殺しないで生きていることは許されないのではと思いました。

でも私はとても気が小さな女で、自殺のことを考えると怖いんです。死ぬことが怖いんです。それでも死ななくてはならない、そう思ったら、ひどく落ち込んでしまいました。ひどい鬱病に襲われて、何日もベッドから動けませんでした。ちょうど、今日見たあの怖ろしい地下室のような、怖いものでいっぱいの真暗闇の中に、たった一人で取り残されたように感じたのです。

でもあなたの、代償を求めぬ英雄的な行為が、私を立ち直らせてくれたのです。私はたった一人で、自分の家と家族と、自分の育った土地を呪い、この国を捨てて、アメリカでさらに孤独になるところでした。この国に住む、あなたのような人の存在を身近に感じることで、私は孤独な夜の闇から立ちあがることができたのです」

私の横で、御手洗は明らかに困っていた。彼は何も言わないが、長年のつき合いで、私には彼の感じていることがよく解るのである。

「遺伝という現象に対する人間の考え方は、非常に興味深いものです」

御手洗は、いかにも慎重を心がけているのがありありの口調で語りはじめた。

「ぼくはこのテーマでいくつか論文を書いたことがある。たとえば革命後のロシアで、農作物の品種改良はゆるやかにしか起こし得ないとするそれまでの考え方を、これは資本家に都合のいい言い分で、遺伝に関しても革命は起こし得る、といきまく道化が現われました。ルイセンコというこの男は、ごますりの才能しか持たない、学者としてはまったくの凡夫だったのですが、この考え方はスターリンの大いに気に入るところとなり、彼は一足跳びにソ連の農業アカデミーのトップにまで駈けあがったのです。以来、ソ連の遺伝学の進歩はぴたりと停まり、バビロフという優秀な学者が殺されたりもしました。

ナチス政権下のドイツでも、似たようなことはありました。当時の西洋人は、自分たちが毛深く、ゴリラに似ているという事実がもしなかったら、チンパンジーに大いに似ている東洋人を、自分たちより進化の前段階にある人種だと主張する学説が、おびただしく現われただろうことが容易に推察できます」

御手洗は腕を組む。

「つまり、遺伝という現象に関しては、人類はまだ何も知っていないということです。DNAという存在すら知らなかったダーウィンの古典的学説が、未だに博物館に入らず、現役でいる。またたとえば突然変異という現象が、進化に貢献しているか否かといった根本的な点でさえ、現在の最先端の遺伝子工学の権威でもまだ解らないのです。だから、時の政治的イデオロギーさえここに割り込む余地が生じる。遺伝に関しては、人間の空想がまだいくらでも許されるのです。そしてこのくらいは言えるでしょう。八千代さんも、その種の空想家であったと」

御手洗のこの言葉は、レオナを大いに救ったようだった。レオナの顔に、なんともいえぬ笑みが湧いた。これは、私には心打たれる笑みだった。御手洗という男は、普段ひどくそっけない言動をするが、要所要所では、聞きとる耳を持つ者にはだが、言葉の裏に深い感動を沈める能力がある。

「明日からの仕事は大丈夫ですか？」

私は訊いた。

「ええ、大丈夫です。おかげで元気が出てきました。私は自分のことを、極限的な苦悩と悲しみを背負った存在として生まれてきた、という気がしていました」

「でもそういう人でなくては、人に感動は与えられませんよ」

私は言った。

「そうでしょうか。とにかく私は、早く死ね、いつ死ぬんだって、周りからいつもせっつかれているような心持ちがしていました」

「借金取りに追われるようにですか？　それは別の理由からですよ」

「別の理由?」

「あなたには才能があるのです。しかしその才能は、名もなく声もない多くの平凡な人々から、あなたが、あなた一人が、税金のようにわずかずつ徴収したものなのです。才能とは負債なのですよ。あなたは生き延びて、大衆にこれを返済しなくてはならないのです」

御手洗が言い、レオナはしばらく考え込んだ。

「はあ……、あなたの言われることは、今の私の能力では理解ができません、むずかしすぎて。でもきっといつかは理解できるようになると思います。時々救けていただければ……。でもとにかく、私の体の中には異常者の遺伝的体質が受け継がれている、この点は……」

「それは想像にすぎないのです。現代の科学は、まだそのような空想を証明するところまではとても進んではいないのです。詩人の空想なのですよ。

DNAは非常に安定した物質でめったに変化しませんが、これがコピーされる際、十億回に一回の比率でエラーが起こると計算されています。これが自然に起こる突然変異の確率です。ところが生物全体の進化の速度を眺めると、とてもそのようなスピードでは、生命体の進化は進んできていないのです。これは、突然変異が次世代に受け継がれてはいかない、という考え方が成立する余地を残します」

レオナがゆっくりとうなずく。

「でもとにかく私は、母の遺志は守ろうと思います。生涯結婚はせず、子供は作りません」

「それはあなたのご自由です」

御手洗は言った。

食事を終え、表に出ると、少し風が出ていた。しかし上天気の日の夜風だからかあまり冷えてはいず、気持ちのよい風だった。がらくたや長靴の入ったバッグを、私は肩にかけていた。

暗闇坂に向かって歩きながら、私はふと森真理子のことを思い出した。今どうしているだろう、私は考えた。レオナは結婚しないという。一方森真理子は、御手洗の言によれば結婚を焦っているのだそうだが、あんな死に方をした藤並卓の思い出を引きずるなら、この先なかなか結婚はむずかしいかもしれない。女性たちの生きる世界を、私は少し知った心地がした。

藤棚商店街を抜け、前方に暗闇坂と、戸部駅へ向かう道との分岐点が見えてきた。いつだったか、私たちは照夫や譲と一緒に右の坂をあがり、森真理子が一人直進して帰っていくのと、ここで別れたことがあった。

レオナが車で馬車道まで送っていくと言い、御手洗は、いやわれわれは歩いて帰りたいからここでお別れしましょうと言った。

レオナがバッグから、少し汚れたふうの大学ノートを出した。

「母が遺したものです。これで、まだ少し残っている不明な要素が、みんな明らかになると思います」

御手洗に差し出した。

「読んでかまいませんか？」

「是非読んでいただきたいのです、お二人に。でもお願いがあります。発表は、あと三年待っていただきたいんです。三年あれば、今私のやりたい仕事も、結論が出て安定期に入っていると思います」

「解りました。石岡君も約束してくれると思います」

御手洗が言い、

「もちろんお約束します」

私が言った。

「では、大変お世話になりました。このご恩は忘れません」

言ってレオナは、御手洗の手を握った。続いて私の手。華奢な、細い手だった。この時私は、ふいに、残った不明点のひとつを思い出した。藤並家が燃えた夜、レオナが突然おかしくなった。急に子供の声になって泣きじゃくり、木のそばへおりていくと言いはじめた。木の悪霊が取り憑いたと私は思った。あれはいったい何だったのか——。

夜の暗闇坂は、その名の通りひどく暗かった。街灯の数も少なく、人通りはまったくなかった。ライオン堂も雨戸を閉ざしてひっそりとしている。

レオナは細っそりとした足を見せて、暗い坂を一人登っていった。その様子は、彼女の属する世界での彼女の姿を、私に想像させた。私たちはしばらく坂の下に佇《たたず》み、その様子を見送ってから、歩きだした。

「御手洗さん」

背後からレオナの声がして、私たちは立ち停まった。ライオン堂の少し先に、レオナが立っていた。

「私は、決してあなたを諦めないわ！」

坂の中途に立ちつくし、レオナは堂々とそう宣言した。それからくるりと身を翻《ひるがえ》し、坂を駈けあがっていった。

その時御手洗がどういう顔をしたかは、私には解らなかった。暗かったからだ。空には星がいっぱい出ていたが、月の姿はなかった。

2

藤並八千代の手記は、自分と、かつて自分の夫だったジェイムズ・ペイン氏について語ったものだった。ペイン氏のスコットランド時代の描写も出てくるが、これは彼から聞いた話を参考に、自分の推察を綴ったものであろう。彼が自身の口で、スコットランド時代のクララ殺しのことを日本人の妻に話したとも考えにくいからだ。しかし想像とはいえ、実際もこの手記の記述とそう違ってはいないであろう。

この手記は、どうやら彼女がペイン氏を殺し、夫の書斎で一人暮らしを始めるようになってから、ぽつりぽつりと綴っていったものらしい。文章には、例の大楠に関する記述もふんだんに出てくる。これは、八千代の世代の人々の、老木に対する畏れをそのまま反映したものに相違ない。この一文を読む限り、藤並八千代という人は、なかなかの小説家であったことが解る。

彼女の計画では、主人についで三人の子供の殺害に無事成功したなら、自分の命とともにこの手記も抹殺しようと考えていたらしい。しかし譲殺しに病室から出かけていく夜、このまま自分が命を落とす危険を予感した八千代は、ノートを固く封印し、以前から親しくしていた藤棚総合病院の院長に預けた。

もし自分が死んだなら、それはすなわちレオナは生き残っているということであるから、彼女にことの重大さと、子供を作るなというメッセージを伝えるために、ノートをレオナに手渡してくれるよう託したのだ。生きて病室へ帰れるなら、むろん返してもらうつもりだった。

しかし高齢の院長は、何故か八千代が死んですぐにノートをレオナに渡さず、一年半も手もとに持っていた。そして自分に死期が迫った頃、ようやくレオナに手渡す決心をしたのだろう。

おそらく彼もこのノートを読み、ことのあまりの重大さに動揺し、八千代の遺志通りにすることを躊躇《ちゅうちょ》したのだ。しかし結局、ノートはレオナのもとに届いた。そして、私たちの手もとにやってきた。

この手記の一部は、少しずつ取り出し、すでにこれまでの文章のうちにはさんで紹介してきた。私の文章だけですべてを表現するより、事情をよく知る当事者の文章が入った方がより正確に記録を後世に遺せるであろうし、またその方が、物語の効果も増すと判断したからだ。

この長い長い事件の記録を、私は八千代の手記の残りのすべてを次に紹介することで、ようやく終えようと思う。手記は、ずいぶん以前より少しずつ、時間をかけて書き足していったものと思われる。最後の一ページは、人目を盗み、動かぬ手で苦労をしながら、病室で書いたのが明らかだ。文字はたどたどしく歪み、かろうじて判読できるといったほどに崩れていた。それでもこれを書かずにはいられなかった八千代の苦悩を、私は胸の痛みとともに思った。

エピローグ・手記

私がどのような経由で、あのくらやみ坂上の土地に立つ大楠に一生を支配されてしまったかを、きちんとお話ししておこうと思います。きちんとお話しすれば長くてとても退屈なお話になってしまいますから、できるだけ整理してお話ししようと思います。

私は横須賀のはずれの、割合豊かな商家の一人娘として生まれました。近所には海も山もあって、遊び場には事欠きませんでした。男の子なら、もっともっと楽しい子供時代を過ごせたことでしょう。

父親は、いわば道楽者だったのでございましょう。私はほんの子供で、父の生活状況をよく知っていたわけではなく、ただ優しい父という印象だったのですが、こういうことは、子供にもなんとなくいつかは解ってしまうものです。

父はどうやら女遊びの好きな人だったらしいのですが、それも和服の似合う日本的な人というより、ハイカラな西洋型の女性がお好みだったようです。そういうせいなのか、娘の私にも、早くからショパンを聴かせたりリストを聴かせたり、ピアノやヴァイオリンを習わせたりしました。そうして私が年頃になると、横浜のミッション系の女学校に、私を入学させました。先生の三分の一は外国人でした。もっとも私が入学してすぐ、大半の先生は帰国なさいましたが。

この頃までが、私には華《はな》の時代でした。ですから父を怨む気はいっさいありません。何不自由のない生活をさせてくれ、父が憧れるような西洋ふうの素敵な女性に私が育って欲しい、父の私に対する願いは、純粋にそれだけのようでした。そうしてゆくゆくは私に養子をとって、自分の家業を継がせようと考えていたのです。

女学校時代、私は親元を離れて下宿をしましたが、この下宿というのが、くらやみ坂の、現在私の住む西洋館だったのです。不思議な因縁というほかはありません。

当時西洋館に住む日本人は、横浜という異人さんの多い土地柄にあってもなかなか珍しく、西洋崇拝心の強い父は、仕事上の取り引きのあったガラス工場の社長さんが、名前は太田さんといいましたが、下宿人を置いたことがないから困るといわれるのを一生懸命頼み込んで、この社長さんの家の西洋館に私を下宿させることにしたのです。

けれど暮らしてみて、この太田さんの一家とは、私はあまり馴染《なじ》めませんでした。社長さんの太田さんはどこかに愛人がいるようであまり家に寄りつかず、それを私に知られてしまったと思った奥さんは私に妙によそよそしくて、しょっちゅう無関心を装った意地悪を私にしかけてきました。私はいつかこの家を出て、どこか別の家に下宿をしたいと願うようになったのですが、戦前のあの当時、そんなことが許されるはずもありません。それに父は太田さんにお仕事でお世話にもなっていたふうなので、私がそんなことをすると、父の仕事にも悪い影響が出かねません。

それで私は、どうしても三階のお部屋に閉じ込もって一人で本を読んだり、オルガンを弾いて過ごすことが多くなりました。オルガンを弾いていい時間は限られていましたから、その時間はせいぜいオルガンを弾いて、あとは読書をするのです。映画を観たい、お芝居を観たいといっても、奥さんは決して外出させてはくれませんでした。小説本を買ってきても、これは駄目といって取りあげたり、女学校からの帰宅が遅いと、学校に電話をかけたりしました。奥さんは、私の自由を制限することを、だんだん楽しむようになっていきました。

昭和十六年になり、世の中はだんだんにおかしくなってきました。ちょっとした暴力や怒鳴り声が学校や街のいたるところから聞こえるようになっていて、奥さんだけが特別意地悪というわけでもなかったのですが、やはりこの人は異常でした。ご主人との仲がうまくいかない八つ当たりを、下宿人の私に対してしていたのです。

奥さんは、私の姿が家の周りに見えれば満足していました。学校から家まで、廻り道でもしたらむろんのこと、ゆっくり歩いて帰ってもたいそう機嫌が悪いのです。

それで私は、早く帰宅して、家の周囲や、工場の敷地内で一人遊ぶようになりました。

かといって工員と話すとまた機嫌が悪いし、学校の友達を連れてきて楽しそうにすると、また機嫌が悪いのです。でも工場の中にはよく近所の子供が遊びに来ていましたし、野良犬の類《たぐ》いが迷い込んでいたりもしたので、こういったものたちが、その頃の私の遊び相手でした。それが、思えば私の不幸でした。その後の私の一生を決定づけたのです。

私が時々餌をあげて、私が飼うような格好になっていた野良犬がいました。茶色いごく普通の犬で、体もとりたてて大きくはありませんでした。ただ外でみんなに虐められ続けたせいか、とても臆病で神経質な犬で、人が近づくと怖がってよく吠えました。けれど私はこの犬のことが妙に気になってしまって、工場の建物の裏にある、あまり人がやってこないような場所に、この犬を縄でつないでひそかに世話をしていました。何をしても文句を言う太田さんの奥さんは、犬も嫌いで、私が犬をいじっていると露骨に嫌な顔をしましたので、反抗する気分も手伝って、あえてそんなことをしたのです。この建物は社長宅のすぐ近くだったので、私が面倒を見に行くには便利な場所でした。

今思えば、どうしてあんなことをしたのだろうと思うのです。あんな野良犬なんて、放っておけばよかったのです。

あれは金曜日の午後のことでした。私が学校から帰ってきたら、奥さんが夕食用のお買物に出かけていくのと門のところですれ違いました。帰宅の挨拶をして家に入り、三階のお部屋にカバンを置いて、パンの残りでも犬にやろうと思って、玄関を出てつないでいた工場裏地に行ったのです。昨夜、どうしても奥さんの目を盗むことができず、犬に餌をあげることができなくて、学校にいる間中気になっていたのです。

トタン板張りの建物の角を曲がった時、私が見た光景は、未だに忘れることができません。たった今も、あの日の夜を思い出すのとまったく変わらない生々しさで、ありありと思い出せます。私はあまりの怖ろしさに、悲鳴さえ出ませんでした。

そこには、世にも怖ろしい光景があったのです。工場内によく遊びに来ていた近所の五、六歳くらいの女の子が、全身血だらけになって倒れていました。それは、まるきり壊れたお人形のようでした。全身がずたずたに嚙みちぎられ、首など、ほとんど胴体から離れかかっていました。死んでいるのは、わざわざ確かめてみるまでもありません。怖ろしい野良犬は、まるで何ごともなかったような顔をして、そばにしゃがんではあはあと喘《あえ》いでいました。

私はあまりのことに泣き出してしまい、とにかく誰か人を呼んでこようと思って行きかけました。そして、はたと立ち停まったのです。

この野良犬をここにつないでおいたのは私ですし、どう考えてもこの惨事の責任は私にありました。あの犬嫌いで意地悪な奥さんが、私を無罪放免で許してくれるはずもありません。それ見たことか、となるでしょう。すると私は、父親にも母親にも、大変な迷惑をかけてしまうでしょう。

工場の裏手で、まだ陽も高いというのに、誰も気づいていないというのが不思議でした。女の子は、噛み殺されている間、悲鳴もあげなかったのでしょうか。いえ、きっと工場のせいです。ガラス工場は、いつも何かしらもの音がしていました。この音のせいで、工員さんたちも、奥さんも、気づかなかったのです。

私は、とっさに、この死体を隠してしまおうと思いました。それから先のことは、ゆっくり考えればいい。それで大急ぎで部屋に取って返して、実家から本棚を運んだ時使った、古い汚れた毛布を持ってきました。これで女の子の死体を急いでくるみ、隠しました。ずいぶん気味が悪かったはずですが、そんなことはいっていられませんでした。必死だったのです。

野良犬は、縄をほどいて逃がしました。なかなか行かないので、泣きながら石を投げて追い払いました。動物にこんなことをしたのは生まれてはじめてです。それから女の子を包んだ毛布を抱え、地面に落ちた見るからに粘っこい血を、靴で泥をかけて消しました。そうしておいて、急いで部屋に運び込んだのです。

ちょうど奥さんが出かけていたのが幸いしました。太田さんのお宅は、お手伝いさんも雇っていないのです。息子さん二人も独立して別の家に住んでいましたから、私は誰にも見つからずにすみました。

取りあえず部屋の押入に入れて、私は考えました。どうしよう、どこにこの子の死体を処分しよう、そんなふうに、一生懸命知恵を絞ったのです。

でもいい知恵は浮かびません。普通なら、夜中にこっそり出かけていって、どこかに死体を埋めてくるということになるのでしょうが、十八歳のあの頃、女にそんなことなど思いもよらなかったのです。夜になればこの家はしっかりと鍵をかけられてしまいます。深夜、皆が寝鎮まってから死体を抱えてこっそり表へ出ていくなど、考えただけでも身震いがします。怖くてできそうにありません。もしそんなところを誰かに見つかったら、とそう考えただけでぞっとするのです。どんな怖ろしいことになるのか、見当もつきません。

それに、夜になるとこの子の家はきっと大騒ぎになるでしょうから、警察の人も近所を捜査に歩いているでしょう。夜中に、子供の死体を持って歩くなどとても無理です。第一どこへ持っていっていいのか全然解りません。私は一人ぼっちなのです。では昼間はいいかというと、昼間は学校以外、絶対に外出させてもらえません。

いい知恵が浮かばないまま、私はその子を押入に入れて、その夜は過ごしました。食事も喉を通らず、夜も少しも眠れませんでした。

翌朝になると、案の定、近所のパン屋さんの淳子ちゃんという小学一年生の子供が、人拐いに拐われたらしい、と奥さんが言いました。もっと小さいのかと思っていたら、小学一年生だったのです。私はぞっとしました。部屋に帰り、絶対に見つからないように死体を押入の一番奥に入れ、上に空箱や本を置いてから、学校へ行きました。

もちろん勉強など全然手につきません。昨夜眠っていないものですから、気持ちも悪くなってきます。吐き気もしました。こうしている今も、自分の部屋で死体が発見されているかもしれないと思うと、怖くて怖くて、大声で泣き出したくなります。あんなことするんじゃなかった、部屋に死体なんて運び込むんじゃなかったと何度も後悔しましたが、もうあとの祭りです。どうすることもできません。

お昼で学校が終り、急いで下宿に帰ってきます。すると怖くて、門を入れないのです。私の部屋で死体が発見され、お巡りさんが大勢来て、家の中が大騒ぎになっているんじゃないか、そんな恐怖で体中がぶるぶると震え、泣き出したくなります。

思いきって家の敷地に入ると、大丈夫のようでした。家の中はいつも通りで、特に変わった様子はありません。ただいま帰りました、の挨拶を奥さんにして、急いで部屋に入りました。

部屋の中も変わってはいず、押入の中のものも動いてはいません。どうやら無事でした。しかし、私をまたぞっとさせたことがあります。それは匂いでした。一種独特の死体の匂いが、私の部屋に漂いはじめているのです。それは血の匂いとも、肉の腐る匂いともつきません。たぶん両方が混じり合った匂いなのでしょう。

このままではいけない、と私は思いました。窓を開けて空気の入れ替えをしましたが、これではいつかみんなに気づかれてしまいます。気づかれたらもうおしまいです。私は死んで両親にお詫びをしなくてはいけなくなります。いえ、死んだくらいではとてもすまないでしょう。

なんとかしなくては、なんとかしなくては、という思いに体の芯が痛くなるほどに悶々としながら、私は窓ぎわにすわっておりました。と、その時です。

その窓辺からは、裏庭に生えた樹齢二千年という世にも珍しい大楠の幹や枝、それからその向こうの板塀越しに、くらやみ坂という坂道が見えたのですが、ここに、八百屋さんの幌付きのトラックがやってきて停まるのが見えたのです。

板塀で隠れていますから、トラック全体は見えません。濃いねずみ色の幌と、その先にある運転席の屋根くらいが見えるだけです。

今から八百屋さんのトラックが、坂道で店開きをするのです。トラックの荷台の下に小さな机や台を出して置いて、その上に野菜や果物を並べて売るのです。近所の奥さんたちは、遠くの八百屋さんまで買いに行かなくてよいのと、このトラックの八百屋さんの野菜は品数が豊富で、しかもたいていい新鮮でほかより少し安いので、いつも大変に繁盛していたのです。

近所の奥さんたちは、このトラックの八百屋さんが来るのをみんな心待ちにしていました。八百屋さんのおじさんは、話上手な人だものですから、奥さんたちは野菜を買ったあとも立ち話を続けていてなかなか帰りません。それでトラックの八百屋さんの店じまいは、陽もとっぷり暮れてから、ということがよくありました。そういう時、暗い中で八百屋さんは一人黙々と後片づけをして、それからトラックのエンジンをかけ、帰っていきます。私はそういう様子を、これまでに何度も見ていました。

トラックの幌の上には、大楠の大きな枝が張り出していました。その下では、近所の奥さんたちの話し声がだんだん聞こえはじめます。そろそろ集まりはじめたのです。

そんな様子をぼんやり眺めているうち、私の頭の中で、ある考えが育ってきました。それは、以前奥さんに頼まれてこのトラックの八百屋さんで買物をした時、八百屋のおじさんが私に言っていた話を思い出したからです。

おじさんは、八百屋のトラックを運転するのはとてもむずかしいよ、と私に言ったのです。というのは、野菜や果物はぶつかるとすぐ傷んでしまうので、揺らさないようにそうっと走るのだと言ったのです。だけど磯子の海沿いの道を走るのは大変だ。曲がりくねっているし、道が穴ぼこだらけでよく揺れる。幌がない頃は、この海沿いの道でよく野菜を落としたもんだ、とそう言ったのです。

このままでは、もうどうすることもできないのです。私は学校へ行く以外は家から一歩も外へ出してもらえないし、このまま死体を部屋に置いておいたらいつかは見つかってしまうに決まっています。死体をどこか遠くへ運び出すには、このトラックを利用する以外にない、とそう思いつめてしまったのです。この時には、もうそれ以外の方法はとても思いつけませんでした。

私の考えた方法というのはこうです。八百屋さんのトラックが、陽が暮れてからも坂道に停まっているような時、女の子の体を縛った縄を、トラックの幌の上に張り出した枝に引っかけて渡し、反対側を引いて吊りあげる。そしてだんだんゆるめていって、ゆっくりゆっくりと幌の上におろし、載せてしまうというやり方です。

そうすれば、八百屋さんのトラックは幌の上に女の子の死体を載せて、勝手にどこかへ持っていってくれるでしょう。八百屋さんの家までそのまま運んでしまうということはちょっと考えられません。きっと途中のどこかの曲がり角で落としてしまうことでしょう。うまくすると、道が穴ぼこだらけでよく揺れるという、磯子の近くの海沿いの道かもしれません。でも夜のことですから、朝になるまで誰も気づかないに違いありません。もしかすると、運転しているおじさん自身も気づかないかもしれません。もしそうなったら、とてもうまい具合です。女の子の死体は、あっという間にここから遥かに離れた遠くに運ばれてしまうのです。

私は決心しました。あとひと晩だけだって、死体をこのまま自分の部屋に置いておくのは我慢がなりません。だんだん匂いも強くなってきます。怖くて気が狂いそうです。

幸いその時は十月で、陽は早く暮れるようになっていましたし、暑くてものが腐りやすい季節ではありません。おまけに土曜日は、いつもずいぶん遅くまで、八百屋さんのトラックは停まっているのです。

私は押入の奥から、引っ越しの荷造り用に使った長い縄を引っ張り出してきて手に持ち、奥さんの目を盗んで庭へ出ました。奥さんは、陽が暮れると、私が家の建物から庭へ出ても、うるさく小言を言いました。

裏庭へ廻って、トラックがまだずっといそうなことを板塀越しに確かめてから、先に小石を結びつけた縄を放り投げて枝に引っかけました。高い枝にしないと見つかってしまうと思い、何度も失敗をしながら苦労をして枝に縄を渡しました。

それから竹竿を使って縄をずっと枝の先の、トラックの幌の上にくるあたりまで押し出しました。そのあたりにあった瘤《こぶ》の角に引っかけました。

そうしておいて、こんどは屋根裏の自分の部屋の窓めがけて、二本の縄の先を結んでこぶにしたものを投げつけました。こっちの方が大変で、私は泣き出したくなるくらい何度も失敗を繰り返しました。でもとうとう成功したのです。

板塀の向こうでは、もう陽はとっぷり暮れたというのに話し声が続いています。トラックは、まだ当分帰りそうもありません。私はまた奥さんの目を注意して部屋に戻ります。

縄の一方の端に女の子の死体を結びつける段になって、はたと迷いました。私はこの時まで、当然死体は毛布にくるんだままにしようと思っていたのですが、そうすると万一の時、この毛布が私のものであったと露見する可能性に気づきました。というのも、引っ越してきた際、この毛布を奥さんやご主人の太田さんが見ているからです。もうきっと忘れているとは思いましたが、念には念を入れなくてはなりません。

悩んだ末、結局私は、死体をむき出しのままで吊り下げることにしました。だってほかに方法がないじゃありませんか。

毛布を開いてみると、死体はもう固まっていました。血も、肉も、押せばへこむけれど、もうかなり固くなっています。泣きたい思いで、私は女の子の両脇の下、胸のあたりをひと巻きだけしました。あまりぐるぐる縛らない方がいいと思ったからです。死体が発見された時、縄などかかってない方が本当はよいのです。実際の事情がどうだったのか悟られないためには、想像する材料は少ない方がよいに決まっています。

でも結び目だけはほどけないように何重にも縛って、私は窓から女の子の体を放しました。それから大急ぎで縄をいっぱい引いて、女の子の体が、あんまり低いところにぶら下がらないようにしました。

この瞬間が、私には一番嫌でした。胃がぎゅうっと収縮し、心臓が停まるような心地がしました。いくら一生懸命縄を引いても、女の子の体は、あちこちの枝にぶつかりました。それから大きく揺れて、遥かな彼方の、私の目の届かない遠くの暗がりまで行ってしまいました。それでもとにかく私は一生懸命縄を引き、女の子の体を、枝の一番上まで吊りあげたのです。暗い中のことで、どうやら誰にも気づかれませんでした。そうしておいて私は、そのままで坂道に人の話し声が途絶えるのをじっと待ったのです。

やがて、奥さんたちの声がだんだん静かになって、ある人は坂を登ったり、またある人は下ったりして帰っていく下駄の音がします。おじさんが、道に出していた台を片づけはじめる、がたがたという音がしはじめました。今です。私は持っている縄を、少しずつ少しずつゆるめ、そっと幌の上に死体をおろせばそれでいいのです。大丈夫、成功する！私はこの時、確信しました。だってこんな真っ暗なのですから、よほど乱暴にしない限り、気づかれっこないのです。

私は、縄を持つ手をそっとゆるめました。そして、おや？と思ったのです。手応えがないのでした。縄を引く手をゆるめれば、縄はそのままぶらんとたわんでしまいます。夜の闇の中に目をこらしてみると、ぼんやりと見える、枝から下がった女の子の体は、相変わらずぶら下がったままなのです。

私はびっくりして、縄を手前に引きました。びくともしません。恐怖で髪の毛が逆立ちました。大声で悲鳴をあげたくなりました。引っかかってしまったのです！縄が枝の先の、たぶん二股に枝分かれした部分に、強く食い込んでしまったものに違いありません。

私は泣きながら、縄をぐいぐいと引っ張ったり、ゆるめたりしました。いくら強く引いてもまるきり手応えがありません。この時の絶望的な感じを、私は今に憶えています。闇の彼方とつながっている縄がぴんと張り、たぐろうとする私の手に抵抗して、鉄のようにぴんと張って動こうとしないあの絶望的な感覚――。

私はもうこの世が終ってしまったと思いました。そして、ほかのことはもう何も考えられず、狂ったように縄をぐいぐい引き続けたのです。

あまり縄を引くと、枝が揺さぶられ、葉がざわついて、下にいる八百屋のおじさんに気づかれてしまいます。けれどその時はもうそんなことには少しも思いがいたりません。少々音がしてもいい、今、この死体をトラックの幌の上に載せてしまわなければ私の人生はおしまいなのだと思いました。ああ、こんなこと考えるんじゃなかったとまた思いました。でも、これもまたあとの祭りです。

あっ！　と私は声をあげて、部屋に尻餅をついてしまいました。いったい何ごとが起こったのかわけが解りません。縄を引くと、するするといくらでも手もとにたぐり寄せることができます。

ああ、縄が切れたんだ、というのはずいぶん経ってから解りました。藁《わら》を編んだだけの粗末な縄だったのがいけなかったのです。

ぶるん、とトラックのエンジンのかかる音が聞こえました。ひときわ音が高くなって、トラックが行ってしまう気配です。

死体は?!　そう思って、私は跳ね起きました。窓のところに駈け寄ります。幌がゆっくりと動いて、坂を下っていきます。その上に、女の子の死体は、相変わらずゆらりと吊り下がっていました。

私はその夜から熱を出し、寝込んでしまいました。高熱が出て、ずいぶんうわ言も言ったようですが、何を言ったのかはちっとも憶えていません。

熱は月曜日まで続きました。お医者さまは、過労だろうと言いました。熱にうかされながら、私はどうやって死のうかということばかりを考えていました。起きられたら、真っ先に両親に遺書を書こうと思い、その文面を頭の中であれこれ考えたりもしました。

月曜日の午前中に熱が下がり、ようやく起きられるようになったので、私は怖る怖る窓ぎわへ行きました。

熱にうかされていたので解りませんが、女の子の死体は当然もう発見され、近所は大騒ぎになっているだろうと思ったのに、少しもそんな噂は耳に届いてきません。いったいどうしたのだろうと思っていたら、それもそのはずでした。少女の死体は、まだ相変わらず枝から下がっていたのです。

楠は、広く張り出した枝にたくさんの葉をつけていて、昼でも下は薄暗いくらいですから、葉の陰に隠れて見つかりにくかったのでしょう。それにしても今まで、誰一人坂道から上を見あげ、死体を見つけていないのは不思議でした。

月曜日は少し風がある日で、その日も、坂の途中の楠の下に、八百屋さんのトラックが来るはずの日でした。八百屋さんは、月、水、土曜日にくらやみ坂にやってくるのです。

そしてその日の夕刻、死体はとうとう見つかってしまいました。その様子を、見つけた人の立場で書いてみると次のようになります。のちに、この時死体を見つけた人とも会って話を聞きましたし、当時の街の雰囲気も考慮しながら、次に書いてみます。

（前出・省略）

私はもうこれで自分は終りだと思っていたのですが、不思議なことに、本当に不思議なことですが、私は、お巡りさんに事情を訊かれることさえありませんでした。

街をうろついている、怖ろしい変質者のしわざだと思われているという話を聞きましたが、普通なら、私が調べられないはずがありません。警察が調べようとしているうち、太平洋戦争が始まってしまったので、事件はいつかうやむやになってしまったのです。

この事件の頃を境に、私の生活はがらりと変わりました。戦争になり、私はくらやみ坂の下宿を出て、両親と一緒に信州に疎開したのですが、仕事の都合で東京に出ていた父親が、空襲で死亡しました。

母親も、妹の嫁ぎ先である松本市で病死し、私は一人ぼっちになってしまいました。私には、当然相続すべき父の遺産があったはずなのですが、みんな父の兄弟親戚が寄ってたかってかすめ盗ってしまったのです。私は着の身着のまま、財産もありません。でもこれは、あの事件の報いだろうと思いました。

おばの家でも私がやっかい者らしいことがひしひしと解りましたので、戦争が終ると一人横浜へ出て、料亭で働きました。三味線がほとんどできないのに、英語が一応でき、ピアノとヴァイオリンが弾ける芸者ということで重宝がられたのです。この頃のことですから、当然、進駐軍相手です。料亭で遊べる日本人など、当時まずいませんでした。ここで昭和二十年暮れ、私は夫となるべきジェイムズ・ペインと出遭ったのでした。これも運命ということでしょう。

ジェイムズは、当初非常に優しい男でした。はにかみ屋で、もの静かで、他人と大声でふざけ合うこともなかなかできないような性格の人でした。いえ、そういう表面上の優しさは、生涯変わることはありませんでした。しかし彼は、実は怖ろしい異常性格を裏に隠していたのです。そのことに私が気づくのは、けれどずっとあとになってからです。

彼は横浜に、外国人子女のための学校を開きたいと言い、土地探しを手伝ってくれるよう私に言いました。おかみさんもそうしろというので、私は彼に通訳としてつき、二、三日横浜の不動産関係者に会って歩きました。

格好の土地はすぐに見つかりました。でもそれはなんと、あの怖ろしいくらやみ坂の、太田ガラス工場の跡地だったのです。太田さんの一家は空襲で全滅したそうでした。その三日後、ジェイムズはいきなり私にプロポーズしました。会ってからまだ十日と経っていません。私は当然ながらお断わりしようとしたのですが、おかみをはじめ周囲の人が、勝手に段取りを決めてしまったのです。私は抵抗しましたが、少々自暴自棄にもなっていましたし、いつまでも今のままのにせ芸者が勤まるわけもないと考えて、求婚を受け入れることにしました。

しかし自分が妻として住むと解っていれば、私は太田ガラス工場の跡地など、決して賛成はしなかったでしょう。購入の手続きをすっかり完了してから、私は求婚されたのです。どうすることもできませんでした。私はあの怖ろしい場所に再び舞い戻ったのです。これもまた運命というべきでした。

ジェイムズは、土地を購入するとすぐに仕事にかかりました。業者を呼んで工場の建物や資材を撤去させ、その間に学校の設計図を盛んに描いていました。彼はそういう仕事が得意のようでした。太田宅の西洋館だけはそのまま残し、手を入れて自分が住むつもりだ、と彼は言いました。私がぞっとしたことはいうまでもありません。工事が終るまでの間、私たちは戸部駅前のアパートを借りて暮らしていました。

一年も経たないうちに家と学校の工事は完成し、昭和二十一年の七月に私たちはくらやみ坂に移り住み、ここで結婚式をしました。学校が早急に必要だったらしくて、工事は大急ぎだったようです。

私はもうこの時妊娠していて、大きなお腹をしていました。式の二ヵ月後には卓が生まれました。式の列席者はイギリス人やアメリカ人ばかりで、日本人は一人もいませんでした。ジェイムズが呼びたい人がいるかと問いましたが、私は首を横に振ったのです。

夫の友人の英国人はいい人ばかりで、私はそれまで日本人の社会で不幸でしたから、思いがけず幸せでした。太田さんの家の中も改造されてすっかり明るく綺麗になり、心配したほど嫌な感じはありませんでした。結婚生活というものに何も期待していませんでしたので、こんなに幸せでいいのだろうかと、私は不思議な心持ちがしました。外国人は鬼のような人間たちだと、繰り返し繰り返し教え込まれていたせいもあったのでしょう。結婚して一年ばかりは、ああ思いきって結婚して本当によかった、この話をお断わりしなくてよかったとたびたび思いました。怖かったのは外国人との生活ではなく、裏庭に相変わらず生えている楠でした。昭和十六年のあの出来事だけは、どうしても忘れることができません。

思えばすべては、この大木の呪いなのではないかと思うのです。それとも江戸時代、この刑場で死んだ多くの人たちの怨念が、この木に取り憑いているせいではないでしょうか。ジェイムズ・ペインという、あの怖ろしい人をこの地に呼び寄せたのも、実はこの老木だったのかもしれません。

ペインという人は、時計のように規則正しい生活を送っていました。朝は六時四十五分に起き、三十分の散歩の後、朝食。八時五十分に学校へ行き、九時の朝礼に出ると、午前中はずっと学校におり、十一時五十分に帰宅、三階へあがってニワトリを羽ばたかせてから一階で一時まで食事、あとは四時まで書斎で仕事、四時から街へ散歩か、本や美術品を買うために出かけて行き、八時に夕食、それからまた書斎に閉じ籠ってしまいます。二階の夫婦の寝室には、十時半にやってきました。

（前出・省略）

私は当初、これが英国紳士というものの姿なのかと感心しました。立派な人だと尊敬さえしたのです。でもそれは、彼の仮面だったのです。こんなふうに規則正しい生活をしていれば、教育者としての尊敬が得られるし、書斎に籠っている間は誰も干渉しません。四時になれば出てくるのだからと、みんな黙って待つようになるからです。そんなふうに周りを仕向けてしまうことが、彼の狙いでした。

くらやみ坂に暮らしはじめて一年もすると、夫に妙によそよそしい態度が見えはじめました。相変わらず優しく、礼儀正しさは変わらないのですが、私の干渉を極度に嫌うところが見えはじめたのです。書斎に入り、勝手に掃除をしたりすると不機嫌になりました。そしてさっさと鍵を取り付け、私が入れないようにしてしまい、鍵は決してくれようとしませんでした。こういう時、私は彼の愛情を疑いました。やはり日本人など本当は見下しているのだろうかと心配になったのです。

四時からいつも横浜の街へ一人出ていきましたが、私はだんだんに妙なことに気づくようになりました。美術品だけでなく、人間の子供も買ってきているのでは、と疑いを抱かせるようなことがあったのです。私を表へ追い払い、十歳くらいの子供を家に連れ込んでいるふしがあるのです。こっそり帰ってみると、書斎から子供の話し声が聞こえました。いるふしがあるのです。

そしてなんとこういう時、夫は日本語を話しているのです。夫はとうとう私の前では一度も日本語を口にしませんでしたので、ずいぶん驚いたものです。子供はどうやら浮浪者のようでした。

私は敏感なので、ずっと外に追い払われていても、こういうことはなんとはなく解ってしまいます。ところが、翌日になるとその子は、決まってどこへとも知れず消えてしまうのです。そういうことが、何ヵ月おきかに四、五回ありました。私は不審の念で、次第にいたたまれなくなりました。

ある日、書斎の鍵をこっそり複製し、夫が学校へ行っている隙に書斎へ入ってみました。あれこれ調べて廻っても何も異状はないので、これは私の考え違いかと思いました。でもそうではありませんでした。秘密の地下室への入口を見つけてしまったのです。

夫はひそかに、こんな地下室を造らせていたのです。太田さんが住んでいた頃、家にこんな地下室はありませんでした。そこに私が見つけたのは、小さな女の子の死体でした。一体は裸にして転がされていて、そばのテーブルの上には、女の子の生首が四つ転がっていました。

地下室の天井には、裏の大楠のものらしい根っ子がたくさん見えていて、それは気味の悪い部屋でした。壁には、大楠に食べられている人や、木のお腹からごろごろと出てくる骸骨、屋根の上からそれを見おろしている人間、といった不気味な壁画が、だいぶできあがっていました。これが夫の真の姿だったのです。夫は、紳士的な仮面に隠れた性格異常者だったのです。

しかし私がこのことをはっきり認識したのは、結婚後すでに十数年も経ってからでした。すでに二人の男の子が生まれ、自分のお腹の中には三人目の子供がいました。堕ろそうと思いましたが、とうとうそれもできませんでした。そして私は、三人目の子供を産み落とし、その後数年もの間さんざん悩んだ末、ついに夫を殺害したのです。夫をこのままにしておけば、この先どんな怖ろしい悪事を働くか知れたものではないと思ったのです。

実を言うと私は、女学校時代、同じ敷地内の太田ガラス工場から、ある薬品を盗み出していたのです。それは特殊なガラスを造る際に使用する薬品で、これを人体に注射すると、体が痺れて意識が遠くなり、悪くすれば二時間程度後に死ぬこともある、ということを技師から聞いていたのです。その工員はむろんそんな危険な薬品をくれはしませんでしたが、私は自分が死ぬ時の救けになればと思い、この薬品をこっそり盗み出して持っていたのです。夫を殺すにあたっては、この薬品を使いました。隣りで眠っている夫の歯と歯茎との間に、この薬品を注射したのです。そういうやり方だと、後で万一死体を調べられても、殺害方法が判明しにくいというのを、以前医学の本で読んでいたからです。注射器は夫が持っていたもののひとつを使いました。

夫の死体は地下室に入れ、地下室は、誰にも頼まず、自分でひそかにセメントを練り、深夜に封印しました。ペイン校は、教頭先生にお願いし、閉校にしてもらいました。夫は英国に帰ってしまったということにしたのです。今思えば、よく信じてくれたものと思いますが、その頃ちょうど生徒が減りはじめていたのと、夫は変人のゆえ、病的に几帳面な反面、普段からたぶんそういう気まぐれなところもあったのでしょう。

その後、じっくり書斎を調べていますと、夫が、スコットランドのフォイヤーズという村の出身であること、そしてこの村でも、ひそかに似たような罪を犯していたことを知りました。そういった内容を綴った日誌ふうの文章が見つかったからです。むろん、これは私が処分しました。

けれども、夫は蔵書の余白にあれこれと走り書きをする癖があったので、とてもすべては調べきれません。しっかり探せば、きっとほかにもまだ、危険な内容をしたためた文章は残っていることでしょう。

でも、もうないかもしれません。夫が書いていた文章がどんなものであったかを、思い出してここに書いておくことにします。夫は狂ってはいるが、才能のある芸術家でした。その作品を私が勝手に消し去ってしまっては、少し気が咎《とが》めるからです。

（前出・省略）

私はだんだん、あの楠が怖くて怖くてたまらない気がしてきました。すべての悲劇はこの楠のせいなのでは、と気づかれてきたのです。私自身、あの楠のそばから少しも離れられそうもありません。もの言わぬ楠が、無言で、すべてを行なったのです。私を含め周囲の人間は、この木の霊力にただ踊らされた人形なのかもしれません。

再婚した照夫が、昭和十六年に私があの木にぶら下げた、淳子ちゃんという小学一年生の女の子の兄であると知った時も、愕然としました。これも運命の皮肉というなら、運命とはなんというむごいことを、私に対してばかりしかけるのかと怨みましたが、すべてこれも、あの老木のしわざなのでしょう。でないと、私にばかりこういう異常な出来事が起こることに説明がつきません。私は一生、あの木から離れられない運命なのです。昭和十六年のあの事件以来、私はあの木にからめ取られた哀れな犠牲者なのです。

あの木がどんなに怖い木か、たとえば昭和二十年の夏には、こんなこともあったそうです。坂下のライオン堂のご主人から牧野写真館の牧野省二郎さんが聞いたお話です。あの木の性質が、このお話からもよく解ります。

(前出・省略)

私の子供たちに、怖れていた父親譲りの異常が芽吹いたのも、運命というよりも、この楠の意志、それとも呪いなのかもしれません。
楠の狂気は、夫の創ったあの不思議なチャイムのメロディにも、よく現われています。夫は、あれを楠に聴かせるために創ったのです。植木に水をやるように、夫は、あのメロディを毎日そばで奏でることで、楠を喜ばせようとしたのです。あれはまさしく、狂人が悪魔に捧げた音楽でした。
子供たちをこの世に産み落としたのは、私の間違いでした。ですから私が自分の責任において、自分の子供たちをこの世の中から葬り去ろうとするのも、私の意志のようにみえても、実はくらやみ坂上に日本開闢《かいびゃく》以来そびえ続ける、あの大楠の考えていることなのかもしれません。でもどちらにしても、私はやるほかはありません。急がないと息子たちが子供を作ってしまいます。夫の怖ろしい血を受け継いだ人間が、またこの世に現われてしまうのです。思えば子供の時に殺しておくべきでした。それならば、どんなに楽だったことでしょう。

私は卓を殺しました。その方法は、十八歳の時のあの嫌な体験を参考にしたものです。するとと変わった二人組が家にやってきて、どうやって調べたのか、

（前出・省略）

……そんなふうにしか、私には思われないのです。

私はもうすぐにでも、譲も続いてこの世から葬るつもりです。それが終ればレオナです。

でも、そう思ってももう、体がいうことをききません。息子を殺した時、うっかり私も大怪我をしてしまったのです。もしかすると、譲を殺すだけで、私は力つきてしまうかもしれません。この病室に二度と戻ってこられないかもしれません。そうなるとこの手記も、心ならずもこの世に遺ってしまいます。そういう万一の時のために、私はこれを封印し、院長先生に預けることにいたします。あの先生は信頼のおける方だからです。もし私が死んだら、レオナの手にこれを渡してくれるよう頼むつもりです。私としてはすべてがうまくいき、この手記を抱いた私の体も、くらやみ坂上のあの家もろとも焼けるように願

っているのですが、すべては天のみ心です。

私が死んだら、あの家は焼いてくれるよう、牧野夫婦に頼んであります。あの恐ろしい家は、私と一緒に死ぬのがふさわしいのです。牧野さんご夫婦には、生涯を通じ、大変お世話になりました。私が思いがけず入院するようになってしまったので、多くの衣料品とともにこのノートも、お二人に家の隠しからこっそり病室へ持ってきてもらいました。そういうことがお願いできるのも、このお二人だけでした。

レオナよ、今もし不幸にしてこの手記を読んでいるなら、この母を哀れみ、これは灰にしてください。決して後世に遺してはいけません。母は、おまえたちを深く愛してきました。信じてくれなくてもよいけれど、でもおまえたちが、知らず、いつか世間の人から疎《うと》まれ、鬼のように思われている時のことを考えると、あの世に送らずにはいられないという気になったのです。あなた方のお父さんも、それはとてもよい人で、本人はそれと気づかず、いつの間にか鬼畜となっていたのです。狂気とはそういうもので、本人にまったく自覚はありません。レオナよ、これを読んだら、決して子供を産んではいけません。きっと怖ろしい子供が産まれます。

でもレオナ、私の生涯はいったい何だったのでしょう。自分が産み落としたものすべてを消し去ってからでなくては死ねないような人生とは、いったい何なのでしょう。母は何を失敗したのでしょうか。

いえ、私の失敗というよりも、すべてはあの楠の存在なのです。私の死後も、あの大楠はずっとずっと生き続けるのでしょう。私たち親子を殺したのち、あの木はこんどはどんな事件を起こす気なのでしょうか。

〈了〉

〈参考文献〉
「異相　巨木伝承」牧野和春著（牧野出版）
「世界の珍草奇木余話」川崎勉著（内田老鶴圃）
「図説・死刑物語」K・B・レーダー著／西村克彦・保倉和彦訳（原書房）
「拷問刑罰史」名和弓雄著（雄山閣）
「写真で見る幕末・明治」小沢健志監修（世界文化社）

解　説

香山二三郎（コラムニスト）

二〇二一年は島田荘司の作家デビュー四〇周年に当たる。前年から始まった新型コロナウイルスの流行が収まらずなかなか世が落ち着かぬ中、島田氏が今も第一線で活躍されていることをまずは寿《ことほ》ぎたい。

氏の活躍はいうまでもなく小説の執筆だけにとどまらない。一九八〇年代後半、綾辻行人や歌野晶午、法月綸太郎らいわゆる新本格ミステリーの旗手たちのデビューに立ち会い、熱いエールを送ったことはあまりに有名だが、その後本格ミステリーのプロデューサーとしても多くの才能を世に送り出してきた。二〇〇七年創設の「島田荘司選　ばらのまち福山ミステリー文学新人賞」は今年第一四回を迎えるし、〇八年にはミステリー界への長年の貢献が称えられ、第一二回日本ミステリー文学大賞が授与されている。さらに同年に創設された台湾の出版社が主催する中国語で書かれた未発表の本格ミステリー長篇を募る島田荘司推理小説賞で選考委員を務めるなど国際的にも活躍。

むろん実作家としてもばりばりの現役であるが、その歩みは必ずしも順風満帆ではなかった。一九八一年刊のデビュー長篇『占星術殺人事件』とそれに続く『斜め屋敷の犯罪』(八二)で本格ミステリーの旗手として一躍脚光を浴びたものの、当時は「本格推理そのものが不振の時で、あまり本が売れませんでした。(中略)ある程度は売れるものを書かないと、編集者との仲もうまくいかないし、読者とのコミュニケートもできない。作家としての力を発揮できないと思って、吉敷《よしき》刑事シリーズのトラベル・ミステリーを書きはじめたんです。/それでしばらくはトラベル・ミステリーが多くなって、御手洗物を書く時間の余裕がなくなってしまいました」(「新刊テレフォンインタビュー/「御手洗潔の挨拶」『本格ミステリー宣言』所収)。

御手洗ものは自ずと短篇中心になり、六年ぶりに刊行された長篇『異邦の騎士』は前二作以前に書かれた御手洗シリーズの実質的な第一作であった。そして、本来書かれるはずだった長篇第三作こそ、本書『暗闇坂の人喰いの木』にほかならない。

本書は一九九〇年一〇月、「創業80周年記念推理特別書下ろし」シリーズの一冊として刊行、九四年六月に講談社文庫に収められた。本書はその改訂完全版に当たる。

著者は「本格ミステリー論」(『本格ミステリー宣言』所収)の中で、「本格ミステリーとは何か」という問いに対し、E・A・ポーの「モルグ街の殺人」執筆当時のコンセプトとして「まず第一に、『幻想味ある、強烈な魅力を有する謎』を冒頭付近に示すこと。これは『詩美性のある謎』と言い換えてもよい」。そして「第二のそれは、『論理性』、『思索性』である」と述べ、それに同意したうえで、本格ミステリーの条件として「この二つさえあれば、完全に『本格ミステリー』たり得ると信じる」と記している。

著者によれば、論理性を打ち消さないために、あまりに印象的な恋愛沙汰や激しい暴力沙汰、強い性描写等一般小説のファクターを強く取り入れることは控えるとする考え方にも「大胆にして精緻な論理性をあらかじめ構築しておけば、小説内で何が起ころうがそれは本格物である」とのことで、本書もそうした確固たるセオリーで書かれた傑作である。

物語は一九四五年のスコットランドの山村でひとりの男が奇妙な家を建て、そこに惨殺した少女を隠すという何とも不穏なプロローグから始まるが、本篇に入ると、コミカルな話に転調する。一九八四年九月、感傷を求める日々を過ごす作家・石岡和己のもとに電話が入る。その女性は彼のファンだといい、一緒にお茶でも飲まないかというのだ。喫茶店で会ってみると、彼女は森真理子というデパート勤務の女で、最近まで付き合っていた既婚者の男と別れたが、長身でハンサム、ＩＱ一五二という彼、藤並卓にまだ未練があるようだった。石岡の突然のデートは散々な結果に終わるが、一〇日後、石岡と同居する御手洗潔がある新聞記事を発見、それは横浜市西区西戸部町にある暗闇坂に面した西洋館で男の変死体が発見されたというものだった。森真理子の元彼、藤並卓である。卓は台風の暴風雨吹き荒れる中、屋根の稜線に跨る格好で死んでいた。事件の予兆を感じた御手洗は、直ちに森真理子と会って事情を聴くと、彼女を依頼人にして石岡と三人で現場に向かう。

そこには巨大な楠がそびえるように立っていた。人を食べるという言い伝えがある不気味な大楠。太平洋戦争の直前、昭和一六年（一九四一年）秋には、その木から少女が惨《むご》たらしい遺体でぶら下がっているのが発見されていたが……。

暗闇坂の上は江戸の鈴ヶ森、小塚原と並ぶ牢と刑場があり「有名な晒し首の名所」だったが、その後ガラス工場となり、太平洋戦争後にジェイムズ・ペインという裕福なスコットランド人に買い取られ外国人子女のための学校になっていた。その西洋館の学校は一九七〇年に何故か突然閉鎖され、ペイン氏も妻子を残して帰国。西洋館の周辺は目まぐるしい変貌を遂げていた。

物語の前半は、藤並卓の変死事件を追う御手洗たちが藤並家に押しかけ、家族や関係者たちに事情聴取をする話と並行して、暗闇坂と大楠をめぐる血なまぐさくも忌まわしい歴史が描かれていく。そこを貫くのは台風の中、卓は屋根の上にどうやって上がり、何をしようとしていたのか、という強烈な謎であり（現場近くでは母の藤並八千代も何故か重傷を負い病院にかつぎ込まれていた）、人食いの大楠をめぐる何とも猟奇的なホラー趣向であろう。藤並卓はハンサムな天才であるとともにニヒリスティックな変人だったが、弟の譲は死刑風俗の研究に没頭する元大学講師、妹の玲王奈はモデルで人気タレントの松崎レオナと兄妹たちも、個性派揃い。特に次男・譲の変人ぶりがすごい。彼の死刑風俗研究の成果は残酷な写真や図版でも紹介されるなど過剰な演出が施されており、真面目な石岡ならずとも辟易《へきえき》するのではないかと。

それは大楠の言い伝えについても同様で、著者は御手洗たちの捜査の合間に昭和一六年、二〇年、三三年に起きた恐怖の出来事を文体を変えて挿入、おどろおどろしいムードを高めてみせる。御手洗はやがて西洋館の屋根に載っていた（そして卓の事件とともに消失した）機械仕掛けのニワトリが奏でるメロディの謎に気付くが、それと時を同じくして大楠の秘密の一端が明かされる。天気はまたもや荒れ、雷鳴が轟《とどろ》きわたる中判明する、恐ろしくも謎深い事実。まさに著者が唱える「幻想味ある、強烈な魅力を有する謎」の極みというべきか。

そして物語の後半は論理性、思索性に富んだ謎の解明篇へと移っていくが、そこで注目すべきは、ただ関係者一同を前に名探偵が謎解きを披露するなんてありがちなパターンではないこと。御手洗は帰国したジェイムズ・ペインに会うべく、実家で新たな事件が発生したのを知って現れた松崎レオナを引き連れ、彼の故郷スコットランドへ向かうのだ。吉《よし》敷《き》竹《たけ》史《し》刑事のシリーズでつちかったトラベル・ミステリー演出も加味されるわけで、飛行機に乗るのも海外を旅するのも初めて、という石岡は地に足が付かないありさまだが、それまでの凄惨なムードがいったん和らぐ。だが、スコットランドでは「巨人の家」というさらなる謎が待っているのである。

著者はそこでも図版――建築物の透視図を駆使して家の不思議な造りをアピールする。

著者は「インタビュー／トリック発想法、創作の秘密」の中で、「要するに『絵』ですね、考えてみれば。文章で考えるものではないんですね、トリックというものは。文章が二次元世界なら、絵は三次元の発想というところがある。読者の発想を超えるには、次元がひとつ上にいかなくてはいけないんでしょう。（中略）もしかするとトリックというものは、絵心がある人ほど得意な分野かもしれないな」（『本格ミステリー宣言』所収）と述べている。今でいう3D作法を先取りした天才らしい予見だが、巨人の家はその応用であるとともに、藤並家の事件の謎それ自体の伏線といっても過言ではないだろう。

前述したように、名探偵・御手洗潔シリーズの長篇第三作『異邦の騎士』は実質的な第一作であり、本書は『斜め屋敷の犯罪』以来、八年ぶりの新作長篇ということになる。だが単なる新作というだけにとどまらぬことは、江戸川乱歩や横溝正史も真っ青のホラー趣向が序盤から炸裂することからも明らかである。「大胆にして精緻な論理性をあらかじめ構築しておけば、小説内で何が起ころうがそれは本格物である」との島田理論に沿った、独自の本格フォーム。しかも文庫本で七〇〇ページ近いヴォリュームを飽きさせず一気に読ませる物語の魅力にもあふれている。

筆者はかつて「あえて出だしから伝奇性、猟奇性を前面に押し出した」本書を「大作シリーズにシフトアップした、いわば〝新・御手洗もの〟の第一弾」だと記した。実際本書ののち、御手洗ものは『水晶のピラミッド』（一九九一）、『眩暈《めまい》』（九二）、『アトポス』

（九三）といった、本格ミステリーと多彩な物語趣向を兼ね備えた大作路線が続く。してみると本書は〝新・御手洗もの〟というより、御手洗潔シリーズの第二期の幕開けに当たるといった方がしっくりくるかもしれない。

御手洗物はさらに『龍臥亭事件』（九六）から思いも寄らぬ展開をみせていくのだが、本書で初めて御手洗ものに触れた方にそれを知らせるのはまだ早い。第一期作品にさかのぼって『占星術殺人事件』から改めて読み始めるか、次作『水晶のピラミッド』に進んで、本書で宿命的出会いを果たす御手洗と松崎レオナのその後を追ってみることをお奨《すす》めしたい。『水晶のピラミッド』は本書からさらに国際的にスケールアップして、古代エジプト、一九一二年の客船タイタニック号、現代アメリカの孤島と舞台を変えて、不可能犯罪の顚末《てんまつ》が描かれていく。日本のシャーロック・ホームズ、御手洗潔の前に立ちはだかる謎、また謎。本書と同様、幻想味と論理性を独自に融合させた島田マジックは読む者を必ずや魅了するに違いない。

本作品は一九九四年六月に講談社文庫で刊行されたものを本文の文字組みと装幀を変えて、加筆・修正し改訂完全版として刊行したものです。

|著者|島田荘司　1948年広島県福山市生まれ。武蔵野美術大学卒。1981年『占星術殺人事件』で衝撃のデビューを果たして以来、『斜め屋敷の犯罪』『異邦の騎士』など50作以上に登場する探偵・御手洗潔シリーズや、『奇想、天を動かす』などの刑事・吉敷竹史シリーズで圧倒的な人気を博す。2008年、日本ミステリー文学大賞を受賞。また「島田荘司選ばらのまち福山ミステリー文学新人賞」や「本格ミステリー『ベテラン新人』発掘プロジェクト」、台湾にて中国語による「島田荘司推理小説賞」の選考委員を務めるなど、国境を超えた新しい才能の発掘と育成に尽力。日本の本格ミステリーの海外への翻訳、紹介にも積極的に取り組んでいる。

改訂完全版《かいていかんぜんばん》　暗闇坂《くらやみざか》の人《ひと》喰《く》いの木《き》

島田荘司《しまだそうじ》

講談社文庫

定価はカバーに
表示してあります

2021年３月12日第１刷発行

発行者――渡瀬昌彦
発行所――株式会社　講談社
東京都文京区音羽2-12-21　〒112-8001
電話　出版（03）5395-3510
　　　販売（03）5395-5817
　　　業務（03）5395-3615

Printed in Japan

デザイン―菊地信義
本文データ制作―講談社デジタル製作
印刷―――豊国印刷株式会社
製本―――加藤製本株式会社

ISBN978-4-06-522763-3

講談社文庫刊行の辞

二十一世紀の到来を目睫に望みながら、われわれはいま、人類史上かつて例を見ない巨大な転換期をむかえようとしている。

世界も、日本も、激動の予兆に対する期待とおののきを内に蔵して、未知の時代に歩み入ろうとしている。このときにあたり、創業の人野間清治の「ナショナル・エデュケイター」への志を現代に甦らせようと意図して、われわれはここに古今の文芸作品はいうまでもなく、ひろく人文・社会・自然の諸科学から東西の名著を網羅する、新しい綜合文庫の発刊を決意した。

激動の転換期はまた断絶の時代である。われわれは戦後二十五年間の出版文化のありかたへの深い反省をこめて、この断絶の時代にあえて人間的な持続を求めようとする。いたずらに浮薄な商業主義のあだ花を追い求めることなく、長期にわたって良書に生命をあたえようとつとめるところにしか、今後の出版文化の真の繁栄はあり得ないと信じるからである。

同時にわれわれはこの綜合文庫の刊行を通じて、人文・社会・自然の諸科学が、結局人間の学にほかならないことを立証しようと願っている。かつて知識とは、「汝自身を知る」ことにつきていた。現代社会の瑣末な情報の氾濫のなかから、力強い知識の源泉を掘り起し、技術文明のただなかに、生きた人間の姿を復活させること。それこそわれわれの切なる希求である。

われわれは権威に盲従せず、俗流に媚びることなく、渾然一体となって日本の「草の根」をかたちづくる若く新しい世代の人々に、心をこめてこの新しい綜合文庫をおくり届けたい。それは知識の泉であるとともに感受性のふるさとであり、もっとも有機的に組織され、社会に開かれた万人のための大学をめざしている。大方の支援と協力を衷心より切望してやまない。

一九七一年七月

野間省一

講談社文庫 最新刊

青木祐子
コーチ！
〈はげまし屋・立花ことりのクライアントファイル〉
オンライン相談スタッフになった、惑う20代女性のことり。果たして仕事はうまくいく？

真保裕一
アンダルシア
〈外交官シリーズ〉
欧州の三つの国家間でうごめく謀略に「頼れる外交官」黒田康作が敢然と立ち向かう！

柳広司
風神雷神（上）（下）
天才絵師、俵屋宗達とは何者だったのか。美術界きっての謎に迫る、歴史エンタメの傑作！

田中芳樹
新・水滸後伝（上）（下）
過酷な運命に涙した梁山泊《りようざんぱく》残党が再び悪政と対峙する。痛快無比の大活劇、歴史伝奇小説。

北森鴻
桜宵
〈香菜里屋シリーズ2〈新装版〉〉
マスター工藤《くどう》に託された、妻から夫への「最後のプレゼント」とは。短編ミステリーの傑作！

創刊50周年新装版

島田荘司
暗闇坂の人喰いの木
〈改訂完全版〉
刑場跡地の大楠の周りで相次ぐ奇怪な事件。名探偵・御手洗潔が世紀を超えた謎を解く！

奥田英朗
邪魔（上）（下）
〈新装版〉
ささいなきっかけから、平穏な日々が暗転する。人生のもろさを描いた、著者初期の傑作。

講談社文庫 最新刊

藤井太洋
ハロー・ワールド
僕は世界と、人と繋がっていたい。インターネットの自由を守る、静かで熱い革命小説。

江上剛
一緒にお墓に入ろう
田舎の母が死んだ。墓はどうする。妻と愛人の狭間で、男はうろたえる。痛快終活小説!

原雄一
宿命
〈國松警察庁長官を狙撃した男・捜査完結〉
警視庁元刑事が実名で書いた衝撃手記。長官狙撃から8年後、浮上した「スナイパー」の正体とは。

本城雅人
時代
仕事ばかりで家庭を顧みない父。彼が息子たちに伝えたかったことは。親子の絆の物語!

三國青葉
損料屋見鬼《けんき》控え 1
見える兄と聞こえる妹が、江戸の事故物件に挑む。怖いけれど温かい、霊感時代小説!

中田整一
四月七日の桜
〈戦艦「大和」と伊藤整一の最期〉
戦艦「大和」出撃前日、多くの若い命を救う英断を下した海軍名将の、信念に満ちた生涯。

講談社文芸文庫

柄谷行人

柄谷行人対話篇Ⅰ 1970－83

デビュー以来、様々な領域で対話を繰り返し、思考を深化させた柄谷行人の対談集。第一弾は、吉本隆明、中村雄二郎、安岡章太郎、寺山修司、丸山圭三郎、森敦、中沢新一。

978-4-06-522856-2 かB18

柄谷行人・浅田 彰

柄谷行人浅田彰全対話

二〇世紀末、日本を代表する知性が思想、歴史、政治、経済、共同体、表現などの諸問題を自在に論じた記録――現代のさらなる混迷を予見した、奇跡の対話六篇。

978-4-06-517527-9 かB17

講談社文庫　目録

佐々木裕一　比叡山の鬼〈公家武者 信平(三)〉
佐々木裕一　公卿《くぎょう》の罠《わな》〈公家武者 信平(四)〉
佐々木裕一　狙われた旗本〈公家武者 信平(五)〉
佐々木裕一　赤い刀身〈公家武者 信平(六)〉
佐々木裕一　帝《みかど》の刀匠《とうしょう》〈公家武者 信平(七)〉
佐々木裕一　若君の覚悟〈公家武者 信平(八)〉
佐々木裕一　くもの頭領〈公家武者 信平(九)〉
佐々木裕一　狐のちょうちん〈公家武者信平ことはじめ(一)〉
佐々木裕一　姫のため息〈公家武者信平ことはじめ(二)〉
佐藤　究《きわむ》　QJKJQ
佐藤　究　Ank:〈a mirroring ape〉
佐藤　究　サージウスの死神
佐野　晶／三田紀房・原作　小説アルキメデスの大戦
澤村伊智　恐怖小説キリカ
さいとう・たかを／戸川猪佐武 原作　歴史劇画 大宰相〈第一巻 吉田茂の闘争〉
さいとう・たかを／戸川猪佐武 原作　歴史劇画 大宰相〈第二巻 鳩山一郎の悲運〉
さいとう・たかを／戸川猪佐武 原作　歴史劇画 大宰相〈第三巻 岸信介の強腕〉
さいとう・たかを／戸川猪佐武 原作　歴史劇画 大宰相〈第四巻 池田勇人と佐藤栄作の激突〉
さいとう・たかを／戸川猪佐武 原作　歴史劇画 大宰相〈第五巻 田中角栄の革命〉
さいとう・たかを／戸川猪佐武 原作　歴史劇画 大宰相〈第六巻 三木武夫の挑戦〉
さいとう・たかを／戸川猪佐武 原作　歴史劇画 大宰相〈第七巻 福田赳夫の復讐〉
さいとう・たかを／戸川猪佐武 原作　歴史劇画 大宰相〈第八巻 大平正芳の決断〉
さいとう・たかを／戸川猪佐武 原作　歴史劇画 大宰相〈第九巻 鈴木善幸の苦悩〉
さいとう・たかを／戸川猪佐武 原作　歴史劇画 大宰相〈第十巻 中曽根康弘の野望〉
佐藤　優　人生の役に立つ聖書の名言
斉藤詠一　到達不能極
佐々木　実　竹中平蔵 市場と権力 「改革」に憑かれた経済学者の肖像
司馬遼太郎　新装版 播磨灘物語 全四冊
司馬遼太郎　新装版 箱根の坂(上)(中)(下)
司馬遼太郎　新装版 アームストロング砲
司馬遼太郎　新装版 歳　月(上)(下)
司馬遼太郎　新装版 おれは権現
司馬遼太郎　新装版 大　坂　侍
司馬遼太郎　新装版 北斗の人(上)(下)
司馬遼太郎　新装版 軍　師　二　人
司馬遼太郎　新装版 真説宮本武蔵
司馬遼太郎　新装版 最後の伊賀者
司馬遼太郎　新装版 俄(上)(下)
司馬遼太郎　新装版 尻啖え孫市(上)(下)
司馬遼太郎　新装版 王城の護衛者
司馬遼太郎　新装版 妖　怪(上)(下)
司馬遼太郎　新装版 風の武士(上)(下)
司馬遼太郎　戦　雲　の　夢〈レジェンド歴史時代小説〉
司馬遼太郎／海音寺潮五郎　新装版 日本歴史を点検する
司馬遼太郎／井上ひさし　新装版 国家・宗教・日本人
司馬遼太郎／陳舜臣／金達寿　新装版 歴史の交差路にて〈日本・中国・朝鮮〉
柴田錬三郎　お江戸日本橋(上)(下)
柴田錬三郎　貧乏同心御用帳
柴田錬三郎　新装版 岡っ引どぶ〈柴錬捕物帖〉
柴田錬三郎　新装版 顔十郎罷り通る(上)(下)〈レジェンド歴史時代小説〉
白石一郎　庖丁ざむらい〈十時半睡事件帖〉
島田荘司　御手洗潔の挨拶
島田荘司　御手洗潔のダンス
島田荘司　暗闇坂の人喰いの木
島田荘司　水晶のピラミッド
島田荘司　眩暈(めまい)
島田荘司　アトポス

講談社文庫　目録

2020年12月15日現在